Klaus-Peter Grzeschke

Schatzfieber auf Amrum

Im Zeichen des Fisches

W0038752

Ein Abenteuerroman

Impressum

Bibliografische Informationen der Deutschen Nationalbibliothek
Die Deutsche Nationalbibliothek verzeichnet diese Publikation
in der Deutschen Nationalbibliografie; detaillierte bibliografische
Daten sind im Internet über http://dnb.d-nb.de abrufbar.

Das Buch ist nicht verlagsgebunden verlegt.

Herausgeber und Vertrieb: Klaus-Peter Grzeschke
Bildnachweis:
Covermotiv vorne und Bildbearbeitung – Kinka Tadsen und Maciej Stefanski
Covermotiv hinten – Sascha Klahn
Zeichnungen – Rüdiger Seiffert
Buchgestaltung und Satz: Sascha Klahn
Druck und Bindung: CPI – Clausen & Bosse, Leck
ISBN: 978-3-00-062752-1
Das Buch ist bei VLB gelistet und kann im Buchhandel erworben werden.
Originalausgabe und Erstauflage: Sommer 2019

Direktkontakt:
Klaus-Peter Grzeschke
Nei Stich 22
25946 Norddorf/Amrum
Mail: schatzfieber.auf.amrum@web.de
Internet: https://schatzfieber-auf-amrum.de

Für L. und J.

Mein besonderer Dank gilt *Stephan Schlichting*.

Gemeinsam entwickelten wir die ersten Ideen zu
diesem Roman.Ohne ihn hätte ich wohl nie
angefangen, dieses Buch zu schreiben!

Inhaltsverzeichnis

5	**Prolog**	
7	**1. Urlaubstag**	Die Anreise – Das Wiedersehen – Die Mole
38	**2. Urlaubstag**	Frühstück mit Kurt – Das Treffen – Der Artikel – Die Erbschaft
65	**3. Urlaubstag**	Die Überraschung – Grabung im Friesenhaus – Einkäufe und Strand – Owe im Fahrradverleih
93	**4. Urlaubstag**	Museum 1 – Der Besucher – Mädelstag – Museum 2
125	**5. Urlaubstag**	Opa Kurt erzählt – Mole 2 – Wieder im Friesenhaus
151	**6. Urlaubstag**	Shoppen in Wittdün – Im Tischlerschuppen – Gewitternacht
176	**7. Urlaubstag**	Kurt berichtet vom Einbruch – Hai studiert den Bericht – Auf der Aussichtsdüne
189	**8. Urlaubstag**	Mühle im Kreuz – Der Hai und die Kunst – Mole 3
223	**9. Urlaubstag**	Die Vorbereitung – Die Vollmondnacht
253	**10. Urlaubstag**	Bericht vom Eesenhugh – Kristina ist krank – Schollen und Buchstaben
285	**11. Urlaubstag**	Segeln mit Janne – Kurt weiß Neuigkeiten
305	**12. Urlaubstag**	Der Hai kommt nicht weiter – Mit den Frauen um die Odde – Die verschlüsselte Botschaft
332	**13. Urlaubstag**	Museum 3
349	**14. Urlaubstag**	Wieder im Fieber
363	**15. Urlaubstag**	Auf Hubsand – Das Rätsel – Kurt und die Krabben
411	**16. Urlaubstag**	Der Fisch und neue Pläne
424	**17. Urlaubstag**	Das rote Haus – Der Tag vor der Wanderung - Der kleine Fisch – Kurt ist neugierig
434	**18. Urlaubstag**	Die Wattwanderung – Der unheilvolle Besuch
469	**19. Urlaubstag**	Die Untersuchung
484	**20. Urlaubstag**	Kurt ermittelt – Das Fest – Sie waren da
504	**21. Urlaubstag**	Das letzte Rätsel
525	**22. Urlaubstag**	Leuchtturm und Strand – Grabung 1
575	**23. Urlaubstag**	Grabung 2
603	**24. Urlaubstag**	Letzter Urlaubstag
619	**25. Urlaubstag**	Abschied
626	**Epilog**	
628	**Dank**	
630	**Anhang**	Strandungsfälle, Amrum Lied, friesische Sprache, Gezeiten, Inselkarte Mühle, St. Clemenskirche, Grabstein-Hark Olufs und Hark Nickelsen

Prolog

*„ ... Nach seinem Tode aber hatte er keine Ruhe im Grabe. All-
nächtlich wanderte er in seinem Sterbekleide auf Hochstiän,
einer Anhöhe zwischen dem Kirchdorf Nebel und dem Süddorfe,
wo er gewohnt hatte, umher, und lange Zeit wagte es keiner, den
Geist zu fragen, was ihm fehle. Endlich unternahm es einer. Da
gab er zur Antwort, daß er in seinen letzten Jahren die meisten
seiner Schätze, die er aus dem Türkenlande mitgebracht, unter
der Thürschwelle seines Hauses zu Süddorf vergraben hätte,
ohne seinen Erben davon zu sagen: das ließe ihm nun keine
Ruhe. Als man darauf unter der Thürschwelle nachgrub, fand
man einen großen, ganz mit Geld gefüllten Topf, der Schatz ward
gehoben und alles unter die Erben vertheilt. Und von da an hatte
der Geist Ruhe und man sah ihn nicht wieder. "*

Die mündliche Erzählung wurde zum ersten Mal aufgeschrieben
und veröffentlicht in: „Sagen Märchen und Lieder der Herzogthümer
Schleswig Holstein und Lauenburg", hrsg. von Karl Müllenhoff, Kiel
1845. Hier ist ein überarbeiteter Text abgedruckt, veröffentlicht in:
„Der fremde Sohn – Hark Olufs Wiederkehr aus der Sklaverei", hrsg.
von Martin Rheinheimer, Neumünster 2001

Die Legende vom vergrabenen Schatz des Hark Olufs existiert
wirklich und ist im Inselgedächtnis lebendig – sie beflügelt die Phantasie manch Amrumers bis heute!

1. Urlaubstag

Die Anreise

Der Zug ruckelte in mäßigem Tempo durch die norddeutsche Marsch der Küste entgegen und die Landschaft flach bis zum Horizont. Hin und wieder ein einsames Gehöft, versteckt hinter Bäumen, ansonsten nur grüne Wiesen, Kühe, Schafe und Getreidefelder – etwas Aufregenderes gab es hier nicht zu entdecken.

»Marie, bald haben wir es geschafft, und wir sind in Dagebüll am Anleger. Dann auf die Fähre und unser Urlaub kann beginnen!«, sagte Kristina begeistert.

Malu, wie sie von ihren Freunden genannt wurde, guckte nur kurz rüber. »Ja toll, Mum«, war ihre knappe Antwort. Dabei freute sie sich natürlich auch auf die Ferien und war gespannt auf die Insel. Doch die Anreise zog sich jedes Mal und war nervig. Angefangen mit dem frühen Aufstehen in Hamburg, dann die Zugverspätung und das hektische Umsteigen eben in Niebüll.

Sie hatten noch gerade zwei freie Sitzplätze erwischt. Andere Mitreisende hatten nicht so viel Glück. Die standen nun im Mittelgang Schulter an Schulter, Koffer dazwischen und Kinder dabei. Selbst der Schaffner hatte aufgegeben und das Kontrollieren der Fahrkarten eingestellt – er kam einfach nicht durch.

Trotz des Gedrängels sah Malu nur entspannte Gesichter. Überall unterhielt man sich angeregt und es wurde gelacht – Vorfreude auf die Inseln. ... Allerdings dieser eine Typ sah merkwürdig aus! Der passte so gar nicht zum bunten Sommer- und Urlaubsoutfit der anderen: Zugeknöpfter beiger Mantel, einen akkurat gebundenen Herrenschal um den Hals und wie abweisend der Kerl dastand und den kleinen Jungen anstarrte, der mit seiner Trinkflasche spielte ...

Jetzt hatte der aufgekratzte Knirps vor ihm auch noch angefangen, die Flasche zu schütteln und prompt passierte es: Die Flüssigkeit spritzte in alle Richtungen. ... Na, das war ja klar – so ein Mist! Aber, sollte er dem Kleinen oder dessen Mutter, die nur daneben stand und ihren Bengel nicht im Griff hatte, jetzt lauthals vor allen Leuten Vorwürfe machen? ... Es würde nichts mehr ändern. Er verkniff sich eine giftige Bemerkung und wischte nur eilig die Tropfen vom Mantel. Die Frau guckte auf die dunklen Flecken. Sie lächelte bedauernd und meinte: »Bitte, entschuldigen Sie! Es tut mir leid, aber wir sind heute schon sehr lange unterwegs. Er kann einfach nicht mehr still stehn.« Dann sah sie streng zu ihrem Jungen runter, nahm ihm die Flasche aus der Hand und während sie die Verschlusskappe zudrehte, erklärte sie: »Es ist nur Wasser! Es wird nichts zurückbleiben.«

»Na dann ... halb so schlimm«, brummte er und wendete sich ab.

... Dieser übervolle Bummelzug, eingequetscht zwischen aufgeregten Touristen und zappeligen Kindern, war wirklich eine Zumutung!

... Dabei hätte es auch diesmal eine hervorragende Alternative gegeben: Mit dem Flieger nach Sylt, danach noch kurz aufs Schiff und völlig entspannt rüber nach Amrum!

Genauso hatte er es im letzten Sommer gemacht, als er gemeinsam mit seiner „alten Dame" das Friesenhaus in Augenschein genommen hatte oder im Herbst, zum Sperrmülltermin ... aber egal jetzt! Ich muss mich aufs Wesentliche konzentrieren, bloß keine weiteren Fehler mehr! Bislang haben sie nur eine leere Kiste. Nur ich allein weiß, wo die genau gestanden hat und wenn's gut läuft, wird man schon in ein paar Tagen von mir hören! ... Aber, warum guckt das Mädchen so?

Malu versuchte es mit einem mitfühlenden Lächeln. Aber er wich ihrem Blick sofort aus. Na, dann eben nicht, dachte sie noch und drehte sich wieder Richtung Zugfenster.

Auf den Wiesen standen nun überall Windräder herum. Wie eine Invasion fremdartiger Spinnentiere sahen die aus. Mit ihren langen, schlanken Körpern streckten sie sich hoch in den fast wolkenlosen Himmel und drei kräftige, beständig kreisende Fangarme suchten dort oben unablässig und gierig nach Nahrung.

»Marie, was grübelst du? Die Sonne scheint und dreieinhalb Wochen Urlaub liegen vor uns, das ist doch fantastisch! Geht es dir nicht gut?«

»Nein, alles okay, Mum!«, war wieder die sehr kurze Antwort. Sie musste ihre Mutter schleunigst runterkühlen, bevor die erst richtig in Fahrt kam. Deren ausschweifende Vorträge waren anstrengend und wenn es um Amrum ging, war bei ihr sowieso immer alles großartig, grandios und überwältigend, oder wie eben „fantastisch" – Mum liebte diese überschwänglichen Beschreibungen. Doch wider Erwarten legte ihre Mutter nicht nach und vertiefte sich erneut in ihre Zeitschrift.

Schnell kamen sie jetzt dem hohen Seedeich näher. Und gerade als Malu dort die ersten Häuser entdeckte, summte ihr Handy! Auf Kristinas Stirn war sofort wieder die besondere Falte aufgetaucht – und das nicht zum ersten Mal heute. Malu hatte ihren Freundinnen während der Zugfahrt schon zig Whats-App Nachrichten geschickt, quasi um sich abzumelden und genauso viele zurück erhalten. Aber diese Nachricht kam nicht aus Hamburg ... *hi, freu mich und hol dich ab! J.*, stand auf dem Display und das war nun wirklich eine tolle, aufregende Neuigkeit!

»Marie, nun steck endlich das Ding weg. Wir müssen unsere Sachen zusammenpacken. Wir sind gleich da!«

Nur wenig später passierten sie schon die Deichdurchfahrt und fuhren ins Hafengebiet ein. Mums Falte war augenblicklich verschwunden und was sie jetzt von sich gab, war keine Überraschung:

»Ach, wie großartig, Marie, schau nur!«, Kristina atmete tief ein. »Wir haben es geschafft. Endlich am Meer! Ach, wie wunderschön ... die Nordsee!«

So einen oder ähnlichen Satz sagte Mum jedes Jahr, wenn sie zum ersten Mal das Wasser sah, und natürlich strahlte sie dabei.

Überall wurden jetzt Jacken angezogen, Koffer aus den Gepäckablagen gewuchtet und Rucksäcke aufgesetzt. Alles drängte und drückte Richtung Zugausgang und da kam es nun zu einer regelrechten Verstopfung.

Neben Malu sagte gerade jemand laut und ärgerlich:»Passen Sie bitte mit den spitzen Ecken ihres Aktenkoffers auf und schieben Sie nicht so! Üben Sie sich einfach etwas in Geduld! Wir haben doch alle Zeit, oder??!!«

Malu reichte ein Blick und sofort war klar, wer da versuchte, sich weiter nach vorne zu drängeln und wen die ältere Dame so böse und zurechtweisend angefaucht hatte: Es war dieser merkwürdige Schnieke-Typ von eben!

Als Malu endlich mit ihrem Gepäck auf dem Bahnsteig stand, wusste sie, dass Mum in Sachen „zu viele Klamotten" wieder Recht gehabt hatte. Aber sie ließ sich nichts anmerken und guckte nur flüchtig auf ihre Innenhand; der Griff ihres Koffers hatte einen rötlichen Abdruck hinterlassen.

»Mach schnell, Marie. Wir wollen noch einen guten Platz auf der Fähre erwischen!« Abrupt blieb ihre Mutter stehen und schaute zum Schiff. Ein Seufzer war zu hören:»Ach, das finde ich jetzt aber richtig blöd. Sieh nur!«

Malu sah nur kurz auf und wusste sofort, was ihre Mutter meinte:»Mum, die hat sogar einen begehrten Designpreis gewonnen. Du musst dich auch endlich mal auf Neues einstellen! Denk an deinen Lieblingssatz. Das Leben ist Veränderung. Du lebst zu sehr in der Vergangenheit!«, dabei grinste sie. In Wahrheit fand Malu die neue Fähre mit den steilen Treppen und den harten und viel zu geraden Rücklehnen auch nicht so toll. Aber das wollte sie jetzt nicht zugeben.

Sie suchten sich einen Platz im gestylten Speiseraum und rutschten auf eine der mit schwarzem Kunstleder bezogenen Sitzbänke.

»Die alten waren doch um etliches bequemer«, grummelte Kristina wieder.

»Ja, Mum, aber auch schäbiger.«

Wenig später spürte sie ein leichtes Rucken und eine freundliche Stimme aus dem Lautsprecher begrüßte die neuen Passagiere. Die Fähre legte ab. Der letzte Teil der Anreise hatte begonnen.

Ihre Mutter blätterte in der Speisekarte und machte dabei weiter ein mürrisches Gesicht.»Mensch, Mensch, sind das gepfefferte Preise. Da hat sich nichts geändert … eher das Gegenteil!«, war jetzt zu hören. Kristina wühlte gerade in ihrem kleinen Reiserucksack herum, als ein Kellner herantrat und kurz mit dem Kopf nickte. »Was wünschen die Damen?«, fragte er mit professioneller Höflichkeit und wischte sich dabei über die feuchte Stirn. Kristina hatte wohl das Richtige gefunden. Jedenfalls stellte sie recht deutlich ihre alte verbeulte Thermoskanne vor sich auf die Tischplatte. »Danke, wir möchten nichts«, antwortete sie kühl. Der etwas übergewichtige Kellner zuckte mit keiner Wimper. »Dann noch einen schönen Aufenthalt«, wünschte er und ging an den nächsten Tisch. Ihre Mutter hatte mal wieder an alles gedacht. Sie kramte noch zwei Becher heraus und füllte die dann mit dampfendem Hagebuttentee. Jetzt kam noch die türkisfarbene Brotdose zum Vorschein und die öffnete sie mit den Worten: »So, Marie!« … und nach einer kurzen, bedeutungsvollen Pause: »Unser Urlaub kann beginnen!«

Während etwa die Hälfte der Mitreisenden beim Zwischenstopp auf der Nordseeinsel Föhr die Fähre verließ, wechselten Kristina und Malu aufs Aussichtsdeck. Hier waren etliche Sitzbänke frei geworden und so hatten sie sogar einen Platz in der Sonne direkt an der Reling ergattert. Schlauerweise hatte sich Malu eben auf der Toilette noch schnell umgezogen. Sie hatte die lange Jeans gegen ihre ausgewaschenen Lieblings-Shorts und das Sweatshirt gegen ihr gelbes Spaghettiträger-Top getauscht und anstelle ihrer Trekkingschuhe hatte sie jetzt Sandalen an den Füßen. Und auch Kristina neben ihr zeigte nun deutlich mehr Haut. Die hatte es sich einfacher gemacht: Wolljacke aus, die Ärmel ihrer Bluse bis zu den Schultern hoch geschoben und die weite, helle Leinenhose aufgekrempelt so weit es nur irgend ging. Spätestens jetzt sahen beide aus wie der Sommer!

Die See war nur wenig bewegt und im Wasser spiegelten sich die Farben des Himmels. Einige Wasserflächen waren so gleißend, dass Malu dort nur mit zugekniffenen Augen auf die Nordsee sehen konnte.

Gerade als sie wieder ihre Nachrichten checkte und natürlich sofort eine Antwort ins Handy tippte, reichte es Kristina:

»Marie, nun hör endlich auf! Wie viel hast du heute schon geschrieben! Nun reicht es aber auch! Schau dich doch mal um, wie herrlich hier alles ist! Lass dich mal auf diese großartige Landschaft ein. Schließlich ist es ein Jahr her, dass wir hier waren.«

»Ja, Mum, ich muss nur Janne noch schnell schreiben, dass wir in ungefähr einer Stunde da sind.«

Malu tippte noch schnell einige Male aufs Display und dann auf Senden. Danach steckte sie ihr Handy in den Rucksack und Kristina murmelte noch was Unverständliches, guckte aber schon sehr bald wieder mit diesem besonderen Blick aufs Meer.

Auch heute war es zu der wundersamen Verwandlung gekommen. Mum sah wieder viel jünger aus: Ihre Haut, ihr Gesicht, alles wirkte entspannter und dann natürlich dieses entrückte Lächeln.

Scheinbar beiläufig fragte Kristina plötzlich:»Und, Marie, freust du dich auf die Insel und auf Janne?«

Malu hatte geahnt, dass heute irgendwann diese Frage kommen würde. Sie war darauf vorbereitet. Aber das hatte nicht wirklich geholfen. Sofort spürte sie die aufsteigende Hitze und dass sich ihr Gesicht in Richtung Rot veränderte. Hoffentlich bekam ihre Mutter davon nichts mit. Malu wartete einen Augenblick. Ihre Stimme sollte möglichst gelassen klingen.

»Ja, schon«, sagte sie dann. Glücklicherweise gab es keine weitere Frage. Kristina saß schon wieder mit geschlossenen Augen da und streckte leicht nach links geneigt ihr Gesicht erneut der Sonne entgegen.

Hier auf dem Aussichtsdeck war es mittlerweile richtig voll geworden. Kaum noch ein freier Platz und fast alle hatten ihre Jacken, Pullover und langen Hosen abgelegt. Überall ausgestreckte Beine, entspanntes Geplauder und Gesichter mit dunklen Brillen. Einige fotografierten ihre Kinder oder vorbeifliegende Möwen und es roch angenehm nach Nordsee mit Sonnencreme.

Doch ... halt! Ein Mann war aufgetaucht und den erkannte sie sofort! Ach, herrje, der frostige Drängler von vorhin! Und diesmal passte er noch weniger ins Bild der ausgestreckten, nackten Beine und ärmellosen T-Shirts. Jetzt sah er sich suchend um. Die gegenüberliegende Bank war noch frei und nun kam er genau auf sie zu! In der einen Hand hatte er seinen schmalen Aktenkoffer, in der anderen einen Kaffee-to-go. Immerhin hatte er seinen Mantel aufgeknöpft und seinen Schal locker um den Hals gelegt, aber diese dunkle Stoffhose mit Bügelfalte ging gar nicht.

Eigentlich sah er nicht übel aus ... sportliche Figur, kurze, dunkle und leicht gegelte Haare ... aber total overdressed!

Schnell war er heran und mit einem gequälten Lächeln fragte er dann: »Hier ist wohl noch frei, was?«

Ohne die Antwort abzuwarten setzte er sich und Malu klappte den Mund einfach wieder zu. Mit ihrem „Ja, natürlich! Setzen Sie sich doch" kam sie eh zu spät.

Dann rutschte er etwas weiter auf die Bank, stellte seinen Kaffee ab und, ohne noch einmal aufzusehen schnappte er die Verschlüsse seines Aktenkoffers auf und fingerte eine Zeitung heraus. Sofort blätterte er darin, überschlug schnell die ersten Seiten und hatte dann wohl den richtigen Artikel gefunden. Jedenfalls, so schnell er aufgetaucht war, war er auch schon wieder hinter seiner Zeitung verschwunden.

Süddeutsche stand auf der Titelseite ... nie gehört von dem Blatt, dachte Malu noch, als ihr Blick auf seine blitzblank geputzten Lederschuhe fiel ... vielleicht handgemacht und ganz speziell nur für seine Füße. Solche Dinger, mit diesen besonderen Lochmustern, hatte sie mal mit Paps in Hamburg im Schaufenster eines Herrenausstatters gesehen, allerdings gab es da keine Preisschilder. Richtig teuer, vermutete sie. Sicher kein Urlauber, eher ein Geschäftsmann mit viel Kohle ... möglicherweise ein Immobilienhai!

Sie hatte Kristinas Worte im Ohr, wenn sich ihre Mutter in jedem Sommer erneut darüber aufregte, dass sich die Insel zusehends veränderte. Immer mehr Leute mit viel Geld kaufen sich hier ein und nehmen den historischen Friesenhäusern ihre Seele, pflegte sie dann etwas pathetisch zu sagen. Porzellanhunde auf Fensterbänken, gestriegelte Rasen und schicke Friesenwälle drumrum. Mum konnte sich bei diesem Thema richtig in Rage reden und dann kam schon mal ein Satz wie dieser: „Mein altes sozialistisches Kämpferherz macht sich bemerkbar. Deine Mutter ist die Tochter eines Alt-68ers!" Was das genau bedeuten sollte, hatte Malu nie wirklich verstanden. Aber es musste etwas mit der wilden Vergangenheit ihrer Mutter zu tun haben, von der sie einiges wusste, aber wohl längst nicht alles.

Wenn er wirklich etwas mit Immobilien zu tun hat, ist er sicher so ein Heinz Wichtig von der Insel, spekulierte Malu weiter. Ich werd Janne fragen, der kennt fast jeden, wenn er nicht gerade Tourist ist … und diese fette Uhr mit so einem Armband aus Metallgliedern, großes Zifferblatt, viele kleine Zeiger und an beiden Seiten Einstellrädchen! Voll übertrieben das Glitzerteil – ob so eine Rolex aussieht? … Wow, und dann die Hände … man, ist der Typ eitel! Der geht sicher jede Woche zur Maniküre und hat einen eigenen Fitnessraum im Keller, witzelte sie weiter … kein Ring am Finger! Aha, der Herr ist wahrscheinlich solo … das ist wieder genau so ein Lackaffe, auf den Mum stehen könnte.

Das war etwas, was sie bei ihrer Mutter überhaupt nicht begreifen konnte. Immer ganz groß alternativ und öko dabei und dann immer wieder diese Fehlgriffe in Sachen Männer. Bei Macho-Typen war Mum verloren.

Aber es gab etwas an dem Hai – so war jetzt der Arbeitstitel für ihr Gegenüber – was überhaupt nicht ins Bild passte! Es war die Zeitung ... total zerknittert und eine Ecke war abgerissen. Sie beugte sich ein kleines Stück vor und las das Datum: 5. *März* … sonderbar, die ist ja schon bald ein halbes Jahr alt. Warum liest er eine so alte Zeitung?

Die Sache wurde langsam interessant. Sie kannte dies Gefühl nur zu genau – das leichte Kribbeln in den Fingern und die wachsende Anspannung überall. Ihre Leidenschaft für Kriminalgeschichten war geweckt.

Sie liebte Krimis über alles. Man konnte sich dabei so wunderbar gruseln und musste einen verworrenen Fall lösen. Manchmal verschlang sie ein Buch in einer Nacht.

... Diese alte zerknitterte Zeitung passt so gar nicht zu diesem Schniecketyp! ... So wie die aussieht, hat er sie schon hundertmal gelesen. Vielleicht ist er ein Auftragskiller und soll auf der Insel den Kurdirektor umbringen? Das ist eine Tarnzeitung, die gehört zu seiner Killerausrüstung und deshalb kann er sie nicht wegschmeißen. Sie ist präpariert und möglicherweise liest er gar nicht, sondern beobachtet mich durch ein kleines Loch?

Es gab aber kein kleines Loch und so landete sie schnell wieder in der Realität. Der Hai blieb weiter hinter seiner Zeitung verschwunden und ihre Mutter betete noch immer mit geschlossenen Augen die Sonne an.

... Na, wie weit ist es noch? dachte sie und spähte nach vorne über den Bug in die Ferne – und richtig, da war sie! Ganz deutlich zeichneten sich schon am Horizont die Dünenlinie und der Leuchtturm von Amrum ab.

„Deine Insel, Marie! Du wurdest hier gezeugt", hatte Mum mal ausgeplaudert ... „in einer windigen Liebesnacht im Zelt" ... wenn sie sich diese Nacht vorstellte, war ihr immer ein wenig unbehaglich. Überall Sand und Zelte waren hellhörig.

Aber Amrum war wirklich ihre Insel. So lange sie denken konnte, war sie in jedem Sommer hier gewesen. Schon als Baby, viele Jahre mit Mum und Paps gemeinsam und immer auf dem Campingplatz in den Dünen. Nostalgie ... die Täter kommen immer wieder an den Ort des Verbrechens zurück. Wie ein Fluch ist das – naja, von einem Verbrechen kann man hoffentlich nicht reden? Und nun musste sie schon fast selber über ihren Gedanken lachen.

Dann hatten sich ihre Eltern getrennt. Im zweiten Jahr, mit Mum allein auf der Insel, war bei einem heftigen Sommergewitter ihr Zelt in der Nacht weggeflogen und dabei völlig zerrissen. Glücklicherweise hatten sie noch eine kleine bezahlbare Ferienwohnung in Nebel, eines der Inseldörfer, gefunden und seitdem hatten sie nur noch dort bei Opa Kurt gewohnt. Er war ein gemütlicher älterer Herr und ehemals Kapitän. Opa Kurt war lustig und kannte tolle Geschichten und gruselige kannte er auch. Sie hatte ihn gleich ins Herz geschlossen. Also war es gar keine Frage gewesen und sie hatten sich auch in diesem Jahr wieder rechtzeitig bei ihm angemeldet. Aber durfte sie ihn eigentlich immer noch Opa nennen? Sie kannten sich jetzt schon vier Jahre oder waren es noch mehr? Jedenfalls, sie war kein Kind mehr ... wie auch immer, es gab noch weitere Personen, auf die sie sich sehr freute und ganz besonders auf Janne!

Sie waren sich das erste Mal letztes Jahr auf dem Nebeler Straßenfest über den Weg gelaufen. Am nächsten Tag beim Bäcker und nachmittags erneut bei Bendixen im Lebensmittelladen. Da hatte er sie mit seinen großen grau-blauen Augen angelacht und gemeint: Mensch, die Welt ist doch klein oder verfolgst du mich? Und so hatten sie sich kennen gelernt und dann auch einiges gemeinsam unternommen.

Ein leichtes Räuspern war zu hören. Der Hai saß zwar noch immer hinter seiner Zeitung, legte aber in diesem Augenblick ein Bein recht schwungvoll übers andere. Doch er hatte den Abstand nicht richtig berechnet und streifte dabei mit seinem Schuh das Bein von Kristina.

»Au!«, zischte die sofort, drehte sich ihrem ungeschickten Gegenüber zu und funkelte angriffslustig. Malu kannte die Zornesfalte auf der Stirn ihrer Mutter genau.

»Oh, entschuldigen Sie, das tut mir sehr leid«, versuchte der Hai die Situation zu retten und lächelte versöhnlich.

Es dauerte keine zwei Sekunden und Mums Zorn schien wie weggeblasen – jedenfalls die besondere Falte war verschwunden. Ich hab's doch gewusst, der Typ gefällt ihr. Der Blick ihrer Mutter war eine hunderttausendstel Sekunde zu lang gewesen und ihre Augen wirkten auch wieder größer als normal. ... Mum hat Witterung aufgenommen! Jetzt wird sie gleich einen Köder auswerfen und den Fisch antesten, war sich Malu sicher. Und da war er auch schon.

»Freuen sie sich auch auf diese fantastische Insel?« Die Augen ihrer Mutter strahlten bei der Frage.

»Ja, natürlich«, antwortete der Hai noch ein wenig reserviert. »Allerdings kann ich da diesmal nicht nur Urlaub machen. Ich bin auch geschäftlich unterwegs. Aber sie haben nicht Unrecht! Dort arbeiten zu können, in dieser grandiosen Landschaft, ist fast so, als wäre man ständig in den Ferien.«

Malu war jetzt völlig klar, was bei ihrer Mutter abging. Er hatte die richtige Vokabel benutzt, praktisch ein Zauberwort. Und er hatte sie an ihren großen Traum erinnert, irgendwann einmal für längere Zeit auf Amrum zu leben. Na, das fängt ja gut an. Mum hat bereits wieder den Zustand geistiger Umnachtung erreicht, dachte Malu. Sie ist dabei, sich schon auf der Anreise zu verlieben – ihre Mutter verliebte sich irgendwie in jedem Amrum-Urlaub.

Die Plauderei ging weiter. Vom Leuchtturm hätte man einen großartigen Blick über die ganze Insel, allerdings seien die vielen Stufen ziemlich anstrengend, hatte Kristina gerade gesagt.

»Die stören mich nun wirklich nicht«, erwiderte er.»Ich liebe sportliche Herausforderungen. Sehr gerne fahre ich auch mit einem geländegängigen Rad auf unbefestigten Wegen, kreuz und quer durch die Landschaft.« Sie liebe den weiten Himmel, die fantastischen Sonnenuntergänge und die stundenlangen, inspirierenden Spaziergänge auf dem Kniepsand und er ergänzte:»Ja, am Flutsaum, direkt an der Wasserkante sind die Aerosole besonders konzentriert und gesund.«

Na, gesund sieht er aus, hat wohl schon viele Aerosole geschnuppert, dachte Malu.

Danach war das Thema Fisch dran und Kristina erzählte ganz begeistert vom urigen, kleinen Fischverkaufsstand auf der Mole in Steenodde.»Der letzte Berufsfischer vermarktet ihn dort direkt«, wusste sie zu berichten und dort sei er natürlich besonders frisch.

»Ja, hier ist man direkt an der Quelle«, stimmte er zu und, dass es auf Amrum einige recht gute Speiselokale gäbe. Er habe letztes Jahr im Seeblick eine Dorade gegessen, in der Salzkruste gebacken und die sei ganz hervorragend gewesen.»Ich hab diesen köstlichen Geschmack noch immer auf der Zunge«, ergänzte er.

Sie würde den Fisch auch gerne selbst zubereiten, aber am liebsten schon filetiert. Bei ganzen Fischen und noch nicht einmal ausgenommen, habe sie so ihre Schwierigkeiten.

Da gab er ihr Recht und erzählte dann von Miesmuscheln und Thunfisch-Carpaccio.

17

Fein geschnittener, roher Fisch, übersetzte Malu innerlich – aber stand Thunfisch nicht auf der roten Liste der bedrohten Tierarten? »Haben Sie schon mal Hummerpastete probiert?«, fragte er dann. »Nein, diese außergewöhnlichen Tiere tun mir immer leid. Das mag man sich doch gar nicht vorstellen, einfach lebend in kochend-heißes Wasser geworfen zu werden und überhaupt ... «

»Dann darf man aber auch keine Nordseegarnelen essen«, unterbrach er.

Meint er Krabben? fragte sich Malu. Mann, Mann, beide sind schon voll beim Abchecken. Das kann man ja kaum aushalten und so fragte sie unvermittelt: »Sagen Sie, kann ich mal Ihre Zeitung lesen?«

»Ja, natürlich!«, antwortete der Hai sofort und während er weiter sprach, faltete er die Zeitung zusammen und reichte sie Malu hin.

Jetzt hatten beide die richtige Zubereitung von Schollen am Wickel: »Von welcher Seite soll man sie eigentlich zuerst anbraten, von der hellen oder dunklen?«, fragte Kristina, als Malu die Zeitung aufschlug. Sie versuchte weiter möglichst gelangweilt zu wirken. Die ersten Seite überflog sie nur und las davon keine einzige Überschrift, verzögerte allerdings das Weiterblättern. Sie hatte eine ganz bestimmte Frage im Kopf. Auch auf den nächsten Seiten verweilte sie nur einen kurzen Augenblick. Ihre Mutter plauderte wie ein Wasserfall und klang dabei immer aufgekratzter:

»Ja, das gelöste Meersalz wirkt antibakteriell und ist sehr gut für die Haut. Aber das Reizklima hier ist nicht ohne und einige gehen vorsorglich am ersten Urlaubstag gar nicht an den Strand«, hörte Malu noch und schlug die nächste Seite auf. Er hat ungefähr fünfmal umgeblättert, versuchte sie sich zu erinnern ... diese Seite war deutlich zerknitterter als die anderen, aber auch hier war nichts Auffälliges. Also die nächste vielleicht?, und blätterte weiter. Sofort war ihr klar, das war die richtige! Diese Seite war in einem noch schlechteren Zustand, einfach schmuddelig und ein paar Kaffeeflecken hatten leichte braune Ränder hinterlassen.

Hastig überflog sie die Artikel: *„Flugzeugabsturz in der Karibik, Sternenhimmel im März, größter Mammutknochen aller Zeiten in Si-*

birien entdeckt. " Jetzt fiel ihr Blick auf einen Artikel. „*Sensationsfund auf Amrum* " stand da. „*Verschollene Schatzkiste des Hark Olufs wiedergefunden* ". Ein längerer Artikel folgte und eine Abbildung zeigte eine Holzkiste mit aufstehendem Deckel, eine zweite Abbildung eine Vergrößerung von den Schnitzereien auf der Vorderseite – ein Schiff mit geblähten Segeln.

Hark Olufs?, überlegte sie. Diesen merkwürdigen Namen hatte sie doch schon mal gehört, aber sie konnte sich beim besten Willen nicht erinnern. Hatte Janne den nicht mal erwähnt? ... Keine Ahnung! Der Artikel war zu lang, um ihn jetzt zu lesen. Sie wollte sich schon eine weitere Überschrift ansehen, da fiel ihr ein feiner, kaum sichtbarer Bleistiftstrich auf. Irgendjemand hatte diese Stelle markiert. Über dem Strich las sie *Öömrang Hüs.* Jetzt wurde es interessant. Sie spürte erneut dieses besondere Kribbeln in ihren Fingern und las sofort: „*Wie heute vom Landesmuseum für Kunst und Kulturgeschichte Schleswig mitgeteilt wurde, handelt es sich ...* " Wie aus dem Nichts griff da plötzlich diese Hand mit den säuberlich geschnittenen Fingernägeln nach der Zeitung.

Malu fuhr förmlich zusammen und eine barsche Stimme von gegenüber sagte:

»Entschuldigung, ich muss jetzt gehen!«, und schon war sie die Zeitung los. Der Hai hatte sie ihr fast aus den Händen gerissen und Malu traf sein scharfer Blick.

»Wir sind ja gleich am Anleger! Ich muss mich noch ein wenig frisch machen und meine Reisetasche holen«, erklärte er im Aufstehen und schob dabei die Zeitung hastig zurück in seinen Aktenkoffer.

»Dann noch einen schönen Urlaub«, wünschte er, während er sich schon zum Gehen abwendete.

Er hat meine Neugier bemerkt. Ich war zu unvorsichtig! ärgerte sich Malu.

»Vielleicht sehen wir uns ja mal auf der Insel?«, rief ihm Kristina nach und dann, etwas später, während sie ihm erstaunt hinterher sah:

»Schade!« Allerdings eher halblaut und mehr zu sich selbst.

Aber der Hai entfernte sich zügig und drehte sich nicht mehr um –

nur sein leerer Kaffeebecher gegenüber auf der Sitzbank war von der Begegnung geblieben. Anscheinend suchte Kristina nach einer Erklärung für den hastigen Aufbruch ihres interessanten Gesprächspartners, denn jetzt sah sie fragend nach vorn und meinte:

»Der Leuchtturm ist zwar schon deutlich zu sehen, aber ich denk, es dauert noch fast dreißig Minuten. Warum hatte er es denn plötzlich so eilig? Wirklich schade!«

Eine Zeit lang schien Kristina noch zu rätseln, aber schon bald saß sie wieder entspannt da und schaute erneut beseelt in die Ferne.

»Sieh nur, Marie. Wie klar man heute Langeness sehen kann, mit den vielen Warften. Sie scheinen fast über dem Wasser zu schweben ... wunderschön, nicht? Wie eine Perlenkette ... was das wohl für ein Leben ist auf so einem Erdhügel mitten im Meer ... so abgeschieden und einsam ... aber ein Jahr könnte ich mir das schon vorstellen ... eine Kiste voll mit Büchern und mein Aquarellmalkasten ... vielleicht würde ich auch ein Buch schreiben. Was meinst du?«

Malu hatte das Gefühl, dass ihre Mutter gar keine Antwort erwartete und deshalb schaute sie nur kurz hinüber und behielt ihr „Das hältst du höchstens eine Woche aus," einfach für sich. Sie war noch zu sehr mit dem Hai beschäftigt.

... Dieser Kerl ist sonderbar ... er wollte nicht, dass ich den Artikel lese! Der verbirgt ein Geheimnis! Und sie spürte erneut dieses aufregende Kribbeln.

Das Wiedersehen

Die Madsens saßen am Küchentisch und hatten früher als sonst mit dem Mittagessen begonnen. Der Käpt'n fehlte allerdings. Er war mit der Eilun noch auf der Rückfahrt von den Seehundsbänken. Eigentlich sollte deshalb heute später gegessen werden, aber Janne hatte unbedingt auf einen rechtzeitigen Beginn gedrängt. Es gab Bratkartoffeln mit Spiegelei und Krabben. Dieses Gericht war ein Klassiker bei den Urlaubern an der Nordseeküste – für die Madsens war es Alltag. Ein Renner im Sommerprogramm der Eilun waren nämlich die Ausflugsfahrten zum Kleintierfang. Die gefangenen Krabben wurden noch an Bord gekocht und jeder Fahrgast konnte dann direkt diese „kulinarische Köstlichkeit"– wie es im Ausflugsflyer appetitanregend hieß – probieren. An guten Fangtagen blieben immer eine ganze Menge Krabben übrig und die wanderten dann auf den Mittagstisch der Familie.

Janne schaufelte gerade die nächste Portion auf seine Gabel, als er endlich das leichte Vibrieren in seiner Hosentasche spürte. Gut, dass ich den Signalton abgeschaltet hab, dachte er und kaute gelassen weiter. Das Vibrieren wiederholte sich. Ganz leicht veränderte er die Sitzposition, nahm wie zufällig seine linke Hand vom Tisch und legte sie auf die Hosentasche. Mit der anderen aß er ganz normal weiter und schob sich die nächste Ladung Krabben in den Mund. Gleichzeitig fingerte er nach seinem Handy und zog es vorsichtig heraus. Nun wartete er auf den richtigen Augenblick und senkte kurz den Kopf.

»Seit wann darf man denn beim Essen sein Handy benutzen?«, ertönte sofort die krächzende Stimme seines Bruders.

Dieser Idiot!, explodierte die Wut in Jannes Kopf. Ich könnte ihn umbringen! Aber er durfte jetzt auf keinen Fall durchdrehen und musste unbedingt Ruhe bewahren. Schnell sah er aufs Display.

»Leif, dein Bruder hat heute noch etwas Besonderes vor. Das lass ich mal als Ausnahme von der Regel gelten«, mischte sich Anne ein.

Auch Janne war völlig überrascht. Auf Handybenutzung beim Essen folgte normalerweise immer ein fürchterliches Donnerwetter. Mit einer solch entspannten Reaktion seitens seiner Mutter hatte er nun überhaupt nicht gerechnet und als er sie deshalb kurz erstaunt ansah, schmunzelte sie ihm sogar noch zu. Allerdings ihre Worte „etwas Besonderes vor" waren gefährlich – die konnten schnell weitere Fragen nach sich ziehen. Aber sein Bruder brummelte nur noch irgendetwas und aß dann enttäuscht weiter. Der hatte sich ganz offensichtlich so auf den Anschiss gefreut, dass ihm an dem Satz nichts aufgefallen war. Aber, woher weiß sie das? fragte Janne sich und dann fiel ihm ein, dass Anne ja mit Malus Mutter Kristina befreundet war. Ach! vermutete er, die Frauen haben sich auch schon abgesprochen.

Janne kaute nun noch schneller und so leerte sich sein Teller in Rekordzeit.

»Darf ich aufstehen? Ich muss los ... und, ach ja ... darf ich dein Fahrrad nehmen?«

Anne sah ihren Sohn überrascht an und auch sein Bruder glotzte sofort wieder neugierig rüber – der war einfach nicht auf dem Laufenden.

»Ja, natürlich. Aber sieh zu, dass deins repariert wird«, antwortete sie.

Janne nickte nur – dass sein Rad gar nicht kaputt war, sondern nur zu klapprig und zu hoch mit der Stange in der Mitte, verschwieg er natürlich.

Außer Atem kam er am Fähranleger in Wittdün an. Auf seinem Gepäckträger waren zwei aufgerollte Handtücher festgeklemmt.

Die Fähre umfuhr soeben die letzte Fahrwassertonne und hielt jetzt auf den Anleger zu. Auf dem Sonnendeck waren die Fahrgäste schon deutlich zu erkennen. Leider kam von Norden ein weiteres Schiff in Sicht: Die Eilun! Das gefiel ihm ganz und gar nicht. Sofort stellte sich ein leichtes Kneifen im Magen ein und das lag nicht an den Krabben. So ein Mist! ärgerte er sich. Nur zu gerne hätte er dieses Zusammentreffen vermieden.

Vielleicht reicht die Zeit ja noch! versuchte er sich zu beruhigen und sein Blick ging erneut zur schnell näher kommenden Fähre und hoch zur Reling des Sonnendecks. Dort standen viele Leute und schauten erwartungsvoll zum Anleger herüber. Jannes Augen wanderten von einem zum anderen. Er suchte nach einer bestimmten Person, aber die war nirgends zu finden. Es ist schon ein Jahr her, machte er sich klar. Das wär jetzt aber wirklich peinlich, wenn ich Malu nicht mehr erkennen würde.

Er hatte seine beiden Hände in den vorderen Hosentaschen vergraben, zog sie heraus und steckte sie gleich darauf wieder in die hinteren. Dann streckte er sein linkes Bein ein wenig nach vorn und lehnte sich gegen die Flutmauer. Man, bin ich nervös, dachte er.

Die Fähre hatte jetzt den Anleger erreicht und wenig später setzte ein leichtes Brummen ein. Die Fahrbahnrampe fuhr herunter und kurz darauf erschienen die ersten Reisenden.

Kommt sie nun über die Autorampe oder über den Seitenausstieg? Der scheint ja heute zu funktionieren!

Schon bald drängelten sich überall Menschen mit Koffern und Taschen und er verlor total den Überblick. So 'n Mist, wo ist sie bloß? Im selben Augenblick bekam er schon einen Klaps auf die Schulter und eine Stimme, die er gut kannte, sagte:»Hey, Janne, schön, dass du uns abholst.«

Als er sich umdrehte, strahlten ihn zwei braune Augen an und auf dieses Lachen hatte er sich schon ein ganzes Jahr gefreut.

»Hey, Malu, willkommen auf Amrum!«

Er versuchte das so normal wie möglich zu sagen, aber das gelang ihm nicht ganz. Seine Aufregung war einfach zu groß.

Jetzt hatte er auch Malus Mutter entdeckt.»Hallo Kristina, ich dachte, ich hol' euch mal von der Fähre ab.«

»Super, das ist ja ein Service! Schön dich zu sehen! Janne, wir freuen uns schon so doll auf die Insel. Das Wetter ist ja fantastisch.«

»Ja, das ist es«, bestätigte er. Aber mehr fiel ihm auch nicht ein. Diese plötzliche Leere in seinem Kopf kam immer in Momenten, in denen er das überhaupt nicht gebrauchen konnte.

Aber Kristinas Blick schweifte schon über Wittdün und dann weiter an der Wattseite Richtung Steenodde. Dabei sog sie die Luft tief durch die Nase ein und verkündete dann:»Salz, Seetang und Watt ... ja, so riecht Amrum. Einfach großartig!«

Malu und Janne tauschten einen kurzen, wissenden Blick aus.

»So, Marie, was machen wir jetzt? Ich denke, wir fahren erst einmal zur Ferienwohnung und richten uns ein«, schlug Kristina vor.

»Äh ...«, räusperte sich Janne.»Ich dachte, ich könnte mit Malu per Fahrrad nach Nebel fahren. Ich hab extra von Anne das Rad bekommen. Wir könnten dann vielleicht in Steenodde noch baden und ein paar Freunde treffen.«

Kristina schaute reichlich überrascht auf Janne und dann auf ihre Tochter. Aber bevor sie dazu irgendetwas sagen konnte, meldete sich Malu schon:

»Oh, ja, bitte. Mum, das wär toll!«

»Aber Marie, ich würde schon sehr gerne unsere Wohnung gemeinsam beziehen. Du weißt, gemeinsames Ankommen und Beginnen ist mir sehr wichtig«, Kristinas Stimme klang gereizt.

Immer diese Rituale, dachte Malu, aber sie ließ nicht locker:»Bitte, Mum, Janne hat sich so viel Mühe gemacht und extra das Fahrrad von Anne bekommen. Ich würde wirklich sehr gerne mit dem Rad fahren.«

»Hör mal, wie soll ich denn allein unser Gepäck nach Nebel schaffen? Und dann im Bus die schweren Sachen!« Wieder war Kristinas Ärger über diese Idee deutlich herauszuhören.

Janne wollte gerade ein Taxi vorschlagen, biss sich aber auf die Lippen. Er wusste, dass Kristina, wenn es um Autos auf Amrum ging, sehr wütend werden konnte. Das war ein richtiges Reizthema für sie. Er erinnerte sich an einige hitzige Diskussionen aus dem letzten Jahr. Sie gehörte zur Amrum-autofrei-Fraktion. Vor allem Touristen sollten auf Amrum mit dem Bus fahren, das Fahrrad nehmen oder noch besser zu Fuß laufen, war ihre Überzeugung.

»Mum, wir helfen dir und stellen die Sachen noch gemeinsam in den Bus. In Nebel nimmst du deinen Rucksack eh auf den Rücken. Mein Koffer lässt sich rollen. Bleibt nur dein kleiner Tagesrucksack und es ist ja auch nur ein kleines Stück«, versuchte Malu ihre Mutter erneut umzustimnen.

Kristina überlegte … das müsste wohl wirklich gehen und es gab noch einen anderen Grund, warum sie sich langsam mit dem Vorschlag anfreundete. Wenn ihre Tochter die Kontakte aus dem letzten Sommer so schnell wieder aufnehmen konnte, gab es weniger Urlaubsstress und auch sie könnte dann häufiger ihren Interessen nachgehen und sich verabreden.

»Nun gut, dann machen wir das so«, lenkte sie ein.

»Toll, Mum! Danke!«

Malu hatte schon ihren Koffer geöffnet und zog den Bikini heraus. Den stopfte sie in ihren kleinen Reiserucksack und wühlte dann weiter, um ein Handtuch zu finden. Doch sie fand einfach keins und dann fiel ihr ein, dass Kristina alle in ihren Rucksack gepackt hatte.

Das konnte jetzt die Badeaktion erneut in Gefahr bringen. Ihre Mutter war wahrscheinlich nicht bereit, hier auf der Straße vor allen Leuten alles auszupacken und dann der Bus, er würde sicher gleich abfahren.

»Ich hab schon ein Handtuch für dich dabei«, meldete sich Janne.

»Wow … du kannst ja Gedanken lesen … gute Planung!«, quetschte ihre hervorquellende Kleidung zurück und drückte den Kofferdeckel in den Verschluß.

Kristina war gerade dabei, sich ihren Rucksack auf den Rücken zu wuchten, als Malu plötzlich den Mann entdeckte, auf den sie schon gewartet hatte. Trotz der ganzen Wiedersehensaufregung hatte sie versucht, die Gruppe der aussteigenden Urlauber im Auge zu behalten und jetzt war er endlich aufgetaucht. Der Hai ging quer über den Anleger direkt in Richtung Taxistand.

»Janne, schau bitte mal kurz. Kennst du den Typ da, den mit dem hellen Trenchcoat, der kleinen Reistasche und dem Aktenkoffer in der Hand?«

Janne hatte den Mann sofort entdeckt und musterte ihn. »Nie hier gesehen auf der Insel … hat vielleicht was mit Immobilien zu tun? Die Sylter Geldleute kaufen sich hier mächtig ein. Ein Amrumer ist das garantiert nicht. Aber wieso, was ist mit dem?«

»Erzähl' ich dir später!«

Malu nahm schnell ihr Gepäck und folgte ihrer Mutter zur Haltestelle. Dort stand der Bus schon bereit und sie verstauten zügig alles im Mitteleinstieg. Bevor sich Kristina hinein drängelte, drehte sie sich noch einmal um und siehe da, sie sah schon wieder sehr entspannt aus.

»Wir sehen uns dann später. Euch einen wunderschönen Tag ... und komm nicht so spät, Marie ... Janne, pass gut auf meine Tochter auf ... genießt die Insel!«

Kristina lachte und winkte noch kurz, stieg ein und schon Sekunden später schloss die Tür und der Bus fuhr davon.

Malu blinzelte Janne zu:»Mensch, das hast du aber sehr gut eingefädelt!«

Janne nickte nur, sah allerdings ebenfalls sehr zufrieden aus.

Malu nahm das Damenrad von Anne und Janne holte ein Herrenfahrrad aus dem Fahrradständer. Als sie dann quer über den Anleger fuhren, hörte er den Lautsprecher der Eilun. Sein Vater verabschiedete seine Ausflugsgäste. Ein kurzer Blick zum Schiff genügte und er sah sofort die weiße Kapitänsmütze. Wahrscheinlich ist er zu beschäftigt und hat mich nicht erkannt, hoffte er. Ansonsten weiß er jetzt, warum ich unbedingt sein Fahrrad brauchte.

Aber den geschulten Augen unter der Kapitänsmütze entging so schnell nichts. Seinen Sohn hatte er schon längst entdeckt und auch die Person an seiner Seite.

Na, dann ist ja alles gut! dachte der Käpt'n grinsend. ... Junior interessiert sich nicht nur für Meerestiere ...

Die Mole

Sie nahmen den kürzesten Weg nach Steenodde. Erst auf der Wittdüner Uferpromenade direkt am Watt entlang und danach auf dem Deich weiter. Leider war ab hier an Nebeneinanderfahren nicht mehr zu denken. Janne fuhr vorneweg. Eigentlich hatte er sich kaum verändert, sie hatte ihn eben am Fähranleger sofort erkannt. Natürlich war er ein Stück gewachsen und seine Schultern erschienen ihr etwas breiter, aber ansonsten sah er mit seiner abgeschnittenen, ausgefransten Jeans, seinem ausgeblichenem T-Shirt und den verwuschelten Haaren noch genauso aus wie im letzten Jahr.

Schnell kamen sie jetzt dem Seezeichenhafen näher. Auf dem Hafengelände sah Malu eine kleine Touristengruppe, die sich um einen großen, sehr kräftigen Mann versammelt hatte. Mit ausladenden Gesten schien der einen Vortrag zu halten. Seine dunkle, tiefe Stimme war kräftig und beim Näherkommen konnten sie die Worte Pallas, Rettungsboot und Feuer verstehen. Der breite Kerl hatte einen dichten, vollen Graubart, trug ein weiß-blau gestreiftes Ringelshirt und hatte eine Stoffmütze etwas schräg auf dem Kopf. Jetzt schaute er kurz rüber und winkte ihnen gleich zu. Janne grüßte zurück.

»Den hast du schon mal gesehen, letztes Jahr auf dem Dorffest in Nebel. Er spielt Querflöte, gehört zu Querbeet. Wolfgang ist der Chef vom Wasserstraßen- und Schifffahrtsamt und bietet im Sommer Führungen an. Du kannst sogar mit ihm nachts den Leuchtturm besteigen. Soll ziemlich cool sein.«

»So stell ich mir einen Piratenkapitän vor«, amüsierte sich Malu.

»Da hast du auch nicht ganz Unrecht! Irgendwie ist er auch einer«, lachte Janne zurück.

»Und was ist das mit der Pallas?«, wollte Malu nun wissen.

»Das liegt schon Jahre zurück. Da ist hier auf der Nordsee tagelang ein großer Holzfrachter brennend und ohne jede Besatzung rumgedümpelt ... quasi als Geisterschiff ... schließlich ist der Kahn dann vor Amrum auf eine Sandbank gelaufen und da war hier auf der Insel richtig Alarm ... wegen Öl und Umweltverschmutzung ... das Wrack kannst du noch heute bei Niedrigwasser und guter Sicht von Wittdün aus sehen. Viele fragen sich, warum nicht schon längst alles von der Pallas dort im Mahlsand verschwunden ist und es gibt die Theorie, das Wrack sitze genau obendrauf auf einem anderen abgebuddelten Kahn ... ich hab mal eine Karte gesehn. Du glaubst gar nicht, wie viele Schiffe hier vor Amrum in den vielen Jahrhunderten abgesoffen sind ... ein schwarzer Punkt neben dem anderen, einfach irre!«

(Karte Strandungsfälle – siehe Anhang)

Janne war durch die langen Erklärungen und weil er so laut nach hinten sprechen musste, sogar ein wenig außer Atem gekommen, aber Malu stellte schon die nächste Frage:

»Und warum liegen hier so viele bunte Bojen auf dem Gelände rum?«

Janne musste wieder lachen. »Bojen?!!? ... Du, dafür sind die hier eigentlich zu groß! Fahrwassertonnen würde ich sagen ... und bunt sind sie eigentlich auch nicht ... nur zwei Farben, rote und grüne ... damit werden die Fahrrinnen markiert ... und hier werden die Dinger repariert, gesäubert und neu angestrichen.«

Glücklicherweise stellte Malu nicht noch eine Frage und Janne konnte erst mal durchschnaufen.

Nachdem sie ums Hafengelände herum waren, ging es wieder auf dem Deich weiter und schnell kam nun Steenodde in Sicht, ein ehemaliges Fischerdorf, das auch heute noch aus nur wenigen Häusern bestand. Allerdings gab es hier einiges von Interesse:

Steenodde

Für einige ist hier der Platz, an dem man noch das alte, ursprüngliche Amrum finden kann – nicht so hektisch, nicht so schick, nicht so hinter dem Geld her. Für die Esoteriker liegen hier die heiligsten Plätze der Insel mit besonderen Energiefeldern. Sie sitzen in Vollmondnächten und zur Sonnenwende auf dem Eesenhugh, einem Häuptlingsgrab und verbinden sich mit Odin, Wotan und Freya, den heidnisch germanischen Göttern. Tatsächlich finden sich hier noch besonders viele Grabhügel aus der Bronze- und Wikingerzeit. Offensichtlich benutzten die frühen Siedler der Insel die meerabgewandte Bucht von Steenodde als sicheren Hafen, Handelsplatz und Friedhof. Eine kleine Anlegestelle gibt es immer noch und der Segelverein trainiert hier seinen Nachwuchs. Der kleine Strand wird im Sommer gerne von Familien genutzt. Die Kleinen können hier gefahrlos im seichten Wasser planschen und mit ihren Keschern Krebsen und Krabben nachjagen. Schließlich gibt es dann noch das Kajütenhäuschen mit Krabbenverkauf und manchmal frischem Fisch.

Aber für die Inseljugend hatte dieser Ort eine ganz andere, besondere Bedeutung: Die Mole von Steenodde war einfach ihr angesagtester Treffpunkt im Sommer. Man ging selten an den Strand oder in die Dünen, verabredete sich nicht auf Parkbänken oder in Haltestellenhäuschen. Die Amrumer Jugend traf sich im Sommer in Steenodde auf der Mole.

Malu kannte diesen Ort natürlich auch schon sehr gut. Schließlich war sie mit Janne und der Clique im letzten Sommer einige Male hier gewesen. Vom Deich aus konnte sie jetzt die gesamte Bucht überblicken.

»Mensch«, stellte sie begeistert fest, »genau so wie im letzten Jahr. Auf der Mole ist wieder richtig was los. Janne, ich freu' mich schon darauf, die Freunde aus der Sommerclique zu treffen. Meinst du, sie sind auf der Insel?«

»Klar sind sie das«, kam fast empört von Janne zurück. »Wo sollten die sonst wohl zu dieser Jahreszeit sein? Die freuen sich schon alle. Ich hab ihnen natürlich erzählt, dass du heute ankommst.«

Die Sonne stand strahlend am Himmel. Sie spürte den warmen Fahrtwind auf ihrer Haut und bemerkte, dass sie begonnen hatte, ihr momentanes Lieblingslied zu summen. Ich hab mein Sommergefühl wieder! freute sie sich.

Der Deich war nicht steil und so rollten sie bergab, direkt auf die Straße, die aufs Molengelände führte. Die Mole war ein langgezogener, geteerter Platz mit seitlichen Liegeplätzen für kleine Boote und einem abrupten Ende mit dicken hölzernen Festmacherpfählen.

Malus Herz machte einen Freudensprung. Sie hatte einen ihrer Urlaubsfreunde entdeckt. Unter lautem Gejohle hatte gerade ein großgewachsener Junge mit kurzen, dunklen Haaren und durchtrainiertem Body Anlauf genommen und sprang dann in einem hohen Bogen mit angezogenen Beinen vom Kai.

Ah, sie sind bei ihrem Lieblingsfun – Arschbombenwettbewerb, erinnerte sie sich und Claas, wenn es um sportliche Herausforderungen ging, natürlich wieder ganz vorne mit dabei.

Anscheinend hatte nun ein kräftiger, etwas molliger Junge mit kurzen Stoppelhaaren die Neuankömmlinge entdeckt. Er war ein Stück vorgetreten und starrte neugierig in ihre Richtung. Plötzlich musste Malu an ihren neuen Bikini denken und an das Minihandtuch, das bei Janne auf dem Gepäckträger klemmte. Eine kleine Panik stieg in ihr auf.

Janne hatte Owe natürlich auch schon gesehen. Der baute sich jetzt noch breitbeiniger auf und stemmte seine Hände in die Hüften. Mit seinem typischen Grinsen ließ er die beiden näher kommen. Janne wusste, dass Owe meistens nur dumme Sprüche einfielen und so bereitete er sich schon darauf vor.

Owes Grinsen wurde nun noch breiter und bekam auch noch was Triumphierendes.

Jetzt ist ihm irgendetwas Blödes eingefallen, war sich Janne sicher. Er versuchte ihn einfach zu ignorieren und schaute gelassen an ihm vorbei. Aber so schnell ließ Owe nicht locker.

»Na, Alter, läuft bei dir? Welchen Fisch hast du denn da am Haken? Ist wohl neu auf der Insel, was?«, rief er ihm entgegen.

Auch Malu ärgerte sich natürlich sofort über diesen Satz, aber Janne hatte offensichtlich nicht vor zu reagieren und so übernahm sie die Sache:

»Hey, Owe! Gut, dass wir dich hier treffen. Wo du doch so 'n Fischexperte bist. Wie würdest du Schollen anbraten? Erst von der hellen und danach von der dunklen Seite oder eher umgekehrt?«

»Hää ...?« Die Frage hatte ihn vollkommen aus dem Konzept gebracht. Sein Grinsen war verschwunden. Stattdessen kratzte er ratlos an seinen Stoppelhaaren herum.

»Keine Ahnung ... ist das nicht egal? Muss man das wissen?«

»Wenn man Fischexperte ist, schon ... frag Janne mal ... wenn der einen leckeren Fisch am Haken hat, weiß er auch, wie man den zubereitet«, antwortet Malu keck und ließ Owe stehen.

Janne ging grinsend an Owe vorbei und schaute dann kurz Malu an. Sie sah weiter sehr entspannt aus und warf ihm ein Augenzwinkern zu.

»Was war das jetzt? Ich hab vom Schollenbraten keine Ahnung«, lachte Janne.

»Ich auch nicht », freute sich Malu. »Aber das weiß Owe ja nicht. Meine Mum und der Geschäftstyp haben sich auf der Fähre darüber lange unterhalten. Aber wirklich gewusst hat das von den beiden auch keiner.«

Owe stand noch immer wie erstarrt da und sah den beiden hinterher. ... Irgendetwas ist eben schief gelaufen? Aber was? ... Und was sollte das mit den Schollen? ... Vielleicht steht sie auf Kochrezepte? ... Vielleicht sollte ich sie mal zu „ Mundart “ einladen und wir könnten einen Döner mit Pommes essen? ... Ich glaub, das war so was wie 'ne Anmache ... ich könnte Chancen bei ihr haben! ... Aber woher kennt sie mich überhaupt? überlegte er.

Malu hingegen konnte sich an Owe nur zu gut erinnern. Er wollte schon im letzten Jahr immer besonders cool sein und hatte sie mit seinen Prahlereien genervt.

In diesem Augenblick löste sich ein Mädchen aus dem Gewusel am Molenende und kam hüpfend, immer von einem Bein aufs andere, auf sie zu. Sie warf ausgelassen ihre Arme in die Luft und dabei sang sie: »Malu ist da ... hurra ... Malu ist da!« Mit ihren schulterlangen, hellen Haaren, ihrem roten Bikini, dem Lachen von einem Ohr zum anderen und dieser schon fast unverschämten braunen Amrum-Sommerhaut war das natürlich unverkennbar Greta.

Malu stellte sofort ihr Fahrrad auf den Ständer und rannte ihrer Freundin entgegen. Beide fielen sich in die Arme und drückten sich überschwänglich.

»Mensch, Greta, ich bin wieder auf Amrum und bei euch.«

»Na, dann kann die Party ja beginnen! Komm, ich zeig dir, wer hier ist. Die meisten kennst du ja schon.«

In diesem Moment schaute ein nasser Jungenkopf über den oberen Rand des Anlegers.

»Hey, Malu, hab schon gehört, dass du kommst!«, rief Claas. »Cool, dass du wieder da bist! Jetzt ist die Clique vollzählig ... komm ins Wasser, es hat deine Temperatur. Fast Badewanne!«

»Ja ... das mach ich gleich ...«, antwortete Malu, aber das klang zögerlich. Sie musste wieder an das kleine Handtuch denken. »Ich hol nur schnell meine Badesachen vom Fahrrad«, sagte sie und versuchte so Zeit zu gewinnen.

Greta war die Verunsicherung in Malus Antwort sofort aufgefallen und auch das Gesicht ihrer Freundin sah plötzlich nicht mehr so entspannt aus.

»Ich finde auch, wir sollen sofort ins Wasser springen«, stimmte Janne zu und zog sich sofort sein T-Shirt über den Kopf.

Aus der leichten Panik wurde nun zusehends eine mittelschwere und Malu suchte fieberhaft nach einem Ausweg.

»Ich muss mal kurz auf die Toilette«, meldete sich Greta jetzt. »Willst du nicht mitkommen? ... dann können wir Frauen uns schon mal das erzählen, was die Kerle nicht mitkriegen müssen.«

Den letzten Satz hatte sie mit hohem Kinn, spitzem Mund und abgespreiztem kleinen Finger provozierend in Richtung der Jungs gesagt, so wie eine sehr vornehme Dame oder eine Oberlehrerin. Malu musste lachen, so lustig sah das aus. Sie schaute nur kurz ins Gesicht ihrer Freundin und wusste Bescheid.

Greta hat mich gerade gerettet!, dachte sie dankbar und reagierte sofort: »Ich bin dabei!«

»Ihr könnt doch noch genug quatschen«, versuchte es Claas noch mal. Aber er merkte schnell, dass seine Worte nichts bewirkten und schob dann ein:»Na, ja … typisch Mädchen« hinterher.»Dann lassen wir die Ladies mal. Komm, Janne, das Wasser ist wirklich geil!«

Auf dem Weg zum WC-Häuschen am Ausgang des Molengeländes hielt Malu Greta lachend ihren Bikini vor die Augen.»Wir Mädchen sind eben clever. Die Boys kriegen nur die Hälfte mit.«

Die Mädchen quietschten vor Vergnügen und verschwanden im Toilettenhäuschen, das eher wie eine zugemauerte Bushaltestelle aussah.

Nur wenige Minuten später kamen sie wieder heraus und Malu trug zum ersten Mal ihren neuen hell-türkisfarbenen und weiß-gepunktenen Sommerbikini. Den hatte sie erst vor wenigen Tagen gemeinsam mit ihrer Mutter in Hamburg gekauft. Sie war gar nicht so scharf auf einen neuen gewesen, aber auch sie liebte diese Farbe und Mum hatte nicht locker gelassen. „Schließlich musst du doch toll aussehen auf der Insel bei all diesen knackigen Surfertypen dort", hatte sie gesagt.

Dieser Satz war mal wieder typisch für Mum gewesen und eben auch wieder megapeinlich. Den hatte nämlich nicht nur die biedere Verkäuferin mitbekommen, sondern auch noch etliche andere Kunden.

Jetzt schaute sie an sich herunter und sah dann Greta fragend an. »Dreh dich mal … zeig mir mal deinen Hintern … schöner Knackarsch, Sweety«, und weiter.»Der steht dir einfach Spitze, deine Farbe und mit den Punkten, irgendwie lustig … sieht total super aus, alles top, mach dir keine Gedanken.«

Malu hatte ihr neuer Bikini natürlich auch schon vorher gefallen, aber das zustimmende Urteil einer Freundin stand noch aus und deshalb gefiel er ihr jetzt erst recht. Allerdings guckte Greta nun überraschend ernst.

»Malu, noch etwas anderes. Diese Umzieherei auf der Toilette muss sofort aufhören! In Zukunft ziehst du dich auch auf der Mole um, wie wir alle. Ich zeig dir, wie das geht, mit dem Handtuch und so. Das ist überhaupt kein Problem. Die Typen können praktisch daneben stehen und kriegen nichts zu sehen. Sonst denken die noch, du bist so 'ne prüde Stadttussi.«

»Und das wollen wir natürlich nicht«, witzelte Malu zurück, zog die gestreckte Hand an den Kopf und grüßte militärisch. Beide mussten sofort wieder lachen.

Auf dem Weg zurück zur Mole hielten sich die Mädchen an den Händen und auch Malu war nun bester Stimmung. Allerdings bekam die jetzt erneut einen mächtigen Dämpfer.

»Und mein Schatz, ist deine Zeit dies Jahr gekommen?«, hatte Greta soeben gefragt und sie dabei recht prüfend angesehen. Malu erinnerte sich natürlich sofort.

Es hatte damit zu tun, wie man von der Mole ins Wasser kam. Es gab eigentlich nur zwei Möglichkeiten. Eine gute und eine schlechte. Die gute war der Sprung von der Molenkante – und dazu gehörte Mut. Der Abstand zum Wasser schwankte stark und konnte je nach Tide ganz beträchtlich sein. Die zweite Möglichkeit war die schlechte – und das war der Umweg über die Schwimmpontons, an denen die Segelboote festmachten. Von dort hatte man nur einen geringen und immer gleichen Abstand zur Wasseroberfläche. Diesen Weg mussten alle nehmen, die sich das von oben nicht trauten. Das waren in den Augen der anderen dann natürlich auch die „Schisser“. Die hatten ein Looser-Image und waren deshalb auch oft die Opfer und mussten mit Spott und anderen Nervereien leben. Zu diesen Loosern hatte letztes Jahr auch Malu gehört, sich aber bei den Freunden mit der Ankündigung verabschiedet, ihre Zeit käme nächstes Jahr – und das war jetzt!

»Ich glaub, ich schaff es!«, sagte sie mutig. »Ich bin in Hamburg in der letzten Zeit häufig im Freibad gewesen. Vom Einer macht es mittlerweile richtig Spaß und ich bin auch schon einige Male vom Dreier gesprungen.«

»Na, dann ist ja alles klar!«, sagte Greta, behielt ihre Freundin aber weiter im Auge – sie traute dem Braten nicht.

Und sie sollte Recht behalten! Malus Optimismus schwand mit jeder Sekunde. Sie erinnerte sich gerade an das trübe, schlickige, undurchsichtige Wasser dort am Molenrand.

»Greta, eigentlich hab ich mächtig Bammel«, gestand sie schließlich. »Ich stell mir immer vor, da unten sind irgendwelche schrecklichen Glibberquallen oder sonstige Viecher. Möglicherweise liegt da auch plötzlich ein altes Fahrrad oder was anderes.« Ihr war gerade die

Geschichte eingefallen, dass dort mal jemand ein altes Auto über die Kante geschoben hatte, um es billig zu entsorgen.

»So 'n Quatsch, Malu, da unten ist nichts! Da sind heute schon zig Mal Leute reingesprungen. Du darfst bloß da oben nicht so lange rumstehen und dir alles Mögliche ausmalen ... Augen zu und einfach runter.« Aber Greta wusste natürlich auch, dass das leichter gesagt als getan war.

»Am besten, du machst es gleich, bevor sie sich an dein Versprechen vom letzten Jahr erinnern, denn dann wird's richtig schwierig für dich. Dann kommen die Sprüche und andere Gemeinheiten.«

»Du hast sicher Recht. Ich sollte es gleich machen ... dann hab ich's hinter mir«, stimmte Malu zu.

Aber Greta blieb skeptisch, zu deutlich waren die Sorgenfalten auf der Stirn ihrer Freundin.

Und was Malu noch gar nicht gesehen hatte, war der niedrige Wasserstand heute. Die Flut war noch nicht hoch aufgelaufen und der Abstand zur Molenkante war ganz beträchtlich.

Aber Malu war entschlossen. Sie legte nur kurz ihre Sachen am Lagerplatz der Freunde ab und ging dann mutig direkt weiter zum Molenrand. Sie hatte sich vorgenommen, nicht lange zu zögern und möglichst schnell zu springen.

Doch als sie jetzt runter sah, bekam sie einen gewaltigen Schrecken. Der Abstand war deutlich größer als erwartet und schlagartig war da diese alte Angst ... und die verdoppelte sich mit jeder Sekunde. In ihrer Phantasie tauchten gruselige Schleimtiere mit langen Fangfäden auf, übergroße Strandkrabben mit riesigen Greifzangen, alte Fahrräder und sogar ein verrostetes Auto.

Claas und Janne hatten Malu oben am Molenrand natürlich längst entdeckt und schwammen neugierig heran.

»Na, Malu, ist heute deine Zeit gekommen!!!«, rief Claas von unten.

Die Angst kroch in jedes ihrer Körperteile. Ihre Beine fingen leicht zu zittern an, ein Frösteln lief ihr über den Rücken und löste augenblicklich überall Gänsehaut aus. Die Panik in ihrem Kopf wurde immer größer.

Plötzlich stand Greta neben ihr und lächelte mitfühlend:»Na Sweety, wie ist die Lage? Kannst du den Hebel nicht umlegen?« Sie hatte kurz überlegt Malu einfach reinzuschubsen, natürlich um ihr zu helfen, aber das war ein zu großer Vertrauensbruch und außerdem ziemlich gemein.

»Also Malu, schau dir das jetzt mal alles in Ruhe an. Ich mach einen Fußsprung, das ist einfach. Spring sofort hinterher, mach dich ganz steif und halt dir die Nase zu … okay?«

Die Jungs geierten natürlich immer noch nach oben, aber sie hielten sich mit Sprüchen auffällig zurück. Sie registrierten anscheinend, dass da oben jemand ehrlich kämpfte und Spott jetzt nicht angesagt war.

Greta sah die anwachsende Verzweiflung in Malus Augen, die schon einen feuchten Schimmer bekamen und verkündete dann laut:

»Malu hat es versucht. Heute ist noch nicht ihr Tag, aber die Ferien fangen erst an und ihre Zeit wird noch kommen!«

Danach nahm sie die Hand ihrer Freundin und beide gingen gemeinsam Richtung Schwimmpontons, die unehrenhafte Variante, die Malu aus dem letzten Jahr so gut kannte.

Schon bald tobten alle wild im Wasser herum. Auch Malu war mittendrin, tauchte, drückte andere unter Wasser oder wurde selber angesprungen. Als sie sich erneut wieder auf Claas geschmissen hatte, verkündete sie in ihrem momentanen Übermut:

»Wenn wir das nächste Mal wieder hier sind, springe ich!! … Ihr werdet es erleben!!«

Janne und Greta guckten sich nur an, sagten aber nichts. Nur Claas meinte:»Na, das woll'n wir erst mal abwarten.«

Aber weitere Kommentare gab es nicht. Die Angst vorm ersten Sprung kannte irgendwie jeder.

Der weitere Verlauf des Nachmittags war entspannt und sehr lustig. Chillen und Quatschen, gemeinsames Herumalbern und immer wieder Schwimmen und Toben im Wasser.

Auch die kleinen Ärgereien durch die Jungs fehlten natürlich nicht. Einer ihrer Lieblingsspielchen war, den Mädchen in unvorsichtigen Momenten volle Eimer mit Wasser über den Kopf zu schütten, und wenn die den Braten rechtzeitig rochen und dann kreischend wegliefen, ihnen mit den Eimern schreiend nachzujagen.

Als Malu auf ihre Uhr sah, war es tatsächlich schon sechs durch. Sie kriegte einen gewaltigen Schreck ... wo war bloß die Zeit geblieben? »So spät schon!« Sie war vollkommen überrascht. »Janne, ich muss sofort los. Meine Mum kriegt sonst richtig schlechte Laune.«

»Ich bin eigentlich auch durch für heute. Lass uns zusammen fahren«, antwortete er und packte sofort seine Sachen zusammen.

»Mach dir keinen Kopf, Malu. Wir sehen uns morgen sicher schon wieder. Ich schick dir 'ne Whats-App«, meldete sich Greta mitfühlend.

Die beiden nahmen den kleinen Sandweg, direkt an der Abbruchkante zum Watt, und schnell tauchten die Turmspitze der Kirche und die Friesenhäuser von Nebel auf. Als sie am Hotel Friedrichs vorbei fuhren, schaute Malu in das sehr zufriedene sonnengebräunte Jungengesicht an ihrer Seite und auch seine Augen strahlten sie an.

»Hier hat sich ja nichts verändert!«, freute sie sich. Und wenig später, sie fuhren gerade an der St. Clemenskirche vorbei, »schau nur, Janne, selbst den kleinen Verkaufsstand mit den Wellhornschnecken und den Holzfischen gibt es noch.«

Janne brachte sie bis vors Haus ihrer Unterkunft und verabschiedete sich dann: »Das war ein toller Nachmittag! Wir sehen uns morgen.«

»Ich denk schon«, lachte Malu ihn an. Aber jetzt war ihr noch etwas Wichtiges eingefallen:

»Janne, hast du eigentlich einen PC? Ich muss unbedingt etwas rauskriegen und mein Handy hat kaum noch Datenvolumen. Manchmal komm ich gar nicht ins Internet oder es dauert tierisch lange!«

»Mmmh«, überlegte er. »Mein Computer ist wirklich retroverdächtig und stürzt dauernd ab. Aber das sollte kein Problem sein. Claas hat einen ziemlich fitten Laptop. Das kriegen wir schon ... so bis dann und tschüss bis morgen!«

2. Urlaubstag

Frühstück mit Kurt

»So, meine Liebe, raus aus den Federn.«

In diesem Augenblick wurden die Vorhänge aufgezogen. Malu blinzelte verschlafen in die plötzliche Helligkeit.

»Meinst du wirklich, Mum?«

»Ja, es ist schon neun Uhr durch ... Amrum ruft. Das Wetter ist herrlich und die Vormittage sind hier immer besonders schön! Hoch mit dir!«

Malu fühlte sich total müde und wäre noch zu gerne eine Weile länger im Bett geblieben, aber ihre Mutter war da ohne Gnade, und deshalb stand sie jetzt recht zügig auf und ging ins Bad.

»Ich mach schon Frühstück, Marie. Ich denke, wir essen draußen im Garten. Du könntest schnell bei Bäcker Claußen Brötchen holen.«

»Ja, Mum.«

»Bring gleich mehr mit. Acht müssten reichen. Vielleicht hat Kurt auch Lust, mit uns zu frühstücken. Beeil dich!«

»Ja, Mum«, war wieder die Antwort aus dem Badezimmer. Aber so schnell, wie sich ihre Mutter das vorstellte ging es nun wirklich nicht. Besonders morgens nach dem Schlafen war es mühsam, ihre langen Haare durchzukämmen. Mum hatte es da wesentlich einfacher. Die trug sie kürzer, noch nicht einmal Schulterlänge und gestuft.

Heute morgen wollten ihre störrischen Dinger einfach nicht in der richtigen Position bleiben ... wahrscheinlich das Salzwasser und jetzt hatte sie auch noch einen Pickel auf ihrer rechten Stirnseite entdeckt.

Ihre kräftigen, dunkelblonden Haare, die im richtigen Licht sogar leicht rötlich schimmerten, hatte sie, wie ihre braunen Augen von Mum. Ihre Nase leider von Paps und die gefiel ihr nicht ganz so toll. Und obwohl ihr das immer alle ausreden wollten, fand sie die ein wenig zu breit und nicht elegant genug ... allerdings auch nur, wenn sie schlechte Laune hatte!

38

Aber ihre Haare liebte sie wirklich. Wenn es nur irgend möglich war, kämmte sie sie zweimal täglich sorgfältig durch – einmal morgens, einmal abends. Und je nach Anlass und Stimmung trug sie sie unterschiedlich – meistens offen, manchmal hochgesteckt oder mit Haarband als Pferdeschwanz und gerade war sie dabei, sich einen Zopf zu flechten.

Kristina hatte den Frühstückstisch schon fast eingedeckt, aber ihre Tochter war noch immer nicht zu sehen.

»Was machst du bloß so lange, Marie? Ich werde langsam nervös. Beeil dich bitte.«

»Ja, Mum.«

Aber auch dieses Ja war kein „Ich-komm- in-30-Sekunden-raus-ja" sondern eher ein „Ich-muss-mein-Gesicht-noch-weiter-akribisch-nach-neuen-Pickeln-absuchen- Ja".

Nach weiteren 10 Minuten riss Kristina endgültig der Geduldsfaden.

»Marie-Luies, ich werde langsam wirklich sauer. Das Wasser für die Eier kocht schon. Wenn du jetzt nicht kommst, hol ich die Brötchen selbst!«, polterte Kristina los.

Nach zwei Sekunden flog die Badezimmertür auf.

»Bin schon fertig. Ich beeil mich auch.«

Kristina zog nur genervt die Augenbrauen hoch und piekste dabei weiter die Frühstückseier an.

Es kam zwar nicht oft vor, aber wenn Mum sie mit ihren beiden Vornamen ansprach, wurde es wirklich ungemütlich! Dann stand deren Wutexplosion unmittelbar bevor und es hieß: Kopf einziehen und Land gewinnen! Schon gestern hatte es Ärger gegeben, weil sie so spät von der Mole zurückgekommen war. Sie brauchte unbedingt eine gut gelaunte Mutter bei all ihren geplanten Vorhaben mit der Clique und deshalb schnappte sie sich den Beutel und das Einkaufsportemonnaie und rannte los.

Mit ihren Vornamen und wer sie wie nannte, war es schon ganz besonders. Ihre eine Großmutter hieß Marie und ihre andere Luise. Sie hatte die Namen sozusagen ebenfalls geerbt. Paps hatte wohl darauf bestanden … aus Tradition hatte er ihr einmal erklärt. Marie-Luise stand in ihrem Personalausweis, mit Bindestrich. Aber nur ihre Großeltern und die Lehrer in der Schule nannten sie mit Doppelnamen, wahrscheinlich auch, weil es so im Klassenbuch eingetragen war. Mum und Paps sagten eigentlich immer nur Marie, mit dieser Wutvariante von eben. Wobei ihre Mutter dann immer die französische Form von Luise benutze und Marie-Luies sagte, oder genauer: Schrie! – Luise klang ihr wohl zu altmodisch. Von all ihren Freunden wurde sie nur „Malu" genannt – sozusagen ein Zusammenbau aus den ersten beiden Buchstaben ihrer Vornamen.

Auf dem Weg zum Bäcker sah sie Janne im Garten an seinem Fahrrad hantieren. Er kam ihr sofort lachend entgegen.

»Hey Malu, alles okay? Wegen gestern und deiner Mum?«

»Alles gut soweit!«, flunkerte sie.

»Du, ich hab' schon mit Claas gesprochen. Er kommt heute Nachmittag kurz nach drei vorbei und bringt seinen Laptop mit. Wir könnten uns hier treffen und im Internet suchen. Was hältst du davon?«

»Super, das wär genial. Nur … ich muss erst mal rausbekommen, was meine Mum vorhat. Ich glaub, ich muss am Anfang der Ferien alles schön langsam angehn. Ihre Stimmung ist grad nicht so toll. Sie muss erst mal ins Verabredungsfieber mit ihren Freundinnen kommen. Dann hab ich freie Bahn.«

»Du, ich glaub, sie ist schon im Fieber … Ich weiß zufällig, dass sie um drei mit meiner Mutter verabredet ist. Die wollen zum Torteessen!«

»Ah, ja ... das ist eine Spitzennachricht«, grinste Malu. »Du, ich muss mich beeilen, Brötchen holen. Also, bis nachher ... ciao!«

Die Friesenkrustis waren noch warm und dufteten megalecker. Sie steckte ihre Nase in die Tüte. »Super!«, dachte sie. »Vielleicht sogar fantastisch!«

Jetzt überlegte sie kurz und hatte sich schon entschieden. Sie nahm den Sandweg zurück, dann kam sie an der Kirche vorbei … aber sie ging nicht, sie rannte!

Wenige Minuten später stand sie schon vor dem kleinen Verkaufsstand mit den Strandobjekten. Hier gab es jeden Tag ein neues Angebot und schon im letzten Jahr hatte sie immer wieder fasziniert davor gestanden.

Wellhornschnecken, ganz, halbiert oder zur Scheibe geschnitten wurden angeboten. Dann gab es noch verschiedene Modelle von Schlüsselanhängern, aber besonders gefielen ihr die Fische. Aus unterschiedlichsten Hölzern, naturbelassen und wenig geschliffen – nur geölt. Jeder Fisch unterschied sich in Form, Größe und Farbe. Der Künstler schnitt sie meist aus Strandholz und manche hatten eine ganz besondere Holzstruktur durch die Auswaschungen der Nordsee. Auch jetzt hingen wieder die unterschiedlichsten Exemplare an der Stellwand. Und einer sprang ihr besonders ins Auge. Er war größer als die anderen, hatte eine besonders schöne Form und einen geheimnisvoll, warm-braunen Holzton und ein kleiner, fast schwarzer Ast, war genau an der richtigen Stelle.

Sie zögerte. Sollte sie schon gleich zu Beginn der Ferien so viel Geld ausgeben? ... Ich kauf ihn, beschloss sie mutig. Und ich kaufe ihn jetzt! Sie kramte das Wechselgeld vom Brötchenkauf aus der Tasche und steckte 12 Euro in die kleine Holzkasse.

»Toll, dass der so viel Vertrauen hat ... aber das geht wohl nur auf Amrum«, dachte sie, schnappte sich den Fisch und rannte wieder los.

Im Garten war schon alles bereit für das erste Frühstück auf der Insel. Ihre Mutter kam gerade mit heißem Tee und gekochten Eiern aus der Wohnung.

»Wow«, staunte Kristina. »Du bist ja schon da! Manchmal hilft es ja doch, wenn ich mich aufreg«, und dabei lächelte sie schon wieder. »Marie, du kannst dich schon setzten, es ist alles fertig ... Kurt kommt auch dazu. Er freut sich, dich endlich zu sehen.«

»Oh, das ist toll! Ich bin auch schon ganz gespannt auf ihn.«

Sie hatte ihn bislang noch gar nicht begrüßen können. Gestern Abend, nach dem Schwimmen, hatte sie als erstes bei Opa Kurt geklingelt, ihn aber leider nicht angetroffen. Er hat noch auf dich gewartet, musste dann aber zu einer Gemeinderatssitzung, hatte ihr Kristina später erzählt.

Malu stapelte die Brötchen in den Brotkorb und zog dann den Fisch aus dem Beutel.

»Mum, schau mal!«, und hielt ihren Neuerwerb stolz in die Luft.

»Wow, Marie, der ist aber schön ... lass' mich raten ... vom Verkaufsstand?«

Malu reichte den Fisch ihrer Mutter, die ihn begeistert in beide Hände nahm.

»Tolle Oberfläche!« Jetzt hielt sie ihn etwas auf Distanz und besah sich die Form.

»Großartig! Wirklich fantastisch! Sieh nur, der kleine dunkle Ast hier! Der Fisch sieht richtig lustig aus mit seinem Auge. Es ist schon eine Kunst, die Fische immer genau so aus den Brettern zu schneiden, dass so ein Ast das Auge bildet ... ganz tolles Stück ... wirklich super!«, schwärmte Kristina. Jetzt hielt sie sich den Fisch vor die Nase und sog den Geruch tief ein: »Nach Teer und Strand riecht er nicht, aber ein tolles Stück! Sehr gute Entscheidung!«

»Leider ist das Wechselgeld fast komplett draufgegangen, Mum. Aber du kriegst es natürlich von mir wieder.«

»Du, Marie ... alles gut. Ich finde es so schön, wenn du dich für solche Dinge begeistern kannst. Weißt du ... unser Urlaub beginnt heute ... und ich schenk ihn dir.«

Jetzt war wieder ein Wow! zu hören, aber diesmal von Malu.

»Dankeschön, Mum. Vielen Dank!«

Sie nahm den Holzfisch zurück, legte ihn zwischen beide Hände und schob ihn langsam, fast zärtlich, zwischen den Handflächen hin und her. Er fühlte sich wirklich toll an.

»Werden hier schon Weihnachtsgeschenke im Sommer gemacht?«, meldete sich eine warme, dunkle Stimme aus dem hinteren Teil des Gartens.

»Opa Kurt!«, ... und schon lief Malu dem älteren Herrn entgegen, beide drückten sich herzlich.

»Mensch, meine Freundin ist wieder da ... jetzt ist endlich die Langeweile vorbei. Du bist ...«, Malu fiel ihm ins Wort »... aber groß geworden!« Beide lachten sich an.

»Das sagst du jedes Jahr.«

»Und jedes Jahr sag' ich die Wahrheit«, gab er zur Antwort.

»Aber, Opa Kurt, Stichwort „groß geworden", darf ich dich eigentlich immer noch so nennen? Opa, mein ich. Vielleicht bin ich dafür langsam zu alt?«

»Was soll das denn heißen! Natürlich darfst du das! Du wirst tatsächlich immer mehr zu einer schmucken, jungen Deern und wenn du mich fragst, die Zeit läuft viel zu schnell. Aber, wir müssen deswegen ja nicht gleich alles über Bord werfen. Für dich bleib ich Opa Kurt, solange es irgend geht. Du, ich hör das doch so gerne.«

»Okay!«, war ihre kurze Antwort.

Dieses Mädchen mochte er wirklich – ihre wachen Augen, ihre ausgefallenen Ideen und ihre fröhliche Art. Sie konnte so wunderbar zuhören. Und er hatte ihr schon stundenlang Geschichten aus fremden Ländern erzählt. Ihr Kurzname hatte ihm sofort gefallen. Der erinnerte ihn an seine Jugend, an die Seefahrt, an fremde Länder. Malu – der Name hatte den Klang der Südsee, Tahiti, Samoa, Tonga, Fidschi – eigentlich war er ein halbes Leben auf den Meeren der Welt zuhause gewesen und in späteren Jahre als Kapitän auf großer Fahrt. Und über ihr „Opa Kurt" freute er sich jedes Mal. Es gab nicht viele, die ihn so nannten und seine Enkelkinder sah er nur selten – die lebten auf dem Festland.

»Opa Kurt, schau nur, den hab ich mir eben gekauft«, sie reichte ihm den Fisch hin.

»Oh, Malu!«, staunte er, nahm ihn in die Hand und besah ihn sich von allen Seiten: »Wirklich ein schönes Stück! Gute Form und sehr wertvolles Holz, glaub ich. Es müsste irgend eine Art von Tropenholz sein. Kommt aus Übersee … hat einen weiten Weg hinter sich.«

Bei Holz kannte sich Kurt aus. Er war sozusagen Experte. Am Haus hatte er sich einen kleinen Schuppen als Werkstatt eingerichtet. Oft werkelte er dort herum und Holzarbeiten waren seine Leidenschaft.

Wäre ich nicht Seemann geworden, dann sicher Tischler, hatte er schon oft gesagt.

»So, nun habt ihr ja schon das Wichtigste geklärt und der Opa Kurt und die schmucke, junge Deern sollten sich jetzt mal langsam an den Tisch setzen. Ich hab Hunger und der Tee wird kalt!«, meldete sich Kristina ungeduldig. »Ihr habt in den kommenden Wochen noch viel Zeit zum Erzählen.«

Das Frühstück begann und Kurt erkundigte sich genau nach allen Geschehnissen und Veränderungen im Leben seiner beiden Urlaubsgäste. Er war nämlich nicht nur ein guter Erzähler, sondern auch ein guter Zuhörer und neugierig war er auch. Nachdem sie sich lange über alles und jedes ausgetauscht hatten und bis auf eins alle Brötchen aufgegessen waren, schaute Malu Kurt besonders aufmerksam und fragend an.

»Du, Opa Kurt, ich hab gestern zufällig in einer Zeitung gelesen, dass die Schatzkiste von Hark Olufs auf Amrum gefunden wurde. Weißt du etwas darüber?«

« Hmm! ...« und das klang fast schon wie ein Seufzer. Er räusperte sich ein paar Mal, rutschte auf seinem Gartenstuhl hin und her und kraulte sich nachdenklich den Bart.

»Und ob ich darüber was weiß!«, begann er schließlich. »Natürlich, die ganze Insel scheint ja wieder verrückt danach zu sein. War seit 250 Jahren der meist gesuchte Kasten und hätte auch der meist gesuchte Kasten bleiben sollen. Leider ist die Kiste wieder aufgetaucht. Und leider war sie leer und der verdammte Schatz ist immer noch verschwunden.«

Kurt machte eine Pause. Sein Gesicht war ernst geworden. Es fiel im offensichtlich schwer, über diese Geschichte zu sprechen.

»Viele Jahre war es ruhig hier auf der Insel. Die alten Geschichten und Vorkommnisse gerieten langsam in Vergessenheit. Die Jugendlichen haben ja heute andere Interessen. Aber jetzt fürchte ich, fängt wieder alles von vorne an ... aber, wahrscheinlich gibt es gar keinen Schatz und der alte Hark führt die Leute seit Jahrhunderten an der Nase herum.

Ich bin Gott sei Dank kuriert von der Schatzsuche ... hatte in meiner Jugendzeit auch mal so eine Phase und konnte an nichts anderes mehr denken. Wie ein Drogensüchtiger war ich.«

Kurt unterbrach seinen Bericht erneut. Er trank einen Schluck Tee

und wischte sich dann ein paar Mal nachdenklich über den Mund.
»Die Seefahrt hat mich damals praktisch gerettet«, begann er erneut. »Wie ein kalter Entzug ... weißt du! Ich bin einfach in die Welt gegangen, einfach weg von der Insel, weg von dieser verdammten Schatzsucherei.

Ich konnte endlich wieder ruhig schlafen und der Wind auf den Weltmeeren hat mir den Kopf freigeblasen. Schatzsucher ist ein gefährlicher Beruf. Irgendwann denkst du nur noch an Geld und Edelsteine. Die Gier wird immer stärker in dir. Deine Seele geht kaputt, Malu. Du verkaufst deine Seele an den Teufel.«

Wieder machte er eine kurze Pause.

»Auf Amrum gab es merkwürdige Unglücksfälle, die wurden nie richtig aufgeklärt und Menschen sind fast verrückt geworden deswegen ... sei bloß vorsichtig, wenn es um Schatzsuche geht!«

Kurt atmete ganz tief ein und hörbar wieder aus. »Ja ... soviel zu dieser Kiste«, und bei diesen Worten schaute er Malu direkt und prüfend in die Augen. Kurt kannte seine kleine Freundin nur zu gut. Sie liebte aufregende Geschichten und ihr Blick hatte ihm schon alles verraten, diesen Gesichtsausdruck hatte er oft gesehen – sie war bereits infiziert vom Schatzfieber.

»Die Kiste ist ja jetzt wieder auf Amrum. Die Leute pilgern dahin, nicht nur die Touristen, auch etliche Insulaner sind wieder dabei durchzudrehen. Aber ich nicht mehr, mein Deern. Ich werd mir dieses Ding nicht mal ansehen.«

Malu schaute in Kurts Gesicht und bekam einen Schreck. Wo war bloß seine fröhliche Gelassenheit geblieben.

»Opa Kurt, ich glaub, ich muss trotzdem noch mehr darüber herausbekommen.«

»Ich weiß, Malu. Ich kenn dich doch. Aber sei vorsichtig, das ist kein Spiel, nicht nur eine von meinen Abenteuergeschichten.«

»Mann, Mann«, mischte sich Kristina ein. »Nun ist aber gut. Die Geschichte hört sich zwar spannend an, wieder genau das Richtige für meine Tochter. Aber Marie! Wenn Kurt sagt, es ist gefährlich, dann halt dich da bitte raus! Ich möchte mich hier erholen und nicht nur die ganze Zeit Sorgen machen.«

»Kristina hat Recht«, stimmte Kurt zu. »Lasst uns mal wieder an andere Sachen denken. Ihr sollt ja schließlich euren Urlaub genießen.« Malu nickte zwar, aber ihr Gehirn machte nicht mit!

Die Drei saßen noch eine Weile zusammen und andere Themen wurden angeschnitten. Aber Kurt blieb weiter nachdenklich und ernst. »So!«, sagte er schließlich und stand auf. »Ich werd mich jetzt erst mal verabschieden und verzieh mich in meinen Schuppen. Meine Piepmätze hier im Garten brauchen ein neues Zuhause.« Nun flog doch noch ein Lächeln über sein faltiges Gesicht. »Ich wünsch euch einen ganz schönen Urlaub und vielen Dank fürs leckere Frühstück.« Danach drehte er sich um und verließ zügig den Garten.

Kristina trank noch einen Schluck Tee und schaute dann unternehmungslustig ihre Tochter an. »Und was wollen wir beiden Hübschen heute machen?«

Malu blieb ganz gelassen bei der Frage. Sie freute sich darauf, den Spieß einmal umdrehen zu können.

»Ich weiß nicht, ich hab noch nichts Besonderes vor, Mum«, sagte sie listig. »Wir können gerne irgendwas zusammen machen ... was schlägst du vor?«

»Wie wär's, wenn wir uns erst einmal Fahrräder holen, dann zum Strand radeln, uns bei Kalle schon mal einen Strandkorb mieten und anschließend zusammen schwimmen gehen. Vielleicht danach noch jeder ein Eis und ich einen Cappuccino in der Strandbar. Na, was meinst du?«

»Ja, hört sich gut an!«, sagte Malu . »Ich bin dabei ... und was machen wir danach?« Mit dieser Frage ließ sie die Falle zuschnappen.

»Du ...«, und jetzt entstand eine kleine Pause. Damit hatte Kristina ganz offensichtlich nicht gerechnet. Normalerweise war es Malu, die Verabredungen einging ohne sich vorher mit ihr abzustimmen.

»Es tut mir leid, Marie ... ich hab gar nicht gedacht, dass du heute so viel Zeit mit mir verbringen willst. Ich treff mich um 15 Uhr eigentlich schon mit Anne! Wir wollten nach Norddorf und dann bei Café Schult ein Stück Friesen-Torte essen. Du weißt doch, die ist legendär und ein-

mal im Urlaub muss das sein! Aber wenn du jetzt …«
»Nein, nein …«, unterbrach Malu ihre Mutter schnell. »Schon gut … mach dir keinen Kopf. Ich will unbedingt mein Buch weiter lesen«, flunkerte sie. »Und vielleicht geh ich dann noch mal zu Janne rüber … aber, Mum, du hast doch in Hamburg was von einer Diät erzählt und dann schon gleich am zweiten Tag so eine Sahnebombe?«
»Diät? … ich kann mich nicht erinnern!«, grinste Kristina.

Malu hakte nicht weiter nach – am Ende würde sich ihre Mutter die Sache mit der Torte noch überlegen und deshalb stapelte sie jetzt ganz entspannt die benutzten Frühstücksteller aufeinander.

Als sie ihre Räder direkt vor den Dünen in den Fahrradständer schoben, standen da schon etliche andere und auch die Tische auf der Außenterrasse des Lokals, direkt am Strandübergang, waren schon gut besucht.

Gleich kommt der Kick, dachte Malu, sie wollte vorbereitet sein. Und schon nach wenigen Schritten war es soweit!

Auch Kristina war sofort stehengeblieben. Keine sagte mehr etwas. Beide ließen ihre Augen über die Vordünen und dann über die riesige Sandfläche des Nebeler Strandes wandern.

»Du glaubst gar nicht, wie ich diesen Moment liebe! Ganz besonders das erste Mal in jedem Jahr«, unterbrach Kristina das gemeinsame Schweigen. »Nach der letzten Düne, der erste freie Blick in diese grandiose, weite Landschaft … das rätselhafte Staunen … egal, in welcher Stimmung, man wird sofort abgeholt und mitgenommen! Das ist ein Wunder ... einfach herrlich.«

Malu hätte ihre Empfindungen natürlich nie so übertrieben und schwülstig beschrieben, aber so ähnlich ging es ihr auch. Die Weite war einfach so wunderschön. Meine „Gänsehautlandschaft", dachte sie glücklich und schaute dann über das blau-grau-grün glitzernde Wasser bis hin zum entfernt, tief liegenden Horizont – heute, eine dünne, dunkelblaue Linie zwischen Nordsee und dem gigantischen Amrumer Himmel.

Das Treffen

Es war schon später Vormittag. Auf der höchsten Amrumer Aussichtsdüne saßen zwei alte Männer und steckten die Köpfe zusammen. Zwei Gestalten auf einer Holzbank, beide in grauen Sommerjacken, der eine groß und knochig, der andere eher das Gegenteil. Für jeden Kurgast ein idyllisches Bild und ein lohnendes Fotomotiv – graue Männer auf gelber Düne vor blauem Himmel mit Schäfchenwolken.

Doch, hier hatten sich heute nicht zwei ältere Herren getroffen, um den Blick in die Ferne zu genießen, sich übers Wetter zu unterhalten oder von ihren Enkelkindern zu schwärmen. Beide hatten keine harmlose Plauderei im Sinn – es ging um viel mehr!

Seit ihrer Jugend gehörten sie zum harten Kern der Amrumer Schatzsucher und die Aussichtsdüne war immer ihr bevorzugter Treffpunkt gewesen. Hier konnten sie ungestört nachdenken, die aktuelle Lage erörtern und ihr weiteres Vorgehen besprechen. Jeder ungebetene Gast war schon von Weitem zu entdecken und natürlich unterhielten sie sich auf friesisch – fremde Ohren hatten keine Chance!

Nach den dramatischen Ereignissen, die weit zurück im Dunkel der Vergangenheit lagen, hatte es in den letzten Jahren diese Treffen nur noch selten gegeben. Außer Gefühlsduselei und Schwärmereien von den alten Zeiten, war nichts dabei herausgekommen. Aber nun sah die Sache anders aus! Vor Kurzem war wieder richtig Fahrt in die Angelegenheit gekommen und seitdem waren sie am Drücker.

»So, Erk, dann lass uns noch mal alles in Ruhe durchgehn«, sagte der Knochige und guckte dabei mit starrem Blick auf den Gehstock seines Nachbarn. »Fehler können wie uns nicht mehr leisten. Dafür sind wir zu alt. Hätte ich doch bloß nicht auf euch Feiglinge gehört damals und mir die Paulsens selbst zur Brust genommen. Wir hätten den Zaster längst und ließen die Puppen tanzen. Aber ihr hattet ja keinen Mumm in den Knochen und wolltet alles auf die humane Art erledigen.« Er sprach eigenartig monoton und sein Gesicht wirkte wie eingefroren. Nur die funkelnden Augen verrieten, wie wütend er war.

»Heute sind wir alle klüger, Boy. Damit konnte keiner rechnen, dass die Sache so aus dem Ruder läuft«, antwortete der Schmale und kratzte mit seinem Gehstock Linien aufs angegrünte Holz der Aussichtsplattform. Er war nachlässig rasiert und seine Stimme klang heiser und rau.

»Ja, Erk, Schwamm drüber. Das bringt uns nicht weiter. Schnee von gestern. Nachdem unser feiner Herr Doktor, der Verräter, geplaudert hat, haben wir im Friesenhaus alles auf den Kopf gestellt, da ließ sich nichts finden. Wir brauchen dringend eine Idee. Wir müssen endlich Harks Rätsel lüften. Uns läuft die Zeit weg. Wo ist bloß der entscheidende Hinweis? … Und eins sag ich dir, wenn uns dabei wieder jemand in die Quere kommt, kenn ich keine Skrupel! Diesmal machen wir die Sache auf meine Art!«

»Du kannst auf mich zählen!«, versicherte ihm sein Nachbar und zog einen Flachmann aus der Jackentasche. Er nickte dem Knochigen zu und nahm einen kräftigen Schluck.

(… Gespräch ist für den Leser ins Hochdeutsche übersetzt!)

Der Artikel

Kristinas und Malus Strand-Aktion hatte dann doch länger gedauert. Sie waren nicht nur einmal, sondern dreimal schwimmen gegangen, hatten zwischendurch im Strandkorb gesessen und auch eine ganze Zeit in der Strandbar zugebracht. Kurz gesagt waren sie deutlich später zurück, als geplant. Kristina musste sich richtig beeilen, kruschtelte aber noch am Kleiderschrank herum und sprach mit sich selbst.

»Nein, das trag ich noch nicht, meine Beine brauchen erst mehr Sonne … ich behalt das jetzt an … ach nein, das geht ja nicht, ich bin auch zu blöd, der Schokoladenfleck …«. Ihr war nämlich vorhin beim Eislöffeln mächtig was danebengegangen.

»Wann willst du denn dein neues Kleid das erst Mal anziehen, Marie?«, rief Kristina aus dem Nebenraum.

»Mal sehn, ich weiß noch nicht … aber das ist eine gute Idee, Mum … vielleicht nachher!«

Malu hatte sich gerade ein Müsli gemacht, als ihre Mutter hektisch aus dem Zimmer kam, kurz stoppte und ihre Tochter fragend ansah. Kristina hatte sich für ihren bunten Fledermausrock und ihr hellblaues Top entschieden, dazu noch ihre großen Silberohrringe und ihre Plättchenhalskette.

Mit diesem ausgefallenen Styling war ihre Mutter wieder einmal nicht zu übersehen. Oben wirkte sie eher damenhaft und festlich und von der Hüfte abwärts eher lustig und frech.

»Gewagte Kombi … aber geht, siehst gut aus Mum!«

»Ja, wirklich? Oder doch ein wenig zu schick? Ich weiß nicht?«, aber sie rannte schon weiter. »Ich bin spät dran und muss sofort los … also … mach dir auch einen schönen Nachmittag, meine Liebe … vielleicht ist Janne ja zuhause«, und das klang wieder ein wenig nach schlechtem Gewissen.

»Ich guck gleich mal. Aber das ist wirklich überhaupt kein Problem Mum … mach dir nicht so viele Gedanken. Ich mach auch irgendetwas Schönes, alles in Ordnung!«

Kristina rannte aus dem Haus und Malu löffelte in aller Ruhe ihr

Müsli weiter. Sie überlegte, ob sie nicht heute wirklich ihr neues Kleid anziehen sollte und dazu ihre Ohrhänger mit den kleinen Türkissteinen, die ihr Paps mal geschenkt hatte. Es war nämlich neulich in Hamburg nicht beim Bikinikauf geblieben, sondern beide hatten sich, auf der Mutter-Tochter-Einkaufstour, auch noch jede ein schönes, neues Kleid gegönnt.

Als Malu in ihrem neuen hell-luftigen Sommerkleid um die Ecke bog, saßen die Jungs schon auf dem Rasen, vor sich einen aufgeklappten Laptop und Claas sagte gerade:

»Super, euer WLAN funktioniert! Ich bin drin!«

»Hey, ihr zwei!«, meldete sich Malu. »Schon wieder online?«

»Nein«, lachte Claas. »Du bist zu früh, das hatten wir vor ... aber schickes Kleid ... setzt dich ... es kann gleich losgehen.«

»Danke! Schön, wenn es dir gefällt ... das ist ganz neu, extra für Amrum«, antwortete Malu und freute sich über das Kompliment.

»Nur für Amrum, das ist aber schade«, schob Claas gespielt empört hinterher.

»Komm in die Mitte, da kannst du mehr sehen«, sagte Janne und rückte sofort ein Stück von Claas ab. Malu drückte sich zwischen die Zwei.

»So, was willst du rauskriegen?«, wollte Claas wissen. »Es ist alles bereit!«

»Es geht um einen Artikel aus der Süddeutschen Zeitung ... aber es ist schon etwas her. Meinst du, wir können den im Internet nachlesen?«

»Klar denk ich das! Die haben sicher eine Art Archiv oder Mediathek ... .«

Claas hackte schon in Windeseile die Buchstaben auf die Tastatur und dann auf Enter.

»Voilà«, sagte er. »Da haben wir sie schon, Süddeutsche!« Er orientierte sich kurz und meinte dann: »Sieh da, hier steht ja schon das Richtige ... „Frühere Artikel finden" ... so, jetzt brauch ich das Datum und die Überschrift.«

»25. Mai und die Überschrift war „Sensationsfund auf Amrum" …
verschollene Schatzkiste des Hark Olufs wiedergefunden".«

Die Jungs sahen beide überrascht Malu an. »Aha, daher weht der
Wind!«, schmunzelte Janne. »Die Kriminologin Malu ermittelt in Sachen Schatzsuche … die Kiste kann man sich doch jetzt hier in Nebel
im Heimatmuseum ansehen. Soll ja ein richtiger Publikumsmagnet
sein … hat mir mein Onkel erzählt. Da ist wohl mächtig was los zur
Zeit. Aber ich war noch nicht da.«

»Willkommen im Club der Schatzsucher«, witzelte Claas ebenfalls.
»Das fehlt noch, dass ihr auch in diesen Blödsinn einsteigt und man
mit euch über nichts anderes mehr reden kann. Das ist im Augenblick
das Hauptinselthema. Fast täglich gibt es neue Theorien dazu und
überall wird nach Hinweisen gesucht. Auch einige unserer Kumpels
meinen genau zu wissen, wo der Schatz vergraben ist und sind hier
nachts mit ihren Spaten unterwegs. Die haben in Gedanken den Zaster
schon dreimal ausgegeben … mit denen kann man nichts Vernünftiges
mehr anfangen … die sind völlig durchgeknallt!«

»Also«, mischte sich Malu ein, »mir geht es gar nicht so sehr um
Reichtum oder so … ich finde die Geschichte an sich spannend! Aber,
nun lasst uns erst mal nachsehn, ob wir den Artikel finden.«

Claas hackte erneut auf der Tastatur herum. »Tatatataaa … hier ist
er schon!«, freute er sich. »Aber, das Licht spiegelt so. Vielleicht solltest du vorlesen, Malu, dann kriegen wir alle gleichzeitig was mit«,
und schob ihr schon den Laptop vor die Nase.

»Also«, begann sie. »Überschrift: Sensationsfund auf Amrum …
Verschollene Schatzkiste des Hark Olufs wiedergefunden! … Wie
heute vom Landesmuseum für Kunst und Kulturgeschichte Schleswig
mitgeteilt wurde, handelt es sich bei der zufällig wiedergefundenen
Kiste aller Wahrscheinlichkeit nach wohl wirklich um die lang verschollene, sogenannte Schatzkiste des Hark Olufs. Der Fund wurde
im Herbst dem Institut zur Datierung und Restauration übergeben.

Mit modernsten Methoden, der Radiom-Carbon Altersbestimmung
des Holzes, der Radiologie und der Untersuchung und Einordnung der
kunsthandwerklichen Ornamentik, lässt sich mit großer Wahrschein-

lichkeit sagen, dass die Kiste in der Zeit Hark Olufs, etwa um 1750, in Nordafrika gefertigt worden ist.

Zudem war Mahagoni zur damaligen Zeit ein äußerst wertvolles Holz und in arabischen Sultanaten sehr beliebt und begehrt. Es stand für Reichtum und Macht.

Der kunstvolle Metallbeschlag und die hochwertigen orientalischen Schnitzornamente sind ebenfalls ein eindeutiger Beleg für die Entstehungsregion – Osmanisches Reich.

Nach aufwendiger Reinigung und Restauration wird die Schatzkiste in Kürze dem Heimatmuseum Öömrang Hüs auf Amrum übergeben, wo sie der Öffentlichkeit in einer Dauerausstellung zugänglich gemacht wird, teilte der mit der Untersuchung beauftragte Wissenschaftler Dr. Freitag gestern der Presse mit ... das war's« sagte Malu und schien den Artikel sofort noch einmal konzentriert leise, nur für sich, durchzulesen und erklärte danach weiter: »Na ... und dann gibt es noch diese zwei Abbildungen ... aber Genaueres lässt sich darauf nicht erkennen. Hier, das stellt wahrscheinlich ein historisches Segelschiff da und dann so eine Art Wappen darüber ... eine Fahne und irgendwelche Waffen, denk ich ... , was auch immer?«

Alle starrten noch eine Weile auf die Abbildungen und mit einem lang gezogenem »Tjaaa ...«, meinte Claas dann, »aber was fangen wir jetzt damit an? So wirklich sensationell ist das nicht, was da steht ... alles längst bekannt ... oder?«

»Na ja«, erwiderte Malu. »Für mich ist das schon neu ... sag, könntest du mir den Artikel mit der Abbildung ausdrucken?«

»Natürlich ... kannst du morgen haben. Kein Problem! Aber, Leute, seid mir nicht böse, ich muss sofort los. Es ist wieder Bettenwechsel in unserer Ferienwohnung und die nächsten Gäste kommen schon heute Abend. Das heißt, gut drei Stunden putzen. Davor konnte ich mich zwar noch gerade drücken, allerdings hab ich stattdessen jetzt Terrasse vorbereiten und Rasenmähen an der Backe und damit sollte ich langsam mal anfangen. Ansonsten droht Internetverbot und ihr könnt euch vorstellen, was das für mich bedeutet! Janne, freu dich bloß, dass deine Eltern nicht auch noch was mit Vermietung zu tun haben. In der

Hauptsaison drehen sie hier doch alle am Rad.« Er fuhr seinen Computer runter und machte sich danach sofort auf den Weg.

»Ich hätte große Lust, mir die Schatzkiste in den nächsten Tagen mal aus der Nähe anzusehen«,sagte Malu in Jannes Richtung.

»Ich bin dabei«, war die Antwort. »Allerdings, morgen geht's nicht. Ich muss mit aufs Schiff und meinen Vater auf einer Ausflugsfahrt unterstützen. Aber wie wärs mit übermorgen? ... so gegen 11 Uhr.«

»Okay!«, sagte Malu sofort. »Der Hai hatte die ...«

»Der Hai ...???«, unterbrach Janne und sein Gesicht war ein einziges Fragezeichen.

»Ach ja«, grinste Malu. »Das weißt du ja noch gar nicht. Ich hab den Typ von der Fähre, den Schönling, den ich dir am Anleger gezeigt habe, Hai getauft ... wegen Immobilienhai und so ... verstehst du?«

Janne nickte. »Alles klar.«

»Also weiter«, nahm Malu den Gedanken wieder auf. »Der hatte die Süddeutsche dabei und als ich genau den Artikel in seiner Uraltzeitung gefunden hatte und lesen wollte, hat er mir die praktisch aus den Händen gerissen ... aber warum? Den Artikel konnte doch jeder lesen ... das ist doch nun wirklich kein Geheimnis ...«

»Du, vielleicht ist er ebenfalls hinter dem Schatz her und keiner soll wissen, dass er deswegen auf die Insel gekommen ist ... möglicherweise glaubt er, er ist die einzige Schlaunase und hat keinen blassen Schimmer davon, wie viele da schon hinterher sind.«

»Du könntest Recht haben ... kann schon sein«, stimmte Malu noch immer grübelnd zu. Jannes Gedanke klang ziemlich logisch.

»Ich hab von diesem Hark Olufs noch nie etwas gehört. Was weiß man über den?«

»Ach, von dem weiß man 'ne ganze Menge! Der ist so etwas wie 'ne Inselberühmtheit, über den wurden Bücher geschrieben. Über sein Leben gibt's 'ne Dauerausstellung in Norddorf am Strandübergang, im ehemaligen Schwimmbad ... und seinen Grabstein kann man hier auf dem Friedhof besichtigen. Aber ich hab mich mit ihm noch nie so richtig beschäftigt. Ich weiß nur so Allgemeines, das, was alle wissen.«

Malu schaute Janne weiter mit großen, fragenden Augen an.
»Na ja …«, versuchte er sich genauer zu erinnern. »Er war Seemann … sein Schiff wurde gekapert … von Piraten und er kam schon
als junger Mann in Gefangenschaft und wurde dann in Nordafrika als
Sklave an einen Sultan verkauft … aber, der muss ihn wohl ganz gut
behandelt haben und Hark hat da 'ne richtige Karriere hingelegt. Aus
Dankbarkeit hat der ihm dann die Freiheit geschenkt und Hark Olufs
kam als stinkreicher Mann auf die Insel zurück. Na ja, … und damit hängt die spätere Legende zusammen. Darin heißt es, er hat einen
Schatz unter einer Türschwelle vergraben … und darum geht es jetzt
eigentlich! Die Schatzkiste ist wieder aufgetaucht, aber eben leer und
ohne Schatz … und nun versuchen sie natürlich, den Zaster zu finden.«
»Verstehe!«, sagte Malu, schien aber schon die nächste Frage aus-
zubrüten. »Und Janne, … wer hat denn eigentlich die Schatzkiste gefunden und wo?«
»Ja, das ist nun wirklich richtig komisch … darum wird ein riesiges Geheimnis gemacht! Selbst mein Onkel, der das Museum leitet,
erzählt mir nichts! Wahrscheinlich versucht man damit die Situation
zu beruhigen. Aber ich hab das Gefühl, dadurch wird nur noch mehr
spekuliert.«
Janne hatte eigentlich alles gesagt, was er darüber wusste, nur Malu
blieb stumm und guckte ihn weiter auffordernd an.
»Ach ja, … du wirst es kaum glauben, Owe steckt da irgendwie mit
drin!«
»Was? … Owe!!!«, rief Malu überrascht.
»Ja, das behaupten einige. Du glaubst gar nicht, wie wir ihn deswegen schon gelöchert haben … aber der sagt kaum was! Wahrscheinlich
weiß er gar nichts und will sich mit seinen Andeutungen nur wieder
wichtig machen. Das kann man sich doch kaum vorstellen, dass Owe
überhaupt mal etwas für sich behalten kann. Na, wie auch immer, bis
jetzt hat er jedenfalls den Mund gehalten und vielleicht hat man ihm
auch irgendetwas versprochen? Keine Ahnung?!«
»Owe, das ist ja wirklich ein Knaller!«, wiederholte Malu noch immer staunend, um gleich darauf vielsagend zu lächeln. »Du, vielleicht

krieg ich was aus ihm raus?« Dabei verdrehte sie ihre braunen Augen und klimperte ein paar Mal auffällig mit den Wimpern.

Janne wusste natürlich, was das bedeuten sollte. Aber richtig gut gefiel ihm die Idee nicht und er sagte nur trocken:»Vielleicht ...«

»Du, wo könnte man ihn rein zufällig mal treffen? Ich mein, nicht auf der Mole oder so. Ich müsste mal irgendwo mit ihm allein sprechen, so in aller Ruhe ..., verstehst du?«

»Keine Ahnung, wo der sich sonst rumtreibt ... ich weiß, dass er an manchen Tagen einen Urlaubsjob im Fahrradverleih in Norddorf macht, gegenüber vom Kino ... vielleicht ist das 'ne Idee?«

»Okay ...«, war Malus knappe Antwort.»Wie auch immer«, sagte sie dann.»Ich hau erst mal ab. Zuhause wartet ein spannendes Buch auf mich und ich glaub, es ist schlau, heute vor meiner Mutter zurück zu sein ... dann hab ich in den nächsten Tagen leichteres Spiel ... also, machs gut ... wir sehn uns!«

Die Erbschaft

Schon vor Tagen hatte er im Hotel Hüttmann in Norddorf ein Zimmer gebucht und sich gestern, direkt vom Anleger, mit dem Taxi dorthin bringen lassen. Noch im Wegfahren hatte er seine überdrehte Sonnendeckbekanntschaft mit deren Tochter gesehen. Sie sprachen mit einem Jungen. ... Bloß schnell weg, hatte er nur gedacht. Er wäre sehr ungern noch einmal mit den Beiden zusammengetroffen. Die Kleine war einfach zu neugierig gewesen und er wollte auf der Insel unbedingt möglichst unauffällig agieren. Keiner sollte auf dumme Ideen kommen oder Vermutungen anstellen. Sein Vorhaben sollte möglichst geheim bleiben – es war zu wichtig.

Er war dann den gesamten Nachmittag in seinem Zimmer geblieben und hatte ein weiteres Mal die Lebensgeschichte des Hark Olufs durchgearbeitet.

Das entsprechende Buch hatte er sich schon in Düsseldorf gekauft, kurz nachdem er so überraschend und rein zufällig den Artikel in der Süddeutschen Zeitung gelesen hatte. Gleich gestern hatte er sich noch ein geländegängiges Fahrrad ausgeliehen und war damit anschließend fast zwei Stunden im Wald herumgekurvt. Erst heute Morgen, nach einem ausgiebigen Frühstück, war er zum Friesenhaus geradelt und nun saß er hier schon eine ganze Zeit grübelnd am Küchentisch.

Der Raum sah trostlos aus und verbesserte seine ratlose Stimmung in keiner Weise. Es standen kaum Möbel darin, nur zwei Stühle, ein Tisch, ein Küchenschrank mit nur noch wenig Geschirr, eine alte Spüle, auf der jetzt eine Kaffeemaschine leise vor sich hin blubberte und ein kleiner gusseiserner historischer Ofen. Es hing kein einziges Bild mehr an der Wand – von denen waren nur helle, rechteckige Flecken auf der vergilbten, alten Tapete übrig geblieben. Sein Blick wanderte weiter zum Fenster und er war heilfroh, dass er damals nur die Gardinen weggeschmissen hatte. Irgendwie ahnte er, dass ihm die alten Vorhänge dort in der nächsten Zeit noch von Nutzen sein könnten.

Vor ihm lagen ein paar Briefe und seine alte zerknitterte Zeitung. Er trank einen Schluck Kaffee und sein Blick schweifte erneut über die Norddorfer Marschwiesen und weiter zum Dünenkamm der Amrumer Nordspitze, der Odde. Selbst die feuchten Wattflächen, die in der Morgensonne glitzerten, konnte er von seinem Stuhl aus durchs Küchenfenster bequem sehen.

Die Ereignisse hatten sich in den letzten Monaten überschlagen und seinem Leben eine ganz neue Richtung gegeben. Alles begann im letzten Jahr Mitte September mit diesem Brief vom Amtsgericht Husum, erinnerte er sich. Seine Mutter, die er gerne auch die „Alte Dame" nannte, hatte ihn damals aufgeregt angerufen und ihm das Schreiben vorgelesen. Jetzt zog er den Brief aus den Papieren hervor und las ihn zum wiederholten Male:

„Sehr geehrte Frau Grafenberg!

Am 26. Juni diesen Jahres ist Ihre Tante, Frau Lisa Paulsen, auf Amrum verstorben. Da kein Testament vorliegt, tritt die gesetzliche Erbfolge in Kraft. Unsere Nachforschungen haben ergeben, dass Sie die nächste Verwandte der Verstorbenen sind und somit haben Sie Anspruch auf den gesamten Nachlass. Die Erbmasse umfasst ein Haus mit Grundstück in Norddorf auf der Insel Amrum, Smäswai 5, den gesamten Hausrat und ein Barvermögen in Höhe von 12 000 Euro. Setzen Sie sich bitte in den nächsten 4 Wochen mit dem Amtsgericht Husum, Abteilung Testamentsvollstreckung, in Verbindung und bringen Sie eine Geburtsurkunde und Ihren Personalausweis mit.

Mit freundlichen Grüßen."

Er legte das Schreiben aus der Hand, trank erneut einen Schluck Kaffee und schaute wieder durchs Küchenfenster ... Wenige Tage später hatte er sich dann mit seiner Alten Dame das Erbe auf Amrum angesehen. Das Haus hier hatte eine gute Lage und war in einem recht ordentlichen Zustand gewesen. Sie hatten noch kurz erwogen, das Haus als Feriendomizil selbst zu nutzen, aber für seine Mutter und auch für ihn kam diese Insel nicht in Frage. Sie entsprach einfach nicht seinem Lebensstil.

Ein Haus auf der Nachbarinsel Sylt konnte er sich da schon wesentlich eher vorstellen. Interessante Leute, angesagte Lokale mit ausgefallenen Speisen und dann natürlich das Nachtleben dort. Auf Amrum gab es das nicht! Voll mit nervigen Familien, Rentnern und Ökotouristen, dachte er, und natürlich allein erziehende Mütter mit frühreifen Mädchen, dabei hatte er seine überspannte Bekanntschaft von gestern im Kopf.

Da eine Selbstnutzung also außer Frage stand und seine Alte Dame ihm freie Hand bei Immobilienangelegenheiten ließ, hatte er einen Makler beauftragt, den Verkauf des Anwesens zu betreiben.

Doch dieser Zeitungsartikel, der ihm rein zufällig in die Hand gefallen war, hatte seine ursprünglichen Pläne völlig über den Haufen geworfen. Als er dort die Abbildung der Kiste mit den markanten Schnitzornamenten gesehen hatte, traf ihn das damals wie ein Donnerschlag. Der Text selbst war da nur noch eine zusätzliche Bestätigung.

Ich könnte mich jetzt noch in den Arsch beißen … ich hab diese scheiß Kiste in der Hand gehabt … sie kommt aus diesem Haus. Verdammt noch mal, wie blöd war ich bloß … aber wie hätte ich das wissen sollen? Und erneut ärgerte er sich.

Der Makler hatte ihm damals zwei kräftige Helfer vermittelt und gemeinsam hatten sie dann im November im letzten Jahr, einen Tag vor dem jährlichen Sperrmülltermin, das Haus fast vollständig entrümpelt.

Er hatte den ganzen Tag überwiegend Anweisungen gegeben und nebenher noch wichtige Dokumente der Paulsens gesichtet und in einen alten Koffer geschmissen. Der ist wenigstens noch da! freute er sich. Möglicherweise hab ich auch noch andere wichtige Hinweise einfach weggeworfen … aber wie hätte ich das wissen können! ... Ich hatte damals einfach keine Ahnung.

Der Dachboden war nämlich ebenfalls voller Gerümpel gewesen – alte Möbel, Säcke mit verwahrter alter Kleidung, Kisten und Bücher.

Alles raus, alles weg, war immer wieder seine Anweisung an die Männer gewesen und schnell hatte sich an der Straße ein riesiger Haufen aufgetürmt.

In einer Ecke des Bodens lag besonders viel altes Zeug ungeordnet herum. In der Hauptsache alte Bettgestelle, Schrankteile und Bretter. Erst ganz zum Schluss war dann diese Kiste aufgetaucht – die stand ganz hinten an der Wand, voll mit Staub, Spinnweben und Mäusedreck. Sie war vollkommen leer gewesen und hatte einen absolut unansehnlichen Eindruck gemacht. Auffällig waren nur einige Schnitzereien an Vorderseite und Deckel gewesen, die hölzernen Tragegriffe an den Seiten und die Eisenbeschläge an den Kanten vielleicht noch – die waren allerdings total verrostet gewesen. Er hatte damals noch kurz überlegt, ob sie nicht gut restauriert ein interessantes Objekt in seinem Penthouse in Düsseldorf abgeben könnte. ... Hätte ich das doch bloß gemacht! Leider hatte er den Gedanken dann doch verworfen und den Männern die Anweisung gegeben, das schmutzige Etwas ebenfalls an die Straße zu stellen.

Möglicherweise kann sich niemand mehr genau daran erinnern, an welchem Sperrmüllhaufen der Kasten gelegen hat ... dann kennt keiner den wahren Fundort, hoffte er.

»Hätte ich sie doch bloß behalten, ich Idiot! Die Schatzkiste von diesem Seeräuber war in meiner Hand. Sie gehört eigentlich mir«, fluchte er leise und erneut stieg die Wut in ihm auf.

Möglicherweise hätte er jetzt die Hinweise gehabt und der Schatz wäre schon in seinen Händen. Jetzt steht sie hier im Museum. Ich muss mir die Kiste in den nächsten Tagen unbedingt genau ansehen, beschloss er und schaute dann wieder missmutig über die Wiesen aufs Watt. In der Ferne konnte er sogar eine weitere Insel sehen.

Irgendjemand aus diesem Haus hat den Schatz gefunden. Warum soll der Kasten damals leer gewesen sein? überlegte er. Nein! Der Schatz war da drin! ... und derjenige hat den hier im Haus versteckt ... wie soll es anders sein!!!? ... Aber wo? Vielleicht gibt es hier irgendwo Hinweise ... vielleicht bei den Dokumenten im Koffer, grübelte er und seine Laune hellte sich sofort auf.

Wenig später saß er wieder in der Küche, jetzt türmte sich ein Berg von Papieren vor ihm auf und der leere Koffer stand auf dem Fußboden daneben. Er hatte den gesamten Inhalt einfach auf den Tisch gekippt.

… So, wie fang ich an? … Wo sind eigentlich die zwei Fotoalben? Er hatte sich letztes Jahr nicht entschließen können, sie auch mit wegzutun. Die fand er jetzt im Stapel sofort und schon auf der ersten Seite des einen entdeckte er ein interessantes Foto – ein Hochzeitspaar. Darunter stand in Schönschrift *„Trauung von Lisa Egge und Arfst Paulsen"*. Ein weiteres Bild auf der Seite zeigte das Brautpaar inmitten der Hochzeitsgesellschaft vor der Kirche. Lauter fremde Gesichter lächelten ihm glücklich entgegen – er kannte natürlich niemanden darauf. Sie war also mit einem Arfst Paulsen verheiratet, dachte er im Weiterblättern. Es folgten Urlaubsbilder, Bilder von Festen, Bilder vom Haus und Garten, Bilder von Einzelpersonen und immer wieder Landschaftsaufnahmen von der Insel. Alle Abzüge waren mit einem kurzen Text versehen, aber den las er schon längst nicht mehr durch. Ernüchtert klappte er das erste Fotobuch zu und warf es zurück in den Koffer. Als er dann das zweite Album aufschlug, war ihm sofort klar, dass es sich hier um Aufnahmen aus früherer Zeit handeln musste. Es gab nur Schwarz-Weiß-Bilder und viele waren verblichen oder unscharf. Die Aufnahmen weckten augenblicklich sein Interesse. Intuitiv vermutete er, dass der Schatz am ehesten in diesem Zeitabschnitt gefunden wurde. Warum hätte er gar nicht sagen können. Vielleicht lag es an der dicken Staubschicht auf der Kiste damals und an den vielen klebrigen Spinnweben.

Eins der ersten Fotos war unterschrieben mit:

Unsere Familie
Gunda und Julius Paulsen
Arfst und Jesse – unsere lieben Söhne

Das Bild vermittelte einen düsteren Eindruck. Steif und emotionslos saß eine Frau in Friesentracht neben einem Mann mit dunklem Anzug

– stehend daneben, links und rechts, zwei Kinder in kurzen Hosen und weißen Kniestrümpfen.

Na, das ist doch schon mal was! freute er sich. Der Arfst hatte also einen Bruder! ... zwei Brüder auf Schatzsuche, vermutete er – das entsprach genau seinen Vorstellungen. Mit großer Aufmerksamkeit sah er sich nun alle nachfolgenden Fotos genau an. Immer wieder gab es Bilder mit den Jungs – im Garten, in den Dünen, angelnd am Strand oder bis zum Bauch im Wasser stehend, breit grinsend und jeder mit einem Kescher in der Hand. Es gab natürlich auch Fotos von Familienfesten und anderen Personen. Aber diese Bilder interessierten ihn nicht sonderlich.

Das waren damals richtige Naturburschen, dachte er, die haben sich überall auf der Insel herumgetrieben. Durchaus denkbar, dass sie dabei auf diesen Schatz gestoßen sind, überlegte er.

Und dann kam dieses eine Bild! Sein Puls schnellte hoch. Das Foto zeigte die beiden als junge Männer, stehend vor der geöffneten Eingangstür dieses Friesenhauses. Beide grinsten breit und triumphierend und jeder hielt einen Spaten in die Kamera.

Das hab ich gesucht, jubelte er sofort. Das Bild hat eine eindeutige Aussage ... es ist wie eine Botschaft aus dem Jenseits und die heißt: Wir haben den Schatz ... und wir haben ihn im Haus vergraben!

Das wohlige, geliebte Überlegenheitsgefühl kroch ihm über den Rücken und in seinem Gehirn explodierten die Glückshormone.

Er blätterte weiter, aber keines der folgenden Fotos entfaltete noch einmal diese Wirkung. Die letzten Bilder im Buch zeigten nur noch Arfst mit einer jungen Frau – und das war eindeutig die Lisa vom Hochzeitsbild.

Er klappte das Album zu und legte es zurück in den Koffer. Das machte er fast mechanisch, denn in Gedanken beschäftigte er sich längst mit der Frage: Wo haben sie in diesem Haus den Schatz versteckt?

Bei allen Überlegungen drängte sich ein bestimmter Gedanke immer wieder in den Vordergrund und wurde langsam zur Gewissheit. Aber kann das sein? Ist die Lösung so einfach? ... Sie haben natürlich die Legende gekannt, grübelte er. Hark Olufs soll damals seinen Schatz unter der Türschwelle vergraben haben ... und genauso haben sie es auch gemacht! Er wurde sich tatsächlich immer sicherer.

Sie fanden das damals besonders witzig ... genauso sehn die aus! Er stand auf und sah sich sofort den Küchenboden an. Aber hier gab es keine auffällige Stelle. Überall einheitlich gefliest und nirgends auch nur irgendwie ausgebessert. Auf dem kleinen Flur sah es genauso aus. In den drei Zimmern, die wohl als Wohn-, Schlaf- und Kinderzimmer gedient hatten, waren Holzdielen verlegt. Aber die ausgetretenen Bretter liefen alle in voller Länge von einer Wand zur anderen. Niemand hatte die Bretter an einer Stelle zersägt, um dann darunter etwas zu verstecken. Er ging ins Bad weiter, aber auch hier waren die Bodenfliesen ohne Fehler. Der rückwärtige Teil des Hauses war nicht ausgebaut und diente wahrscheinlich als Abstellraum oder als eine Art Stall. Der Betonboden war zwar rissig, aber auch der schien an keiner Stelle nachträglich geöffnet worden zu sein. Als Letztes stieg er die Holztreppe hoch und sah sich genau auf dem Dachboden um. Dort in der Ecke, unter all dem Gerümpel, hatte damals die Kiste gestanden. Jetzt war der Boden vollkommen leer ... aber auch hier zeigte kein einziges Brett und auch keiner der Dachbalken eine besondere Auffälligkeit.

Fast erleichtert ging er zurück und setzte sich erneut an den Küchentisch. Seine Untersuchung hatte nichts Weiteres ergeben. Also bleibt es dabei, dachte er entschlossen, ich werd unter den Türschwellen graben!

Vor ihm auf dem Tisch stapelten sich noch immer völlig ungeordnet die anderen Papiere. Viel Lust hatte er nicht mehr, sich alle Schreiben genau anzusehen. Einige überflog er, andere warf er ungelesen direkt zurück in den Koffer. Eine Unmenge an alten Rechnungen waren darunter, dann Versicherungspolicen und amtliche Schreiben.

Jetzt blätterte er alte Kontoauszüge durch, aber auch hier entdeckte er nichts Besonderes. Die Paulsens hatten recht bescheiden gelebt. Es gab keine außergewöhnlichen Geldbewegungen – nur kleinere Einzahlungen und Abbuchungen. Er dachte an das geerbte Bargeld von 12.000,- Euro und das konnte man eigentlich nicht als Vermögen bezeichnen. Also hatten sie den Schatz nicht angerührt ... er musste hier noch irgendwo im Haus versteckt sein!

So, wie geh ich jetzt vor? ... Im Gartenschuppen sind doch noch die ganzen Werkzeuge ... mal sehn, was ich davon gebrauchen kann? ... aber heute noch graben? ... Keine Lust ... vielleicht heute Abend noch unter einer Schwelle, überlegte er. Bauarbeiten, jeglicher Art, waren nämlich ganz und gar nicht sein Steckenpferd. Zu Hause hatte er noch nicht einmal einen Hammer oder eine Zange. Seine Bilder ließ er sich von Handwerkern aufhängen. Aber Handwerker damit beauftragen ... das war diesmal nicht möglich. Wie sollte er denen erklären, was sie da zu tun hatten? Es gab keinen anderen Weg ... den Schatz von diesem Seeräuber musste er schon selber ausbuddeln!

In seinem Kopf hatte es vor kurzem leicht zu hämmern begonnen. Bloß keine Migräne, dachte er besorgt, ... jetzt zu graben ist wirklich keine gute Idee. Ich muss dringend an die frische Luft und ich muss mich richtig auspowern – also aufs Rad!

Nachdem er dann den großen Koffer mit den alten Unterlagen zurück ins leere Zimmer gebracht hatte, schob er seinen kleinen, mit Zeitung und Briefen darin, einfach unter den Küchenschrank. Danach schaltete er die Kaffeemaschine aus, verschloss die Haustür und ging zum Holzschuppen. Neben seinem Fahrrad, schräg an der Wand, lehnte eine Schubkarre. Die würde er schon mal gut gebrauchen können! Auch die anschließende Durchsicht der Werkzeuge war sehr erfolgversprechend – es war alles vorhanden: Ein Spaten, eine Spitzhacke, Vorschlaghammer, Brechstange, Kuhfuß und Meißel. Besonders freute er sich darüber, dass er sogar Arbeitshandschuhe gefunden hatte – mit bloßen Händen im Dreck wühlen war ihm eine widerliche Vorstellung.

3. Urlaubstag

Die Überraschung

Die Sonne stand auch heute wieder strahlend am vollkommen wolkenlosen Himmel.

»Ist es nicht herrlich schön! … Toll, dass wir heute was gemeinsam unternehmen!«, rief Kristina ausgelassen von vorne und kam fast vom Teerweg ab, weil sie sich dabei kurz umgedreht hatte. Malu musste richtig Gas geben und schaltete einen Gang höher, so kräftig trat ihre Mutter in die Pedale. Kristinas Haare wuselten im Fahrtwind hin und her und ihr Sommerkleid flatterte um ihre Beine.

»Ja, das finde ich auch! Und du siehst doch toll aus in deinem Kleid! Kann gar nicht verstehen, dass du das nicht anziehen wolltest!«, rief Malu zurück und musste nach Luft schnappen.

»Na ja, du weißt ja, meine Beine sind eigentlich noch nicht so weit … aber jetzt freu ich mich … jeder sieht sofort, dass du meine schöne Tochter bist … und ich deine schöne Mutter!«, rief Kristina aufgekratzt und warf überschwänglich beide Arme in die Luft.

Jetzt musste auch Malu lachen, denn ihre Mutter hatte irgendwie Recht. Auch sie trug heute ihr neues Kleid und beide waren geblümt, ähnlich geschnitten und luftig-leicht.

Sie fuhren auf dem Wirtschaftsweg Richtung Norddorf. Dort wollten sie einige Einkäufe erledigen und dann den Nachmittag am Strand verbringen. Was Kristina noch nicht wusste: Ihre Tochter musste heute noch unbedingt in den Buchladen.

Soeben fuhren sie an einem großen Grabhügel vorbei und Malu fragte sich, ob Hark Olufs etwas mit den Wikingern zu tun gehabt hatte. Aber den Gedanken verwarf sie sofort wieder. Der hat doch sicher zu einer viel späteren Zeit gelebt! … Aber eigentlich hab ich keine Ahnung … Geschichte war bislang nicht so mein favourite, aber das wird sich heute ändern!

Wenig später fiel ihr auf der linken Seite ein großer Naturstein mit eingehauener Schrift auf, der auf dem Seitenstreifen neben einer Sitzbank aufgestellt war. Sie war fast schon vorbei, als sie in den Rücktritt trat.

Der sieht ziemlich alt aus, überlegte sie, während sie ihr Rad die paar Meter zurückschob ... vielleicht ist da was über diesen Olufs eingemeißelt?

Und dann stand sie schon bald eine Minute davor und hatte noch immer kaum ein Wort entziffert ... mit den doppelten a's und ö's und ä's war das natürlich unverkennbar friesisch ...

»Marie, was ist denn los? ... Was guckst du dir da an?«, fragte Kristina, die umgedreht war und sich nun ganz in Malus Nähe ausrollen ließ.

»Mum, ich hab gerade diesen Stein hier entdeckt. Der ist mir vorher noch nie aufgefallen. Aber ich kann kaum was Sinnvolles herauslesen ... du, vielleicht ein Gedicht ... sieht irgendwie so aus.

Hör mal!« Und dann stotterte sie mehr als das sie zusammenhängend las:

»... Dü ... min ... tüs ... min ... öömrang ... lun ...   ... rikdum ... as ... diar ei tu ... fun ... skraal san ääkerlun an fäänen ... man diar wene dön bekäänden ... na ja und so weiter ... und Mum, hast du irgendetwas kapiert?«

»Du mein ... keine Ahnung ... Amrum vielleicht? ... Allerdings sicher bin ich mir da überhaupt nicht. Aber, das lässt sich bestimmt rauskriegen. Kurt wird was darüber wissen!« Danach guckte auch Kristina noch eine ganze Zeit auf den eingeschlagenen Buchstaben herum, schüttelte aber weiter mit dem Kopf. Schließlich drehte sie ihr Fahrrad wieder Richtung Norddorf und als ihr Malu dann ebenfalls mit einem ratlosen Gesicht zunickte, schwangen sich beide erneut in die Sättel.

Kurz bevor sie die ersten Häuser erreichten, meldete sich Kristina erneut von vorne:

»Du, ich würde gerne zuerst kurz zum Teerdeich fahren. Von da hat man so einen fantastischen Blick auf die Nordspitze und aufs Watt ... was hältst du davon?«

»Einverstanden … lass machen«, war die kurze Antwort.

Am Deich legten sie die Räder ins Gras und setzten sich auf die dortige Holzbank. Kristina atmete wieder ganz tief ein und sagte dann mit viel Leidenschaft in der Stimme: »Ich liebe diesen Geruch!«

»Ich weiß«, antwortete Malu kurz und recht sachlich. Sie wollte verhindern, dass ihre Mutter wieder minutenlang ins Schwärmen geriet.

»Von ganz da oben gehen die Wattwanderungen nach Föhr los. Das hab ich mal mit deinem Vater gemacht. Du glaubst gar nicht, wie toll das war … man geht auf dem Meeresboden … die Stille im Watt und der weite Blick … einfach Wahnsinn … vielleicht sollten wir das dieses Jahr mal zusammen machen? Was meinst du?«

»Doch, das könnte ich mir aufregend vorstellen«, sagte Malu sofort.

Kristina hatte anscheinend nicht damit gerechnet und guckte überrascht ihre Tochter an: »Was … dazu hättest du Lust!? Ja, dann lass uns das doch mal planen.«

»Mum, vielleicht kommen ja auch noch ein paar andere mit. Was meinst du, jeder darf noch zwei oder drei Freunde einladen?«

»Ja, toll, mein Schatz! Das ist eine super Idee. Wir versuchen das zu organisieren!«, freute sich Kristina.

Eine ganze Zeit sagte nun keiner mehr etwas. Beide genossen die Stille, die Wärme und den leichten Sommerwind auf der Haut. Und beide schauten schweigend und staunend in die Weite der Nordfriesischen Wattenlandschaft.

Anscheinend hatte Kristina als erste ihre Batterien aufgeladen und räusperte sich:

»Na, was meinst du, woll'n wir langsam weiter?«

Malu blinzelte entspannt und sagte nur knapp:

»Ja, wir wollen.«

Sie nahmen die kleine Verbindungsstraße zwischen Deich und Strandzufahrt, genau dort, wo Norddorf zu Ende war und die Marschwiesen anfingen. Weiter im Norden leuchteten die Dünen in strahlendem Gelb. Dieser Teil der Insel wurde Odde genannt.

Sie waren erst ein kleines Stück gefahren, als Kristina Malu zurief, dass gleich eines ihrer Lieblingshäuser auf der linken Seite in Sicht käme.

»Sieh nur! Hier ist es!«, rief sie schon wenig später nach hinten und stellte gleich das Treten ein. Kristina saß jetzt ganz schräg auf dem Sattel und reckte ihren Hals nach links.

Eine hohe Rosenhecke verstellte Malu noch den Blick, aber dann tauchte auf der linken Seite ein weißgestrichenes, reetgedecktes Friesenhaus auf. ... Wirklich schön! ... Mum hat Recht! ... Allerdings, das Haus schien nicht bewohnt zu sein. Der Rasen hätte schon seit Wochen gemäht werden müssen, im kleinen Steinweg von der Straße zur Haustür wucherte das Unkraut und es gab keine Gardinen und keine Blumentöpfe auf den Fensterbänken. Wahrscheinlich wird es renoviert, schloss Malu aus der Schubkarre, die, gut gefüllt mit Sand und Bauschutt, etwas schräg vor der offenen Eingangstür stand.

Kristina starrte zwar immer noch Richtung Haus, aber ihr Gesicht hatte sich schon deutlich verfinstert und Malu rechnete jetzt jede Sekunde mit einer der üblichen Schimpftiraden ihrer Mutter: „Wieder so ein reicher Arsch, der sich mit seinem vielen Geld eingekauft hat und die Insel kaputt macht!", oder so ähnlich würde Mum gleich lospoltern.

In diesem Augenblick tauchte ein Mann im Eingang auf, der einen gefüllten Eimer vor die Tür wuchtete und den dann über der Karre auskippte.

Schon im nächsten Moment traf es Malu wie ein Blitz und auch Kristina hatte die Person wohl gerade erkannt, denn ihr Gesichtsausdruck wechselte in Lichtgeschwindigkeit von sauer und genervt auf zuerst erstaunt und dann auf strahlend und aufgeregt.

»Hey ... das glaub ich ja nicht!! ... Hallo, hey ... du hier??? ... Ich werd verrückt!!!«, rief sie, ließ sich bis zur kleinen weißen Gartenpforte ausrollen und sprang dort vom Rad.

Der Hai guckte überrascht, dann ungläubig Richtung Straße. Anscheinend hatte er die beiden nun auch erkannt, lächelte und grüßte kurz mit seiner freien Hand. Danach orientierte er sich sofort erneut

Richtung Haustür. Aber Kristina hatte überhaupt nicht vor, sich schon wieder aufs Fahrrad zu setzen und legte sofort nach:

»Mensch, was für ein Zufall! ... Du, das ist eines meiner Lieblingshäuser auf Amrum ... ich glaub es einfach nicht ... hier wohnst du? ... Das ist ja Wahnsinn!!!« Ihre Augen leuchteten und ihre Stimme überschlug sich fast vor Begeisterung.

Malu wunderte sich noch kurz über das Du, schließlich waren die beiden auf der Fähre noch beim Sie gewesen? Aber auf Amrum duzen sich ja alle, fiel ihr ein und im Augenblick gab es Wichtigeres.

Sie war nämlich bislang noch gar nicht abgestiegen, sondern hatte versucht im Sattel zu bleiben. Aber ihre Geschwindigkeit reichte nun nicht mehr. Sie musste augenblicklich runter, ansonsten drohte – Umkippen.

Ihr Aufmerksamkeitslevel war schon längst auf Vollausschlag hochgeschnellt. Sie zwang sich zwar, weiter gelangweilt zu wirken, aber ihr Elektronengehirn registrierte jede Bewegung, jedes Detail ... und alles, was sie sah, passte irgendwie nicht zusammen: Dieser Schreibtischtyp, mit seinen übertrieben gepflegten Händen in schmutzigen Arbeitshandschuhen, schleppte schwere Eimer mit Schutt heraus. Anscheinend machte er die Arbeit auch noch allein – jedenfalls war bislang keine weitere Person aufgetaucht. Besonders irritierte sie sein unzweckmäßiges Outfit. Er trug eine teure Sporthose, die im Kniebereich total dreckig war, ein hautenges Mikrofaser-Funktionsshirt und Schuhe, die ebenfalls in einem jämmerlich schmutzigem Zustand waren.

Der Hai lächelte zwar freundlich in Richtung Straße, aber das kam ihr ziemlich aufgesetzt vor. Dann kratzte er sich ein paar Mal nervös am Kopf und Malu hatte ganz deutlich das Gefühl, dass ihm das überraschende Zusammentreffen unangenehm war und er sich am liebsten schnell verdrücken würde.

Aber Mum ließ nicht locker:

»Na, erzähl doch mal ... wie kommst du zu diesem tollen Haus? Das hat ja so eine fantastische Lage«, legte sie mit einer weiteren neugierigen Frage nach und guckte dabei zuerst ihn, dann das Haus und dann wieder ihn an.

»Ja …«, antwortete er zögerlich, stellte den Eimer ab und klopfte die Handschuhe unschlüssig aneinander. »… Das ist mein Haus … die Lage ist wirklich großartig … da hast du schon Recht … ich bin auch froh, es zu besitzen«, und bei diesen unterbrochenen Halbsätzen hatte er sich einige Schritte auf die beiden zu bewegt.

Malu kamen die Worte völlig merkwürdig vor: … Er sei froh … es zu besitzen … irgendwas stimmt hier nicht«, dachte sie erneut und fummelte gleichzeitig – quasi als Ablenkung – an ihrem Dynamo herum.

»Du, ich bin hier schon so oft vorbeigefahren und jedes Mal stell ich mir vor, wie es wohl sein muss, da in der Küche mit einem Becher Tee in der Hand zu sitzen und über die Wiesen aufs Meer zu sehen. Der Blick muss doch wundervoll sein … meinst du, ich könnte mal kurz rein kommen und durchs Fenster sehen?« fragte Kristina nun und hatte ihr unwiderstehlichstes Lächeln aufgelegt.

Der Hai hüstelte und klopfte erneut nervös die Handschuhe gegeneinander … dann wich er ihrem Blick aus.

Aus den Augenwinkeln registrierte Malu weiter jede Reaktion und jetzt hatte der Hai sie selbst fest ins Auge genommen. Malu drückte schnell erneut an ihrem Dynamo herum.

Ich wette um 1000 Euro. Er lässt sie nicht ins Haus. Er sucht fieberhaft nach einer Ausrede, vermutete sie.

»Es tut mir wirklich sehr leid …«, sagte er und räusperte sich erneut. »Aber es ist im Augenblick einfach zu gefährlich. Ich bin dabei eine Wand abzubrechen … alles abgestützt, totale Baustelle … absolutes Chaos … nein, das geht heute nicht!«

Bingo! dachte Malu. 1000 Euro gewonnen. Mums Charmoffensive hat gerade einen herben Rückschlag erlitten … aber sie wird noch nicht aufgeben, vermutete sie.

»Ach, das ist aber schade. Schutt und Dreck stören mich überhaupt nicht … ich bin auch vorsichtig und du bist dabei, was soll da schon passieren?«, startete Kristina einen neuen Anlauf.

Na, das klingt ja schon fast wie Betteln. Das ist jetzt ihr letzter verzweifelter Versuch … danach wird sie aufgeben, vermutete Malu.

»Nein, das geht wirklich nicht!«, antwortete der Hai jetzt sehr entschieden. »Die Bauarbeiter haben mir das praktisch untersagt. Ich darf momentan niemanden ins Haus lassen … es tut mir leid! … So, ich muss jetzt auch weitermachen, es ist noch viel zu tun!«, und dieser Satz klang kühl und ungeduldig und dabei hatte er sich auch schon ein kleines Stück Richtung Haus von ihnen abgewendet.

Volltreffer mitschiffs, würde Opa Kurt sagen. Mums stolze Galeere versinkt soeben in den Fluten. Er hat sie abblitzen lassen … jetzt wird sie ihren Rückzug antreten, war Malus nächste Spekulation.

»Sehr schade«, sagte Kristina enttäuscht. »Na ja, vielleicht ein andermal.« Kristina schob ihr Fahrrad zurück auf die Straße, aber, bevor sie aufs Rad stieg, sagte sie noch schnell: »Wir wollen noch einige Besorgungen machen und werden dann den Nachmittag hier am Strand verbringen. Wir suchen uns einen Platz ganz vorne, links vom Übergang. Vielleicht hast du ja noch Lust auf ein gemeinsames Schwimmen? … Bis dann und noch fröhliches Schaffen!« Danach lächelte sie noch einmal kurz in seine Richtung, aber Malu wusste, wie enttäuscht ihre Mutter war. Mums Flirtversuch war wieder richtig peinlich, fand Malu. Warum kann sie es nicht einfach lassen?

»Machs gut … und noch einen schönen Nachmittag«, verabschiedete sich der Hai endgültig, drehte sich um und ging dann mit forschen Schritten zurück Richtung Eingangstür. Allerdings blieb er kurz vor der Schubkarre noch einmal stehen und drehte sich erneut um. Wie ein giftiger Pfeil traf Malu sein kalter, forschender Blick. Aber heute war sie vorbereitet und ließ sich nicht einschüchtern! Sie hielt stand, lächelte mutig zurück und stieg dann recht gelassen auf ihr Rad. Aus dem Augenwinkel sah sie, dass er sie noch immer fixierte, doch dann wendete er sich ab und verschwand mit wenigen schnellen Schritten im Haus.

Im Wegfahren sah sich Malu noch schnell weiter im Garten um. Ah ja, da steht ja schon seine sportliche Herausforderung. Der Herr will auch auf der Insel seinen Body in Form halten, amüsierte sie sich. Am Holzschuppen lehnte ein weiß-blaues Mountainbike. Aber wesentlich interessanter war der kleine Schutthaufen seitlich am Haus, denn der stimmte nicht mit seinen Erklärungen überein!

Der Haufen bestand fast nur aus Sand und Schotter. Alles recht sonderbar. Er bricht eine Mauer ab und es gibt keine Steine!

Grabung im Friesenhaus

…Glücklicherweise hab ich die abgewimmelt … was für ein blöder Zufall! Muss ich ausgerechnet dann mit dem Schutt rauskommen, wenn die hier vorbeifahren … aber die Insel ist klein … ob die meine Geschichte geglaubt haben? Vorsichtig lugte er durchs Küchenfenster. Mensch, die Kleine glotzt ja immer noch rüber! Ihre Mutter ist gar nicht das Problem, die lässt sich einwickeln, aber ihre Tochter da! … Tut so unschuldig … fummelt an ihrem Fahrrad rum und die Augen sind ganz woanders … Aber wahrscheinlich ist sie nur neugierig und hat keinen blassen Schimmer … woher auch? Die Zeitung konnte ich ihr noch rechtzeitig wegnehmen und dass die Kiste hier im Haus versteckt war, weiß sie sicher auch nicht, versuchte er sich zu beruhigen. … Ich muss aufpassen, dass ich nicht anfange, Gespenster zu sehen … einfach cool bleiben, alter Junge! … I'm the winner, schmunzelte er und atmete ein paar Mal erleichtert durch.

Aber schon im nächsten Augenblick war die Angst zurück. Mitten auf dem Küchentisch lag das Hark Olufs Buch, das er heute Morgen aus seinem Hotelzimmer mitgenommen hatte – auch dort sollte keiner mitkriegen, womit er sich beschäftigte. Mensch, wenn ich die ins Haus gelassen hätte … sie wollten doch unbedingt durchs Küchenfenster aufs Watt sehn!

Sofort griff er sich das Buch und eigentlich hatte er vor, es mit den anderen Papieren in seinem Aktenkoffer unter dem Küchenschrank zu verstecken, aber das ging mit den unförmigen, schmutzigen Arbeitshandschuhen an den Händen im Augenblick schlecht und so ließ er es kurzentschlossen erst einmal in der Besteckschublade verschwinden.

Auf der Straße war kein Mensch mehr zu sehen ... die Frauen waren Gott sei Dank nicht wieder aufgetaucht und er überlegte, was er als nächstes tun wollte. ... Die Karre muss da weg! fiel ihm ein. Die brauch ich jetzt eh nicht mehr, und solange die da voll beladen vor der Tür rum steht, sieht jeder, was hier los ist.

Er musste sich mächtig anstrengen, als er sie die wenigen Meter bis zum Schutthaufen schob. Der Reifen hatte zu wenig Luft und ein paar Tropfen Öl hätte das Rad auch gut vertragen können – es quietschte fürchterlich. Die leere Schubkarre stellte er wieder am Gartenschuppen ab, da, wo sie auch vorher gestanden hatte. Als er zurück ging, drehte er sich noch einmal um. Alles sah fast so aus wie vorher – einzig der kleine Schutthaufen.

Aber man sieht nicht, dass der ganz frisch ist ... sehr gut so! lobte er sich und ging zufrieden zurück zur Haustür. Was er nicht sah, war, dass sich eine Gardine im Fenster des Nachbarhauses ein klein wenig hin und her bewegte.

Ich hab ungefähr eine Stunde gebraucht, überlegte er und sah in das etwa 80 cm tiefe Loch, das sich jetzt vor ihm auftat – dort, wo ehemals die Holzschwelle zwischen Flur und Küche gesessen hatte. Er nahm erneut die dünne Eisenstange in die Hand, steckte sie hinein und trieb sie mit kräftigen Schlägen in die Tiefe. Dann zog er sie wieder heraus und versuchte es ein kleines Stück daneben erneut ... und erneut ... und erneut ... Hier ist nichts ... Scheiße! kommentierte er halblaut seinen letzten Versuch und schüttelte enttäuscht den Kopf. Nirgends war die Stange auf einen nennenswerten Widerstand gestoßen. ... Na ja, das konnte ich auch nicht wirklich erwarten, dass gleich mein erster Versuch ein Volltreffer ist, sprach er sich Mut zu und sah sich schon nach der nächsten Grabungsstelle um. Die Wände des kleinen, verwinkelten Flurs bestanden eigentlich nur aus Türen. Eine führte in die Küche, drei in die kleinen Zimmer, eine ins Bad und die letzte in den hinteren Stallbereich – somit gab es sechs Türschwellen in diesem Haus. Wenn es schlecht läuft ... noch fünfmal graben ... aber es ist wesentlich wahrscheinlicher, dass ich den Schatz schon vorher finde und dann können mich alle mal! Leider ist es noch nicht so weit – vorher muss ich noch schwitzen!

Langsam ebbte auch wieder die schmerzlindernde Wirkung seiner Glückshormone ab und er spürte erneut die zwei Hammerschläge, die nicht das Ende der Eisenstange getroffen hatten, sondern den Daumen und den Zeigefinger seiner linken Hand.

Vorsichtig zog er den Arbeitshandschuh ab. Es gab zwar kein Blut, aber beide Finger waren schon deutlich angeschwollen. Kollateralschaden, diese Arbeit hass ich! Wie so 'n blöder Malocher im Dreck wühlen … und nun hau ich mir auch noch die Hände kaputt … was werden bloß meine Düsseldorfer denken?

In seiner Kindheit war sein Vater oft mit solchen Händen nach Hause gekommen. Der hatte in seiner Bau- und Immobilienfirma in den Anfangsjahren wie ein Blöder auf den Baustellen selbst mit Hand angelegt und auch ihn immer wieder dazu gedrängt, mitzuhelfen. An dessen Lieblingssatz „Wenn du meinen Laden mal übernehmen und erfolgreich sein willst, musst du wissen, wie man Mörtel anrührt und einen Nagel in die Wand schlägt", konnte er sich so deutlich erinnern, als wärs erst gestern gewesen. Aber dieser ganze Staub und Dreck hatte ihn schon damals angewidert. Seine Einwände und Ausreden ließ sein Vater meist nicht gelten, aber irgendwann war er ihm gewachsen gewesen und hatte sich einfach geweigert. Seine Mutter hatte natürlich zu ihm gehalten und ihm den Rücken gestärkt – aber wie hatte der Alte getobt! Eigentlich konnte er seinem Vater nie etwas recht machen. Der hatte sich für ihn nie wirklich interessiert und nur immer die Firma im Kopf gehabt. Selbst als er die Landesmeisterschaft im Tennis gewonnen hatte, gab es von ihm kaum ein anerkennendes Wort, und den Pokal hatte sein Vater nicht mal in die Hand genommen. Dann die Idee mit dem Jurastudium, auch das hatte seinem alten Herrn nicht gefallen – der hatte sich seinen Sohn als Bauingenieur vorgestellt. Als er dann auch noch im zweiten Semester sein Studium hingeschmissen hatte, war es zum endgültigen Bruch gekommen und der Alte hatte ihm sofort den Geldhahn zugedreht. Aber seine Mutter natürlich nicht, sie hatte ihn heimlich auch finanziell weiter unterstützt … auf sie konnte er sich immer verlassen … und dann der Herzinfarkt, abends allein im

Büro war es passiert, man hatte ihn erst viel zu spät gefunden. … Was hatte sein Vater nun von seiner ganzen Schufterei gehabt? Aber, das sollte ihm nicht passieren. Er würde sein Leben genießen! … Hatte die Baufirma dann sofort verkauft, die Immobilien natürlich behalten und nun ließ es sich mit den Mieteinnahmen ganz gut leben, einige Häuser in bester Lage. Wenn er mal hin und wieder größeren Finanzbedarf hatte, war auch schnell ein Altbau in Eigentumswohnungen umgewandelt und gewinnbringend verkauft. Das war in Düsseldorf überhaupt kein Problem. Immobilien zu haben, war heute so, als hätte man eine Gelddruckmaschine … das Leben ist schon kurios. Dann lachte er bitter. Das, was ich ein Leben lang gehasst hab, mach ich jetzt freiwillig und ohne Not – im Dreck wühlen, wie mein Alter! Wenn der mich sehen könnte, würde er vom Glauben abfallen … und irgendwie hat er auch noch Recht behalten. Das, was er mir damals als Junge auf dem Bau aufgenötigt hat, kann ich heute bestens gebrauchen … .

Bis auf die beiden Fehlschläge war nämlich alles recht problemlos verlaufen. Er hatte schnell gelernt, den Kuhfuß richtig anzusetzen und schon ließ sich die Holzschwelle relativ problemlos nach oben heraus hebeln. Sie war nur jeweils mit zwei Nägeln an den Seitenbrettern befestigt gewesen. Leider war dabei ein Stück der Holzbekleidung abgesplittert. Aber jetzt weiß ich Bescheid, nun geht sowieso alles viel schneller! Den nächsten Schutt muss ich nicht mehr nach draußen schleppen … den kipp ich einfach gleich wieder hier ins erste Loch.

Bevor er sich an die nächste Türschwelle machte, trank er noch zwei Tassen Kaffee, aber den Durst wurde er nicht los. … Ich muss mir dringend Mineralwasser besorgen, wurde ihm klar.

Einkäufe und Strand

Malu sah ihrer Mutter noch eine ganze Weile die Enttäuschung an. Aber sie hatte keinesfalls vor, das Thema noch einmal anzusprechen. Schließlich gingen ihre Überlegungen in eine vollkommen andere Richtung und davon sollte Kristina im Augenblick möglichst wenig mitkriegen – ansonsten bestand die Gefahr, ein rigoroses Verbot in Sachen Schatzsuche zu kassieren. Es war schon heikel genug, sich nachher ein Buch über Hark Olufs kaufen zu wollen.

Als Erstes fuhren sie zum Töpferladen von Conny. Kristina gönnte sich in jedem Urlaub eine handgearbeitete Schale oder Tasse. Allerdings ging es heute nur um einen ersten Erkundungsbesuch und nicht schon um Kauf – der folgte nämlich einem jährlich wiederkehrenden Muster und konnte dauern. In der ersten Phase würde Mum in den kommenden Tagen alle vier Inseltöpfereien abklappern und eine erste Sondierung des diesjährigen Angebots vornehmen. Danach folgte meist noch ein zweiter Besuch und ihre endgültige Entscheidung traf sie in der Regel erst in den letzten Urlaubstagen.

Nachdem Kristina alle interessanten Tongefäße umfänglich begutachtet hatte, kauften sie im Café Schult vier leckere Kuchenstücke für den Nachmittag am Strand. Anschließend ging es zur Apotheke, um Sonnen- und Feuchtigkeitscreme und noch ein Mittel gegen Heuschnupfen zu besorgen und danach zum Norddorfer Gemeindehaus. Hier lockte die Bilderausstellung und auch dieser Besuch gehörte in jedem Jahr zum Amrum-Pflichtprogramm ihrer Mum.

Als sie danach wieder auf der Straße standen und Kristina anmerkte »Du, ich freu mich jetzt auf den Strand und die Nordsee«, ergänzte Malu schnell: »Ich auch. Aber ich würde vorher gern noch schnell in die Buchhandlung gehn. Ich brauch unbedingt noch etwas zum Lesen.« Kristina guckte überrascht – hatte ihre Tochter nicht erst ein neues Buch angefangen? Marie verschlang manche Bücher förmlich und deshalb fragte sie nicht weiter nach und sagte nur: »Natürlich mein Schatz. Für Bücher und Buchläden hab ich immer Zeit.«

Wenig später stellten sie schon ihre Räder in den Fahrradständer vor der Buchhandlung Quedens, am Ende der Fußgängerzone. Kristina steuerte gleich auf die Postkarten zu, die verkaufsfördernd vor dem Eingang in Rollständern angeboten wurden, während Malu noch versonnen auf das große Namensschild über der Eingangstür sah. ... Wieder Quedens! Schon eben bei den Bildern war ihr dieser Name aufgefallen. Sicher eine Familie mit einer meterlangen Ahnentafel?

... Aber war das friesisch? Egal! Friesische Namen hatten sie schon immer interessiert. Sie konnte sich noch sehr gut daran erinnern, dass sie als Mädchen in einem Sommerurlaub auf die Idee gekommen war, ungewöhnliche Vornamen zu sammeln und dafür damals eigens ein kleines Heft angelegt hatte.

Das muss nach der zweiter Klasse gewesen sein, überlegte sie, ich konnte gerade schreiben! Das Heft gab es immer noch und problemlos ratterte ihr Gehirn sofort eine lange Liste friesischer Vornamen herunter:

Also ... zuerst die weiblichen: Swantje, Leevke, Neele, Tatje, Lone, Jule, Aenne, Bente, Beeke, Frigga, Gesa, Gyde, Kerrin, Maayken, Marit ... und jetzt die männlichen: Ole, Marten, Bjarne, Oke, Jaap, Rune, Tewe, Ari, Jelle, Jannis, Boh und natürlich Hark ... und Janne, freute sie sich.

»Marie! ... Hallo! ... Was ist los? ... Was überlegst du denn?« Kristina hatte ein paar Postkarten in der Hand und guckte ihre Tochter ungeduldig an.

»Ach ja ... nein, alles gut Mum! Ich war grad in Gedanken. Lass uns rein gehen!«

Kaum dass sie das erste Regal erreicht hatten und Malu anfing, die dortigen Buchtitel zu überfliegen, wurden beide schon freudig begrüßt: »Hey, wenn das nicht die Hamburger sind ... hallo Kristina und Marie!«, rief jemand aus dem hinteren Teil des Ladens.

Malu ahnte, dass sich die Laune ihrer Mutter augenblicklich noch einmal entscheidend verbessert hatte. Mum liebte es nämlich, wenn sie auf der Insel von Einheimischen persönlich angesprochen wurde. Sie hatte wohl dann das Gefühl, auch irgendwie zur Inselgemeinschaft dazu zu gehören.

»Ja, hallo Elke! … dass du uns gleich erkannt hast?«, antwortete Kristina begeistert und orientierte sich sofort Richtung Verkaufstresen. Beide lachten und drückten sich kurz.

»Ich hab schon gehört, dass ihr da seid. Hier verbreiten sich Nachrichten in Lichtgeschwindigkeit! … schon wieder ein Jahr rum … und ihr reif für die Insel .. was?«

»Ja, wir sind vorgestern angekommen. Du weißt doch … ein Sommer ohne Amrum geht bei mir gar nicht! Endlich Ferien … das wurde aber auch Zeit!«

»Lehrer haben doch immer Urlaub!«, meldete sich eine Männerstimme süffisant aus dem Hintergrund.

Kristina wusste sofort, wer dass gesagt hatte. Sie warf Elkes Kollegen nur einen kurzen, scharfen Blick zu. Schon letztes Jahr hatte sie auf seine fast gleichlautende Provokation falsch reagiert, sich auf eine Diskussion eingelassen und sich hinterher mächtig geärgert. Aber, das sollte ihr heute nicht passieren!

»Ach, hallo, du scheinst ja auch noch der Alte zu sein!« ließ sie ihn kühl abtropfen.

Doch er sah sie weiter herausfordernd an, hatte aber nicht genug Zeit, seinen nächsten Satz loszuwerden. Elke fuhr ihm entschlossen in die Parade: »Und kaum, dass ihr hier seid, braucht ihr natürlich neuen Lesestoff, was?« , dabei sah sie Kristina mitfühlend an und zog kurz die Augenbrauen hoch.

»Besser gesagt – ich!« meldete sich Malu selbstbewusst. »Ich such ein Buch über das Leben des Hark Olufs.«

Malu wusste genau, dass sie ihre Mutter nun nicht ansehen durfte. Deren Gesichtsausdruck konnte sie sich nur all zu gut vorstellen und glücklicherweise hakte Elke sofort nach: »Aha, du bist also bei deiner Liebe für Krimis geblieben! Damit liegst du ja dieses Jahr voll im Inseltrend. Die Bücher über Hark Olufs sind seit Monaten unser Kassenschlager und wir mussten den Bestand schon dreimal nachordern … aber was suchst du genau? Wir haben verschiedene Bücher zu diesem Thema. Eins ist sehr schön geschrieben – eher wie ein Roman, das könnte etwas für dich sein?«

»Hm ...«, überlegte Malu. »Ich such eher eins mit gesicherten Fakten ... mehr etwas Wissenschaftliches, aber trotzdem leicht zu lesen.«

»Ah ja ... dann suchst du heute eher die Wahrheit und weniger die Fiktion! ... Verstehe! ... aber bei Hark Olufs lässt sich das gar nicht so leicht trennen. Sein Leben und das, was man weiß oder zu wissen glaubt, verschwimmen, und das hat schon zu seinen Lebzeiten die Phantasie der Menschen beflügelt. Aber ich denke, ich hab das richtige Buch für dich! Darin geht es zwar nicht nur um ihn, aber in einem Kapitel wird einzig sein ungewöhnlicher Lebensweg beschrieben.«

Sie ging zum Regal gegenüber und hatte anscheinend sofort das Richtige gefunden, „Amrumer Geschichten" stand auf dem Buchdeckel. »Auf diesen Autor kann man sich verlassen ... gehört ja praktisch zur Familie. Allerdings könntest du bei einigen Erklärungen und Fachbegriffen auch Schwierigkeiten bekommen! Aber du hast ja eine kluge Mutter, die kann dir dann sicher weiterhelfen«, und dabei lächelte die Buchhändlerin Kristina zu.

»Die schlaue Mutter hat überhaupt nicht vor, dabei zu helfen!«, grummelte Kristina. Und als Elke sie jetzt irritiert ansah, fügte sie ärgerlich hinzu: »Mir geht diese ganze Hark Olufs Schatzsucherei schon jetzt tierisch auf die Nerven! ... Und Marie! ... Ich hab keine Lust dafür Geld auszugeben! Das Buch muss du dir schon selbst kaufen!«

»Das ist doch klar, Mum«, versuchte Malu zu beruhigen, ließ sich das Buch geben und las ein paar Sätze zur Probe. Auf dem Cover stand: „ ... von Georg Quedens" »Das ist ja lustig!«, amüsierte sie sich. »Er kann seine Bücher im eigenen Laden verkaufen!«

»Nein, nein!«, widersprach Elke sofort: »Der Buchladen gehört seinem Bruder – oder besser gesagt, jetzt schon dessen Sohn.«

... Dann ist das heute schon Nummer Vier aus diesem Clan! Auf jeden Fall ein Amrumer, stellte Malu zufrieden fest und damit hatte sie ihre Kaufentscheidung getroffen.

»Ja, das gefällt mir! Das nehm ich!«, sagte sie kurz entschlossen.

Auf dem Teerplatz vor dem Dünenübergang standen die Fahrräder dicht an dicht. Überall wuselten Sommergäste herum und die meisten waren um diese Zeit noch auf dem Weg Richtung Strand und Nordsee. Aber einige schwammen auch gegen den Strom und wollten mit ihren Kindern im „Strand 33" ein Eis oder Pommes essen oder mussten einfach nur mal auf die Toilette.

Das Meer und der Horizont versteckten sich noch hinter einem Dünenbuckel, dort, wo die drei Norddorfer Strandkorbvermieter ihre XXL-Körbe hintereinander aufgestellt hatten und auf Kunden warteten. An jedem Korb prangte ein großes Namensschild. Jannen, Martinen, Boyens las Malu und kam kurz ins Überlegen. War nicht der Boyens-Korb letztes Jahr der Erste gewesen und jetzt steht er ganz hinten? Aber dann fiel ihr wieder ein, warum das so war. Immer der erste Strandkorbvermieter, auf den die Sommergäste trafen, machte die besten Geschäfte und damit es gerecht zuging, wechselten die, in jeder Saison, ihre Plätze.

Sie sahen ihn noch nicht, aber sie hörten ihn schon. Beide wussten sofort, wer da so laut lachte. Wenig später hatten sie ihn auch schon entdeckt, umstellt von einigen Urlaubern, die sich anscheinend gerade über eine seiner lustigen Geschichten ausgelassen amüsierten. In seinem braunen, wettergegerbten Gesicht, mit dem großen, freundlichen Mund, wirkten seine weißen Zähne noch strahlender.

»Mensch, hat der schon wieder Farbe! Da kann man nur neidisch werden«, schwärmte Kristina schon im Näherkommen.

Malus Frage: »Mal sehn, ob er sich noch an uns erinnert und wann er uns entdeckt?«, hatte sie kaum ausgesprochen, da wurden beide schon überschwänglich begrüßt:

»Jetzt kommt der Sommer! … Ihr seht ja toll aus! … unverkennbar Mutter und Tochter, … die eine schöner als die andere!«, rief er und ging dabei lachend ein paar Schritte auf sie zu.

»Hi, Rainhard, Du bist ja auch dieses Jahr wieder in Hochform und weißt noch immer, was Frauen gerne hören ... aber trotzdem, vielen Dank für das Kompliment!«, begrüßte ihn Kristina ebenso freudig: »Wenn einer wie Sommer aussieht, dann bist Du das wohl! Wir können noch Sonne gebrauchen, im Gegensatz zu Dir. Wie geht's? Wie laufen die Geschäfte?'

»Du, ich kann nicht klagen! Ich komm so über die Runden … Unkraut vergeht nicht, das weißt du doch und Salzluft konserviert«, war seine grinsende Antwort.

»Aber ihr macht das genau richtig. Die Norddorfer Sonne bräunt am besten, das weiß jeder auf der Insel, auch wenn das die Nebeler oder Wittdüner niemals zugeben würden…« und nach diesem Satz lachte er erneut wieder laut und ausgelassen.

»Und jetzt braucht ihr nur noch einen schönen Strandkorb zu eurem Glück, was?«, und damit war er bei seinem eigentlichen Thema angekommen.

»Mit uns kannst Du heute kein Geschäft machen. Wir haben schon einen Dauerkorb bei deinem Konkurrenten in Nebel gemietet und ich liebe es, mich nach dem Schwimmen einfach in euren tollen, feinen Sand zu legen … das genügt mir heute«, erklärte Kristina.

»Nein, nein! So was kommt gar nicht in Frage«, erwiderte Rainhard sofort und an seinen wachen Augen sah man, dass er nach einem überzeugenden Argument suchte und es offensichtlich auch gerade, in Form einer kleinen Tüte in Malus Hand, gefunden hatte.

»Du, deine Tochter hat sich ein tolles Buch gekauft und du bist auch 'ne Leseratte. Sie will das gleich ganz gemütlich durchschmökern … und das liegend im Sand? … Da geht doch jeglicher Genuss verloren! Das ist doch eine richtige Quälerei!«

… Das ist wirklich ein guter Grund für einen Korb, dachte Malu, aber sie wollte ihrer Mutter nicht in den Rücken fallen, denn die schüttelte weiter abwehrend mit dem Kopf. »Nein, nein! … mein Lieber … keine Chance!«, wehrte die sein Argument erneut ab und wollte schon weitergehen.

»Halt, halt!«, rief Rainhard. »Das geht einfach gegen meine Vermieterehre! Ich hab genau den richtigen Korb für Euch! Gerade runter und ein kleines Stück links, in der ersten Reihe, mit freiem Blick aufs Meer, Nummer 213! Und jetzt kommt der Knaller! Ihr seid nun wirklich Stammgäste auf der Insel und ich mach Euch ein absolutes Freudschaftsangebot! Der Vormittag ist ja schon 'rum und deshalb zahlt ihr mir nur den halben Tagespreis … also ein absolutes Schnäppchen!!«

Angelockt durch sein lautes Organ, waren jetzt auch einige andere Strandbesucher stehengeblieben und verfolgten die Verhandlungen aufmerksam und sehr belustigt.

Ob nun der günstige Preis oder eher der überraschend gute Standort, den er vorgeschlagen hatte, Kristinas Widerstand aufweichte, wusste Malu nicht – aber sie sah, dass ihre Mutter ernsthaft ins Nachdenken kam.

»Du bist aber auch ein grandioser Geschäftsmann!«, lachte Kristina ihn erneut an. »… Aber … ich denke, … wir legen uns heute einfach in den heißen Sand!«, sagte sie zwar zögerlich und dann weiter eher entschlossener: »Den Korb kriegst Du sicher noch vermietet … mach's gut!«

Nicht nur Malu, sondern auch die Umherstehenden waren wohl jetzt der Meinung, dass die Sache entschieden war und der forsche Strandkorbvermieter gerade eine Niederlage einstecken musste, aber Rainhard liebte solche Auftritte. Er dachte gar nicht daran klein beizugeben und packte nun seine schärfste Waffe aus!

Er verkündete laut: »Also, ihr seid vielleicht hartnäckig. Aber, das, was ihr da vorhabt, geht einfach nicht! … Ihr braucht einen Korb, ich besteh darauf! Wisst ihr was? … Auch wenn es mein Ruin ist, ihr zahlt mir heute keinen Cent! Der Strandkorb ist für euch umsonst! … 213!« und jetzt lachte er so laut und mitreißend, dass alle in der Runde davon angesteckt wurden und auch Kristina und Malu konnten nicht anders.

»Na gut! Du hast mich geschafft … ich geb mich geschlagen!«, lenkte Kristina lachend ein. »Aber, ich geb dir auf jeden Fall wenigstens den halben Tagespreis!«, schob sie energisch hinterher und zog schon ihr Portemonnaei heraus.

»Einverstanden!«, war Rainhards knappe Antwort. Und sofort brachen alle erneut wieder in ein ausgelassenes Lachen aus.

Kristina bezahlte und als sie außer Hörweite waren, grinste Malu ihre Mutter an: »Mensch, ist das ein lustiger Vogel.«

»Lustig ist gar kein Ausdruck! Charmant, frech, große Klappe … der traut sich was! Und ist in jedem Fall geschäftstüchtig … ein

Schlitzohr! … Aber, allemal ein Friese, dem man nicht widerstehen kann ... Du, sein Vater war genauso!«, ergänzte sie noch.

Am Strand tobte das Leben, doch den Korb 213 hatten sie schnell gefunden. Hier legten sie nur ihre Rucksäcke und Tüten ab und zogen sofort die Badesachen an. Kurz vor dem Flutsaum fassten sie sich an den Händen und rannten los. Doch schon im knietiefem Wasser kam Malu tüchtig ins Stolpern und stürzte sich schreiend in die Fluten.

Der weitere Nachmittag verlief dann wie geplant – viel lesen, baden, Kuchen essen, kurze Gespräche und wieder lesen und baden. Das Wetter war herrlich und beide genossen tiefentspannt die wärmende Sonne und den kühlenden Seewind auf der heißen Haut.

Als Malu schon das zweite Mal das Kapitel vollständig durchgelesen hatte, bemerkte sie, dass überall um sie herum die Leute dabei waren, ihre Sachen zusammenzupacken und etliche Strandkörbe auch schon verlassen dastanden … es könnte schon spät sein! Aber Kristina machte noch keinerlei Anstalten aufzubrechen und deshalb rief sich Malu noch einmal die wesentlichen Fakten des Gelesenen ins Gedächtnis zurück.

Die vielen Zahlen konnte sie sich einfach nicht auf Anhieb merken. Immer wieder musste sie auf den entsprechenden Seiten nachschlagen.

… Also! versuchte sie sich zu konzentrieren. Hark Olufs wurde im Sommer 1708 in Süddorf auf Amrum geboren. Vier Wochen nach seiner Geburt stirbt seine Mutter und mit 12 Jahren fährt er bereits zur See. Mit 15 Jahren gerät er mit der gesamten Besatzung in Gefangenschaft, als sein Schiff von Piraten gekapert wird. Auf dem Sklavenmarkt von Algier wird er an einen muslimischen Herrscher des Osmanischen Reiches verkauft und dient ihm als Haussklave. Er erwirbt dessen Vertrauen und Anerkennung, steigt schnell zu höchsten Staatsämtern auf und wird, nachdem er sich bei verschiedenen Stammeskämpfen ausgezeichnet hat, schließlich Kommandeur über die gesamte Kavallerie des Herrschers. In einer schon verloren geglaubten Schlacht trägt er entscheidend zum Sieg bei und ihm wird daraufhin aus Dankbarkeit, nach 12 Jahren Gefangenschaft, die Freiheit geschenkt. Reich entlohnt kehrt er im Frühjahr 1736 nach Amrum zurück. Er ist jetzt 27 Jahre alt, gibt die Seefahrt auf, heiratet im folgenden Jahr und lebt dann ein relativ normales Inselleben. Hark Olufs stirbt am 13. Okt. 1754 noch recht jung mit 46 Jahren und wird auf dem Friedhof an der Nebeler Kirche beerdigt.

Was für ein ungewöhnliches Leben!«, machte sich Malu klar und las dann die Schatzlegende, die im Anhang des Buches abgedruckt war, ein weiteres Mal.

Nach seinem Tod entstand die Legende, dass Hark Olufs als Wiedergänger umher streifte und seine Seele erst zur Ruhe fand, nachdem ein Schatz unter der Türschwelle seines Hauses in Süddorf entdeckt wurde! Möglicherweise fing schon damals die Schatzsucherei auf der Insel an, das ist heute weit mehr als 250 Jahre her! überlegte sie. Für sie wurde die „Hark Olufs-Story" immer interessanter. Aber, wie passte der Hai da hinein? Glücklicherweise ist der hier bei uns nicht aufgetaucht, freute sie sich kurz und dachte dann über den Fund der Schatzkiste nach.

Vielleicht ergab sich heute noch die Möglichkeit, Owe auszuquetschen? Den Fahrradverleih hatte sie vorhin schon entdeckt. … Bislang hat er ja niemanden etwas erzählt … wenn ich ihn treffe, brauch ich eine gute Strategie … , überlegte sie und die hatte sie eigentlich auch schon im Kopf!

Kristina lag noch immer lesend auf ihrem dünnen Seidentuch vor dem Strandkorb und schlug gerade die Seite um.

»Was meinst Du, Mum, vielleicht sollten wir auch langsam zusammenpacken?«

Kristina kam von ganz weit weg. Erst knurrte sie nur, dann legte sie ihr Lesezeichen zwischen die Seiten und reckte sich. »Oh, mein Gott! Wir sind ja fast schon die Letzten! … Du glaubst gar nicht, wie spannend mein Buch ist … aber das läuft mir ja nicht weg. Ich denke, du hast Recht! Wir sollten aufbrechen ... Mensch! Schau nur, ich hab mir einen richtigen Sonnenbrand eingehandelt … so ein Mist! Dabei hab ich mich doch nun wirklich immer wieder eingecremt! Ich weiß doch wie gefährlich die Amrumer Sonne in den ersten Tagen ist ... Na ja, wer schön sein will, muss eben leiden ... ich dumme Kuh!«, redete Kristina mit sich selbst.

Ihre Mutter glühte wirklich wie eine rote Tomate und das vor allem um die Schultern herum, am Bauch und auf den Oberschenkeln. Sie selbst hatte sich rechtzeitig ein Handtuch über die Beine gelegt, aber ihr Bauch hatte eindeutig auch zu viel abbekommen.

Kristina trug sofort die Feuchtigkeitscreme aus der Apotheke auf und reichte sie dann ihrer Tochter.

»Mum, was meinst Du! Haben wir noch Zeit in Norddorf einen kurzen Stopp einzulegen? Ich würde noch gerne einen Bekannten treffen und den etwas fragen ... der arbeitet manchmal im Fahrradverleih, gegenüber vom Kino.«

»Klar können wir das! Dann hol ich mir noch ein Kinoprogramm und warte da auf dich. Du, das neue Kinogebäude sieht ja ganz passabel aus ... aber das alte fehlt mir doch irgendwie. Ich war damals oft mit deinem Vater da ... an Regentagen! Auf den Sesseln in der letzten Reihe konnte man herrlich knutschen!« Nach diesem Satz grinste Kristina herausfordern. Malu legte sofort strafend ihre Stirn in Falten und schüttelte sich übertrieben.

Owe im Fahrradverleih

Auf dem Vorplatz des Verleihs stand eine ganze Anzahl von Fahrrädern herum. Einige streng in einer Reihe nebeneinander, andere einfach nur irgendwo abgestellt. Und, wie der Zufall es wollte, sah sie Owe schon. Er hantierte im hinteren Bereich an einem Rad herum, das, an einem Montageständer befestigt, vor ihm in der Luft hing. Malu rollte aufs Grundstück und stellte ihr Rad auf den Ständer.

»Hey Owe! Gut, dass ich dich hier finde!«, rief sie ihm zu.

Owe zuckte kurz zusammen, als er so unvermittelt angesprochen wurde und schaute, während er sich langsam aufrichtete, noch immer reichlich irritiert in ihre Richtung.

»Ach, hallo ... du bist das!«, sagte er, nahm ein altes Handtuch vom Ständer und wischte seine öligen Hände ab. Dann kam er ein paar Schritte auf sie zu und hatte sich anscheinend wieder im Griff:

»Na, heute solo? ... Was treibt dich denn in mein Revier?«

... „Revier", der Begriff spukte in Malus Kopf ‚rum. Möglicherweise sieht er in mir seine Beute? Aber sie durfte heute nicht „zurückschießen"! Zu ihrer Strategie gehörte es, sich eher mädchenhaft und schüchtern zu geben.

»Du, Owe, man hat mir erzählt, dass ich dich hier finden kann. Hast du ein paar Minuten Zeit? Ich würd dich gern etwas fragen.«

»Na klar!«, war die Antwort. »Ich bin hier ja fast mein eigener Chef. Möchtest Du etwas trinken, 'ne Cola oder was?«

»Nein danke, aber das ist sehr nett von dir ... also Owe, Folgendes: Auf der Insel macht man ein großes Geheimnis um den Fundort der Schatzkiste von Hark Olufs. Man sagt, du bist der einzige, der darüber Genaueres sagen kann.«

Malu hatte bewusst nicht Jannes Namen ins Spiel gebracht. Owe zu verärgern war keine gute Idee. Sie ahnte, dass er Janne nicht ausstehen konnte.

Owe setzte sich mit einer auffordernden Handbewegung auf die nahe Gartenbank an der Hauswand des Verleihs. Malu hockte sich sofort neben ihn und legte gleich mit einer weiteren Schmeichelei nach:

»Das ist ja eine Sensation, dass du mit dieser Kiste zu tun hast. Damit bist du jetzt eine richtige Berühmtheit hier auf der Insel!«

»Ja … schon«, antwortete Owe verhalten. Malu konnte förmlich sehen, wie das feine Gift ihrer Worte seine Wirkung entfaltete und es in ihm arbeitete. Er brauchte anscheinend noch Bedenkzeit und deshalb wartete sie einfach ab und schaute ihn nur weiter mit ihrem Mädchenblick auffordernd an.

Die Geschichte um die Schatzkiste hatte ihn in den letzten Monaten immer stärker gewurmt und manchmal regelrecht wütend gemacht. Jetzt war der alte Kasten wieder auf der Insel und was man so hörte, ein regelrechter Publikumsmagnet. Alle Welt wollte ihn im Museum sehen und das spülte dort mächtig Eintrittsgelder in die Kasse. Nur bei ihm kam davon nichts an. Dabei bin ich die Hauptperson bei der ganzen Sache, stieg der Ärger wieder in ihm auf. Ohne mich wäre das blöde Ding auf dem Müllwagen gelandet und läge jetzt in tausend Stücke geschreddert auf irgendeiner Deponie. Die Wichtigtuer vom Museum reißen sich das Ding unter den Nagel, stehen im Rampenlicht und mir verbieten sie, darüber zu reden. Von mir müsste man sprechen … aber wie auch, weiß ja kein Mensch, dass ich sie gefunden hab. Eigentlich gehört sie mir! Aber gleich am Anfang, da hab ich's doch richtig gemacht! Und ich mach mir deswegen noch tagelang Vorwürfe.

Sein Nachbar hatte ihn schon am nächsten Tag angesprochen. Der alte Boy Knudsen. Der, der ihn die ganzen Jahre nicht mit dem Arsch angesehen hatte, war plötzlich megafreundlich gewesen und wollte die Story um die Kiste und was da noch so lag unbedingt hören. Er hatte dem Alten direkt in seine kleinen, kalten Augen gesehen und ihn frech gefragt, was ihm die Geschichte denn wert wär – und dem alten Boy war sie 50 Euro wert gewesen. Das war das erste und einzige Mal, dass mal irgendwas für ihn dabei raus gesprungen war … die Geheimniskrämerei bringt mir überhaupt nichts. Die vom Museum können mich mal kreuzweise und endlich wären dann auch mal einige Kumpels richtig neidisch auf mich, dachte er sich weiter in Rage. In diesem Moment musste er an den aufgeblasenen Janne denken … und damit war seine Entscheidung gefallen! Die Insel musste endlich erfahren, wer die Kiste gefunden hatte … und das interessante Mädel neben ihm war jetzt genau die Richtige dafür.

»Also Malu«, begann er. »Du wirst jetzt staunen!« Er wartete zwei Sekunden und grinste noch breiter. »Ich hab die Schatzkiste entdeckt … kannst du dir das vorstellen?«

»Wow!«, unterbrach Malu und diesmal war ihre Überraschung echt. »Du, warst das? … Wahnsinn!«

»Ja, stell dir vor! Als ich die Kiste damals gefunden hab, war sie in nem total beschissenen Zustand ... voll mit Dreck und so, sah damals ziemlich übel aus … du, ich hätte heute schon reich sein können! Aber, wer ahnt denn, dass das die Schatzkiste von diesem Hark ist! Die hätte ich richtig teuer verticken können und ich Idiot, geb sie einfach so ab. Es gibt Sammler, die für so was richtig viel Kohle hinlegen.«

»Owe«, unterbrach sie ihn erneut. »Mensch, du hast wirklich diese Kiste gefunden … das ist ja irre! Erzähl mal genauer! Wo hast du sie denn entdeckt?«

»Du musst dir das so vorstellen! Zweimal im Jahr ist hier auf Amrum Sperrmüll, einmal im Frühjahr und einmal im Herbst. Dann ist Ausnahmezustand … Goldrausch, das kann ich dir sagen! Viele bereiten sich schon Tage vorher darauf vor, Fahrradanhänger fit machen und Werkzeug zusammensuchen ... viele von uns treffen sich auch und ziehen dann gemeinsam rum. Dann siehst man auch ohne Ende Leute vom Festland, Schrotthändler und so. Die nehmen vor allem Waschmaschinen und andren Elektrokram mit. Du glaubst gar nicht, was die Leute hier alles an die Straße stellen. Kommt durch die vielen Ferienhäuser und Ferienwohnungen auf der Insel. Die Möbel und Sachen müssen für die Gäste natürlich immer top sein und einige tauschen schon nach wenigen Jahren alles aus.

Man könnte mit dem Sperrmüll seine Wohnung komplett neu einrichten und das mit super Sachen … Du kannst praktisch alles finden. Super Möbel sowieso, aber auch Fernseher, Geschirr, Fahrräder, Schmuck, ... einfach alles. Nun ja ...«. Er machte eine kleine Pause. »Also … die alte Lisa Paulsen war ja im Sommer gestorben und in ihrem Haus war praktisch noch alles drin von ihr. Einfach alles, verstehst du. Die Paulsens hatten keine Kinder. Und am Sperrmülltag wurde alles, was im Haus war, an die Straße gestellt … Einfach alles, Möbel, Geschirr, sogar ihre Klamotten. Die haben den ganzen Tag nur geschleppt und der Haufen an der Straße wurde immer größer … war bald ein richtiger Berg … das war mit Abstand der größte Haufen der Insel und auch der wertvollste. Da haben viele gesucht damals und auch 'ne Menge guter Sachen weggeschleppt. Ich war über den Nachmittag verteilt bestimmt dreimal da und hatte meinen Anhänger immer schnell voll. Nun ja, ich bin später dann nochmal da vorbei und seh dann diese Kiste. Lagen einige alte Bretter drauf. Ich zieh sie raus und … hat mir irgendwie gefallen, der Kasten mit den Eisenbeschlägen und den Schnitzereien. Die waren aber kaum zu sehen, damals. Wie gesagt, sie war ziemlich versifft.«

Aus Owe sprudelte es nun förmlich heraus. Malu lächelte nur und hörte weiter zu.

»Gute Werkzeugkiste, dachte ich und hab sie auf meinen Hänger geladen und mitgenommen. Kaum, dass ich auf unseren Hof gefahren komm, steht da schon mein Alter und macht einen Riesenalarm. Schreit mich gleich an ... was ich mit dem ganzen Schrott will und so. Na ja, ich hatte natürlich am Nachmittag einiges zusammen gebracht. Er stand davor und hatte fürchterlich schlechte Laune. Bring das ganze Gelumpe sofort wieder an die Straße! Wir müllen uns ja total zu! Und so weiter ... er hat furchtbar getobt!

Und dann hatte ich noch diese alte Kiste auf ,em Hänger und dachte, wenn er die jetzt noch sieht, gibt ihm das den Rest und er rastet richtig aus und ich bin dann alles los. Aber es kam ganz anders!

Kaum, dass er den Kasten sieht, beruhigt er sich und untersucht ihn sofort. Er meinte dann, Owe, ich glaub sie ist historisch, wir sollten sie den Museumsleuten zeigen! Ich hab natürlich gleich eingewilligt, auf diese Weise konnte ich meine anderen Sachen retten. So ist sie dann am nächsten Tag zum Museum gekommen. Mein Vater hat sie denen praktisch geschenkt und ich war den Kasten gleich wieder los … aber ich hatte ja überhaupt keine Ahnung damals … so 'n Scheiß!«

»Sag, Owe«, unterbrach Malu wieder: »Dieses Haus von der Lisa Paulsen, wo steht das eigentlich hier in Norddorf?«

»Ach das, das ist ganz einfach zu finden. Ist praktisch das einzige alte Friesenhaus dort an den Wattwiesen. Dort wo die Odde anfängt, in der Nähe vom Teerdeich, liegt etwas höher, mit Reetdach. Von der Straße kannst du es gut sehen, kleine weiße Pforte davor.«

In Malus Kopf waren augenblicklich sämtliche Lichter angegangen und ihr Puls schoss in die Höhe. Aber sie durfte sich nichts anmerken lassen und sagte nur: »Ah ja.«

Allerdings, wenn Owe nicht so viel mit seinem eigenen Bericht zu tun gehabt hätte, wäre ihm sicher aufgefallen, dass Malu ihre Beine plötzlich nicht mehr stillhalten konnte und nervös auf der Bank hin und her rutschte. Augenblicklich schoss ihr eine weitere Frage in den Kopf: »Weißt du noch, wer damals so blöd war und die Kiste an die Straße gestellt hat?«

»Na klar weiß ich das! Ich war einige Male da, an diesem Tag. Manchmal haben wir die Sachen schon beim Raustragen gecheckt … waren ja einige da, die auf der Lauer lagen. Also, es waren eigentlich zwei jüngere Typen, die geschleppt haben. Die kannte ich nicht, müssen vom Festland gewesen sein und dann war da noch so ein durchtrainierter Schönling. Lief da immer ganz wichtig in seiner Edel-Jogginghose rum und hat hauptsächlich nur Anweisungen gegeben … hatte wahrscheinlich Angst, seine Hände schmutzig zu machen.«

Der Hai!, schoss es Malu durch den Kopf.

Owe machte jetzt eine Pause und sah, dass Malu anscheinend richtig mitgefiebert hatte.

»Ja, so war das damals«, sagte er und dachte schon über ein neues Gesprächsthema nach. Seine neue Rolle als Geschichtenerzähler gefiel ihm, anscheinend konnte er sie damit begeistern und bei ihr punkten … und er kannte noch viele Inselgeschichten!

In diesem Augenblick trat ein Mann in dunkler Arbeitshose aus der Werkstatttür auf den Hof. Dessen Augen funkelten wütend Richtung Gartenbank. Owe fuhr zusammen und stand sofort auf.

»Mensch! Wo steckst du denn! Ich such dich schon überall. Noch kein Fahrrad geputzt und der Herr sitzt hier seelenruhig rum und unterhält die Frauen! Die Räder müssen heute noch fertig werden ... sonst bleibst du unbezahlt länger ... fürs Schnacken gibt's kein Geld! Nun mach aber mal hin!« Er warf Owe noch einen scharfen Blick zu und verschwand dann wieder in der Werkstatt.

Das ist nun wahrscheinlich der wirkliche Chef, dachte Malu und stand ebenfalls auf.

»Owe, ich will nicht, dass du noch mehr Ärger bekommst. Ich geh jetzt mal ... und vielen Dank, dass du mir die Geschichte erzählt hast! Wir sehen uns bestimmt demnächst auf der Mole ... Tschüss und bis dann!«

Sie lächelte ihm zu und ging dann direkt zu ihrem Fahrrad. Owe blieb nicht einmal die Zeit, sich von seinem Anschiss zu erholen, da saß Malu schon im Sattel und fuhr Richtung Kino davon.

Als er zurück zum Montageständer ging, um seine unterbrochene Arbeit wieder aufzunehmen, war er mit seinen Gedanken noch ganz woanders. Bei dieser Malu könnte was laufen, machte er sich Hoffnung. Ich hätte sie fragen sollen, ob wir uns nicht mal verabreden wollen ... aber der blöde Meister hat mir die Sache vermasselt. Mensch, wie würden die anderen glotzen, wenn ich mit ihr zusammen mal auflaufen könnte ... und dieser blöde Janne erst! ... Dem würden die Augen aus dem Kopf fallen und ich könnt ihm mal so richtig einen einschenken.

Als Malu um die Ecke des Kinogebäudes fuhr, saß ihre Mutter auf den hellen Granitsteinen der Gartenanlage und schleckte genüsslich an einem Eis.

»Möchtest du auch eins?«, fragte Kristina gleich.

»Nein, nein ... danke Mum! ... Wartest du schon lange?«

»Nein, ich hab mir das neue Kino angesehn ... eigentlich ganz schön. Aber weißt du, ich bin ja so eine Nostalgikerin. Kannst du dich noch an das Alte erinnern? War zwar ein wenig heruntergekommen, aber es hatte echt Charakter. Dieser alte Bau mit der runden Seitenfront ... sah irgendwie wie ein Schiff aus ... dann dieser kleine Verkaufsraum mit dem alten Projektor und der Kinosaal mit den braunen Plüschsesseln und dann die letzte Reihe ... .«

»Ja klar! Ich versteh schon. Aber, bitte, heute nicht noch mal, Mum!«

»Nein, nein, ich bin ja schon still. Bloß keine Panik, mein unschuldiges Töchterlein«, lachte Kristina.

Als sie durch den Wald zurück nach Nebel fuhren, spukten Malu die vielen neuen Informationen wie Puzzleteile im Kopf herum und ganz langsam verdichteten sich die zu einem vollständigen Bild.

»Du Mum«, aber sie musste den Satz unterbrechen. Ihre Mutter schwankte gerade bedenklich hin und her. Kristina war soeben in eine lose, sandige Stelle gefahren und hatte Mühe, sich im Sattel zu halten. Jetzt bekam sie wieder festeren Boden unter die Reifen und meinte: »So Marie, jetzt kann ich dir zuhören!«

»Mum, wenn wir gleich wieder in Nebel sind. Ich würd so gerne noch mal kurz zu Janne und ein bisschen quatschen. Was meinst du?«

»Ja, mach das doch! Ich werd uns gleich etwas Leckeres kochen, aber das dauert bestimmt eine Stunde, bis das Essen fertig ist ... wenn du dann da bist, ist doch alles gut!«

»Super!« freute sich Malu.

»Marie, ich fand den Tag mit uns toll ... hat mir viel Spaß gemacht! Ich finde, wir machen es dieses Jahr richtig gut. Ich war in Hamburg ziemlich unsicher, ob der gemeinsame Urlaub eine gute Idee ist ... du hattest doch phasenweise gar keine Lust auf die Insel.«

»Das stimmt schon ... aber mach dir deswegen bloß keine Sorgen mehr!«

4. Urlaubstag

Museum 1

Malu war gestern auf der Heimfahrt direkt zu Janne gefahren und dem war der Unterkiefer heruntergefallen, als sie ihm erzählt hatte, wer und woher die Schatzkiste gekommen war. Er hatte immer wieder interessiert nachgefragt, wollte alles ganz genau wissen und hatte zum Schluss gemeint: „So, jetzt bin ich aber genauso gespannt auf den Kasten wie du!" Das hatte sie natürlich richtig gefreut – allein machte so eine Schatzgeschichte nur halb so viel Spaß.

Malu musste nicht lange an der Straßenecke warten, schon kam Janne angesaust.

»Hey, alles okay bei dir?«, rief sie ihm entgegen.

»Ja, natürlich! Ich kann es kaum erwarten. Los geht's! Die Kiste wartet auf uns!«, und ohne anzuhalten fuhr er lachend einfach vorbei. Die Fahrräder hätten sie eigentlich gar nicht gebraucht. Das Heimatmuseum Öömrang Hüs lag noch im Ortskern von Nebel und schon nach wenigen Minuten bog Janne nach links von der Dorfstraße in einen kleinen Sandweg ab und rief von vorne:

»Siehst du! Da ist es schon … aber, wir sind nicht die Ersten!«

Am Friesenwall mit den wuchernden Heckenrosen hatten schon etliche Besucher ihre Fahrräder abgestellt. Beide ließen sich ausrollen und suchte nach einem freien Platz.

Urplötzlich und wie vom Donner gerührt, fuhr Malu der Schreck in die Glieder. Sie rutschte sogar mit einem Fuß von der Pedale ab und konnte sich gerade noch abfangen.

»Janne!«, rief sie aufgeregt und versuchte ihre Panik im Griff zu behalten. »Wir müssen hier sofort weg! Los, komm schnell!«

Janne guckte entgeistert. Er stand vollkommen auf dem Schlauch. Aber Malu hatte schon wieder Fahrt aufgenommen, forderte ihn mit hektischen Armbewegungen auf zu folgen und sauste Richtung Watt an ihm vorbei. Nach etwa 100 Metern bremste sie ab, fuhr auf ein Wiesengrundstück und schmiss ihr Fahrrad ins Gras. Janne tat das wenig später ebenfalls, doch auf seinem Gesicht stand ein riesiges Fragezeichen: »Was ist denn los? Hast du einen Geist gesehen, oder was?«

»Ja, das kann man sagen! Aber komm schnell … ich erklär dir gleich alles! Aber erst müssen wir in Deckung gehen!« Nun rannte Malu, Janne hinterher, über die Wiese ein ganzes Stück zurück Richtung Museum und beide warfen sich fast gleichzeitig hinter einem Wildrosenbusch auf den Boden.

»Man, das ist schon paar Jahre her, Versteckspielen und so«, grinste er. »Was ist denn bloß los?«

Malu richtete sich leicht auf und spähte erst einmal konzentriert durch die Rosenzweige.

»Alles gut«, sagte sie dann, atmete einige Male erleichtert durch und guckte ihn nun mit großen Augen an:

»Hast du das weiß-blaue Mountainbike am Friesenwall vor dem Museum gesehen?«

»Ja, schon … vielleicht? Aber was soll damit sein?«

»Genau so ein weiß-blaues Rad stand gestern am Holzschuppen auf dem Grundstück des Hais. Ich bin mir fast sicher … das ist sein Rad da! Du ... der ist im Museum! Der sieht sich auch gerade die Kiste an … hoffentlich hat er uns nicht gesehen.«

Malu drückte sich wieder ein wenig hoch und lugte erneut durch die Rosen.

»Aber ganz versteh ich dich nicht«, erwiderte Janne. »Wir können doch wie jeder andere das Museum besuchen. Der Hai kann uns doch ziemlich Banane sein. Und in seinem Haus kann er machen, was er will … und wenn er in seinem Schatzwahn die ganze Bude umreißt … er tut nichts Verbotenes!«

»Das stimmt schon. Aber wir wissen gar nicht, wie sich die Sache noch entwickeln wird. Mein Gefühl sagt mir, er sollte nicht wissen, dass wir ihn durchschaut haben. Wenn wir ihm eben über den Weg gelaufen wären, hätte er sich alles zusammenreimen können. So ist er unvorsichtiger und macht vielleicht eher Fehler … außerdem ist die

Geschichte so auch viel, viel spannender!« fügte Malu noch schnell hinzu und grinste dann Janne an.

Ich steh hier bestimmt schon bald 10 Minuten vor dem Absperrband und glotz auf das Ding ... langsam fall ich auf! überlegte er. Schon ein paar Mal hatte es an seiner Seite einen Wechsel bei den Schatzkisten-interessierten gegeben – gerade wieder! Ein älterer Herr mit Gehstock und auffällig ungesunder Gesichtsfarbe hatte sich neben ihn gestellt und auch der vermittelte ein äußerst unbehagliches Gefühl. Aber besonders beunruhigend war der Museumsaufpasser, der nicht weit entfernt gegenüber auf einem Stuhl saß und ihn nicht mehr aus den Augen ließ. Dessen zurechtweisendes Hüsteln war ihm vorhin eine deutliche Warnung gewesen, nur weil er sich ein wenig zu weit vorgebeugt hatte und die blöde Schnur in Bewegung gekommen war.

Es reicht, dachte er, hier kann ich heute nichts mehr ausrichten. Falls die Kiste überhaupt ein Geheimnis verbirgt, muss ich viel dichter ran ... so lassen sich überhaupt keine Hinweise finden. Erneut stieg der Ärger in ihm hoch. Ich hatte sie in meinen Händen ... wie konnte ich bloß so blöd sein? Ich hätte sie in aller Ruhe genauestens untersuchen können und kein Mensch hätte davon gewusst! ... Aber wie schäbig sah sie damals aus ... und heute ist sie ein regelrechtes Schmuckstück, sicher der Stolz der gesamten Sammlung hier! ... Wo ich schon mal hier bin ... vielleicht bekomm ich aus dem neugierigen Kerl noch etwas Interessantes heraus?

Kurz entschlossen wendete er sich dem Museumsangestellten zu und mit einem freundlichen Lächeln sprach er ihn direkt an: »Sie haben da ja ein wunderschönes Exponat. Ist das nicht die Schatzkiste des Hark Olufs?«

»Ja, das ist sie! Wir sind auch sehr froh, dass wir sie haben. Das ist mit Abstand unser wertvollstes Stück hier im Museum!«

»Ich interessiere mich sehr für solche historischen Gegenstände, aber aus der Entfernung kann man die schönen Details kaum erkennen und näher herantreten ist wohl nicht erlaubt, was?«

»Nein, das dürfen Sie nicht! Die Absperrkordel ist die Grenze!«, antwortete der Angestellte kühl.

»Ich habe in der Zeitung gelesen, dass die Kiste fachgerecht restauriert und wissenschaftlich untersucht wurde. Haben Sie vielleicht ein Art Exposé oder eine Beschreibung, irgendetwas Schriftliches, eventuell auch mit Bildern oder mit interessanten Detailzeichnungen?«

»Nein, bedaure ... aber danach fragen viele Leute. Leider gibt es so etwas noch nicht. Wir haben zwar den offiziellen Bericht des Landesmuseums, aber den geben wir nicht heraus! Den halten wir hier unter Verschluss! Der würde Ihnen auch gar nichts nützen. Der ist furchtbar wissenschaftlich und unverständlich geschrieben. Den zu lesen ist eine regelrechte Quälerei und ein Laie kann damit kaum etwas anfangen. Wir sind dabei, eine verständlichere Zusammenfassung zu erstellen und dann werden wohl auch Detailabbildungen dabei sein. Aber es wird noch einige Zeit dauern, bis die Broschüre fertig ist.«

Der Hai hatte nicht nur aufmerksam zugehört, sondern auch die kleine, flüchtige Kopfbewegung Richtung Schreibsekretär registriert, die sein Gegenüber bei den Worten: ... hier unter Verschluss ... gemacht hatte.

»Schade, da kann man nichts machen ... aber, vielen Dank!«, verabschiedete er sich höflich.

Jetzt hatte er doch noch etwas Interessantes erfahren! Eigentlich gab es hier nun nichts mehr zu tun. Allerdings direkt nach dem Gespräch das Museum verlassen, erschien ihm überhastet und zu auffällig.

Ich muss auf der Insel unbedingt unauffällig bleiben und wer weiß, was noch passiert. Womöglich kann sich der Museumsmensch später an mich erinnern! Besser noch ein wenig Zeit verstreichen lassen, dachte er und so orientierte er sich noch einmal Richtung Kiste, verweilte kurz, aber hielt diesmal einen respektvollen Abstand ein. Anschließend schlenderte er in den Nebenraum, guckte kurz auf den Sekretärschrank und tat so, als würden ihn auch noch weitere Ausstellungsstücke interessieren. Er hatte sich vorhin schon innerlich amüsiert, was hier alles für Friesenplunder in den kleinen Räumen herumstand. Wenigstens hatten sie für die Schatzkiste einen freien Raum ausgewählt – allerdings viel zu klein. Aber einen größeren gab es in diesem ehemaligen Wohnhaus gar nicht. Er liebte Ausstellungen in großzügigen, hellen und hohen Räumen – am besten fast leer und dann der nicht abgelenkte Blick nur auf dieses eine, besondere Objekt! … Vielleicht auf einem Glasquader montiert oder auf einer filigranen, oxidierten Eisenstange präsentiert. … Aber was soll's, mir kann das egal sein. Ich guck mir noch mal erneut diesen komischen Metallkasten im vorderen Zimmer an … das muss doch ein Art Herd oder Ofen sein? … Aber warum hat der gar keine Feuerklappe oder so was, überlegte er wieder.

Janne lag hinter dem Busch auf der Wiese und kaute auf einem Grashalm herum. Die Beobachtung des Museumsgrundstücks hatte er schon längst Malu überlassen. Gerade hatte sie sich wieder hoch gedrückt und spähte zum zigsten Mal durch die Zweige. Janne wurde langsam nervös und spuckte den Halm in die Luft:

»Du, es gibt bestimmt einige von diesen blau-weißen Mountainbikes auf der Insel. Kann doch sein, dass ihm das da am Friesenwall gar nicht gehört und wir machen uns hier zum Affen. Womöglich ist der Kerl gar nicht drin!«

»Kann schon sein«, bekam er sofort als Antwort von oben, »aber, das glaub ich nicht! Mein Gefühl sagt mir, dass er im Museum ist. Ich denk, er steht vor seinem ehemaligen Kasten und kann es einfach nicht glauben, aber er kann sich auch nicht losreißen und seine Laune wird immer schlechter. Wir warten noch ein bisschen.«

»Und wer denkt an meine Laune«, brummelte Janne und zupfte einen neuen Grashalm aus der Wiese. Den ließ er jetzt erneut eine Zeit lang zwischen Oberlippe und Zunge im Mund hin- und herrollen, aber seine Ungeduld wuchs mit jeder Minute: »Was hältst du davon, wenn ich mal im Museum nachseh, ob er wirklich drin ist. Er kennt mich nicht, aber ich ihn schon!«

»Hmm … die Idee ist nicht schlecht … aber er könnte dich am Anleger gesehen haben, als du mich abgeholt hast. Ich finde, wir warten noch fünf Minuten. Wenn er dann noch immer nicht aufgetaucht ist, gehst du rein und siehst nach! Okay?«

»Einverstanden!«, sagte er.

Janne hatte sich noch entspannter auf der Wiese ausgestreckt und ließ weiter seinen Grashalm kreisen, als er durch Malus erschrockenes »Mein Gott!« zusammenzuckte.

»Ich hab es doch gewusst«, flüsterte Malu aufgeregt. »Er ist es! Der Hai ist gerade aus dem Museum gekommen! Sieh nur! Er geht jetzt wahrscheinlich zu seinem Fahrrad?«

Janne ging sofort in die Hocke und spähte nun ebenfalls durch den Busch Richtung Museum. »Mensch, du hattest recht. Das ist er ja wirklich!«

»Ja, auf mein Gefühl kann ich mich meistens verlassen«, antwortete Malu leise. »Du .... ich glaubs ja nicht ... der fährt in unsere Richtung!«, fügte sie nur Sekunden später hinzu und jetzt klang ihre Flüsterstimme nicht bloß aufgeregt, sondern auch wieder nach Panik.

»Los runter Malu, flach auf den Boden und bleib cool! Hier kann er uns unmöglich entdecken«, versuchte Janne sie zu beruhigen.

Beide warfen sich sofort hin, krochen unter die weit ausladenden Zweige des Rosenstrauchs und horchten Richtung Sandweg.

Eine ganze Zeit hörte Janne nur die aufgeregten Atemzüge von Malu und natürlich auch seine eigenen. Die Zeit kam ihm reichlich lang vor, doch dann hörte er das erwartete knirschende Geräusch von zusammengedrücktem Sand und das kam schnell näher. Malus braune Augen wirkten noch größer, so nah lag sie neben ihm. Jetzt drückte sie ihren ausgestreckten Zeigefinger auf den Mund und beide hielten den Atem an.

So schnell wie das Geräusch näher kam, immer lauter wurde – so als hätte jemand vor, sie zu überfahren – so schnell entfernte es sich auch wieder. Schon Sekunden später war davon nichts mehr zu hören. Eine ganze Zeit lagen sie noch horchend da, aber dann krochen sie heraus und drückten sich vorsichtig hoch.

»Mann, hat der ein Tempo drauf!«, kommentierte Janne und noch immer mit gedämpfter Stimme.

Der Hai hatte sich schon überraschend weit entfernt und bog nun nach links auf den kleinen Wattweg ein, der dort, dicht am Wasser, parallel zum Dorf verlief – wenig später war er verschwunden.

Beide atmeten ein paar Mal tief durch und dann grinste Janne Malu herausfordernd an:

»Mensch, was man mit so einer Hauptkommissarin mitten am Tag alles erlebt. Jetzt hast du mich auch schon ganz vogelig gemacht! Aber er hat uns bestimmt nicht gesehen. Er war viel zu schnell! ... Fragt sich nur, was jetzt kommt. Welches Abenteuer schlägst du jetzt vor?«

Malu grinste zurück: »Na, was wohl? Das ist doch klar! Jetzt gehen wir ins Museum!« Und noch während sie das sagte, stand sie auf, reichte Janne die Hand, lachte und zog ihn hoch.

Die Eingangstür zum Museum stand offen. Malu blieb schon gleich im kleinen Vorflur stehen und staunte. Sie war überrascht, wie klein und eng hier alles war. Sie hatte einen größeren, hellen Ausstellungsraum erwartet – so kannte sie es aus Hamburg … aber, wie konnte das hier auch anders sein! Es war ein ehemaliges friesisches Wohnhaus mit kleinen Räumen und niedrigen Decken.

»Sollen wir uns gleich die Kiste ansehen?«, fragte Janne, weil er wohl mitbekommen hatte, wie unschlüssig sie war.

»Die steht wahrscheinlich im ehemaligen Stallbereich. Den haben sie zu Ausstellungsräumen umgebaut«, erklärte er weiter.

»Nein, nein! Lass uns ruhig erst mal durch die anderen Räume gehen, dass interessiert mich auch. Ich hatte mir nur alles größer vorgestellt. Alles okay.«

Gleich links war anscheinend die Wohnstube mit Tisch, Stühlen und vielen blau-weißen Fliesen an der Wand und davor ein verzierter, schwarzer, gusseiserner Kasten auf dünnen Beinen und Messingkugeln oben drauf, die wohl zur Verzierung dienten.

Malu stand schon wieder irritiert da und hatte ein unsichtbares Fragezeichen auf der Stirn.

»Du, das ist der berühmte „Bilegger"! Ein Beileger könnte man vielleicht übersetzen! Ziemlich alt und wertvoll. Damit haben sie damals ihre Zimmer beheizt. Übrigens im Winter, neben der Küche, der einzige warme Raum«, sagte Janne unaufgefordert.

»Aber das ist doch lustig. Dieser Metallkasten hat überhaupt keine Ofenklappe und auch kein Rohr, durch das der Rauch abziehen kann. Wie soll denn das gehen?«

»Der wurde von der Küche aus befeuert. Ziemlich praktisch, wenn du mich fragst. Man hatte hier überhaupt nichts mit Holz oder Kohle und auch nichts mit Asche zu tun. Verstehst du? Null Dreck und Staub in der Wohnstube!«

»Ach so ... verstehe ... wirklich pfiffig! Und sieh mal, Janne, das sind die Betten! Aber, wie klein sind die denn?«

»Das kannst du laut sagen. Diese kurzen Kästen nennt man Alkoven. In diesem Zimmer haben sie gewohnt und gleichzeitig geschlafen. Aber für meinen Geschmack sind sie auch viel zu kurz. Allerdings waren die Leute wohl auch nicht so groß wie heute. Keine Ahnung, wie sie da sonst rein gepasst haben. Und sieh hier die Türen, die haben sie am Tag einfach zu gemacht und weg waren die Betten. Mein Onkel hat mir mal erklärt, dass es im Winter, die haben ja in der Nacht nicht durchgeheizt, so auch viel wärmer war, dann kein Ungeziefer ... Mäuse oder vielleicht sogar Ratten in den Betten! Und dann hatten diese kurzen Dinger wohl auch noch was mit Aberglaube zu tun: Lang ausgestreckt lag nur ein Toter! Sie waren damals der Überzeugung, wenn man morgens wieder aufwachen wollte, musste man auch halb im Sitzen eingeschlafen sein.«

»Mensch, wie verrückt ist das denn ... und Janne, wieso ist hier noch 'ne Stube? Und auch wieder mit Wohnmöbeln!«

»Das war die „Gute Stube" ... ich meine, die nannte man Pesel. Die wurde wohl weniger im Alltag benutzt, hauptsächlich zu besonderen Anlässen. Wenn Gäste da waren oder Weihnachten vielleicht. Aber so etwas konnten sich nur die ganz reichen Familien leisten. Du musst wissen, das hier ist ein ehemaliges Kapitänshaus. Sein Schiff ist wohl auf den Fliesen neben dem Bilegger abgebildet. Die einfachen Bauern- und Fischerhäuser sahen sicher ganz anders aus. So wohnte nur die Amrumer Oberschicht.«

Der nächste Raum musste die Küche sein, noch mit offener Feuerstelle und wieder mit vielen eigenartigen Gerätschaften an der Wand.

Janne erklärte und erklärte und schließlich sage Malu:

»Du, mein Kopf platzt gleich. Es geht nichts mehr rein. Vielleicht sollten wir uns nun die Schatzkiste ansehen.«

»Alles klar. Dann komm mal mit, da sind wir gleich«, sagte er und ging wieder in den kleinen Vorflur.

In den bisherigen Räumen hielten sich nur wenige Besucher auf und gerade als Malu dachte … wo sind bloß all die Leute, die zu den Fahrrädern gehören, bekam sie schon die Antwort. Die standen dicht an dicht im zweiten Ausstellungsraum und so guckte sie nur auf Rücken und Beine. Eine Schatzkiste war nicht zu entdecken.

Seitlich an der Wand saß ein groß gewachsener Mann auf einem Stuhl und der guckte sofort überrascht, als Janne sich in den Raum drängelte. Dann lachte er, sprang auf und kam sofort freudig auf sie zu.

»Gudai, moin, moin! Mensch, welche Freude! … mein Neffe, in netter Begleitung … lässt sich der alte Rumtreiber doch auch mal bei mir sehn!«, begrüßte er die beiden überschwänglich.

»Was führt euch denn hier her?«

»Hallo, Onkel Broder!«, begrüßte ihn Janne ebenfalls ausgelassen, »Wir wollen uns die Schatzkiste ansehen! Ach übrigens, das ist Malu. Sie macht Urlaub auf der Insel.«

»Ah ja!«, und jetzt stand er schon vor ihnen und klopfte Janne ein paar Mal kräftig auf die Schulter.

»Wir Friesen haben ja eigentlich Angst, uns anzufassen, aber bei so einer netten Person mach ich gern mal 'ne Ausnahme«, und mit diesen Worten streckte er ihr seine Hand zur Begrüßung entgegen.

»Schön, dich kennenzulernen! Übrigens, ich bin wirklich Jannes Onkel, allerdings sind hier auf Amrum ja irgendwie alle miteinander verwandt!«, ergänzte er lachend.

»Also, wegen der Schatzkiste besucht ihr mich! Na, da seid ihr ja in bester Gesellschaft. Seitdem wir die hier ausstellen, rennen sie uns die Bude ein. Guckt mal, was hier los ist! Kommt jetzt 'ne Menge Geld in unsere klamme Vereinskasse. Aber nicht nur Urlauber, auch etliche Einheimische tauchen plötzlich auf. Viele von denen hab ich hier vorher im Museum noch nie gesehen!

Sieh mal da, Janne!«, und jetzt dämpfte er hörbar seine kräftige Stimme.

»Der Kerl mit dem Stock und der ungesunden Gesichtsfarbe, da in der Ecke … Erk Petersen, der alte Narr! Der ist die letzten Jahre doch nur noch dann vor die Tür gekommen, wenn er neuen Schnaps brauchte und jetzt steht er hier, wie angewachsen, bestimmt schon 15 Minuten vor der Kiste rum. Wahrscheinlich kann er einfach nicht begreifen, dass er die mit seinen Kumpels nie gefunden hat, obwohl sie doch ihr ganzes Leben hinter dem Schatz her waren … Na ja, so kanns gehen! Manchmal bist du die Taube und manchmal bist du das Denkmal!«, schob er noch grinsend nach.

»So, dann versucht euch mal nach vorne zu drängeln. Aber vielleicht warten, bis ein paar raus gehen. Im Augenblick ist ja fast kein Durchkommen. Jetzt ganz in Ruhe unsere Schönheit ansehen, daran ist kaum zu denken! Sie hat viele Verehrer, das kann ich euch sagen, und die gehen da auch nicht so schnell wieder weg. Ich muss jetzt wieder auf meinen Posten. Sonst werden die Fans zu respektlos. Also! … Viel Vergnügen«, wünschte er noch und ging dann sofort zurück zu seinem Aufpasserstuhl.

Es dauerte noch eine ganze Weile und als sich dann doch endlich drei Besucher zum Gehen abwendeten, nahmen Janne und Malu schnell deren Plätze ein. Sie gingen sofort vor der roten Absperrkordel in die Hocke und dann staunte sie nur noch minutenlang schweigend.

»So muss eine richtige Piratenschatzkiste aussehen«, flüsterte Malu irgendwann. »Mensch, ist die schön!«

Die Kiste stand ein wenig erhöht, wahrscheinlich auf einem kleinen Podest, das von einem kunstvoll in Falten gelegten sonnengelben Samttuch verdeckt war.

Aber, sie war kleiner als erwartet. Etwas größer als ein Wäschekorb und vielleicht auch etwas höher. Ungefähr einen ausgestreckten Arm lang und so um die 50 cm hoch, war ihre Schätzung. Aber wie schön sie war! Das Holz hatte eine tief rote, geheimnisvolle Färbung. Alle Kanten waren mit Eisen beschlagen und die Nägel standen ein wenig vor und hatten Zierköpfe. Die Schnitzerei auf der Vorderseite zeigte ein altes Schiff in voller Fahrt mit prall gefüllten Segeln und darüber eine Abbildung mit Fahnen und Säbel. An den Seiten befanden sich zwei hölzerne Tragegriffe aus dunklerem Holz. Der Deckel war publikumswirksam hochgeklappt und wurde von einer kleinen Leiste in dieser Position gehalten.

Leider konnte man dadurch nicht sehen, ob sich auf der Oberseite weitere Schnitzereien befanden und selbst als Malu sich weiter vorbeugte, konnte sie auch nur wenig vom Inneren der Kiste erkennen. Gerade hatte sie sich noch ein Stück weiter vorgewagt, da machte sich Broder von seinem Aussichtspunkt mit einem deutlichen Hüsteln bemerkbar und als sie sich nach ihm umdrehte, schüttelte der, zwar freundlich, aber unmissverständlich mit dem Kopf. Sofort zog sie sich ein Stück zurück und warf Janne einen Blick zu, der wohl so was wie „Schade!" hieß.

»Du«, flüsterte sie, »wenn es auf oder in der Kiste Hinweise gibt, müssen wir viel dichter ran. Wir müssten sie von allen Seiten genau untersuchen können, jede Kleinigkeit kann wichtig sein! … Meinst du, es gibt eine Möglichkeit?«

»Das kann ich mir schon vorstellen«, flüsterte Janne zurück.

»Du weißt ja, ich hab beste Beziehungen zum Museumspersonal. Mal sehn, ob sich da nicht was machen lässt!«

Beide staunten noch einige Zeit weiter die wunderschöne Kiste an und dann war es Janne, der Malu mit einer Kopfbewegung zum Gehen aufforderte.

Janne hatte noch gar nicht den Mund aufgemacht, da erfüllte sich schon Malus Wunsch.

»Ich weiß, dass ihr gerne mehr sehen möchtet und dichter ran wollt. Aber während des Publikumsverkehrs geht das nicht. Dann wollen das natürlich alle«, erklärte Broder leise.

»Wir mussten extra diese Absperrmaßnahme ergreifen, weil jeder die Kiste angefasst hat. Manche haben den Deckel hoch und runter geklappt und einige haben sie sogar umgedreht, um sie sich von unten anzusehen. Wenn wir nichts unternommen hätten, wäre nach kürzester

Zeit nichts mehr übrig gewesen von unserer schönen Schatzkiste. Deshalb sitz ich hier auch so wie 'n Schießhund und muss die Leute ständig zurechtweisen. Aber ich hab einen Vorschlag für euch. Ihr kommt heute Abend, kurz vor 18 Uhr zum Museumsschluss noch mal vorbei. Wenn dann die letzten Besucher raus sind, schließ ich ab und ihr könnt sie euch in aller Seelenruhe aus der Nähe ansehen. Was haltet ihr davon?«, fragte er mit einem verschmitzten Lächeln.

Mit »Super!«, nahm Janne das Angebot seines Onkels sofort an und auch Malu nickte dem netten Broder glücklich zu und sagte nur:

»Vielen Dank!«

»Dafür nicht … wir sehn uns!«, war sein knapper, friesischer Abschiedsgruß.

Der Besucher

Auf der Rückfahrt nach Norddorf musste er noch eine ganze Zeit an seine Schatzkiste im Museum denken. Sie war nach der Restaurierung ein echter Hingucker. Aber eigentlich hätte er sich den Besuch besser sparen sollen. Außer sich erneut über seine Dummheit zu ärgern und ein paar unwichtigen Informationen hatte sich nichts ergeben. Er musste die Sache mit der blöden Kiste endlich abhaken und sich aufs Wesentliche konzentrieren. Das war eindeutig der Schatz selbst und den würde er noch heute ausgraben und dann war sowieso alles egal!

Als er sein Haus betrat, schlug ihm sofort ein unangenehmer, modriger Geruch entgegen. Das kommt bestimmt aus den Grabungslöchern, von der feuchten Erde und dem Sand, überlegte er. Ich werd mal für Durchzug sorgen. Er ließ die Haustür offen stehen und stellte im Badezimmer ein Fenster auf Kipp. Der Flur war in einem erbärmlichen Zustand. Überall lagen feuchte Erdklumpen, Schotter und Sand herum und an der Wand lehnten drei Holzschwellen, von denen eine in voller Länge aufgerissen war. Die ließ sich gestern nicht auf die übliche, einfache Weise entfernen und schließlich hatte er sie wütend und frustriert mit aller Kraft einfach herausgebrochen. Leider war dann auch noch auf beiden Seiten wieder ein Stück von der Türverkleidung abgesplittert.

Schlecht gelaunt betrat er die Küche und auch hier sah es auf dem Boden nicht viel besser aus. ...Überall dieser Schmutz und Dreck, dachte er und setzte erst einmal die Kaffeemaschine in Betrieb.

Gestern keinen Erfolg, ich lag dreimal daneben ... aber egal jetzt! Meine Chancen nehmen zu. Vielleicht ist heute Abend schon alles gelaufen und dann hab ich genug Zeit, hier für Ordnung zu sorgen ...

Noch immer übellaunig wechselte er die Kleidung. Nicht nur die verdreckten Sachen, die er eben angezogen hatte, waren unangenehm – in seinem linken Arbeitshandschuh machten sich erneut seine zwei demolierten Finger schmerzhaft bemerkbar. Schon heute Morgen im Hotel hatte er mit Sorge die dunkelblauen Flächen unter beiden Nägeln entdeckt. Aber das durfte ihn jetzt nicht aufhalten!

Vorher noch einen Kaffee, entschied er. Aber der war noch nicht einmal bis zur Hälfte durchgelaufen ... ach, dass ist jetzt auch egal. Er nahm sich einen Teelöffel aus der Schublade, füllte sich drei Löffel Kaffeeweißer in den Becher und goss das dunkle Gebräu einfach oben drauf. Gut umgerührt war es nun einigermaßen genießbar.

Nach der kleinen Pause ging er im Flur sofort an die Arbeit. Er griff sich den Kuhfuß und den kleinen Vorschlaghammer, sah sich nur kurz um und traf sofort seine Entscheidung. Mit kräftigen Schlägen trieb er das Eisen unter die ausgewählte Holzschwelle und schon nach wenigen Minuten hatte er die Schwelle herausgehebelt. Das war überraschend einfach gegangen und diesmal war auch nichts zerbrochen.

Das kann doch nur etwas Gutes bedeuten, machte er sich Mut. Ich hab die richtige Stelle! Hier liegt der Hauptgewinn! Es war so leicht, weil die Paulsen-Brüder das Brett schon mal hoch genommen haben, jubelte er. Sofort schnappte er sich den Spaten und lockerte den Boden. Wie erwartet war der Anfang mühsam. Die ersten Schichten bestanden wieder aus zerbrochenen Mauersteinen, Mörtelklumpen, Glasscherben und Resten von Teerpappe. Anfangs traf der Spaten immer wieder auf irgendeinen Gegenstand, aber schon bald kam er schneller voran. Es folgte eine Mischung aus Bauschutt, Erde und Sand und der Sandanteil nahm jetzt beständig zu. Aber mit jedem vollen Eimer, den er zum vorherigen Grabungsloch schleppte, um ihn dort auszukippen, schwand seine Zuversicht und immer stärker kehrten die alten Zweifel zurück. Schon bald konnte er nur noch auf den Knien liegend graben und noch immer war er auf keinen nenneswerten Widerstand gestoßen. Der Schweiß lief ihm von der Stirn und brannte in den Augen. Im linken Arbeitshandschuh schmerzten zwei Finger und in seinem Schädel hatte es wieder zu klopfen begonnen. Bloß jetzt keine Migräne, dachte er und mit wachsender Ungeduld trieb er der Spaten erneut in die Tiefe.

Aber, was war das? Die Bewegung brach abrupt ab. Der Spaten war augenblicklich steckengeblieben und in den Händen hatte er deutlich gespürt, dass die Schaufel auf etwas Hartes gestoßen war.

Obwohl schon seit Langem herbeigesehnt, hatte er einen richtigen Schreck bekommen. Sein Herz verdoppelte sofort die Pumpfrequenz und noch mehr Schweiß brach ihm aus. Vorsichtig stach er nach. Wieder traf er auf etwas. Ein kleines Stück daneben wiederholte er den Stich, aber auch da ging es nicht weiter … und wieder und wieder war in dieser Tiefe kein Durchkommen.

Es musste etwas Großes sein und es war hart. Kein hohles Holz, vielleicht eine Eisenkassette, überlegte er.

Vorsichtig arbeitete er sich weiter in die Tiefe. Jetzt ließ sich die Spatenklinge nur noch etwa bis zur Hälfte in den feuchten Sand drücken, dann war Schluss. Sollte ich den Schatz endlich gefunden haben?, dachte er mit wachsender Anspannung. Ich bin genial, ich hatte den richtigen Riecher!, geisterte es triumphierend durch seinen Kopf. Das Pochen, das er jetzt wahrnahm, war kein Kopfschmerz, das Pochen war sein Herzschlag, den er in seiner Halsschlagader spürte. Nun bloß nicht durchdrehen, versuchte er sich zu beruhigen und begann seitlich den Boden frei zu graben. Langsam und vorsichtig prüfte er mit dem Spaten immer wieder die Tiefe, es waren nur noch wenige Zentimeter bis zum Hindernis. Er lockerte noch einmal den Boden und legte den Spaten aus der Hand. Auf den Knien hockend, den Oberkörper halb im Loch, schob er den letzten Sand mit den Händen zur Seite. Seine

Oberschenkel hatte zu zittern begonnen. Er hatte seine Erregung kaum noch im Griff. Der Gegenstand war hart und rau. Das spürte er durch die Handschuhe in den Fingerspitzen. Voller Ungeduld blickte er in die Tiefe … doch das, was er jetzt sah, wollte er einfach nicht glauben!

Das laute »Moin!« von hinten traf ihn völlig unvorbereitet und hatte die Wirkung eines Pferdetritts. Augenblicklich zuckte er zusammen und seine Arme gaben nach. Er hatte Mühe, nicht kopfüber ins Loch zu rutschen, so sehr hatte er sich erschrocken.

Er brauchte einen Moment, um wieder Fassung zu gewinnen – aber die Situation blieb bedrohlich. Während er sich noch aus dem Loch hoch stemmte, sah er schon die zwei grauen Hosenbeine, die in dänischen Leder-Holzschlappen steckten und so dicht hinter ihm standen, dass sie ihn fast berührten.

»Na, ist wohl nur ein Stein«, meldete sich der Fremde erneut.

Er hätte fast: Ja, leider! gesagt, konnte sich das aber im letzten Moment noch verkneifen und dachte sofort fieberhaft über eine glaubhafte Erklärung für das nach, was der Unbekannte hier gerade zu sehen bekam. Um mehr Zeit zu gewinnen, richtete er sich nur langsam auf und schlug sich dabei noch ein paar Mal den Dreck von der Kleidung.

Wo ist der bloß so plötzlich hergekommen? … Ach, ich Idiot … ich hab die Haustür offen stehen lassen … der Modergeruch … .

Vor ihm stand ein alter, grauer Mann. Eigentlich war alles grau an ihm. Nicht nur seine Hose, auch die Sommerjacke, seine Haare, seine Haut. Ein faltiges, graues, altes Gesicht – aber mit auffallend wachen und kleinen, blitzenden Augen.

»Ah, Hallo!«, sprach er den Fremden an und räusperte sich noch ein paar Mal. »Sie haben mir vielleicht einen Schrecken eingejagt. War ganz in meine Arbeit vertieft. Was kann ich für Sie tun?« Und jetzt hatte er sich schon wieder soweit im Griff, dass er sogar ein freundliches Lächeln aufsetzen konnte.

»Ich wollte mich mal bekannt machen. Wir sind ja jetzt quasi Nachbarn hier im Dorf«, antwortete der Fremde.

»Oh, das ist aber nett«, heuchelte er und zog den rechten Arbeitshandschuh aus.

»Mein Name ist Manfred Grafenberg aus Düsseldorf. Ich hab das Haus von Lisa Paulsen geerbt«, und streckte dem Alten zur Begrüßung seine Hand entgegen. Aber just in diesem Moment machte der einen kurzen Schritt zurück und wendete sich etwas ab. Schnell ließ er seine ausgeschlagene Rechte sinken und wischte sich dann damit irritiert erneut ein wenig Sand von der Jogginghose.

Ach ja! So sollen ja Friesen sein, versuchte er sich das abweisende Verhalten des Fremden zu erklären. Er hatte in einem kleinen Büchlein mit dem Titel: „So ticken die Friesen", das er vom Bücherregal des Hotels mit aufs Zimmer genommen hatte, gelesen, dass sie ihre Häuser nicht abschließen, selten eine Armbanduhr tragen und sich auch recht ungern die Hand geben.

Der Alte war jetzt einige Schritte auf den Durchgang zum ehemaligen Schlafzimmer zugegangen und öffnete die Zimmertür durch einen leichten Fußstoß noch etwas weiter. Die pfiffigen Augen im sonderbar regungslosen Gesicht bewegten sich hin und her.

Mann, ist der neugierig, schloss er aus dem ungewöhnlichen Verhalten. Ich brauch ein unverbindliches Plauderthema! Ich muss ihn ablenken!

Jetzt wanderte der Blick des rätselhaften Besuchers über das fast gefüllte Loch zwischen den Türzargen und zurück auf ihn. Der Fremde musterte ihn scharf und dessen Gesicht zeigte weiter keinerlei Regung, nur seine kleine Augen verrieten höchste Aufmerksamkeit und Konzentration.

Der sieht alles, ich muss ihm eine Erklärung liefern, ich muss ihn beschäftigen, überlegte er.

»Ja, in so einem alten Haus ist viel zu tun. Ich muss wohl auch noch die Fußleisten entfernen. Die Wände sind feucht, ist ja jahrelang nichts mehr gemacht worden. An manchen Stellen ist das Holz verrottet und überall Schimmel und Pilzbefall.«

»Ja, die Pilze sind gefährlich«, war die kurze, kühle Antwort und während der Alte das sagte, sah er sich weiter forschend um.

Dessen Stimme passte auf merkwürdige Weise genau zu seinem teilnahmslosen Gesicht. Keine Höhen, keine Tiefen, wie ein gleichförmiger Singsang klang die, ohne jegliche Betonung – emotionslos und monoton. Ihn fröstelte, so unheimlich war die Begegnung langsam und nun hatte ihn der Fremde erneut scharf ins Auge genommen:

»Die alte Schatzkiste von Hark Olufs war wohl in diesem Haus, was?« Dessen Blick war jetzt noch durchdringender.

Der Alte weiß alles! Leugnen ist keine gute Idee, das macht die Sache nur noch schlimmer, überlegte er. Deshalb sagte er schnell und möglichst gelassen:

»Ja, stellen Sie sich so etwas vor! Im Haus waren ja praktisch noch alle Sachen der alten Dame, wir haben radikal entrümpelt und alles als Sperrmüll an die Straße gestellt. Mann, war das eine Schufterei, einen ganzen Tag haben wir gebraucht.«

»Und da war wohl auch die Kiste dabei, was?«, fragte der Alte nach.

»Ja, ja! Ich hatte ja keine Ahnung, was wir da wegtun. Aber ich kenne mich mit der Inselgeschichte natürlich überhaupt nicht aus. Sonst hätte ich sie vielleicht erkannt und direkt dem Museum übergeben. Aber da ist sie ja glücklicherweise trotzdem gelandet«, log er wieder.

»Stand einfach so rum, die alte Kiste von Hark Olufs«, und die Augen des ungebetenen Besuchers blitzten ihn erneut durchdringend an.

Er weiß sicher, dass sie total schmutzig und unansehnlich war, schoss es ihm durch den Kopf, keine Ahnung, was der weiß. Ich darf ihn nicht noch misstrauischer machen. Die Wahrheit ist in diesem Fall die logischte Variante und eigentlich auch keine wirklich wichtige Information, überlegte er kurz.

»Nein, nein! Wir haben sie erst ganz spät überhaupt entdeckt. Stand auf dem Dachboden. Der war völlig voll gestellt, sehr viel alter Kram dabei. Sie stand ganz hinten an der Wand. Alte Bretter und Möbel davor. Voll mit Dreck und Staub, sie hat sicher schon lange da gestanden.«

»Und alte Bretter drumrum?«, wiederholte der Graue neugierig.

»Ja einige! Alle möglichen Längen … kurze, dickere. Alles durcheinander!«

»Und alle weggeschmissen? Keins aufgehoben?«, fragte der wieder nach.

»Nein, natürlich nicht! Wir waren ja froh, den ganzen Krempel auf diese Weise loszuwerden. Wir waren wie im Fieber. Wir wollten doch alles schaffen an diesem Tag!«

»So, …«, sagte der Alte, der ihn keine Sekunde aus den Augen gelassen hatte.

Nun drehte der sich um und ging langsam zurück zum Ausgang. Vor der offenen Küchentür stoppte er erneut und betrat auch diesen Raum ungefragt.

Dieser unverschämte Greis schnüffelt überall rum, als wär er hier Zuhause. Ich muss ihn unbedingt loswerden. Es reicht jetzt! Sofort folgte er und stellte sich selbstbewusst und auffordernd in den Türrahmen und sagte dann energisch und abweisend: »So, jetzt muss ich weiterkommen, sonst läuft mir die Zeit weg!«

Er hatte den Satz noch gar nicht zu Ende gesprochen, da sah er schon die nächste Katastrophe. Konnte der verdammte Kerl auch noch Gedanken lesen? Genau in diesem Augenblick glotzte der Alte ebenfalls in die offene Besteckschublade. Selbst hier vom Türdurchgang konnte er den Buchtitel ohne Probleme lesen.

»Ja ja, die Zeit läuft unaufhaltsam …«, antwortete der mit seiner unheimlichen Stimme, sah ihm noch einmal scharf und kalt in die Augen und drückte sich dann forsch Richtung Ausgang an ihm vorbei.

»Sagen Sie, ich hab vorhin gar nicht Ihren Namen verstanden, wie heißen Sie nochmal?«

»Na, dann noch einen schönen Tag und fröhliches Schaffen«, war die Antwort des Fremden, der schon an der Eingangstür war und ohne sich noch einmal umzudrehen zügig Richtung Straße weiterging.

Er blieb noch eine ganze Zeit im Hauseingang stehen und fürchtete fast die Rückkehr des rätselhaften Besuchers. So plötzlich und ungebeten, wie der aufgetaucht war, war er jetzt auch wieder verschwunden.

Er hat mir nicht mal seinen Namen gesagt. Der Kerl weiß alles und ich weiß nichts! Ich muss viel vorsichtiger werden. Hol ich mir vorhin den Löffel aus der Schublade, um die Trockenmilch umzurühren und mach das blöde Ding nicht wieder zu! Er schob die Haustür ins

Schloss und drehte den Schlüssel um. So eine ungebetene Überraschung wollte er nicht noch einmal erleben.

Zurück am Grabungsloch und nachdem er dort in der Tiefe noch mehr Sand zur Seite gekratzt hatte, starrte er eine ganze Zeit auf den grauen, unförmigen Klumpen. Es half nichts – es war und blieb nur ein blöder, großer Stein!

In seinem Kopf hatte das Hämmern zugenommen. Diese plötzlichen Migräneschübe begleiteten ihn jetzt schon einige Jahre. Oft halfen frische Luft und Bewegung und natürlich, wenn es gar nicht mehr anders ging, seine Tabletten – aber die waren im Hotel und Mineralwasser hatte er noch immer nicht eingekauft … also aufs Rad!

Mädelstag

Nach der Aufregung am Vormittag und der Verabredung am Abend wollte Malu am Nachmittag nichts Großes mehr unternehmen. Sie hatte vorgehabt, ganz gemütlich im Gartenstrandkorb zu lesen. Doch dann hatte sich Greta gemeldet und diesen verrückten Vorschlag gemacht, und danach hatte sie ihre eigene Planung sofort über den Haufen geworfen. Als Kristina später fragte, was sie heute noch unternehmen wollte, hatte Malu von der Verabredung mit ihrer Freundin erzählt und ihrer Mum ausgelassen zugerufen: »Heute ist Mädelstag!«

Ihrer Mutter schien das nur recht zu sein. Sie hatte um 15 Uhr einen Massagetermin in der Praxis von Frieda im Amrum-Spa und die Frauen wollten hinterher noch einen ausgiebigen Strandspaziergang machen.

Frieda gehörte zum engeren Frauenzirkel ihrer Mutter auf der Insel. Aber auch in ihrer „Amrum-freien-Zeit" stand sie weiter in engem Kontakt mit ihrer „Zauberin", wie Mum ihre Heilpraktikerin liebevoll nannte. In allen medizinischen, naturheilkundlichen, aber auch in seelischen Fragen suchte Kristina Friedas Rat und dann wurden Kräutertees, Globulis und exotische Tinkturen eingekauft – natürlich möglichst auf homöopathischer Basis, versteht sich. Ihre Mutter gab viel Geld für diese Sachen aus, aber es war ihr eben sehr wichtig.

Kristina machte sich gerade im Bad fertig, als Greta bestgelaunt an der Terrassentür auftauchte.

»Hey, Malu – hu – huuuu! Jungs sind heute tabuuu!«, sang sie in voller Lautstärke.

In Malus Kopf war spätestens jetzt kein Platz mehr für irgendwelche Schatzsuchergrübeleien. Mit den Worten: »Schau mal, was die gute Greta mitgebracht hat!«, öffnete die nun mit einer großen, theaterreifen Geste ihren Rucksack und holte eine Orange, eine Banane und zwei Kiwis heraus, sogar eine in Haushaltsfolie eingewickelte halbe Ananas war dabei. Danach kamen noch verschiedene Säfte und sogar eine Packung Buttermilch zum Vorschein.

»So!«, fragte sie dann. »Was fehlt uns jetzt noch? … Natürlich Trinkhalme … und tatatataaaa …. Vanilleeis!« und ließ auch das schwungvoll auf die Arbeitsfläche der kleinen Einbauküche gleiten. Da war kaum noch Platz, aber Greta war noch nicht fertig. Mit einer erneuten ausladenden Handbewegung zog sie nun ganz langsam die neuste Ausgabe der Zeitschrift „Mädchen" heraus. Malu klatschte begeistert die Hände zusammen.

»Wahnsinn! Du hast ja an alles gedacht.«

»Na klar, was denkst du denn? So, Sweety, wie fangen wir an? Vielleicht sollten wir erst einmal unser Lager vorbereiten?«

Beide legten los. Decken und Kissen wurden auf den Rasen geschleppt, der Sonnenschirm in die richtige Position gebracht und jeweils eine kleine Schüssel mit Keksen, Kartoffelchips und Erdnüssen bereitgestellt.

Als Kristina aus dem Badezimmer kam, war Greta bereits dabei, eine Kiwi zu schälen, Malu zerteilte soeben die halbe Ananas, und zwei Gläser, ¾ gefüllt mit unterschiedlichen Säften, standen auch schon bereit. Kristina war sichtlich beeindruckt und kommentierte die Szenerie mit einem:

»Wow! Was ist denn bei euch los! Das sieht ja nach einer richtigen Cocktail-Gartenparty aus.« Sie ließ ihren Blick über die vielen Zutaten wandern und meinte dann:

»Hier scheinen ja Profis am Werk zu sein! Das wollt ihr nicht alles alleine trinken, oder? Da sind doch noch ein paar nette Jungs im Spiel!«

»Normalerweise sagen wir zu netten Jungs nicht nein. Aber heute sind sie tabu!«, war Gretas grinsende Antwort.

»Ich muss schnell los! Ich probier heute mal 'ne Tibetische Massage. Mal sehn, ob ich dabei auch so viel Spaß hab wie ihr? Ich werd euch berichten!«

»Also, viel Erfolg dabei!«, wünschte Malu, wendete sich ihrer Freundin zu und verdrehte dann ein wenig die Augen. Das anschließende Gekichere der Mädchen bezog Kristina nicht mehr auf sich. Sie war zu sehr in Eile und verließ mit schnellen Schritten die Wohnung.

Der gemeinsame Nachmittag verlief dann genauso lustig, wie sich die beiden das vorgestellt hatten. In zeitlichen Abständen, unterbrochen mit immer neuen Albernheiten, hatten sie fünf verschiedene Getränke kreiert und die dann, auf ihrem Kuschellager im Garten, genussvoll ausgesüffelt.

Zwischendrin hatte Malu ihrer Freundin von den Ermittlungen in Sachen „Schatzsuche" und vom Hai erzählt und gerade schmökerten sie gemeinsam die mitgebrachte Zeitschrift durch.

Bei verschiedenen Artikeln hatten sie sich schon halbtot gelacht, aber das Beste kam jetzt: Unter der Überschrift „Wie flirten Mädchen richtig – so kriegst du jeden Jungen rum" wurden auf einer ganzen Seite in zehn Absätzen die erfolgreichsten Flirtregeln beschrieben – „Das, was jedes Mädchen wissen und beherrschen sollte!" stand unter der Überschrift!

Jeder dieser zehn Flirtregeln war eine kurze Beschreibung einer Alltagssituation vorangestellt: Mal war es der fremde Junge im Schwimmbad, mal der attraktive Mitschüler aus der Parallelklasse, dann eine zufällige Begegnung im Supermarkt oder ein anderes interessantes, männliches Etwas, vielleicht in der Disco.

Im nachfolgendem Text wurden dann besonders wirksame Flirttechniken vorgestellt: Der verzögerte, dreimalige Wimpernschlag, das geweitete Auge in Verbindung mit der vergrößerten, pulsierenden Pupille, der laszive Blick, die etwas nach vorne geschobenen, geöffneten Lippen, die Spiegelung auffälliger Körpergesten seines angeschmachteten Gegenübers oder die Wiederholung seiner Schlüsselworte. Auch das Wegstreichen einer Haarsträhne, die hörbare Nasenatmung oder die leichte, zufällige Berührung der „Beute" am Arm oder Oberschenkel wurde dort empfohlen.

Nachdem sie sich alle Absätze vorgelesen hatten, spielten sie nun jede Szene mit Hingabe noch einmal vollkommen übertrieben nach und das war oft so absurd komisch, dass beide sich am Schluss vor Lachen die Bäuche hielten.

Gerade hatte sich die Situation im Garten wieder etwas beruhigt, da hörte Malu eine Fahrradbremse quietschen.

»Mensch, wie spät ist es denn?« Greta guckte auf ihr Handy. »17 Uhr 40«, war die erstaunte Antwort und schon kam Janne um die Hecke. Er guckte irritiert, aber dann grinste er.

»Warum sagt mir denn keiner Bescheid, wenn hier 'ne Party stattfindet«, rief er im Näherkommen.

Die Mädchen schauten sich kurz an, sprangen wie einstudiert hoch und schmetterten ihm im Chor: »Janne, heute ist Mädelstag!!!«, entgegen.

Er musste lachen und schüttelte ungläubig den Kopf: »Na, ihr seid ja in super Stimmung! War da Alkohol in euren Drinks?«

»Nein! Was denkst du von uns! Zum Durchdrehen brauchen wir sowas nicht ... das weißt du doch!«, lachte Malu.

»Ich will ja kein Spielverderber sein, aber wenn ihr die Sachen noch rein bringen wollt, sollten wir uns langsam beeilen!«

»Ja, du hast Recht!«, stimmte Malu zu und fragte Greta dann noch, ob sie nicht doch mit ins Museum kommen wolle.

»Nein, nein«, winkte die ab. »Das ist euer Ding! Mir fehlt die Phantasie für so etwas. Aber wenn ihr mal irgendwo festsitzt, dann könnt ihr auf mich zählen. Dann grab ich euch mit meinem Suppenlöffel einen Fluchtgang unter der Mauer durch.«

»Ah ja ...das hast du bei Mark Twain geklaut!«, sagte Janne und sah Greta herausfordern an.

»Geklaut!«, wiederholte Greta. »Ich wusste gar nicht, dass du ein Literaturexperte bist, Janne Madsen. Ich dachte, du liest keine Bücher!«, legte sie noch angriffslustig nach.

»Nun reg' dich nicht gleich auf. Aber, das ist doch aus Tom Sawyer!«, versuchte sich Janne zu rechtfertigen.

»Ja! Natürlich! Und Huckleberry Finn. Aber, das weiß doch jeder!« maßregelte sie ihn erneut.

»Was passiert hier gerade?«, und Malu guckte von einem Gesicht ins andere. »Alles gut bei euch zwei … bleibt cool! Wir haben jetzt wirklich Besseres zu tun, vertragt euch … und Malu hat euch doch beide lieb«, schob sie noch humorvoll hinterher.

Danach räumten die Mädchen schnell die Sachen zusammen und auch Janne packte mit an. Greta wollte nichts wieder mit nach Hause schleppen und auch die Beteiligung an den Kosten lehnte sie entschieden ab: »Das war heute so lustig. Vielleicht wiederholen es mal und dann bist du dran mit Bezahlen!«

Malu schnappte sich ihren kleinen Rucksack, in den sie schon vorhin alles Notwendige für die Besichtigung gepackt hatte und warf hinter sich die Terrassentür ins Schloss. An der Straße drückten sich die Mädchen noch einmal und Greta flüsterte ihrer Freundin dabei leise: »Morgen musst du springen, aber keine Panik, ich helf dir« ins Ohr, setzte sich aufs Fahrrad und brauste davon. Das taten auch Janne und Malu – allerdings in die entgegengesetzte Richtung.

Museum 2

Der große, schwarze Zeiger der Uhr am Glockenturm der Nebeler Kirche stand noch nicht ganz senkrecht, aber viel fehlte nicht mehr. Beide gaben Gas. Überall liefen Urlauber kreuz und quer auf der Straße und das erste Stück fuhren sie auch noch gegen die Fahrtrichtung, das handelte ihnen zusätzliche, böse Blicke ein.

»Mensch, Janne, bin ich neugierig!«, sagte Malu, als sie ihr Rad vor dem Museum auf den Ständer stellte. Broder stand im Türrahmen der offenen niedrigen Eingangstür und musste sogar seinen Kopf etwas zur Seite neigen, sonst hätte er dort gar nicht stehen können. In der Hand hielt er seine Taschenuhr und empfing sie mit einem breiten, zufriedenen Lächeln.

»So sieht man sich wieder«, sagte er. »Das nenn ich mal 'ne Punktlandung.« Genau in diesem Augenblick hörten sie den ersten Glockenschlag vom Kirchturm her. Broder klappte den silbernen Springdeckel zu und steckte seine Uhr zurück in die dafür vorgesehene kleine Tasche seiner Weste. »So, dann kommt mal rein! Das Museum ist leer. Jetzt habt ihr die alte Dame ganz für euch allein. Aber behandelt sie respektvoll! Sie hat ja schon ein paar Jahre auf dem Buckel, das gute Stück.«

Janne wurde, als der sich an ihm vorbei drückte, wieder mit einem kleinen Klaps auf den Rücken begrüßt und Malu war kurz davor, ihm erneut die Hand zu geben. Aber sie entschied sich im letzten Moment doch dagegen und sagte dann nur: »Hallo!« Zweimal Körperkontakt an einem Tag könnte selbst für den gutwilligsten Friesen eine zu große Zumutung sein.

Broder schloss die Eingangstür, verriegelte und ging dann voran direkt in den Ausstellungsraum. Er stellte beide Edelstahlstützen, an denen die Absperrkordel hing, zur Seite und schob die Schatzkiste dann zusammen mit dem Podest ein kleines Stück weiter in den Raum.

»So, jetzt habt ihr Platz!«, meinte er. »Ihr könnt euch ruhig Zeit lassen. Ich muss noch aufräumen und durchfegen«, erklärte er weiter, lächelte noch einmal und verschwand dann im nebenraum.

116

Jetzt versperrten keine Besucherbeine mehr den freien Blick. Es gab keine Drängelei, wie heute Morgen, kein Fußgeschabe oder fremde Stimmen. Und deshalb kam es Malu fast so vor, als sähe sie die wertvolle Kiste erst jetzt zum ersten Mal.

Beide standen eine ganze Zeit nur stumm nebeneinander und staunten in gebührendem Abstand den wunderschönen Gegenstand an, der ihnen von dort gegenüber in einem tief roten Farbton entgegen strahlte.

Völlig unerwartet unterbrach plötzlich ein lautes »Was ist denn mit euch los?« die Stille. Broder stand im Durchgang und schüttelte den Kopf:

»Nun kommt ihr extra vorbei und wollt dichter ran und jetzt steht ihr da in drei Meter Entfernung und traut euch nicht? So hab ich das mit dem Respekt nicht gemeint. Ihr könnt sie ruhig mal anfasssen. Sie beißt ja nicht! Jedenfalls nicht dass ich wüsste!«, schob er noch lachend hinterher.

»Na dann. Aber wehe das stimmt nicht!«, witzelte Janne zurück und setzte sich in Bewegung.

Beide gingen vor der Kiste in die Hocke und schauten auf die aufwändige Schnitzarbeit an der Vorderseite. Malu ließ ihre Finger vorsichtig über die Segel und über die fein herausgeschnitzten Fahnen gleiten.

»Ich glaub, das soll auf seine Zeit als Seemann und als   Befehlshaber hinweisen! Aber, wie fein und genau die damals schon Holz bearbeiten konnten!«, staunte sie.

Dann strich sie über die Eisenbeschläge an den Kanten, über die vorstehenden Nagelköpfe und erneut über das geheimnisvoll, fein geschliffene Holz.

»Wow! ... sieh mal, Janne ... der Deckel ist ebenfalls verziert! Was hier noch alles drauf ist!«

Auch Janne staunte nicht schlecht – das sahen beide zum ersten Mal. Der Deckel stand fast senkrecht und nur, wenn man direkt neben der Kiste stand, konnte man auf die Oberseite sehen.

Anscheinend fegte Broder im nebenraum den Fußboden, jedenfalls hörte es sich so an und Malu rief laut in seine Richtung: »Dürfen wir mal die Holzleiste rausnehmen und den Deckel zuklappen?«

»Natürlich!«, war die knappe Antwort.

Diese Schnitzarbeit war nicht ganz so aufwändig. In der Mitte eingeschnittene, tiefe, geschwungene Linien und drumherum, in einem ovalen Kreis, Buchstaben – wahrscheinlich ein Spruch, vermutete Malu – und dann diese merkwürdige Abbildung!

»Sonderbar, nicht?«, fragte sie halblaut und mehr zu sich selbst als zu Janne, der neben ihr anscheinend auch rätselte und nur mit einem verzögerten »Ja«, antwortete. … »Gebogene Doppellinien, wahrscheinlich nur Verzierung«, meinte er dann. »Vielleicht ein Symbol … keine Ahnung! … Aber die Schrift lässt sich gut entziffern, wahrscheinlich ein Spruch … aber wo ist der Anfang?«, und kratzte sich dabei weiter nachdenkend am Kopf.

»Es gibt keinen Anfang … du hast Recht! Nur Großbuchstaben, dicht an dicht. Nirgends eine Lücke … und irgendwie lässt sich kein einziges Wort daraus bilden! Ein völliges Durcheinander.« Das sagte sie wieder in dieser halblauten, grübelnden Tonlage.

Beide starrten jetzt eine ganze Zeit auf das Buchstabenwirrwarr und keiner kam zu einem Ergebnis.

Schließlich unterbrach Janne das Schweigen: »In Afrika haben sie damals doch nur arabische Schriftzeichen benutzt . Vielleicht dienen die lateinischen Buchstaben nur zur Verzierung. Er hat die Kiste in Auftrag gegeben und wollte etwas haben, was ihn an seine Heimat erinnert und deshalb hat er sie da einschnitzen lassen.«

Wieder verging einige Zeit, bevor Malu antwortete und wieder nur halblaut:

»Vielleicht«, sagte sie. »Aber das glaub ich nicht.« Und dann lauter: »Sieh mal! Das „W" gibt es viele Male, sogar zweimal „Q" und einmal „X", aber kein einziges „E" oder „I". Wenn er so verliebt in seine heimatlichen Buchstaben war, warum hat er denn gerade die ausgelassen, die besonders häufig in unseren Wörtern vorkommen? Sondern einige Buchstaben doppelt und dreifach und andere gar nicht! Das ist völlig unlogisch!« Während sie das sagte, spürte sie wieder das Kribbeln in den Händen und wurde sich immer sicherer: »Janne, hier geh es um mehr!« Sie öffnete ihren Rucksack und holte ihr Notizheft und einen Bleistift heraus. Dann bat sie Janne genau auf 12 Uhr anzufangen und langsam nacheinander im Uhrzeigersinn jeden Buchstaben vorzulesen. Als Janne irritiert guckte und die Worte „auf 12 Uhr" wiederholte, grinste sie ihn an und meinte:

»Du, das ist Pilotensprache. Genau senkrecht, oben, fängst du an, aber konzentrier dich! Es darf sich kein Fehler einschleichen«, und zeigte auf die richtige Stelle.

Janne nahm seine Aufgabe ernst. Langsam las er jetzt jeden Buchstaben vor und benutzte beide Zeigefinger, um sich nicht in der Reihenfolge zu vertun.

Als er dann »... das wars!« sagte, sah die Buchstabenreihe in Malus Heft so aus:

W B A T J Q W P Q V W R S T D W V A X P W
B U N G R

Aber auch jetzt ergab der Buchstabensalat vor ihren Augen noch immer keinerlei Sinn. »Keine Ahnung, was das heißen soll«, sagte sie schließlich und fertigte als nächstes eine Skizze der eingekerbten Abbildung an – aber es fiel ihr schwer, die geschwungenen Linien einigermaßen maßstabsgetreu und mit dem richtigen Radius aufs Papier zu bringen. Als sie auch nach dem dritten Versuch immer noch nicht zufrieden war, riss sie einfach eine Seiten aus ihrem Heft und legte die dann so auf den Deckel, dass das Papier alle Linien überdeckte. Janne musste den Zettel in Position halten und Malu rubbelte, mit flachgelegtem Bleistift, die geschwungenen Bögen einfach durch.

»So, das haben wir!«, sagte sie schließlich und beide guckten sich noch einmal den Zettel mit den sonderbaren Doppellinien an.

»Ja, Janne, hier gleich das nächste Rätsel. Du meinst, vielleicht ein Symbol, eine Art Ornament? Aber was soll das nun schon wieder bedeuten?«

Beide guckten noch eine ganze Zeit auf den Zettel und auf die geschwungenen Linien, bis Janne meinte: »Keine Ahnung … eine Art Fisch vielleicht. Hier vorne, der runde Kreis, möglicherweise das Auge und hinten die auslaufenden Linien könnten die Schwanzflosse darstellen. Allerdings sicher bin ich mir da ganz und gar nicht. Was meinst du?«

»Ja, vielleicht … ziemlich abstrakt würde meine Mum wohl sagen. … Du, egal jetzt. Darum kümmern wir uns später. Wir sehen uns erst mal weiter die Schatzkiste an!«

Die lose Seite legte sie zurück in ihr Schreibheft und fast, als wollte sie Abschied nehmen, strich sie noch einmal über die rätselhaften Einkerbungen auf dem Deckel.

»Wenn man bedenkt, wie viel die Kiste schon durchgemacht haben muss, ist sie doch in einem super guten Zustand. Kaum Kratzer!« Danach fühlte sie konzentriert die Kanten ab, aber hier gab es nichts weiter Auffälliges. Nachdem sich dann beide auch die Seiten und die Rückwand genauestens angesehen hatten und auch hier weiter nichts Aufregendes und keine weiteren Schnitzereien zu entdecken waren, klappte Janne neugierig den Deckel auf und sah sofort erwartungsvoll hinein.

»Na, was siehst du?«, fragte Malu neugierig.

»Nichts! Sie ist leer!«

Malu musste lachen: »Was hast du erwartet? Dass man die Kiste einmal zuklappt und sie sich dann, durch einen geheimen Zauber, mit Gold und Edelsteinen füllt?«

»Ja, vielleicht!«, lachte Janne. »Vielleicht muss man sie zweimal oder dreimal zuklappen?«

»Uns fehlt auch noch der richtige Zauberspruch … aber möglicherweise steht der, zwar noch verschlüsselt, jetzt schon in meinem Heft?«, sagte Malu und lächelte ihn dabei spitzbübisch an.

»Möglicherweise«, wiederholte Janne und schaute erneut forschend in die Kiste hinein.

»Du, mir fällt leider wirklich nichts Besonderes auf … hier ist nur ein schummeriges Nichts, ein bisschen mehr Licht könnte nicht schaden. Vielleicht dürfen wir sie mal kurz näher ans Fenster stellen oder besser, ich frag meinen Onkel mal nach einer Lampe!«

»Die haben wir schon!«, sagte Malu trocken und kramte dann ihre kleine Taschenlampe aus dem Rucksack hervor.

»Alle Achtung! Gute Vorbereitung!«

Mit dem hellen Strahl der Lampe war jetzt jede Kleinigkeit im Innern der Kiste zu erkennen. Hier sah das Holz enttäuschend anders aus. Nicht dieser wunderschöne warme Holzton oder eine fein geglättete Oberfläche. Die Brettinnenseiten waren dunkel, rau und offensichtlich wenig und nachlässig bearbeitet. In den Vertiefungen befanden sich noch Reste von Staub und Dreck. Auch der Boden sah eher schäbig aus. Drei Bretter, ähnlich unbehandelt und dazu noch ziemlich unsauber zusammengefügt – selbst aus der Entfernung waren die Millimeter breiten Fugen noch gut zu erkennen.

»Auf ein schönes Innenleben haben sie keinen Wert gelegt«, stellte Janne enttäuscht fest und auch Malu sah ziemlich ernüchtert aus.

»So!«, sagte sie dann entschlossen. »Ich guck sie mir noch mal von unten an. Kannst du sie mal kurz kippen und halten?«

Malu war in die Hocke gegangen und leuchtete die Unterseite ab, aber schnell schüttelte sie auch dabei mit dem Kopf, richtete sich wieder auf und bekam dann einen ordentlichen Schreck!

»Na na, alles gut! Ihr Zwei macht alles richtig«, meldete sich Broder, der sehr entspannt an der Wand am Durchgang lehnte und sich auf seinen Besen stützte.

»Wie lange stehst du denn schon da?«, fragte Janne.

»Ach, schon 'ne ganze Weile! Aber mir gefällt, wie ernst ihr die Sache nehmt. Ihr geht ja richtig wissenschaftlich zu Werk und vorsichtig seid ihr auch. Ich wollte euch einfach nicht stören, aber jetzt muss ich hier noch schnell fegen und dann hab ich keine Lust mehr und will endlich nach Hause!«

»Wir sind eigentlich auch fertig«, sagte Malu. »Ich würde nur gerne noch ein Paar Fotos machen, wenn ich darf?«

»Natürlich! Fotografier so viel, wie du lustig bist, solange ich nicht mit aufs Bild muss!«, lachte er wieder.

Malu machte von allen Seiten ein Foto und von der Vorderseite und dem Deckel jeweils noch eine Nahaufnahme. Dann schoben beide die Schatzkiste zurück an die alte Stelle, öffneten den Deckel, stellten die Holzleiste hochkant darunter und drapierten den Samtstoff, der das Podest verdeckte, wie vorhin in akkurate Falten. Danach schob sich Malu ihren kleinen Rucksack auf den Rücken und nickte Janne zu.

»So, Onkel Broder, wir sind dann so weit!«

Broder hatte schon einen kleinen Schmutzhaufen in der Raummitte zusammengefegt, warf einen kritischen Blick zur Wand und nickte zufrieden. »Na, das sieht ja genau wie vorher aus! Dann werd ich euch mal rauslassen«, sagte er und wendete sich schon Richtung Ausgangstür.

»Eine letzte Frage hab ich noch!«, sagte Malu schnell.

»Na, dann schieß mal los! Fragen kostet nichts!« Broder drehte sich erneut den Jugendlichen zu.

»Auf dem Deckel gibt es solche geschwungenen Kerben, vielleicht ein Symbol und drumherum die vielen, unsystematischen Buchstaben. Die Schatzkiste ist doch untersucht worden. Hat man dafür eine Erklärung gefunden?«

Sofort huschte ein Lächeln über Broders Gesicht:

»Na endlich! Auf diese Frage hab ich schon gewartet! Janne, deine Freundin hat den richtigen Riecher!« Boder sah natürlich, dass sein neffe bei dem Wort „Freundin" kurz seinem Blick ausgewichen war. Aber er wendete sich gleich wieder mehr Malu zu. »Das ist aus meiner Sicht die entscheidende Frage! Da oben verbirgt sich das eigentliche Rätsel. Deshalb haben wir den Deckel auch so aufgestellt – muss ja nicht gleich jeder Besucher mitkriegen, dass da noch was Wichtiges zu entdecken ist. Aber ich kann euch auch keine Antwort geben! Ich warte noch darauf, dass hier mal ein richtiger Experte reingeschneit kommt, vielleicht ein amerikanischer Geheimagent von der NSA, die sollen sich doch gut mit Verschlüsselungstechniken auskennen ... naja, ein Russe wär mir auch recht!«, schob er hinterher und lachte über seinen Scherz.

»Wir haben ja den Untersuchungsbericht aus Schleswig. Aber das sind so Wissenschaftler, wie sie im Buche stehen, weltfremde Theoretiker, wenn ihr mich fragt. Auf fast hundert Seiten haben sie die Porigkeit des Holzes analysiert, das Alter bestimmt, die orientalische Schnitzkunst in verschiedene Stilepochen eingeordnet und sehr viel anderen Unsinn aufgeschrieben und alles in einer verklausulierten Sprache, dass jeder Normalbürger nach zwei Minuten Kopfschmerzen bekommt. Eigentlich bestätigen sie nur, dass die Kiste zu Hark Olufs Zeiten in Nordafrika angefertigt wurde. Wenigstens etwas! Aber zu den beiden entscheidenden Fragen stehen da nur wenige nichtssagende Sätze drin. Die geschwungenen Kerben auf dem Deckel haben demnach keine besondere Bedeutung. Sie dienen als Verzierung und sollen angeblich Energielinien sein! Sie drücken die Suche des Menschen nach Harmonie und Lebendigkeit aus und lassen sich in der arabischen Welt an vielen Alltagsgegenständen finden.

Die Anordnung der Buchstaben sei völlig willkürlich und folge keiner Systematik. Sie symbolisieren lediglich die Kritik des Islams an der verwissenschaftlichten westlichen Welt. Ein unglaublicher Unsinn, wenn ihr mich fragt!«

Broder hatte sich regelrecht in Rage geredet und einen roten Kopf bekommen.

»Ja, soviel zu diesem Bericht! Damit kann man nun wirklich nichts anfangen!«, sagte er noch und atmete dann ein paar Mal tief durch.

Malu hatte die ganze Zeit an seinen Lippen geklebt. Sie war sich nicht sicher, ob er nicht noch etwas hinzufügen wollte. Aber es kam nichts mehr.

»Vielen Dank!«, sagte sie dann und an Janne gerichtet: »Jetzt können wir los!«

»Gut, ihr Zwei! Dann geht mal auf Schatzsuche mit den ganzen neuen Informationen und wenn ihr ihn findet, dann könnt ihr mich ja mal zum Essen einladen «, lachte und ging zum Ausgang. Dort drehte er den Schlüssel rum und öffnete die Tür.

»Vielen Dank, dass wir das machen duften ... tschüss dann«, sagte

Janne beim Hinausgehen und auch Malu verabschiedete sich höflich.

»Dafür nich! Hat mir Spaß gemacht mit euch. Ihr seid endlich mal junge Menschen, die sich für das wirkliche Leben interessiern und sich nicht nur, bei bestem Wetter, vor dem Computer den Rücken krumm sitzen! Janne, grüß mir die Verwandtschaft! Macht's gut!«

Danach ging er sofort wieder hinein und verriegelte hinter sich.

Das Heimatmuseum

Der Heimat-, Kultur- und Naturschutzverein Öömrang Ferian i.f. wurde 1974 gegründet, kaufte 1991 das weitgehend originalgetreu erhaltene ehemalige Kapitänshaus aus dem 18. Jahrhundert und machte es als Museum „Öömrang Hüs" der Öffentlichkeit zugänglich. Wer heute das Haus besucht, erlebt in den niedrigen, kleinen Räumen mit den beeindruckenden Wandfliesen, den historischen Möbeln, den kurzen Alkoven und dem Bilegger im Wohnzimmer (a Dörnsk), der Guten Stube (Pesel), der Küche mit der offenen Feuerstelle und den vielen ausgestellten Alltagsgegenständen, eine Zeitreise in die Wohnkultur des alten Amrums. Im ehemaligen Stallbereich des Hauses befinden sich heute Ausstellungsräume mit jährlich wechselnden Präsentationen.

Während der Öffnungszeiten ist immer jemand vor Ort, der gerne und sachkundig alle Fragen beantwortet.

Heute betreut der Verein ebenfalls das „Naturzentrum" (Ausstellung zur Insellandschaft, Tierwelt, Strand und Meer) und das „Maritur" (Ausstellung zur Inselgeschichte und bedeutenden Personen – u.a. Salzgewinnung, Entenjagd, Hark Olufs) am Norddorfer Strandübergang und gemeinsam mit der „Schutzstation Wattenmeer" den Nationalpark Schleswig-Holsteinisches Wattenmeer.

5. Urlaubstag

Opa Kurt erzählt

Malu setzte sich nach dem Frühstück wieder an den Gartentisch und starrte lange Zeit auf den Buchstabensalat und die rätselhafte Abbildung mit den geschwungenen Linien. Aber leider ohne jede Idee. Nun hatte sie sich erneut das Kapitel über Hark Olufs vorgenommen und hoffte, dort auf irgendeinen Hinweis zu stoßen. Immer wieder schweiften ihre Gedanken ab. Je mehr Zeit verstrich, um so fahriger wurde sie. Ständig schlichen ihr Bilder von schlickigen, undurchsichtigen Wasserflächen oder schmierigen, unheimlichen Glibberwesen in den Kopf. Heute war ihr entscheidender Tag an der Mole und heute musste sie den Sprung endlich wagen. Sonst war sie endgültig unten durch und galt unwiderruflich bei allen als Schisser. Es bleiben mir noch zwei Stunden, bis sie mich abholen, versuchte sie sich zu beruhigen und machte einen weiteren Versuch, im Text voranzukommen.

Aber auch den brach sie nach wenigen Sätzen ab. Nur dass diesmal keine schleimigen Phantasiewesen schuld waren, sondern Opa Kurt, der mit einem kleinen Klapptritt und einem Hammer in der Hand quer über den Rasen auf sie zu kam.

»Gud maaren!«, wünschte er schon im Näherkommen. »Ich will dich nicht stören. Lesen bildet ja bekanntlich! Ich nehm nur mal kurz das alte Vogelhaus ab, dann hab ich die richtigen Maße für mein neues.«

»Du kannst mich gar nicht stören! Im Gegenteil, eigentlich bin ich richtig froh, dass du gekommen bist. Es ist noch Tee in der Kanne. Ich hol dir schnell 'ne Tasse.«

Malu klappte sofort das Buch zu und bevor er noch „ja" oder „nein" sagen konnte, flitzte sie schon Richtung Terrassentür. Sekunden später war sie mit einer Teetasse, Zucker, Milch und Teelöffel wieder zurück. Kurt saß schon am Tisch, hielt ihr Buch in den Händen und schmunzelte: »Ach, du hast wohl noch immer den alten Hark Olufs am Haken

… es haben ja mittlerweile einige über ihn geschrieben, aber bei unserem Inselhistoriker bist du richtig.«

Malu goss Kurt Tee ein und setzte sich zu ihm. Eigentlich brannte sie darauf, alle Neuigkeiten in Sachen Schatzsuche los zu werden, und vor allem hätte sie mit ihm nur zu gerne die Rätsel auf dem Deckel der Schatzkiste besprochen. Aber, das war ihr heute viel zu riskant! Seit ihrem Gespräch beim ersten Frühstück wusste sie genau, wie schwer es ihm fiel, über dieses Thema zu reden. Sie konnte sich nur zu genau an sein sorgenvolles Gesicht erinnern und wie entschieden er es abgelehnt hatte, sich die Schatzkiste überhaupt auch nur anzusehen. Sie brauchte ihn unbedingt bei dieser Sache. Er kannte die verborgenen Geheimnisse aus der Vergangenheit. Er war ja selbst dem Schatzfieber verfallen gewesen.

Aber, sie musste es geschickt einfädeln und durfte sich jetzt kein rigoroses „nein" einhandeln. Opa Kurt war Friese und die sollten ja fürchterlich dickköpfig sein. Jedenfalls hatte das Janne einmal behauptet und der musste es wissen – schließlich war er ja selbst einer! Aber, es gab noch andere Fragen und die waren weniger heikel.

»Na, wo warst du denn gerade?« Kurts Frage unterbrach ihre Überlegungen genau im richtigen Moment.

»Ich hab jetzt das Kapitel über Hark Olufs schon zigmal gelesen, aber so richtig versteh ich ihn und sein Auftreten auf der Insel nach der Rückkehr und die Reaktion der Anderen noch immer nicht. Wenn jemand nach so einem schweren Schicksal lebend und gesund heimkehrt, müssten sich doch alle freuen und zufrieden sein?«

»Na, Malu, mit dem Freuen ist das so eine Sache. Das hält manchmal nicht so lange an. Aber, wenn man diese Zeit überhaupt einigermaßen verstehen will, braucht man Phantasie und auch etwas Zeit.«

»Zeit hab ich!«, sagte Malu knapp und schaute ihn weiter auffordernd an.

»Und Phantasie wohl auch «, schmunzelte Kurt, rührte sich Milch und Zucker in den Tee, trank einen Schluck und kratzte sich dann ein paar Mal am Kopf. Malu sah, dass Kurt seine Gedanken sortierte und deshalb schwieg sie einfach und guckte nur weiter aufmerksam zwischen seinen Augen und seinem Mund hin und her.

»Also, mein Deern! Du musst mir mit den Jahreszahlen helfen, aber die stehen ja alle in deinem Buch. Sag mal, in welchem Jahr wurde er genau geboren?«

»1708 !«, kam es wie aus der Pistole geschossen.

»Na, du bist ja gut vorbereitet! Aber dein Gehirn hat auch noch nicht so viele Jahre auf dem Buckel. Bei dir funktioniert noch alles. Also, Malu, versuch dir diese Zeit einmal vorzustellen. Es dauert noch fast 100 Jahre bis zur Französischen Revolution – den Königen und anderen Blutsaugern war man noch nicht an den Kragen gegangen! Deutschland gab es damals noch gar nicht, oder so Gedanken wie: „Alle Menschen sind gleich und frei" auch nicht. Amrum gehörte zu Dänemark und die meisten Schleswig-Holsteiner waren Untertanen des dänischen Königs in Kopenhagen.

Allerdings waren die Insulaner damit meistenteils sehr zufrieden. Die Dänen haben uns an der langen Leine gehalten. Die Amrumer waren sogar vom Kriegsdienst befreit, das änderte sich erst unter den Preußen. Wir Friesen gelten ja als dickköpfig und können uns nur schwer unterordnen. Vielleicht haben wir es deshalb nie zu einem eigenen Staat gebracht. Einen Häuptling konnten wie noch gerade ertragen. Wir haben uns immer schön am Wasser aufgehalten, dort wo sich die anderen nicht so recht hintrauten «, und nun lachte Kurt.

»Aber ich komm vom Kurs ab, wo war ich doch gleich … ach ja, hier sprach jeder friesisch, die Amtssprache war Dänisch, kirchliche Schriftsprache war Deutsch, nur deshalb können wir heute die Inschriften der Grabsteine lesen. Aber, stell dir mal das Durcheinander vor! Dann das Problem, aktuelle Nachrichten zu bekommen! Es gab natürlich kein Satellitentelefon, kein Fernsehen, kein Radio, nicht mal 'ne Zeitung. Briefe mit reitenden Boten, Postschiffen und so.

Den Verkehr, von und zu den Inseln, erledigten damals kleine Frachtsegler und das auch nur bei gutem Wetter. In manchen kalten Wintern war die Insel wegen Eisgang wochenlang vollkommen von der Außenwelt abgeschnitten. Außer man wagte einen gefährlichen Gang übers Eis nach Föhr. Die Bewohner waren dann völlig auf sich allein gestellt. Und überhaupt, bequem reisen konnten sich nur die Wenigsten leisten. Wenn du nicht genug Geld hattest, musstest du zu Fuß laufen und das machten die meisten. Wenn du überhaupt einmal von der Insel runter gekommen bist. So wie heute, einfach mal auf 'ne Fähre gehen, und das viermal am Tag, war undenkbar.

Vor allem die Frauen haben damals in ihrem ganzes Leben das Festland oft kein einziges Mal gesehen. Noch meine Großmutter hat erzählt, dass sie mit sechzehn Jahren das erste Mal in Husum war.

Bei den Männern, die zur See fuhren und das Glück hatten, lebend heimzukehren, sah die Sache natürlich anders aus. Die hatten ein Stück von der Welt gesehen, kamen mit neuen Ideen zurück und haben das Inselleben vorangebracht. Von denen waren viele regelrecht gebildet. Als Kapitän oder Steuermann musste man lesen und schreiben können. Deshalb gab es hier auf den Inseln schon wesentlich früher als auf dem Festland so etwas wie ein Schulwesen.

Zu Hark Olufs Zeiten lebten auf Amrum ungefähr 600 Leute, heute etwa 2300 und zusätzlich gibt es hier etwa 10000 Gästebetten, die Tagestouristen noch gar nicht mitgezählt. Aber damals … da passierte hier nicht viel. Nur drei Dörfer, mit wenigen Häusern: Norddorf, Nebel und Süddorf, in dem unser Hark geboren wurde und wo er auch später sein Haus hatte. Wittdün war damals noch ein öder Sandhaufen. Da konntest du nur Möweneier suchen oder Kaninchen schießen.

Die Bevölkerung war damals meistenteils bitter arm. Die Insel gab landwirtschaftlich nicht viel her. Einige lebten vom Fischfang, aber fast die Hälfte der männlichen Bevölkerung fuhr damals zur See. Zum Walfang nach Grönland oder auf Handelsschiffen … manche auch im Dreieckshandel! Von Europa mit Perlen, billigen Waffen und Brandwein nach Guinea zur sogenannten Sklavenküste nach Afrika, damit dann Menschen eingekauft, rüber nach Mittelamerika, als Sklaven verkauft und mit Zucker zurück nach Europa. Damit konnte man damals ein Vermögen machen, und auch viele Friesen verdienten in der Zeit mit Sklavenblut ihr Geld. Ein gewisser Hark Nickelsen zum Beispiel. Man musste nur überleben! Nun ja, viele kehrten nie von See zurück. Fast jede Familie hier kannte so ein Schicksal. Viele Frauen verloren früh ihren Mann und Hauptversorger. Amrum wurde von einigen deshalb auch als Insel der Witwen bezeichnet. Eine Wiederheirat war auch nicht so einfach … du, es fehlte einfach an Männern!

Amrum war damals eine kleine Welt für sich. Das änderte sich eigentlich erst mit dem aufkommenden Tourismus, kurz vor 1900. Ja, so musst du dir das ungefähr vorstellen … damals.«

Jetzt legte Kurt eine Pause ein, trank einen Schluck Tee und guckte seiner kleinen Freundin in die Augen. Die saß nur still da, aber Kurt konnte fast hören, wie es in ihrem Gehirn ratterte und wie aufmerksam Malu noch immer war.

»Nun ja!«, begann er erneut. »Dann kommen wir mal zu unserer Hauptperson. Der kleine Hark hatte das Glück, in eine ziemlich reiche Familie hinein geboren zu werden. Sein Vater war so etwas wie ein Reeder, hatte mehrere Schiffsbeteiligungen, soweit ich mich erinnern kann. Aber Hark hatte auch Pech! Er verlor ziemlich früh seine leibliche Mutter.«

»Vier Wochen nach seiner Geburt«, ergänzte Malu sofort und Kurt warf erneut einen kurzen anerkennenden Blick auf sie, sprach aber gleich weiter:

»Also, ich erzählte ja schon, wie viele Amrumer damals zur See fuhren und das tat dann auch Hark Olufs als noch sehr junger Mann.«

»Er war 12 Jahre alt«, schob Malu wieder ein.

»Ja ja! Stell dir das vor! Der war jünger als du! Dann wird sein Schiff gekapert. Also, ein ganz junger Kerl … eigentlich noch eher ein Kind! Aber von Seeräubern aufgebracht zu werden und in die Sklaverei zu geraten war damals kein ungewöhnliches Schicksal. Auch sein Onkel und seine zwei Vettern, einer davon war dieser Hark Nickelsen, waren mit an Bord und gerieten in Gefangenschaft.

Junge, kräftige Europäer brachten auf den Sklavenmärkten in Nordafrika einen guten Preis und waren eine wertvolle Beute. Deren weiteres Schicksal war höchst ungewiss. Schon aus den nichtigsten Gründen konnte man dort sein Leben verlieren und Anpassung war die beste Überlebensstrategie.

Viele mussten lebenslange Qualen und Demütigungen ertragen und nur Wenige sahen ihre Heimat jemals wieder. Einige wurden von ihren Familien freigekauft, aber der Preis war hoch. Oft mussten ihre Lieben ihr gesamtes Vermögen einsetzen, Verwandte um Mithilfe bitten oder Kredite aufnehmen. So bedeutete der Freikauf des geliebten Menschen oft den Ruin der Angehörigen. Auch Harks Vater hat versucht, seinen Sohn frei zu bekommen, aber das ging schief. Es kam dabei wohl zu einer Verwechslung und nicht sein Sohn, sondern ein anderer Seemann mit ähnlichem Namen hatte Glück!«

Kurt trank wieder einen Schluck Tee und wischte sich über den Mund. Aber er sah bei Malu kein Anzeichen von Unkonzentriertheit, nur weiter aufmerksame Neugier und deshalb sprach er gleich weiter: »So, dann komm ich jetzt wohl mal wirklich zu unserem „Großen Sohn der Insel" «, und Kurt schmunzelte. »Ja, so wird er heute genannt. Mittlerweile haben viele über ihn geschrieben. Kinder stellen im Schultheater sein Leben nach und es gibt Ausstellungen über seinen Werdegang. Aber, damals sah die Sache anders aus! Wie lange war er in Gefangenschaft?«

»12 Jahre«, war die prompte Antwort.

»Alle Achtung! Du weißt Bescheid. Er war jetzt Ende 27, müsste so ungefähr hinkommen … oder?« Malu nickte nur.

»In diesem Alter war damals ein halbes Leben rum. Er ging als Jugendlicher und jetzt kam ein erwachsener, fremder Mann zurück. Selbst sein Vater soll ihn nicht gleich erkannt haben … nur an seinen großen Ohrläppchen, heißt es. Wie auch immer, er entsprach so gar nicht einem Menschen, der so lange die Sklaverei ertragen hatte. Es ging kein gebrochener, kranker und zerlumpter Mann auf Amrum an Land. Nichts an ihm war bemitleidenswert. Kostbare orientalische Kleidung, feinste Seide, nicht ausgemergelt, kein krummer Rücken und kein, von Peitschenhieben, gezeichnetes Gesicht. Da kam niemand, der dem Alkohol verfallen war und da kam auch niemand, der vorhatte, sich auf eine Holzbank zu setzen, um dann jedem rührselig seine Lebenserinnerungen zu erzählen. Ein gesunder, kräftiger, stolzer und wohlhabender Mann. Stell dir diese Schatzkiste vor – so schwer, dass er sie wahrscheinlich gar nicht alleine tragen konnte. Den Insulanern sind die Augen rausgefallen. Vielleicht haben sie sich wirklich kurz gefreut – aber als er hier die Sachen so richtig in die Hand genommen hat, war das spätestens vorbei. Er war unter dem Sultan in Algerien erst Schatzmeister und dann Kommandeur der Kavallerie … allerhöchste Ämter. Er war es gewohnt, zu herrschen und Befehle zu erteilen. Er brauchte nicht zu kuschen, wahrscheinlich warfen sich die Untergebenen in Nordafrika vor ihm in den Dreck.

Und er war kampferprobt, hatte viele Schlachten geschlagen und hatte 'ne Menge Blut gesehen und hatte wahrscheinlich auch 'ne Menge Blut an seinen eigenen Händen. Was ich eigentlich sagen will, ist, dass er sich nicht wieder bescheiden und dankbar in die Inselgemeinschaft eingliederte. Er gab sich selbstbewusst, sah sich als Kriegsheld, prahlte mit seinen Heldentaten und seinem Wohlstand, war streitsüchtig und knauserig zugleich. Jedenfalls sind keine Wohltaten überliefert – kein gestifteter Leuchter für die Kirche, oder so was in der Art. Alles in allem ein unangenehmer Zeitgenosse, denk ich.

Auf Amrum kaufte er sich dann bald ein Haus in Süddorf, spannte einem Seemann seine Verlobte aus und heiratete sie. Auch dadurch hat er sich hier sicher keine Freunde gemacht … eine Verlobung galt damals 'ne Menge. Das war ein Heiratsversprechen und musste öffentlich, sonntags in der Kirche vor der gesamten Gemeinde, abgelegt werden … und als er mit ihr vor den Altar trat, war sie schon schwanger. Stell dir das Gerede vor! Dann erwarb er noch das Strandrecht. Alles von Wert, was antrieb, musste bei ihm abgeliefert werden. Du, da hatten spätestens die meisten Insulaner die Nase voll. „Gott segne unseren Strand" hat der Pastor damals von der Kanzel gepredigt – er war schließlich am Erlös beteiligt. Und das, was man da finden konnte, war oft sehr wertvoll und stellte für viele einen wichtigen Nebenverdienst dar. Das gilt übrigens bis heute. Du glaubst gar nicht, was hier in den letzten Jahrhunderten alles angespült wurde. Die halbe Amrumer Kirche ist aus Strandgut gebaut. Nun ja, ein bisschen übertreib ich, aber im Kern stimmt das. Malu, über Amrumer Strandgut könnte man ein ganzes Buch schreiben. Mal ist zum Beispiel ein volles Fass mit Rum angetrieben. Da haben sich die Strander tagelang in den

Dünen ordentlich einen hinter die Binde gekippt. Mal war es eine ganze Kiste voll mit Rasierklingen. Die waren damals richtig teuer und es heißt, die Amrumer Männer mussten ihr Lebtag lang keine mehr kaufen. Oder aus jüngerer Zeit, als die Pallas hier auf ner Sandbank havariert ist. Da lag der ganze Strand voll mit feinstem Bauholz.«

»Ah, von der Pallas hab ich schon mal gehört«, schob Malu ein.

»Na, siehst du und ein anderer Strandungsfall vor einigen Jahren war richtig lustig. Da ist in der Nordsee im Frühjahr ein ganzer Container mit Mädchen- und Damenschuhen über Bord gegangen, die Sommerkollektion von einer Modefirma Hilfiger … wieder der ganze Strand voll. Da saßen die Schulkinder hinten auf dem Anhänger, Trecker vorneweg und haben gesammelt … aber was für Mengen. Auf dem Festland konntest man die noch gar nicht kaufen, da hatte die Damenwelt hier auf der Insel die schon an den Füßen. Leider lagen wohl die Linken hauptsächlich am Helgoländer Strand und überwiegend die Rechten hier bei uns«, erklärte Kurt noch und lachte dann.

»Ja, mein Deern, so kann das gehn. Allerdings, wenn hier solche wertvollen Dinge antreiben und in so großen Mengen, ist auch noch heute die Obrigkeit sofort zur Stelle. Der Zoll macht dann richtig Alarm, die führen sogar Hausdurchsuchungen durch. Bei solchen Sachen versteht unser Staat immer noch keinen Spaß und gönnt dem kleinen Mann nicht viel … nun ja, und so war das zu Harks Zeiten auch schon. Das gesamte wertvolle Strandgut musste bei ihm abgeliefert werden. Ist ja klar, dass das nicht alle getan haben und er hat auch deswegen seine Nachbarn ein paar Mal vor Gericht gebracht und verschiedene Prozesse gegen sie geführt.

Dann soll er oft seine orientalische Kleidung getragen haben, Pluderhose mit seinem Dolch am Gürtel und spitz zulaufende arabische Sandalen an den Füßen. Übrigens, sein Messer ist seit dieser Zeit verschwunden. Keiner weiß, wer sich das unter den Nagel gerissen hat!

Einige glauben, Harks Dolch liegt in Kopenhagen im Museum. Allerdings haben die wohl etliche aus der Zeit im Sortiment, die sie nicht richtig zuordnen können. Und dann stell dir vor, hat er wohl sogar in seiner osmanischen Offiziersuniform geheiratet – mit dieser Kluft vorm Altar, kaum zu glauben. Also ein richtiger Paradiesvogel und alles in der damaligen Zeit! Malu, das wäre heute noch ein Skandal!

Ich glaub, er war ein Fremder auf der Insel. Geduldet, aber nicht geliebt! Viele fragen sich, warum er überhaupt wieder nach Amrum zurückgekehrt ist. Er hätte überall leben können. … Nun ja, vielleicht aus Tradition? Viele Kapitäne ließen sich im Alter wieder in ihrer Heimat nieder und verbrachten ihren Lebensabend auf ihrer Geburtsinsel.

Wie dem auch sei … viele haben ihm seine Geschichten nicht geglaubt und Neid und Missgunst werden sicher auch eine Rolle gespielt haben. Er war sogar offenen Anfeindungen ausgesetzt und hat mal jemanden verklagt, der ihn in dem Zusammenhang als Hure beschimpft hatte.«

»Wieso Hure?«, fragte Malu sofort dazwischen.

»Ah, du bist also noch immer bei der Sache«

»Ja natürlich, was denkst du denn?«

»Mein Deern, ich hab schon bald Fusseln am Mund.«

»Nur noch das mit der Hure, bitte«, bettelte Malu.

»Also, das ist ein ganz neues Kapitel zu unserem Hark. Viele hatten Zweifel an seiner Glaubenstreue zum Christentum. Und die Kirche konnte damals ein mächtiger Feind sein, das kannst du mir glauben. Aber darüber erzähl ich heute nichts mehr. Da musst du mich in den nächsten Tagen noch einmal auf einen Tee einladen.«

»Okay, versprochen! Aber eins vielleicht noch schnell. Als ich vorgestern mit Mum auf dem Wirtschaftsweg nach Norddorf geradelt bin, da ist uns so ein großer, alter Stein mit Schrift drauf aufgefallen. Wir konnten aber kein Wort richtig entziffern. Könnte es sein, dass der auch was mit Hark Olufs zu tun hat?«

Kurt lachte. »Nein, nein mein Deern, da segelst du nun 'nen völlig falschen Kurs! Der wurde dort erst im Jahr 2000 aufgestellt, wenn ich mich richtig erinner. In den Stein ist eine Strophe des Amrum-Liedes eingeschlagen … so was wie unsere Inselhymne, unser Heimatlied.« Und nun richtete sich Kurt auf und holte so tief Luft, dass sich sein breiter Brustkorb ein ganzes Stück hob. Dann lächelte er Malu zu und begann in einem kräftigen Männerbass mit viel Ausdruck und Stolz im Gesicht, das Lied zu singen und so laut, dass es bestimmt noch auf der Straße zu hören war:

»Dü min tüs, min öömrang lun,
huar so huuch a düner stun,
huar bi Knip a braanang bromet,
huar a waastwinj ei ferstomet,
iiwag spelet mä det sun,
leew haa`k di, min öömrang lun.« Als er schließlich seinen Gesang einstellte, lachte er übers ganze Gesicht und Malu klatschte sofort Beifall.

»Mein Deern, das war nur die erste Strophe! Es gibt noch drei mehr. Aber die erspar ich dir jetzt, sonst laufen uns hier noch die Leute in den Garten.«

»Das hat sich richtig super angehört. Aber auch vollkommen fremd. Ich hab kein Wort verstanden. Aber du hast ja eine tolle Gesangsstimme! Hier gibt es doch bestimmt einen Chor auf der Insel. Da musst du unbedingt mitsingen!«, sagte Malu beeindruckt.

»Nein, nein, das lassen wir mal lieber. Ich hab schon Termine genug. Aber trotzdem, vielen Dank! Allerdings, dass du nichts verstanden hast, ist kein Wunder, der Text ist natürlich auf friesisch! Wenn dich der interessiert und auch die Übersetzung, kann ich dir den gerne mal raussuchen. Das Lied erzählt von unserer Liebe zur Heimat und dieser wunderschönen Insel. Vielleicht nicht die ganz große Dichtkunst, aber das spielt hierbei natürlich überhaupt keine Rolle. Ursprünglich war es ein Gedicht und lustigerweise noch nicht einmal von einem Amrumer geschrieben. Ausgerechnet ein Föhrer hat das gedichtet und beide Inseln waren sich ja meistenteils gar nicht so grün. Sachen gib's, die gib's gar nicht!«, sagte Kurt und lachte wieder. »So, nun aber weiter. Man hat das Gedicht dann vertont und die Gesangvereine singen es immer so schön. Übrigens, jede Strophe steht auf einem extra Stein und die sind über die gesamte Insel verteilt aufgestellt. Wenn man die abfährt, ist man eigentlich schon einmal rum und hat schon viel gesehen. Einen hast du ja schon entdeckt. Ein anderer steht zum Beispiel am Friesenwall vom Museum hier in Nebel, dann einer in Steenodde schräg gegenüber vom Weltenbummler und der Vierte vor Wittdün an der Hauptstraße, dort wo der Bohlenweg zur Aussichtsdüne beginnt.

Du, diese Granitsteine haben entfernt auch was mit Strandräuberei zu tun, die sind hier auf besondere Weise angetrieben, könnte man sagen. Die kommen ursprünglich alle von der alten Schleusenanlage des Nord-Ostseekanals aus Brunsbüttel. Ein pfiffiger Amrumer hatte sich dort eine ganze Anzahl von den Brocken unter den Nagel gerissen und auf die Insel geschippert, und unser Steuerberater hatte dann die Idee mit dem Lied. Der hat ihm vier abgeschnackt und nun fehlte nur noch der richtige Steinmetz. Als der hier dann auch noch angespült wurde, war die Sache perfekt. Der Bursche hat uns für wenig Geld alle vier Strophen in die Steine geschlagen. Ja, mein Deern, so kann das hier gehen. Was das anbetrifft, waren wir Amrumer schon immer ziemlich einfallsreich und geschäftstüchtig«, und nun lachte Kurt erneut.

(Amrum-Lied mit Übersetzung – siehe Anhang)

Malu hätte immer weiter zuhören können – was er aber auch immer für verrückte Geschichten zu erzählten wusste! Allerdings ahnte sie, dass ihr die Zeit weglief. Sie wollte unbedingt noch ein paar Leckereien für die Mole einkaufen und ihre Schwimmsachen waren auch noch nicht gepackt.

»Opa Kurt, vielen, vielen Dank, dass du mir so viel erzählt hast!«

»Dafür nich … ich erzähl dir doch so gerne was von den alten Zeiten! Aber du warst gut vorbereitet, das muss ich dir lassen. So, nun hol ich mal das alte Vogelhaus aus dem Baum und du hast ja auch noch was Wichtiges vor! Ich drück dir die Daumen!«

»Woher weißt du das denn schon wieder?«

»Na ja, ich hab da so meine Quellen! Amrum hat viele Augen und Ohren!«, antwortete Kurt grinsend, trank noch den kleinen Rest Tee aus seiner Tasse, lächelte wieder und meinte dann trocken: »Komisch, der ist ja schon kalt!«

Mole 2

Malu zog hektisch das große Badehandtuch von der Wäscheleine im Garten, legte es schnell zusammen und stopfte es in den Rucksack. Ich habs wirklich noch geschafft, dachte sie und atmete durch. Sie war nämlich vorhin mächtig ins Schwitzen gekommen, als sie nach dem langen Austausch mit Opa Kurt auf die Uhr gesehen und festgestellt hatte, dass ihr nicht mal mehr eine halbe Stunde blieb, um sich vorzubereiten. Erleichtert setzte sie sich mitten auf den Rasen und ging im Kopf noch mal all die Sachen durch, die sie nicht vergessen durfte und ob sie alles eingepackt hatte.

»Ich glaubs ja nicht! … Du bist ja schon bereit!«, rief Greta ihr schon von der Hecke entgegen und weiter: »Ich hab heute schon mit dem Schlimmsten gerechnet. Malu ist verschwunden! Malu liegt im Bett! Oder Malu sitzt heulend in der Badewanne!«, rief sie lachend.

»Heeey, hallooo! Was denkst du denn von mir!«, rief Malu zurück, stand sofort auf und stapfte übertrieben empört mit dem Fuß auf und tat beleidigt.

Die Mädchen drückten sich überschwänglich, aber Greta ließ ihre Freundin noch nicht aus den Armen und schaute ihr in die Augen: »Na, Sweety, wie geht's dir?«

»Alles bestens! Wären da nicht meine Kopfschmerzen, mein hohes Fieber und der Durchfall! Aber im Ernst, ich war jetzt schon kurz hintereinander dreimal auf der Toilette. Ich bin tierisch nervös! Aber ich versuch einfach nicht so viel dran zu denken.«

»Das ist gut! Denken hilft dabei überhaupt nicht: Augen und Nase zu und runter! Und heute schubs ich dich notfalls wirklich! Darauf kannst du Gift nehmen, auch wenn du mir dann die Freundschaft kündigst, das ist mir völlig egal!«, sagte Greta und bevor sie sie wieder losließ, drückte sie ihrer Freundin noch einen Kuss auf die Wange.

»Hast du deinen Bikini dabei?«, wollte Greta als Nächstes wissen.

»Den hab ich schon drunter!«

»Gutes Mädchen!«, sagte Greta und grinste.

In diesem Moment hörten sie schon Jannes altbekannte Fahrradbremse von der Straße her und so machten sie sich gleich auf den Weg.

Die Drei nahmen wieder den Sandweg, direkt an der Abbruchkante. Schnell hatte Greta alle mit ihrer guten Laune und ihrem Übermut angesteckt. Gerade war sie dabei, einige akrobatische Übungen auf ihrem Fahrrad zu präsentieren und hatte während der Fahrt ein gestrecktes Bein über den Lenker gelegt. Mit einem lauten, langgezogenen »Yeeeh« ließ sie sich so eine Zeit lang rollen und forderte dann ausgelassen die anderen zum Nachmachen auf. Malu hatte überhaupt kein Problem mit der Übung und auch Janne schaffte es beim dritten Anlauf. Aber bei ihm sah das lange nicht so elegant aus und er wackelte dabei ziemlich verkrampft auf seinem Rad hin und her.

»Janne, lächeln nicht vergessen!«, rief Greta ihm von vorne übermütig zu. »So, meine Lieben, das war erst das Aufwärmprogramm, jetzt geht's richtig zur Sache. Mal sehn, was ihr wirklich drauf habt!«

Sie ließ sich wieder rollen, kam aus dem Sattel, stellte einen Fuß auf den hinteren Gepäckträger, verlagerte ihr Gewicht und streckte ihr anderes Bein, wieder mit lautem »Yeeeh« seitlich vom Fahrrad weg in die Luft. Malu brauchte ein paar Versuche, aber dann hatte sie es ebenfalls geschafft.

»Mensch, ihr könntet euch direkt bei „Wir suchen den Superstar" bewerben! Aber ich bin raus aus der Nummer. Ich bin doch nicht lebensmüde!«, rief Janne von hinten.

»Er gibt auf, der Looser! Wir Mädchen sind doch die wahren Helden oder besser, die Heldinnen!«, und erneut rief Greta ihr lautes »Yeeeh!«

»Was ist das denn für eine merkwürdiger Flachbau?«, frage Malu, als sich alle einigermaßen beruhigt hatten und wieder nah beieinander fuhren.

»Das ist die Öömrang Skuul!«, antwortete Janne.

»Öömrang … was?«, fragte Malu irritiert.

»Na, unsere Inselschule!«

»Das ist eure Schule!? Ist ja niedlich! Ihr solltet mal meinen großen Kasten sehen. Wieviel Schüler seid ihr denn hier?«

»Na, so um die 200, schätz ich … mit Grundschule natürlich!«

»Mehr nicht! Wir sind über 2000! Das ist ja cool!«

»Ja, irgendwie schon. Wenn's gut läuft, dann ist alles klar. Aber Stress darfst du da nicht haben. Man kann sich dort und auf der Insel einfach nicht aus dem Weg gehn … es wird natürlich viel gequatscht und abgelästert. Das geht morgens im Schulbus schon los. Viele haben auch noch ihren Bruder oder ihre Schwester in einer anderen Klasse … und jeder weiß alles … da bleibt kaum mal was geheim! Aber die allermeisten fühlen sich da ganz wohl … ich eigentlich auch. Aber meine Tage sind ja schon gezählt. Noch ein Jahr und das wars!«

»Wie? Du bist doch noch nicht fertig? Oder?« Malu war total erstaunt.

»Nein, nein. Ich will ja Abi machen. Aber bei uns hört das mit dem Realschulabschluss auf, oder, wie man heute sagen muss, mit dem „Mittleren Schulabschluss" und zeichnete parallel mit seinen Fingern zwei Gänsefüßchen in die Luft.

»Und dann?«, wollte Malu wissen.

»Na, dann geht's vielleicht nach Föhr oder Husum … vielleicht auch nach Apenrade. Ich hab mich noch nicht entschieden. Mal sehn, wie gut mein Schnitt wird.«

»Apenrade?«, wiederholte Malu fragend.

»Ja, das ist in Dänemark. Internat und so … Die Schule kriegt Zuschüsse aus Deutschland und ist deshalb auch nicht so teuer. Das hängt mit unserer Geschichte zusammen: Deutsch-Dänische Minderheit hier im Grenzgebiet. Aber so genau weiß ich das auch nicht. Nur, dass die Schule cool sein soll … da sind einige von uns.«

»Ich hatte heute schon mal mit Dänemark zu tun«, sagte Malu. Und als Janne jetzt seinerseits neugierig guckte, ergänzte sie: »Ach, nicht so wichtig jetzt. Und sag, wie sind eure Lehrer so drauf? Können ja nicht so viele sein. Oder?«

»Na, die Anzahl ist ziemlich überschaubar und auf Amrum spricht sich alles schnell rum. Die kriegen natürlich viel zu viel mit … aber das läuft schon! Ah, wie der Zufall es will! Da sitzt schon einer von ihnen! Siehst du, den da! Da, auf dem Feld, mit dem blau-weißen Ringelshirt, der, der da vor seiner Staffelei sitzt. Das ist unser Kunstlehrer, aber Lehrer laufen einem hier überall über den Weg. Wahrscheinlich pinselt er den Eesenhugh ab.«

»Eesenhugh???«, wiederholte Malu.

»Ja, der Hügel da hinten! Zwischen den Bäumen. Der bekannteste Wikingerhügel hier auf der Insel! Von da hat man einen tollen Blick über Steenodde, aufs Watt und nach Föhr rüber.«

»Darf denn da jeder rauf?«, wollte Malu sofort wissen.

»Klar, da kann jeder rauf … könn wir ja mal machen!«

Janne steckte zwei Finger in den Mund und ein lauter, hoher Pfeifton kam heraus. Der Ringelshirt-Mann auf dem Feld guckte sofort neugierig in ihre Richtung und Greta und Janne winktem ihm zu. Es dauerte, bis drüben der Groschen fiel und er seine Schüler erkannte. Aber dann passierte es wohl doch, denn er grüßte freudig zurück.

Durch die Gespräche war die Zeit so schnell vergangen, dass sie schon einen Teil der Mole sehen konnte.

»Weiß jemand, welchen Wasserstand wir haben?«, fragte Malu wie beiläufig.

Janne hatte natürlich sofort den Braten gerochen und grinste sie an: »Hör ich da schon ein bisschen Panik heraus? Hochwasser ist zwar durch, es läuft wieder ab. Aber ich glaub, es sieht noch ganz gut für dich aus. Du darfst bloß nicht mehr so lange warten!«

(Erläuterungen zu den Gezeiten – siehe Anhang)

Nun kam schon die „Minimaus" in Sicht, eine Art kleines, hölzernes, sechseckiges „Gartenhäuschen" auf einer flachen, bewachsenen Düne direkt vor dem kleinen Strand von Steenodde. Dort, auf der kleinen Holzveranda, kramte ein Mann herum und klemmte sich soeben eine ganze Anzahl von Schwimmwesten unter den Arm.

Wieder steckte Janne die Finger in den Mund und nach dem lauten Pfiff winkte er ausgelassen in dessen Richtung. Der Mann guckte nur kurz rüber und hatte Janne wohl auch gleich erkannt. Jedenfalls grüßte er ebenso freudig zurück.

»Du kennst aber auch überall Leute!«, kommentierte Malu anerkennend.

»Na, wer den nicht kennt! Der macht hier viel für uns Jugendliche auf der Insel. Wahrscheinlich trainiert er die Optis, aber, die werden da heute nur rumdümpeln … es ist einfach zu wenig Wind «, schob er noch nach, weil Malu ihn bei „rumdümpeln" fragend angesehen hatte. Auch mit dem Wort „Optis" konnte sie nicht so recht etwas anfangen. Aber danach zu fragen verkniff sie sich. Sie wollte nicht zu blöd dastehen und hoffte auf eine Antwort, wenn sie gleich freie Sicht auf den Strand bekam. Und so war es auch! Ach, er meint den Bootstyp! Optimisten, so hießen doch diese kleinen, weißen und eckigen Boote, die sie auch schon häufig auf der Alster in Hamburg gesehen hatte und in denen die Kinder das Segeln lernten. Davon gab es hier auf dem Wasser heute eine ganze Menge und die dümpelten dort wirklich nur herum.

»Weißt du jetzt, was ich meine?«, fragte Janne.

»Ja, natürlich! Alles klar.«

»Heute macht das keinen Spaß! Aber wenn du Lust hast und wir mehr Wind haben, könnten wir mal zusammen segeln gehen. Dann macht das richtig Laune. Siehst du dahinten, das ist mein Boot, die blaue Jolle dort!«

Ach, Jolle wird dieser offene und etwas größere Bootstyp genannt, machte sie sich klar und sagte dann ganz fachmännisch: »Eine Jolle muss es schon sein, wenn man zu zweit segeln will. Darauf hätte ich große Lust! Sag Bescheid und ich bin sofort dabei!«

Am Ende der Mole war das übliche Gewusel der Amrumer Jugendlichen in vollem Gang. Gesehen hatte sie fast alle schon einmal, von vielen kannte sie die Namen und von einigen, Greta sei Dank, hatte sie Insiderkenntnisse und auch schon Handy-Nummern getauscht.

Alle drei wurden freudig begrüßt und dass sie als Hamburgerin erst seit ein paar Tagen auf der Insel war, spielte dabei gar keine Rolle. Freunde auf dem Festland und verstreut in ganz Deutschland zu haben war überhaupt nichts Ungewöhnliches, sondern eher ganz normal.

Viele Urlauber kommen schon seit Jahrzehnten immer wieder auf die Insel. Viele haben bereits mit Ihren Großeltern auf Amrum ihre

Sommerferien verbracht, sind jetzt selbst erwachsen und haben bereits eigene Kinder. Oft mieten sie ihre Unterkünfte auf Jahre im Voraus, immer die selbe Wohnung und viele Amrumer sind mit Gästekindern groß geworden, kennen sich aus ihrer Kinderzeit und daraus haben sich oft lebenslange Freundschaften entwickelt. Auch bei den Kindern der Kinder ist das nicht anders – oft werden bestimmte Jugendliche schon sehnsüchtig erwartet und schnell stellen sich dann in der Regel die freundschaftlichen Gefühle aus dem Vorjahr wieder ein.

Malu musste nicht mal hinsehn, um zu wissen, was das plötzliche, panische Gekreische am Molenende ausgelöst hatte. Claas verbreitete gerade wieder mit einem vollen Wassereimer in der Hand mächtig Alarm. Jetzt hatte er die Drei entdeckt, ließ seine weibliche Beute entkommen und kam sofort grinsend auf die Neuankömmlinge zu.

»Hey, schön, dass ihr endlich hier seid! Ich hab schon auf euch gewartet! Janne, ich brauch dich … es wartet viel Arbeit auf uns!«

»Ich warne dich Claas!«, sagte Greta scharf. Wahrscheinlich hatte sie das Blitzen in seinen Augen gesehen und was das bedeutete, wusste sie sehr genau. »Nicht, wenn wir noch Klamotten anhaben! Das ist ein Gesetz! Du hast es versprochen! Oder hast du das schon wieder vergessen?«

»Nein, ist ja gut! Ich lass euch noch einen Augenblick in Ruhe. Ihr wisst ja, ihr könnt mir nicht entkommen!«

Jetzt grinste er Malu an: »Na, wie ist die Stimmung? Du weißt ja wohl, was heute anliegt! Oder?«

»Na klar weiß ich das! Die Stimmung ist sehr gut! Ich bin bereit!«, bluffte sie selbstsicher und ohne mit der Wimper zu zucken.

»Na gut, dann ist ja alles klar! Aber ich warte erst mal ab. Sag Bescheid, wenn es passiert, das möchte ich nicht verpassen!«

»Lass uns erst mal ankommen. Dann wirst du dich noch wundern!«, mischte sich Greta ein.

Claas hatte sein Opfer von vorhin die ganze Zeit nicht aus den Augen gelassen und wohl gesehen, dass sie sich gerade wieder auf ihr Handtuch gelegt hatte. »Mach dich bereit Janne! Die Party geht weiter«, sagte er noch und nahm erneut seine leicht gebückte Anschleichhaltung ein.

Die Mädchen suchten sich einen freien Platz und breiteten ihre Handtücher aus. Malu war heute besser vorbereitet und brauchte nur ihr Spaghettiträger-Top und die Shorts auszuziehen, hatte ihren Bikini schon drunter und setzte sich erst mal.

Greta war noch zu Anni, eine ihrer Freundinnen, rüber gegangen, aber, als sie zurückkam, sah sie sofort, was mit Malu los war: Unruhige Hände und angstvolle Blicke Richtung Molenende.

»Na, Sweety, wie geht's dir, woran denkst du?«

»Du, ich hab mächtig Schiss. Ich glaub, ich schaff das heute noch nicht! Vielleicht das nächste Mal … es tut mir leid.«

»Hör zu, Malu! Heute oder nie. Du kannst das nicht nochmal verschieben. Was die anderen über dich denken, ist dabei gar nicht so wichtig. Janne und ich, wir bleiben so oder so deine Freunde. Daran wird auch dieser blöde Sprung nichts ändern. Aber viel wichtiger ist, wie du dich damit fühlst. Ich glaub, du musst dir das selbst beweisen, das ist viel entscheidender. Das ist diese blöde Psychoblockade in deinem Kopf. Du liebst doch das Schwimmen! Und jetzt ist auch das Wasser noch recht hoch und nicht so schlickig.«

»Ja, du hast ja Recht! Aber lass mir noch ein bisschen Zeit. Ich guck mir das gleich noch mal in Ruhe von oben an!«

»Das ist ein richtiger Scheißplan, wenn du mich fragst! Das hast du doch schon letztes Mal versucht. Mit jeder Minute läuft das Wasser weiter ab und der Abstand wird immer größer. Wenn du springen willst, darfst du jetzt nicht lange warten und durchs lange Nachdenken machst du dich nur noch verrückter! Und auch die anderen werden dich heute nur kurz in Ruhe lassen. Wenn sie dann anfangen abzulästern und deine Angst mitkriegen, laufen die zur Höchstform auf. Du kennst sie doch, die sind dann wie die Geier!«

»Ja, ich weiß! Du hast ja Recht!« stimmte Malu zu und fasste neuen Mut. »Dann lass uns jetzt noch mal zum Molenrand gehen, ich guck, wie groß der Abstand ist und wie das Wasser aussieht und dann geht's los!«

»Und dann geht's los … und dann geht's los«, regte sich Greta auf. »Dann passiert gar nichts! Du wiederholst nur deinen alten Fehler. Du wirst da oben stehen, dir wieder alles Mögliche vorstellen und kriegst immer mehr Panik. Glaub mir, das hilft dir gar nicht! Hör zu!«, und jetzt griff Greta nach Malus Hand und sah ihr ernst direkt in die Augen. »Willst du heute wirklich springen?«

»Ja, natürlich! Das weißt du doch! Aber … «

»Kein „Aber"«, fiel ihr Greta ins Wort. »Du vertraust mir jetzt einfach. Ich hab einen Plan. Wir kommen den Geiern zuvor, wir werden sie überrumpeln und wir machen eine richtige Show daraus! Na, was hältst du davon?«

»Was für ein Plan? Was schlägst du vor?« Malu war neugierig geworden. Sie liebte Gretas verrückte Ideen.

»Ich zähl gleich von 20 rückwärts. Bei 0 stehen wir auf, fassen uns an den Händen und ich halte eine kleine Rede und mach die Bande richtig heiß. Dann rennen wir einfach los, ohne weiter nachzudenken. Wir springen gemeinsam. Ich zieh dich einfach mit, du brauchst überhaupt nichts zu entscheiden. Du springst wie im Sportunterricht, wie beim Weitsprung. In der Luft lassen wir uns los, du ziehst die Beine nach oben und hälst dir mit der einen Hand die Nase zu. Das geht alles total schnell. Du landest mit dem Arsch zuerst im Wasser und die Sache ist gelaufen. Ganz einfach … und dann tauchen wir auf, schauen in die völlig erstaunten Gesichter der Geier und machen das Victory-Zeichen. Das Gefühl wirst du lieben, glaub mir!«

Jetzt sah Greta Malu wieder fragend direkt an und die schaute ebenso intensiv zurück. Es dauerte einen kleinen Moment und dann nickte sie.

Greta begann sofort zu zählen. »20 … 19 … 18 … 17«

Malu spürte, wie ihr Puls beschleunigte. Bei »… 10 … 9 … 8« bekam sie feuchte Hände und bei »…5 … 4 «, konnte sie ihren eigenen Herzschlag hören. Bei »3« spürte sie, dass Greta ihre Hand noch fester hielt »2 … 1 … 0 und Action«, sagte die und stand sofort energisch auf. Malu hatte gar keine Wahl, sie wurde einfach mit hochgezogen.

»Achtung! Achtung! Leute hört mal her!«, rief Greta in voller Lautstärke übers Molengelände. Alle drehten sich sofort um und guckten neugierig rüber.

»Ihr habt jetzt das große Glück, eine Uraufführung mitzuerleben! Die schöne Miss Malu und die schöne Miss Greta … meine Wenigkeit … werden euch heute den schon oft versuchten, aber niemals in Vollendung gezeigten, ultimativen Arschbomben-Sprung von der Mole präsentieren. Ausnahmsweise ist die Vorstellung heute gratis!«, rief sie, legte eine kleine Pause ein und guckte selbstbewusst in die Runde.

Alle Blicke waren spätestens jetzt auf die Zwei gerichtet und etliche drängten auch gleich näher heran. Claas war der erste, der in die Hände klatschte und laut »Yee !«, rief.

Malu sah, dass auch Janne begonnen hatte seine Hände zusammenzuschlagen und ihr lachend und Mut machend zunickte. »Du bist verrückt!«, flüsterte Malu.

Greta spürte genau, dass sie auf dem richtige Weg war. Der Griff ihrer Freundin in ihrer Hand hatte sich etwas entkrampft und deshalb kam sie jetzt erst richtig in Stimmung.

»Verehrtes Publikum!«, begann sie erneut. »Machen sie den Weg zur Molenkante frei! Bilden sie eine kleine Gasse! Das Spektakel wird gleich beginnen.«

Eigentlich gab es niemanden mehr, der noch auf seinem Handtuch lag oder saß. Alle waren aufgestanden. Selbst die, die gerade aus dem Wasser kamen, gingen nicht mehr zu ihrem Lagerplatz, um sich abzutrocknen und selbst Melf und Marwin, die sonst nichts von ihrer Leidenschaft abbringen konnte, hatten ihre geliebten Angeln aus der Hand gelegt und kamen interessiert näher. Es hatte sich wirklich so was wie eine Gasse gebildet und die Mädchen hatte nun die volle Aufmerksamkeit. Claas stand neben Janne und dessen Gesichtsausdruck war, wie bei den anderen, eine Mischung aus Überraschung, ungläubigem Staunen, grinsendem Geiertum und Anerkennung.

Gretas Pausen erhöhte die Spannung zusätzlich und erneut legte sie los: »Der gefährliche Stunt, den sie jetzt sehen werden, heißt … die fliegenden Ladies!«

Und jetzt waren etliche laute und langgezogene „Yeeeeee" Rufe zu hören und das Klatschen wurde rhythmischer und lauter. Greta heizte die Stimmung noch weiter an, indem sie ihren freien Arm im Rhythmus mit bewegte und sich zwischendurch die Hand auffordernd ans Ohr hielt, als könnte sie ihr Publikum nicht hören – spätestens jetzt hatte sie alle im Griff.

Greta warf Malu einen kurzen Blick zu und flüsterte:

»Bereit?«

»Bereit!«, war die Antwort.

Sofort setzte sich Greta ohne zu zögern kraftvoll in Bewegung und Malu hatte gar keine Wahl – sie musste einfach mit!

Jetzt ging alles ganz schnell. Die Mädchen hielten sich an den Händen und rannten durch die johlende, klatschende Gasse und die Molenkante kam in Lichtgeschwindigkeit näher.

Malus Herz raste, aber Gretas Griff war so stark, dass sie einfach mitgerissen wurde. Schon hatten sie die Kante erreicht … Sprung … Knie hoch … Finger an die Nase … Wasseroberfläche … großer Platsch und Wasser überall ... alles passierte rasend schnell! Als Malu auftauchte, hörte sie sofort, was oben los war. Lautes Geklatsche und Gejohle. Fast alle waren an die Molenkante herangetreten und lachten ihnen zu. Greta war gerade ebenfalls dicht neben ihr an die Oberfläche gekommen und grinste sofort von einem Ohr zum anderen.

Malu war so glücklich. »Na, dann los!«, war Gretas Aufforderung und beide streckte lachend das V-Zeichen in die Höhe. Die Mächen klatschten sich ab und Greta meinte:

»Na, alles klar, Sweety?«

»Jetzt ist alles klar … vielen Dank!«, sagte Malu glücklich.

Mit nur wenigen Schwimmzügen hatten sie die kleine seitliche Eisenleiter erreicht und stiegen lachend nach oben. Hier wurde noch immer geklatscht und jemand begann „Zugabe" zu rufen und andere stimmten mit ein. Die Zugaberufe wurden immer lauter und auch wieder rhythmischer und Malu guckte fragend Greta an:

»Und was nun?«

»Na, was wohl? Das machen wir gleich noch mal!«

»Meinst du wirklich?« Ihr waren erneut Bedenken gekommen.

»Klar, so eine Bühne kriegen wir nie wieder. Das müssen wir jetzt genießen. In einer halben Stunde kümmert sich keine Sau mehr darum, wenn du springst!«

Greta nahm sofort wieder Malus Hand und beide rannten etwa zehn Meter zurück. Greta streckte ihre freie Hand zur Faust geballt in die Luft und sofort spurteten sie los. Aber diesmal nicht stumm wie eben, sondern beide schrien und wirbelten mit ihrem freien Arm in der Luft herum – alles andere lief wie eben ab!

Als die Mädchen wieder auftauchten, waren sie diesmal nicht allein im Wasser. Immer neue Köpfe tauchten neben ihnen auf, auch Claas und Janne schwammen lachend heran.

»Alle Achtung, Malu! Du hast es geschafft!«, sagte Claas anerkennend und setzte dann noch, allerdings wesentlich cooler, hinzu: »Ich hab das von dir eigentlich auch nicht anders erwartet!« Danach sah er Greta an und meinte: »Gute Show! Ganz großes Kino! Das muss man sich erst mal trauen, Respekt! … Ich bin sehr zufrieden mit euch«, und dann grinste er verschmitzt.

Kurz danach schwamm Janne dichter ran. »Na, wie geht's dir jetzt?«

Malu strahlte ihn an: »Natürlich großartig, phantastisch, grandios, überwältigend und ich weiß nicht, was noch alles!«

»Das habt ihr wirklich super gemacht«, dabei hielt er beide Daumen in die Luft.

Malu sprang an diesem Nachmittag noch etliche Male, obwohl der Abstand zum Wasser beständig zunahm – der Knoten war geplatzt. Die Kopfblockade hatte sich wie von Zauberhand aufgelöst, und nun machte es ihr bei jedem weiteren Sprung immer mehr Spaß. Allerdings sollte Greta Recht behalten – das interessierte bald keinen mehr.

Als Claas, in einem seiner ruhigeren Momente, mal wieder kurz in Malus Nähe auftauchte, sprach sie ihn wegen einer ganz anderen Sache an:

»Du, sag mal! Ich wollte dich noch was fragen.«

»Ja, schieß los! Worum geht es?«

»Ich hab mir doch gestern mit Janne die Schatzkiste im Museum angesehen.«

»Ja, ich weiß! Hat er mir erzählt!«

»Auf dem Deckel gibt es ein Wirrwarr an Großbuchstaben. Die sind in einem Kreis angeordnet. Einige tauchen mehrere Male auf, andere gar nicht. Die Reihenfolge erscheint völlig willkürlich. Es gibt keinen Anfang und kein Ende. Ich bin aber überzeugt, dass dahinter ein System steckt und man aus den Buchstaben sinnvolle Worte und vielleicht sogar einen richtigen Satz bilden kann. Eine versteckte Botschaft, verstehst du? Eine Art Verschlüsselung! Du bist doch ziemlich gut in Mathe und kennst dich auch sehr gut mit dem Computer aus. Könntest du nicht mal versuchen, das Rätsel zu knacken?«

»Das hört sich doch richtig spannend an. Hast du die Buchstaben denn?«

»Ja, die haben wir genau abgeschrieben!«

»Na, dann ist doch alles easy! Du schreibst sie mir noch mal ab und dann gibst du sie Janne mit oder du bringst sie mir vorbei. Irgendwie … und dann seh ich mir das mal an oder jag sie durchs Internet!«

»Vielen Dank!«

»Kein Problem!«, sagte er noch und sah sich schon wieder nach neuen Abenteuern um.

Wie spät es schon war, wusste Malu nicht. Aber es könnte schon 18 Uhr durch sein. Die Sonne stand bereits ziemlich tief. Überall wurde zusammengepackt, wahrscheinlich musste auch sie dringend los. Eben hatte sie noch eine ganze Zeit mit Janne die Rätsel an der Schatzkiste erörtert und ihm auch erzählt, dass Claas versuchen wollte, den Code zu knacken. Nun war er neugierig zu Marwin rübergegangen, der aufgeregt an seiner Angelrolle drehte.

Greta saß nicht weit entfernt an der Molenkante neben Melf und ließ ihre Beine in die Tiefe baumeln. Zwischen den beiden knisterte es ein wenig und eigentlich wollte Malu deshalb ungern stören. Aber, ohne sich von ihren Freunden zu verabschieden und einfach loszufahren, ging überhaupt nicht. Ihr Bikini war schon fast wieder trocken und deshalb zog sie ihre Shorts und ihr Hemd einfach drüber. Die Sonnencreme, die Wasserflasche, die angebrochene Kekstüte und ihre Sonnenbrille verstaute sie im Rucksack und stopfte dann einfach ihr

Badelaken und ihr zweites Handtuch oben drauf.

Als sie abfahrbereit mit Rucksack auf dem Rücken zu den Freunden rüber ging, tauchte ein zappelndes, längliches und graues Etwas an der Wasseroberfläche auf.

»Mensch!«,rief Marwin völlig begeistert:« Ein Aal! … und was für 'n Oschi!«

Auch Melf und Greta waren aufgesprungen und kamen neugierig mit großen Augen näher.

Marwin drehte schnell weiter Sehne auf und schon Sekunden später hing das zappelnde Tier vor ihm in der Luft und verdrehte sich panisch um die Angelschnur. Er schwang die Rute herum, ließ den Aal geschickt in seinen Fischeimer plumpsen, griff beherzt hinein und trennte das Tier vom Haken. Danach hielt er jedem den Eimer vor die Nase und präsentierte seinen Fang mit einem Siegerlächeln.

Melf klopfte seinem Kumpel anerkennend auf die Schulter und auch Janne war begeistert. Allerdings, was die Mädchen anging, hielt sich das sehr in Grenzen. Nachdem beide kurz ebenfalls den sich windenden Aal im Eimer beobachtet hatten, meinte Greta mitfühlend:

»Irgendwie tut er mir leid.«

Malu nickte ihr zu, von den anderen gab es allerdings für den Satz nur unverständliche Blicke.

»Du, Greta, ich muss dringend los! Ich sollte heute pünktlich zu Haus sein.«

»Och, schade … ich bleib noch ein bisschen.« Danach zwinkerte sie Malu kurz zu und meinte dann: »Vielleicht sehn wir uns morgen, oder?«

»Meine Mum will morgen Vormittag nach Wittdün und mit mir Einkäufe machen. Wenn du Lust hast … ?«

»Klar, warum nicht. Lass uns telefonieren!«

Danach drückten sich die Zwei noch einmal und Malu flüstert ihr dabei schnell ein: »Danke, für den Sprung« ins Ohr. Als sie sich anschließend von den Jungs verabschiedete, meinte Janne:

»Für mich reicht's heute auch. Ich komm mit! Warte, ich pack nur schnell meine Sachen zusammen.«

Wieder im Friesenhaus

Wo haben die verdammten Brüder nur meinen Hauptgewinn versteckt?

Er hatte auch unter der letzten Schwelle keinen Erfolg gehabt und den Spaten enttäuscht in die Ecke gefeuert, war dann noch einmal durch alle Zimmer gegangen und hatte sich wieder genau jedes Bodenbrett angesehen. Aber alle gingen in voller Länge von einer Wand zur anderen und nirgends war ein kürzeres Stück eingesetzt. Auch auf dem Dachboden war die erneute Suche ohne jedes Ergebnis geblieben.

Dabei war er vorhin mit so viel Zuversicht und neuem Elan an die Arbeit gegangen. Und jetzt wieder dieser Misserfolg! Auch die Kopfschmerzen waren wieder da! Er war bis zum Nachmittag im Bett geblieben, hatte sich richtig ausgeschlafen und war nur heute Morgen kurz aufgestanden, um das Pappschild „Bitte nicht stören!" außen über den Türdrücker zu hängen.

Was bleiben mir für weitere Möglichkeiten? Entweder mir fällt etwas ein, oder ich erteil dem Makler den endgültigen Auftrag für den Verkauf und fahre zurück nach Düsseldorf! Er griff nach dem Mineralwasser und trank direkt aus der Flasche. Wenigstens das hatte er auf die Reihe gekriegt und sich vorhin zwei Flaschen gekauft.

Aber jetzt die Sache mit dem Schatz einfach hinschmeißen? So schnell gibt ein Manfred Grafenberg nicht auf. „I'm born to win", einer seiner Lieblingssongs, war ihm in den Sinn gekommen und er sang die Textzeile jetzt ein paar Mal leise vor sich hin. So schnell wird mich diese blöde Insel nicht los, dachte er und versuchte so, die mutlosen Gedanken aus seinem Kopf zu vertreiben. Warum haben sie die Kiste da auf dem Boden, hinter all dem Gerümpel, so lange versteckt? überlegte er. Wenn sie den Schatz wirklich gefunden haben und sie das verheimlichen wollten, macht es doch gar keinen Sinn, den alten Kasten noch aufzuheben. Im Gegenteil, die Kiste war gefährlich! Falls die jemand bei ihnen entdeckt hätte, wär die ganze Sache womöglich aufgeflogen. Sie war ein Beweisstück! Also hätte sie doch jeder vernünftige Schatzsucher sofort verschwinden lassen … und dass sie die so schön fanden und sich deshalb nicht entschließen konnten, sie einfach hier im Herd zu verbrennen, kann man doch wohl auch kaum glauben! … Vielleicht haben sie den Schatz noch gar nicht gefunden! Möglicherweise gibt es einen Hinweis an der Kiste … sie könnte der Schlüssel sein! Dieser verrückte Alte, gestern, hat sich doch so auffällig nach dem Kasten erkundigt und ich Idiot hab ihm auch noch so genau erzählt, wo der auf dem Boden gestanden hat.

Meine Grabungen unter den Schwellen waren dem Kerl völlig egal! Er wollte was über die Kiste rauskriegen! Aha, daher weht der Wind! Ich muss an die Schatzkiste ran …

Sofort spürte er den alten Ärger in sich, aber das war jetzt Zeitverschwendung und deshalb versuchte er, sich weiter auf das Wesentliche zu konzentrieren. Ich muss viel dichter ran, gestern konnte ich ja kaum etwas Genaues erkennen! Und nun erinnerte er sich an den nervigen Museumswächter, an dessen verräterische Kopfbewegung … der Untersuchungsbericht!

Je länger er darüber nachdachte, um so entschlossener wurde er.

6. Urlaubstag

Shoppen in Wittdün

Als sie in Wittdün-Mitte kurz nach 11 Uhr aus dem Bus stiegen, waren alle drei bester Laune.

»Seht ihr! Das ging doch völlig unkompliziert. Ich werd nie verstehn, warum die Touris ihre Autos nicht auf dem Festland lassen. Erstens bezahlen sie ein Heidengeld für die Überfahrt, zweitens verpesten sie hier die saubere Nordseeluft, drittens nehmen sie sich die tolle Möglichkeit, nette Menschen kennenzulernen und viertens ...«

»So, Mum, was machen wir zuerst?«, unterbrach Malu ihre Mutter, guckte sie fragend an und hakte sich bei ihr unter. Sie wollte vermeiden, dass sich Kristina noch mehr in eines ihrer Lieblingsthemen verbiss.

»Los, Greta, du kommst auf meine andere Seite. Eingerahmt von euch beiden Hübschen, strahl ich noch mehr!«, sagte Kristina, lachte ausgelassen und schon hatte sie ihr Autothema vergessen.

Die drei gaben wirklich ein schönes Bild ab. Malu und ihre Mutter hatten heute morgen wieder ihre neuen Sommerkleider angezogen, Mum noch mit ihrer schönen Muschelkette um den Hals und Malu mit ihren Feder-Indianer-Ohrringen. Greta trug natürlich ihre Lieblings-Sommershorts, dazu ihr bunt-gepunktetes Träger-Shirt – aber nichts um den Hals und nichts an den Ohren. Sie machte sich nichts aus Schmuck.

»Heute lassen wir es richtig krachen. Wenn wir schon mal zusammen in der City sind, gönnen wir uns was«, fuhr Kristina ausgelassen fort. »Jeder darf sich etwas Kleines aussuchen! Ich bezahle!«

Nach dieser Nachricht wurde die Stimmung noch euphorischer. Kristina genoss die Nähe der beiden Mädchen an ihrer Seite sichtlich und gerade kam ihnen eine ältere Dame entgegen, nickte freundlich und wich dann auf die Fahrbahn aus.

»Habt ihr den Blick gesehen? Die hält euch beide bestimmt für meine Töchter«, sagte Kristina stolz und zog noch selbstbewusster die Schultern zurück.

Wittdün

Dieser Ort hat nicht den idyllischen Charme der anderen Inseldörfer. Hier gibt es keine putzigen, reetgedeckten Friesenhäuser aus der alten Zeit. Die Siedlung entstand erst viel später mit dem Aufkommen des Nordseetourismus um 1890 und die ersten Häuser waren Hotels und Gästeherbergen. Bis dahin gab es hier nur Sand, Strandhafer und Möwennester. Keine der alten Amrumer Familien hat hier ihre Wurzeln und in Wittdüner Häusern wird nur selten friesisch gesprochen. Aber der Ort hat eine ganz eigene Bedeutung für die Insel. Hier legen die Fähren an und hier pulsiert das geschäftliche Leben.

Die Haupstraße ist in der Hauptsaison zu manchen Tageszeiten regelrecht verstopft und man muss aufpassen, nicht unter die Räder zu kommen. Ein Geschäft reiht sich ans andere und wenn ein Amrumer sagt: „Ich muss heute in die City" heißt das, er will nach Wittdün.

Ihren ersten Shopping-Stop legten sie im Buchladen ein. Bevor Malu sich umsah, erkundigte sie sich nach dem Angebot an Büchern zum Thema „Verschlüsselungstechniken". Aber die Verkäuferin schüttelte den Kopf und meinte: »Nein, so etwas führen wir leider nicht. Aber ich kann gerne mal nachsehen. Darüber wird es sicher etwas geben. Wir könnten es bestellen?«

Aber Malu winkte ab, ging zu Greta hinüber und beide durchstöberten dann das umfangreiche Angebot an Fantasyromanen. Kristina hielt sich eher an die Vorschläge der Bestsellerliste. Immer wieder griff sie nach bestimmten Büchern, las sich kurz ein und schob sie dann zurück aufs Regal. Als die Drei aus dem Geschäft kamen, hatte dann doch jede eine kleine Tüte in der Hand.

Jetzt folgten einige Klamottenläden. Der erste hatte sich auf Kleidung mit maritimen Style spezialisiert und im vorderen Teil war alles irgendwie geringelt.

Greta hatte sich in ein rotweiß-gestreiftes Top verguckt, hielt es sich vor, legte es wieder weg, um es sich wenig später wieder vorzuhalten. Kristina ermunterte sie schließlich, es doch mal anzuprobieren und als sie sich dann damit vor dem großen Spiegel hin- und herbewegte, nickte Malu ihr zu und Kristina meinte:

»Es passt super zu deinen blonden Haaren und zu deiner braunen Haut ... und zur Insel natürlich!« Aber Greta guckte weiter unsicher und legte es zurück.

Das nächste Geschäft führte eine große Auswahl an Sommerhüten und Tüchern. Alle drei probierten im Wechsel immer neue Hüte auf, stolzierten an den anderen vorbei oder betrachteten sich im Spiegel. Die Stimmung wurde immer ausgelassener. Vor allem die Mädchen schlüpften mit den wechselnden Kopfbedeckungen in immer neue Rollen. Mal gaben sie sich burschikos, dann wieder damen- oder divenhaft und spätestens dann, als noch der laszive Blick und die vorgeschobenen Lippen dazu kamen, musste auch Kristina lachen.

Nun hatte Malu die große Auswahl an Tüchern entdeckt, schlang sich nach einander immer wieder neue um den Hals und ging damit prüfend vor den Spiegel. Greta fungierte als Beraterin: »Nein, das sieht blöd aus! ... Das hat die falsche Farbe! ... Das ist zu lang! ... Plötzlich rief sie: »Das ist es! ... Die Farbe passt total gut!«, ließ den dünnen Stoff durch ihre Finger gleiten und sah noch kurz auf den kleinen Aufnäher. »Baumwolle und Seide, halb und halb. Das ist perfekt! Das musst du nehmen!«

Malu fand das leicht rosa eingefärbte, hell-geblümte Tuch auch nicht schlecht, es passte wirklich sehr gut zu ihrem Kleid, aber sie wollte mit ihrer Kaufentscheidung auch noch warten.

Beide sahen sich nach Kristina um, aber die konnte noch immer nicht von den Hüten lassen. Immer wieder setzte sie ein ganz bestimmtes strohgebundenes Modell mit mittelbreiter Krempe und umlaufender roter Schärpe auf und besah sich dann damit lange im Spiegel. Malu sah, dass ihre Mutter Unterstützung brauchte.

»Damit siehst du toll aus! Mum ... ein echter Hingucker und zum

Lesen in der Sonne ist der bestimmt total praktisch ... trau dich! Damit wird dich der Schönling bestimmt nicht übersehen!«

»Schönling ... ?«, wiederholte Kristina irritiert und sah ihre Tochter an.

»Na, du weißt schon! Der von der Fähre und dem Friesenhaus in Norddorf!«, erklärte Malu grinsend.

Kristina sah überrascht und auch ein bisschen verärgert aus, als hätte jemand eines ihrer Geheimnisse ausgeplaudert, aber dann grinste sie zurück und meinte: »Du musst zugeben, er sieht wirklich gut aus!«, und wechselte das Thema: »Der Hut gefällt mir. Aber, wenn ihr euch noch nicht entschließen könnt, dann tu ich das auch nicht. Wir ziehen erst mal weiter!«

Als die Drei nach etwa zwei Stunden über die Hauptstraße gingen, um das Café neben dem Bioladen anzusteuern, hatte nur Greta eine weitere Tüte in der Hand. Darin steckte ein gestreiftes, neues Top. Das Erscheinungsbild der anderen Zwei hatte sich allerdings noch deutlicher verändert. Malu hatte ein geblümtes Tuch um den Hals und ihre Mutter einen Sommerhut auf dem Kopf.

»Wir brauchen einen Platz mit Blick und Sonne!«, sagte Kristina und sah sich schon nach dem richtigen Tisch um. Malu wusste natürlich, was die Worte „mit Blick" bei ihrer Mutter bedeuteten. Mit Blick hieß in diesem Fall: Freie Sicht auf die Bühne! Und die Bühne war hier ganz eindeutig der gut frequentierte Fußweg der Wittdüner Hauptstraße. Kristina liebte es, gesehen zu werden, aber genauso gerne guckte sie sich auch andere Leute an.

Es gab nur noch wenige freie Tische und nur einen, der Kristinas Kriterien genügte und auf den steuerte sie jetzt zu.

Die drei studierten sofort die Eiskarte, und alle entschieden sich für den großen Früchtebecher mit Sahne. Aber es zog sich. Der junge Kellner hatte alle Hände voll zu tun. Er war schon das zweite Mal mit einem vollen Tablett vorbeigerannt und hatte sie nicht beachtet.

Auch andere Gäste warteten ungeduldig darauf, ihre Bestellung aufzugeben oder zu bezahlen. Am Nebentisch saß ein älteres Ehepaar, und beide machten einen reichlich genervten Eindruck. Jedes

Mal, wenn der junge Mann vorbeieilte, funkelten sie ihn wütend an, schnippsten mit den Fingern oder riefen ihm ein „Hallo" nach. Als der Kellner erneut mit leeren Kaffeebechern und Gläsern zurück kam und ihm vom Nachbartisch wieder ungeduldig zugeschnippt wurde, stoppte er kurz und meinte:

»Bitte haben Sie noch etwas Geduld. Ich komm gleich zu Ihnen. Sie sehen ja, was hier los ist! Wir sind vollkommen unterbesetzt. Genießen Sie einfach das schöne Wetter!«, und rannte weiter.

»Das ist ja unverschämt!«, rief ihm der Mann aufgebracht hinterher. »So eine Frechheit! Schließlich bringen wir das Geld auf die Insel!«

Malu sah, dass ihre Mutter den eskalierenden Streit am Nachbartisch genau verfolgte und auch, dass sich ihre kleine, senkrechte Zornesfalte immer deutlicher abzeichnete. Als der Mann jetzt auch noch recht laut: »So was muss man sich doch nicht bieten lassen! Ich werd mich bei der Kurverwaltung beschweren! Hohe Preise, aber saumäßiger Service!«, hinterher schob und dabei Kristina so ansah, als wäre sie seine Verbündete, platzte ihr der Kragen!

»Nun hören Sie mal zu! Der arme Kerl gibt doch sein Bestes! Der rennt sich die Hacken ab! Sie sitzen hier nur rum und pöbeln ihn auch noch an! Sie sind doch im Urlaub! Oder? Wo ist denn Ihr Problem? Also, holen Sie tief Luft und beruhigen sich oder besser, Sie legen einfach das Geld auf den Tisch und geben ein anständiges Trinkgeld!«

Offensichtlich hatte der Mann mit einer ganz anderen Reaktion gerechnet. Jedenfalls saß er mit offenem Mund und rot werdendem Kopf da und sah nun Kristina giftig an.

Aber die dachte gar nicht daran, seinem scharfen Blick auszuweichen. Wie bei einem Raubtier blitzten ihre Augen weiter in seine Richtung. Jetzt guckte er Hilfe suchend seine Frau an, aber der fiel anscheinend auch nichts ein. Schließlich schob er einen Schein unter den leeren Kaffeebecher, beide standen demonstrativ empört auf und verließen zügig und ohne noch einmal rüberzusehen das Café.

Greta nickte Kristina beeindruckt zu und hielt kurz das V-Zeichen in die Luft und Malu sagte trocken: »Mein Großvater ist ein Alt-68er!«

Als Greta sie daraufhin fragend ansah, ergänzte sie noch: »Na, der Kampf gegen das Unrecht in der Welt.«

»Ach so!«, aber man sah, dass sie den Satz nicht verstanden hatte.

»Ihr kennt euch ja richtig gut aus. Alle Achtung!«, schmunzelte Kristina, auch ihre besondere Falte war schon wieder verschwunden.

Der Kellner flitzte weiter hin und her, aber ihre Bestellung hatten sie noch immer nicht aufgegeben.

»Na, meckern wollen wir ja nicht, aber ich werd jetzt mal unsere neuen Flirttechniken einsetzen. Kristina, du musst nämlich wissen, deine Tochter und ich sind darin neuerdings richtige Expertinnen!«, erklärte Greta grinsend.

Malu guckte sofort ungläubig ihre Freundin an. Sie traute Greta mittlerweile alles zu.

»Nein, dass machst du jetzt nicht wirklich! Oder?«

»Worauf du dich verlassen kannst! Ich möchte endlich mein Eis. Und ihr doch auch!«

»Dann leg mal los, Expertin! Ich bin gespannt«, ermunterte Kristina sie neugierig.

»Dann fang ich mal mit der erweiterten Pupille und der Spiegelung an!«, erklärte Greta und sah sich nach ihrer „Beute" um. Der kam gerade mit einem voll beladenem Tablett zurück. Er wischte sich im Näherkommen den Schweiß von der Stirn und strich sich die Hand an seiner schwarzen, überlangen Kellnerschürze ab. Greta starrte ihn mit aufgerissene Augen an, wischte sich übertrieben über die Stirn und warf sich dann auffällig eine Haarsträhne aus dem Gesicht. Aber er zeigte keine erkennbare Reaktion, lief einfach vorbei und verschwand wieder im Café. Kristina guckte amüsiert und skeptisch zugleich und Malu zwang sich, nicht zu lachen.

Schon nach kurzer Zeit kam er wieder mit neuen Getränken und vollen Eisbechern heraus. Am Ausgang hielt er kurz inne, hielt sich die freie Hand vor den Mund und hustete zweimal. Greta stierte ihn noch immer an, nahm ebenfalls die Hand vor den Mund und hüstelte übertrieben in seine Richtung. Als er sich danach erneut über die nasse Stirn wischte, tat sie es ebenfalls fast gleichzeitig und wie durch geheime Magie warf er ihr im Vorübereilen einen kurzen Blick zu. Greta zwinkerte geistesgegenwärtig zurück und verkündete dann: »So, jetzt kommt meine stärkste Waffe! Da kann kein Mann widerstehen!« Malu sagte sofort: »Oh, nein! Bitte nicht! Das ist zu peinlich!«

Kristina guckte zwischen den beiden Mädchen fasziniert hin und her. Greta genoß ihren Auftritt, musste kurz selbst lachen und verkündete dann mit einer dunklen, verruchten Bardamenstimme: »Ein hörbares Einsauggeräusch verstärkt die Wirkung noch.«

Kurz darauf näherte sich die Bedienung erneut. Greta wendete sich ihm wieder zu und neigte ihren Kopf ein wenig zur Seite. Nun klimperte sie mit halbgeschlossenen Augen ein paar Mal auffällig mit den Wimpern, und kurz bevor er neben ihr war, zog sie kräftig und hörbar die Luft durch die Nase ein. Der Kellner stutzte irritiert und in diesem Moment schob Greta die Lippen nach vorn und öffnete ein wenig den Mund.

Augenblicklich veränderte sich sein distanziertes, geschäftsmässiges Lächeln. Er blieb am Tisch stehen, sah sie an und schüttelte lachend den Kopf. »Was ist mit dir los? Kann ich dir helfen oder muss ich den Arzt holen?«

Malu konnte nicht mehr und prustete los und auch Kristina war kurz davor.

»Nein, danke! Wir möchten nur bestellen«, antwortete Greta grinsend.

»Ja, ich weiß! Ihr wartet schon lange. Ich bin gleich bei euch!«

Kristina guckte noch immer mit großen Augen. Aber dann musste sie auch lachen und so heftig, dass sogar ihr neuer Hut ins Rutschen kam. »Du bist aber auch eine verrückte Nudel!«, meinte sie schließlich. »Wahnsinn! Das ist kaum zu glauben, könntet ihr mich demnächst bitte in diese Flirtgeheimnisse einweihen?«

»Ja, natürlich! Das müssen Frauen einfach wissen!«, antwortete Greta mit einem breiten Siegergrinsen.

Als der junge Mann nach wenigen Minuten wieder herauskam, stoppte er sofort vor ihrem Tisch:

»Was kann ich für euch tun?«, dabei lächelte er besonders freundlich Greta an.

Nachdem sie ihre Bestellung, drei Früchtebecher mit gemischtem Eis und Sahne, zwei Cola und einen Latte Macchiato, aufgegeben hatten, zeigten sich die Mädchen gegenseitig ihre Bücher und Kristina hatte ihren Stuhl so zurechtgerückt, dass sie einerseits den Fußweg gut im Auge hatte, aber andererseits auch die Ausbeute an Sonnenstrahlen möglichst hoch war. Bei ihrem plötzlichen, freudigen und lauten »Hey! Was machst du denn hier!« schreckten die Mädchen förmlich zusammen.

»Das gibt es doch nicht! So ein Zufall!«, rief Kristina Richtung Fußweg. Malu reichte ein Blick und sofort richteten sich an ihren Armen alle Härchen auf.

Greta hatte Malus heftige Reaktion natürlich auch mitgekriegt und guckte nun ebenfalls neugierig Richtung Straße.

»Das ist der Hai!«, flüsterte Malu mit gesenktem Kopf.

»Ach! Wirklich? Nur mit der Ruhe. Ist doch alles gut. Dann seh ich den Knaben auch endlich mal. Sieht doch gar nicht so übel aus«, witzelte sie leise zurück.

Der Hai war stehen geblieben, hatte seine Sonnenbrille abgenommen und sah vollkommen überrascht Kristina an.

»Na, das ist ein Zufall! Ich hab nur den Hut gesehen und dich gar nicht gleich erkannt. Wie geht es dir?« Erst jetzt nahm er die beiden Mädchen wahr und verbesserst sich: »Wie geht es euch?«

»Wunderbar natürlich! Die Sonne scheint und wir sind auf Amrum. Wir waren erfolgreich shoppen und nun gönnen wir uns ein Eis! Hast du nicht Lust, dich dazu zu setzen?«

»Lust schon, aber ich denke, mir fehlt die Zeit. Ich muss noch ein paar dringende Einkäufe erledigen. Ich hatte mit solchen umfangreichen Bauarbeiten gar nicht gerechnet und die falsche Kleidung eingepackt. Ein paar Sachen fehlen mir noch. Ich wünsch euch noch was und zieh dann mal weiter!«

Malu tat zwar so, als würde sie interessiert in ihrem Buch blättern, aber eigentlich hatte sie ihn die ganze Zeit im Auge. Der Hai machte ein recht entspanntes Gesicht, hatte allerdings immer wieder nervös an seiner Einkaufstüte herumgefummelt. Er wird Mum auch dieses Mal abblitzen lassen, vermutete sie.

»Nein, das lass ich heute nicht gelten. Jede Besorgung lässt sich verschieben, wenn die Sonne so fantastisch scheint und man mit drei hübschen Frauen im Café sitzen kann! Und überhaupt, ich hab noch einen gut bei dir, wo du mich neulich nicht in dein Haus gelassen hast. Sonst muss ich mich bei der Kurverwaltung beschweren!«, sie lachte ihn offen und entwaffnend mit großen Augen an.

Malu sah, wie der Hai überlegte und schließlich sagte er: »Na, wenn es so ist, bleibt mir wohl keine andere Wahl … auf einen Kaffee komm ich zu euch!«

Kristina hatte es wider Erwarten geschafft, und ihren Triumpf sah man deutlich – sie strahlte.

»Erweiterte Pupille, Flirtregel 7«, flüsterte Greta und Malu grinste kurz und flüsterte zurück: »Halt jetzt bloß die Klappe. Wir müssen uns zurückhalten.«

Der Hai setzte sich neben Kristina und stellte dabei recht forsch seine große Einkaufstüte auf dem Boden ab. Ein dumpfes „Klong" war zu hören, dann kippte sie auch noch um und eine schwarze, größere Taschenlampe kullerte über die Gehwegplatten.

Hektisch griff er danach und während er sie zurück in die Tüte steckte, erklärte er: »Auf dem Dachboden gibt es kein Licht. Da kann man kaum etwas erkennen!«

Kurz darauf erschien der Kellner mit den Eisbechern und den Getränken und der Hai bestellte noch einen Cappuccino.

»Übrigens, ich hab mich noch gar nicht vorgestellt. Mein Name ist Manfred, Manfred Grafenberg! Und wie heißt ihr?«

»Ach ja, du hast Recht! Das ist meine Tochter Marie, das ist Greta und ich bin Kristina! Ja, schon merkwürdig, wir treffen uns so oft und kennen noch nicht einmal unsere Namen. Apropos, ich hab dich neulich einfach geduzt … hoffentlich war das in Ordnung für dich?«

»Natürlich! Kein Problem. Hier, auf der Insel, ist das ja ganz normal … und ihr wart erfolgreich Shoppen, hast du gesagt … ist dein Hut ein Ergebnis eurer Tour?«, fragte er interessiert.

»Ja, so ist es! Gefällt er dir?«, fragte Kristina zurück, drehte den

Kopf ein paar Mal damenhaft und keck hin und her und sah ihn dann fragend an.

»Große Augen, erweiterte Pupille«, flüsterte Greta erneut.

»Der steht dir wirklich gut! Er ist mir eben gleich aufgefallen«, antwortete er.

»Vielen Dank!«, freute sich Kristina und warf ihrer Tochter einen kurzen Blick zu.

»Und, Manfred, wie kommst du mit meinem Traumhaus voran?«

»Na ja, alles dauert doch länger, als ich dachte … sieht weiterhin noch recht chaotisch aus, überall Bauschutt und abgestützte Decken. Für eine Besichtigung ist es noch zu früh!«

Malu sah ihn nicht an, blätterte weiter in ihrem Buch, aber in Wahrheit spitzte sie ihre Ohren und hörte auf jedes Wort. Er ist clever, dachte sie.

Kurz darauf trat der junge Kellner erneut an ihren Tisch und brachte den bestellten Cappuccino. Dabei guckte er auffällig zu Greta rüber.

Kristina sah sich das wieder fasziniert an. Natürlich war ihr nicht entgangen, dass Greta den Augenkontakt ein wenig länger als normal hielt und dann, wie aus Versehen, als sie ihr Colaglas vom Tisch nahm, kurz seinen Arm berührte. Bevor er sich abwendete, lachte er sie noch einmal an und wischte sich wieder über die Stirn. Greta schaute genauso intensiv zurück und strich sich erneut eine Haarsträhne aus dem Gesicht.

»Na, den hast du wirklich beeindruckt!«, merkte Kristina an, als die Bedienung wieder außer Hörweite war. »Und welche Flirtregel war das nun?«

»Das war eine Kombination aus drei, sechs und sieben!«, beide Mädchen grinsten.

»Ich versteh überhaupt nichts … um welche Geheimnisse geht es?«, wollte der Hai wissen und guckte verunsichert.

»Das können wir dir nicht sagen!«, schmunzelte Kristina geheimnisvoll. »Das gehört zu unserem Herrschaftswissen. Es ist besser, wenn die Jungs und Männer darüber nicht zu viel rauskriegen … aber ich bekomm darin auch erst gerade eine Unterweisung«, antwortete sie mit einem herausfordernden Blick.

»Frauengeheimwissen also! Ich verstehe«, sagte der Hai, lächelte etwas gequält und nippte dann von seinem Cappuccino.

»Ach herrje, was hast du denn da gemacht?« Kristina hatte gerade seine zwei blutunterlaufenen Fingernägel entdeckt.

»Ja, da hab ich mich wirklich blöd angestellt. Aber diese Art von Arbeit bin ich einfach nicht gewohnt«, antwortete er und sah dabei ebenfalls auf seine Hand.

»Tut das nicht schrecklich weh?«, fragte Kristina mitfühlend.

»Nein, nein! Alles gut … ist schon ein paar Tage her.«

Jetzt plätscherte das Gespräch eine ganze Zeit zwischen Kristina und dem Hai hin und her. Es ging ums Wetter, um Massagen im Amrum Spa, und Kristina erzählte begeistert von der Kunst im Gemeindehaus und in der Nebeler Mühle. Malus Gemütszustand entspannte sich zusehends und sie tuschelte mit Greta über die Wirksamkeit der Flirtstrategien. Die Frage des Hais traf sie völlig unvorbereitet. Er hatte nämlich laut und direkt an sie gerichtet gefragt: »Und, Marie, womit beschäftigst du dich so im Urlaub auf Amrum?« Sein Blick hatte sich bei der Frage etwas verengt.

Malu blieb sofort die Spucke weg. »Na ja ... so dies und das …«, sagte sie, um Zeit zu gewinnen. »Viel chillen … und baden natürlich. Ich hab hier schon einige gute Freunde und irgendetwas ist immer los!« Dann versuchte sie möglichst gelassen eine neue Portion Eis aus ihrem Früchtebecher herauszuangeln. Dabei rutschte ihr wiederholt ein Stück Ananas vom Löffel.

Anscheinend wurde Kristina die Gesprächspause zu lang und wahrscheinlich missfielen ihr auch die langweiligen, zögerlichen Auskünfte ihrer Tochter – schließlich sollte ihre Eroberung in Stimmung bleiben und deshalb übernahm sie erneut:

»Meine Tochter hat eigentlich immer was vor und laufend neue Verabredungen … aber manchmal bekommt die Mutter auch einen Termin«, sagte sie schmunzelnd. »Und wenn sie mal gar nicht mehr weiß, was sie tun soll, dann untersucht sie Kriminalfälle ... das ist Maries Steckenpferd.«

Malu ahnte, wohin Kristinas Geschichte führen würde und ihre Hände wurden noch unruhiger. Ihre Mutter war drauf und dran, alles zu verraten. Man musste sie aufhalten, aber sie hatte auf die Schnelle überhaupt keine Idee, und in ihrer Verzweiflung nahm sie ihre linke Hand vom Tisch und kniff Greta in den Oberschenkel. Die erschrak kein bisschen, sie war vorbereitet.

Kristina hatte schon wieder losgelegt: »Um meine Tochter braucht man sich hier keine Sorgen zu machen! Auch mit unserem Vermieter gibt es meistens nur dies eine Thema. Er war in seiner Jugend auch von diesem Fieber befallen und …«

»Wisst ihr eigentlich, dass gestern hier fast ein kleiner Junge ertrunken wär?«, fiel Greta ihr resolut ins Wort.

»Was erzählst du da! Das ist ja furchbar!«, reagierte Kristina sofort und hielt sich erschrocken die Hände vor dem Mund.

»Ja, das muss richtig dramatisch gewesen sein! Ein Vater war mit seinem Sohn am Strand in Nebel und der Kleine hat mit seinem Wasserball im knietiefen Wasser gespielt. Wie das dann ganz genau passiert ist, weiß man nicht. Aber man nimmt an, dass der große, leichte Ball vom Ostwind gestern schnell rausgetrieben wurde und der Junge wahrscheinlich hinterher geschwommen ist.«

»Diese verdammten Bälle!«, machte sich Kristina Luft.

»Na ja, und dann hat er plötzlich um Hilfe geschrien, war ganz weit draußen und hat mit den Armen wild in der Luft gerudert.

Der Vater ist gleich panisch ins Wasser gerannt und wollte seinen Sohn retten. Aber der Mann war kein guter Schwimmer, hat dann zwar noch rechtzeitig seinen Sohn erreicht, kam aber selber immer mehr in Schwierigkeiten.«

Malu sah, dass Gretas Schilderung auch den Hai nicht kalt ließ und der ebenfalls mit erschrockenen Augen dasaß. Aber Greta erzählte die Geschichte so überzeugend, dass selbst Malu sich nicht mehr ganz sicher war, ob sich nicht gestern wirklich alles genauso am Strand zugetragen hatte.

»Glücklicherweise hatten die DLRG Rettungsschimmer das Unglück auch mitgekriegt und sind natürlich ebenfalls losgerannt. Na ja, es ging um Leben und Tod. Kurz gesagt, sie konnten beide rausholen und glücklicherweise war auch noch ein Arzt am Strand, der konnte den Jungen schnell reanimieren. Dann Rettungswagen und Hubschrauber ... das volle Programm.

»Und weiter?«, fragte Kristina betroffen.

»Na ja, sind beide ausgeflogen worden, nach Wyk auf Föhr.«

»Und weiß man, wie's den beiden geht?«, wollte sie wissen.

»Also, Gott sei Dank geht es beiden schon wieder recht gut. Und auch der Junge ist wohl vollkommen okay.« Greta holte Luft und trank einen großen Schluck Cola.

»Gott sei Dank!«, wiederholte Kristina, die tief und hörbar erleichtert ausatmete: »Ich mag mir das gar nicht vorstellen ... beide den Tod vor Augen. Stellt euch vor, man hätte nur den Vater retten können, der wär ja sein Leben nicht mehr froh geworden. Ich hab auch immer Angst, wenn ihr da an der Mole seid, da runterspringt und wer weiß noch was vorhabt! Versprecht mir bloß, dass ihr da aufpasst. Die Nordsee sollte man nie unterschätzen. In Nebel gibt es manchmal so 'ne eklige Querströmung ... diese bescheuerten, leichten Wasserbälle! Die sollte man wirklich verbieten!«

« Ja, das seh ich auch so!«, stimmte der Hai zu.

»Ja, vielleicht«, mischte sich Greta wieder ein. »Aber man darf sich, wenn man in eine solche Querströmung kommt, auf keinen Fall verausgaben und unbedingt auf dem direkten Weg zurück an Land schwimmen wollen ... cool bleiben und treiben lassen ... irgendwann lässt die Strömung nach und dann ...«

»Irgendwann lässt die Strömung nach ...«, unterbrach Kristina aufgeregt: »Das sagt sich so leicht! Ich weiß nicht, ob ich solche Nerven hätte? Ich glaub, ich würde auch Panik bekommen!«

»Ja, das weiß man nicht, wie man selbst in einer solchen Situation reagieren würde«, sagte der Hai und nickte Kristina zu. Dann rutschte er unruhig auf seinem Stuhl hin und her, trank den letzten Rest Cappuccino aus seiner Tasse und guckte in den Himmel. Dort waren in den letzten Minuten viele milchig-weiße Schleierwolken aufgetaucht und in der Ferne war hin und wieder ein leises Donnergrollen zu hören.

»So, ich denke, ich sollte jetzt aufbrechen. Es sieht nach Gewitter aus. Es wird noch dauern … aber man kann nie wissen! Ich bin mit dem Rad hier und brauch unbedingt einen kleinen Rucksack für meine Touren. Es soll hier doch einen Outdoorladen geben?«

»Ja, das stimmt. Da waren wir auch, einfach Richtung Fähranleger. Na, dann … es war nett mit dir und ein toller Zufall! Amrum ist klein, wir laufen uns möglicherweise bald wieder über den Weg … oder du kommst einfach mal spontan auf einen Kaffee vorbei! Unsere Ferienwohnung liegt nur ein kleines Stück hinter der Schlachterei, das ist die Straße, die an der Kirche vorbeiführt.«

»Ja, vielleicht … übrigens, ihr seid natürlich eingeladen. Die Rechnung geht auf mich! Macht's gut!« Mit diesen Worten stand er auf, grüßte noch mal kurz in die Runde und ging dann direkt zum Kellner, der gerade einen der vorderen Tische abräumte.

Malu sah noch, dass der Hai kein Portemonnaie hatte, sondern eine Metallklammer, mit der er seine Geldscheine zusammenhielt.

»Mensch, Greta, das mit dem Badeunglück geht mir einfach nicht aus dem Kopf. Ich war doch auch gestern am Strand. Ich hab davon überhaupt nichts mitgekriegt. Wann soll das denn passiert sein?«, fragte Kristina nach und war noch immer sichtlich mitgenommen.

Malus Anspannung wuchs sofort wieder an. Hoffentlich erinnerte sich Mum nicht auch noch an die Windrichtung … der kam nämlich gestern aus Nord-West.

Aber Greta blieb ganz gelassen. »Wann warst du denn da?«, wollte sie wissen.

»Na ja, so gegen drei denk ich«, antwortete Kristina.

»Da war längst alles vorbei! Das soll schon früher passiert sein.«

Malu war klar, dass wieder dringend ein Themenwechsel her musste und sagte: »Mum, du glaubst gar nicht, welchen Schiss ich gestern an der Mole hatte … vor meinem ersten Sprung. Das hab ich dir noch gar nicht erzählt … aber eigentlich war es auch total lustig. Greta war einfach großartig.«

Und dann legten die Mädchen los. Sie schilderten in allen Einzelheiten das gestrige Großereignis und am Schluss war die Stimmung so ausgelassen wie am Anfang. Nur das Donnergrollen kam immer näher und Kristina hatte schon das dritte Mal zum Himmel geguckt. Der war jetzt vollständig von dem milchigen Weiß überzogen und sie meinte: »Ja, was denkt ihr? Sollten wir uns auch auf den Weg machen? In wenigen Minuten fährt ein Bus. Wenn wir uns beeilen, schaffen wir den noch!«

An der Bushaltestelle wartete schon eine ganze Traube von Fahrgästen und laufend kamen neue dazu. Auf Höhe des Halteschilds drängten alle zusammen und als der Bus in Sicht kam, verstärkte sich das Geschiebe noch. Einige konnten sich nur mit Mühe auf dem Kantstein halten. Kristina und die Mädchen warteten etwas abseits und wie der Zufall es wollte, oder ob es dem Fahrer zu gefährlich war, noch näher an die Drängelei heranzufahren, stoppte er genau vor ihnen.

Im Bus setzten sich die Mädchen nebeneinander und Kristina rutschte gegenüber auf die Bank. Schnell gab es kaum noch freie Plätze. Eine recht stattliche Frau, mittleren Alters, mit rot-verschwitztem Gesicht und verschiedenen Einkaufstüten in der Hand blieb neben Kristina stehen, lächelte freundlich und meinte: »Entschuldigung! Sie sind ja schlank, meine Liebe. Meinen Sie, ich passe noch mit auf die Bank?«

»Ja, natürlich! Setzen Sie sich doch«, und Kristina rückte gleich näher ans Fenster.

Die Dame schob sich auf die Sitzbank und ruckelte immer näher heran. Als sich Kristina dann etwas schräg setzte, weil beide Schultern einfach nicht neben einander passten, half auch das nicht. Die Frau rückte gleich nach und der kleine gewonnenen Abstand ging sofort wieder verloren. Kristina war förmlich zwischen Frau und Fahrzeugscheibe eingequetscht. Fast verzweifelt sah sie zu den Mädchen rüber, aber die saßen nur feist grinsend da und kicherten.

Der Bus fuhr an, und sofort kruschtelte ihre Nachbarin in ihrer Plastiktüte herum, zog etwas Eingewickeltes heraus und meinte dann: »Ja, wenn ich in Wittdün bin, komm ich am Fischladen einfach nicht vorbei. Die Fischbrötchen bei „Buttze" sind aber auch zu lecker. Kennen Sie die?«

»Nein!«, sagte Kristina knapp und unterkühlt.

»Ich hab mir gleich zwei gekauft. Aber ich kann Ihnen leider keins abgeben. Die schmecken einfach zu gut!«, und lachte kurz. »Aber, wenn Sie mal wieder in Wittdün sind, müssen sie die unbedingt probieren!«

Jetzt holte sie noch zwei Servietten heraus, legte sich eine auf den Schoß und steckte die eine Ecke der anderen in den Ausschnitt ihrer hellen Sommerbluse. Dabei erklärte sie: »Vorsicht ist die Mutter der Porzellankiste … kann ja immer mal was daneben gehen und diese gelben Flecken kriegt man furchtbar schlecht wieder heraus.«

Kristina hörte das Gekichere von gegenüber, aber sie wagte nicht mehr, rüberzusehen. Und als die Frau nun begann, ihr Brötchen auszuwickeln, schon jetzt die Zwiebelringe und die gelbe Remoulade beängstigend herausquollen und sie dann noch fragte:

»Gehören die Mädchen zu Ihnen? Die sind ja lustig!«, prustete sie los.

»Entschuldigen Sie, aber die Mädchen sind einfach zu albern!«, erklärte Kristina, als sie sich wieder unter Kontrolle hatte.

»Ach, das ist schon in Ordnung. Lachen ist gesund und in dem Alter sticht sie manchmal der Hafer … aber ich muss jetzt aufpassen, besonders der Anfang ist bei den Biestern schwierig, da passiert schnell ein Unglück«, und dabei drehte sie das Brötchen hin und her und suchte nach der gefahrlosesten Stelle, um das erste Mal zuzubeißen.

Kristina drehte sich zur Scheibe. Sie wusste, dass sie den Essvorgang ohne neuerlichen Lachanfall nicht mit ansehen konnte. Sie starrte stur zur Seite und konnte sich bei den vereinzelten kurzen Kommentaren ihre Nachbarin einigermaßen genau vorstellen, was der gerade passiert war: … Hoppala … … ach herrje!

Jedenfalls hatte die Dame ihr erstes „Biest" überraschend schnell verspeist und kurz vor der Nebeler Mühlen-Haltestelle knüllte sie schon die zweite Verpackung zusammen. Als Kristina dann das erste Mal wieder ihren Kopf drehte, wischte sich die Dame soeben mit den Servietten den Mund sauber – allerdings die zwei dunklen Flecken auf ihrer hellen Bluse waren nicht zu übersehen.

»Na, Ihnen hat's ja geschmeckt!«

»Ja, das hat es wirklich, die könnte ich jeden Tag essen! Übrigens, sie tragen einen schönen Hut. Der ist mir vorhin schon beim Einsteigen sofort aufgefallen. Der steht Ihnen!«

»Vielen Dank! Wir haben heute in Wittdün eine Einkaufstour gemacht und waren sehr erfolgreich.«

»Na, dann haben Sie ja auch etwas Schönes erlebt!«

»Ja, das haben wir. So, an der nächsten Haltestelle müssen wir raus! Ihnen noch einen schönen Urlaub«, wünschte Kristina.

»Ja, danke. Ich muss bis nach Norddorf. Hoffentlich schaffe ich das noch vor dem Gewitter. Da braut sich ganz schön was zusammen!«

Als die drei in Nebel Mitte ausgestiegen waren, hakten sich die Mädchen wieder bei Kristina unter und grinsten frech von jeder Seite.

»Mensch, Mum, dein neuer Hut hat doch wirklich eine tolle Wirkung! Erst Mister Schön und dann lockt er auch noch im Bus interessante Gesprächspartner an! Oder?«

»Das kann ich euch sagen, ihr vorlauten, albernen Hühner!«, antwortete Kristina und lachte einfach mit.

Im Tischlerschuppen

Noch auf der Straße vor der Ferienwohnung verabschiedete sich Greta:
»Ich fahr wohl besser gleich los, dann komm ich noch im Trocknen nach Hause! Wir sehn uns!«

Am östlichen Himmel türmte sich schon bedrohlich eine tief graue Wolkenwand auf. Die Mädchen drücken sich noch kurz und Malu flüsterte schnell: »Danke, du hast mich schon wieder gerettet. Aber die Sache mit dem ertrinkenden Jungen hast du dir doch ausgedacht. Oder?«

»Ja, natürlich ... aber letztes Jahr ist das so ähnlich hier wirklich passiert! Machs gut.« Danach setzte sie sich sofort aufs Rad und raste davon.

Im Garten trafen sie auf Kurt, der sich gerade prüfend den Himmel ansah und sie mit den Worten begrüßte: »Na, ihr habt das ja noch rechtzeitig geschafft ... aber, wie ich seh, war die Reise recht erfolgreich. Ihr seht ja jetzt noch schöner aus, ihr Zwei! Ich wollte eigentlich noch die Hecke schneiden ... das wird wohl nichts mehr. Ich glaub, da kommt gleich ordentlich was runter ... aber der Rasen freut sich.«

»Dann hast du doch jetzt vielleicht Zeit und wir können uns noch ein bisschen unterhalten?«, hakte Malu sofort ein.

»Warum nicht! Reden ist immer gut! Lass uns in die Werkstatt gehen. Da sitzen wir trocken, wenn's losgeht!«

Malu guckte Kristina an und die nickte: »Ja, macht ihr nur. Ich weiß schon, worüber ihr sprechen wollt. Ich hol mal schnell unsere Wäsche von der Leine und die Sitzkissen rein!«

Malu war schon viele Male bei Kurt im Tischlerschuppen gewesen, hier war immer alles an seinem Platz. Gleich links an der Wand stand ein hoher Werkzeugschrank. Darin waren oben eine Vielzahl von unterschiedlichsten Hobeln aufgereiht, und unten hatte er seine Elektrogeräte untergebracht. Daneben hingen in drei Reihen, nach Größe geordnet, verschiedene Hämmer, Stecheisen, Schraubendreher und etliche andere Werkzeuge, deren Namen sie aber nicht kannte. Gegenüber der Eingangstür hatte der Schuppen ein großes Fenster und genau da stand seine Hobelbank. Bretter in unterschiedlichen Längen stapelten sich darunter, und auch in der Ecke daneben lehnten weitere Holzabschnitte und Leisten an der Wand. Mit einer kleinen Kreissäge und einem schlanken alten Ofen, der auf einer Eisenplatte in der gegenüberliegenden Ecke stand, ging es weiter. Und zu guter Letzt gab es natürlich auch immer noch diesen ziemlich abgeschrammelten, breiten Holzsessel mit gepolsterter Sitzfläche und Armlehnen, auf dem sie schon letztes Jahr so gern gesessen hatte.

Kurt zog den Stuhl ein Stück von der Wand, klopfte den Staub vom Polster und meinte dann: »So, du mit deinem schönen Kleid, setz dich man hierher. Ich mach das wie die Tischler … ich sitz auf der Hobelbank.« Dann schob er dort mit den Worten: »Meine Piepmätze müssen sich noch ein bisschen gedulden«, einige kürzere Bretter zur Seite, drückte sich auf die Arbeitsplatte hoch und ließ die Beine baumeln.

»Na, dann schieß los, worum geht es? … Ach ja!«, schob er noch schnell ein. »Ich muss wohl noch gratulieren. Du hast ja deine Feuertaufe bestanden. Du bist gesprungen! Herzlichen Glückwunsch!«, und dabei lächelte er anerkennend.

»Ach, deine geheimnisvolle Quelle … aber vielen Dank! Opa Kurt, du glaubst gar nicht, wie viel Schiss ich davor hatte. Aber, jetzt hab ich das endlich geschafft … allerdings ohne Greta wär das schief gegangen.«

»Du, man braucht gute Freunde im Leben, Greta ist schon richtig. Aber sag, worüber willst du mit mir sprechen?«

»Also … gestern Vormittag, da hatten wir doch keine Zeit mehr und du wolltest mir doch noch mehr über Hark Olufs erzählen … seine Probleme mit der Kirche und so.«

»Ja, richtig! Aber lass mich kurz überlegen, mit dem Kapitel waren wir ja noch nicht ganz durch.« Kurt fuhr sich ein paar Mal durch den Bart und guckte dabei zur Decke.

»Na, wie erklär ich dir den Fall …«, sagte er dann und machte erneut eine Pause.

»Hör zu, du musst dich wieder in diese lang vergangene Zeit hinein versetzen«, begann er. »Schwierigkeiten hatte unser Hark ja schon genug: Neid und Missgunst von den anderen, und er selbst war auch nicht ganz unschuldig daran. Aber es gab noch eine andere Geschichte, die bei all seinen Auseinandersetzungen auf der Insel mächtig mit reinspielte – und das war sein Streit mit der Kirche.«

Kurt hatte wieder eine Pause eingelegt und Malu war so gespannt und ungeduldig, dass sie am liebsten „ nun fang endlich an … soweit war'n wir gestern schon" gesagt hätte, aber das verkniff sie sich natürlich und rutschte stattdessen nur unruhig auf ihrem Stuhl hin und her.

»Die Kirche hatte damals viel mehr Macht und Einfluss als heute,« begann er erneut. »Vor allem in einer solch kleinen Inselgemeinschaft hatte der Pastor viel Ansehen, und sein Wort galt 'ne Menge. Der kannte jeden und er wusste genau, wer sonntags in der Kirche gewesen war und wer nicht. Und wenn er mit jemanden nicht zufrieden war, hat er auch schon mal einen Hausbesuch gemacht. So musst du dir das ungefähr vorstellen; und reich war sie auch. Noch heute ist die Kirche der größte Grundbesitzer der Insel … ja also … Der eigentliche Konflikt bestand darin, dass man Hark Olufs nicht glauben wollte, dass er in der Zeit seiner Versklavung in Nordafrika unter diesem muslimischen Herrscher am christlichen Glauben festgehalten hatte. Die Kirche verlangte Glaubenstreue von ihren Schäfchen. Jemand hatte eher als Märtyrer zu sterben, als den eigenen Glauben zu verraten. Zu konvertieren war damals fast so etwas wie 'ne Todsünde. Die wurden verächtlich Renegaten oder Überläufer genannt. Hark Olufs hat zeitlebens bestritten, in seiner Sklavenzeit zum Islam übergetreten zu sein, aber das haben ihm viele nicht abgenommen und besonders der damalige Pastor auf Amrum nicht. Der hat ihm deswegen mächtig zugesetzt! Die christliche Kirche war damals auch nicht ohne … die hat vor ein paar hundert Jahren noch den Sklavenhandel gesegnet … die Afrikaner oder die Ureinwohner in Übersee wurden auch von den Christen in der Zeit nicht als richtige Menschen angesehen. Noch um 1900 haben sie im Tierpark Hagenbeck in Hamburg Schwarz-Afrikaner in Käfigen ausgestellt. Heute sind die Christenmenschen ja meistenteils vernünftig geworden. Aber der Streit darüber, wer der wahre Gott ist und wer an den wahren Gott glaubt, ist ja auch heute wieder zum Fürchten aktuell. Man hätte doch gedacht, die Menschheit ist darüber nun wirklich lange hinweg – aber von wegen! Wie im Mittelalter! ... Was, du glaubst nicht an meinen Gott! ... Dann schlag ich dir den Kopf ab, du Ungläubiger. Denk mal an den Nahen Osten, an Syrien oder an den Irak! Was da los ist ... wozu Fanatismus führen kann, einfach fürchterlich! Da kann man doch glatt den Glauben an die Menschheit verlieren.

Diese schrecklichen Selbstmordattentate immer wieder und die vielen Unschuldigen, die dabei umkommen. Ich bin so weit herumgekommen in der Welt, und überall haben die Menschen an irgendetwas geglaubt. Und ob sie ihn nun Allah, Jave, Gott, oder ich weiß nicht wie genannt haben, für mich war das immer derselbe.

Ich kann mir vorstellen, dass auch Hark Olufs keinen großen Unterschied zwischen Allah und dem Christengott gemacht hat! ... Wenn das so war, dann war er seiner Zeit natürlich weit voraus!«

»Wurde denn jeder, wenn er in die Sklaverei geriet, gezwungen, zum Islam überzutreten?«, wollte Malu jetzt wissen.

»Nein, das wohl nicht! Aber bei Hark Olufs waren die Bedenken erheblich größer! Du musst dir vorstellen, er war ja kein kleiner Niemand geblieben. Er hatte eine große Karriere hingelegt. Man nahm ihm einfach nicht ab, dass das für einen Christen überhaupt möglich war: Vertrauter, Schatzmeister und Befehlshaber der Kavallerie des muslimischen Herrschers ... daran muss man wohl wirklich ernsthafte Zweifel haben. Hark Olufs schreibt selbst in seinen Lebenserinnerungen, dass er seinen Herrn auf eine Pilgerreise nach Mekka begleitet hat. Stell dir vor, der war am heiligsten Ort der Muslime. Ist für mich auch schwer zu glauben, dass ein Christ damals den Ort überhaupt betreten durfte!

Wie dem auch sei, der Pastor hatte ihn jedenfalls mächtig auf dem Kieker ... hat ihn gar nicht zum Abendmahl zugelassen und bevor er in der Kirche heiraten durfte, musste er sich ein zweites Mal konfirmieren lassen. Na, und zur Heirat erschien Hark in seiner osmanischen Offiziersuniform. Seine Frau war ja vorher schon mit einem anderen verlobt gewesen und nun auch noch schwanger vor der Vermählung!

Da kann man sich doch vorstellen, wie der Pastor innerlich getobt und geschluckt hat … richtige Freunde sind das nicht mehr geworden! Ja, so oder so ähnlich muss das ausgesehen haben mit ihm, hier auf Amrum.

Jedenfalls hat er mit der Kirche und sie mit ihm zeitlebens gehadert. Jetzt müssten wir uns eigentlich seinen Grabstein hier auf dem Friedhof ansehen, da gibt es auch Sonderbares zu sehen … aber das machen wir wohl besser mal an einem anderen Tag. Ich glaub, wir sollten uns hier bald verdrücken!«

Es hatte schon die ganze Zeit immer mal wieder geblitzt und gedonnert, aber der letzte Schlag war besonders stark gewesen.

»Meinst du, er ist wegen seiner ganzen Probleme auf der Insel auf die Idee gekommen, hier einen Schatz zu verstecken?«

»Nur so kann ich mir das überhaupt erklären. Seine Schatzkiste ist ja nun wirklich aufgetaucht. Ob da jemals was Nennenswertes drin gewesen ist, daran hab ich meine Zweifel, so reich ist er wahrscheinlich gar nicht gewesen. Vielleicht hatte Hark Olufs nur richtig seinen Spaß daran, all die Neider noch mal ordentlich an der Nase rumzuführen. Möglicherweise hatte er bei der Legende um seinen Schatz sogar selber die Hände im Spiel und wollt seine Nachbarn gierig machen. Könnte ich mir bei ihm sogar vorstellen … so mein Deern, dann lass uns nun man Schluss machen.«

»Nur eins noch, Opa Kurt, was ist eigentlich aus seinem Vetter, diesem Hark Nickelsen geworden?«

»Für den lief es noch besser! Der wurde schon nach 3 Jahren von portugiesischen Mönchen freigekauft. Unternimmt dann später für die Dänen als Kapitän drei erfolgreiche Sklavenfahrten von Guinea in die Karibik und zurück und setzt sich dann anschließend mit seinem ganzen Geld ebenfalls hier auf Amrum zur Ruhe. Vom Sklaven zum erfolgreichen Sklavenhändler, könnte man sagen. Von dem weiß man nun wirklich, dass er stinkreich war. Allerdings hat er mit seinem Geld wohl auch was für die Inselgemeinschaft gemacht und genoss hier, anders als Hark Olufs, viel Anerkennung. Seinen Grabstein kannst du dir ebenfalls auf dem Friedhof ansehn. Stell dir vor, dieser Nickelsen

war sogar mit der Halbschwester von unserem Olufs verheiratet …
aber die Ehe blieb kinderlos und kein Mensch weiß, wo sein Vermögen
geblieben ist. Jedenfalls gab es keine direkten Erben. Vielleicht solltest du lieber nach seinem Schatz suchen! … Aber es ist schon lustig.
Eigentlich sind alle Alt-Amrumer irgendwie miteinander verwandt und
auch in meinen Adern fließen ein paar Tropfen Blut von diesen alten
Kameraden … Ja, mein Deern, wieder so ein berühmter Amrumer mit
viel Blut an den Fingern … So eine Seereise war damals eine ziemlich unangenehme Angelegenheit. Für die eingefangenen Afrikaner
sowieso, dicht an dicht eingefercht unter Deck und mit nur wenig Gelegenheit, mal frische Luft zu schnuppern, aber für die einfachen Seeleute war so eine Fahrt ebenfalls lebensgefährlich. Stell dir vor, deren
Sterberate lag bei 33 %. Jeder dritte Seemann krepierte auf dem Törn
elendig an Malaria, Gelbfieber, Ruhr, Hitzschlag, dem gefährlichen
Guinea Wurm, der dich regelrecht von innen auffraß und wer weiß
noch was und sah die Heimat nie wieder. Du, auch das Leben der
einfachen europäischen Herrenmenschen galt damals nicht viel, mit
denen konnte man ja auch kein Geld verdienen. Mit den Sklaven hat
man sich da fast noch mehr Mühe gemacht, da lag die Sterberate in
Anführungsstrichen nur bei 15 %.«

Kurt hatte gerade seinen letzten Satz beendet, da krachte es erneut
gewaltig am Himmel und er rutschte sofort von der Hobelbank. »So,
Malu, mir wird das hier zu ungemütlich … es geht jeden Moment los!
Wir sollten jetzt schleunigst einen sicheren Hafen anlaufen!«

Gewitternacht

Die Nacht ist verdammt hell, überlegte er und entschloss sich, noch länger abzuwarten.

Das „Haus des Gastes" war nicht das Problem. Dort war kein Mensch mehr. Das mächtige, verwinkelte Gebäude lag vollkommen verlassen da und auch sein Platz, hier, im kleinen Kurpark, im Dunkel der großen Bäume, war sicher vor fremden Blicken. Aber dort, auf dem Sandweg zur kleinen Aussichtsplattform am Watt, sah die Sache anders aus. Da konnte er alles deutlich erkennen. Warum hatte sich das Gewitter am Abend bloß so schnell wieder verzogen. Es war recht heftig gewesen und hatte kurzzeitig wie aus Eimern geschüttet. Aber leider viel zu kurz. Jetzt waren davon nur Regenpfützen und vereinzelt ein paar Wolken am Himmel übriggeblieben. Und die verbesserten die Situation nur für kurze Momente. Viel zu schnell schoben sie sich an der großen, hellen Scheibe dort oben vorbei. Der Mond hatte nur noch eine kleine Delle, in wenigen Tagen müsste Vollmond sein. Verdammt schlechtes Timing, dachte er. Aber er war nun mal hier und deshalb musste es heute passieren.

Kurz nach Mitternacht war noch ein Liebespaar auf dem Weg zur Plattform aufgetaucht. Die Zwei hatten sich dort am Watt einige Zeit auf eine der Holzbänke gesetzt und waren dann auf dem kleinen Parallelweg zum Dorf weitergeschlendert. Genau auf dem Weg, den er vorgestern nach dem Museumsbesuch kennengelernt hatte und den er heute wieder nehmen wollte. Das ist eine Nacht, die solche Paare lieben – solche Nächte haben viele Augen, grübelte er unruhig.

Wieder ließ er Zeit verstreichen und schon bald leuchteten nur noch wenige helle Punkte aus der Ferne herüber. … Auch auf Föhr sind die allermeisten schon längst im Bett und hier in Nebel sollte es wohl ebenfalls keine Spätheimkehrer mehr geben … aber wie lange dauert das denn noch? dachte er und horchte weiter ungeduldig in die Nacht. Und dann war es endlich so weit – die Turmuhr schlug! Zwei laute, helle, kurze Glockenschläge! – Sein Signal!

Sofort griff er nach der Sporttasche vor seinen Füßen, sah sich ein letztes Mal nach allen Seiten um und machte sich auf den Weg. Am Wasser war es deutlich kühler als unter den Bäumen und die unangenehme Schwüle des Abends war hier vollkommen verschwunden. In der Luft lag ein intensiver, salzig-algiger Wattgeruch, den der leichte Ostwind heran trug und der ihm unangenehm in die Nase kroch – aber das war jetzt sein kleinstes Problem.

Nach kaum fünf Minuten und ohne, dass ihm jemand begegnet war, hatte er sein Ziel erreicht. Er hielt sich anfangs noch abseits und musterte konzentriert die Umgebung. Aber bis auf das nervige, laute Piepen von irgendwelchen unbekannten Vögeln gab es nirgends etwas Auffälliges. Auf dem Weg war niemand, in keinem der umliegenden Häuser brannte noch Licht und als jetzt auch noch eine größere Wolke den erhofften Platz am Himmel eingenommen hatte, sprang er beherzt über den Friesenwall und rannte quer über den Rasen zum Haus.

An der Haustür drückte er sich dicht an die Wand, in den Schatten des vorstehenden Reetdachs und sah sich erneut forschend um, aber alles lag weiter ruhig da. Die Tür ließ sich im Schloss leicht hin- und herbewegen. … Das dürfte kein Problem sein, dachte er, von Sicherheit halten sie rein gar nichts, obwohl sie doch hier ihren ganzen wertvollen Friesenplunder aufbewahren! Schnell zog er seine Arbeitshandschuhe an, holte den Kuhfuß aus der Tasche und schob ihn vorsichtig zwischen Tür und Rahmen. Wieder spähte er um sich und als weiter alles ruhig blieb, warf er sich mit aller Kraft und seinem ganzen Gewicht gegen das Eisen. Mit einem kurzen, lauten Knacken flog die Tür auf. Er griff sich die Tasche und huschte hinein. Drinnen zog er die Vorhänge zu, holte seine Taschenlampe heraus und machte sich sofort an die Arbeit.

Nach weniger als einer Viertelstunde hatte er schon wieder den Wattweg erreicht. Alles war endlich einmal wie geplant verlaufen … nur noch einfacher. Und das, wonach er gesucht hatte, befand sich jetzt in seiner Sporttasche und auf seinem Handy.

7. Urlaubstag

Kurt berichtet vom Einbruch

»So ein Mist! Die hab ich heute morgen erst frisch angezogen«, schimpfte Kurt mit sich selbst, als er sich den großen, braunen Fleck auf seiner hellen Sommerhose ansah. In seiner Aufregung hatte er sich die Teetasse viel zu voll gegossen und beim Abtrinken war dann ein ordentlicher Schluck über Bord gegangen. Die muss sofort in die Waschmaschine, beschloss er, Teeflecken gehen sehr schlecht raus. Er war gerade aufgestanden, als Malu am Küchenfenster vorbeihuschte. Kurt klopfte sofort an die Scheibe und gab ihr dann winkend das Zeichen, ins Haus zu kommen.

»Guten Morgen, Opa Kurt! Was ist denn los?«, fragte sie neugierig, als sie in die Küche kam.

»Ja, es gibt was! Schön, dass ich dich noch erwischt hab. Wenn du Zeit hast, dann setz dich kurz, es ist etwas passiert! … Ich muss dir etwas Wichtiges erzählen!«

»Ich hab Zeit, was ist denn?«, fragte sie und guckte Kurt mit großen, ungeduldigen Augen an. Sie hatte natürlich sofort bemerkt, dass Kurt völlig außer sich war.

»Broder hat mich eben aus dem Museum angerufen … man ist da heute Nacht eingebrochen! Stell dir das vor!«

»Was! … Oh nein! Dann haben sie die Schatzkiste geklaut … das ist ja schrecklich!«, rief Malu und hielt sich erschrocken die Hände vor den Mund.

»Nein, nein, beruhig dich, die Kiste ist noch da … sie hat nicht den kleinsten Kratzer! Die haben sie sich wohl bloß angesehen … stand etwas schräg und nur der Deckel war zu! Den alten Schreibsekretär haben sie aufgebrochen, aber nur der Untersuchungsbericht ist verschwunden! Sonst fehlt gar nichts. Selbst den wertvollen Silber-Trachtenschmuck, die alten Bestecke und die goldenen Kapitäns-Taschenuhren, die dort ebenfalls mit eingeschlossen sind, haben sie nicht angerührt. Auch von den vielen wertvollen friesischen Ausstellungsstücken, ist noch alles da. Die waren wohl wirklich nur hinter dem Bericht her. Na ja, der Schrank und die Haustür haben ordentlich was abbekommen … mehr weiß ich auch noch nicht. Ich werd gleich mal rüber marschiern und mir selbst ein Bild machen. Die Polizei ist auch schon vor Ort!«

»Aber was wollen sie mit dem Bericht? Broder hat uns erzählt, dass da nichts Wichtiges drinsteht … nur ganz viel unverständliches, wissenschaftliches Zeug!«, sagte Malu, die sich langsam wieder etwas beruhigte.

»Das kann ich dir auch nicht sagen. Irgendetwas müssen sie sich davon versprechen. Vielleicht steht da doch mehr drin, als Broder denkt! Oder, sie hoffen nur, dass da etwas Wesentliches zu finden ist. Ich hab keine Ahnung. Ich hab das Ding nicht gelesen. Auch ich krieg die Schatzkiste gleich das erste Mal zu Gesicht. Du weißt ja, ich wollte mich eigentlich aus der Geschichte raus halten.«

»Ja, das hast du gesagt … und jetzt nicht mehr?«, wollte Malu nun wissen. Denn das wäre bei der ganzen Sache endlich mal 'ne gute Nachricht. Kurt war genau der Verbündete, den sie unbedingt brauchte.

»Na, ich guck mir das erst mal an. Aber, es wär mir sehr viel lieber, wenn auf der Insel alles weiter seinen ruhigen Gang ginge. Bei dieser Schatzsucherei gibt es nur Ungemach.«

»Du, ich könnte mir vorstellen, dass der Hai dahinter steckt!«

»Der Hai?«, wiederholte Kurt.

»Ja, ich hab dir bislang noch gar nichts von ihm erzählt. Ich dachte, das würde dich nur ärgern. Neulich, bei unserem ersten gemeinsamen Frühstück im Garten, warst du plötzlich so ernst, und deine Entscheidung zur Schatzsuche klang so endgültig.«

»Ja, das ist sie eigentlich auch noch immer! Aber die Augen offen halten muss man wohl doch! Also, schieß mal los. Was hat das mit diesem Hai auf sich?«

Und jetzt sprudelte alles, was Malu erlebt hatte und vermutete, förmlich aus ihr heraus. Sie war so froh, dass sie endlich ihre Gedanken mit Opa Kurt teilen konnte. Sie erzählte, warum sie ihn den Hai nannte, die Geschichte mit der Zeitung auf der Fähre, seine merkwürdigen Bauarbeiten im ehemaligen Haus von Lisa Paulsen, die Sperrmüllgeschichte von Owe, und dass er im Museum gewesen war.

»Und dann haben wir ihn noch gestern in Wittdün getroffen und da fällt ihm aus Versehen noch eine neue Taschenlampe aus der Einkaufstüte. Opa Kurt, der muss sofort verhaftet werden, der ist heute Nacht ins Museum eingebrochen!«

»Nun mal ganz ruhig, Malu. Dass er sich 'ne Taschenlampe gekauft hat, ist nun wirklich kein Beweis. Jeder Amrumer hat eine. Soll ich dir meine zeigen? Und in seinem Haus kann er so viel graben, wie er will! Mit so einer Anschuldigung muss man ganz vorsichtig sein und möglicherweise sind noch ganz andere im Spiel!«

Malu hätte am liebsten gleich „aber" gesagt, doch Kurt hatte wahrscheinlich Recht. Den Untersuchungsbericht hat der Hai bestimmt gut versteckt, überlegte sie und wenn man den nicht finden würde, könnte man ihm gar nichts beweisen. Aber, was war das schon wieder für ein Halbsatz von Opa Kurt, „möglicherweise sind noch ganz andere im Spiel".

»Was meinst du denn, wenn du von den „anderen" sprichst? Wer soll das sein?«

»Du musst mal hören, was Broder erzählt. Welche Amrumer da bei ihm plötzlich auftauchen! Die hat er im Museum noch nie gesehen. Junge Leute sind dabei, aber auch einige von den alten Kämpfern!«

»Als Janne und ich neulich im Museum waren, stand vor der Kiste ein alter Mann mit Gehstock, ein Erk oder so … das ist doch einer von den alten Kämpfern, oder?«

»Was! Erk Petersen war im Museum?«

Malu nickte nur und hatte sich regelrecht erschrocken, so heftig war Kurts Reaktion bei dem Namen gewesen.

»Also, der auch!«, sagte er. Aber das klang weniger nach einer Frage, als vielmehr nach einer besorgten Feststellung.

»Erk Petersen … der gehörte damals auch dazu, zu meiner Zeit. Aber er und seine Kumpels verstanden in dieser Sache überhaupt keinen Spaß. Die waren regelrecht gefährlich damals, fanatisch und brutal.

178

Denen musste man aus dem Weg gehn.

Ich hab Erk schon seit Jahren nicht mehr gesehn. Es hieß immer, er hat den Absprung von der Sucherei nie richtig geschafft und ist dann dem Alkohol verfallen. Aber, da kannst du mal sehen, wer alles in Frage kommt für den Einbruch heut' Nacht.«

Gern hätte Malu Kurt nun noch weiter nach Erk und diesen alten Kämpfern ausgefragt. Aber sie wusste, wie ungern er über die Geschehnisse der Vergangenheit redete. Sie musste weiter geduldig sein und es gab auch noch so viele andere Fragen.

»Ja … aber, was meinst du, wie ist die Schatzkiste überhaupt in das Haus von Lisa Paulsen gekommen?«, fragte sie stattdessen.

»Das kann ich dir auch nicht sagen! Und eigentlich sollte auch gar nicht bekannt werden, dass die Kiste dort am Sperrmüllhaufen gelegen hat. Wir haben schon geahnt, dass der ganze Zirkus um den Schatz dann wieder los geht. Aber Owe war der Schwachpunkt dabei, er kann schlecht seinen Mund halten. Das hab ich schon gleich befürchtet. Wie die Kiste in das Haus der Paulsens gekommen ist, darüber lässt sich nur spekulieren. Wahrscheinlich haben die Brüder sie dort versteckt. Aber das muss schon sehr lang her sein. Als ich damals als junger Kerl auch noch im Schatzfieber war, da gehörten die beide Paulsens ebenfalls dazu … und wie die im Fieber waren! Das kann ich dir sagen. Und dann ist dieses fürchterliche Unglück passiert. Aber, da war ich längst ausgestiegen und schon auf See! Dann beruhigte sich alles schnell und langsam ist Gras über die Sache gewachsen. Und am liebsten soll das auch so bleiben.«

Malu wurde immer neugieriger. Kurt sprach in Rätseln … die Paulsens … und fürchterliches Unglück? Sie wusste einfach viel zu wenig.

»Mit Paulsens meinst du zwei Brüder, oder?«

»Ja, zwei junge Kerle, Arfst und Jesse. Wir haben sogar ein paar Touren zusammen gemacht. Die waren eigentlich ganz in Ordnung und der Ältere, der Arfst, hat dann Lisa geheiratet … . Stell dir das vor! Der ist auch im letzten Jahr gestorben. Er war schon länger krank. Aber, dass sie so kurz nach ihm und beide im selben Jahr aus dem Leben gehen … das kann man doch kaum glauben. Aber, das hört man öfter. Wenn der eine geht, folgt manchmal der andere auch recht schnell.«

»Aber, welches Unglück ist passiert?«, wollte Malu jetzt unbedingt erfahren.

»Mein Deern, das liegt soweit zurück. Die meisten haben das längst vergessen und so soll das auch bleiben. Tut mir leid! Wahrscheinlich ist und bleibt der Schatz verschwunden. Hark Olufs führt wieder mal alle an der Nase herum und die Aufregung wird sich bald legen.«

»Es könnte doch wirklich sein, dass die Paulsen Brüder den Schatz gefunden und ihn dann im Haus versteckt oder vergraben haben?«

»Das könnte schon sein! Aber ich glaub das nicht. Arfst war in den letzten Jahren ziemlich krank. Er brauchte teure Medikamente. Beide konnten kaum mit ihrer Rente auskommen und haben sich nie etwas Besonderes geleistet. Sie haben keine Kinder. Warum hätten sie so knausern sollen, wenn sie einen wertvollen Schatz besessen hätten? nein, nein, das macht keinen Sinn. Und wenn deine Theorie mit dem Hai stimmt, dann wühlt er da jetzt völlig vergebens rum.«

»Ja, logisch ist es dann wirklich nicht. Da hast du wahrscheinlich Recht!«, stimmte Malu zu. Aber womöglich kennt er die alten Geschichten gar nicht, grübelte sie weiter.

»So, für heute reicht es. Die warten schon auf mich und umziehen muss ich mich auch noch!«, sagte Kurt ungeduldig.

»Ja gut. Ich versteh … aber noch eins! Wenn du gleich im Museum bist, dann musst du dir unbedingt den Deckel der Schatzkiste ansehen. Da gibt es rätselhafte Schnitzereien. In der Mitte, Linien, eine Art Ornament … keine Ahnung, was es darstellen soll … und dann drumherum verschiedene Großbuchstaben. Alle durcheinander, du kannst kein einziges Wort lesen oder so. Ich glaub, es handelt sich um einen verschlüsselten Satz! Der könnte ein wichtiger Hinweis sein, eine Art Botschaft! Merkwürdigerweise hat aber die Untersuchung in Schleswig dazu gar nichts ergeben. Broder hat erzählt, dass sie darüber nur dummes Zeug geschrieben haben, nur ein paar nichtssagende Sätze. Die Buchstaben sollen nur ein Symbol für die Welt des Abendlandes sein. Ich hab gestern und auch heute Morgen schon eine ganze

Zeit alle möglichen Buchstabenkombinationen durchprobiert und bin schier daran verzweifelt. Es ist überhaupt nichts Sinnvolles dabei heraus gekommen. Nun bin ich gleich mit Claas verabredet. Er will sich mal den Buchstabensalat ansehen. Er ist gut in Mathe und kann super mit dem Computer umgehen … Internet und so, und er hat Spaß an solchen kniffeligen Sachen. Mal sehn, ob ihm etwas einfällt. Bitte, Opa Kurt, guck mal auf den Deckel! Ich bin so gespannt, was du davon hältst und vielleicht hast du ja eine Idee?«

»Nun guck nicht so … ein Auge kann ich ja mal riskieren«, brummte er und stand dann auf. Und jetzt sah auch Malu, warum sich Kurt noch umziehen musste.

Hai studiert den Bericht

»Dieser verdammte Schwachsinn!«, ärgerte er sich und schmiss den Untersuchungsbericht, durch den er sich gerade das zweite Mal gekämpft hatte, wütend neben sein Bett auf den Fußboden. Diese bescheuerten Wissenschaftler! Jetzt weiß ich, dass der Kasten aus wertvollem Mahagoni besteht, dass das Holz ringporig ist, dass der Boden aus minderwertigerem Holz gefertigt wurde und welcher orientalischen Schnitzschule die Ornamente zugeordnet werden können … und dann die vielen Diagramme und Tabellen! Diese Idioten beschreiben über viele Seiten die Altersbestimmung des Holzes und den Oxidationszustand der Eisenteile und da, wo es wirklich interessant wird, schweigen sie sich aus. Drei blöde Sätze zu den Buchstaben, und bei dem Zeichen in der Mitte soll es sich nur um ein belangloses Ornament handeln. Eigentlich kann ich den ganzen Bericht total vergessen, damit komm ich kein Stück weiter!

Dabei war in der Nacht alles so perfekt verlaufen. Es war mit dem Brecheisen eine Kleinigkeit gewesen, die Schrankklappe aufzuhebeln und dann hatte er auch noch genau den richtigen Riecher gehabt und den Untersuchungsbericht sofort dort in der obersten Schublade gefunden. Danach hatte er sich die Kiste genau angesehen und auch das war, mit seiner neuen Taschenlampe, absolut erfolgreich verlaufen. Das Entscheidendste hatten die Museumsfritzen durch den aufgestellten Deckel nämlich versteckt. Das bekam kein normaler Besucher zu sehen. Aber nicht mit Manfred Grafenberg, ihr Schlaunasen, grinste er hämisch. Er war sich vollkommen sicher, dass die wirren Buchstaben und die merkwürdigen Linien auf der Oberseite eine ganz besondere Bedeutung haben mussten. Innen war die Schatzkiste überraschend nachlässig restauriert und ansonsten gab es am Kasten nichts Auffälliges. Er hatte noch kurz überlegt, die Zeichen abzuschreiben, aber das hätte zu lange gedauert. Ein kurzes Blitzlicht seines Handys und die Sache war erledigt gewesen. Auch auf dem Rückweg war ihm niemand mehr begegnet und die verräterischen Einbruchswerkzeuge hatte er noch in der Nacht zurück in den Schuppen gebracht und auch sein Fahrrad wieder dort abgestellt. Also, alles wie immer, grinste er zufrieden. Auch im Hotel war ihm niemand mehr über den Weg gelaufen. Er hatte den Nebeneingang benutzt und dann auch noch an das Pappschild für den Türdrücker gedacht. Keiner hatte ihn heute Morgen gestört. Wer soll mir da noch was beweisen? Alle Spuren sind beseitigt – einzig dieser blöde Bericht hier … aber den lass ich nachher im Haus verschwinden, überlegte er. Von dem hatte er sich so viel versprochen und nun war ausgerechnet dieser Bericht ein Fiasko. Aber es hilft nichts. Ich muss mich jetzt darauf konzentrieren, was ich habe … das Foto vom Deckel!

Er richtete sich auf, stopfte sich sein Kopfkissen zwischen Rücken und Wand und nahm sein Smartphone vom Nachtschrank. Drei Berührungen reichten aus und schon erschien seine nächtliche Aufnahme auf dem großen Display: Die Aufnahme war zwar nicht perfekt, die Oberfläche hatte das Licht vom Blitz reflektiert, aber er konnte ausreichend gut alle Linien und auch alle Buchstaben erkennen. Sofort versuchte er daraus Worte zu bilden, aber das war mühsam. Ich muss sie mir abschreiben – also kurz aufstehen und an der Rezeption um Papier und Stift bitten, überlegte er. Und das tat er dann auch.

Auf der Aussichtsdüne

Von der hohen Aussichtsdüne kurz vor Norddorf hat man einen herrlichen Rundblick über den gesamten nördlichen Teil Amrums. Im Nordwesten kann man über die Nordsee bis zur Nachbarinsel Sylt sehen, im Norden über die Dächer des Dorfes die gesamten Dünen der Odde überblicken und im Osten sieht man, je nach Tide und Wasserstand, über die weiten, grauen Wattflächen bis nach Föhr.

Die Sonne kämpfte noch mit den Ausläufern des gestrigen Gewitters, und so war der Himmel heute nicht so strahlend wie in den letzten Tagen. Ansonsten erschien alles so wie vor einer Woche: Auf der Aussichtsdüne stecken erneut zwei graue Männer die Köpfe zusammen.

»Mensch Boy, nun hast du mich hier schon wieder die vielen Stufen hochgejagt. Wo brennts denn?«, fragte der Schmale und wie neulich kratzte er Muster aufs Holz.

»Erk, nun halt endlich deinen Stock still, das halten meine Nerven nicht aus!«, maßregelte der Knochige seinen Kumpel, verzog dabei aber wieder keine Miene.

»Na, na, Boy, das kenn ich ja gar nicht von dir. Dich kann doch sonst nichts nervös machen. Ich denk, du brauchst erst mal einen kräftigen Schluck von meiner Medizin.« Der Schmale griff in die Jackentasche und holte seinen Flachmann heraus.

»Geh mir bloß weg damit! Ich brauch einen klaren Verstand und das wär' auch besser für dich. Glaub mir!«

»Ich kann erst richtig denken, wenn ich einen Kleinen intus hab«, antwortete der Schmale, grinste und nahm einen ordentlichen Schluck. »Die Dinge sind doch in Bewegung. Was gibt's denn so Wichtiges? Hast du Angst, dass uns der Festländer noch mehr in die Suppe spuckt?«

»Erk, sein Einbruch wird auf der Insel mächtig Staub aufwirbeln. Damit hat uns der Kerl nun wirklich keinen Gefallen getan. Viele Leute werden Fragen stellen. Es wär mir wesentlich wohler, wir könnten alles weiter unauffällig im Hintergrund ablaufen lassen. Ich hab schon überlegt, den Burschen auffliegen zu lassen … aber das würde erst richtig für Unruhe sorgen.«

»Ja, du hast Recht, Boy! Ich denk, wir behalten ihn weiter nur gut im Auge und wenn er uns wirklich gefährlich wird, können wir ihn immer noch hochgehen lassen. In jedem Fall haben wir ihn jetzt in der Hand.«

»Gut, dann gucken wir mal, was unserem feinen Herrn noch so alles einfällt. Er hat die Schatzsucht und wir wissen beide, wozu man dann fähig ist. Ich hätte ihm so einen Einbruch gar nicht zugetraut. Aber, Erk, er hat keine Vorstellungen davon, mit wem er es zu tun hat und so muss es auch vorerst bleiben. Er hält sich für besonders clever und dachte, als ich ihm neulich auf den Zahn gefühlt hab, er kann mir mit ein paar blöden Erklärungen einen Bären aufbinden … Pilze und Schimmel, so ein Unsinn! Gräbt unter jeder Schwelle und versteckt ein Buch über Hark Olufs in der offenen Besteckschublade, der Spinner! Aber solange er nicht mitkriegt, dass wir ihn auf dem Kieker haben, macht er Fehler. Wie heute Nacht! Denkt, er kann ungesehen sein Werkzeug und sein Fahrrad zurückbringen, und dass er den Untersuchungsbericht hat, kann uns auch egal sein. Der Herr Doktor hat sich genau an unsere Anweisungen gehalten! Zu den entscheidenden Fragen hat er nur Blödsinn geschrieben. Dafür haben wir ja Gott sei Dank gesorgt. Mit seinem großartigen Bericht kann niemand etwas anfangen. Und den Buchstabencode wird hier auf der Insel so schnell auch keiner knacken … und wenn schon! Selbst dann kommt man nicht weiter!

Aber was für ein feiger Verräter der Doktor Freitag! … Wenigstens frisst er uns jetzt aus der Hand. Der wird einen Teufel tun und uns noch mal in die Quere kommen. Der ist froh, wenn wir ihn in Ruhe lassen.

Als ich mit Keule, kurz nachdem die Kiste hier aufgetaucht war, in Schleswig plötzlich vor seiner Haustür stand, hat er vor Angst gezittert und hätte sich fast in die Hose gepisst. Keule musste ihm kein einziges Haar krümmen, sein Anblick hat schon gereicht. Und als ich unserem Herrn Doktor den Fall mal realistisch vorgetragen hab … nur ein Anruf bei der Polizei und im Museum … und nichts ist mehr mit öffentlichem Ansehen, Reputation und großer Pensionszahlung, da hat er geplaudert, der Verräter und war zu allem bereit.

Hat sich dann als Experte dem Museum selbst angeboten, um die Untersuchung an der Schatzkiste vorzunehmen, genau wie wir ihm das klar gemacht haben. Und die waren gleich ganz begeistert, dass er als Ruheständler noch so viel wissenschaftliches Engagement zeigt. Wenn die wüssten! Und auch aus der Landeszeitung konnten wir ihn auf den letzten Drücker noch raushalten. Also taucht sein Name hier auf der Insel gar nicht auf. Es könnten sich womöglich doch noch einige an ihn erinnern. Aber, was für ein falscher Vogel! Ich hab euch immer gesagt, mit dem ist was nicht koscher. Die haben doch ständig zusammengesteckt, er und die Paulsens. Und ich durfte mir den Jüngeren, den Jesse, ja nie richtig vornehmen, nur ein paar Schläge auf die Nase waren für mich drin. Ihr wolltet ihn ja unbedingt langsam weich kochen und der Plan, dass die Föhrer unsere Arbeit erledigen, ist ja dann völlig schief gegangen.« Obwohl sich seine Augen verengt hatten und vor Zorn blitzten, klang seine Stimme immer noch ungewöhnlich emotionslos.

»Lass gut sein, Boy. Wie oft sind wir das schon durchgegangen. Damit konnte keiner rechnen, dass er uns auf diese Weise krepiert, der Idiot. Das war einfach Schicksal.«

»Erk, was ich eigentlich mit dir besprechen wollte … die Schatzkiste ist da, aber das entscheidende Teil fehlt uns noch immer. Im Haus ist es nicht mehr. Da haben wir, nachdem Freitag geplaudert hatte, ja alles sofort genauestens abgesucht.«

»Vielleicht ist das Teil doch am Sperrmülltag auf dem Müllwagen gelandet und ist für immer verloren.«

»Nein, nein, alter Junge! Frerk, der Müllwagenfahrer, konnte sich gut erinnern, er hat so etwas in der Hand gehabt. Er hat alles Brauchbare aussortiert und zur Seite gelegt und nur die Möbel und den anderen Plunder in den Müllwagen geschmissen. Das macht er schließlich immer so. Warum soll er das ausgerechnet an dem Paulsen-Haufen nicht gemacht haben? Und als er abends alles abholen wollte, war das Stück nicht mehr da. Und auch der vorlaute Bengel, Owe, meinte, so was gesehen zu haben. Den hatten sie doch eingenordet, nichts von der Kiste zu erzählen. Aber als ich ihm Bares vor die Nase gehalten hab, konnte er nicht lange widerstehen.

Irgendjemand hat es gefunden und mitgenommen. Ich bin mir sicher! Es muss hier noch irgendwo auf der Insel sein. Aber wo? Das ist die entscheidende Frage! Und je länger es dauert, um so schwieriger wird es, das Teil zu finden. Dabei sind wir so dicht dran, wie in den letzten 50 Jahren nicht mehr.

Ich kann die ganzen Edelsteine und Golddukaten förmlich riechen. Wir wissen, worum es geht und was wir finden müssen. Erk, wir brauchen jetzt alle Kameraden, die gesamte Bruderschaft. Ich schlag vor, wir treffen uns wie in alten Zeiten! Was hälst du davon? Alle müssen informiert werden und sollen dann ihre Augen und Ohren offen halten. Gemeinsam steigen unsere Chancen deutlich. Ich sag dir, die Mühle muss ins Kreuz! Und zwar heute Nacht! Der Zeitpunkt ist genau richtig!«

»Einverstanden!«, sagte der Schmale und holte erneut seinen Flachmann aus der Tasche.

Die beiden Alten saßen noch eine ganze Weile weiter zusammen, aber gesprochen wurde nicht mehr viel – es war alles gesagt.

(... Gespräch ist für den Leser ins Hochdeutsche übersetzt!)

Die friesische Sprache

Friesisch ist eine eigenständige westgermanische Sprache und wird auf den Nordfriesischen Inseln und in einigen küstennahen Gebieten noch vielfach im Alltag gesprochen – auf Amrum von etwa 1/5 der heutigen Bevölkerung.

So kann es einem Urlauber hier schnell passieren, dass er zum Beispiel morgens in der Brötchenschlange beim Bäcker oder vor der Kasse im Supermarkt hinter zwei Insulanern ansteht und von deren Unterhaltung kein Wort begreift und selbst seine Plattdeutsch- und Englischkenntnisse ihm dabei nur wenig weiterhelfen.

Die Alt-Amrumer sind stolz auf ihr kulturelles Erbe und so werden unterschiedlichste Anstrengungen unternommen, Friesisch als aktive Minderheitensprache zu erhalten und zu fördern.

Die Eltern geben sie heute noch bewusster an ihre Kinder weiter, aber auch in der Inselschule „Öömrang Skuul" gibt es ein Sprachangebot; die Volkshochschule bietet Kurse an und auf der Nachbarinsel Föhr können die Gymnasiasten seit einigen Jahren Friesisch sogar als Abiturfach wählen.

Auch kümmern sich überall, neben engagierten Einzelpersonen, Vereine, Heimatmuseen, das Nordfriisk-Instituut in Bredstedt (angegliederte Einrichtung der Europa-Universität Flensburg) und auch die Landesregierung um den Erhalt und die Erforschung der nordfriesischen Geschichte, Kultur und Sprache.

Wer nun aber glaubt: Friesisch ist Friesisch – der irrt gewaltig!

Auf allen drei Inseln hat sich ein unterschiedlicher friesischer Dialekt entwickelt – auf Föhr „fering", auf Sylt „sölring" und auf Amrum „öömrang". Dabei kann sich ein Öömrang-Friese mit einem Fering-Friesen ohne große Probleme unterhalten – mit einem Sölring-Friesen hingegen nur schwer!

Der Grund sind die besonderen geographischen Bedingungen der drei Inseln zueinander. Der Weg zum und vom Festland führte meist über Föhr, und die Amrumer konnten ihre Nachbarn sogar zu Fuß oder mit Pferd und Wagen durchs Watt erreichen. So gab es zwischen diesen beiden Inseln auch immer einen gewissen wirtschaftlichen, kulturellen und privaten Austausch – Sylt hingegen war und ist wie eine andere Welt. Hier bildet seit eh und je das kabbelige, tiefe Wasser des Vortrapptiefs eine große natürliche Barriere.

Auf den Halligen (Langeness, Hooge, Oland ...) wird heute meist Plattdeutsch gesprochen. Man nimmt an, dass sich nach den verheerenden Sturmfluten im 14. Jahrhundert die meisten Friesen auf die höhergelegenen Inseln zurückzogen und die entvölkerten niedrigen Halliggebiete dann vom Festland her wieder besiedelt wurden.

Friesisch wurde in den vergangenen Jahrhunderten gesprochen und nicht geschrieben! Erst ab ca. 1860 lassen sich überhaupt Dokumente in friesischer Schrift finden und bis heute konnte man sich nicht auf eine einheitliche Schreibweise einigen. So verständigten sich z. B. nur die Amrumer und Föhrer 1971 auf die Kleinschreibung – die Helgoländer lehnen es bis heute ab und auf Sylt gibt es in dieser Frage zwei Fraktionen.

(Weitere Erklärungen zur friesischen Sprache – siehe Anhang „Min Öömrang Lun"- Amrum-Lied)

8. Urlaubstag

Mühle im Kreuz

Kurt war erst weit nach Mitternacht eingeschlafen und schon kurz vor 6 Uhr wieder aufgewacht. Er hatte sich dann im Bett noch ein paar Mal von einer Seite auf die andere geworfen, aber es hatte nichts geholfen. Seine Erinnerungen waren zurück – die Unruhe und die Sorgen! Sie hätte nie wieder auftauchen sollen, das verdammte Ding – mehr Fluch als Segen, grübelte er bitter. Dabei hatte er in den letzten Jahren nur noch selten an die unheilvollen Vorkommnisse denken müssen. Alles war in den weit mehr als 50 Jahren so schön in Vergessenheit geraten. Die Gemüter hatten sich beruhigt und Gras war über die Sache gewachsen. Die Jugend von heute kümmerte sich um andere Dinge. Allerdings, als im Heimatmuseum, nach dem Fund der Hark Olufs Kiste, die Sektkorken knallten, war ihm nicht zum Feiern zumute gewesen. Und der brutale Einbruch im Museum hatte nun seine schlimmsten Befürchtungen bestätigt.

Nur, wen hatte das Schatzfieber auf der Insel erneut befallen? Welche Spieler saßen diesmal am Tisch? Der junge Kerl, der das Haus von Lisa Paulsen geerbt hatte und den Malu den Hai nannte, kam in Frage. Wenn der dahinter steckt, können wir uns freuen, überlegte er. Der hat von der Insel und den alten Zeiten keine Ahnung! Der stochert im Nebel! Für den ist das wahrscheinlich nur ein nettes Abenteuer und er wird schnell die Lust daran verlieren. Dann fährt er nach Hause und hier kehrt wieder Ruhe ein. Aber Kurt befürchtete etwas anderes! Und dann war die Sache nicht mehr so lustig! Dann kommt der Kahn in schwere See, grübelte er. Soll man wirklich glauben, dass die Banditen auf ihre alten Tage es noch mal wissen wollen? überlegte er. Die können doch kaum noch kriechen und sollten lieber Kreuzworträtsel lösen!

Broder hatte bestätigt, dass Erk Petersen nur wenige Tage vor dem Einbruch im Museum aufgetaucht war und der gehörte damals mit dem brutalen Boy Knudsen zum innersten Zirkel der fanatischen

Sucher. Wenn die wirklich wieder mit im Spiel waren, konnte die Geschichte noch richtig heikel werden. Die hatten nichts mehr zu verlieren und schon damals kein Gewissen.

Kurt hatte sich als junger Mann auf See geschworen, ein für alle Mal die Finger davon zu lassen. Aber, konnte und durfte er sich diesmal wirklich raushalten? Es war kaum noch einer übrig, der die Kerle so kannte wie er. Der wusste, wie sie vorgehen würden und wozu sie fähig waren. Vielleicht steckt ja wirklich nur der Hai dahinter, versuchte er sich zu beruhigen, während er im Badezimmer dabei war, seinen auswuchernden Seemannskinnbart wieder in Kontur zu bringen.

»Au! … Das kommt dabei heraus!«, knurrte Kurt sein eigenes Spiegelbild an und verzog kurz das Gesicht. Ein paar rote Tropfen fielen aufs helle Porzellan des Waschbeckens. Auf der feuchten Oberfläche dort strebten sie sofort nach allen Seiten auseinander, wie bei einer kleinen Explosion und so erschien der Schaden größer als er war. Ein bisschen Rasierwasser und eine Ecke vom Papiertaschentuch und schon war der kleine Schnitt versorgt.

Er hatte die Schatzkiste gestern das erste Mal zu Gesicht bekommen und sie hatte ihn wirklich beeindruckt – das geheimnisvolle, tief rote Leuchten des Holzes, das Schnitzwerk, die Metallbeschläge, die hölzernen Tragegriffe an beiden Seiten und natürlich die hohe Handwerkskunst, mit der sie gefertigt war. Eigentlich war sie für sich genommen schon Schatz genug und wäre mit ihr nicht das ganze andere Ungemach verbunden, hätte man einfach nur dankbar sein können, dass sie hier im Museum jetzt für jedermann zu bewundern war.

Leider hatte es da gestern einen großer Menschenauflauf gegeben, Handwerker, die die Haustür reparierten, Polizei und andere Vereinsmitglieder, sonst hätte er sie liebend gern viel genauer in Augenschein genommen. Aber er wollte dort nicht für noch mehr Aufsehen sorgen und so hatte er sie nur kurz und eher flüchtig untersucht. Natürlich war das Buchstabenwirrwarr rätselhaft, aber es gab auch noch andere Auffälligkeiten, auf die er keine Antwort hatte. In diesem Augenblick klingelte sein Telefon im Wohnzimmer.

»Gud maaren, hier ist Kurt«, meldete er sich.

… ….. …

»Nein, nein, Gundel, ich bin schon längst auf den Beinen, kein Problem.«

… … …

»Was sagst du da! Die Mühle steht im Kreuz! Das ist ja ’ne traurige Nachricht.«

… … …

»Nein, tut mir leid. Du bist die erste, die anruft. Ich hab noch nichts gehört. Ich weiß gar nichts!«

… … …

»Weiß ich auch nicht … aber, wohin zeigt das Kreuz denn?«

… … …

»Richtung Süden … Steenodde oder Wittdün … aha.«

… … …

»Ja, natürlich. Wenn ich etwas weiß, ruf ich dich an. Ich geh sowieso gleich zum Bäcker. Machs gut, bis dann, adjis!«

… … …

Als er die Brötchentüte, mit zwei frischen Friesenkrustis darin, auf den Küchentisch legte, war Kurt so schlau wie vorher. Dabei war der Bäckerladen im Dorf der Ort, wo alle neuen Nachrichten zusammenliefen, gegebenenfalls auch ergänzt oder spannend aufbereitet wurden. Aber auch dort wusste keiner, um welchen Verstorbenen es sich handelte, noch nicht einmal handeln könnte – und das war schon höchst ungewöhnlich.

Er hatte gerade erst das Teewasser aufgesetzt, als erneut sein Telefon läutete.

»Gud maaren, Kurt hier!«

… … …

»Nein, Johann, du störst überhaupt nicht. Was kann ich für dich tun?«

… … …

»Du, es tut mir leid, Gundel hat vorhin auch schon angerufen und ich komm grad vom Bäcker, selbst da hat noch niemand etwas gehört. Ich kann dir auch nicht sagen, wer gestorben ist!«

… … …

»Ja, alles klar … mach's gut, adjis!

Kurt war durch seine vielen Ehrenämter und als Vorsitzender des Kirchengemeinderates bestens auf der Insel vernetzt und meist sehr gut unterrichtet. So war es kein Wunder, dass manch einer sich zuerst bei ihm erkundigte, wenn es um wichtige Neuigkeiten ging. Aber es wurmte ihn, dass er diesmal nicht Bescheid wusste. Der Pastor wird doch etwas wissen, überlegte er, nahm den Hörer in die Hand und wählte seine Nummer.

Aber der Pastor hatte überhaupt noch nichts davon mitgekriegt und Kurt hatte das Gefühl, er hatte ihn mit seinem Anruf gerade aus dem Bett geholt. Danach rief er den Bürgermeister und dann einen Kollegen aus dem Kirchengemeinderat an. Die hatten zwar schon erfahren, dass die Mühle im Kreuz stand, mehr wussten sie aber auch nicht.

Kurzentschlossen wählte er jetzt die Nummer von Martin. Der war im Vorstand vom Mühlenverein und nur die waren befugt und in der Lage, die Flügel in diese Stellung zu bringen. Er ließ sehr lange klingeln, aber niemand nahm ab. Handynummer, dachte Kurt und glücklicherweise hatte er auch die in seinem handgeschriebenen Adress- und Telefonnummernbüchlein notiert.

»Ja, gud maaren, Martin, Kurt hier! Kannst du sprechen? Die ganze Insel ist schon halb verrückt, du weißt doch sicher Bescheid, wer verstorben ist?«

… … …

»Was! … Das gibt es doch nicht! … Und du bist jetzt bei der Mühle?«

… … …

»Keiner von euch hat das gemacht? Das ist ja ein Ding! Aber wie kann so etwas passieren?«

… … …

»Durch den Gewittersturm die Flügelbremse gelöst … na ja, das ist vorstellbar.«

… … …

»Du, ich war beim Bäcker und hab eben mit dem Pastor und dem Bürgermeister gesprochen, niemand weiß was.«

… … …

»Ein Streich von Jugendlichen, meinst du … na ja, das könnte natürlich auch sein … aber wie kommen die in die Mühle, die ist doch immer abgeschlossen!«

… … …

»Na ja, eine andere Erklärung hab ich auch nicht … und ich stimm dir zu. Dreh die Mühle zurück in die Diagonale. Was sollst du auch sonst tun?«

… … …

»Ja, alles klar. Halt die Ohren steif und noch 'nen schönen Tag, adjis denn!«

Jetzt war die Sache amtlich. Niemand vom Verein hatte die Mühle ins Kreuz gedreht. Es gab überhaupt keinen Toten auf der Insel! Die Mühlentür war verschlossen gewesen und das Schloss ist unbeschädigt, überlegte Kurt. Nur ein blöder Streich, hatte Martin gesagt. Das war zu mindestens eine Erklärung, aber war das auch die Wahrheit? Kurt kamen immer mehr Zweifel: Dahinter könnten auch ganz andere stecken!

Die Nebeler Mühle

Jeder Kinderbuchillustrator würde eine Windmühle immer mit diagonaler Flügelstellung zeichnen – in X-Form oder auch „Schere" genannt. Daran ist unser Auge gewöhnt und so muss eine Mühle eben aussehen. Auch auf Amrum ist das nicht anders! Im Ruhezustand werden die Flügelpaare der Nebeler Windmühle grundsätzlich in die X-Stellung gedreht. Allerdings gibt es eine Ausnahme. Auf der Insel ist es alte Tradition, die Mühle dann „ins Kreuz" zu stellen, wenn ein Alt-Amrumer gestorben ist. Dann stehen die Flügelpaare jeweils in der Senkrechten und Waagerechten und der Mühlenkopf wird auf den ehemaligen Wohnort des Verstorbenen ausgerichtet.

Diese ungewöhnliche Stellung assoziiert auch jeder Uninformierte sofort mit Tod und Kreuz Christi. Aber in einer Zeit ohne Telefon, Auto und Fahrrad diente ein solch weithin sichtbares Zeichen nicht vordringlich der Ehrung des Toten, sondern vielmehr der schnellen Unterrichtung der Inselgemeinschaft – jede Stellung der Mühlenflügel hatte seine besondere Bedeutung (Scherensprache)!

Neben optischen Zeichen benutzte man auch hörbare Signale. Brannte ein Haus, näherte sich eine hohe Sturmflut oder war ein Schiff auf eine der vorgelagerten Sandbänke auf Grund gelaufen, läuteten die Kirchenglocken Sturm – es gab noch keine Dachsirenen.

Aber, wann ist man Amrumer oder sogar Alt-Amrumer?

Welchen Amrum-Status man für sich beanspruchen darf, darüber lässt sich an Kneipentresen – teils humorvoll, teils verbissen – vortrefflich streiten. Und wenn man dann rotköpfig und verschwitzt zusammen sitzt und der letzte unbeugsame Friesengeist durch den übermäßigen Konsum von selbigem als Alkoholwolke langsam verdampft, können solche Erörterungen auch schon mal recht hitzig werden.

Der Stammbaum eines „Alt-Amrumers" muss wenigstens bis ins mittlere 19. Jahrhundert zurückreichen, besser ist noch, bis ins mittlere oder sogar frühe 18. Jahrhundert, wie bei Hark Olufs. Als Amrumer darf man sich ohne größeren Widerspruch fühlen, wenn wenigstens ein Elternteil hier geboren ist. Auch die Einheirat ist eine gute Möglichkeit, im Amrum-Ranking nach vorne zu kommen, wird allerdings nur bedingt akzeptiert. Wirklicher „Amrumer" ist man erst mit einer Ahnentafel, die drei Generationen zurückreicht. Solange ist man eigentlich „Zugereister", oder „Eingewanderter". Am wenigsten Amrumer sind diejenigen, die ihre Häuser und Wohnungen vornehmlich als Anlageobjekte ansehen, nur zeitweilig auf der Insel leben, hier ihre Ferien verbringen oder nur an Feiertagen anreisen. Die nennt man „Festländer".

Und die sind Segen und Fluch zugleich. Sie bringen natürlich Geld auf die Insel. Selbst Häuser und Grundstücke mit schlechter Lage las-

sen sich mittlerweile für hohe Summen verkaufen und manch verarmter Amrumer kommt so über Nacht zu nie gekanntem Reichtum. Die Kehrseite ist der Ausverkauf der Insel – im Volksmund auch „Sylter Krankheit" genannt. Die Festländer treiben die Preise in die Höhe. Haus- und Grundbesitz auf den Inseln zu erwerben ist nicht nur ein Statussymbol, sondern auch eine sichere Geldanlage. Die Nachfrage ist hoch und das Angebot begrenzt. Viele Amrumer können sich ihre eigene Insel kaum noch leisten und besonders für Familien ist das ein Problem. Bezahlbare Wohnungen werden immer knapper und mancher Insulaner muss sich mit einer dunklen Souterrainwohnung begnügen. Dabei gibt es Wohnraum ohne Ende – allerdings nur wenig genutzt. In den langen grauen Herbst- und Wintermonaten brennt in den Inseldörfern nur noch in jedem zweiten Haus das Licht. An diesen unwirtlichen Tagen sind die Schönen und die Reichen woanders – deren Häuser bleiben dunkel.

Aber auch Erbschaftsfälle beschleunigen den Ausverkauf der Insel. Sind Miterben im Spiel, ist es oft unmöglich, den Bruder oder die Schwester nach dem Tod der Eltern auszuzahlen und den Besitz in der Familie zu halten. Es geht einfach um zu viel Geld. Und wer kann bei solchen Summen noch großzügig sein?

Der Hai und die Kunst

Er hatte bis auf kleine Unterbrechungen eigentlich den ganzen gestrigen Nachmittag im Hotelzimmer verbracht und immer verbissener versucht, das Rätsel auf dem Deckel der Schatzkiste zu lösen. Aber außer erneuten Kopfschmerzen war nichts Überzeugendes dabei herausgekommen. Aus den komischen Buchstaben ließen sich nur kurze unbedeutende Worte bilden und ganz unmöglich erschien es ihm, alle Zeichen in einem sinnvollen Satz unterzubringen. Es gab kein einziges I, kein E, nur diese vielen Ws, sogar ein X und zwei Q waren dabei. Das muss ein Art Code sein, hatte er dann überlegt und daraufhin noch längere Zeit im Internet gesurft und dort nach unterschiedlichen Verschlüsselungsmethoden geforscht. Aber auch das hatte ihn nur wenig weitergebracht – einzig eine Buchempfehlung mit dem Titel „ Geheimnisse der Kryptologie" vielleicht. Diese planlose Rumprobiererei war einfach zu nervig. Er musste die Sache systematischer und mit viel mehr Ruhe angehen und deshalb war er vorhin im Buchladen gewesen und hatte sich genau diesen Titel bestellt. Er könne es morgen abholen, hatte die Buchhändlerin erklärt und deshalb wollte er heute möglichst wenig an diesen verfluchten Schatz denken und den Tag entspannt genießen. Ihm waren die überschwänglichen Erklärungen seiner Fährbekanntschaft zu den verschiedenen Kunstausstellungen auf der Insel eingefallen und genau das, verbunden mit einer Fahrradtour, erschien ihm jetzt als das richtige Ablenkungsprogramm. Vielleicht finde ich da auch noch ein schönes Mitbringsel für meine Mutter, überlegte er.

Sein erstes Ziel sollte die Bilderausstellung in der Nebeler Mühle sein und er beschloss, den kleinen Weg direkt an der Abbruchkante zum Watt zwischen Norddorf und Nebel zu nehmen. Eigentlich durften nur Wanderer den urigen Weg nutzen, aber warum sollte ihn das interessieren. Der war jetzt genau die richtige Herausforderung. Es ging bergauf und bergab mit tückischen Sandflächen dazwischen und plötzlichen Kaninchengängen. Alles in allem keine einfache Strecke, und er hatte natürlich den Ehrgeiz, auf dem gesamten Stück kein Mal abzusteigen.

In etwas mehr als zehn Minuten hatte er schon die kleine Aussichtsplattform in Nebel erreicht, die er in der Einbruchsnacht, von seinem Standort unter den Bäumen, so quälend lange beobachtet hatte. Einige Urlauber waren zwar eben, als er mit seinem Bike angerast kam, reichlich verärgert zur Seite gesprungen, hatten genervt den Kopf geschüttelt oder ihm sogar irgendwas hinterhergerufen, aber das war ihm vollkommen egal gewesen. Viel wichtiger war, dass er die anspruchsvolle Strecke so geschafft hatte, wie er sich das vorgenommen hatte. Kein Mal runter von den Pedalen, schmunzelte er zufrieden.

Als er wenig später den Platz vor der Kirche erreichte, parkte auf der rechten Straßenseite ein Auto mit offener Heckklappe. Daneben hantierte ein Mann an einer Stelltafel herum, die dort etwas schräg an der kleinen Steinmauer lehnte. Ach, vermutete er sofort, das ist der Strandholzkünstler ... dann seh ich den Knaben ja auch mal.

Vor der Platte hatte er neulich angehalten und sich kurz das putzige Angebot angesehen. Schlüsselanhänger, aufgesägte Schnecken und Holzvögel – insgesamt ziemlich albernes Naturgebastel. Allerdings, einige Fische hatten eine ungewöhnliche Form und Farbe gehabt und sahen ganz ansprechend aus. Strandholz ..., dachte er und dann musste er wieder an seine Mutter denken. Sie liebte Kunsthandwerk, wenn es einen regionalen Bezug hatte ... Strand – Treibholz – Kunstobjekt – Amrum, das passte ... vielleicht würde er dort wirklich etwas Ausgefallenes für seine „Alte Dame" finden?

Aber er hatte keine Lust, mit diesem Strandholzhippie – abgeschnittene Jeans, löchriges Batikshirt in Regenbogenfarben, barfuß in Sandalen und wilde Haare – auch noch ins Gespräch zu kommen. Dann sülzt er mich nur voll mit Selbstverwirklichung, Naturkunst, Mystik, Ökologie und so 'm Zeug ... der hat den Schuss auch nicht gehört, witzelte er. Dessen Zeit ist seit 30 Jahren vorbei! Ich warte besser, bis er verschwunden ist und dann seh ich mir alles in Ruhe an, beschloss er.

Er schob sein Fahrrad in den kleinen Durchgangsweg zur Kirche und setzte sich auf die Bank – genau der richtige Platz.

Aber der Aufbau der Strandobjekte gegenüber zog sich. Der Treibholzmensch hängte einen Fisch an die Platte, ging zwei Schritte zurück, schaute, schüttelte den Kopf, nahm ihn wieder ab, legte ihn zurück in eine Transportkiste und ersetzte ihn durch einen anderen. Das wiederholte sich jetzt schon das dritte Mal. ... Nun häng deinen Krempel endlich auf und verschwinde, beobachtete er das Geschehen wachsend ungeduldig. Nun hatte der einen mittelgroßen Fisch mit schönem rotbraunen Holzton an die Wand platziert und holte jetzt noch einen kleineren, genau aus demselben Holz, heraus und hängte ihn genau daneben. Das ist auch eine Idee, dachte er sofort, vielleicht sollte ich eine Fischfamilie kaufen. Dann bekommt die ganze Sache schon einen ganz anderen Ausdruck. Die beiden Fische, nett an der Flurwand oder im Badezimmer seiner Mutter ... das könnte ihr gefallen, überlegte er.

Zu allem Überfluss kam jetzt auch noch ein kleines Mädchen aus dem roten Friesenhaus und rannte lachend auf den Treibholz-Schnitzer zu. Anscheinend kannten sie sich gut. Beide begrüßten sich überschwänglich und dann setzte sich das Mädchen auch noch neben die Platte auf die Mauer und ließ die Beine baumeln. Jetzt zeigte ihr der Hippie verschiedene Teile. Einige nahm sie in die Hand, besah sich das Zugereichte ausgiebig von allen Seiten und dabei plauderten sie ausgelassen.

Ich halt das nicht mehr aus ... wie lange soll das denn noch dauern? Ich hab schließlich nicht ewig Zeit! ... nein! ... Bitte nicht!

In diesem Moment wurde das kleine Fenster an der Stirnseite geöffnet und ein breit grinsender, verschlafener Männerkopf kam dort zum Vorschein. Sofort hatte der Schnitzer auch mit dem Kontakt aufgenommen, redete und gestikulierte jetzt nicht nur mit dem Mädchen, sondern mit beiden. Mann, Mann ... diese Amrumer sind aber auch zu tiefenentspannt. Wie will der Geschäfte machen, wenn er den halben Tag versabbelt ... nun mach hin ...

Aber, es kam noch schlimmer!

Der Schnitzer hatte genau den kleinen Fisch vom Brett genommen und dem Mädchen hingereicht, auf den er scharf war und den er für seine Fischfamilie brauchte.

Die Kleine lachte und hielt ihn hoch in die Luft in Richtung Männerkopf im offenen Fenster. Jetzt wurde wieder diskutiert und wie es aussah, ging es um den Holzfisch in ihrer Hand.

Das fehlt mir noch. Ich warte geduldig ab und dann schnappt mir diese blöde Göre am Ende noch den Fisch vor der Nase weg!

Und genauso kam es. Die Kleine drückte sich von der Mauer hoch, bedankte sich wohl, lief dann lachend und hüpfend mit dem Fisch in der Hand zurück über den Rasen zur Tür und verschwand im Haus. Das kleine Fenster schloss sich. Der Treibholz-Mensch verstaute seine Kiste im Wagen, warf die Heckklappe runter, setzte sich ins Auto und fuhr davon. In wenigen Sekunden hatte sich alles aufgelöst, nur der Verkaufsstand war übrig geblieben und stand verlassen an der kleinen Mauer.

Erleichtert atmete er durch und wollte sich nun in aller Ruhe das Sortiment ansehen, aber daraus wurde wieder nichts. Dort sprang eine Frau vom Rad und rief ihrem Mann, der ein paar Meter hinter ihr fuhr, zu: »Sieh nur, Karl-Heinz, die Fische, die sind ja wunderschön!«

Jetzt war Eile geboten. Während sie noch dabei war, ihr Fahrrad an der Mauer abzustellen, hatte er bereits mit großen Schritten die Straße überquert und sich, ohne zu zögern, sofort den braunen Fisch vom Nagel genommen – und das gerade noch rechtzeitig! Denn schon hörte er neben sich: »Ach, das ist aber schade! Wollen Sie den nicht mir überlassen? Genau das Exemplar finde ich auch besonders schön.«

»Nein, das kann ich leider nicht. Ich warte schon länger und diesen Fisch brauch ich unbedingt!« Und während er so unwirsch antwortete, schaute er die Frau nur flüchtig an und zog sofort entschlossen seine Geldklammer aus der Tasche.

Auf dem Fisch klebte ein kleines Papierschild, 12,- Euro stand darauf. Münzen hatte er auch diesmal nicht dabei und so faltete er schnell einen 10,- und einen 5,- Euro Schein und stopfte beide in den kleinen Schlitz der Holzkasse.

Neben ihm lauerte immer noch seine Konkurrentin und deshalb sagte er nur kurz und kühl: »Schönen Tag noch!« und setzte sich sofort in Bewegung.

Erst, als er wieder neben seinem Fahrrad stand, besah er sich den Fisch genauer … tolle Oberfläche … schöner Holzton … interessante Form … genau das richtige Geschenk! Aber, das war haarscharf! Fast hätte ich den auch nicht mehr bekommen, freute er sich. Schade nur, dass die Kleine den anderen hat. Er verstaute die Beute in seinem neuen, kleinen Fahrradrucksack und fuhr, ohne noch einmal zum Stand zu sehen, davon.

Eine Querstraße rechts, dann links und ein kleines Stück auf der Hauptstraße und schon konnte er wieder absteigen.

Die Mühlenflügel standen längst wieder in der Diagonalen und so bekam er von der Aufregung am Morgen nicht das Geringste mit. In den niedrigen, kleinen Nebenräumen der Mühle war es angenehm kühl. Dort standen oder hingen verschiedene historische Alltagsgegenstände an den Wänden. In Vitrinen konnte man Bernstein, ausgeblasene Vogeleier und Muscheln bewundern oder sich alte Dokumente und vergilbte Fotos ansehen.

In den hinteren Räumen war die Kunstausstellung untergebracht, sein eigentliches Ziel. Wie erwartet, handelte es sich um Insel- und Landschaftsmalerei. Hohe Himmel mit dramatischen Wolkenformationen, durch die die Sonne brach, Strand- und Dünendarstellungen, Bilder mit Wellen, mal sanft, mal gewaltig, Sonnenuntergänge oder Friesenhäuser mit Stockrosen davor. Das teuerste Bild sollte gerade mal 800,- Euro kosten.

Damit kann ich meinen Düsseldorfern nun wirklich nicht kommen, schmunzelte er. Auch sollte der Maler oder Bildhauer natürlich möglichst schon einen Namen haben und in der Szene bekannt sein. Dann war von seinen Bekannten schon mal ein anerkennendes, neidisches Nicken drin. Natürlich war solche Kunst auch eine hervorragende Geldanlage – aber dieses Naturgepinsel von No-Name- und Möchtegernkünstlern hatte einfach keinen Wert. Einen zweiten Rundgang sparte er sich, besah sich stattdessen die vielen Zahnräder und Riemen und stieg auch die kleine Holztreppe zur oberen Arbeitsplattform hoch – dort, wo früher das Korn zwischen die Mahlräder gekippt wurde. Eine Zeit lang guckte er dann noch auf den ausgestellten weißen

Kaninchen- und Vogelschädeln und den unterschiedlichen Möwen-
eiern herum, aber nach nicht einmal einer halben Stunde stand er
schon wieder vor der Tür und überlegte, welchen Weg er jetzt nehmen
sollte – er musste sich heute unbedingt noch weiter auspowern.

Die Amrumer Mühle

*Die markante Amrumer Windmühle am Ortseingang von Nebel ge-
hört zu den gern besuchten Sehenswürdigkeiten der Insel. Sie ist heute
die älteste noch voll funktionstüchtige Mühle Schleswig-Holsteins und
war bis 1963 in Betrieb.*

*Der Amrumer Seefahrer Erk Knudten kaufte sie 1770 in Holland,
ließ sie auf dem Seeweg nach Amrum bringen und dann auf dem höchsten Geestrücken der Insel wieder errichten. Damals war die Insel nur
wenig bewaldet; aus allen Himmelsrichtungen war die Erdholländer-
windmühle weithin sichtbar und hatte bis zum Bau des Leuchtturms
schnell auch eine wichtige Bedeutung als „Seezeichen" und Orientierungshilfe für vorbeifahrende Schiffe.*

*Seit 1964 kümmert sich ein Verein um den Erhalt des „Gesellen des
Windes". Die ehemaligen Lagerräume sind zu einem kleinen Museum
umgestaltet und bieten in den Sommermonaten wechselnde Kunstausstellungen an. Zukünftig soll mit der Mühle auch wieder Korn gemah-
len werden und neben der spannenden Möglichkeit, das den Besu-
chern dort direkt erlebbar zu machen, möchte man mit dem Verkauf
des „Orginal Amrumer Mehls" auch zusätzliche Einnahmen für den
weiteren Erhalt des Kulturdenkmals erzielen.*

(Historische Inselkarte mit Mühle – siehe Anhang)

Mole 3

Endlich, endlich summte ihr Handy, das vor ihr auf dem Gartentisch lag. Auf dem Display stand:

Mole? 14 h? Wasserstand noch gut!!!??? Sofort tippte sie „*o.k.*" ein und drückte auf: *Senden.*

»So, Marie, es ist höchste Eisenbahn! Du musst dich jetzt endlich entscheiden ... letzte Chance!«, rief Kristina nur Sekunden später von der Terrasse und kam hastig über den Rasen auf sie zu. Sie hatte schon ihren Rucksack auf dem Rücken und ihren neuen Sommerhut in der Hand. Für heute hatten die Frauen eine ausgiebige Wanderung geplant. Sie wollten mit dem Bus bis zum Leuchtturm fahren und dann zwischen Dünen- und Waldrand bis nach Norddorf gehen – mit Picknick etwa 3 Stunden. Kristina hatte ihr den Weg als herrlich und fernab von allen Straßen und Fahrradwegen beschrieben, mit idyllischen, zauberhaften Plätzen, verwunschen und märchenhaft. Auch wenn diese Wegbeschreibung Malu wieder einmal reichlich übertrieben erschien, hätte sie schon Lust gehabt mitzugehen. Aber noch viel lieber wollte sie etwas ganz anderes! Und deshalb hatte sie ihre Entscheidung bis auf den letzten Drücker hinausgezögert.

»Du, Mum, ich hab gerade eine Nachricht von Greta bekommen. Es tut mir leid! Wir fahren heute doch noch zur Mole ... sei nicht sauer ... In den nächsten Tagen wird es immer ungünstiger ... zu wenig Wasser, dann ist Mole erst mal out.«

»Alles klar! Versteh schon. Ich bin nicht sauer, aber ich muss jetzt los. Wir sehen uns heute Abend. Dann koch ich uns was Schönes. Viel Spaß und sei vorsichtig!«

»Ja, danke, euch auch!«, rief Malu ihrer Mutter hinterher, denn die hatte schon Richtung Gartenausgang abgedreht und wedelte zum Abschied nur noch ein paar Mal mit ihrem Hut in der Luft herum.

Vor Malu lagen schon zwei voll geschriebene Seiten, die sie aus ihrem Schreibblock herausgerissen hatte. Sie hatte darauf versucht, aus den Buchstaben, die im Deckel der Schatzkiste eingeschnitzt waren, sinnvolle Wörter oder sogar einen Satz zu bilden – aber bislang ohne jeden Erfolg! Jetzt starrte sie schon wieder minutenlang auf ihre Aufzeichnungen und zweifelte immer mehr an ihrem bisherigen Vorgehen …

Das sind einfach noch nicht die Richtigen! Wichtige Buchstaben, die oft in Wörtern vorkamen, waren gar nicht vorhanden und andere wiederum ein paar Mal. Der Kreis hatte genau 26 Buchstaben. Das Alphabet hatte ebenfalls genau diese Anzahl. Das muss doch etwas bedeuten? Warum soll ein sinnvoller Satz genau aus so vielen Buchstaben bestehen? Er muss ein bestimmtes System benutzt haben – hinter jedem dieser Buchstaben verbirgt sich womöglich ein anderer? Anders kann ich mir das überhaupt nicht erklären. Aber welcher und nach welcher Methode hat er sie ausgetauscht? überlegte sie und langsam begann sich alles in ihrem Kopf zu drehen. Vielleicht hat Claas schon was rausgekriegt … den treff ich wahrscheinlich nachher. So hat das einfach keinen Sinn, ich werd noch verrückt!

»Ach, du bist noch hier!«, meldete sich eine vertraute Stimme vom Garteneingang.

Kurt guckte nur kurz rüber und ging dann mit gesenktem Kopf quer über den Rasen.

Jetzt kam er ein paar Schritte auf sie zu und meinte: »Ich wollte dich nicht stören. Ich hab nur eben deine Mutter weggehen sehen und dachte, hier ist freie Bahn. Ich muss gleich auf eine Kirchensitzung. Vorher wollte ich mir nur schnell das Gras nach dem Gewitterregen ansehen. Ich bin schon wieder weg!«

»Nein, du störst überhaupt nicht … im Gegenteil, setz dich doch kurz!«

»Ich hab wirklich nur ein paar Minuten Zeit. Ich darf mich da nicht verspäten«, erklärte er. Erst jetzt bemerkte Malu, wie anders er heute aussah und war beeindruckt.

»Mensch, Opa Kurt, du bist ja heute richtig schick!«

»Ja, das kannst du laut sagen. Ich hab mich landfein gemacht. Als Rentner muss man auf sich halten. Und auch bei der Damenschaft will man ja einen guten Eindruck machen.« Und dann schmunzelte er in seiner typisch, warmherzigen Art übers ganze Gesicht.

Kurt trug blitzblank geputzte Lederschuhe, eine dunkle Bügelfalten-Hose und ein helles, kurzärmliges Sommerhemd – natürlich akkurat gestriegelte Haare und einen in Form gebrachten Seemannsbart. »Na, was treibst du?«, fragte er und weil er neugierig war, warf er auch noch kurz einen Blick auf die losen Zettel, während er sich hinsetzte.

»Opa Kurt, ich versuch schon die ganze Zeit, die Buchstaben von der Schatzkiste in eine sinnvolle Reihenfolge zu bringen. Aber, das ist unmöglich! Hast du die dir gestern angesehen und vielleicht schon eine Idee?«, fragte sie neugierig.

»Ich hab gestern wirklich kurz einen Blick drauf geworfen, hatte ich ja versprochen … wunderschönes Stück … und ich denk, du bist auf der richtigen Fährte. Mit dem Wirrwarr auf dem Deckel will er uns etwas sagen. Aber zu einfach wollte er seiner Nachwelt die Sache auch nicht machen. Hark Olufs war so einiges, aber dumm ganz sicher nicht: Eher ein schlauer Fuchs! Der hat sicher lange nachgedacht, um alles auszubaldowern. Aber weiß du was, ich kenn jemanden, der uns vielleicht helfen kann! Mein alter Freund Hannes. Den haben die Vorgänge um die Schatzsuche damals fast völlig vom Kurs abgebracht. Aber, er kommt auf Sachen, die keinem anderen einfallen und er kann den Mund halten, auf den können wir uns verlassen. Vielleicht kannst du mir die Buchstaben einmal aufschreiben und auch das sonderbare Ornament. Ich würde ihm das gerne zeigen. Mal sehn, was er davon hält. Du kannst mir den Zettel ja einfach in den Briefkasten werfen.«

»Wieso denn, ich schreib dir das jetzt noch schnell ab. Dazu brauch ich nur zwei Minuten!«, sagte Malu und legte sofort los. Sie zeichnete das Ornament in die Mitte auf das leere Blatt in ihrem Schreibblock und schrieb die Buchstaben der Kiste in der entsprechenden Reihenfolge in Kreisform drumherum. Dann riss sie das Blatt heraus und reichte es Kurt hin.

»Vielen Dank! Jetzt brauch ich achterlichen Wind und schnelle Sandalen. Halt die Ohren steif, mein Deern«, und während er das sagte, war er schon aufgestanden, steckte den Zettel ein und machte sich eilig auf den Weg.

Gerne hätte Malu ihn weiter über diesen „Hannes" ausgefragt. Kurt brachte immer neue Namen ins Spiel, die im Zusammenhang mit der Schatzsuche und seiner Vergangenheit standen. Und, was meinte er mit, Hannes wäre vom Kurs abgekommen? … Keine Ahnung! Aber, das werd ich noch rauskriegen und legte ihre Zettel zurück in den Schreibblock. So kam sie sowieso nicht weiter und langsam wurde es auch Zeit. Greta würde gleich heranrauschen und sie musste noch vorher ihre Sachen für die Mole zusammenpacken.

Beide kreischten panisch und dann flogen sie auch schon durch die Luft. Jede konnte sich noch gerade rechtzeitig die Nase zuhalten.

Was war passiert?

Ein unbeteiligter Zuschauer, von denen es auch heute auf der Mole wieder viele gab, würde den Vorfall in etwa wie folgt beschreiben:

Melf, Marwin, Claas und Janne, vier kräftige Jungs, stecken auf dem Anleger kurz grinsend ihre Köpfe zusammen und schleichen sich dann in gebückter Lauerhaltung aus verschiedenen Richtungen an zwei Mädchen heran, die ganz entspannt und arglos auf ihren großen Badehandtüchern lang ausgestreckt in der Sonne dösen. Ein schneller Blick und ein Kopfnicken und schon greifen sie entschlossen zu. An Melfs und Marwins Händen schreit und zappelt Greta, Claas und Janne haben sich Malu geschnappt – der eine die Beine, der andere die Arme.

Die Vier schleppen ihre schimpfende, sich windende und kreischende Beute, begleitet vom Gejohle der anderen, zum nahen Molenrand. Dort schwingen sie die Mädchen zweimal hin und her, bei drei lassen sie los. Beide fliegen in hohem Bogen durch die Luft und klatschen nach anderthalb Sekunden in die Nordsee. Vier Jungen gucken stolz von oben hinterher und können sich nicht mehr vor Lachen halten.

Malu tauchte als erste auf und sah sich sofort nach ihrer Freundin um und da war sie schon. Auch Greta sah ziemlich entspannt aus.

»Mist, wir haben wieder nicht aufgepasst! Aber mein Flug war nicht schlecht«, grinste Greta sie an.

»Meiner auch nicht! Aber sie haben uns heute schon das zweite Mal rangekriegt. Wir müssen uns etwas einfallen lassen. Mädchenpower, verstehst du … und vielleicht hab ich auch schon einen Plan!« Beide guckten jetzt gespielt empört nach oben, denn da hielten sich die vier Helden noch immer die Bäuche.

»Na wartet, ihr Schweinebande! Irgendwann seid ihr auch dran und dann kennen wir keine Gnade!«, rief Malu von unten und Greta ergänzte: »Auch, wenn ihr um euer armseliges Leben winselt!«

»Oh, jetzt machst du uns aber richtig Angst!«, rief Claas zurück und die Jungs klatschten sich ab und genossen weiter ihren Erfolg.

»Gut gebrüllt, Löwe. Aber was schlägst du vor? Wie sollen wir die erwischen?«, wollte Greta wissen.

»Wir müssen ihnen eine Falle stellen. Erklär ich dir gleich oben. Zwei könnten wir vielleicht auf einen Streich kriegen!«, sagte Malu leise.

»Okay. Ich bin dabei«, war Greta sofort Feuer und Flamme. In diesem Augenblick platschten nicht weit entfernt zwei Jungenärsche mit angezogenen Beinen auf die Wasseroberfläche. Zwei gewaltige Wasserfontänen spritzten auf und natürlich bekamen Greta und Malu davon wieder eine ganze Menge ab. Kaum dass Claas und Janne auftaucht waren und breitgrinsend ihren erneuten Triumph genießen wollten, schmissen sich die Mädchen schreiend auf sie. Daraus entwickelte sich eine wilde Balgerei und auch die Jungs mussten jetzt etliche Niederlagen einstecken. Wild und mutig schnappten sich die Mädchen mal den einen, mal den anderen. Die Jungs waren eher Einzelkämpfer – Greta und Malu arbeiteten im Team und im Schwimmen und Tauchen waren sie fast ebenbürtig.

Die Bedingungen waren heute ideal. Es war Flut und das Wasser war relativ klar. Die Ebbe hatte erst vor Kurzem eingesetzt – wahrscheinlich war hier deshalb so viel los. Auch Owe war heute dabei. Er hatte sein Lager etwas abseits aufgeschlagen, trieb sich aber meistens mit seinen Kumpels auf der anderen Seite des Molengeländes herum. Malu hatte ihm vorhin kurz zur Begrüßung zugewunken, als er mal wieder herübersah.

Nach der ausgelassenen Toberei der vier war jetzt erst einmal Ausruhen und Quatschen angesagt. Die Mädchen lagen nebeneinander auf ihren Handtüchern und nur ein kleines Stück davon entfernt die Jungs. Claas erzählte gerade von seiner neuen Leidenschaft, dem Wellenreiten, und wie anstrengend es war, sich immer wieder erneut gegen die Strömung und die Wellen rauszukämpfen und danach dann noch genau im richtigen Moment aufs Brett zu kommen. In Janne hatte er den richtigen Gesprächspartner, denn der liebte den Wassersport ebenfalls – allerdings war es bei ihm das Segeln. Das hatte er schon von seinem Vater gelernt, da war er noch in den Kindergarten gegangen. »Aber, Claas, ich glaub, das ist nichts für mich, halbe Stunde nur kämpfen und paddeln, um dann mal für zwei Sekunden drauf zu stehn. Für meinen Geschmack kann es ruhig ein bisschen gemütlicher zugehen«, meinte er.

»Du, Claas!«, mischte sich Malu in das Gespräch der beiden ein. »Hast du eigentlich in Sachen Buchstaben und Schatzkiste schon was rausgekriegt?«

Auch Greta richtete sich sofort von ihrem Handtuch auf und alle guckte nun neugierig auf ihn.

»Ihr glaubt gar nicht, was das für ein spannendes Thema ist und was man darüber alles im Netz finden kann!«, legte Claas sofort los. »Ich denk, ich bin dem Rätsel auf der Spur, aber geknackt hab ich's noch nicht. Mir fehlt die entscheidende Idee. Ich erzähl euch mal, was ich bisher weiß oder vermute.«

»Stopp!«, unterbrach Malu energisch. »Nicht hier! Das kriegen zu viele Leute mit. Wir suchen uns ein ruhigeres Plätzchen.« Sie stand auf, sah sich um und meinte dann: »Wir setzen uns da an die Mole. Dort wo jetzt kein Mensch ist … einverstanden?«

Malu wartete keine Antwort ab, sondern setzte sich gleich in Bewegung und auch Greta folgte sofort – die Jungs trotteten hinterher.

Dort gab es wirklich keine Lauscher. Selbst Melf und Marwin, mit ihren Angeln in der Hand, standen noch ein ganzes Stück entfernt. Die vier setzten sich dicht nebeneinander auf die Molenkante und ließen ihre Beine Richtung Wasser baumeln.

»Also! Was man zum Thema Verschlüsselung alles finden kann,

ist wirklich völlig abgefahrn«, begann Claas erneut und man sah ihm förmlich an, wie sehr er darauf brannte, seine Erkenntnisse endlich los zu werden.

»Da könnte man sich Jahre mit beschäftigen. Wie ein Krimi ... sag ich euch. Die Menschen haben schon seit ewigen Zeiten versucht, Nachrichten und Botschaften so zu verstecken, dass keiner ohne den richtigen Code damit etwas anfangen kann!«

»Habt ihr zum Beispiel schon mal von der „Enigma" gehört?«

Janne und die Mädchen guckten Claas nur an, aber niemandem fiel dazu etwas ein.

»Das war eine legendäre Verschlüsselungs-Schreibmaschine im 2. Weltkrieg, mit der die Nazis ihre Funksprüche codierten. Die Methode galt lange Zeit als unknackbar, nur durfte die Maschine auf keinem Fall dem Feind in die Hände fallen. Jeder Kommandant hatte den strikten Befehl, bevor er nur daran denken durfte, seine Leute oder sich selbst in Sicherheit zu bringen, vorher die Maschine zu zerstören. Erst mitten im Krieg fiel den Briten ein intaktes Gerät aus einem gekapertem deutschen U-Boot in die Hände und danach war es mit der Geheimhaltung bald vorbei. Die Nazis hatten davon nämlich nichts mitbekommen, benutzten weiter ihre alte Codierung und die Alliierten konnte fortan den gesammten Funk der Deutschen entschlüsseln. Experten gehen sogar davon aus, dass das möglicherweise kriegsentscheidend war. In jedem Fall hat das wohl den Wahnsinn deutlich verkürzt. Stellt euch vor, wie viele unschuldige Menschen sonst noch hätten sterben müssen. ... Na ja, Codierung ist ein uraltes Thema. Die Römer machten es, die Kaufleute auf ihren langen Handelsreisen, die Spanier auf ihren Schiffen, als sie den Azteken in Amerika das Gold geklaut haben ... bis heute werden Nachrichten verschlüsselt. Denkt mal an die Geheimdienste, NSA und so ... heute natürlich mit Computerprogrammen und Algorithmen, früher mit Codebüchern und Zahlenkombinationen. Man einigte sich zum Beispiel vorher auf ein bestimmtes Buch, sagen wir auf eine bestimmte Bibelausgabe. Die war selbst in dem entferntesten Winkel der Erde vorhanden und erregte keinerlei Verdacht. Man überbrachte nur eine lange Liste mit

Zahlen. Der Adressat schlug die richtige Seite auf und zählte anhand der Zahlen die richtigen Wörter heraus. Schon hatte er die Botschaft entschlüsselt.

Ja ... was wollte ich eigentlich erzählen?«, stoppte Claas seinen Bericht, obwohl ihn niemand unterbrochen hatte. Aber er merkte wohl gerade selber, dass er sich immer weiter von dem entfernte, worüber er eigentlich sprechen wollte.

»Zurück zu den geheimnisvollen Buchstaben auf der Schatzkiste«, meinte er dann und atmete noch einmal tief ein und aus.

»Ich erzähl euch mal, was am wahrscheinlichsten ist. Ach, halt ... ich zeichne euch das besser auf, dann könnt ihr das eher verstehen!«

Er stand auf und lief quer über den Anleger zur Uferbefestigung. Dort suchte er kurz herum und kam dann mit einem weißen Stein in der Hand zurückgerannt.

»Also, es ist Folgendes«, begann er erneut, als er sich wieder zwischen die anderen quetschte.

»Anfangs hab ich stundenlang versucht, direkt aus den Buchstaben selbst Wörter zu bilden, aber das war vollkommener Quatsch ... vollkommen unmöglich ... nichts hat einen Sinn ergeben.«

»Das kommt mir sehr bekannt vor«, warf Malu ein.

»Ah ja ... und dann hab ich mich im Internet schlau gemacht, aber das habt ihr eben ja schon mitgekriegt. Die Buchstaben bilden einen geschlossenen Kreis ... richtig?«, aber eine Antwort erwartete er gar nicht, sondern erklärte sofort weiter: »Es sind genau 26 Zeichen und auf der Kiste war absolut keine Markierung zu finden, wo sich der Anfang befinden soll, hast du erzählt ... richtig?«, und er guckte kurz Malu an und die nickte. »Und nun kommt das Verrückte! Bei der Codierung von kurzen Nachrichten mit diesem System muss man dem Empfänger nicht mal den Anfang mitteilen, das findet er leicht selbst heraus. Jemand, der die Verschlüsselung nicht kennt, steht aber deshalb schon gleich am Anfang auf dem Schlauch. Diese Verschlüsselungsart wird die „Katze" genannt, aber genauer wäre die Bezeichnung „Doppelkatze".«

»Die Katze?«, unterbrach Janne amüsiert. Aber Claas ließ sich nicht verunsichern.»Ja, irgendwie lustig, aber die Kryptologen haben ihren Systemen oft solche merkwürdigen Namen gegeben. Man soll sich wohl eine junge Katze vorstellen, die ihren eigenen Schwanz fangen will, ihn aber nie zufassen bekommt und ständig im Kreis rennt. Die Verschlüsselung geht so!« Und jetzt malte Claas mit dem Stein einen Kreis auf den dunklen Straßenbelag hinter sich und verteilte darauf alle 26 Buchstaben des Alphabets in der richtigen Reihenfolge und annähernd im gleichen Abstand von einander.

»So«, sagte er dann, »hier seht ihr schon die erste Katze! Der innere Kreis, oder eben die innere Katze ... kapiert ihr?« Claas guckte kurz auf, sprach aber gleich weiter.»Eigentlich kein Anfang und kein Ende. Nun stellt euch einen Ring vor, der außen noch einmal drum herum liegt ... vielleicht wie ein Fahrradreifen auf einer Felge. Ich hab mir sogar beides aus Pappe ausgeschnitten. Der äußere Ring, auch die äußere Katze genannt, läßt sich nun auf jede x-beliebige Position, also auf jeden der unteren Buchstaben verdrehen.« Parallel hatte er auch diesen zweiten Kreis auf den Asphalt gemalt und meinte dann:»Klar soweit?« Alle nickten.»So, auf den Ring schreibt man noch einmal das Alphabet. Das A genau über dem A des inneren Kreises, dann das B über dem B und so weiter. Jetzt liegen die Buchstaben genau übereinander. Es ist eigentlich noch nichts Aufregendes passiert, oder?« Wieder nickten alle.

»So, Leute und nun wird es interessant und wir steigen in die Verschlüsselung ein. Verdreht man zum Beispiel den äußeren Ring um eine Stelle, dann steht das A über dem B auf dem inneren Kreis. Und welcher Buchstabe steht jetzt über dem unteren A?«

»Das Z!«, sagte Malu sofort. Und nicht nur bei ihr stieg die Anspannung, auch die anderen starrten fasziniert auf die Buchstaben, die Claas auf das Pflaster gekritzelt hatte.

»Richtig! Würde ich also ein A mit einer Verdrehung um eine Stelle verschlüsseln, dann müsste ich jetzt ein Z in die Botschaft schreiben ... ja, das ist erst einmal das Grundprinzip. Wenn du also mit dem Adressaten deiner codierten Nachricht eine bestimmte Anzahl an Verdrehungen vereinbart hast und der hat auch so ein Gerät oder zeichnet sich das einfach auf. Und wenn er dann den äußeren Buchstabenring um die vereinbarten Stellen verdreht, dann würde er den Buchstaben der Botschaft auf dem äußeren Ring suchen und darunter auf dem Kreis den wahren Buchstaben finden. Habt ihr das soweit verstanden?«

Malu hatte so konzentriert zugehört, dass sie fast das Atmen vergessen hatte und nur ein anerkennendes »Wow!« rausbrachte. Sie musste erst mal Luft holen, bevor sie mehr dazu sagen konnte. »Aber, das ist ja genial! Total super! Du hast es geschafft! Das bedeutet doch … lass mich überlegen … es gibt nur 26 Möglichkeiten den äußeren Ring zu verschieben! Das ist doch ziemlich überschaubar!«

»Ja, fast. Es sind 25 Möglichkeiten. Nach der 26-igsten Verschiebung steht das A genau wieder über dem unteren A. Aber eigentlich hast du Recht!«, stimmte Claas zu. »Aber jetzt …«

»Ja … wie auch immer. Dann eben 25. Wir werden alle Möglichkeiten ausprobieren«, fiel ihm Malu aufgeregt ins Wort, »eine muss die Richtige sein! Das dauert doch gar nicht so lange! Das kriegen wir leicht hin! Wir schreiben alle Möglichkeiten heraus und wenn ein brauchbarer Satz dabei herauskommt, haben wir das Rätsel gelöst! Claas du bist ein Genie! Wir haben die Verschlüsselung so gut wie geknackt!«

»Moment, Moment! Wenn es so einfach wär! Deine Idee hab ich schon längst durchprobiert. Es kommt absolut nichts Vernünftiges dabei heraus! Die Rätselei geht leider weiter. Wir haben erst den ersten Schritt gemacht. Leider ist es viel komplizierter. Die einfache Katze kann jeder Dussel entschlüsseln. Das war Hark Olufs zu einfach. Er hat sich eine viel schwierigere Variante ausgesucht! Aber welche? Das ist die große Unbekannte!«

Greta war die erste, die die Frage stellte, die auch die anderen im Kopf hatten :

»Soweit hab ich alles verstanden. Aber welche Möglichkeiten gibt es denn, das Katzensystem zu verändern und sicherer zu machen?«

Claas legte seine Stirn in Falten und kratzte sich am Kopf. »Ja Leute, leider gibt es davon 'ne ganze Menge und einige hab ich ebenfalls schon vergeblich gecheckt. Die entscheidende Idee fehlt mir noch. Passt auf! Wenn man bloß die Buchstaben nicht vorwärts auf den äußeren Ring schreibt, sondern rückwärts, ergeben sich sofort 25 neue Möglichkeiten.

Aber er könnte die Buchstaben auch ganz neu sortiert haben. Zum Beispiel den oberen Ring nach Selbstlauten und Mitlauten ... versteht ihr ... A E I O U und dann alle Mitlaute, möglicherweise wieder rückwärts. Er könnte auch nach einem bestimmten Zahlencode vorgegangen sein, zum Beispiel nach seinem Geburtsdatum, nach Primzahlen, nach einem bestimmten Zahlensprung und so weiter. Keine Ahnung, es gibt einfach höllisch viele Möglichkeiten. Glaubt mir, dabei kann man durchdrehen! Das Grundsystem ist total simpel, aber es gibt einfach unglaublich viele Varianten. Wir brauchen noch einen entscheidenden Hinweis!« sagte Claas und guckte ratlos reihum in drei enttäuschte Gesichter.

»Schade, Mensch. Ich hatte mich schon so gefreut. Aber wie kommen wir jetzt weiter?«, sagte Malu und schaute wieder Claas an.

»Es tut mir auch leid, Leute, mehr hab ich im Augenblick nicht. Wir müssen nach der richtigen Buchstabensortierung suchen. Falls er dann noch verschoben hat, ist das das kleinere Problem! Aber es gibt im Netz Foren, wo sich Verschlüsselungsfreaks in Chatrooms austauschen. Das ist mein nächster Schritt. Vielleicht haben die dort eine Idee!«

»Ja, das musst du unbedingt versuchen! Das könnte doch eine Möglichkeit sein. Aber leid tun muss dir gar nichts, das ist doch völliger Quatsch. Wir sind schon einen großen Schritt weiter: Eine Katze, die sich selbst in den Schwanz beißt, also«, wiederholte Malu und das mehr für sich selbst als für die anderen.

»Ja, richtig. Das Grundprizip ist ganz einfach. Zwei übereinanderliegende drehbare Alphabetkreise«, ergänzte Claas, aber sein Satz klang wenig zuversichtlich, sondern eher frustriert.

In diesem Augenblick fragte jemand hinter ihnen: »Na, was treibt ihr denn hier solange? Das sieht ja nach 'ner richtigen Geheimkonferenz aus!«

Niemand hatte Melf und Marwin bemerkt. Alle hatten sich auf

Claas konzentriert und die Zwei mussten sich leise angeschlichen haben. Jedenfalls standen beide ganz dicht hinter ihnen und starrten neugierig auf das weiße Gekritzel vor ihnen auf dem Asphalt.

Malu berührte wie zufällig Greta mit dem Ellenbogen, zwinkerte ihr zu und drückte sich von der Molenkante hoch. Greta folgte sofort und meinte im Aufstehen: »Das ist gar nicht für eure Augen bestimmt! Fischer sind eh zu blöd dafür!« dabei grinste sie provozierend.

»Na, na, wenn du dich da man nicht täuschst«, erwiderte Melf und starrte noch interessierter auf die Zeichnung.

»Du wirklich nicht, Melf. Marwin vielleicht, aber du nicht!«, legte Malu nach.

Marwin fühlte sich wohl geschmeichelt, in jedem Fall kam er jetzt ebenfalls dichter heran und beide starrten nun leicht gebückt auf den Buchstabenkreis, direkt im Rücken von Claas und Janne, die noch am Molenrand saßen.

»Was soll das bedeuten?«, wollte Melf wissen.

»Na ja, es ist wirklich geheim!«, stimmte Claas den Mädchen nervös zu und fing sofort hektisch an, die Buchstabenkreise mit seinem Stein zu übermalen. Das steigerte das Interesse bei den ungebetenen Gästen natürlich weiter und sie drängten noch dichter heran. Jetzt versuchten Janne und Claas auf die Beine zu kommen und gleichzeitig Melf und Marwin von der Zeichnung wegzudrücken.

Genau in diesem Moment kreischten zwei Mädchen in unmittelbarer Nähe so laut und hoch wie sie nur konnten und alle, die das hörten, drehten sich sofort erschrocken nach der kleinen Gruppe dort am Molenrand um – wahrscheinlich befürchteten sie das Schlimmste. Auch den Jungs war ein Riesenschreck in die Glieder gefahren. Alle vier rissen die Köpfe hoch und starrten entsetzt auf Greta und Malu.

In diesem Augenblick schlugen die beiden zu. Fast gleichzeitig bekam Melf von Greta und Marwin von Malu einen mächtigen Stoß. Beide waren völlig unvorbereitet und flogen nach vorn. Doch da, direkt an der Kante, standen Janne und Claas. Auch die hatten keine Chance mehr zu reagieren. Wie angestoßene Billardkugeln flogen die zwei als erste über die Kante Richtung Nordsee. Aber auch für

Melf und Marwin lief es nicht besser. Die Mädchen hatten so kräftig geschubst, dass sie sich nur mit großer Mühe noch gerade auf der Molenkante halten konnten. Die Mädchen setzten sofort nach und jetzt reichten zwei leichte Stöße und auch für die Fischer gab es nur noch den Weg nach unten in die Feuchtigkeit.

Nacheinander kamen vier triefnasse Jungenköpfe wieder an die Wasseroberfläche und glotzten vollkommen entgeistert und irritiert nach oben. Sie hatten noch immer nicht ganz kapiert, was passiert war.

Oben warfen Greta und Malu ihre Arme in die Luft und riefen den Jungs im Wasser ein lautes »M ä d c h e n p o w e r !!!« entgegen.

Aber nicht nur die beiden genossen ihren Triumph. Auf der Mole hatten die meisten mitbekommen, was passiert war, und auch dort wurde das Ereignis geradezu enthusiastisch gefeiert. Es wurde geklatscht und gejohlt und etliche waren aufgestanden, kamen Richtung Molenkante gerannt und wollten die geschlagenen Helden im Wasser sehen. Unter den Jugendlichen gab es viele, die oft bei den Späßen der Vier den Kürzeren gezogen hatten – da gab es offene Rechnungen. Nun hatte es endlich mal die Richtigen getroffen – und dann auch noch alle auf einen Streich. Diese Aktion würde in die Molengeschichte eingehen. Zwei Mädchen besiegen die wilden Kerle, und so riefen einige »Bravo!« oder klopften Greta und Malu anerkennend auf die Schulter.

Die Jungs im Wasser fügten sich in ihr Schicksal und machten jetzt „Gute Miene zum bösen Spiel", ertrugen den Spott sportlich und lachten einfach mit. Wenigstens standen sie wieder im Mittelpunkt und der Schaden war überschaubar. Claas und Janne hatten ihre Badehosen an, nur bei Marwin und Melf würde es dauern, bis deren abgeschnittene Hosen und ihre T-Shirts wieder trocken waren.

Malu und Greta tanzten noch immer ausgelassen am Molenrand herum, zeigten den Vieren wiederholt eine lange Nase, lachten und grinsten übers ganze Gesicht und genossen ihren Erfolg.

Jetzt klatschte Claas ihnen sogar Beifall und rief »Mensch, Ladies, guter Plan und professionelle Ausführung, hätte von mir sein können!«

»Für heute steht es unentschieden!«, rief Malu nach unten und dann klatschten sich die Mädchen ab.

Danach beruhigte sich die Situation schnell und ein ganz norma-ler Nachmittag an der Mole plätscherte dahin. Die Mädchen kehrten gerade ausgetobt von einem Arschbombenwettbewerb zu ihrem La-gerplatz zurück und legten sich erschöpft auf die Handtücher. Es war eben darum gegangen, beim Aufprall das Wasser möglichst hoch und gewaltige aufspritzen zu lassen. Auch Owe hatte sich beteiligt und dabei eine recht gute Figur gemacht. Er hatte für seine Sprünge etliche anerkennende „ Aaahs oder Ooohs" eingeheimst und danach einige Male stolz zu Malu rüber gesehen. Allerdings war er die ganze Zeit auffällig auf Abstand geblieben – wahrscheinlich lag das an Jannes und Claas Anwesenheit.

Die Mädchen rechneten natürlich mit einer Revanche von Seiten der Helden, aber direkt nach dem gemeinsamen Schwimmen war da-mit nicht zu rechnen – das war die sicherste Zeit. Es machte einfach wenig Sinn, eine noch nasse Beute zu übergießen oder sie erneut ins Wasser zu schmeißen. Gefährlich wurde es erst, wenn man wieder tro-cken war, und besonders aufmerksam galt es zu sein, wenn man sich noch eine Hose oder ein Hemd angezogen hatte, um sich vor einem möglichen Sonnenbrand zu schützen – dann war der Spaßfaktor bei den Kerlen natürlich besonders hoch!

So lagen die Mädchen mit geschlossenen Augen ganz entspannt nebeneinander auf ihren Tüchern und genossen die Wärme auf der ausgekühlten Haut.

Blöde Fliege, dachte Malu und wischte sich schon das zweite Mal übers Gesicht. Aber die war hartnäckig und ließ sich auf diese Weise nicht vertreiben, denn schon wieder kitzelten ihre Beine auf der Haut. Dieses Mal hatte sie sich auf ihre Nase gesetzt. Aber ihre entspannten Abwehrmaßnahmen reichten leider nicht, sie musste wohl zu härteren Mitteln greifen. Das Gekrabbel an der Nase hörte nicht auf. Sie brach-te ganz langsam ihre rechte Hand in Position, um das Biest mit einem gezielten Schlag zu vertreiben. Um die Fliege nicht vorher zu warnen, öffnete sie ganz vorsichtig ihre Augen und ... schrie !!! ... und das tat fast gleichzeitig auch Greta.

Nur Zentimeter entfernt glotzen Malu zwei kleine, wässrige Augen an, behaart auf kleinen Stielen, die sich hektisch hin und her bewegten. Sofort drückte sie sich nach hinten und versuchte dem gruseligen Tier zu entkommen, aber das rückte sofort nach und hing schon wieder dicht vor ihr in der Luft. Haarige kleine Gruselbeine bewegten sich vor ihren Augen und immer wieder schnappten zwei Greifzangen in Richtung Nasenspitze.

Augenblicklich hatten sich bei Malu alle Härchen aufgestellt, überall hatte sie jetzt Gänsehaut, und ein kalter Schauer nach dem anderen lief ihr über den Rücken. Sie schüttelte sich vor Ekel und jetzt kreischte auch noch Greta neben ihr hysterisch und dicht vor ihren Augen zappelte noch immer dieses grässliche Viech. »Marwin, nimm's weg, nimm's weg !!«, schrie sie.

Aber der dachte gar nicht daran und ließ es ihr nun auch noch auf den Bauch fallen. Wahrscheinlich glaubte das panische Tier jetzt entkommen zu können und setzte sich sofort in Bewegung, aber leider in die falsche Richtung. Malu war wie erstarrt und sah, wie sich die Strandkrabbe in Windeseile Richtung Bikinioberteil bewegte.

»Igitt … igitt !!!«, schrie sie erneut, versuchte das Tier abzuschütteln und dabei gleichzeitig auf die Beine zu kommen.

Greta war auch gerade neben ihr kreischend aufgesprungen; ihr Tier flog durch die Luft und landete dann kopfüber auf dem Teer. Leider hatte Malu nicht soviel Glück. Sie stand zwar, aber die Krabbe hatte sich mit ihrer einen Schere genau zwischen beiden Bikinischalen in der kurzen Verbindungsschnur festgebissen und baumelte zappelnd vor Malus Bauch herum. »Igitt, igitt!!!«, kreischte sie wieder und versuchte erneut, das behaarte Etwas abzuschütteln. Aber die Krabbe ließ einfach nicht los, und schließlich schlug sie in ihrer Verzweiflung reflexhaft zu und das war endlich erfolgreich. Das arme Tier flog in hohem Bogen durch die Luft und musste dann eine harte Landung auf dem Asphalt überstehen.

Aus sicherer Entfernung starrten die Mädchen auf die Krabbelviecher und schüttelten sich angewidert. Melf und Marwin – die Täter – aber auch Claas und Janne als Schaulustige krümmten sich vor Lachen und konnten sich kaum noch auf den Beinen halten.

»Spinnt ihr jetzt richtig!!! , fauchte Greta sie an.»Ach, war das eklig! Das war richtig gemein, ihr Spinner!«, schimpfte sie und man sah, dass sie wirklich sauer war.

Malu war ebenfalls völlig genervt. Ihre Beine zitterten vor Aufregung und sie musste sich erneut schütteln.

Die beiden Mädchen nahmen sich in die Arme und drückten sich aneinander – allerdings nicht ohne die ganze Zeit die breitgrinsenden Jungs und die Krabbeltiere im Auge zu behalten.»Jungs sind manchmal wirklich blöd«, sagte Greta dann und drückte dabei ihre Freundin noch fester an sich.

»Nun bringt sie aber wenigstens zurück ins Wasser, ihr Tierquäler!«, verlangte Malu mit rotem Kopf und wütendem Blick.

»Ja, geht schon klar«, meinte Melf sofort, der wohl doch langsam ein paar Gewissensbisse bekam und es sich mit den Mädchen auch nicht total verscherzen wollte. Melf schnappte sich die eine Strandkrabbe und Marwin die andere. Die strampelten zwar verzweifelt mit den Beinen in der Luft herum, aber die beiden waren Profis, was das anging. Sie hielten die Krabbelwesen quer an deren Panzer fest und so ließen sich die panischen Tiere problemlos zum Molenrand tragen, wo sie dann in hohem Bogen zurück in die Nordsee flogen.

Melf und Marwin zogen es danach vor, den Mädchen erst einmal aus dem Weg zu gehen und drehten Richtung ihrer Angeln ab. Und auch Janne und Claas merkten, wie angespannt die Stimmung war. Sie verdrückten sich ebenfalls.

Bevor die Mädchen sich wieder hinsetzten, schüttelten sie erst einmal ihre Handtücher aus, obwohl dort von den Krabbeltieren nichts zurückgeblieben war. Und so sehr sie sich eben auch aufgeregt hatten, schon bald war ihr Ärger wieder verflogen.

»Aber wir lassen die Jungs noch schmoren«, meinte Greta dann. »Die sollen ruhig ein schlechtes Gewissen haben, und vielleicht können wir ein Versöhnungsangebot rausschlagen.«

»Ja, okay! Aber mit so was in der Art mussten wir rechnen. Wir haben ihnen vorhin mächtig einen mitgegeben und das war ihre Antwort! Ihre Revanche! Aber unsere Aktion war einfach der absolute

Hammer. Das war den Ekel eben allemal wert!«

»In jedem Fall, Malu. Heute liegen wir nach Punkten deutlich vorne! Wir haben mächtig ausgeteilt, da muss man auch einstecken können!«

Schon aus den Augenwinkeln sah Malu, dass Owe jetzt heranschlenderte und dann breitbeinig mit nervösen Händen neben ihr stehenblieb.

»Hi, ihr!«, machte er sich bemerkbar. »Na, das war 'ne reichlich unfaire Maßnahme von den Typen, was?«

»Hi, Owe ... ja schon«, sagte Malu recht entspannt und lächelte sogar dabei. Irgendwie schien ihn das zu irritieren. Offensichtlich passte die Antwort nicht in sein Konzept, jedenfalls kratzte er sich erst einmal am Kopf und startete einen neuen Versuch:

»Das war ein grobes Faul, die Blödmänner ... und die armen Tiere, das kann man doch nicht machen! Aber ihr habt die vorher ja richtig drangekriegt. Wurde aber auch Zeit, dass sich das mal jemand traut. Verdient haben sie das allemal!«

»Ja, wir hatten einen Plan und der hat noch besser funktioniert als wir dachten«, war wieder Malus sehr kurze und unaufgeregte Antwort.

»Guter Plan! Das muss ich sagen ...«, dann stockte er wieder und schabte mit seinen Füßen auf dem Teerbelag ein paar kleine Steine zu einem Haufen zusammen.

Greta hatte sich gerade auf ihre andere Seite gedreht und hörbar tief ausgeatmet. Malu wusste, was das bei ihrer Freundin zu bedeuten hatte. Sein Versuch, die Jungs anzuschwärzen, war aber auch einfach zu durchsichtig. Dass er Janne nicht ausstehen konnte, wussten beide.

»Ach ja!«, sagte er dann. »Neulich auf der Mole wolltest du doch was über Schollen wissen. Ich bin da jetzt so was wie ein Experte!«

»Jaaaa«, versuchte sich Malu zu erinnern.

»Es ging doch ums richtige Braten!«, ergänzte Owe und guckte sie wieder irritiert und fast enttäuscht an.

»Ja klar! Jetzt weiß ich wieder! Das war mein erster Tag auf der Insel. Na, wie macht man's denn richtig?«

»Also, pass auf! Vor ein paar Tagen war der Chefkoch vom Seeblick bei uns, und ich hab sein Licht am Fahrrad repariert. Das war natürlich genau der Richtige, und ich hab ihn erstmal ausgequetscht deswegen. Schollenbraten ist 'ne Wissenschaft für sich, da kann man viel falsch machen«, begann er seinen Vortrag. Das breite Grinsen war zurück und seine Körperhaltung hatte wieder den alten wichtigtuerischen Ausdruck angenommen.

Malu warf einen schnellen Blick auf Greta und die verdrehte die Augen und atmete erneut deutlich hörbar aus.

»Also«, fuhr er fort, »man muss am Anfang unbedingt die „drei großen S" beachten!«

»Die „drei großen S"!«, fiel ihm Greta ins Wort und Malu hatte natürlich den spöttischen Unterton herausgehört.

»Nun lass ihn mal. Mich interessiert das wirklich. Mum traut sich an solche Fische nicht richtig ran. Was meint ihr, wie ich mit solchem Spezialkenntnissen bei ihr punkten kann!«, versuchte Malu die Situation zu entschärfen. »Owe, erzähl weiter«, und dabei hatte sie sich aufgesetzt und sah ihn auffordernd an.

»Also, die „drei großen S": Säubern, Säuern und Salzen! „Säubern" bedeutet, natürlich gut waschen, besonders innen. Blut und so dunkle Schleimhäute weg und unten den Geschlechtskram nicht vergessen – sitzt wohl recht tief in einer Art Gang – und dann die Flossen ab, ist ja klar. Dann „Säuern" mit Zitronensaft und erst danach „Salzen" … auch innen natürlich.« Owe kratzte sich wieder am Kopf. »Ach ja, Scholle trocken tupfen … nein, stimmt nicht. Das muss ja schon eher passieren. Wie war das noch? … Ach ja, jetzt wird sie mehliert!«

»Mehliiiiiiiert!«, wiederholte Greta übertrieben.

»Ja, so nennen das die Experten! Also, in Mehl gewendet und abgeklopft!«

»Warum, um alles in der Welt, soll ich den blöden Fisch denn klopfen?«, mischte sich Greta schon wieder ein.

Auch diese Zwischenfrage brachte Owe wieder aus dem Konzept. Er fuhr sich erneut durch seine Stoppelhaare und meinte dann: »Ich weiß auch nicht genau … man soll klopfen, hat er gesagt.«

»Na, damit das überschüssige Mehl abfällt … ist doch klar … Klappe halten, Greta! Du machst Owe ja ganz vogelig«, versuchte Malu ihn erneut zu unterstützen.

»Nun kommt das richtige Braten!«, sagte er dann. »Man sollte eine große Pfanne benutzen, damit die Fische genug Platz haben. Mein Spezi empfiehlt, den Fisch auf der dunklen Seite zuerst anzubraten und danach die helle zu brutzeln. Er meint, so ist die helle Seite später beim Gast auf dem Teller noch heißer und die Haut krosser. Ach ja, als Geheimtipp hat er noch gemeint, dass man große, dicke Schollen vor dem Braten an der Mittelgräte auf der dunklen Seite, links und rechts, einschneiden kann, dann gart sie gleichmäßiger durch und die Scholle lässt sich nachher auch leichter filetieren!«

»Filetieren!«, wiederholte Greta belustig und zog das „ie" wieder besonders lang. »Mensch Owe, was du für Spezialbegriffe kennst!«

Wieder warf ihr Malu einen missbilligenden Blick zu und sagte nur: »Owe, mach einfach weiter!«

»Ach ja, wenn man sie etwas herzhafter mag, kann man wohl auch Schinkenspeck auslassen und den Fisch darin braten … allerdings sollte man sie dann vorher weniger salzen … ja, das war's im Prinzip! Einige kippen sich auch noch Krabben drüber oder eben diese Speckwürfel! So, jetzt wisst ihr, wie das mit diesem Plattfisch geht!«, schob er noch hinterher und stemmte seine Hände selbstzufrieden in die Hüften.

»Wow, guter Vortrag. Hört sich machbar an. Vielen Dank!«, sagte Malu anerkennend und selbst Greta schien ein wenig beeindruckt zu sein.

Jetzt begann Owe wieder mit dem Fuß Steinchen zusammenzuschieben und nachdem er noch einmal tief ein- und ausgeatmet hatte, sagte er: »Ach ja, was ich mir noch überlegt hab, wo du doch so auf Fisch stehst … in Wittdün gibt es einen klasse Fischbäcker, total frisch die Sachen da, mega lecker. Wenn du Lust hast … ich bezahl auch!«

»Ach, Buttze meinst du!«, ergänzte Malu sofort.

»Ja, woher kennst du den Laden? Warst du schon mal da?«, fragte Owe überrascht.

»Nein, nein, das nicht! Aber Greta und ich hatten neulich im Bus viel Spaß mit Buttze«, und sofort mussten beide Mädchen lachen.

Owe verstand natürlich gar nichts mehr und guckte verwirrt zwischen beiden hin und her.

»Na ja, wie auch immer …«, versuchte er wieder in die Spur zu kommen:

»Hättest du denn Lust dazu?«

»Owe, dass ist wirklich eine nette Idee, aber so sehr steh ich nun doch nicht auf Fisch. Vielen Dank … aber ich finde es wirklich super, dass du dich wegen der Schollen schlau gemacht hast. Das Braten hört sich ja wirklich machbar an«, antwortete Malu und nickte ihm anerkennend und freundlich zu.

»Hi, Owe! Alles klar bei dir?«, fragte plötzlich eine bekannte Stimme von hinten. Owe zuckte kurz zusammen, so überrascht war er. Nur noch wenige Schritte und Melf und Marwin waren heran und Melf meinte dann: »Also Ladies, wir müssen mal mit euch sprechen. Wir haben nämlich ein Friedensangebot für euch! Die Aktion vorhin, mit den Strandkrabben, war ein bisschen zu heftig, denken wir.« Aber Melf sprach nicht weiter, sondern richtete seinen Blick auf Owe und die Botschaft, die darin lag, war mehr als deutlich.

Owe hatte offensichtlich auch sofort verstanden und meinte nur noch: »Also gut, Malu, mein Angebot steht. Du kannst es dir ja noch überlegen. Ich geh denn mal wieder.« Danach wendete er sich ab und schlenderte in Richtung seiner Kumpels davon.

Malu guckte ihm noch kurz mitfühlend hinterher, aber nun interessierte sie brennend, was die Jungs sich ausgedacht hatten.

»Also«, legte Melf wieder los. »Wie gesagt, die Aktion vorhin war ziemlich heftig.«

»Allerdings!«, fiel ihm Greta ins Wort. »Das war wirklich gemein! Ihr wisst doch, wie eklig wir die finden und dann noch auf den Bauch legen … richtig blöd!«

»Okay, okay. Wir haben ja verstanden«, übernahm Marwin nun. »Wir haben ein exklusives Angebot für euch! In ein paar Tagen haben wir morgens Niedrigwasser. Wir wollten sowieso rüber nach Hubsand und dort Krabben fischen … und wir nehmen eigentlich nie jemanden mit. Aber wir würden eine Ausnahme machen und laden euch dazu ein. Na, was haltet ihr davon?«

Und noch bevor die Mädchen etwas sagen konnten, ergänzte Melf: »Wir bereiten alles vor und dann essen wir, First Class, frisch gekochte Krabben auf der Sandbank, mit super Blick auf Wittdün und Steenodde, all inclusive, der ist nämlich von dort ziemlich genial! Und normalerweise kommt da keiner hin. Naturschutzgebiet Wattenmeer, dafür braucht man eigentlich eine Genehmigung und gute Beziehungen.«

Die Mädchen mussten nicht lange überlegen, guckten sich nur kurz an und Malu sagte sofort: »Tolle Idee! Wir nehmen euer Angebot an. Die Bedingung ist aber, ihr lasst uns in Zukunft mit diesen Krabbelviechern in Ruhe!«

»Versprochen!«, sagte Melf sofort und auch Marwin nickte. Beide schienen wirklich erleichtert zu sein.

»Super, wieder Frieden, dann haben wir die Sache geklärt«, freute sich Melf und machte gleich noch einen Vorschlag. »Was haltet ihr davon, wenn wir jetzt noch mal alle, quasi um den Vertrag zu besiegeln, zusammen schwimmen gehen? Bald ist es vorbei mit dem Spaß und wir haben um diese Zeit nur noch Schlickwasser.«

Wieder reichte Greta und Malu ein kurzer Blick und fast wie im Chor antworteten sie: »Wir sind dabei!«

9. Urlaubstag

Die Vorbereitung

»Heute Nacht ist Vollmond, die Nacht der Nächte, Marie!« Kristina nahm sich ein weiteres Brötchen. »Ich hab mich schon mit meinen Mädchen verabredet.«

Mum benutzte die Formulierung „Mädchen" meistens dann, wenn es um etwas Verrücktes ging und es in ihren Augen vielleicht nicht ganz zum eigenen Mutter- und Erwachsenenanspruch passte.

»Wir treffen uns heute am späten Abend am Strand und wollen gemeinsam trommeln und tanzen – wie die Schamanen. Wahrscheinlich werden wir auch ein kleines Feuer machen und dann gibt's eventuell noch einen richtigen Knaller! Anne ist ganz zuversichtlich, dass es heute Nacht Meeresleuchten geben könnte. Das wär natürlich total genial! Dann gehen wir auf jeden Fall alle zusammen schwimmen! Stell dir das vor, Mitternacht, Vollmond und Meeresleuchten, mehr geht wirklich nicht! Das musst du unbedingt auch erleben, Meeresleuchten gibt es nur ganz selten. Das kann man sich nur wünschen, einfach magisch! Und wenn nicht, mit den Frauen wird es auch so bestimmt total lustig. Ich glaub, da kommen viele, die du kennst. Anne natürlich, aber auch Frieda, Ulla, Conny, Eva und so. Alle sind total ausgelassen und es wird viel gelacht. Du könntest ja auch Greta fragen, ob sie nicht Lust hat. Das wird euch bestimmt gefallen. Anschließend wollen wir noch in die Maus, aber bis dahin könntet ihr doch dabei sein … Na! … Wie findest du das?«

Die Maus

Die „Blaue Maus" ist eine Kneipe auf Amrum – und für viele ist sie legendär! Ein kleines Friesenhaus direkt an der Hauptstraße, zwischen Leuchtturm und Wittdün – mit einem kleinen Biergarten, einem ausgemusterten Holzkahn davor und bunten Fischkisten, die als Ab-

grenzung zur Straße dienen. Die Räume sind niedrig und eher klein. An der Decke des Gastraums gibt es keinen freien Platz mehr – überall sind maritime Absonderlichkeiten angebracht. Vom getrockneten Kugelfisch, über einem ausgestopften kleinen Hai und diversen alten Werkzeugen bis zu einer alten Espressomaschine kann man dort alles finden. Hin und wieder gibt es auch Livemusik, und wenn Janni, der Wirt, gut drauf ist, legt er die richtige Musik auf und dann kann sich dort im Sommer schon mal eine richtige Tanzparty entwickeln. Er ist Spezialist für Whisky, holt ihn selber mit seinem Schiff aus Schottland und hält davon eine große Auswahl für seine Gäste bereit.

So gehört auch ein Besuch in der „Maus" bei vielen Urlaubern zum jährlichen Amrumritual!

Malu hatte noch nie selber Meeresleuchten erlebt – nur davon gehört und gelesen. Aber sie wusste, dass ihre Mutter diesmal mit ihrer Beschreibung nicht übertrieben hatte. Meeresleuchten stand ganz oben auf Malus Erlebniswunschliste!

Allerdings auf die ausgeflippten „Mädchen" am Strand und deren Naturhappening hatte sie weniger Lust. Das könnte peinlich werden, und überhaupt, ihr war dazu gerade eine ganz andere Idee in den Kopf gekommen.

»Ja, vielleicht«, sagte sie zögerlich, »aber ich kann noch nicht zusagen. Ich hätte auch mal Lust auf einen ganz entspannten Abend. In meinem Buch komm ich überhaupt nicht weiter, oder ich mach was ganz anderes ... vielleicht guck ich auch einfach mal Glotze!«

Kristina guckte überrascht und so, als könnte sie ihre Tochter wieder einmal nicht verstehen.

»Mum, mach dir um mich keine Sorgen … ich werd den Abend genießen!« Und mit diesem Satz hatte Malu eigentlich die Katze aus dem Sack gelassen. Aber Kristina kannte nicht den richtigen Dechiffrierungscode.

»Mum, was meinst du? Könnte ich, bevor wir nachher an den Strand gehen, noch mal zu Janne rüber?«

»Klar! Ich muss sowieso noch ein paar Dinge in der Wohnung erledigen. Eine Stunde brauch ich bestimmt noch. Aber bevor du gehst, leg mir die Sachen raus, die gewaschen werden müssen.«

Janne stand im hinteren Teil des Gartens vor einem Haublock, und um ihn herum auf dem Boden lagen schon eine ansehnliche Anzahl an aufgespaltenen Holzscheiten. Gerade schlug er erneut mit seiner Axt kraftvoll zu und die getroffene Baumscheibe spaltete krachend in zwei Teile. Schon im Näherkommen rief sie ihm: »Fleißig, fleißig!« entgegen.

»Hey, hallo! Das kannst du laut sagen«, begrüße er sie. »Meine Oldies haben sich einen Kaminofen gekauft und sind jetzt im Energieeinsparwahn. Ich bekomm schon einen Einlauf, wenn ich vergess, das Licht im Badezimmer auszumachen. Wir brauchen ordentlich Vorräte für den Winter, meint mein Vater und nun heißt es Holz hacken, und meine persönliche Energiebilanz spielt dabei keine Rolle.« Dann wischte er sich den Schweiß von der Stirn, haute die Axt in den Haublock, wo sie einige Zentimeter eindrang und stecken blieb und kam dann lachend ein paar Schritte auf sie zu.

»Du kommst genau richtig. Ich könnte nämlich noch eine tüchtige Mitarbeiterin gebrauchen«, freute er sich.

»Hi, Janne, aber ich glaub im Holzhacken bin ich dir keine große Hilfe. Das hab ich eigentlich noch nie gemacht. Ich hau mir das Ding vielleicht noch ins Bein, willst du das?«

»Nein, natürlich nicht! Aber du bist bestimmt eine gute Holzstaplerin. Dazu braucht man Ausdauer, Inspiration und ein gutes Auge.«

»Und du meinst, da bin ich die Richtige?«, lachte Malu zurück.

»Ja, auf jeden Fall! Aber nein, du hast bestimmt was Besseres zu tun, als das blöde Holz aufzustapeln. Das war nur ein Scherz!«

Malu kam Jannes Vorschlag gar nicht so ungelegen. Das, was sie ihn fragen wollte, fiel ihr nicht so leicht und irgendwie hatte sie schon ein leicht komisches Gefühl im Magen, wenn sie nur daran dachte – so konnte sie noch ein bisschen Zeit verstreichen lassen.

»Nein, nein! Das geht schon in Ordnung. Eine knappe Stunde könnte ich dir helfen. Ich muss dann nachher auch noch kurz was mit dir besprechen. Aber lass uns erst mal zusammen arbeiten. Ich hab wirklich Lust dazu! Ich brauch allerdings eine kurze Einweisung.«

Janne guckte noch immer überrascht und meinte dann:»Na gut, ich freu mich natürlich. Also los!«

Sie schmissen die schon gespalteten Holzscheite auf die Schubkarre und Janne fuhr sie dann vor den Holzstapel am rückwärtigen Gartenschuppen. Hier hielt er einen kleinen Vortrag, worauf Malu achten sollte:»Möglichst wenig Hohlräume, siehst du und vorne alle schön bündig, damit alles gerade und ordentlich aussieht. Mein Chef ist nämlich Ästhet, was das angeht.« Bei „gerade und ordentlich" hatte er Gänsefüßchen in die Luft gemalt und bei „Ästhet" gegrinst.»Alles klar soweit?«

Malu nickte und legte gleich los. Janne hatte schnell wieder Schweiß auf der Stirn. Er musste richtig Gas geben, so haute Malu rein. Sie schob schon ihre dritte Karre zum Holzstapel und er kam mit seiner Spaltarbeit kaum hinterher.

Was die beiden nicht wussten und nicht gesehen hatten, war, dass der Käpt'n eben kurz vor die Tür gekommen war. Der hatte nämlich vorhin Malu kommen sehen und befürchtete, dass sein Herr Sohn die Arbeit sofort eingestellt hatte und nun nur noch gesabbelt wurde. Aber überraschenderweise war genau das Gegenteil der Fall, und so hatte er sich überhaupt nicht bemerkbar gemacht und war sehr zufrieden sofort wieder im Haus verschwunden.

Als Malu ihre fünfte Karre gerade mal zur Hälfte voll bekam, weil keine Holzscheite mehr auf dem Rasen lagen und Janne das Wasser förmlich von der Stirn tropfte, haute er die Axt erneut in den Haublock und meinte:»Ich brauch erst mal 'ne Pause ... du bist einfach zu schnell! Und du wolltest doch auch noch etwas mit mir besprechen. Ich glaub, jetzt ist ein ganz guter Zeitpunkt dafür. Aber zuerst hol ich uns mal etwas zu trinken.«

»Ja, gut! Dann muss ich auch wieder los, denk ich«, sagte Malu und spürte, wie ihr der Mund noch trockener wurde.

Janne kam mit einer Flasche Wasser zurück, beide setzten sich auf den Rasen, er nahm einen kräftigen Schluck und hielt Malu die Flasche hin.

»Ach, willst du ein Glas? Das hab ich jetzt vergessen«, und wollte schon aufstehen.

»Nein, spinnst du! Her damit«, sagte sie und nahm ebenfalls einen großen Schluck.

»Na, dann schieß los. Was gibt es an Neuigkeiten?«, wollte er wissen.

»Es ist Folgendes ... aber du musst ehrlich sagen, wenn du dazu keine Lust hast ... ich hab nämlich eine Idee, besser gesagt einen Vorschlag für eine gemeinsame Aktion!«, sagte Malu, hatte sich dabei ein paar Mal geräuspert und drehte nervös die Wasserflasche in ihren Händen hin und her.

»Alles klar ... nun erzähl schon! Du machst die Sache vielleicht spannend«, ermutigte sie Janne neugierig.

»Die Sache ist die ... meine Mum hat mir eben beim Frühstück erzählt, dass wir heute Nacht Vollmond haben und deine Mutter meint wohl, es könnte Meeresleuchten geben. Ich wünsch mir schon so lange, das endlich mal zu erleben! Die Frauen wollen diesmal an den Strand und anschließend noch in die Kneipe und da hatte ich die Idee, ob du nicht Lust hast, dass wir auch losziehen. Mum hat schon so oft ganz begeistert von ihren Treffen auf dem Eesenhugh erzählt. Und wenn die Frauen heute Nacht woanders sind, wär der Platz ja frei und wir könnten um Mitternacht da sein ... und vielleicht noch anschließend in Steenodde schwimmen. Stell dir vor, wir erleben dort wirklich Meeresleuchten, dass muss doch total abgefahrn sein!« Und nun schluckte sie erst einmal trocken runter und atmete erleichtert tief durch. Sie war heil froh, dass es endlich heraus war und erwartete jetzt unsicher Jannes Antwort.

»Wow!«, sagte der sofort und hatte keine Sekunde irgendwie komisch geguckt. »Das ist eine Superidee ... das riecht nach Abenteuer. Ich bin natürlich dabei! Ich muss nur sehn, wie ich unauffällig aus dem Haus komm.«

»Du wirst es heute Nacht nicht mit allen Wächtern zu tun haben, nur mit 50 Prozent!«

»Aha!«, hatte er das Rätsel sofort gelöst. »Meine Mutter ist also auch mit von der Partie. Dann ist ja schon der aufmerksamste Wachhund meiner Family ausgeschaltet«, freute er sich. »Und was meinst du, wann wollen wir uns treffen?«

»Ich hab mir überlegt, ich würde gerne zu Fuß dahin gehen.« Sofort hatte sie wieder dieses trockene Gefühl im Mund. »Vielleicht kommst du kurz vor 23 Uhr bei mir vorbei, wenn es okay ist. Dann müssten wir es doch bis Mitternacht schaffen, oder?«

»Ja, klar! Dann haben wir über eine Stunde Zeit ... das reicht dicke!«

»Und denkst du, du kannst deinen Clan überwinden?«, fragte Malu nochmal nach.

»Na, das denk ich schon. Mein Vater schläft häufig bereits vor dem Fernseher ein, mein Bruder ist eher das Problem. Der riecht solche Situationen förmlich und kann dann die Klappe nicht halten. Aber ich lass mir was einfallen. Deine Idee finde ich jedenfalls richtig super ... das machen wir!«

»Janne ich freu mich total! Aber ich glaub, ich muss jetzt los. Bis heute Nacht und vergiss deine Badesachen nicht!«

Den Nachmittag hatte Malu mit ihrer Mutter am Strand verbracht. Gegen 21 Uhr verabschiedete sich Kristina, machte noch einen letzten Versuch, ihre Tochter doch noch zu überzeugen und wünschte ihr, als der auch misslang, einen schönen Abend, mit Buch und Fernseher.

Danach kruschtelte Malu herum, las ein paar Seiten in ihrem Buch, packte ihren kleinen Rucksack und schaltete sogar wirklich kurz „die Glotze" ein. Aber eigentlich wartete sie die ganze Zeit auf den Beginn des nächtlichen Abenteuers.

Und, wie sah es bei Janne aus? Nachdem Malu gegangen war, hatte er sofort mit dem Holzhacken weitergemacht und gönnte sich dabei fast keine Pause. Er hatte seine Arbeit nur einmal kurz unterbrochen, um sich eine neue Wasserflasche aus der Küche zu holen. Seine Mutter hatte ihn dort schon ganz mitfühlend angesehn und gemeint:»Junge, nun reicht es aber auch bald. Du machst dich ja ganz kaputt.« Aber er hatte nur gemeint, er müsse heute noch was schaffen und war gleich wieder an die Arbeit gegangen. Dass sein verbissenes Tun schon Teil seines Fluchtplans war, ahnte natürlich niemand und schließlich passierte das, worauf er schon gewartet hatte.

Sein Vater kam heraus, nickte anerkennend und sagte dann:
»Janne, es reicht für heute! Du bist ja gar nicht zu stoppen. Bald ist nichts mehr übrig für deinen Bruder und der soll auch noch was tun. Mach Schluss und ruh dich aus!« Daraufhin holte Janne noch ein letztes Mal aus und ließ sein Arbeitsgerät im Haublock stecken.

Den ersten Teil seines Plans hatte er schon eingefädelt. Blieb die Frage, wie er mit seinem neugierigen und geschwätzigen Bruder umgehen wollte. Der würde ihm seine Inszenierung nicht so einfach abkaufen, und wenn der erst einmal Lunte gerochen hatte, geriet alles in Gefahr.

Nachdem er immer neue Varianten im Kopf durchspielte, kam er doch immer wieder auf die eine zurück. Die hatte zwar auch Risiken, mit Sicherheit musste er einige dumme Sprüche ertragen und vielleicht bei laufenden Streitigkeiten nachgeben, aber es half nichts – er musste ihn einweihen. Er wollte versuchen, ihn bei seiner Geschwisterehre zu packen und ihm dann noch ein wenig Honig um den Bart schmieren – eigentlich müsste es klappen!

Als Leif ihm am Nachmittag zufällig über den Weg lief, war der richtige Zeitpunkt gekommen.

»Hör mal! Hast du kurz Zeit? Ich muss etwas Wichtiges mit dir besprechen.«

»Klar, was gibt's?«

»Es ist ein Geheimnis! Du musst mir dein Ehrenwort geben, dass du nichts darüber erzählst. Ich muss mich darauf verlassen können!«, begann Janne und sah seinen Bruder ernst in die Augen. Der guckte anfangs ziemlich irritiert zurück. So hatte ihn Janne schon lange nicht mehr angesprochen und von dem Geheimnisse zu erfahren, kam eigentlich so gut wie nie vor.

»Mann, Mann, du bist aber mächtig in Druck! Fällt heute Weihnachten und Ostern auf einen Tag? Was ist denn los?«, staunte Leif und war natürlich sofort mega neugierig.

»Erst muss du es versprechen«, wiederholte Janne nachdrücklich.

»Ja, ist ja gut! Ich versprech es, kannst dich drauf verlassen! Aber nun red schon!«

»Ich brauch dich heute Abend ... du musst mir den Rücken frei halten. Ich hab eine wichtige Verabredung und muss später noch mal los! Heimlich, verstehst du? Es darf keiner was mitkriegen!«

Leif sah ihn neugierig mit großen Augen an und sogar sein Mund stand ihm offen, so gespannt wartete er auf weitere Informationen.

Janne wollte unbedingt der peinlichen Frage zuvorkommen, die jetzt in der Luft lag und schob die Erklärung von sich aus hinterher: »Ich hab mich mit Malu verabredet. Heute ist doch Vollmond und wir wollen um Mitternacht zum Eesenhugh!«

Von einem Augenblick auf den anderen veränderte sich das konzentrierte, ernste Gesicht seines Bruders. Ein feistes, geierndes Grinsen legte sich darauf und wurde mit jeder Zehntelsekunde noch breiter.

»Hey, hey, hey, alle Achtung ... mein Bruder hat ein Date ... eh, Alter ... und dann noch auf dem berühmten Wikingerhaufen ... wie romantisch!« „Romantisch" hatte er ganz betont langgezogen und mit einer rauchigen Stimme ausgesprochen.

Aber Janne war auf so einen oder ähnlichen Spruch vorbereitet. Trotzdem kroch sofort die Wut in ihm hoch, aber er musste jetzt cool bleiben. Seinem Bruder würde wahrscheinlich noch etwas Blödes einfallen, aber dann hatte der sein Pulver verschossen, jedenfalls hoffte er das.

Und wie erwartet haute der gleich eine noch größere Unverschämtheit hinterher.

»Und, Janne, werdet ihr auch knutschen?«, und dabei funkelten seine Augen noch provozierender.

Janne spürte seinen Ärger überall und hätte jetzt liebend gern „Halt endlich dein blödes Maul" gesagt, aber er behielt die Nerven und sagte möglichst ruhig: »Du hast es versprochen! Ich hab dein Ehrenwort!«

Anscheinend hatte sein Bruder mit einer völlig anderen Reaktion gerechnet, eher mit einer Wutexplosion, einer Schimpftirade oder sogar mit einem Faustschlag. Aber all das blieb aus und so guckte er nur völlig überrascht zwischen Jannes Augen und Mund hin und her, konnte es wohl gar nicht richtig fassen, dass der so gelassen blieb und ihn weiterhin so respektvoll behandelte.

»Ja, alles gut. Ich hör schon damit auf!«, sagte Leif jetzt und auch sein blödes Grinsen war verschwunden. »Wie stellst du dir die Sache vor? Was soll mein Part dabei sein?«

Janne erzählte ihm haarklein, was er geplant hatte und welche Rolle sein Bruder dabei spielen sollte.

»Alles klar ... könnte klappen ... dann gähn man schön! ... Ach ja, irgendetwas muss auch für mich dabei herausspringen. Ich bekomm dein Fernseheis! Einverstanden?«

»Abgemacht!«, schlug Janne sofort in den Deal ein – er hatte mit einem wesentlich höheren Preis gerechnet und wäre auch bereit gewesen, den, ohne mit der Wimper zu zucken, zu zahlen.

Nachdem er sich vorhin so öffentlichkeitswirksam beim Holzhacken ausgepowert hatte und auch der Störfaktor „geschwätziger Bruder" neutralisiert war, begann am Abendbrotstisch die eigentliche Phase seiner Flucht. Er saß kraftlos schräg auf seinem Stuhl und stützte mit dem Ellbogen auf dem Tisch, mal links mal rechts, seinen Kopf ab. Er kaute länger als sonst auf seinem Brot herum und streute hin und wieder ein leichtes Gähnen ein. Normalerweise hätte ihn sein Vater oder seine Mutter schon längst aufgefordert, sich richtig an den Tisch zu setzen, aber die Maßregelung blieb heute aus. Stattdessen sagte Anne nach einem weiteren Gähnen:

»Ich glaub, Janne, du musst heute früh ins Bett. Das Holzhacken hat dich ziemlich geschafft«, erzählte dann, was sie heute Nacht noch vorhatte und forderte den Käpt'n auf, dafür zu sorgen, dass ihr Sohn heute rechtzeitig ins Bett käme und nicht noch ewig lange vor dem Fernseher hocken bliebe.

»Mach dir keine Gedanken ... ich werd heute nicht mehr alt«, sagte

Janne wie beiläufig und gähnte noch einmal.

»Alter Penner!«, mischte sich sein Bruder ein.

»Leif, bitte lass deinen Bruder in Ruhe! Der hat heute wirklich allen Grund müde zu sein«, dabei guckte sie fürsorglich auf ihren Ältesten.

Anne war schon vor einer ganzen Weile gegangen und der Rest der Familie hatte es sich vor dem Fernseher bequem gemacht. Janne hing schlapp auf seinem Sessel herum und streute immer mal wieder ein Gähnen ein.

»So, was meint ihr ... Zeit für ein schönes Eis, denk ich. Leif hol uns doch mal jeder eins!«, sagte der Käpt'n und sah ihn dabei nur kurz an. Der hatte schon auf diesen Satz gewartet und machte sich sofort Richtung Kühlschrank auf den Weg. Fünf Sekunden später war Leif wieder zurück und reichte jedem eine Tüte hin.

»Nein danke, Bruderherz. Ich hab heute gar keinen Appetit d'rauf ... du kannst meins haben!«, sagte Janne müde. Der Käpt'n warf sofort einen erstaunten Blick auf ihn.

So gegen 22.30 Uhr, in einer Werbepause, stand Janne auf, gähnte noch einmal und sagte dann:

»So, ich mach mich mal fertig ... ich muss ins Bett!»

»Gute Entscheidung, Großer. Wann hast du überhaupt schon mal ein Eis ausgeschlagen? Ich kann mich daran nicht erinnern. Du musst wirklich kaputt sein. Oder steckt noch mehr dahinter?« Sein Vater musterte ihn kurz.

Bein letzten Halbsatz war Janne fast zusammengezuckt, aber als der Käpt'n:»Vielleicht wirst du uns auch krank?«, nachschob, wusste er, in welche Richtung sein Vater dachte und das Rotlicht in seinem Kopf schaltete wieder auf grün.

Er stapfte gut hörbar die Treppe nach oben, zog sich seinen Schlafanzug an und stopfte dann ein Handtuch, eine Unterhose und seine Taschenlampe in seinen Rucksack. Danach rollte er seine Wolldecke zur Wurst auf, platzierte die in Längsrichtung unter seiner Bettdecke und drückte das Kopfkissen in die richtige Position. Nun ging er ein paar Schritte zurück, sah sich sein Arrangement an und war zufrieden.

Falls jemand flüchtig ins Zimmer sehen würde, konnte derjenige jetzt glauben, im Bett läge ein Schlafender.

Wieder unten, rumorte er im Badezimmer herum und auch sein Gegurgel nach dem Zähneputzen fiel heute lauter aus als sonst. Mit »So, ich bin soweit. Ich geh dann mal ins Bett. Gute Nacht!«, tauchte er erneut im Wohnzimmer auf.

Der Käpt'n lächelte väterlich und meinte dann: »Du hast das Holzhacken heute übertrieben, das hat dich kaputt gemacht. Aber du hast auch ordentlich was geschafft! Dann schlaf man gut, mein Jung, Gute Nacht!«

Jetzt kam ein verächtliches »Alte Schlafmütze und Weichei!«, von seinem Bruder, aber der bekam es sofort mit seinem Vater zu tun. »Wenn du nicht sofort den Mund hältst, kannst du auch gleich mit ins Bett gehn. Janne hat heute 'ne Menge für die Familie getan, da kannst du dir 'ne Scheibe von abschneiden. Mal sehn, wie kaputt du morgen nach dem Hacken bist«, schimpfte er und sah ihm dabei eindringlich in die Augen.

Bevor Janne endgültig aus dem Zimmer ging, warf er noch einen schnellen Blick auf seinen Bruder und der zwinkerte ihm unauffällig zu.

Auf dem Weg nach oben trat er ganz bewusst auf die Treppenstufen, die am lautesten knarrten. Zurück in seinem Zimmer wechselte er schnell die Kleidung, stopfte seinen Schlafanzug ebenfalls unter die Bettdecke, schnappte sich seinen Rucksack und benutzte beim Runtergehen natürlich nur die Stufen die keinen Laut von sich gaben. Das letzte Hindernis war die Haustür – zu weit geöffnet quietschte sie.

Leise drückte er den Türgriff herunter, öffnete sie nur einen kleinen Spalt und huschte durch. Jetzt ganz leise schließen und den Drücker langsam in die Ausgangsstellung bringen, dachte er, während er das parallel genauso machte.

Janne stand draußen und lauschte noch einmal, aber im Haus rührte sich nichts. Geschafft!!! freute er sich und machte sich schnell auf den Weg.

Die Vollmondnacht

Kurz nachdem er den Garten betreten hatte, blieb er verwundert auf dem Rasen stehen. In der Freienwohnung brannte kein Licht und er überlegte sofort, ob er sich in der Zeit vertan oder Malus Planung aus irgendeinem Grund nicht hingehauen hatte. Leise näherte er sich der Terrassentür und klopfte ein paar Mal vorsichtig an die Scheibe. Aber drinnen tat sich nichts und seine Bedenken wurden sofort noch größer.

»Hier bin ich«, meldete sich eine Flüsterstimme, und im selben Moment trat Malu aus dem Schatten des Strandkorbs. Selbst von hier, von der Eingangstür, hatte er ihr Gesicht sofort erkannt und erst jetzt wurde ihm richtig bewusst, wie hell diese Nacht war.

Malu schob sich ihren Rucksack auf den Rücken und kam mit einem strahlenden Lachen auf ihn zu.

»Hey, alles gut gegangen bei dir?«, wollte sie sofort wissen.

»Klar, alles bestens. Ich denke, ich war ziemlich professionell. Ich musste zwar meinen Bruder einweihen, aber der hat gut mitgespielt und mein Vater ist überzeugt, dass ich mich schon im Reich der Träume befinde.«

Während sie sich gleich auf den Weg machten, beschrieb Janne in Kurzfassung seine Fluchtinszenierung und Malu staunte nicht schlecht, mit welchem Vorlauf er alles eingefädelt hatte.

Als sie den kleinen Parkplatz vor der Kirche erreichten, hatten sie das erste Mal vollkommen freie Sicht auf den Mond, der dort, etwas seitlich vom Glockenturm, in seiner ganzen Schönheit rund und voll mit einem leichten Stich ins Orange am wolkenlosen Himmel stand. Sein Licht tauchte alles in eine unwirkliche Dämmrigkeit. Selbst die Bäume warfen noch Schatten, und ohne Probleme konnte Malu die Zeiger der Turmuhr erkennen.

»Du, es ist schon 23 Uhr durch. Wir sollten uns beeilen, wenn wir es noch bis Mitternacht schaffen wollen!«, sagte sie und zog sofort das Tempo an.

Gerade als die beiden am Hotel Friedrichs vorbei kamen, traten dort zwei ältere Herren vor die Tür, sahen sofort neugierig herüber und blieben im Halbschatten stehn. Malu musste schlucken – den größeren und breiten kannte sie nicht, aber der kleinere daneben stützte sich auf einen Stock und hatte verdammt viel Ähnlichkeit mit diesem Erk aus dem Museum.

Die Alten guckten weiter in ihre Richtung, aber jetzt Janne nach den beiden zu fragen, war keine gute Idee. Der hatte die zwei noch gar nicht bemerkt und sah sich fasziniert den Sternenhimmel an. Er würde sich sofort nach ihnen umdrehen und bei denen für noch mehr Aufmerksamkeit sorgen. Zwei Jugendliche, um diese Zeit auf der Straße, war schon ungewöhnlich genug – und überhaupt, heute Nacht wollte sie mal nichts mit der Schatzsuche zu tun haben, sagte nichts, schaute geradeaus und ging einfach weiter.

Schnell ließen sie das Dorf hinter sich und erreichten schon bald den Anfang der kleinen Steilküste zwischen Nebel und Steenodde. Alle Farben wirkten im Mondlicht verblasst, aber der Sandweg und die Umgebung waren ganz deutlich zu sehen. Man konnte sogar die entfernten Bäume und die Konturen einiger Hausdächer von Steenodde erkennen, die sich dort vor dem hellen Himmel als dunkle Silhouette abzeichneten. In kurzen, regelmäßigen Abständen lief der Lichtkegel des großen Amrumer Leuchtturms über Wiesen und Wasser und erhellte die Umgebung zusätzlich. Meine Taschenlampe hätte ich getrost zu Hause lassen können, dachte Malu.

Die Luft war warm und klar. Der leichte Ostwind, der manchmal ganz einschlief und dann wieder unvermittelt auffrischte, kräuselte die Nordsee nur wenig und das Mondlicht lag wie ein breites Glitzertuch auf dem Wasser. Es war Flut und das leise, regelmäßige Geräusch von sich reibenden Kieselsteinen, die durch den leichten Wellenschlag am Ufer immer ein kleines Stück hoch und wieder runter rollten, mischte sich mit dem Gefiepe der Vögel.

Vielleicht Austernfischer oder Strandläufer, vermutete Malu. Hin und wieder war auch der Schrei einer Möwe zu hören oder ein Rascheln seitlich im Gras. Aber darin lag kein Schrecken. Die geheimnisvollen Geräusche und Laute, mal ferner und mal ganz nah, verstärkten den Zauber dieser Nacht eher noch.

Gesprochen wurde die ganze Zeit nur wenig. Manchmal blieb einer stehen, zeigte auf etwas, kommentierte es kurz und bekam ein »Ja, toll!« oder »Finde ich auch!« zurück, aber das war es auch schon. Jeder war ganz bei sich und trotzdem verband sie ein starkes, gemeinsames Empfinden. Sie gingen meist schweigend ganz dicht nebeneinander, und in Malu breitete sich immer stärker ein wundervolles Glücksgefühl aus. Als sie durch eine kleine Mulde im Weg etwas ins Schwanken geriet und dabei Janne leicht berührte, folgte sie dem spontanen Impuls und hakte sich bei ihm unter.

Augenblicklich wurde ihr klar, was sie da gemacht hatte. Ihr Puls kam auf Touren und eine laute innere Stimme verlangte, die Verbindung sofort wieder zu lösen und die Hand wegzuziehen. Aber Janne sendete völlig andere Signale. Nichts deutete auf eine Zurückweisung hin. Und in diesem Moment hatte sich eine ganz andere innere Ratgeberin gemeldet und schimpfte mit ihr: Malu, du erbärmlicher Feigling … du nimmst die Hand nicht weg … du hältst einfach durch … sei jetzt mutig … es ist alles in Ordnung!

Und es gab wirklich nicht den kleinsten Hinweis, dass Janne die Nähe und Berührung unangenehm waren – im Gegenteil! Er drückte ihren Arm sogar noch etwas fester an sich und blieb überraschend entspannt. Mit jedem weiteren gemeinsamen Schritt löste sich Malus innere Verkrampfung und wurde immer stärker abgelöst von einem wahnsinnig tollen Gefühl. Und das hatte etwas mit Herzklopfen und Schmetterlingen im Bauch zu tun. Sie hatte so etwas Wunderschönes noch nie erlebt und hätte noch Stunden weiter durch diese himmlische Mondnacht gehen können. Aber es konnte nicht mehr weit sein. Jetzt waren schon einzelne Bäume und Büsche zu erkennen und es dauerte nicht mehr lange, dann würden sie bereits die ersten Gebäude der Ortschaft erreichen.

Schon wenige Minuten später verlangsamte Janne seinen Schritt und spähte konzentriert Richtung Waldrand.

»Ich glaub, hier müsste es irgendwo sein. Wir müssen über die Wiese und dann zu den Bäumen dort. Da gibt es einen kleinen Weg, wenn ich mich richtig erinner, aber der ist holprig, viele Kaninchengänge und so … und hier auf der Weide, verschiedene Elektrozäune. Es ist besser, ich hol meine Taschenlampe raus«, sagte er, drückte Malus Arm noch einmal fester an sich und ließ seinen dann sinken. Natürlich löste auch Malu ihren sofort und sagte dann:»Ich hab auch eine dabei! Doppelt hält besser!« Sie nahm ihren Rucksack vom Rücken und suchte die Lampe heraus.

Auf dem ersten Stück hätten sie kein zusätzliches Licht gebraucht, aber je näher sie den Bäumen kamen, um so schummriger wurde es. Direkt am Waldrand waren beide froh, eine funktionierende Taschenlampe in der Hand zu halten. Durch die hohen, dichten Bäume lag der kleine Trampelpfad fast im Dunkeln, und auch der umlaufende Lichtkegel des Leuchtturms brachte hier keine zusätzliche Helligkeit.

Es ging hoch und runter. Teilweise war der schmale Weg von Dornenästen und anderem Gestrüpp überwuchert und immer wieder musste man eingebrochenen Kaninchengängen ausweichen oder sie überspringen. Ein paar Mal hatte auch ihre Lampe nicht geholfen und sie war in eines dieser tückischen Löcher getreten. Auch Janne hatte zu kämpfen. Er ging vor ihr, aber immer wieder schwankte auch sein Licht hin und her, verbunden mit kleinen Flüchen. Eine Zeit lang ging es direkt am Waldrand entlang. Bis sich das Gelände nach Süden öffnete und dann sah sie ihn: Das musste er sein!

In etwa 100 m Entfernung erhob sich ein beeindruckender, relativ steiler und für Malu überraschend hoher Hügel, dessen dunkle Kontur sich, wie aus einem Papier geschnitten, von der hellen Umgebung abhob.

Das muss es sein! Das Häuptlingsgrab der Wikinger: Der Eesenhugh! dachte sie. Möglicherweise sieht er nur bei diesem besonderen Licht so imposant aus, überlegte Malu kurz. In den Tagen vorher war der Hügel für sie nur ein unspektakulärer Erdhaufen gewesen – einer unter vielen hier auf der Insel. Aber heute Nacht sah sie ihn mit ganz anderen Augen.

Auf dem letzten Stück gab es keine pieksigen Dornen mehr und auch kaum noch Löcher und so hatten sie in wenigen Minuten den Fuß des Hügels erreicht. Jetzt ging es bergauf.

Aber so, wie Malu sich das vorgestellt hatte, mit Taschenlampe in der einen Hand einfach mal hoch laufen, daran war gar nicht zu denken. Es war bedeutend steiler als erwartet. Ihre Sandalen boten nur wenig Halt, das Gras war ungemäht und auch hier gab es verdeckte Kaninchenbauten. Wie in einem Actionfilm klemmte sie sich ihre Taschenlampe zwischen die Zähne und versuchte es auf allen Vieren. Das war zwar deutlich erfolgreicher, sah aber ziemlich unbeholfen aus. Janne hatte schon in etwa die Hälfte geschafft, sah ihr von oben zu und konnte sich kaum noch vor Lachen halten. »Auf der anderen Seite gibt es so was wie 'ne Treppe, da haben sie Trittsteine eingegraben. Seniorengerecht. Vielleicht solltest du es dort versuchen!«, sagte er breit grinsend.

»Ich bin doch keine alte Frau!« schimpfte Malu empört nach oben.

Daraufhin kam ihr Janne wieder ein paar Schritte nach unten entgegen und hielt ihr seine freie Hand vor die Nase. Aber Malu wollte sich keine Blöße geben und versuchte es erneut.

»Nun greif schon zu, alte Frau!«, erneuerte er sein Angebot und Malu sprang über ihren Schatten und tat es.

Selbst gemeinsam war es immer noch eine recht schaukelige Angelegenheit – aber immerhin leichter machbar. Und so stolperten sie gemeinsam den Hügel hinauf und schafften es natürlich auch.

Oben suchten sie sich die höchste Stelle und schauten von dort in alle Himmelsrichtungen. Malu war begeistert und sagte, während sie sich langsam um ihre eigene Achse drehte, ein »Wow!« nach dem anderen.

»So, Janne Madsen, Sie als mein First-Class-Privatreiseführer, können Sie mir jetzt mal erklären, was ich hier so Beeindruckendes sehen kann!«, forderte sie ihn zu einem kleinen Vortrag auf und hatte dabei versucht, in etwa die schmallippige Stimmlage einer überdrehten, bildungshungrigen Oberstudienrätin zu imitieren.

»Also, Gnädigste«, begann er. »Hier im Norden sehen Sie das idyllische Inseldorf Nebel, mit seinen vielen reetgedeckten, historischen Friesenhäusern. Es liegt in einer Senke, wie Sie unschwer erkennen können. Selbst von hier und obwohl es eigentlich Nacht ist, können

Sie noch wunderbar unsere schöne St. Clemens Kirche erkennen. So, dann drehen wir uns weiter nach Osten und voilà, da haben wir schon die schöne Glitzernordsee und dahinter gehen soeben die letzten Föhrer ins Bett. So, dann drehen wir uns noch ein kleines Stück weiter und hier sollte jetzt eigentlich die Mole, die Minimaus und der Strand von Steenodde zu sehen sein, aber leider stehen die blöden Bäume im Weg, da kann man nichts machen, Madam. Also weiter und natürlich heute wieder exclusiv Glitzernordsee im Mondlicht extra für Sie im Programm, dann der Hafen mit dem Gelände des Wasserstraßen- und Schifffartsamtes, im Vordergrund wieder ein paar aparte Steenodder Häuser und oben drüber natürlich unser Prachtexemplar „Großer Rundmond" – nur einmal im Monat buchbar. Jetzt im Süden ganz hinten in Festtagsbeleuchtung der Fähranleger und die Skyline von unserer pulsierenden Metropole: Wittdün.

So, dann weiter Richtung Westen. Dünen und wieder Bäume. Aber dahinter, leider von hier nicht zu sehen, das Wahrzeichen von Amrum, unser rot-weißer, weithin sichtbare Leuchtturm. Sie können den Aufenthaltsort ungefähr erahnen. Dort haben wir unseren rundumlaufenden Discostrahler installiert. Naja und dann sehen Sie im Westen natürlich wieder Bäume, dahinter versteckt sich Süddorf und tatatataaa: Wir sind einmal rum!«

Er hatte seine Ausführungen natürlich mit seinem ausgestreckten Arm unterstützt und immer in die entsprechende Richtung gezeigt. Nun machte er eine letzte ausladende Handbewegung und verbeugte sich kurz. Malu klatschte sofort Beifall und meinte dann und wieder in dieser besonderen Tonlage:»Na, dann hat man mir ja nicht zu viel versprochen. Wir vermitteln Ihnen den besten Reiseführer der Insel, wurde mir gesagt. Ich bin sehr zufrieden mit Ihnen und ich denke, Sie haben sich jetzt eine kleine Stärkung verdient.«

Mit diesen Worten nahm sie ihren Rucksack vom Rücken und setzte sich ins Gras. Malu kramte zwei Trinkbecher hervor und stellte eine große Flasche Cola auf den Boden. Es kam noch eine Tüte Chips und eine Prinzenrolle zum Vorschein und dann sagte sie:»So, jetzt lassen wir uns das erst einmal gut gehen.«

Janne hatte seinen Rucksack auch schon längst ins Gras geschmissen, saß neben ihr und war schwer beeindruckt und meinte nur:»Alle Achtung, du hast ja an alles gedacht. Das sieht nach einer richtigen Mitternachts-Mondschein-Party aus. Madam, Sie können mich jederzeit wieder buchen.«

Sie saßen fast Schulter an Schulter und wieder stellte sich das gemeinsame Schweigen ein und diese wunderschöne Stimmung von eben. Der kreisrunde Mond, der funkelnde Sternenhimmel darüber, die glitzernde Nordsee und der warme Sommerwind, der wieder diesen typisch algigen Meergeruch mitbrachte. Malu spürte, welche besondere Kraft dieser Ort hatte und überlegte, ob ihre Mutter nicht doch Recht hatte mit ihrer esoterischen Energielinientheorie – bislang hatte sie sich eher immer darüber lustig gemacht. Möglicherweise hatten die Wikinger mit ihrem Naturglauben damals noch ganz andere Antennen für solche geheimnisvollen Kräfte gehabt und nicht nur zufällig genau hier ihren Anführer beerdigt. Oder lag es an den Häuptlingsknochen, die unter ihr im Boden verrotteten? Hier hatten sicher auch schon vor Urzeiten zahlreiche Rituale stattgefunden. Kristina hatte mal erzählt, dass es auf der ganzen Erde solche energetisch aufgeladenen Plätze gab und möglicherweise war dies wirklich einer von denen. Wie auch immer – sie fühlte sich einfach wunderbar!

Malu hätte im Nachhinein gar nicht mehr sagen können, wie lange sie so spürend und staunend dicht nebeneinander auf dem Eesenhugh gesessen hatten – aber das, was jetzt seinen Anfang nahm, sollte der Nacht eine völlig andere Richtung geben.

»Siehst du das?«, fragte Malu. Aber er antwortete nicht, sondern guckte genau wie sie zum Feldweg, der von der Hauptstraße abging, genau auf der gegenüberliegenden Seite vom Trampelpfad, auf dem sie vorher gekommen waren. Ein Auto war dort eingebogen, fuhr ein Stück genau auf sie zu und stoppte. Dann erloschen die Scheinwerfer. Janne dachte sofort an ein Liebespaar und blieb völlig entspannt. Doch dann war das Schlagen von Autotüren zu hören!

»Meinst du, die kommen hierher?«, wollte Malu wissen und sprach plötzlich viel leiser.

»Keine Ahnung. Warten wir's ab«, antwortete Janne cool, beobachtete aber auch weiter konzentriert den abgestellten Wagen, den man jetzt kaum noch im Dunkel der hohen, dichten Bäume erkennen konnte. In diesem Augenblick blitzen dort nacheinander vier Lichter auf.

»Mensch Janne, die haben Taschenlampen! Kommt man von da aus hier her?«

»Ja, schon! Das ist der eigentliche Weg: Unseren Trampelpfad kennen nur wenige«, antwortet er und das hörte sich weiter sehr entspannt an.

»Du, die kommen hier her! Was sollen wir machen?«, fragte Malu und hatte das diesmal noch leiser gesagt.

»Was sollen wir schon groß machen! Wir waren eher da ... das ist heute Nacht unser Platz«, antwortete er, aber ihr war der besorgte Unterton in seiner Stimme nicht entgangen.

»Janne, das sind die Frauen! Die kommen vom Strand und wollen hier noch irgendwelche Rituale machen. Mensch, wenn uns hier unsere Mütter erwischen ... das gibt ein Theater!« Während sie das sagte, legte sie sich flach auf den Bauch und flüsterte:»Besser runter! Unsere dunklen Umrisse vor dem hellen Himmel!«

Janne hielt das anscheinend für einen richtigen Gedanken, denn er legte sich auch sofort flach ins lange Gras und nun flüsterte er ebenfalls:»Unsere Mütter? Das glaub ich nicht! Nicht um diese Zeit. Die sitzen schon längst in der Maus und geben sich die Kante.«

Die schwankenden Lichtpunkte bewegten sich eindeutig auf sie zu und manchmal leuchtete ein Lichtkegel in die Baumwipfel oder lief seitlich über das hügelige Feld.

»Ich pack schon mal unsere Sachen ein. Dann können wir im Fall der Fälle schneller verschwinden«, flüsterte Malu, kroch zu ihrem Rucksack und stopfte hektisch Colaflasche, Becher, Kekse und Chipstüte hinein. Dann robbte sie zurück und flüsterte:»Wenn wir abhauen müssen, könnten wir doch wieder unseren Trampelpfad nehmen, der liegt genau gegenüber, den können sie nicht sehen.«

»Ja, alles klar ... das hab ich auch schon überlegt. Hinter uns, übers Feld, ist keine gute Idee, da ist es viel zu hell und man kann uns meilenweit erkennen. Aber, jetzt keine Panik. Warum sollten die um diese Zeit auf den Eesenhugh wollen? Hier hinter den Bäumen wohnen Leute, wahrscheinlich ist das Besuch und alles entspannt sich gleich«, sagte er, aber in Malus Ohren hatte sich seine Erklärung überhaupt nicht entspannt angehört.

Als Malu sich jetzt erneut etwas hochdrückte und durch die trocknen, hohen Gräser Richtung Lichtpunkte lugte, bekam sie einen Schreck. Wie nah die schon sind, dachte sie und was sie dann entdeckte, löste Panik aus.

»Janne, siehst du! Drei von denen haben ganz helle Köpfe … schau mal, wie das Mondlicht darauf liegt … das sind alte Leute … sieh mal, wie die gehen, ziemlich krum … deshalb schwanken die Taschenlampen so hin und her.«

Janne hatte sich nun ebenfalls hochgedrückt und spähte besorgt in die Richtung.

»Du hast Recht. Was wollen die denn um diese Zeit hier?« Nun hatte sich sein cooler Tonfall völlig verändert und anscheinend dachte auch er über Flucht nach. Jedenfalls hatte er sich kurz Richtung Trampelpfad umgedreht.

»Nein, ich glaubs ja nicht! Von da kommen auch welche!«, flüsterte er erschrocken. Malu sah sofort in die Richtung. Und wirklich, auch von dort näherten sich vier schwankende Lichter und das genau auf ihrem Fluchtweg.

»Janne, was machen wir bloß? Acht Leute! Wir sind eingekesselt … wir sitzen in der Falle!« Und während sie das sagte, drehte sie sich wieder zurück und wollte wissen, wie nah die Alten auf dieser Seite schon heran waren.

»Janne, guck mal!«, ihre Flüsterstimme überschlug sich fast, so aufgeregt war sie. »Sieh nur! Der kleine Schmale da … neben dem großen Breiten, der hat einen Gehstock! Das ist der Alkoholiker, der Erk … die beiden hab ich vorhin schon in Nebel gesehen … du, das sind die alten Schatzsucher! Vielleicht halten die hier ein geheimes Treffen ab … bei Vollmond auf dem Eesenhugh, das könnte doch sein?!!«

Mittlerweile waren die Gestalten schon so weit heran, das man oben deren Stimmengemurmel hören konnte und das mit jeder Minute deutlicher.

»Was sollen wir bloß tun? Wir sollten hier dringend verschwinden! Janne, hast du nicht eine Idee?«, flüsterte sie und spähte weiter durch die Gräser.

»Irgendwie ist alles ein Risiko. Die einzige Möglichkeit ist nach hinten übers Feld. Aber sieh mal, wie weit man da heute sehen kann und die vom Trampelpfad können noch alles überblicken. Die müssen erst dichter ran sein. Dann haben wir eine Chance. Vielleicht kommen die Alten hier gar nicht mehr hoch. Ich denk, wir sollten erst einmal abwarten, was passiert … ich hab leider auch keine bessere Idee«, flüsterte er zurück.

Die Stimmen waren jetzt schon so nah, dass Malu anfing sich zu wundern, warum sie überhaupt nichts verstand.

»Janne, ich kapier kein einziges Wort.«

»Die unterhalten sich auf friesisch!«, erklärte er.

Plötzlich verstummte das Gemurmel und verschiedene Lichtkegel erhellten die Gräser am oberen Rand. Janne drückte sich erneut ein Stück hoch und ließ sich sofort wieder fallen.

»Die kommen wirklich hoch! Wir müssen sofort verschwinden! Wir kriechen zur anderen Seite und lassen uns da runterrollen. Das Gras ist so lang, vielleicht entdecken sie uns nicht.«

Malu schnappte sich ihren Rucksack und setzte sich auf allen Vieren sofort in Bewegung. Janne kroch direkt hinter ihr. Am hinteren Rand legten sie sich auf den Boden und Malu ließ sich zuerst rollen. Janne folgte direkt dahinter.

Malus Herz raste vor Aufregung. Aber immerhin hatten sie schon ein gutes Stück geschafft – fast die Hälfte. In diesem Augenblick hörte sie Janne dicht neben sich »Scheiße!«, sagen. »Was ist los?«, flüsterte sie nach oben.

»Mein Rucksack ist noch da, ich hab ihn vergessen! Ich Idiot! Ich hol ihn, das schaff ich noch!«

Noch bevor Malu etwas sagen konnte, kroch er schon wieder hoch. Schnell hatte er den oberen Rand erreicht und, Gott sei Dank, war da von den Männern noch niemand zu sehen. Die Alten kommen nicht so schnell hoch, versuchte er sich Mut zu machen. Aber wo hab ich den verdammten Rucksack liegen lassen? überlegte er fieberhaft. So schnell er konnte kroch er durchs Gras. Irgendwo in der Mitte, versuchte er sich zu erinnern … aber in dieser Kriechhaltung hatte er überhaupt keinen Überblick und wachsend panisch kroch er in der Mitte hin und her. Die Lichtkegel erleuchteten nun schon etwa ein Drittel des oberen Teils und gerade hatte er ein deutliches Fluchen vom Rand gegenüber gehört. Die sind gleich oben, schoss es ihm durch den Kopf. Das dauert nur noch Sekunden. Aber es half nichts. Er richtete sich kurz auf. Sein Blick flog über die Gräser und da lag etwas Dunkles, gar nicht weit entfernt. So schnell er konnte, kroch er darauf zu und … es war sein Rucksack!

Danach greifen und im höchsten Tempo zurück zum hinteren Rand kriechen war fast eine Bewegung. Genau in dem Augenblick, als er sich dort flach auf den Boden warf, leuchtete am gegenüberliegenden Rand der volle Strahl einer Taschenlampe auf und der Lichtkegel raste auf ihn zu.

Sofort ließ er sich rollen und war augenblicklich im hohen Gras verschwunden. Ohne einmal abzubremsen kugelte er den Hügel runter und erst als er fast unten war, breitete er wieder seine angelegten Arme aus und kam abrupt zum Stillstand. Durch seinen Kopf huschten Blitze und ihm war schwindelig, aber er sah sich trotzdem sofort nach allen Seiten um. Das Gras war zwar auch hier recht hoch, aber, das konnte doch gar nicht sein! Nirgends war Malu zu entdecken – wie vom Erdboden verschluckt. Erneut sah er sich um und richtete sich noch etwas weiter auf. Aber jetzt wurden auch auf dieser Seite oben die Gräser angestrahlt und der hin und her schwankende Kegel näherte sich schon wieder.

»Malu, verdammt, wo bist du«, flüsterte er in seiner Verzweiflung. Aber sie antwortete nicht.

Stattdessen spürte er plötzlich den Griff einer Hand an seinem Arm. Die kam von oben und zog ihn wieder ein kleines Stück den Hügel hoch. Es war Malu und er folgte sofort. Schon zwei Sekunden später rutschte er in eine Art Mulde, die den beiden genau so viel Platz bot, wie sie unbedingt brauchten. Dabei kauerten sie nebeneinander wie zusammengequetscht.

»Alle Achtung! Gutes Versteck! Ich konnte dich überhaupt nicht finden«, flüsterte er und versuchte, gleichzeitig seine Beine und seinen Oberkörper ein bisschen angenehmer zu sortieren. Es roch so stark nach Kaninchen, dass Janne die Frage, was das hier war, gar nicht mehr stellen musste. Von oben waren jetzt unterschiedliche Männerstimmen zu hören und gleich danach liefen Lichtkegel über ihre Köpfe hinweg und dann wieder Stimmen.

»Hast du deinen Rucksack? Haben sie dich gesehen?«, flüsterte Malu ihm direkt ins Ohr. Sie saß so dicht neben ihm, dass er jeden ihrer aufgeregten Atemzüge hören konnte.

»Ja, auf den allerletzten Drücker! Ich glaub, mich hat keiner gesehen.«

»Huu … gut gemacht! Worüber reden die? Kannst du etwas verstehen?«, wollte Malu dann wissen.

»Der eine hat gerade gesagt, dass hier keiner ist. Wahrscheinlich leuchten sie den ganzen Hügel ab. Vielleicht ist ihnen auch das runtergedrückte Gras aufgefallen oder sie haben mich doch eben gesehen … keine Ahnung!«

»Hoffentlich nicht!«, flüsterte Malu wieder.

Erneut lief ein weiterer Lichtkegel langsam über die Gräser und verharrte genau über ihren Köpfen, die beide sofort noch weiter einzogen. Janne hörte kein Atmen mehr neben sich und auch er hielt die Luft an. Es kam ihm wie eine halbe Ewigkeit vor, aber dann schwankte das Licht weiter zur Seite und kam auch nicht mehr zurück.

»Mensch, die wollen es aber genau wissen«, flüsterte nun Janne Malu ins Ohr.

Oben wurde wieder gesprochen und Malu war überrascht, wie deutlich sie die Stimmen hören konnte. Wahrscheinlich liegt es am Ostwind, vermutete sie. Der hatte wieder ein wenig aufgefrischt und kam genau aus der richtigen Richtung. Anfangs unterhielten sich zwei, aber nun sagte ein Dritter etwas und noch ein anderer antwortete ihm.

»Was ist da oben los? Kannst du was verstehen?«, fragte sie leise.

»Nicht alles … aber ziemlich viel. Sie begrüßen sich … und dass es schon so lange her sei, dass sie hier zusammengekommen sind. Ich glaub, die Gruppe vom Trampelpfad ist angekommen.«

Immer neue Stimmen waren zu hören und alle redeten durcheinander. Plötzlich hörte das auf, dann sprachen eigentlich nur noch zwei. Der, der hauptsächlich was sagte, hatte eine merkwürdig gleichförmige Tonlage. Janne horchte konzentriert nach oben und wenn er wieder etwas aufgeschnappt hatte, flüsterte er Malu kurz seine Übersetzung ins Ohr.

»Der regt sich die ganze Zeit fürchterlich auf … der Freitag und die Paulsens sind Verräter und Sauhunde … die haben sie hintergangen und betrogen … aber der Doktor frisst ihnen jetzt aus der Hand …«

Jetzt horchte er wieder …»Er schimpft über seine eigenen Leute … sie seien Feiglinge gewesen und hätten ihm nicht geglaubt, sonst hätten sie den Schatz längst … der Paulsen hätte noch mehr auf die Nase haben müssen … sie hätten das selbst erledigen sollen und die Idee mit den Föhrern wär idiotisch und schwachsinnig gewesen …«

Malu sog Jannes Worte förmlich in sich auf. Alles waren bislang Vermutungen und Spekulationen gewesen. Auch Kurt hatte nichts Genaues gewusst und nun bekam sie endlich Informationen aus erster Hand. Aber was sich gerade in ihrer Nase ankündigte, gefiel ihr überhaupt nicht. Dort hatte es mächtig zu kribbeln begonnen und das hörte nicht auf. Sie ahnte, was da in Anmarsch war, und wenn sie das nicht in den Griff bekam, gerieten sie beide in noch größere Gefahr, und am Ende könnten sie noch in ihrem schönen Versteck auffliegen.

»Der Schwachkopf … und irgendwas mit Watt … irgendwas von gebrochenen Knochen und wieder der Sauhund und Hurensohn …«, flüsterte Janne weiter.

Malu kniff sich jetzt schon mit der Hand die Nase zu und schluckte wie verrückt trocken runter, aber der Nieszwang wurde ständig stärker … und schließlich verlor sie die Kontrolle.

Obwohl sie verzweifelt die Hand auf den Mund gedrückt hielt, war ihr Prusten viel zu laut gewesen. Augenblicklich war oben alles verstummt. Wie von einem Erdbeben geschüttelt war Janne zusammengezuckt. Ihr lief sofort ein kalter Schauer über den Rücken und beide hielten wieder die Luft an.

Von oben waren zwei Klicks zu hören und Schritte und sofort liefen zwei Lichtkegel über den Abhang hin und her.

Beide machten sich so klein, wie es nur ging, hielten weiter den Atem an und Malu presste sich zusätzlich die Hand auf den Mund. Wieder erhellten die Lichter die Gräser über ihren Köpfen und blieben dort stehen. Malu stellte sich schon darauf ein, aufzuspringen und einfach übers Feld wegzurennen. Die Alten hatten eigentlich keine Chance, sie dann zu erwischen. Aber nicht alle hatten grauen Haare gehabt. Möglicherweise gab es doch den einen oder anderen schnellen Läufer da oben.

In diesem Moment klickte es erneut. Urplötzlich lag der Hang wieder im Dunkel und Malu hörte, dass auch Janne erleichtert ausatmete.

»Scheiß Heuschnupfen!«, flüsterte sie ihm ins Ohr.

Von oben waren nun wieder Männerstimmen zu hören und Janne flüsterte wenig später: »Sie meinen, es waren die Kaninchen oder irgendwelche Vögel … noch mal Schwein gehabt …«

Nun horchte er wieder und meinte dann: »Irgendwie sprechen sie jetzt leiser oder der Wind ist eingeschlafen … ich kann kaum noch was verstehen … alles klar bei dir?«

»Ja … alles okay … versuch es weiter!«, flüsterte sie zurück.

Es dauerte eine ganze Zeit, bis er wieder etwas aufgeschnappt hatte: »Ich glaub, sie sprechen über die Schatzkiste … Buchstaben und so … der Freitag hat das Rätsel gelöst … sie suchen irgendwas … alle sollen die Augen offenhalten …«

Wieder sagte Janne eine ganze Zeit gar nichts. Aber auch Malu hörte, dass es im Augenblick unmöglich war, das Gemurmel zu verstehen.

»Ich krieg kaum noch was mit«, flüsterte er. »Es geht um einen Festländer … keine Ahnung … Sie beobachten ihn … und der Irre tappt im Nebel … irgend so was …«

Nun hörte man eine Zeit lang auch andere Männerstimmen, leider nur fernes, undeutliches Gemurmel und dann war es plötzlich vollkommen still.

Was nur wenige Sekunden später passierte, war so unwirklich und unheimlich, dass Malu sofort wieder ein kalter Schauer über den Rücken lief: Die Kerle hatten einen Gesang angestimmt. Wie ein dunkles, gleichförmiges Murmeln. Die Melodie wechselte nur zwischen wenigen Noten und das Lied bestand nur aus einigen Worten und die wurden ständig wiederholt. Sie musste sofort an Meditations- oder Mönchsgesänge denken, vielleicht auch an Lieder von Seeleuten. Tiefe, murmelnde Männerstimmen, und spätestens jetzt bekam diese Mondnacht etwas Gespenstisches und Bedrohliches. Manchmal schwoll der dunkle, sich immer wiederholende Gesang an, nahm dann wieder ab und das ging überraschend lange so weiter.

»Kannst du was verstehen? Worüber singen sie?«, wollte Malu wissen.

»Keine Ahnung! ... das Lied hab ich noch nie gehört ... schlechte Arbeit und immer wieder ... fahr raus mit der Flut ... eine Art Shanty vielleicht«, flüsterte Janne zurück.

Unvermittelt wurde der Gesang plötzlich immer leiser und dann hörte er vollkommen auf.

Nur Sekunden später klickten Taschenlampen und schwankende Lichter liefen über den oberen Rand, Stimmengemurmel und Schritte – sich entfernend. Eine ganze Zeit horchten beide weiter konzentriert nach oben.

»Janne, ich glaub, das Treffen ist zu Ende. Die gehen weg!«, flüsterte Malu.

»Ja, es ist vorbei. Sie verschwinden!«, sagte er leise und sie hörte, wie erleichtert er ausatmete.

»Wir warten noch ... du, ich glaub, meine Beine sind eingeschlafen. Ich spür sie überhaupt nicht mehr!«

»Ich meine auch nicht!«, antwortete er.

Sie ließen noch etliche Minuten verstreichen, aber oben war es jetzt schon eine ganze Zeit vollkommen still und auch dunkel. Janne war der erste, der sich langsam aus dem Loch drückte und sich dort am Hang flach ausgestreckt ins Gras legte. Malu folgte und musste sich zusammenreißen, als ihr Blut wieder in Bewegung kam – in ihren Beinen kribbelten zehntausend Ameisen.

Wenig später krochen sie dann gemeinsam den Hügel hoch, und als sie auf allen Vieren den gegenüberliegenden Rand erreicht hatten und vorsichtig durch die Gräser spähten, legte sich ihre Aufregung endgültig. Die schwankenden Lichter hatten sich schon überraschend weit entfernt. Eine Gruppe ging wieder Richtung Parkplatz, die andere hatte erneut den Trampelpfad genommen.

»Mensch, Malu, mit dir erlebt man aber auch Sachen. Ich glaubs ja nicht!« Es war bestimmt schon eine Stunde her, dass er einen Satz in normaler Lautstärke gesagt hatte.

»Das war haarscharf, beinahe hätten sie uns erwischt. Ich weiß gar nicht, was die mit uns gemacht hätten. Wir haben gerade eine geheime Versammlung der alten Schatzsucher belauscht. Du glaubst nicht, was ich für einen Schiss hatte. Aber sie haben von uns nichts mitgekriegt und wissen nicht, was sie uns alles verraten haben. Leider nichts über das Buchstabenrätsel, und die genaue Geschichte kennen wir auch noch nicht. Aber ich bin sicher, dass Opa Kurt damit 'ne ganze Menge anfangen kann. Der wird Augen machen! Wir warten noch, bis sie richtig weg sind, und dann müssen wir uns wahrscheinlich auch be-eilen. Nicht, dass unsere Mütter vor uns zu Hause auftauchen. Aber, ich würde total gerne noch wissen, ob wir heute Nacht Meeresleuch-ten haben ... dafür lohnt sich das Risiko! Was meinst du?«

»Das finde ich auch!«, stimmte Janne sofort zu.

»Hast du eigentlich schon mal Meeresleuchten erlebt?«, wollte Malu jetzt wissen und behielt dabei weiter die schwankenden Lichter im Auge.

»Ja, einmal. Auf einer Rückfahrt mit meinem Vater von Föhr, mit-ten in der Nacht. Das war total abgefahren! In den Bug- und Heckwel-len abertausende von Lichtblitzen ... wie in einem Märchenfilm ... man glaubt, so etwas kann es real gar nicht geben ... daran kann man sich überhaupt nicht satt sehen ... unglaublich schön!«

»Weißt du eigentlich, wie es zu diesem Leuchten kommt?«

»Na ja, so ungefähr. Das Wasser muss ziemlich warm sein, eine ganz bestimmte Temperatur und windstill. Und natürlich Nacht, damit man die Funken sehen kann. Und, wenn alles stimmt, dann kommt es zu diesem explosionsartigem Wachstum einer bestimmten Alge, aber wie die heißt, hab ich vergessen. Sie gehört zu den fluoreszierenden Organismen, hab ich mal ganz wichtig irgendwo gelesen. Jedenfalls, wenn dann das Wasser in Bewegung kommt, gibt es diese wahnsinnigen Lichtblitze. Alles muss genau stimmen und deshalb passiert es so selten.«

»Und du meinst, das könnte heute so sein?«

»Keine Ahnung! Meeresleuchten wird einem geschenkt, heißt es. Da kann man nicht dran drehen. Aber ich finde, wir hätten es verdient!«, schob er noch nach und lachte sie an.

Es dauerte eine ganze Zeit, bis alle Lichtkegel auf beiden Seiten verschwunden waren, die Autoscheinwerfer angingen und der Wagen auf der Landstraße davonfuhr. Die Anspannung löste sich immer mehr und Malu fragte sich fast schon, ob sie nicht alles nur geträumt hatte.

Es waren vielleicht noch einmal 5 Minuten vergangen, als sie sich zunickten und Janne Malu aus dem Gras hochzog. Auf Schleichwegen über Privatgrundstücke erreichten sie schnell das Molengelände mit der niedrigen Düne, direkt vor dem kleinen Steenodder Strand, und stiegen dann dort die wenigen Holzstufen zur hölzernen Aussichtsplattform hoch. Mittlerweile war der Wind vollkommen eingeschlafen und der Glitzerteppich verschwunden. Malu schaute überrascht auf das vollkommen glatte und fast bewegungslose Wasser. Wie eine dickflüssige Masse schaukelte es träge hin und her und das Mondlicht lag wie eine dünne Spiegelhaut auf der Oberfläche. Malu konnte sich nicht erinnern, die Nordsee schon jemals so gesehen zu haben.

»Na, was meinst du?«

»Noch immer keine Ahnung. Probieren wir es aus!«, antwortete Janne.

Malu ließ ihre Sandalen am Strand und ging sofort neugierig ein paar Schritte ins Wasser. Aber es passierte nichts – kein einziger Funke. Dann warf sie zunehmend wilder Tropfen mit den Füßen in die Luft – aber wieder zeigte sich kein einziger Lichtblitz. Auch als sie dann noch tiefer hinein stapfte und das Wasser mit den Händen in die Luft warf, vollzog sich absolut nichts Wunderbares. Die Tropfen fielen ohne jede Reaktion dahin zurück, wo sie gerade hergekommen waren. Enttäuscht drehte sie sich nach Janne um, der noch am Strand stand und alles beobachtete.

»Vielleicht tiefer!«, sagte er und suchte gleich nach ein paar größeren Kieselsteinen.

Nur Sekunden später klatschten die, weit entfernt vom Ufer, nacheinander in die Nordsee – aber es tat sich auch dort nichts.

»Ich glaub, heute haben wir kein Glück ... schade!«, kommentierte er und sah ebenfalls ziemlich enttäuscht aus.

»Was meinst du Malu, wollen wir trotzdem noch schwimmen gehen?«

»Hmm ... eigentlich schon ... aber ich weiß nicht, ich hab mich schon den ganzen Tag so auf das Meeresleuchten gefreut ... wirklich sehr schade! ... Vielleicht ist es dann doch besser, gleich los zu gehen«, sagte sie unschlüssig. »Es ist schon ziemlich spät, denk ich und wenn es irgendwie geht, sollten wir vor unseren Müttern zu Hause sein ... vielleicht brauchen wir noch eine andere Nacht!« Janne nickte.

Kurz nachdem sie in den Sandweg einbogen, auf dem sie vorhin auch nach Steenodde gekommen waren, hakte sich Janne wie selbstverständlich bei Malu unter – und diesmal gab es bei ihr keine erneuten Zweifel und Ängste, sondern es fühlte sich gleich großartig an.

Beide legten ein zügiges Tempo vor und als sie fast schon wieder Nebel erreicht hatten, hörten sie zwei helle, kurze Glockenschläge.

»Mensch, Janne, so spät schon! Lass uns Gas geben, hoffentlich schaffen wie es noch rechtzeitig!«

Zum Abschied an der kleinen Querstraße blieben sie nur kurz stehen, lachten sich an und Janne sagte noch schnell: »Aufregende Nacht mit dir!«

»Und mit dir!«, war Malus Antwort und beide rannten sofort weiter.

Schon von der Straße aus spähte Malu durch die Hecke und atmete erleichtert durch. In der Ferienwohnung brannte kein Licht. Schnell hatte sie die Terrassentür erreicht und lugte durch die große Scheibe. Das Mondlicht war noch immer so hell, dass sie im Wohnraum fast alle Möbel umrisshaft erkennen konnte – selbst ihr Bett, an der gegenüberliegenden Wand, neben dem Badezimmer. Die Zimmertür zu Kristinas Schlafraum stand offen und das konnte was Gutes oder was Schlechtes bedeuten.

Wie erwartet war nicht abgeschlossen und sie huschte hinein. Ein schneller Rundblick reichte. Nirgends lagen auffällige Sachen herum, eigentlich sah alles so aus, wie vorhin, als sie die Wohnung verlassen hatte. Möglichst leise schlich sie durch den Raum und spähte in das Zimmer ihrer Mutter. Nun atmete sie das zweite Mal erleichtert durch. Kristinas Bett war noch unberührt.

Sie hatte schon die Hand am Lichtschalter, zog sie aber instinktiv wieder zurück. Im Badezimmer zog sie sich in Windeseile aus und ihr Nachthemd an und suchte dann im Halbdunkel nach ihrer Zahnbürste. Gerade als sie … Wo ist das blöde Ding? dachte, hörte sie ein dumpfes Geräusch von der Holzterrasse her und gleich darauf ein Fluchen. Das konnte nur eines bedeuten: Mum war im Anmarsch und wahrscheinlich hatte sie nicht an den Absatz dort gedacht und war ins Stolpern gekommen. Wenige schnelle Schritte reichten. Malu warf sich ins Bett und zog die Decke über die Nase. Genau in dem Augenblick öffnete Kristina die Außentür. Malu versuchte tief und gleichmäßig zu atmen, mit kleinen, eingebauten Pausen zwischendrin. Jetzt hörte sie die Tür ins Schloss fallen, aber ungewöhnlich ungestüm und wieder kommentiert mit »Leise, leise … schüüüüüü.« Danach Schritte im Zimmer, wieder ein lautes Gepolter nicht weit entfernt und erneut ein unterdrücktes Fluchen – so etwas wie:»Mist verdammter ... scheiß Stuhl!«

Es gab nur eine logische Erklärung für soviel Unbeholfenheit, und nun atmete Malu ein drittes Mal tief durch: Mum ist betrunken und hat nichts geschnallt!

10. Urlaubstag

Der Bericht vom Eesenhugh

Malu griff verschlafen nach ihrer Armbanduhr, die neben ihr auf dem kleinen Nachtschrank lag – dort, wo auch ihr Holzfisch stand. Es war schon 10 Uhr durch und trotzdem überraschend leise. Kristina stand für gewöhnlich wesentlich früher auf! Malu musste nicht lange überlegen. Als sie dann vorsichtig und leise die Tür zum Nachbarzimmer öffnete und hineinsah, war die Sache endgültig klar – Mum schlief ihren Rausch aus! Und das passte genau in ihren Plan.

Sie konnte es nämlich kaum erwarten, Opa Kurt zu treffen, um mit ihm die Erlebnisse der letzten Nacht durchzusprechen – Frühstück konnte warten.

Sie machte sich schnell im Bad fertig, zog einfach die Sachen von gestern wieder an und flitzte los.

Als sie am Küchenfenster vorbei lief, hatte sie ihn dort am Tisch schon entdeckt und klopfte sofort gegen die Scheibe. Kurt winkte sie gleich ins Haus und Sekunden später saß sie ihm schon gegenüber und hatte auch bereits auf seine Frage, ob sie eine Tasse Tee möchte, mit „ Ja, bitte" geantwortet. Er hatte das Frühstück schon beendet, den Tisch aber noch nicht abgeräumt und merkwürdigerweise stand da auch noch ein unbenutztes zweites Gedeck ihm gegenüber.

»Opa Kurt, stör ich dich? Du erwartest noch jemanden?« Kurt schmunzelte.

»Nein, nein! Das ist so eine alte Angewohnheit von mir. Meine liebe Leene ist zwar schon vor 7 Jahren gestorben, aber ich deck oft noch immer für sie mit. Allein zu frühstücken ist manchmal langweilig … oft kommt auch jemand überraschend vorbei, ich muss gar nicht mehr aufsteh'n und eine Teetasse steht schon bereit. Dann fühlt derjenige sich gleich freundlich empfangen, so wie du jetzt. Das ist doch ziemlich pfiffig von mir, oder? Aber sag, hast du nicht noch Appetit auf ein leckeres Brötchen? Da wartet noch eins auf dich!«

»Na, wenn das noch zu haben ist, sag ich nicht nein«, antwortete Malu sofort, nahm es sich aus dem Brotkorb und schnitt es gleich auf. Während er ihr nun den Tee in die Tasse goss, sah er sie schon neugierig an und meinte dann: »Na, was gibt es denn so Wichtiges bei meiner Freundin?«

Sie schmierte sich hastig Marmelade auf die Brötchenhälften und noch bevor sie das erste Mal abgebissen hatte, sprudelte es auch schon aus ihr heraus:

»Opa Kurt, es ist so viel passiert! Ich weiß gar nicht, wie ich dir alles so schnell erzählen soll!«

»Na, dann machst du es eben langsam. Trink erst mal einen Schluck Tee und beiß ab. Wir haben viel Zeit!«, unterbrach er mit seiner gelassenen, ruhigen Stimme.

Für einen großen Biss und einen hastigen Schluck reichte ihre Geduld noch, aber kaum, dass sie ihre Tasse wieder zurück auf den Unterteller gesetzt und ein paar Mal hektisch auf der Brötchen- Teemischung in ihrem Mund herum gekaut hatte, war das vorbei.

»Stell dir vor ... du glaubst es nicht. Heute Nacht hatten wir doch Vollmond und die Frauen hatten sich für den Abend am Strand verabredet und wollten dann anschließend noch in die Maus. Jannes Mutter hatte erzählt, dass es möglicherweise Meeresleuchten geben sollte, und dann sind Janne und ich auf die Idee gekommen, um Mitternacht zum Eesenhugh zu gehen und wollten anschließend noch in Steenodde schwimmen.«

»Zum Eesenhugh, um Mitternacht und bei Vollmond?«, fasste Kurt Malus Bandwurm-Satz erschrocken zusammen. Und als hätte einer einen Schalter umgelegt, gruben sich tiefe Sorgenfalten in seine Stirn.

»Und stell dir vor, was wir da erlebt haben! Das war vielleicht aufregend und gruselig.«

»Lass mich raten! Ein Treffen der Schatzsucher?«, fiel ihr Kurt ins Wort und starrte sie fragend an.

»Ja ... so war es! Aber woher weißt du das schon wieder?«, Malu biss wieder hastig von ihrem Brötchen ab.

»Ich wusste es nicht, aber ich hatte die ganze Zeit so eine Ahnung.

Vor zwei Tagen stand morgens die Mühle im Kreuz und das wird hier nur gemacht, wenn ein Amrumer gestorben ist. Aber niemand war tot und es wurde dann als dummer Scherz von Jugendlichen abgetan. Ich hatte die ganze Zeit so ein komisches Gefühl – wollte die Pferde aber nicht scheu machen. Deshalb hab ich dir auch nichts davon erzählt. Und dann hab ich mich wohl auch noch im Mondkalender verguckt, dachte, wir hätten schon Vollmond gehabt!

Vor ewigen Zeiten, in der Hochphase der Schatzsucherei, sind hier häufiger so merkwürdige Dinge passiert. Mal war die Kirchenuhr verstellt, mal läutete mitten in der Nacht die Glocke und einmal hatte man sogar den Leuchtturm abgeschaltet. Lauter solche Vorfälle, und es hielt sich schon damals das Gerücht, dahinter stecken die Schatzsucher, um ihre geheimen Zusammenkünfte einzuberufen. Nur Beweise gab es nie!«

»Aber, Opa Kurt, damals hat das ja vielleicht noch Sinn gemacht, sich so zu verabreden. Nur heute hat doch jeder Telefon, Handy und so.«

»Ja, damit hab ich mich vorgestern auch beruhigt. Dachte, wenn ich von meiner Vermutung erzähl', erklär'n sie mich für verrückt und denken, der Alte hat sie doch nicht mehr alle. Du, das sind alte, verbohrte Halunken. Jahrzehntelang hatten sie den Glauben verloren, den Schatz überhaupt noch zu finden und jetzt meinen sie anscheinend, sie sind kurz vor dem Ziel. Vielleicht haben sie das aus Tradition gemacht, ein Ritual aus ihrer heißen Zeit oder aus Aberglaube. Möglicherweise denken sie, sie haben so mehr Glück. Sonst kann ich mir das auch nicht erklären. Aber, nun erzähl schon! Sie haben euch doch hoffentlich nicht gesehen! Oder?«, fragte Kurt mit diesem zerfurchten, sorgenvollen Gesicht.

»Nein, nein! Beruhige dich! Aber es war haarscharf …«, und dann berichtete Malu in allen Einzelheiten von den unheimlichen Geschehnissen der letzten Nacht: Vom Anfang, mit den beiden Alten vor dem Hotel, die geisterhaften, schwankenden Lichter, ihre Flucht in den Kaninchenbau, ihr Niesen und dass man sie danach fast entdeckt hätte. Den sonderbaren Murmelgesang am Schluss und dass der Hauptredner eine ganz eigenartige Stimme gehabt und friesisch gesprochen hätte und überhaupt nur schwer zu verstehen gewesen wäre.

»Für mich ist die Sache vollkommen klar. Ihr habt das da heute Nacht mit wirklich gefährlichen Leuten zu tun gehabt. Der Hauptsprecher war ziemlich sicher Boy Knudsen, ein ganz unangenehmer, zorniger Bursche und der andere, sein alter Kumpel, Erk Petersen. Malu, die verstehen keinen Spaß. Ich mag mir gar nicht ausmalen, was gescheh'n wär, wenn sie euch erwischt hätten! Da hätte alles Mögliche passieren können! Aber was ihr jungen Leute auch immer vorhabt, das konnte ich doch nicht ahnen, das wird immer gefährlicher! Du gerätst da immer tiefer in eine Sache hinein, die unkalkulierbar werden könnte. Ich würde mir das nie vergeben, wenn euch etwas Schlimmes passiert! Keine nächtlichen Einzelaktionen mehr. Versprich mir das!«, sagte er mit großem Nachdruck und guckte ihr dabei streng ins Gesicht.

»Ich versprech es dir!«, sagte Malu ernst.

»Gut, mein Deern! Dann verlass ich mich darauf! Auf der ganzen Insel gibt es wahrscheinlich keinen, der so ein Treffen schon mal mitgekriegt hat. Außer, man gehört zum innersten Kreis und die haben sich natürlich Verschwiegenheit geschworen. Aber, sag, konntet ihr denn überhaupt etwas verstehen? Worüber haben sie gesprochen?« Und jetzt sah er weniger besorgt, sondern eher neugierig aus.

»Sie haben sich nur auf friesisch unterhalten, und manchmal ist der Wind vollkommen weggeblieben. Dann hat man nur noch undeutliches Gemurmel gehört. Glücklicherweise war Janne dabei und immer, wenn er wieder etwas aufgeschnappt hatte, hat er mir die Übersetzung ins Ohr geflüstert. Aber es sind mehr oder weniger nur Stichworte, leider. Ich kann damit nicht viel anfangen, aber du hoffentlich!«

»Na, dann berichte mal!«, forderte Kurt sie ungeduldig zum Erzählen auf.

»Am Anfang haben sie eine ganze Zeit über einen Doktor gesprochen. Er sei ein verdammter Verräter, aber nun würde er ihnen aus der Hand fressen. Du, das muss doch der Freitag aus der Zeitung sein. Oder?«

»Welcher Freitag aus der Zeitung?«, fragte Kurt vollkommen erstaunt.

»Na, sein Name steht doch in dem Zeitungsartikel, den ich zufällig auf der Fähre in die Hand gekriegt hab – die Zeitung von dem Hai! So fing doch alles an, hab ich dir neulich erzählt! Der Freitag hat doch die Untersuchung an der Kiste gemacht und dann das Ergebnis der Presse bekannt gegeben.«

»Was sagst du da! Bei uns stand nichts von diesem Freitag. Da bin ich ganz sicher!«

»Ich hab einen Internet-Ausdruck davon, den hol ich schnell. Dann kann ich auch gucken, wie es Mum geht.«

»Wieso, was ist denn mit Kristina?, fragte Kurt sofort besorgt.

»Sie hatte heute Nacht mächtig Schlagseite, um es mal mit deinen Worten zu sagen. Wahrscheinlich liegt sie noch immer im Bett und schläft ihren Rausch aus.« Nun schmunzelte Kurt sogar und Malu sprang auf und rannte aus dem Haus.

Als sie nur Sekunden später mit einem Blatt in der Hand wieder in die Küche kam, hatte Kurt seine Lesebrille auf der Nase und vor ihm lag eine aufgeschlagene, alte Zeitung.

»Mum liegt im Bett und schläft noch. Du hast die Zeitung aufgehoben? … So, schau her! Hier ist der Artikel aus der Süddeutschen Zeitung«, sagte sie und wunderte sich immer noch. Doch sie fragte nicht nach und schob Kurt den Computerausdruck hin.

Er begann sofort leise murmelnd zu lesen und erst ganz zum Schluss las er dann laut weiter und den letzten Halbsatz wiederholte er dann noch einmal »… teilte der mit der Untersuchung beauftragte Wissenschaftler Dr. Freitag, gestern der Presse mit … . So, Malu, nun sieh her: Hier bei uns im Insel-Boten steht wortwörtlich alles genauso wie in dem Artikel aus der Süddeutschen Zeitung, nur der Schluss ist bei uns anders! Der Dr. Freitag taucht hier nicht auf, hier steht: … teilte das Institut der Presse mit …« Kurt nahm seine Lesebrille in die Hand und sah vollkommen überrascht Malu an. »Er frisst ihnen jetzt aus der Hand, hast du gesagt … sie wollten nicht, dass hier der Name Freitag auftaucht. Sie haben es irgendwie geschafft, ihn aus der Zeitung heraus zu halten und ich kann mir auch denken, warum! Habt ihr in diesem Zusammenhang noch mehr aufgeschnappt?«

»Na ja … in dem Zusammenhang meinst du … auch die Paulsens hätten sie betrogen … ich glaub dieser Boy hat sie als Sauhunde und ebenfalls als Verräter bezeichnet und irgendwie stand es im Zusammenhang mit einer Grabung!«

»Aha!«, fiel ihr Kurt sofort ins Wort und nun huschte sogar ein Lächeln über sein Gesicht.

»Kannst du damit etwas anfangen?«, wollte Malu natürlich sofort wissen und guckte ihn erwartungsvoll an.

»Das kannst du wohl laut sagen! Bislang waren alles nur Vermutungen und Spekulation. Aber, was ihr da gehört habt, bringt endlich Licht in die Geschichte.

Hör zu!«, begann er und Malu hätte jetzt nirgends anders sein wollen. Endlich rückte Kurt mit entscheidenden Informationen raus.

»Ich hatte mich zu der Zeit ja schon längst von der Schatzsuche verabschiedet, war monatelang auf See und nur noch selten auf der Insel. Bei einem dieser Landurlaube hatte dann diese umstrittene Grabung am Eesenhugh begonnen. Da war damals so manch Amrumer nicht mit einverstanden. Viele wollten die Totenruhe der Wikinger nicht stören und den Zauber der alten Gräber erhalten und überhaupt, was sollte das für einen Sinn haben! Aber der Dr. Freitag und sein Grabungsteam haben sich davon überhaupt nicht beeindrucken lassen, hatten ihre staatliche Genehmigung und begannen da sofort, wie die Wilden, zu buddeln.

Schon damals gab es Gerüchte, dass mit der Grabungsgenehmigung nicht alles mit rechten Dingen zugegangen war. Heute kann ich mir Folgendes vorstelle: Unsere Halunken hatten die Idee, dass Hark Olufs da seinen Schatz vergraben hat. Solche Vermutungen gab es schon, als ich noch dabei war. Aber nachts dort ein paar Löcher in diesen riesigen Haufen zu graben, machte keinen Sinn, das war natürlich sowieso verboten und wär auch sofort aufgeflogen. Also haben sie sich wahrscheinlich genau diesen Freitag ausgesucht. Wie viele andere Amrumer hab ich mir damals auch an Ort und Stelle die Sache mal angesehen und diesen Freitag hab ich noch gut vor Augen … jung, ehrgeizig und eitel. Der Knabe hat mir gleich nicht zugesagt. Lief da immer ganz wichtig herum, scherzte mit allen möglichen Leuten, auffällig viel mit unseren heutigen Spitzbuben und auch mit den Paulsens. Nachdem, was du heute Nacht gehört hast, ist es wahrscheinlich folgendermaßen abgelaufen. Irgendwann haben sie wirklich die Schatzkiste dort ausgegraben. Der Freitag und die Paulsens haben sich zusammengetan und das Ding heimlich verschwinden lassen. Sie haben die anderen einfach hintergangen. So ist die Kiste zu Lisa ins Haus gekommen. Sie haben sie da versteckt und in aller Ruhe untersucht. So könnte das abgelaufen sein!

Die anderen Kameraden haben davon die vielen Jahrzehnte nichts gewusst und sind letzten Herbst aus allen Wolken gefallen, als die Kiste dort beim Sperrmüll plötzlich aufgetaucht ist und erst dann sind sie hinter den Verrat gekommen. Mensch, das ist 'n Ding!

Sie haben sich den Wissenschaftler vorgenommen, alles erfahren und ihn wahrscheinlich unter Druck gesetzt. Seitdem frisst er ihnen aus der Hand. Und dann haben sie alles eingefädelt. Seitdem hat der Herr Doktor wieder die Seiten gewechselt und steckt jetzt mit ihnen unter einer Decke. Er hat die Untersuchung in Schleswig geleitet und in seinem großartigen Bericht nur Unsinn geschrieben. Aber, nun weiter! Habt ihr noch mehr verstehen können?«, wollte Kurt wissen und spitzte wieder die Ohren.

Malu hatte so konzentriert zugehört, dass sie ein paar Sekunden brauchte, um sich erneut an die Gesprächsfetzen der Nacht zu erinnern.

»Ja, was haben sie noch gesagt … ach ja, der Boy hatte wohl so einen Verdacht und hat dann eine ganze Zeit seine eigenen Leute als Feiglinge beschimpft. Sie hätten ihn machen lassen sollen und nicht die Föhrer … und dass die Sache aus dem Ruder gelaufen sei und noch irgendwas mit Watt und gebrochene Knochen … jedenfalls so ungefähr muss das stimmen. Aber ich hab keine Ahnung, was sie damit meinen!«

»Aber ich!«, sagte Kurt ganz leise und Malu hatte das Gefühl, er habe gerade nur laut gedacht, jedenfalls meinte er dann: »Du glaubst gar nicht, wie wichtig deine Informationen sind, nicht nur für mich. Haben sie noch was zur Schatzkiste selbst gesagt? Vielleicht zu diesen merkwürdigen Buchstaben?«

»Sie haben darüber gesprochen! Aber leider haben wir nicht mehr viel verstanden. Nur soviel, dass das Rätsel wohl gelöst ist und sie jetzt in dem Zusammenhang nach irgendetwas suchen und alle die Augen offen halten sollen. Ja, alle sollen dabei mithelfen! Na ja, dass war's auch schon. Halt, stopp! Sie haben noch über einen Festländer gesprochen, den sie beobachten und dass der Irre im Nebel tappt. Ich könnte mir vorstellen, damit meinen sie den Hai!?«

»Das denke ich auch, Malu, aber alle Achtung was ihr rausgekriegt habt. Wir sind ein ordentliches Stück weiter und, Gott sei Dank, hat euch keiner gesehen. Aber ihr dürft jetzt keine weiteren kopflosen Aktionen mehr machen. Haltet euch unbedingt zurück! Das musst du mir versprechen!«

»Versprochen. Aber, was hat das mit den Föhrern und dem Idioten und mit dem Watt zu bedeuten?«

»Ich weiß in etwa, was das heißen könnte, aber darüber sprechen wir später. Zuerst werd ich alles noch mal mit Hannes durchgehen. Mal sehn, was er davon hält. Danach sehen wir weiter.«

»Wann erzählst du mir endlich etwas von diesem Hannes?«

Aber Kurt blieb stumm und schien die Frage auch gar nicht gehört zu haben. Malu wartete einen Augenblick und biss von ihrem Brötchen ab, von dem immer noch über die Hälfte auf ihrem Frühstücksteller lag. Mit vollem Mund schob sie ihre nächste Frage nach:

»Aber, was tun wir jetzt? Sie suchen irgendetwas von der Schatzkiste! Damit muss was nicht stimmen. Janne und ich konnten nichts feststellen. Du musst uns helfen! Du kennst dich super mit Holz aus. Wir müssen uns die Kiste unbedingt noch mal gemeinsam ansehen! Das müssen wir doch, oder?«

»Sagen wir so! Ohne vorher das Buchstabenrätsel geknackt zu haben, macht das wenig Sinn. Wenn wir das entschlüsseln können, dann bin ich mit an Bord. Ich krieg das ganze Bild einfach noch nicht zusammen.«

»In Sachen Buchstaben gibt es auch wichtige Neuigkeiten! Claas meint, dass es sich dabei um eine Art Verschlüsselung handelt. Hinter jedem Buchstaben steckt eigentlich ein anderer, und er sucht jetzt im Internet nach dem richtigen Code, um die herauszukriegen. Da gibt es so Kryptofreeks und Foren, da tauschen sie sich aus. Vielleicht können die helfen? Aber, dass es sich um eine Katzenverschlüsselung handelt, da ist er sich fast sicher!«

»Katzenverschlüsselung?«, wiederholte Kurt und sah Malu irritiert und fragend an.

»Ja, das Grundprinzip sind zwei Buchstabenkreise, der eine mit dem vollständigen Alphabet unten und darüber schreibt man dann die verschlüsselten Zeichen. Das Problem ist nur, dass es so viele verschiedene Katzensysteme gibt, umgedrehte und ich weiß nicht was. Fällt dir vielleicht irgendetwas ein, was du in dem Zusammenhang mal gehört hast und was irgendwie mit Katze zu tun hat? Irgendein komisches Wort in Verbindung mit Katze?«

Kurt fuhr sich mehrere Male durch den Bart, guckte dann an die Decke, dann durchs Fenster und dann wieder Malu an. Dabei hatte er die ganze Zeit ... Katze … Katzencode … Katzenverschlüsselung … gemurmelt und schließlich schüttelte er den Kopf:

»Mir fällt dazu gar nichts ein … absolut nichts! Auch aus früheren Zeiten nicht. Nie gehört, irgendwas von Katze.«, sagte er schließlich. »Es tut mir wirklich leid, Malu. Aber vielleicht hat mein in die Jahre gekommenes Gehirn das auch vergessen und in der entscheidenden Zeit war ich ja auch gar nicht auf der Insel, sondern auf See. Ich muss mich unbedingt mit Hannes besprechen und wer weiß, vielleicht kann er uns dabei weiterhelfen. Er war ja mittendrin damals, aber es ist nicht leicht mit ihm.«

»Du erzählst jetzt schon wieder von diesem Hannes! Wer ist das und warum ist der dabei so wichtig?«

»Mein Deern, vielleicht das nächste Mal. Lass mich erst mal alles klar kriegen. Die Sache ist ziemlich kompliziert. Glaub mir! Nun lass uns fürs erste Schluss machen mit der Schatzgeschichte«, sagte er noch, sah aber selber gar nicht nach Schluss machen aus – eher so, als hätten ihn die neuen Informationen sehr aufgewühlt. Jedenfalls wirkte Kurt wie abwesend.

Malu hatte tausend neue Fragen im Kopf, aber sie spürte, dass sie jetzt nicht weiter nachbohren durfte. Das Wichtigste war, dass Kurt langsam sein Schweigen brach, und mit ihm an ihrer Seite hatte sie einen mächtigen Verbündeten gewonnen – die Rätsel der Gegenwart ließen sich einfach nicht ohne sein Wissen aus der Vergangenheit aufklären.

Es kam Malu wie eine halbe Ewigkeit vor, bis er wieder zu sprechen begann.

»So mein Deern, du isst jetzt noch deine zweite Brötchenhälfte und dann kümmerst du dich erst einmal um deine Mutter. Danach sehen wir weiter!«

»Opa Kurt, ich hab noch eine ganz andere Frage. Der zweite Grund, warum ich hier bin. Hast du eigentlich eine beschichtete Pfanne, die du mir ausleihen könntest?«

»Ja, natürlich! Aber was hast du vor?«

»Owe hat mir genau erklärt, wie man Schollen brät. Und ich dachte, ich könnte heute Mum damit überraschen und kauf gleich welche in Steenodde!«

»Das nenn ich mal 'ne tolle Idee! Die ess ich auch für mein Leben gern. Aber Schollen zu braten ist nicht ohne, da trauen sich nicht viele ran! Die gab's hier früher wie Sand am Meer. Du glaubst gar nicht, wie viele wir als Jungs davon hier im Watt gefangen haben. Schollentreten nannte sich das. Barfuß durch die Priele und dann hattest du sie plötzlich unter den Füßen. Ein Griff und rein damit in den Eimer. Das dauerte damals nicht lange, dann hattest du eine Mahlzeit für die ganze Familie zusammen.

Aber, das ist leider vorbei … Überfischung … und die wenigsten schaffen es noch, richtig auszuwachsen. Eigentlich darf man eine Scholle erst essen, wenn sie so groß ist, wie eine Männerhand – mindestens 32 cm! Erst dann werden sie geschlechtsreif und können sich vermehren. Kleinere zu essen, müsste verboten werden! Maischolle, die kleinen Dinger, so ein Unsinn! Das ist eigentlich Frevel an der Natur. Das ist ein Grund, warum es immer weniger davon gibt. Also, kauf nur die Großen! ... Und wie hat dir das Owe erklärt?«

Und dann legte Malu los, beschrieb genau, was bei den „drei großen S" zu tun war und meinte dann:»Was würdest du sagen: Auf welcher Seite sollte ich beginnen sie anzubraten?«

»Oh, ich hör schon, ich hab es bei dir mit einer echten Expertin zu tun! Bei der Frage kriegen sich sogar die Sterneköche in die Wolle. Eigentlich heißt es, Fisch wird auf der Haut gebraten. Allerdings zieht sich die durch die Hitze gerne zusammen, das Fischfilet wölbt sich hoch und hat dann nicht mehr überall Kontakt mit dem Pfannenboden. Aber lass dich davon nicht verrückt machen! Viel entscheidender ist, dass sie frisch und wirklich sauber sind. Ich geb dir noch meine Haushaltsschere mit, damit kannst du die Flossen ganz leicht abschneiden und dann würde ich sie mit dem Zitronensaft ein paar Minuten liegenlassen, vielleicht 10 Minuten. Allerdings du hast ja ganz frische Ware, da ist Zitrone nicht so wichtig. In den Restaurants nutzen sie bei älterem Fisch gerne solche Tricks. Aber nun kommt das Entscheidende! Das machen die meisten falsch, oft auch die oberschlauen Gastronomen! Im Esslokal geht es im Alltagsgeschäft nämlich hauptsächlich um Zeit. Wenn du mich verstehst: Zeit ist Geld. Du solltest die Schollen unbedingt nur in Butter braten. Kein Öl oder Margarine, Butterschmalz vielleicht. Aber nur mit reiner Butter bekommt man den besonderen Geschmack. Allerdings, was du beachten musst! Butter kann nicht viel Hitze ab, die verbrennt schnell und wird dunkel. Dann ist deine Scholle plötzlich schwarz und trotzdem nicht durchgebraten. Also: Wenig Hitze, aufpassen und Zeit lassen!

Und wenn überhaupt, kommt nun die richtige Seite ins Spiel. Butter wird immer ein bisschen braun, das lässt sich gar nicht verhindern. Und deshalb brat ich als erstes immer die helle Seite an, dann ist das Fett noch schön sauber. Wenn die Butter dann doch ein wenig gelitten hat, fällt es auf der dunklen Seite überhaupt nicht auf. Vielleicht zwischendrin noch mal ein bisschen heißes Fett über die helle Seite löffeln, damit die nicht auskühlt. Ach ja, ein weiterer Vorteil ist, du kannst die Scholle nachher direkt aus der Pfanne auf den Teller legen und brauchst sie nicht mehr drehen, dann kann sie dir auch nicht kaputt gehen. Und die Fische erst reinlegen, wenn die Pfanne heiß ist und dann ungefähr 5 – 6 Minuten von jeder Seite, kommt auf die Dicke der Burschen an. Ja so mach ich das! Nach dem Drehen kannst du noch ein bisschen Pfeffer drangeben, nicht vorher, der könnte sonst verbrennen.«

Und weil er sah, das sich Malus Stirn in Falten gelegt hatte, fügte er noch hinzu:»Das hört sich jetzt alles komplizierter an als es ist. Schollen zu braten ist keine Hexerei. Das schaffst du schon. Da bin ich mir sicher!«

Mittlerweile hatte Malu auch ihre zweite Brötchenhälfte aufgekaut. Kurt kramte die Pfanne aus dem Küchenschrank und gab ihr auch seine Haushaltsschere mit. Dann verabschiedete er sie mit:»Gutes Gelingen, mein Deern!«

Kristina ist krank

Als Malu durch die Tür kam, stand Kristina vor der Spüle und goss sich gerade einen Tee auf.

»Hi, Mum! Na, du bist ja wieder auf den Beinen. Wie geht's dir?«

»Hallo, mein Schatz! So lala, würde ich sagen. Aber heute ist deine Mutter eine alte Frau … Dröhnschädel, Kopfschmerzen, mir ist schlecht und ich frier … die zwei Whisky zum Schluss hätte ich mir sparen sollen ... die haben mir den Rest gegeben! Ich glaub, den heutigen Tag kann ich abhaken!«

Die Erklärung deckte sich mit dem, was Malu sah. Ihre Mutter stand dort im Pyjama, hatte ihre Strickjacke übergezogen und ihre Spezial-Wohlfühl-Wollsocken an den Füßen. Sie ließ die Schultern hängen, ihr Gesicht war blass und zerknittert und die Haare zeigten in alle Richtungen. Jetzt blieb Kristinas Blick an der Bratpfanne kleben und Malu sah, wie es in ihrem Kopf arbeitete.

»Was willst du mit der Pfanne?«, war schließlich ihre Frage.

»Mum, heute verwöhn ich dich. Ich mach uns heute Abend Fisch und einen leckeren Salat dazu!«

»Wow, meine Tochter traut sich ans Kochen ran! Das ist ja eine schöne Idee. Heute Abend sieht die Welt hoffentlich für mich auch schon wieder anders aus. Im Augenblick krieg ich noch nichts runter. Nimm Rotbarsch oder Seelachs. Filet ist nicht so aufwendig; das geht schnell und bei zwei Pfannen gar kein Problem, da kann ich dir helfen.«

»Du machst dabei gar nichts! Ich will dich doch verwöhnen und ich brauch Ruhe beim Braten. Es gibt kein Fischfilet, ich mach Scholle!«

»Was willst du machen?« Kristina verdrehte die Augen. »Scholle? Aber, Schatz, das ist nicht ohne … diese dunklen, glibschigen Fische sauber zu machen und richtig zu braten ist so eine Sache. Nimm dir lieber etwas Einfacheres vor!«

»Nein, nein! Ich möchte das gerne ausprobieren und ich weiß mittlerweile 'ne Menge darüber. Ich setz mich gleich aufs Fahrrad und kauf uns zwei ganz frische in Steenodde am Anleger.«

»Na, da bin ich wirklich gespannt … aber wenn du dir das zutraust!?«

»Und, Mum, wie war dein Abend?«

»Eigentlich total lustig. Ich muss zwar jetzt dafür bezahlen, aber irgendwie war die Aktion den Preis auch wert. Stell dir vor, wir waren acht Frauen. Da kannst du dir ja wohl denken, was da los war. Erst waren wir fast bis Mitternacht am Strand – natürlich viel gelacht und geredet, getrommelt und getanzt. Die Nacht am Strand mit Vollmond, fantastischem Sternenhimmel, warm und kaum Wind, war einfach herrlich. Das hätte dir sicher auch gefallen. Und dann waren wir natürlich auch noch alle schwimmen. Marie, in der Dunkelheit im Meer, dass ist schon speziell. Das Wasser kommt einem viel wärmer vor, aber es ist auch ein bisschen unheimlich. Leider gab es kein Meeresleuchten. Ich hatte extra mein Handy mitgenommen, um dich im Fall der Fälle noch anzurufen. Dann hättest du unbedingt kommen müssen. Aber Anne meint, das wird noch passieren und wir haben vereinbart, wenn irgendjemand das mitkriegt, rufen wir uns gegenseitig an. Hoffentlich erleben wir das noch in diesen Ferien!«

Jetzt war Malu fast froh, dass das Meer letzte Nacht nicht geleuchtet hatte, sonst wär möglicherweise durch den Anruf alles aufgeflogen.

»Na ja und dann sind wir natürlich noch alle in die Maus und da ging dann richtig die Post ab. Kannst du dir ja vorstellen, wenn acht Frauen richtig Party machen. Jannis Musik wurde immer besser, viel getanzt und gelacht. Da sitzen im Sommer immer etliche Jäger am Tresen herum und möchten zu gern eine Urlauberin erbeuten«, und bei „Jäger" hatte sie zwei Gänsefüße in die Luft gemalt. »Die baggern ohne Ende! Aber, bei uns hatten sie sich natürlich verrechnet.

Wir haben nur deren Testosteronhaushalt etwas durcheinander gebracht. Soweit war alles wunderbar, nur dann wollte Janni uns unbedingt noch von seinem umfangreichen Whiskyangebot überzeugen. Er hätte auch Sorten für Frauen und ich hab mir dann zwei Gläser aufschwatzen lassen. Das war mein Fehler und geschmeckt hat das Zeug auch noch nicht mal!«

»Ja, Mum, so kann es gehn. Was predigst du immer: Marie, lass bloß die Finger von den Drogen! Dafür muss man im Leben immer bezahlen!«, sagte Malu grinsend und übertrieben fürsorglich.

»Marie, zu witzig … du bist eine böse, böse, vorlaute Tochter«, und dabei zeigte sich jetzt sogar ein kleines Lächeln auf Kristinas angeschlagenem Gesicht.

»Aber sag, Schatz, wie war dein Abend? Als ich nach Hause kam, hast du ja schon tief und fest geschlafen.«

Kristina nahm jetzt ihren Teebeutel aus dem Becher und trank schlürfend einen kräftigen Schluck.

»Alles gut. Bei mir hat eigentlich alles so geklappt, wie ich mir das vorgenommen hatte. Nur solange warten, bis du nach Hause kommst, wollte ich nicht und bin dann ins Bett gegangen. Das war auch ein schöner Abend für mich«, und damit hatte Malu noch nicht einmal gelogen, nur untertrieben – aber fast hätte sie nicht „schöner Abend" gesagt, sondern „aufregender Abend" und die Formulierung wäre dann sehr gefährlich gewesen.

Normalerweise hätte eine so vage Erklärung wie eben bei ihrer Mutter nie ausgereicht und sofort eine Nachfrage nach sich gezogen, aber heute gab sich Kristina glücklicherweise damit zufrieden. Sie hatte im Augenblick genug mit sich selbst zu tun und schlürfte gerade erneut einen Schluck heißen Tee aus ihrem Becher.

Die momentane Körperhaltung ihrer Mutter passte wie die Faust aufs Auge zu ihren wissenschaftlichen Untersuchungen in Sachen „Typische Unterschiede im Verhalten zwischen Frauen und Männer". Sie hatte nämlich letztes Jahr zufällig in einer Zeitschrift einen Artikel darüber gelesen. Seitdem war sie fasziniert von diesem Thema und ihre Untersuchungsobjekte waren dabei in der Hauptsache natürlich ihr Vater und ihre Mutter. Paps hatte seine Wohnung nur einige Häuser entfernt in derselben Straße, und sie lebte immer eine Woche bei dem einen und dann wieder eine Woche bei dem anderen. Es gab bei dieser Regelung natürlich auch nervige Dinge – Koffer packen und Umziehen an jedem Sonntag zum Beispiel oder, dass Freunde immer durcheinander kamen, wo sie gerade wohnte – aber auch gewichtige Vorteile!

Sie hatte zwei Zimmer zur Verfügung und wusste genau, wen sie fragen musste, wenn es um heikle Dinge ging und bei wem es leichter war, etwas Bestimmtes durchzusetzen – mal länger wegbleiben oder besondere Anschaffungen. Dabei galt es, auf die richtige Woche zu warten. Beim Computer- und Handykonsum war ihre Mutter wesentlich strenger, obwohl sich auch ihr Vater bei diesem Thema fürchterlich aufregen konnte. Sie sprachen dann von der „Generation Daumen" oder auch „Generation Kopf unten". Alle würden nur noch auf ihre Smartphones glotzen, sich die Welt nicht mehr real ansehen, virtuell leben und könnten sich kaum noch unterhalten. Selbst im Restaurant würden viele zwischen Vorspeise und Hauptgang noch mal kurz ihre Mails checken. In diesem Zusammenhang brachte Paps dann gerne seinen Lieblingssatz:„Das ist eine regelrechte Pestilenz!"

Mit ihrer Mum konnte sie natürlich sämtliche Mädchenprobleme besser besprechen; oder auch, wenn es um Klamotten ging und um Schule. Bei Paps musste sie nicht so früh ins Bett; auch beim Thema

Fernsehen war er großzügiger, und er kochte oft ihre Lieblingsgerichte und fast nie vegetarisch.

Bei ihrer Unterschieds-Untersuchung hatte sie schon etliche interessante, aber auch witzige Sachen herausgefunden – dann die Ergebnisse auch mit Beobachtungen an anderen Personen abgeglichen und so galt Einiges mittlerweile für sie als gesichert.

Männer und Frauen zogen zum Beispiel ihren Pullover auf ganz unterschiedliche Weise an und aus. Frauen steckten beim Anziehen in der Regel zuerst vollständig ihre Arme in die Ärmel, zogen ihn sich dann unters Kinn und erst im letzten Moment ganz schnell über den Kopf. Beim Ausziehen genau umgekehrt: Sie hielten die Ärmel fest, zogen zuerst nur die Arme heraus und erst danach schnell den Rest über den Kopf. Frauen vermeiden gern längere Dunkelphasen und Orientierungslosigkeit – sie fürchten Kontrollverlust, das hatte sie mal irgendwo dazu gelesen.

Männer machen das vollkommen anders, sie arbeiten meist nicht in Teilschritten. Sie fassen oft ganz unten an und ziehen sich das Teil in einer Bewegung über den Kopf. Sie nehmen dabei in Kauf, dass sie sich in den Haaren verheddern, das Hemd mit hochgezogen wird, sie im Pullover für einen Moment ganz verschwinden und, dass sich selbst die Ärmel umkrempeln und am Schluss die unrechte Seite nach oben zeigt.

Auf ein anderes Phänomen hatte sie mal ein Hinweis ihres Vater gebracht. Der hatte seine letzte Lieblings-Kaffeetasse fallenlassen und war schon in verschiedenen Geschäften gewesen, um sich Ersatz zu besorgen – erfolglos! Dann hatte er in etwa Folgendes gesagt: „Es gibt mittlerweile nur noch diese dickwandigen, hohen und klobigen Frauentrinkbecher zu kaufen. Die gesamte Industrie hat sich darauf umgestellt. Tee und Kaffee trinkt man aber aus dünnwandigen Tassen, nippt und schlürft fast, erst dann entfalten sich die Aromen und der Geschmack richtig. Denk mal an Wein-, Kaffee- oder Teeverkoster! Die schlürfen, schmecken und kauen die Flüssigkeit, bevor sie alles nur wegschlucken. Wenn man Durst hat, sollte man Wasser trinken. Diese Becher taugen vielleicht als Blumenvase. Nur weil die Frauen immer kalte Hände haben, können wir Männer unseren Tee oder Kaffee nicht mehr aus den richtigen Tassen trinken!"

So oder so ähnlich hatte er mal gespottet. Na ja, und bei ihren weiteren Beobachtungen war ihr dann wirklich ein entscheidender und immer wiederkehrender Unterschied im Trinkverhalten von Männern und Frauen aufgefallen:

Männer nehmen ihre Tasse eigentlich nur unmittelbar bevor sie trinken wollen in die Hand und stellen sie dann sofort wieder zurück auf den Tisch. Deshalb trinken Männer auch eher selten und wahrscheinlich auch ungern Tee oder Kaffee im Stehen. Sie sitzen gern dabei, es ist gemütlicher und sie brauchen eine Abstellfläche.

Bei Frauen sieht die Sache ganz anders aus. Ihnen scheint es egal zu sein, ob sie sitzen oder stehen. Sie brauchen keinen Tisch! Sie lieben es, ihren Tee- oder Kaffeebecher in der Hand zu behalten oder besser gesagt: in den Händen. Man sieht fast nie einen Mann, der seine Tasse oder seinen Becher lange und dann noch mit beiden Händen umklammert und mit angelegten Ober- und Unterarmen vor den Bauchnabel hält.

Ihre Untersuchung hatte zweifelsfrei ergeben, dass es sich dabei um eine höchst typische Frauengeste handelt. Und ihr Biolehrer hatte das bestätigt und gleich ein ganzes Bündel an Gründen genannt: Frauen hätten dünnere Haut, schnelleren Wärmeverlust, anderen Stoffwechsel und Blutkreislauf und irgendetwas hatte es auch mit der unterschiedlichen Muskelmasse und der Fettverteilung zu tun. Sie wärmen sich gerne am Becher, fühlen sich dann behaglich und geborgen.

Wie dem auch sei – genau in dieser Haltung stand gerade ihre Mutter ihr gegenüber, lehnte an der Spüle und umklammerte mit beiden Händen ihren Teebecher.

»Mum, was meinst du. Kann ich dich alleine lassen und zum Einkaufen fahren?«

»Ja, natürlich! So schlimm steht es ja nun auch nicht um mich. Ich geh mit meinem Tee gleich erst einmal wieder ins Bett und leg mich noch ein bisschen hin. Dann sieht die Welt wahrscheinlich nachher schon wieder anders aus … hoffentlich!«

»Ich brauch auch Butter und Mehl … und Salz natürlich! Haben wir das eigentlich hier?«

»Mehl nicht, Salz ja, Butter auch. Willst du Butter zum Anbraten nehmen? Du, dass würde ich nicht machen! Die brennt dir sofort an!«

»Du hältst dich heute einfach raus. Lass dich überraschen!«

»Okay, schon kapiert. Wie du meinst! Ich bin jedenfalls mächtig gespannt. Bring einfach alles mit, was du brauchst!«

Die Skepsis war Kristina ins Gesicht geschrieben, aber Malu wollte sich auf keinen Fall weiter verunsichern lassen. Sie stellte die Pfanne schnell auf der Anrichte ab, nickte ihrer Mutter noch einmal entschlossen zu, steckte das Einkaufsportemonnaie ein und griff sich die Einkaufstasche. Auf dem Weg Richtung Ausgang stoppte sie kurz und warf einen schnellen Blick auf ihr Handy, das neben ihrem Buch auf der Couch lag. Oh, eine ungelesene SMS und schon hatte sie auf „O.K." gedrückt: *hi, Neuigkeiten in sachen buchstaben, komm gegen 15 uhr vorbei – falls o.k. lg Claas"*

Sie drückte auf „Antworten" und tippte *bin da und sehr gespannt, bis dann lg malu"*, dann auf „Senden" und flitzte aus der Wohnung.

Schollen und Buchstaben

Noch mit der vollen Einkaufstasche in der Hand schob Malu die angelehnte Zimmertür ein kleines Stück weiter auf und sah, dass ihre Mutter wie erwartet wieder im Bett lag und tief und gleichmäßg atmete. Mum befindet sich erneut im Reich der Träume, dachte sie und zog dann vorsichtig und leise die Tür zurück ins Schloss. Danach packte sie erst einmal ihre Einkäufe aus und legte alles auf die Arbeitsfläche neben der Spüle: einen Kopf Blattsalat, eine Bio-Gurke, ein Pfund Tomaten, etwa zehn kleine Champignons, eine kleine Dose Mais, dann eine Zitrone und eine Tüte Mehl.

Ganz zum Schluss kam die Plastiktüte mit den Schollen zum Vorschein. Sie hatte extra nach den Größten verlangt und die auch hingereicht bekommen – allerdings gerade mal tot, mit Innereien und Kopf dran. Zwei matte, glasige Fischaugen hatten sie angeguckt und sofort waren ihr allergrößte Bedenken gekommen. Wahrscheinlich hatte die Frau im Steuerhäuschen solche ängstlichen Blicke schon oft gesehen und deshalb sofort gefragt, ob sie die Schollen nicht küchenfertig machen sollte. Malu hatte natürlich sofort erleichtert »Ja, bitte!«, gesagt und deshalb lagen jetzt zwei Fische vor ihr, bei denen die ekligste Arbeit schon erledigt war. Gott sei Dank! Und was war jetzt zu tun?

Entweder die Tüte mit den Schollen so in den Kühlschrank oder das unangenehme Säubern der Viecher gleich hinter sich bringen? Ihre Oma sagte in ähnlichen Situationen häufig:„ Je eher daran, je eher davon" und auch Malu überlegte nun nicht lange. Die feuchten, schleimigen und glitschigen Fische aus der Tüte zu nehmen und auf das hölzerne Schneidebrett zu legen, kostete schon Überwindung. Ohne lange nachzudenken griff sie sich das große Haushaltsmesser und schnitt entschlossen bei beiden die Schwanzflosse ab. Danach entfernte sie mit Kurts Haushaltsschere sofort die Seitenflossen und wunderte sich fast, wie einfach das ging. Aber jetzt kam der unangenehmste Teil der Arbeit – das Säubern der Bauchhöhle!

Unter fließendem Wasser versuchte sie alle Reste an Blut und Innereien aus jeder Scholle herauszuspülen. Aber ohne mit ihren Fingern hineinzugreifen, die dunkle Schleimhaut dort abzurubbeln oder andere Reste abzulösen, ging es nicht – und das hieß: Augen zu und durch! Letztendlich ging alles besser als sie befürchtet hatte und als sich auch nach einem weiteren, akribischen Blick nichts Unangenehmes mehr im Inneren der Schollen finden ließ, legte sie die Fische auf einen größeren, flachen Teller und schob ihn, mit Haushaltsfolie abgedeckt, erleichtert in den Kühlschrank. Nun noch schnell die Fischreste in die Plastiktüte, das Arbeitsbrett, Messer und Haushaltsschere abgespült und die Arbeitsfläche gewischt und alles sah fast so aus wie vorher.

Das Mum-Verwöhn-Dinner hatte sie für den frühen Abend geplant, und jetzt schon das Gemüse für den Salat zu schneiden, war keine gute Idee. Bis dahin ist alles matschig, dachte sie. Natürlich war sie gespannt, was Claas an Neuigkeiten hatte, aber der wollte erst gegen

15 Uhr vorbeikommen – immerhin noch über zwei Stunden bis dahin. Erst einmal ein Müsli und dann geh ich zu Janne rüber, beschloss sie. Hoffentlich hat er es letzte Nacht auch noch rechtzeitig geschafft?

Malu war schon seit über einer halben Stunde zurück, saß am Gartentisch und starrte seitdem ohne jede Idee auf den Zettel mit der Buchstabenreihe.

Natürlich wartete sie sehnsüchtig auf die Jungs. Die SMS klang so hoffnungsvoll, und möglicherweise hatte Claas die mysteriöse Botschaft des Hark Olufs enträtselt. Auch Janne wollte, nachdem sie ihm von der SMS erzählt hatte, die Neuigkeiten unbedingt aus erster Hand erfahren. Allerdings war sein Kommen noch unsicher. Auch er musste heute zu Hause einige zusätzliche Aufgaben übernehmen. Seine Mutter hatte es ebenfalls mächtig erwischt und sie kämpfte mit Kopfschmerzen und Übelkeit. Die gute Nachricht dabei war, dass wahrscheinlich der übermäßige Alkoholkonsum ihrer Mütter sie beide in der Nacht gerettet hatte.

Er war noch nicht einmal im Haus gewesen, als das Taxi mit den Frauen um die Ecke gebogen kam und nur Sekunden später an der Straße anhielt. Glücklicherweise hatte Anne beim Aussteigen reichlich Probleme gehabt und so war er doch noch schnell unerkannt rein und rechtzeitig ins Bett gekommen. Auch sein Vater hatte nichts mitbekommen, ließ ihn heute Morgen sogar ausschlafen und sein Bruder hielt bislang die Klappe. Natürlich hatten sie noch einmal über die unheimlichen Geschehnisse in der Nacht geredet und Malu waren dabei erneut etliche kalte Schauer über den Rücken gelaufen: die schwankenden, näherkommenden Lichter, die Flucht im letzten Augenblick, der rettende Kaninchenbau, das Stimmengemurmel von oben und die suchenden Lichtkegel nach ihrem Niesen … .

»Hey, toll, die Kriminologin wartet ja schon!« Diese Begrüßung konnte nur von Claas kommen und stoppte schlagartig ihre Gänsehaut, die gerade wieder in Anmarsch war.

»Ja, natürlich! Hi, Claas! Oh toll, hey Janne, super, du konntest auch weg?«

Die beiden kamen mit großen Schritten näher. Claas nahm seinen Umhängebeutel von der Schulter, beide schoben sich einen Gartenstuhl heran und setzten sich dicht neben sie an den Tisch.

»Klasse, dass ihr da seid!«, freute sich Malu und lachte ganz besonders Janne an.

»Ja, Anne musste sich vorhin zweimal übergeben und nun liegt sie auf der Couch und schnarcht selig vor sich hin. Und ich weiß gar nicht, was mit meinem Bruder los ist. Er war eben, als Claas vorbei kam, sofort bereit, bei ihr zu bleiben. Wahrscheinlich ist er so zahm, weil ich ihn gestern in eins meiner Geheimnisse eingeweiht hab. Also, lasst uns los legen, ich bin natürlich mega gespannt.«

»Du und ich erst!« Jetzt guckten beide Claas neugierig an.

Der hatte schon die ganze Zeit sein typisches Siegerlächeln im Gesicht, warf noch einen kurzen Blick auf Malus Zettel und meinte dann grinsend: »Na, alles klar bei dir? Bist du weitergekommen?«

»Leider überhaupt nicht, nicht einen Millimeter. Aber du schon, hoffentlich! Ich platz gleich! Lass hören! Was hast du rausgekriegt?«

»Es gibt wirklich Neuigkeiten! Allerdings sind wir immer noch nicht am Ziel, aber ein ganzes Stück weiter. Und vielleicht könntet ihr mich schon mal vorher loben! Ihr werdet nämlich staunen, das kann ich euch versprechen!«

»Guter Claas, schöner und schlauer Claas … nun mach schon, Blödmann, lass uns jetzt bloß nicht noch lange zappeln«, forderte Malu ungeduldig, wobei sie „Blödmann" ziemlich liebevoll gesagt hatte.

»Schon gut, aber ein bisschen Spannung muss sein. Also, eins nach dem anderen.«

Nun zog er einige Zettel aus seinem Beutel und auch zwei Scheiben aus Pappe und legte alles vor sie auf den Tisch.

»Ich hatte doch erzählt, dass es im Netz diese Foren gibt und sich Verschlüsselungstypen in Chatrooms austauschen und so. Da hab ich mich angemeldet und die Codeknacker dort waren gleich begeistert. Ich hab natürlich nicht erzählt, welche Geschichte wirklich dahinter steckt, aber die richtigen Buchstaben und die Reihenfolge musste ich natürlich rausrücken. Ihr glaubt gar nicht, was die da alles herauslesen konnten. Wir wissen jetzt sogar schon die wahre Identität von einigen Zeichen!«

»Wow!«, staunte Malu gespannt, hielt aber sofort wieder den Mund, um seinen Vortrag nicht weiter zu unterbrechen.

»Also, ganz langsam jetzt und ganz von vorne, damit ihr alles versteht. Ich weiß nicht, habt ihr noch alles im Kopf, was ich an der Mole erzählt hab?«

»Ja, ich glaub schon«, antwortete Malu und ging im Kopf sofort alle abgespeicherten Informationen durch. Auch Janne nickte. Aber Claas hatte seine Zweifel und meinte:

»Besser, ich erklär noch mal kurz. Seht her. Ich hatte doch erzählt, dass ich mir so eine Verschlüsselungsmaschine gebaut hab«, sagte er und schob eine seiner Pappen direkt vor ihre Nasen.

»Hier der innere Kreis mit dem vollständigen Alphabet. Alle 26 Buchstaben in der richtigen Reihenfolge und im gleichen Abstand, seht ihr?«

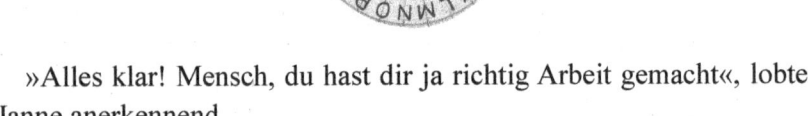

»Alles klar! Mensch, du hast dir ja richtig Arbeit gemacht«, lobte Janne anerkennend.

»Das kannst du wohl laut sagen! So, nun der Kreisring darüber. Den hab ich extra ausgeschnitten und leg den nun mal da drauf. Seht ihr!«

»Auf diesem Ring stehen die Buchstaben genau wie auf dem unteren in der normalen Reihenfolge. Das würde man „Die einfache Katze" nennen. So, jetzt fängt es an! Sagen wir mal, du willst deinen eigenen Namen verschlüsseln; nehmen wir mal „Malu". Jetzt musst du dir erst einmal überlegen, wie viele Stellen du den Ring verdrehen willst.

Die Freaks haben erzählt, dass zum Beispiel häufig die Buchstabenanzahl des eigenen Namens als Verdrehungszahl genommen wird oder das Geburtsdatum. So, dein Name besteht aus 4 Buchstaben. Verschieben wir den Ring also um 4 Stellen.« Parallel zu seinen Erklärungen verdrehte er jetzt den äußeren Ring um vier Stellen, sodass das obere A nun genau über dem unteren E stand.

»Ja, jetzt ist schon alles passiert! Seht ihr? Nun sucht man unten nach dem M von Malu und liest auf dem Ring den Codebuchstaben ab. Wie heißt der?«

»I«, sagte Malu sofort.

»Richtig! Und nun dein zweiter Buchstabe, das A.«

»Ein W!«, war ihre Antwort.

»So, nun mach weiter!«

»Aus dem L wird ein H und aus meinem U ein Q.« Parallel hatte sie die neuen Buchstaben auf ihren Zettel geschrieben und las sie jetzt vor : »I W H Q«

»Yes! Du hast es kapiert. Der Code für deinen Name mit der „Einfachen Katze" verschlüsselt bei einer Verschiebung um 4 Stellen wäre also: I W H Q . Wenn du die Buchstaben wieder entschlüsseln willst, musst du natürlich umgekehrt vorgehen. Oben den Buchstaben suchen und darunter einfach den richtigen ablesen. Klar soweit?«

»Ja, natürlich … das ist einfach und genial!«

»So, nun wollen wir mal sehn, ob ihr das wirklich verstanden habt. Janne verschlüssel jetzt mal das selbe Wort, also „Malu" mit der „Umgedrehten Katze" bei ebenfalls 4 Verschiebungen.« Er nahm den jetzigen Kreisring weg und schob einen neuen, auf dem er die Buchstaben in umgekehrter Reihenfolge geschrieben hatte, über die Mittelscheibe – also mit dem Z beginnend – und verschob ihn wieder um vier Stellen.

Dann sah er Janne herausfordernd an. Der ließ sich aber keine Spur verunsichern, guckte sofort auf das M auf dem unteren Kreis, danach auf den Buchstaben darüber und schrieb ein R auf Malus Zettel. Claas nickte und danach suchte und schrieb er weiter, bis folgende Reihe auf dem Zettel stand:

R D S J

»Right, Baby … ja, ihr habt's kapiert! Aber seht ihr, das Alphabet nur umgedreht aufgeschrieben und schon ergibt sich eine völlig andere Codierung. Und was für verrückte Buchstaben plötzlich, oder? So sieht's aus! Ihr habt soeben das Grundprinzip der Katzenverschlüsselung begriffen. Also, freut euch erst mal, denn die Party geht weiter und das dicke Ende kommt noch! Wie ich euch schon auf der Mole erzählt hab, gibt es natürlich bei diesem System wieder 25 Möglichkeiten der Verdrehung. Aber, wie gesagt, beide Systeme hab ich durchprobiert, ohne Erfolg … leider! Und das ist auch heute weiter die schlechte Nachricht. Wie wissen immer noch nicht, nach welcher besonderen Katze er verschlüsselt hat.«

Malu hatte sich vor zwei Sekunden schon fast euphorisch gefühlt. Schließlich hatte sie geglaubt, das Codierungssystem vollständig verstanden zu haben und Claas käme jetzt mit der richtigen Katze heraus. Aber, die wusste er noch immer nicht, und deshalb krachte gerade ihr Hochgefühl wieder in sich zusammen.

»Aber, du hast doch geschrieben, es gibt wichtige Neuigkeiten. Soweit waren wir doch eigentlich schon auf der Mole oder irr ich mich?«, sagte sie enttäuscht und guckte Claas fragend an.

»Gemach, gemach! Das war ja nur mein Vorwort. Die eigentlich neuen Informationen kommen ja erst noch. Hört zu! Wir sind weiter als ihr denkt. Schnallt euch an! Was die Codeexperten alles herausgefunden haben, ohne die eigentliche Verschlüsselungskatze zu kennen, ist einfach Wahnsinn. Ihr werdet staunen!

Die Freaks sind sich weitgehend sicher, dass es wirklich um eine Katzenverschlüsselung geht. Das war bis dahin eher meine Vermutung, aber die Anzahl seiner Buchstaben, nämlich genau 26, sei ein deutlicher Hinweis. Nun gibt es aber kaum einen kurzen Satz, der genau diese Buchstabenanzahl hat, oder wenn, dann müsste das schon ein sehr großer Zufall sein. Auf der Kiste stehen aber genau diese 26 Zeichen. Die brauchte er, weil er die Buchstabenanzahl des Alphabets vollkriegen wollte! Auch klar soweit?« Malu nickte.

»Also besteht die sehr hohe Wahrscheinlichkeit, dass er einige Buchstaben hinzugesetzt hat und die nennt man „Geister". Könnt ihr mir folgen?«

»Es gibt also Geisterbuchstaben auf der Kiste, ohne jede Bedeutung?«, wiederholte Janne und guckte auf Claas.

»Ja, so ist es höchstwahrscheinlich. Also, die Frage ist: Können wir diese Geisterbuchstaben finden? Und die tolle Antwort darauf ist:

Tatatataaa! ... Ja!« Claas machte eine Pause, lächelte nacheinander beide an und genoss deren Anspannung und ihre Ungeduld.

»Nun mach endlich ... du bist wirklich gemein! Bitte! Nun erzähl schon!«, drängelte Malu.

»Schaut her!«, und jetzt schob er einen Zettel in die Mitte und meinte dann: »Hier ist die Buchstabenreihe, die ihr abgeschrieben habt.«

W B A T J Q W P Q V W R S T D W V A X P W B U N G R

»Auf der Kiste stehen sie im Kreis, hast du erzählt. Und ihr habt genau auf 12 Uhr angefangen. Das Ende ist natürlich der Anfang, ist klar und es sind genau die 26, die du mir gegeben hast. Guckt euch die Buchstaben jetzt noch mal ganz genau an! Welche könnten die Geister sein?«

»Hmm ... keine Ahnung! Ich hab mir die schon so oft angeguckt ... was meinst du denn, Janne?«

»Ich weiß auch nicht.«

»So ging es mir natürlich auch die ganze Zeit, bis die Freaks mir Folgendes erklärt haben: Wenn man Glück hat, besteht die eigentliche Botschaft aus deutlich weniger Buchstaben als 26 und dann gibt es auffällig viele von diesen Geistern. Im Verschlüsselungstext würde dann ein bestimmter Buchstabe besonders häufig vorkommen. Und nun seht noch mal hin!«, sagte er und guckte erst Janne und dann Malu herausfordernd an.

»Na, wenn du mich so fragst ... würde ich auf das ... W tippen.«

»Bingo, bingo! Richtig, Malu! Mit großer Wahrscheinlichkeit sind alle Ws in unserem Buchstabenwirrwarr Geister. Und nun noch einen Schritt weiter. Sie meinten, in der Regel würde der Codierer die Geister nicht irgendwo hinsetzen, sondern dort, wo sie sinnvoll sind. Und das wäre vor allem eine Position, an der sie die einzelnen Wörter der Nachricht trennen. Dann kann der Adressat nach der Entschlüsselung den Text natürlich auch viel besser lesen und es treten weniger Missverständnisse auf, versteht sich. Soweit so gut. Wir sind natürlich im Reich der Spekulation. Aber, nun schaut noch mal hin! Die Ws trennen sehr wahrscheinlich bestimmte Buchstabengruppen und dahinter verbirgt sich ziemlich sicher ein Wort! Ist das nicht irre?«, sagte er und strahlte nun übers ganze Gesicht.

Malu brauchte noch einen kleinen Moment, bis sie verstanden hatte, aber dann war klar, was Claas meinte: »Das bedeutet also ... warte mal. Ich unterstreich mal die, auf die es ankommt:

278

<u>W</u> B A T J Q <u>W</u> P Q V <u>W</u> R S T D <u>W</u> V A X P
<u>W</u> B U N G R

»Das bedeutet ja, die geheime Nachricht besteht aus 5 Worten. Richtig?«

»So ist es! Aber es geht noch weiter.«, und wieder sah er beide triumphierend an. »Sehr gerne wird als Geist das X verschlüsselt. Der Buchstabe eignet sich wohl besonders gut dazu. Er kommt recht selten in Wörtern vor, also meistens in der Nachricht selbst auch nicht und er sieht aus wie ein Kreuz und ist symmetrisch. Der entschlüsselte Text lässt sich dann wunderbar lesen. Hinter jedem W verbirgt sich wahrscheinlich ein X!«

»Wow! Super … aber, konnten sie noch mehr dazu sagen?«, wollte Janne jetzt wissen.

»Das konnten sie, aber es wird immer spekulativer, leider. Wenn alles soweit stimmt, dann gibt es in der Nachricht zwei Worte mit 5 Buchstaben, zwei Worte mit 4 und ein Wort besteht aus drei Buchstaben. Zu diesem letzten Wort kann man wieder Vermutungen anstellen. Es könnte sich dabei um einen Artikel handeln.«

»Artikel?«, wiederholte Malu und man hörte das Fragezeichen in ihrem Kopf.

»Ja, ein Begleiter – der, dem, den, die, das – und wenn das so ist und wir haben Glück, könnten die ersten zwei Buchstaben das D und das E sein. Überlegt mal, die meisten Artikel fangen mit den beiden an.«

»Mensch, Claas, du bist ein Genie! Das würde bedeuten hinter jedem P steckt ein D und hinter jedem Q ein E !!! Richtig?«

Claas nickte und Malu schrieb jetzt sofort die entschlüsselte Reihe auf ihren Zettel und machte für die noch nicht bekannten Buchstaben nur einen Strich.

X _ _ _ _ E X D E _ X _ _ _ _ X _ _ _ D

X _ _ _ _ _

Nun guckte sie und Janne eine ganze Zeit auf die noch recht lückenhaften Buchstabenreihe herum, und beide schüttelten dann fast gleichzeitig mit dem Kopf.

»Es sind leider einfach zu wenige. Damit lässt sich noch immer nicht so richtig etwas anfangen. Gibt es weitere Vermutungen? Wir brauchen noch zwei oder drei andere Buchstaben. Man kann so noch nichts Sinnvolles daraus ablesen«, meinte Malu und auch Janne machte ein langes Gesicht. Beide guckten wieder Claas an.

Leider schüttelte der nun den Kopf und presste entschuldigend die Lippen zusammen. »Es tut mir leid, mehr hab ich noch nicht. Man könnte noch mit den Artikelendungen herumprobieren: dem R von „der", dem M von „dem", mit dem N von „den" oder mit dem S von „des". Aber, das ist dann schon sehr, sehr vage. Ich hab es trotzdem probiert, aber das hat leider auch zu nichts geführt.

Eine Sache gibt es noch. Wenn wir mit der Vermutung recht haben, dass das W ein Geist ist und sich dahinter wirklich ein X verbirgt, dann macht uns die Anzahl der Verdrehungen gar kein Problem mehr. Wenn wir die richtige Katze kennen, drehen wir das W einfach über das X und müssten die Buchstabenverschiebung schon geknackt haben. Aber, das hilft uns im Augenblick leider auch nicht weiter! Nach welchem System hat er die Buchstaben sortiert, dass ist die „Hunderttausend Dollar Frage". Uns fehlt einfach noch der richtige Hinweis zur Katze. Nur so knacken wir den Code, denk ich. Ja Leute, so steht es im Augenblick! Meine Kryptologen aus dem Netz sind natürlich auch noch weiter dran. Womöglich finden sie eine Antwort.«

»Claas, schade, dass wir die eigentliche Lösung noch nicht haben. Aber, ich finde, wir sind trotzdem einen Riesenschritt weiter. Ich hätte nie gedacht, dass man überhaupt so viel herausbekommen kann, ohne die eigentliche Verschlüsselung zu kennen. Ohne dich wären wir bei dieser Sache total aufgeschmissen. Bitte, bleib dran! Opa Kurt will mit seinem geheimnisvollen Freund, einem Hannes, sprechen. Wer weiß, vielleicht … .«

»Hannes vom Strand? Der verrückte Hannes?«, unterbrach Claas sofort.

»Vom Strand weiß ich nichts, aber irgendwie „verrückt" könnte schon sein! Wieso?«

»Na, wenn es um diesen Hannes geht, der lebt da seit Jahren in seiner selbstgebauten Strandholzhütte auf dem Kniep. Ziemlich durchgeknallt der Typ. Ich würde sagen, er ist der eigentliche Freak von Amrum. Soll sogar eine kleine Canabis-Plantage in den Dünen betreiben. Gut versteckt natürlich. Aber frag Janne, der weiß mehr. Der kauft da immer seinen Stoff.«

»Spinnst du jetzt richtig!«, regte sich Janne sofort auf.

»Nein, natürlich nicht«, lachte Claas. »Bleib locker und reg dich wieder ab. Das war doch nur Spaß, Baby! Aber, Janne kennt den wirklich besser als ich. Jedenfalls ist der alte Hannes reichlich sonderbar. Kann mir gar nicht vorstellen, wie der uns bei dieser Sache helfen kann. Aber Kurt wird schon wissen, was er tut. Warten wir's einfach ab. Falls es Neuigkeiten gibt, sagt sofort Bescheid. Ja, Leute, für heute war's das.«

Und weil er spürte, dass die Freunde sich noch mehr und vielleicht sogar die vollständige Auflösung des Rätsels von ihm gewünscht hatten, schob er noch hinterher: »Das schaffen wir schon. Ich bleib auf jeden Fall dran. Wenn euch jetzt nicht noch irgendetwas Geniales einfällt, hau ich ab. Der Wind hat vorhin aufgebrist, vielleicht reichen die Wellen und die Tide ist auch noch richtig. Ich muss heute noch unbedingt an den Strand.«

Keinem fiel noch etwas ein, und so schob er seine Zettel und die Pappen zusammen, steckte alles zurück in seinen Beutel und sprang sofort auf. Malu konnte noch gerade »Bis bald und nochmal vielen Dank!«, rufen und Janne »Hau rein!«, so schnell entfernte er sich.

»Janne, muss du auch schon weg? Oder hast du noch Zeit? Ich bin so neugierig darauf, wer dieser Hannes ist? Meinst du wirklich, Kurt hat diesen Verrückten vom Strand gemeint?«

»Das könnte schon sein. Jedenfalls kennen sie sich gut. Der Hannes vom Strand ist total menschenscheu und eher nachtaktiv. Den kriegen selbst die Amrumer kaum zu sehen. Aber neulich, vielleicht vor drei Wochen, war ich auf einer Geburtstagsfeier von einem Kumpel und kam hier spät abends mit meinem Fahrrad vorbei, und in dem Augenblick verabschiedete Kurt ihn gerade an der Haustür. Die beiden sind ungefähr in einem Alter, und Hannes ist ein Amrumer, die kennen sich sicher schon aus der Schulzeit. Und wenn Kurt unbedingt wegen der Katzensache mit ihm sprechen will, gehörte Hannes vielleicht damals auch zu den Schatzsuchern. Wer weiß? Aber großartig andere Kontakte hat der hier im Dorf nicht. Das war neulich totaler Zufall. Ich hab ihn davor schon ewig nicht mehr gesehen. Der lebt da eigentlich ganz allein am Strand.«

»Aber, wie kann man denn da leben?«, fragte Malu nach.

»Du würdest das nicht glauben, wie der da haust. Bloß, wenn ich dir das jetzt auch noch alles erzähl, komm ich hier gar nicht mehr weg. Ich muss mich dringend wieder zu Hause blicken lassen, denk ich. Sonst wird womöglich mein Bruder nervös und plaudert doch noch. Aber weiß du, Claas hat Recht, der Wind hat zugelegt und ich wollte dir sowieso vorschlagen, gemeinsam mal eine kleine Tour mit meiner Jolle zu machen. Was hältst du davon, wenn wir morgen segeln gehn … hättest du Lust? Zwischendrin haben wir genügend Zeit, und ich halt dir dann einen langen Vortrag über Hannes.«

»Was für eine Frage! Natürlich hab ich dazu Lust! Super Idee … nur, ich hab keine Ahnung vom Segeln.«

»Überhaupt kein Problem. Ich erklär dir alles und du bist dann mein Fockaffe.«

»Fockaffe?«, lachte sie und tat entrüstet.

»Na, du wirst schon sehen … dass ist durchaus eine ehrenvolle Position an Bord. Wir brauchen nur genügend Wind morgen, und wenn es den gibt, könnten wir mittags los, dann haben wir genügend Wasser.«

»Ich bin dabei! Und ich freu mich total. Am besten, du kommst einfach vorbei und holst mich ab.«

»Und, was hast du heute noch Aufregendes vor?« Und während er das fragte, war er schon aufgestanden.

»Na, sagen wir so, aufregend könnte es wirklich werden. Ich werd gleich das erste Mal im Leben Schollen braten!«

»Wow! Respekt! Dann wünsch ich dir natürlich viel Erfolg dabei.

282

Das hab ich auch noch nie gemacht. Ehrlich gesagt, bin auch noch nie auf die Idee gekommen. Für Fisch ist bei uns Anne zuständig. Ich muss los und freu mich auf morgen! Wir sehn uns! Ciao!«

Malu blieb noch sitzen und fragte sich, was sie morgen als Affe auf dem Boot zu tun hatte. Dann versuchte sie sich an alles zu erinnern, was Claas rausgekriegt hatte.

Wir wissen wirklich schon viel, machte sie sich klar, aber die entscheidende Idee zur Katzenverschlüsselung fehlt noch – aber die würde auch ihr jetzt nicht einfallen und überhaupt, sie musste sich dringend auf eine andere Herausforderung konzentrieren.

Kaum, dass sie die Wohnung betreten hatte, hörte sie Geplätscher aus dem Badezimmer.

»Mum, bist du das, im Bad?«, rief sie erstaunt.

»Ja, mein Schatz. Komm rein!«

Malu musste sofort lachen, als sie ihre Mutter in der Badewanne sah. Die war dort nämlich kaum zu erkennen. Gerade mal ihre Nasenspitze und ihre Augen guckten raus – alles andere steckte in einem sich auftürmenden Schaumhaufen, und im Raum duftete es herrlich nach Rosen.

»Na, Mum, wie sieht's aus bei dir?«

Kristina pustete sich den Schaum vom Mund: »Es geht steil bergauf, würde ich sagen. Noch eine halbe Stunde Badewanne und dann bin ich wieder fit. Meine Kopfschmerzen sind fast weg und ich hab Hunger! Gibt es wirklich nachher Scholle?«

»Ja, natürlich! Ich hab schon alles soweit vorbereitet. Sagen wir, in einer Stunde können wie essen.« Kristina nickte anerkennend und tauchte dann wieder tiefer in den Blasenhaufen ein.

Erst mach ich den Salat fertig und deck den Tisch, überlegte sie. Danach kümmer ich mich um die Schollen.

Nach etwa einer halben Stunde begann es in der Wohnküche kräftig nach gebratenem Fisch zu riechen. Und schließlich hatte sie es wirklich geschafft! Ihre Mutter hatte zwar einige Male neugierig in die

Pfanne geguckt, sich aber ansonsten total zurückgehalten.

Als Malu jetzt mit dem großen Teller mit zwei dampfenden Schollen aus der Wohnung kam, saß Kristina schon erwartungsvoll am Gartentisch. Und spätestens, nachdem sich ihre Mutter das dritte Mal von ihrem Fisch genommen hatte, wieder genüsslich kaute und das erneut mit einem langen »Hmmmm« kommentierte und diesmal auch noch durch ein »köstlich!« ergänzte, wusste Malu, dass sie sich nun Schollen-Brat-Expertin nennen konnte.

11. Urlaubstag

Segeln mit Janne

Beim Frühstück hatte Malu ihrer Mutter gerade von Jannes Segelein-
ladung erzählt und wie sehr sie sich darauf freue.
»Mum, meinst du, wir haben genug Wind?« Kristina guckte sofort
in die Wipfel der Bäume.
»Ich denk schon. Die Blätter bewegen sich. Allerdings hier im Dorf
kann man das schlecht einschätzen. Durch die Häuser haben wir hier
viel Abdeckung. Ich dachte schon häufiger, oh, ein schöner windstiller
Tag und dann später am Strand war es plötzlich ganz schön luftig.
Marie, du hast aber auch tolle Freunde hier. Ein Highlight jagt das
nächste, da kann man richtig neidisch werden. Es könnte doch auch
mal jemand deine schöne Mutter zum Segeln einladen. Aber ich sitz
hier an Land rum und trockne vor mich hin«, und dann lachte sie ausgelassen. »Aber nein, ich finde deine Unternehmungslust natürlich
toll … aber nur mit Schwimmweste, mein Schatz! Übrigens, ich hab
irgendwie immer noch den fantastischen Geschmack von der Scholle
im Mund. Die könnte ich in den nächsten Tagen glatt nochmal essen.
Was hältst du davon?«
»Überhaupt kein Problem! Das machen wir, Mum«, war sofort Malus Antwort. »Ach ja, Opa Kurts Bratpfanne darf ich nicht vergessen.
Die muss ich gleich noch zurückbringen!«

Als Malu mit Bratpfanne in der einen Hand und Haushaltsschere in der
anderen durchs Küchenfenster spähte, konnte sie niemanden drinnen
erkennen. Wie erwartet, war nicht abgeschlossen. Sie klopfte ein paar
mal kräftig und rief dann in die geöffnete Tür: »Hallo, Opa Kurt, bist
du da?«, aber niemand antwortete. Egal, dachte sie und ging hinein.
»Opa Kurt! Bist du da?«, rief sie vom Flur erneut, aber wieder
bekam sie keine Antwort. Na, die Sachen lass ich trotzdem hier, beschloss sie und ging weiter in die Küche. Sofort hatte sie den großen

weißen Zettel dort auf dem Tisch entdeckt.

Guten Morgen, Malu! stand da in großen Buchstaben.
Stell die Pfanne einfach auf die Spüle.
Ich bin in unserer Sache unterwegs.
Heute Abend mehr! Kurt

Malu war sofort klar, was – in unserer Sache unterwegs – hieß. Er ist schon die ganze Zeit mit an Bord und will es bloß nicht wahrhaben, freute sie sich.

Sie nahm sich den Kugelschreiber, den Kurt wie eine stumme Aufforderung direkt neben das Papier gelegt hatte und schrieb unter seine Nachricht:

Hi! Alles klar. Komme heute Abend noch vorbei!
LG Malu

Janne hatte sie vorhin, wie abgesprochen, abgeholt und sie waren dann direkt nach Steenodde geradelt und hatten „das Boot klar gemacht", wie Janne das genannt hatte. Die letzte Stunde war zwar mega interessant, aber auch mega anstrengend gewesen. Sie hatte nämlich soeben einen High-Speed-Segelkurs absolviert und jetzt wirbelte eine Vielzahl von neuen Wörtern, Begriffen und Segelbefehlen durch ihren Kopf.

Sie wusste jetzt, dass das dreieckige Segel ganz vorne die Fock war und dass sie nicht angeknotet oder eingehakt wurde, sondern angeschlagen. Der Stock am Ruder hieß Pinne und die Seile wurden Schot, Tau oder auch Tampen genannt. Die Schot hielt man auch nicht kürzer oder länger, sondern man holte sie dichter oder fierte sie und die Worte links und rechts waren ebenfalls tabu. Es hieß Backbord und Steuerbord. Aber, wie sollte man sich das merken und schon wieder kam sie durcheinander. Völlig unvermittelt sagte er jetzt:

»Malu, ganz einfach. Du bist doch Rechtshänderin. Scheuer mir mal eine!«

»Was?«

»Ja, hau mir eine rein, verpass mir eine richtige Ohrfeige!«, und ohne weitere Erklärung beugte er sich ihr entgegen.

»Bist du verrückt! Warum sollte ich dich schlagen? Spinnst du!« und guckte ihn entgeistert an.

»Denk nicht weiter darüber nach, tu es einfach!«, und dabei lächelte er weiter auffordernd. »Nun guck nicht so. Es gibt einen Grund, trau dich einfach!« Er streckte seinen Hals noch weiter vor.

Malu sah ihn immer noch ungläubig an. Dann schlug sie zu!

Janne lachte und meinte sofort: »Eigentlich solltest du zuschlagen. Das war mehr ein Streichelschlag. Also, hör zu. Hättest du mir jetzt richtig eine verpasst, dann wär nun meine linke Wange rot, oder Backe und deswegen ist da Backbord! Verstehst du? Links ist immer Backbord! Und so sind auch die Fahrwassertonnen von See kommend gesetzt. Auf der linken Seite solltest du immer die roten Tonnen haben und auf der rechten die grünen!«, erklärte er und lachte wieder.

Danach gab es noch einen Schnellkurs in Knotenkunde. Der Kreuzknoten, der gut hielt, sich aber nicht zuzog und leicht wieder lösen ließ. Die Acht, um das Ende der Schot zu sichern und schließlich der Pahlsteg, die Königin der Knoten, wie Janne gesagt hatte, ein sich nicht zuziehendes Auge.

Nun führte sie schon eine ganze Zeit die ehrenvolle Aufgabe des Fockaffen aus und die geforderten Handgriffe klappten immer besser. Bei jeder Halse oder Wende musste sie im richtigen Augenblick das spitze Vorsegel, die Fock, ran holen oder fieren und Janne hatte schon länger bei den Segelmanövern nicht mehr mit ihr gemeckert. Der Wind war gerade ausreichend, und so glitten sie eher in einem gemütlichem Tempo durchs Wasser – aber das war Malu nur recht. Schließlich wollte sie die Segeltour genießen!

Mit jeder weiteren Minute an Bord fühlte sie sich wohler und nun konnte sie auch schon mal entspannt ihre Hand ins Wasser halten oder mit geschlossenen Augen dem warmen Wind und der Sonne auf ihrer Haut nachspüren.

Eigentlich kurvten sie die ganze Zeit in einiger Entfernung vor der

Mole hin und her. Immer eine ganze Weile Richtung Norden und dann wieder zurück nach Süden.

Auf dem Anleger waren auch heute wieder viele Jugendliche unterwegs und ein Junge mit Stoppelhaaren guckte gerade besonders lange und auffällig herüber.

Das war natürlich Owe, und Malu konnte sich in etwa denken, was dem im Augenblick durch den Kopf ging und deshalb verzichtete sie darauf, ihm jetzt auch noch zuzuwinken.

Nachdem ihr Janne, nach einem erneuten, erfolgreichen Wendemanöver, anerkennend zunickte und weiter ganz entspannt an der Pinne saß, sagte sie:

»Was meinst du? Du wolltest mir doch noch etwas über Hannes erzählen!«

»Ja richtig! Warum nicht?« Er ließ die Schot etwas fieren und das Boot verlor sofort an Fahrt und nun dümpelten sie mehr herum als sie segelten.

»Also, was kann ich dir von ihm erzählen ... ?« Er musste sich kurz sortieren und es dauerte einen Moment bis er loslegte:

»Malu, Claas hatte schon Recht, der Kerl ist ziemlich verrückt, aber auch nicht so richtig. Mein Vater macht manchmal Geschäfte mit ihm. Er meint, Hannes lebt nur in einer Art Parallelwelt zur unsrigen ... nun ja, wie auch immer! Er lebt jedenfalls fast das ganze Jahr in einer selbst gebauten Hütte aus Strandholz zwischen Nebel und Norddorf, etwas versteckt in den Vordünen, aber mit Blick aufs Meer. Eigentlich first class! Da würden viele Urlauber 'ne Menge Geld für ausgeben, um dort mal wohnen zu können. Allerdings müssten sie dann natürlich auf fließend Wasser, Strom und warme Dusche verzichten und dann sieht die Sache schon wieder anders aus!

Da in der Ecke gibt es etliche von diesen Strandholzhütten und eine war richtig berühmt – Panchos Burg! Teile von der Behausung wurden sogar schon im Museum in Hamburg ausgestellt. Es heißt, Pancho hat damals damit richtig viel Schotter gemacht. Keine Ahnung, ob das stimmt. Aber mittlerweile ist die verschwunden, das Meer hat sie geholt, der „Blanke Hans", wie man so sagt. Aber, der hat natürlich nichts mit Hannes zu tun«, schob er noch nach.

»Also, zurück zu unserem eigentlichen Hannes … . Wie gesagt, er lebt fast nur dort am Strand, wie ein Einsiedler, wie ein Eremit und scheint auch damit zufrieden zu sein. Seine Hauptbeschäftigung ist, den Strand nach angetriebenen Sachen abzusuchen, allerdings nur ganz früh morgens oder spät abends, wahrscheinlich auch in manchen Nächten. Aber du glaubst gar nicht, was der alles findet und zu seiner Hütte schleppt. Mein Vater hat mich mal mitgenommen und da sind mir fast die Augen raus gefallen. Bestimmt drei Regale voll mit alten Flaschen, dann Muscheln und Steine in Mengen, alte Netze, Seile, Bojen und hunderte von alten Schuhen und sonst noch, was du dir nur denken kannst. Aber auch wertvolle Sachen!

Eines seiner Regale ist voll nur mit Bernsteinen, aber was für Klunker. Er hat bestimmt mit Abstand die größte Bernsteinsammlung der Insel und einige behaupten, er hätte davon auch noch eine ganze Kiste in den Dünen vergraben. Mein Vater kauft ihm manchmal welche ab, oder bringt ihm dafür Gemüse, Obst, manchmal auch ein Brot oder Konserven vorbei.

Einen super Bernstein hat er mir damals auch geschenkt. Da war ich richtig stolz und den hab ich natürlich immer noch.

Vor seiner Hütte hat er eine große Feuerstelle, dann natürlich einen Wahnsinnshaufen an Strandholz und auch da sind ganz besondere und teure Hölzer dabei. Die verkauft er dann ebenfalls an bestimmte Leute. Ich glaub, auch der Peer mit seinem Verkaufsstand deckt sich bei ihm mit besonderen Hölzern für seine Fische ein. Mein Vater meint, keiner sollte glauben, dass Hannes ein armer Schlucker ist, der liegt wohl niemandem auf der Tasche. Nur wenn es richtig kalt wird, kriecht er bei seiner Schwester in Süddorf unter. Aber, die unterstützt er wohl auch noch mit seinen Geschäften. Naja, er hat Einnahmen und braucht für sich selbst fast nichts.

Dann steh'n da viele eingegrabene Stangen rum, mit bunten Bändern und Fahnen und selbstgebauten Windspielen dran – viele aus aufgeschnittenen Plastikflaschen und so … aber das Verrückteste sind die

Gummistiefel! Du kannst dir gar nicht vorstellen, wie viele er davon gesammelt hat. Einen ganzen Berg! Ich glaub, dass ist seine eigentliche Leidenschaft!«

»Gummistiefel?«, fragte Malu verwundert nach.

»Ja! Warum auch immer? Er ist einfach abgedreht. Aber, Malu, wenn man nicht weiß, wer er ist und du ihn zum ersten Mal siehst, würde dir der Typ Angst machen! Man muss sich eine Mischung aus Obdachlosem und Freak vorstellen. Wie Robinson Crusoe, nach Jahren auf seiner einsamen Insel. Lange, struppige Haare, und von seinem Gesicht siehst du nur die Nase und seine Augen. Alles andere ist von seinem wilden zerzausten Bart überwuchert, der geht ihm fast bis zur Brust. Und dann seine Klamotten! Du glaubst es nicht! Eigentlich alles nur am Strand gefunden und nichts passt wirklich zusammen und alles ausgeblichen und ziemlich zerschlissen. Für jeden Touristen bei einem lauschigen Abendspaziergang am Wasser wahrscheinlich ein Albtraum … ja, so sieht er aus.«

»Ich glaub nicht, dass er mir Angst machen würde«, sagte Malu. Aber ganz leise und überhaupt nicht an Janne gerichtet.

»Was ist? Du hast was gesagt. Ich hab dich nicht verstanden«, fragte er nach.

»Nein, nein, es ist nichts. Ich wollte gar nichts sagen. Ich bin nur so in Gedanken. Erzähl ruhig weiter.«

Aber es war doch etwas. Ihr war plötzlich ganz eigenartig zu Mute. Sie spürte eine sonderbare innere Verbindung zu diesem verrückten Strandmann, den sie noch nie gesehen und getroffen hatte. Wie kann so etwas sein? Warum fühl ich mich diesem Hannes so nah?«, überlegte sie.

»Ja, was kann ich dir noch erzählen«, fuhr Janne fort. »Ach ja! Was sein Verrücktsein angeht. Er hat wohl als junger Mann früh morgens eine Wasserleiche am Strand gefunden. Das will doch keiner erleben, oder?«

Aber Malu konnte nicht antworten. Sie guckte Janne nur erschrocken in die Augen. Ihr lief gerade ein fürchterlicher, kalter Schauer über den Rücken.

»Einfach gruselig die Vorstellung. Das soll ihn dann vollkommen verändert haben. Aber ich kann mir gut vorstellen, dass man da durchdreht und einen Knacks fürs Leben bekommt. Jedenfalls sucht er seitdem jeden Tag frühmorgens den Strand ab und irgendwie soll auch seine Sammelleidenschaft für Gummistiefel was mit diesem Horrorerlebnis zu tun haben. Aber darüber hab ich nie Genaueres raus gekriegt. Die Oldies erzählen nicht gern darüber. Auch mein Vater verstummte regelmäßig bei Fragen in dieser Richtung, und irgendwann hab ich mich gar nicht mehr getraut, weiter nachzubohren. So, was fällt mir jetzt noch ein? Ach ja, Hannes wohnt da nicht allein! Er hat einen kleinen weißen Hund, den liebt er über alles, praktisch sein Kumpel. Stell dir vor, der soll mal in einer offenen Kiste angetrieben sein, wie ein Schiffbrüchiger. Hannes hat das erschöpfte Tier gefunden und wieder hochgepäppelt.

Seinen Hund, Peggi, sieht man schon mal öfter im Sommer. Der lungert gerne an den Strandkörben herum und bettelt nach Essbarem. Na ja, das kann man schon verstehen, das arme Tier ist ja quasi Selbstversorger.«

»Den hab ich auch schon ein paar Mal gesehen und gefüttert. Ach, dieses weiße Wollknäuel gehört zu Hannes!«

»Ja, das ist die kleine Peggi. So, Malu, das war's jetzt aber wirklich. Mehr weiß ich nicht.«

Malu war nach dem Bericht fast wie benommen. Sie musste verdauen, was sie soeben gehört hatte. Und auch dieses sonderbar vertraute Gefühl zu diesem Menschen, der dort allein mit seinem Hund am Strand lebte und dem sie noch nie begegnet war, konnte sie sich einfach nicht erklären.

Janne spürte, wie weit Malu weg war mit ihren Gedanken und dass sie noch Zeit brauchte. Deshalb holte er die Schot nur ein kleines Stück dichter, legte das Boot ein wenig weiter auf den Backbordbug und schwieg.

Es dauerte noch eine ganze Weile, bis Malu bemerkte, dass das Boot wieder Fahrt aufgenommen hatte und das Focksegel völlig falsch zum Wind stand. Sofort holte sie dichter und warf Janne einen entschuldigenden Blick zu. Aber der lächelte nur entspannt und meinte dann: »Na, was meinst du, reicht es für heute und wir gehen noch ne Runde schwimmen?«

»Wieder eine gute Idee, Käpt'n, ich bin dabei! Und ich würde Sie jederzeit für einen weiteren Segelkurs buchen. Sie sind nicht nur ein hervorragender Reiseleiter, sondern auch noch als Segellehrer eine Wucht ... nein, im Ernst, mir hat das mega Spaß gemacht.«

»Mir auch. Na dann Richtung Liegeplatz! Hol die Fock dichter!«, rief Janne übertrieben laut von hinten.

»Ja wohl, Käpt'n!«, war ihre kurze, zackige Antwort.

Als sie auf dem Molengelände ankamen, wurden sie wie immer cool begrüßt. Fast jeder hatte sie auf dem Wasser gesehen, aber gemeinsames Segeln war auf Amrum eine ganz normale Sache und deshalb auch keiner besonderen Erwähnung wert.

Malu überlegte noch kurz, ob sie Owe gleich von dem erfolgreichen Schollenbraten erzählen sollte, aber der hielt sich irgendwie fern und machte einen angefressenen Eindruck.

Beide legten nur schnell ihre Rucksäcke und Klamotten ab, rannten danach direkt zur Kante und sprangen ausgelassen mit einer Arschbombe ins Wasser. Nach etlichen weiteren Sprüngen in unterschiedlichsten Variationen und wildem Getobe musste sich Malu aufwärmen. Aber auch Janne kam bald aus dem Wasser und legte sich neben sie auf sein Handtuch.

So lagen sie eine ganze Zeit, meist schweigend, nebeneinander, genossen die Sonne und jeder hing seinen Gedanken nach.

Warum bin ich nur so gerne mit ihm zusammen? überlegte Malu und dachte gleich wieder an den Satz, den sie mal gelesen hatte: „Es braucht nur die Zeit eines Wimpernschlags, dass sich Seelen erkennen." War es seine ausgeglichene, besonnene, ruhige Art, seine Augen oder sein offenes Lachen ... vielleicht wie er sie manchmal ansah, immer Zeit hatte und sich nicht nur für seinen eigenen Kram interessierte ... vielleicht alles zusammen!

Möglicherweise hatte Owes waghalsiger Einfall auch damit zu tun, dass er die beiden vorhin bei der Segeltour beobachtet hatte oder weil sie jetzt so entspannt nebeneinander lagen – jedenfalls rief plötzlich jemand übers Molengelände:»So, Leute, glotzt mal alle her! Ich zeigt euch jetzt, wie man einen richtig geilen Köpper macht!«

Sofort hatte er die volle Aufmerksamkeit; auch Malu und Janne richteten sich auf.

Owe stand, in seiner typischen Art, breitbeinig am Molenrand mit einem Grinsen im Gesicht und zog die Schultern noch gockelhafter als sonst zurück.

»Ich hab noch nie gesehen, dass er einen Kopfsprung gemacht hat«, sagte Malu besorgt.

»Ich auch nicht. Warten wir's mal ab«, antwortete Janne skeptisch. Aber er sah auch schadenfroh aus.

»Sollten wir ihn nicht davon abbringen? Dabei kann man sich doch richtig wehtun, oder?«

»Ja schon, das ist nicht ohne. Aber, den kannst du nun sowieso nicht mehr stoppen. Siehst du, wie viele Geier sich da schon versammeln? Und er steht wieder im Mittelpunkt, das braucht er eben.«

Warum muss er sich immer ohne Not in solche Schwierigkeiten bringen? überlegte Malu. Bei Arschbomben war Owe Experte, aber bei diesem Sprung sah die Sache ganz anders aus. Den Kopfsprung von der Mole trauten sich nur wenige. Malu schon mal gar nicht und Janne und Greta bei Hochwasser und auch nur, wenn sie gut drauf waren. Bei diesem Wasserstand beherrschten den nur noch zwei oder drei. Claas gehörte dazu, aber Owe?

Jedenfalls, das war eine kleine Sensation. Immer mehr Schaulustige versammelten sich dort am Rand und einige klopften ihm auch anerkennend auf die Schulter – wahrscheinlich, damit er keinen Rückzieher machen konnte und sie nicht um das Spektakel gebracht wurden.

Jetzt riss Owe seine Hände in die Luft, wie ein Präsidentschaftskandidat auf einer Wahlkampfveranstaltung, drehte sich um sich selbst und danach zurück Richtung Wasser. Hier streckte er die Ellbogen durch, legte die Handflächen spitz zusammen und sprang so, mit Händen und Kopf voran, in einem leichten Bogen in die Tiefe. Was dann passierte, konnte Malu nicht sehen, aber schon eine Sekunde später hören!

Owe war hinter der Molenkante verschwunden, aber oben brach augenblicklich ein lautes Gejohle und Gelächter los und so sagte sie sofort:»Autsch! .. der arme Kerl!« und guckte sorgenvoll Janne an. Aber der prustete auch los und selbst Malus missbilligender, scharfer Blick half nicht viel.

Es dauerte nicht lange, dann tauchte Owes Kopf an der Eisenleiter auf. Er sah, wie erwartet, ziemlich bedröppelt und überhaupt nicht wie ein Sieger aus. Spätestens als nun auch sein Oberkörper zum Vorschein kam, war klar, was gerade passiert war. Owes Bauch leuchtete wie eine überreife Tomate. Also kein Kopfsprung, eher ein Bauchplatscher, war Malus Diagnose. Sie wusste, wie weh das tat und bei all seiner Prahlerei hatte er doch ihr Mitgefühl.

Janne, der sich gerade etwas beruhigt hatte, prustete erneut los und dann musste Malu ebenfalls lachen.

Nur Sekunden nach seinem Erscheinen sprang Owe wieder von der Kante. Diesmal allerdigs mit einer Arschbombe und die beherrschte er in Perfektion.

Schnell legte sich nun die Aufregung und Malu erzählte Janne von Kurts Nachricht auf dem Küchentisch und dass sie ihn nachher noch unbedingt treffen wolle.»Ich bin schon total gespannt, ob er was raus gekriegt hat«, sagte sie.

»Meinst du, Kurt hat etwas dagegen, wenn ich gleich auch dabei bin?«

»Natürlich nicht! Der weiß doch, dass wir alles besprechen. Ich glaub eher, der freut sich. Du gehörst doch zum Ermittlerteam. Vielleicht sollten wir gleich losfahren? Es könnte doch sein, dass er schon wieder zuhause ist.«

»Lass uns fahren«, sagte Janne.

Kurt weiß Neuigkeiten

Auch diesmal war nicht abgeschlossen und so rief Malu wie am Morgen:»Opa Kurt! Bist du da?« in den Flur.

»Ja, kommt rein! Ich hab euch schon längst gesehn!«, kam sofort zurück.

Kurt saß am Küchentisch vor einer dampfenden Tasse Tee und meinte dann:»Ich bin auch gerade erst wieder hier. Das passt gut! Na, dann hat unsere Stille Post ja funktioniert.«

»Natürlich! Deinen Kugelschreiber hattest du ja überdeutlich daneben gelegt. Ist es dir Recht, dass Janne dabei ist? Ich hab ihm von deiner Nachricht erzählt und er ist natürlich auch total gespannt. Du warst doch bei Hannes … oder?«

Kurt nickte lächelnd.»Ich wusste doch, dass ich bei dir nicht mehr aufschreiben musste. Ja, selbstverständlich kann Janne dabei sein. Ich bin doch heilfroh, dass ihr so 'n gutes Team seid! Aber nun setzt euch erst mal.«

Die Zwei nahmen ihre Rucksäcke ab und jeder zog sich einen Stuhl an den Tisch.

»Na, dass sieht bei euch ja nach einer gemeinsamen Unternehmung aus! Wo kommt ihr denn her?«, fragte er neugierig.

»Stell dir vor, ich hab heute meine erste Segelstunde bekommen und es hat richtig Spaß gemacht!«

»Mensch, das hört sich gut an! Aber bei Janne hast du dir auch den richtigen Lehrer geangelt. In seinen Adern fließt uraltes Seefahrerblut. Ich war sogar mal mit seinem Großvater eine Zeit lang auf demselben Schiff. Und Janne, du machst das genau richtig! Unsere Malu wird durch dich noch zu einer richtigen Insulanerin.

Mein Deern, die Großstadt ist auf die Dauer sowieso nicht das Richtige für unsereins und patente Menschen kann Amrum immer gebrauchen.« Und dann lachte er und Janne nickte ihm grinsend zu.

»Aber hört! Dann habt ihr doch Durst? Heißer Tee ist wohl nicht das Richtige. Da müsste noch Apfelsaft im Kühlschrank sein. Nehmt euch zwei Gläser aus dem Schrank und trinkt erst mal etwas!«

Als Malu wieder am Tisch saß, konnte sie es kaum abwarten. Aber Kurt hatte die Ruhe weg, trank schon das dritte Mal aus seiner Tasse und schaute weiter ganz gelassen von einem zum anderen.

»Ich bin so neugierig! Nun sag schon! Wusste Hannes was über irgendeine Katze?«, platzte es aus Malu heraus.

»Eins nach dem anderen. Wie gesagt, ich bin auch gerade erst wieder zurück. Ich kann euch sagen, wenn man aus Hannes was rauskriegen will, muss man Zeit mitbringen!

Aber bevor ich zum Wesentlichen komm, muss ich euch vorher Einiges über ihn erzählen. Und … das fällt mir nicht so leicht … eigentlich ist es noch nichts für eure jungen Ohren. Aber es geht wohl nicht anders, man kann Hannes sonst einfach nicht begreifen.«

Nun war Kurt ganz ernst geworden und rührte eine Zeit lang nachdenklich mit dem Teelöffel in seiner Tasse herum.

»Hannes hat als junger Mann was Furchtbares erlebt«, begann er schließlich und trank dann erneut einen kräftigen Schluck. »Eigentlich hat die ganze Insel damals was Schreckliches erlebt und die Leute standen deswegen eine ganze Zeit wie unter Schock! Eine Menge Polizei war damals hier, die Kripo hat ermittelt und Leute wurden verhört. Aber es kam nichts dabei heraus und schließlich beruhigte sich alles. Nur Hannes hat nie wieder ins normale Leben zurück gefunden.

Seit diesem Vorfall lebt er am Strand. Nur in den Wintermonaten wohnt er bei seiner Schwester in Süddorf. Aber auch dann geht er kaum aus dem Haus und wenn, dann hauptsächlich nur nachts. Viele haben ihn wahrscheinlich noch nie zu Gesicht bekommen und die, die ihn mal treffen, wollen nichts mit ihm zu tun haben und denken nur: Was für ein Verrückter!

Er ist ihnen unheimlich, er macht ihnen Angst. Aber für mich ist das vollkommen anders. Ich bin mit ihm zur Schule gegangen, wir waren damals schon Freunde und so wird es auch bleiben. Er hat einfach einen anderen Blick auf die Welt. Er sieht Gestalten und Wesen, von denen wir nichts mitkriegen. Aber, warum sollen die nicht existieren, nur weil uns die richtigen Antennen fehlen. Seht euch die anderen an. Rennen ihr ganzes Leben wie die Ameisen und wühlen sich Sachen zusammen, die sie gar nicht brauchen. Halten sich aber für was Besseres und wenn ihr Hamsterleben dann langsam zu Ende geht, glauben sie plötzlich auch an eine unsichtbare Gestalt und laufen in die Kirche. Hannes kriegt viel mehr mit, als die meisten meinen und wenn man ihm Zeit lässt, erfährt man Sachen, die dir kein anderer erzählen kann.«

Jetzt merkte Kurt, dass er noch gar nicht so richtig von der Stelle gekommen war und meinte:»Aber, ihr wollt ja eigentlich etwas ganz anderes wissen«, und trank erneut einen kräftigen Schluck.

»Ich wollte in den Jahren immer mal wieder mit Hannes über die furchtbaren Geschehnisse von damals sprechen, aber das war immer sehr schwierig. Bei diesem Thema ist er sofort voller Unruhe und wird noch fahriger als sonst schon. Dann springen seine Gedanken von einem zum anderen. Er steht plötzlich auf, geht ein paar Schritte, fährt sich durch die Haare, setzt sich wieder und fängt mit einem ganz anderen Thema an. Und nach wenigen Minuten springt er möglicherweise wieder auf, wiederholt ständig bestimmte Worte und so weiter und so weiter.

»Du meinst sicher das Erlebnis mit dem Ertrunkenen am Strand, den er dort gefunden hat, oder?, fragte Malu nach.

Kurt stutzte:»Ach, du hast schon was davon gehört?«

»Ja, Janne hat mir vorhin beim Segeln von Hannes erzählt. Auch davon, wie er aussieht, wie er dort am Strand lebt und auch von seiner Sammelwut und von den vielen Gummistiefeln vor seiner Strandholzhütte.«

»Mensch, Malu, ich bin jetzt fast froh, dass du das nicht als Erstes von mir erfährst. Du hattest ja schon ein paar Mal nach Hannes gefragt. Aber, ich hab mich richtig davor gedrückt, dir von ihm zu erzählen. Aber wahrscheinlich kennt ihr noch nicht die ganze Geschichte. Wisst ihr, wer der Ertrunkene war, den er dort im seichten Wasser am Strand gefunden hat?«

Beide schüttelten mit dem Kopf und starrten Kurt an.

»Selbst heute, nach fast 50 Jahren, ist die Vorstellung noch immer fürchterlich. Es war sein bester Freund, Jesse Paulsen!«

»Was?«, rief Malu entsetzt. »Der Jesse Paulsen, der jüngere Bruder von Arfst?«

»Ja, so ist es«, antwortete Kurt und an seinen tiefen Stirnfalten sah Malu, wie nah ihm dieses schreckliche Ereignis noch immer ging. Kurt schwieg eine ganze Zeit und rührte mit seinem Löffel wieder in der Teetasse rum. Auch Janne und Malu sagten nichts und schließlich meinte er:

»Ja, das ist wirklich ein grausames Schicksal und nun versteht ihr, warum es so schwer war, mit der ganzen Wahrheit rauszurücken. Sie ist einfach zu furchtbar!

»Das hast du gemeint, als du neulich bei unserem ersten Frühstück plötzlich so nachdenklich wurdest und sagtest, „auf der Insel gab es merkwürdige Unglücksfälle und Menschen sind fast verrückt geworden deswegen"?«

Kurt guckte überrascht: »Das weißt du noch! So was in der Art könnte ich gesagt haben ... aber, alle Achtung, mein Deern, was hast du bloß für ein Gedächtnis! ... Ja, wo war ich nun ... Ach ja, Janne hat dir davon ja schon erzählt. Seine besessene Suche nach Gummistiefeln hat auch ganz sicher mit diesem Unglücksfall zu tun! Stellt euch das vor. Als Hannes seinen toten Freund Jesse dort am Flutsaum gefunden hat, hatte der seine Gummistiefel noch an den Füßen, das ist doch kaum zu glauben ... das mag man sich doch gar nicht vorstellen!«

»Nein, das mag man nicht«, wiederholte Malu leise.

Aber Kurt reichte ein kurzer Blick, um zu wissen, dass Malu und auch Janne das genau in diesem Moment taten, so betroffen und mitfühlend wie beide gerade aussahen.

»Ich glaub, Hannes rennt da seit dieser langen Zeit jeden Tag über den Strand und schleppt all die verrückten Sachen zusammen, weil er sich in was verbissen hat und was Bestimmtes finden muss. Und er wartet! Jahraus, jahrein wartet er. Und seit heute versteh ich besser, worauf.

Aber, wie gesagt, man muss ihm Zeit geben, besonders wenn es um diese alte Geschichte geht. Ich hab ihm erst einmal von euch jungen

Leuten erzählt, wie ernsthaft ihr euch mit dieser alten Schatzgeschichte beschäftigt und mit welcher Ausdauer ihr versucht, Licht in die Sache zu bringen und natürlich auch von dir, Malu!

Anfangs war er so verwirrt und fahrig wie immer, aber dann passierte etwas wirklich Sonderbares! Um so mehr ich von dir erzählte, um so ruhiger wurde Hannes und schließlich saß er mir auf seiner Strandholzkiste mit großen neugierigen Augen gegenüber und stellte auf einmal ganz vernünftige Fragen. Das war vorhin wie ein kleines Wunder für mich, das kann ich euch sagen.

Und was er dann alles wissen wollte! So hab ich ihn eigentlich seit diesem schrecklichen Unglück nicht mehr erlebt. Ich kann es noch immer nicht richtig glauben! Und wir konnten vorhin gemeinsam die meisten Puzzleteile zusammensetzen.

Ja, wie fang ich an? … Wir haben erst einmal lange darüber gesprochen, was ihr in der Vollmondnacht am Eesenhugh erfahren habt und Hannes ist unserer Meinung.

Die Paulsens haben wahrscheinlich mit dem Freitag gemeinsame Sache gemacht und wollten die alten Kumpels übervorteilen. Sie haben wahrscheinlich Harks Kiste gefunden und sie dann im Haus in Norddorf versteckt, um sie dort in Ruhe zu untersuchen. Aber, dann haben sie einen folgenschweren Fehler gemacht! Den Schatzkumpels war aufgefallen, dass die Paulsens urplötzlich jedes Interesse an der gemeinsamen Schatzsuche verloren hatten und sich wieder um ganz andere Dinge kümmerten. Hannes und Jesse waren seit der Schulzeit die dicksten Freunde und der hatte wieder Zeit für seinen alten Kumpel. Und Hannes hat sich natürlich richtig gefreut, weil die Freundschaft der beiden durch Jesses Leidenschft für die Schatzsuche mächtig gelitten hatte. Hannes hatte sich nämlich nie besonders viel daraus gemacht. Das war schon so, als auch ich noch ziemlich schatzfiebrig war. Vorher steckten die beiden ständig zusammen und haben nichts anbrennen lassen. Das waren schneidige junge Männer damals und sie hatten ordentlich Schlag bei den Mädels. Das kann ich euch sagen. Die Feste wurden gefeiert, wie sie fielen und sie haben so manche Flasche in den Dünen getrunken und meistens nicht alleine.

Ja, wo bin ich jetzt? Das ist die falsche Richtung!«, sagte Kurt und strich sich ein paar Mal grübelnd über den Bart.

»Ach ja, Jesse hatte plötzlich wieder richtig Zeit und wollte Hannes sogar zu einer größeren gemeinsamen Reise einladen. Bald spielt Geld keine Rolle mehr, hatte Jesse wohl ein paar Mal geprahlt. Aber Hannes hatte das als die übliche Träumerei seines lebenslustigen Freundes abgetan.

Nun ja, die alten Schatzsucherkumpels hatten sich natürlich auch so ihre Gedanken gemacht, vielleicht auch schon von Jesses Prahlerei und seinen Reiseplänen gehört und dann haben sie eins und eins zusammengezählt, ihn sich zur Brust genommen, ihm auf den Zahn gefühlt und ihm dabei richtig weh getan. Hannes konnte sich vorhin sogar recht gut an seinen letzten gemeinsamen Abend mit Jesse erinnern. Das war genau ein Tag bevor dieses schreckliche Unglück passiert ist. Und davon wusste ich bis vorhin auch noch überhaupt nichts. Die beiden hatten sich zu einem ihrer gemeinsamen Rotweingelage in den Dünen verabredet und als Jesse da angekommen ist, soll er reichlich verbeult ausgesehen haben: blaues Auge, aufgeplatzte Unterlippe und so. Aber, das hatte Hannes damals gar nicht besonders beunruhigt, eine Prügelei war für Jesse nichts Ungewöhnliches. Er war öfter in Auseinandersetzungen mit konkurrierenden Nebenbuhlern verstrickt und auch seine Erklärung, dass ihm wieder einmal die Föhrer aufgelauert hätten, klang für Hannes glaubhaft.

Jesse hatte nämlich zu der Zeit eine heiße Liebesaffäre zu einer umworbenen reichen Bauernschönheit auf der Nachbarinsel, und da hatte er, von den eifersüchtigen Jungs dort, auch schon vorher einige Male was auf die Nase bekommen.

Dass diesmal seine Schatzkumpels dafür verantwortlich waren, hat er Hannes verschwiegen. Vielleicht wollte er warten, bis er den Schatz wirklich ausgegraben hatte und seinen Freund nicht vorher mit hinein ziehen. Das wissen wir nicht.

Na ja, Jesse hat da in den Dünen gemeinsam mit Hannes seine letzte unbeschwerte Nacht verbracht und sie haben wohl nicht nur eine Flasche getrunken. Hannes hatte vorhin Tränen in den Augen, als er mir davon erzählt hat. Ich glaub, er macht sich große Vorwürfe und ist davon überzeugt, dass er die furchtbaren Geschehnisse hätte verhindern können. Er fühlt sich schuldig am Tod seines Freundes und meinte: Als Jesse erzählt hatte, Geld spielt bald keine Rolle mehr, die gemeinsame Reise vorgeschlagen und mit seinem verprügelten Gesicht vor ihm gestanden hatte, hätte er wissen müssen, in welcher großen Gefahr sich sein Freund befand. Aber er hatte einfach nicht weiter nachgebohrt und Jesse die Geschichte sofort abgekauft. Ihm war nicht in den Sinn gekommen, dass die fanatischen Schatzsucherhalunken dahinter steckten. Das kann er sich einfach nicht vergeben.« Kurt schwieg nun und wirkte sehr nachdenklich.

Malu biss sich ein paar Mal auf die Zunge, aber dann hielt sie die Stille nicht mehr aus. »Wie ist es denn zu diesem schrecklichen Unglücksfall gekommen und was haben die anderen Schatzsucher damit zu tun?«

»Du, das lasst uns mal ein andermal besprechen. Sonst kommen wir ganz vom Kurs ab. Heute geht es erst mal um die Buchstaben!«

»Und, Opa Kurt, ist ihm denn dazu irgendwas eingefallen und zu irgendeiner Katze, vielleicht?«

»Immer ruhig mit den jungen Pferden. Ich komm schon zum Punkt!«, beruhigte Kurt und nickte in ihre Richtung.

»Also, ganz zum Ende hin hab ich Hannes von den rätselhaften Buchstaben auf der Kiste erzählt und ihm auch das Linienornament gezeigt. Dass ihr der Meinung wärt, dahinter stecke eine verschlüsselte Botschaft von Hark Olufs und möglicherweise ein geheimnisvoller Code, der im Zusammenhang mit dem Wort Katze steht. Ich hab ihn dann gefragt, ob Jesse in seinen letzten Lebenstagen oder an dem gemeinsamen Abend in den Dünen irgendetwas von Katzen erzählt hätte. Hannes hat sich dann wirklich bemüht, das hab ich gesehen, aber ihm fiel dazu absolut nichts ein. Sie hätten im Laufe der Nacht gemeinsam wohl drei Flaschen Wein getrunken, wären zum Schluss schon recht betrunken gewesen und hätten dann beide eigentlich nur noch Unsinn geredet. Von ihren gemeinsamen Unternehmungen und natürlich von ihren Liebschaften und Jesse hätte immer wieder von seiner neusten Eroberung auf Föhr geschwärmt. Es wäre so ein typisches Männergesabbel gewesen und schließlich wären sie dort im Sand eingeschlafen. Als Hannes dann am nächsten Morgen aufgewacht wäre, war Jesse nicht mehr da gewesen und somit hatte er sich noch nicht einmal von ihm verabschieden können. Ja, wie weiter? ... Kaum, dass Hannes sich daran erinnerte, ging es mit ihm wieder in die andere Richtung. Mit jeder weiteren Minute, kehrte seine alte Unruhe zurück und er wurde laufend fahriger und schließlich wollte er gar nichts mehr davon hören.

Aber, ich konnte ja diesmal nicht locker lassen, bin immer und immer wieder auf diese Frage zurückgekommen und dann hatte ich den Bogen endgültig überspannt. Er sprang auf, riss sich durch die Haare und schrie mich an. Ich solle endlich Ruhe geben, er könne sich einfach an nichts mit Katzen erinnern. Deine blöden Katzen, immer nur Katzen und überall Katzen, Katzen ... Na ja, so wie ich ihn kenne, dass er sich an einem Wort verbeißt und es dann viele Male wiederholt.«

Kurt guckte kurz auf. Malu und Janne war die Enttäuschung ins Gesicht geschrieben.

»Nun ja, wie ihr jetzt, hatte ich auch schon innerlich aufgegeben und sag dann so etwas wie: Na, dann werd ich wohl meine jungen Freunde und Malu enttäuschen müssen, aber eher recht leise und eigentlich zu mir selbst. Aber er hatte den Satz mitbekommen und Hannes fing sofort an zigmal meinen Halbsatz „Malu enttäuschen müssen ... Malu enttäuschen müssen ... " zu wiederholen und ich dachte, mit welchem anderen Thema kann ich ihn beruhigen und dann wiederholt er nur noch deinen Namen „ Malu ... Malu ... Maluu ... Maluuu ... Maluuuu ... " und was soll ich euch sagen, um so öfter er deinen Namen sagte, mit einem immer länger gezogenem „ uuuu", um so mehr beruhigte er sich wieder. Kurze Zeit hatte ich das Gefühl, er ist ganz woanders. Ja, das war mir vorhin fast unheimlich!

Und plötzlich, wie verwandelt, setzt er sich wieder auf seine Kiste, guckt mir erneut konzentriert in die Augen und ich seh, wie es in seinem Gehirn rattert. Und dann ... huscht auf einmal ein Lächeln über sein Gesicht und er sagt ganz ruhig: Mir ist was eingefallen! Ich hab vielleicht geguckt! Und dann legte er los: Als die beiden da spät in der Nacht besoffen nebeneinander in den Dünen lagen und Hannes eigentlich nur noch schlafen wollte, fing Jesse wohl immer wieder an, von seiner neuen Freundin zu erzählen. Wie verliebt er war und dass sie eine ganz besondere Frau sei und dass die Föhrer Kerle einfach nicht bei ihr landen könnten, weil das Mädel nur ihm und seiner Leidenschaft verfallen wäre. Jesse hatte wohl tüchtig damit angegeben und weiter: Die Föhrer wären einfach zu blöd, ihn wirklich zu erwischen und ja … dann wurde es wirklich interessant! Hannes konnte damals wohl kaum noch die Augen offen halten, aber Jesse fand einfach kein Ende und plapperte immer weiter: Wie toll sie küssen konnte, dass sie manchmal schnurrte wie ein Stubenkätzchen und im nächsten Moment so leidenschaftlich wie eine Wildkatze sei, ihm dabei sogar ein paar Mal in die Unterlippe gebissen und seinen Rücken zerkratzt hätte. Und jetzt kommt's!

Jesse hätte wohl einige Male gesagt: Die muss ich noch richtig zähmen, sonst wird mich meine kleine Wildkatze noch auffressen … aber, die krieg ich auch noch geradegebogen. Danach hatte er wohl noch erklärt: Hannes, ich wusste bis vor Kurzem noch gar nichts von solchen Katzen. Aber, wenn du sie geradebiegst, machst du dein Glück. Diesen Satz hätte Jesse dann wohl noch ein paar Mal wiederholt!«

Und nun waren Kurts tiefe Falten plötzlich verschwunden. Er lächelte zufrieden und sah auffordernd erst Malu, dann Janne und dann wieder Malu an. Aber, beide hatten noch nicht verstanden, warum Kurt so erwartungsvoll guckte und starrten nur fragend zurück.

»Na, ihr jungen Leute, was ist mit euch los? Das könnte es doch sein! Jesse hat in dieser Nacht viele Male gesagt: Wenn du sie geradebiegst, machst du dein Glück! Versteht ihr! Hannes konnte sich genau an diesen Satz erinnern und wenn ich Recht hab, hat Jesse diese Worte gar nicht auf seine leidenschaftliche neue Freundin bezogen, sondern er hat in Wahrheit den Verschlüsselungscode gemeint, begreift ihr! Zumal Hannes meint, Jesse hätte danach wieder angefangen, von seinen großartigen Reiseplänen zu schwärmen. Dabei wär Hannes dann wohl endgültig eingeschlafen.«

»Mensch das wär ja wirklich ein Ding!«,platzte es aus Malu heraus.

»Du könntest Recht haben! Das Katzensystem, nach dem wir suchen, könnte … na, wie denn … die „Geradegebogene Katze" heißen. Opa Kurt, wenn das stimmt, bist du der Größte!«

»Ja, endlich sagt das mal jemand! Aber wenn, dann müssen wir uns bei Hannes bedanken. Nachdem ihm das vorhin doch noch eingefallen war, musste er mich nur kurz ansehen und wusste sofort, dass er sich an etwas ganz Wichtiges erinnert hatte. Und ihr glaubt gar nicht, wie er sich dann gefreut hat. Er strahlte übers ganze Gesicht. Ich hab ihn, seit er dort am Strand lebt, noch nie so glücklich gesehen!«

»Das ist wirklich ein Ding!«, wiederholte Janne fast wörtlich Malus Worte und sah dann lachend erst Kurt und dann Malu an. »Wir haben nichts anderes. Also gehen wir erst einmal davon aus, dass das die Bezeichnung für das Verschlüsselungssystem ist. Wir müssen damit sofort Claas füttern!«

»Ja!«, stimmte Malu aufgeregt zu. »Das machen wir auch! Ich werd ihn gleich anrufen und ihm alles haarklein erzählen. Die „Geradegebogene Katze"! Hoffentlich kann er was damit anfangen?«

12. Urlaubstag

Der Hai kommt nicht weiter

Jetzt sitz ich hier schon wieder rum und schlürf meinen Kaffee, dachte er. Aber wenigstens die Sache mit den Löchern war nun einigermaßen erledigt. Er hatte soeben zwei volle Schubkarren mit dem Aushub, den er neulich einfach in den Garten gekippt hatte, zurück ins Haus gefahren. Alle Grabungslöcher waren wieder bis zum oberen Rand aufgefüllt. Aber ganz zufrieden war er damit nicht. Obwohl er den Schotter nur portionsweise eingefüllt und dann alles immer kräftig zusammen gestampft hatte, war einfach nicht alles rein gegangen. Ein kleiner Haufen war übrig geblieben. Aber was kümmert's mich ... das wird den Kaufpreis auch nicht mindern, dachte er. Die Sache war sowieso ganz und gar nicht so gelaufen, wie er sich das vorgestellt hatte. Die mühsame Schufterei hier im Haus, die kaputten Türdurchgänge und der ganze Dreck überall, das war alles vergeblich gewesen! Ein richtiges Desaster! Dabei hasste er solche Niederlagen. Ich sollte noch ordentlich durchfegen und wahrscheinlich auch wischen, überlegte er weiter. Aber nicht heute. Seine Laune hatte gerade einen neuen Tiefpunkt erreicht.

Was erzähl ich bloß dem Makler? Und dabei starrte er auf die aufgerissenen Bretter. Nein, den kann ich hier so nicht reinlassen! Auch die potentiellen Käufer kriegen eine Krise, wenn sie das hier sehen. Da muss erst mal ein Handwerker ran, der soll mir neue Schwellen und Seitenbretter einbauen. Alles muss jetzt schnell gehn, sonst bin ich noch im Herbst hier. Aber für ein paar Euro mehr lässt sich da bestimmt jemand finden, hinterm Geld sind sie hier doch alle her! Ich setz mich nachher aufs Rad und klapper die Tischlereien ab, das schaff ich heute Vormittag noch und Fahrrad fahren ist für sich genommen schon mal eine gute Idee, überlegte er.

Den Entschluss, im Haus wieder alles in Ordnung zu bringen und dann die Insel möglichst schnell zu verlassen, hatte er gestern Abend gefasst. Da hatte es ihm endgültig gereicht. Alle Anstrengungen in den letzten Tagen, die quälend langen Grübeleien, der Einbruch und Diebstahl des Untersuchungsberichts, in dem nur Blödsinn stand, die ergebnislosen Recherchen im Internet, das zweimalige Lesen des Buchs über Verschlüsselungstechniken und die unzähligen Versuche, aus den merkwürdigen Buchstaben doch noch sinnvolle Worte zu bilden, waren ohne jeden Erfolg geblieben. Seine verbissene Schatzsucherei, diese Achterbahnfahrt zwischen Euphorie und Depression, musste endlich ein Ende haben. Ganz zum Schluss war er noch auf den Gedanken gekommen, dass es sich vielleicht um friesische Worte handeln könnte und sogar erwogen, im Buchladen nach einem entsprechenden Wörterbuch zu fragen. Aber glücklicherweise hatte er dann die Reißleine gezogen und war wieder zu Verstand gekommen.

Allerdings, so entschlossen wie gestern Nacht, war er heute Morgen nicht mehr. Seinen Misserfolg konnte er kaum ertragen.

Niemand auf der Insel hatte den Schatz bisher entdeckt und er, der so viel darüber wusste und dem die Kiste eigentlich gehörte, würde jetzt einfach ohne Ergebnis aufgeben.

Ist das wirklich die richtige Entscheidung? Und mit den Zweifeln und Fragen entfaltete die Droge Schatzsuche in seinem Kopf erneut ihre giftige Wirkung.

Ich war auch ein Vollidiot, geißelte er sich wieder. Wie kann ich diese uralte Schatzlegende wörtlich nehmen, seh' das Foto von den Paulsens und bin sofort überzeugt und denk', ich hab die Lösung.

Hätte ich die Alben doch bloß gleich mit weggeschmissen ... wahrscheinlich wär dann das Haus bereits verkauft und ich schon längst wieder zurück in Düsseldorf.

Aber die Grübeleien und Zweifel hörten nicht auf und schließlich stand er auf, ging ins Nebenzimmer und kam mit beiden Fotoalben in der Hand zurück. Ich muss mir das einfach noch mal ansehn, sonst komm ich nicht zur Ruhe. Warum hat mich dies eine Bild so auf die falsche Fährte gebracht? überlegte er.

Im Album mit den Schwarz-Weiß-Bildern musste er nicht lange blättern, schnell hatte er das gesuchte Bild gefunden: Beide Brüder vor der Haustür mit diesem besonderen Siegerlächeln und dann jeder einen Spaten in der Hand. Vielleicht war es das gewesen! In keinem normalen Haus gab es zwei Spaten, oder war es die besondere Körperhaltung der beiden Brüder, dieser Ausdruck absoluten Glücks und Überlegenheit, der ihn neulich so beeindruckt und beeinflusst hatte? Vielleicht beides zusammen? Selbst nach seiner ganzen vergeblichen Wühlerei entfaltete das Bild auch diesmal wieder die Wirkung von neulich. Ich bin sicher, dass sie den Schatz gefunden haben, das Foto lässt gar keine andere Interpretation zu! Allerdings haben sie den wohl nicht in diesem Haus versteckt! Aber wo sonst?

Darauf hatte er einfach keine Antwort, und so blätterte er weiter, aber auch die nachfolgenden Fotos ergaben nichts Neues. Ohne große Zuversicht schlug er das zweiten Album auf. Gleich auf der ersten Seite klebte das Bild der Hochzeitsgesellschaft vor der Kirche. Hier heiratet Arfst seine Lisa, dachte er und wollte gerade die nächste Seite aufschlagen, aber ... hier passte etwas nicht zusammen! ... Wo ist eigentlich der Bruder von Arfst auf dem Bild, der Jesse? schoß es ihm durch den Kopf. Sofort konzentrierte er sich auf jede männliche Person, die dort gemeinsam mit dem Hochzeitspaar abgelichtet war. Das Foto war scharf, keine Person wurde durch eine andere verdeckt und jedes Gesicht war gut zu erkennen. Er sah sich sogar erneut das Spatenbild der Brüder an, um sich Jesses Gesicht noch einmal genau einzuprägen, das Ergebnis blieb das selbe. Jesse war nicht auf dem Hochzeitsbild!

Danach blätterte er das gesamte zweite Album durch und sah sich jedes Foto genau an, aber nirgends fand er eine Ablichtung des Bruders.

Das ist wirklich bemerkenswert und das kann doch nur eins bedeuten: Sie haben sich zerstritten. Jesse hat seinen Bruder betrogen und ist mit dem Schatz durchgebrannt! Na, dann kann ich hier ja lange rum suchen. Der hat sich ein schönes Leben gemacht und den Arfst auf der Insel sitzen lassen, davon war er nun überzeugt.

Obwohl seine Entdeckung bedeutete, dass der Schatz für ihn endgültig verloren war, lag darin auch etwas Tröstliches. Er hatte von Anfang an keine Chance gehabt und damit ließ sich mit der Niederlage jetzt viel leichter leben.

Damit kam seine Suche nun wirklich zu einem Abschluss. Er hatte zwar den Schatz nicht gefunden, aber er hatte ihn gar nicht finden können. Und er, Manfred Grafenberg, hatte das Rätsel nun doch noch gelöst!

Alle, die hier auf der Insel noch wie wild hinter den Juwelen und Edelsteinen her jagten, waren vollkommen auf der falschen Spur und nur er kannte die Wahrheit!

Im Leben ist es schon verrückt, dachte er. Kein Ruhm und Reichtum und trotzdem freu ich mich. Seine Stimmung hatte sich gerade fast ins Gegenteil verkehrt und voll neuem Eifer beschloss er, jetzt sofort den ganzen Dreck zusammenzufegen und dann am Nachmittag, nach seiner Fahrradtour, auch noch den Fußboden zu wischen.

Mit den Frauen um die Odde

Malu hatte gestern Abend, direkt nach der Unterredung mit Kurt, noch mit Claas telefoniert und ihm die sensationelle Neuigkeit erzählt. Du musst drei Begriffe checken, hatte sie ihm gesagt: „Wildkatze" und „Stubenkätzchen" kommen in Frage, aber die wahrscheinlichste Variante ist die „Geradegebogene Katze".

Claas war vollkommen aus dem Häuschen gewesen, meinte zwar, er könne sich nicht erinnern, zu einem der Begriffe schon mal etwas gehört oder im Netz gelesen zu haben, aber das solle nichts heißen. Er hätte jetzt endlich einen Anhaltspunkt und nun läuft euer Claas zur Höchstform auf, hatte er noch gesagt und ihr versprochen, sich sofort zu melden, falls er etwas raus bekommen sollte.

Glücklicherweise hatte es noch gedauert, bis Kristina von ihrer Strandkorb-Lese-Unternehmung wieder eingetrudelt war, und so hatte Malu noch Zeit gehabt, das Durcheinander in ihrem Kopf wenigstens etwas zu ordnen. Ihre Mutter hatte dann beim Abendessen von der geplanten Wanderung um die Odde erzählt und ob sie nicht Lust hätte, morgen mitzukommen. Es sollte am späten Vormittag losgehen und Frieda und Ulla wären auch dabei.

Dann komm ich auf andere Gedanken, hatte sie sich gesagt und danach gleich Greta angerufen. Die hatte dazu auch Lust gehabt und somit war die Sache perfekt gewesen.

Schon von weitem hatte sie Greta auf der Bank am Anfang des Norddorfer Teerdeiches entdeckt. Sie saß genau dort, wo sie mit ihrer Mutter an ihrem zweiten Ferientag auch schon eine Pause gemacht hatte.

Schnell war die Fahrradgruppe heran und nach einer kurzen Begrüßung durch die anderen und einer herzlichen Umarmung der Freundinnen, ging es sofort weiter. Ulla hatte vorgeschlagen, einfach geradeaus oben auf dem Teerdeich weiter zu fahren. Das sei überhaupt kein Problem! Es wäre der kürzeste Weg nach Norden und man hätte von da oben einen tollen Blick in die Marsch auf der linken Seite und einen super Blick über Watt und Nordsee rüber nach Föhr auf der anderen. Alle waren einverstanden.

Doch angesichts der vielen hervorstehenden kleinen Steine, die hier im Teer eingegossen waren, wurde es schnell ziemlich holprig und auch der relativ geringe Abstand zu beiden abfallenden Deichseiten machte Sorgen. So wurde immer weniger gesprochen und alle fuhren konzentriert auf Abstand nur noch hintereinander und selbst die Mädchen, ganz hinten, waren verstummt.

So gut es ging, versuchten sie alle wenigstens den größten Unebenheiten auszuweichen. Man hätte natürlich auch absteigen und das Rad ganz gemütlich schieben können, aber wahrscheinlich wollte sich keiner eine Blöße geben und auch die Herausforderung reizte – jeder versuchte im Sattel zu bleiben und eine gute Figur zu machen.

Malu hatte den Radfahrer von vorne, der mit dem Deich überraschend wenig Probleme hatte und schnell näher kam, auch schon gesehen und sich gefragt, wer nun ausweichen und absteigen sollte.

Aber Ulla, die die Reisegruppe anführte, machte gar keine Anstalten und fuhr selbstbewusst und tapfer immer weiter. Jetzt waren es nur noch wenige Meter und auch der entgegenkommende Fahrer raste in fast gleichbleibender Geschwindigkeit noch immer auf sie zu.

Das kann nicht gut gehen, war sich Malu sicher, starrte wie die anderen mit offenem Mund nach vorne und erwartete dort an der Spitze in wenigen Sekunden den zwangsläufigen und folgenschweren Zusammenprall!

Doch … durchatmen! Mit einer kleinen, geschickten Lenkbewegung gab der Raser plötzlich den Weg frei, verließ die Deichkrone und wich auf die relativ steilabfallende Deichseite aus. Malu war es ein Rätsel, dass der dort ohne erkennbare Probleme in einem solchen Affenzahn einfach weiter fuhr – so, als wäre es das Normalste der Welt und sie schon hier oben so zu kämpfen hatten. Völlig fasziniert guckten alle auf den Biker, der in Schräglage mit Tempo gerade an ihnen vorbei sauste. Völlig unerwartet legte Kristina vor ihr plötzlich eine Vollbremsung hin, sprang vom Rad und rief:

»Ach, dass bist ja du! Hallo Manfred!«

Malu ging sofort ebenfalls in die Eisen und auch die Fahrradbremse von Greta quietschte bedrohlich nahe hinter ihr. Der halsbrecherische Fahrer richtete sich etwas auf, sah überrascht nach oben, lächelte, bremste ab und antwortete mit:»Oh! Hallo Kristina! Hab dich gar nicht erkannt! Ah, ihr macht auch 'ne Fahrradtour!« Danach steuerte er sein Mountainbike geschickt wieder Richtung Deichspitze, hielt dort hinter den beiden Mädchen ohne Probleme an und lächelte entspannt in die Runde. Auch Frieda und Ulla waren abgestiegen und sahen neugierig zurück. Malu zwang sich zu einem freundlichen Gesicht und fragte sich gleichzeitig, warum sie den Hai nicht schon früher erkannt hatte. Schließlich war sein weiß-blaues Bike doch unter Alarmrot in ihrem Gehirn abgespeichert. Hatte es an seiner weit nach vorn gebeugten Fahrhaltung, an seiner eng anliegende Sportkleidung, seinem Fahrradhelm oder eher an ihrer Panik vor dem erwarteten Zusammenstoß gelegen? Vielleicht aber auch daran, dass sie schon länger nicht mehr über ihn nachgedacht hatte. Die alten Schatzsucher hatten ihn auf dem Eesenhugh als armen Irren bezeichnet, der im Nebel herum stochert und möglicherweise hatte sie ihn deshalb nicht mehr so richtig auf ihrem Schirm? Wie auch immer. Ihre Mutter war jedenfalls wie aus dem Häuschen. Hatte schon ihr Fahrrad auf den Ständer gestellt und ging mit einem strahlenden Lächeln auf ihn zu.

»Das ist ja ein schöner Zufall! Du bist noch immer auf der Insel. Ich hab dich ja schon lange nicht mehr getroffen. Wir Mädels fahren zur Odde hoch, bis zum Fahrradständer und dann wollen wir gemeinsam eine Wanderung um die herrliche Nordspitze machen. Dort gibt es dann ein Picknick und später gehen wir sicher auch noch alle schwimmen.«

Hoffentlich fragt Mum ihn nun nicht, ob er mitkommt. Dann krieg ich 'ne Krise, dachte Malu und ein Blick zu Greta sagte ihr, dass die wohl Ähnliches befürchtete.

Das ist ja eine schöne Idee!«, antwortete er. »Da war ich noch nie. Aber den Blick von da oben stell ich mir wunderbar vor. Ich musste auch erst mal raus und abschalten: die viele Arbeit im Haus, die

Handwerker und der ganze Papierkram. Mein Fahrrad ist dann immer meine Rettung!«

Wahrscheinlich hatte Frieda das Gefühl, dass sie hier gerade fehl am Platz waren, jedenfalls rief sie von vorne:

»Kristina, wir fahren schon mal langsam weiter. Lass dir Zeit!«

»Ja, ist gut!«, war die prompte Antwort. Mum hatte nur noch Augen für den Hai.

Ohne Kriastina ging es weiter und als sich Malu nach einer ganzen Weile nach ihrer Mutter umdrehte, stand die noch immer mit dem Hai zusammen auf dem Deich. Hoffentlich funkt es jetzt nicht auch bei ihm, spukte es durch ihren Kopf.

Nach der knubbeligen Strecke auf dem Teerdeich ging es ganz entspannt auf dem Sandweg weiter, und erst kurz vor dem Fahrradabstellplatz schloß Kristina wieder zur Gruppe auf.

»Na, hast du endlich dein Date?«, rief Ulla ihr lachend zu.

»Nein! ... ... Leider nicht ganz! ... ... Aber ich arbeite dran! Immerhin war er heute viel offener ... und will mal auf einen Tee oder Kaffee vorbei kommen«, war ihre von tiefen Atemzügen unterbrochene Antwort.

Greta reichte ein Blick, um zu wissen, was Malu von der Verabredung hielt.

»Aber, ich muss schon sagen, schickes Kerlchen!«, mischte sich Frieda grinsend ein. »Vielleicht sollte ich es auch mal bei ihm versuchen!«

»Untersteh dich!«, rief Kristina lachend und schnappte dabei noch immer nach Luft.

Danach ging es zu Fuß weiter; noch ein kurzes Stück auf dem Bohlenweg und dann war es endlich soweit – barfuß um die Odde!

Langsam ging das alberne Gekichere den Mädchen auf die Nerven. Die Frauen hatten immer neue Einfälle, wie Kristina es anstellen könnte, den Hai endlich an den Haken zu kriegen. Und nach jeder neuen und noch abgedrehteren Idee legten die Frauen einen Stopp ein und lachten erneut ausgelassen.

Malu und Greta mussten sich retten, gingen nun einfach in ihrem Tempo weiter und holten schnell einen kleinen Vorsprung heraus. Aber das aufgekratzte Geschrei war immer noch laut und deshalb entfernten sie sich in Höhe des kleinen Holzstegs, der zum Vogelwärterhäuschen führte und auf das ein kleines Schild mit der Aufschrift: Möwentour 14 Uhr, hinwies, von dem direkten Weg an den Dünen und bogen ins Watt ab.

Der Boden war hier angenehm kühl und viel fester als der durchtrampelte, tiefe Sand dort oben.

»Hier kann man doch super laufen ... kaum schlickige Flächen!«, kommentierte Malu die gemeinsame Entscheidung.

»Na klar! Was denkst du denn, Sweety. Dann wird dir die Schlaunase Greta mal einen kleine Vortrag über die unterschiedlichen Wattböden halten. Bei dem, was du im Augenblick unter den Füßen hast, spricht man von Sandwatt, im Gegensatz zum Schlickwatt und da hätten wir schon längst geschrien, so unheimlich ist das. Da kannst du an manchen Stellen bis zum Hintern einsacken und bekommst richtig Panik. Das ist auch ein Grund dafür, dass die Wattführungen nach Föhr erst hier oben losgehen und auch Oldies und Kinder ohne Probleme den Weg schaffen.«

»Ach! Das ist ein gutes Stichwort. Mum und ich hatten uns eigentlich vorgenommen, in diesen Ferien auch noch an einer solchen Wanderung teilzunehmen. Was meinst du? Wir könnten doch zusammen gehen?«

Greta spähte sofort Richtung Föhr und ihre Augen taxierten auch die große Wasserfläche ganz in der Nähe – nur noch weiter hinten sah man einige trocken gefallene Wattflächen.

»Aber, doch wohl nicht heute?«, fragte Greta spöttisch.

»Nein, natürlich nicht! Was denkst du denn von mir?«

»Nur das Beste. Ist doch klar. Aber im Ernst, die Flut hat schon mächtig eingesetzt. In einer halben Stunde siehst du nur noch Wasser. Gleich hier vorne ist das eigentliche Hindernis, die tiefste Stelle. Hier verläuft der große Priel zwischen den Inseln, mit entsprechender Strömung, und da kommt man nur bei Niedrigwasser durch. Ein bisschen vorher und ein bisschen nachher, aber danach ist Schluss. In einigen Tagen könnte es gehen. Ich bin bestimmt seit drei Jahren nicht mehr rüber gelaufen. Ich würd sagen … lass machen! Allerdings nicht mit einer der großen offiziellen Tourigruppen, das ist mega hektisch. Alle sabbeln durcheinander und so. Wir können doch Marwin fragen, ob er nicht Lust hat, uns zu führen. Ich weiß, dass er immer mal wieder mit Bekannten und Freunden rüber geht. Das wär genau der Richtige und den kriegen wir locker überzeugt!«

»Du meinst wahrscheinlich, mit einer deiner neuen Flirttechniken!«, grinste Malu sie an. Und Greta grinste genauso zurück:»Du hast es erfasst, mein Schatz! Aber, apropos Fischer … in ein paar Tagen kommt auch die Zeit, dass wir unseren Hauptgewinn einlösen könnten: gemeinsames Krabbenfischen auf Hubsand. Du bist doch dabei, oder?«

»Na klar! Was für 'ne Frage. Das lass ich mir doch nicht entgehen! Aber, meinst du, wir können uns auf ihre Einladung verlassen? Womöglich haben sie die schon vergessen?«

»Malu, da musst du dir gar keine Gedanken machen. Wir werden ihnen nicht erlauben, uns zu ignorieren!«

»Wow, Greta! Was für ein Satz!«

»Das kann ich dir sagen. Aber leider hab ich den geklaut, hat ein Indianer geschrieben, der im Reservat lebt.«

Eine Zeit lang erzählte Greta dann aus dem Buch, das sie gerade las und danach übernahm Malu.

Die Frauen gingen weiter durch den lockeren Sand, nah bei den Dünen und der Abstand zu ihnen, war eher noch größer geworden.

»Greta, die Gelegenheit ist günstig! Keine fremden Ohren! Ich muss dir unbedingt erzählen, was in den letzten Tagen alles passiert ist … du wirst es nicht glauben!«

»Na, dann schieß los!«, sagte Greta sofort.

Besonders die dramatische Begegnung am Eesenhugh in der Vollmondnacht schilderte Malu ihrer Freundin in allen Einzelheiten und die hielt sich einige Male dabei erschrocken die Hand vors Gesicht. Dann erzählte Malu von Jesse Paulsen und Hannes, Kurts Freund und dass der hoffentlich den entscheidenden Hinweis gegeben hätte, um das Buchstabenrätsel endlich zu lösen. Von Hannes hatte Greta nur gehört, ihn aber noch nie zu Gesicht bekommen und ein Jesse Paulsen war ihr vollkommen unbekannt.

Als Malu mit ihrem Bericht zum Ende kam, nahm Greta sie an die Hand und meinte:»Ich werd mich jetzt noch mehr um dich kümmern. Nicht, dass du noch entführt wirst, oder so etwas. Du brauchst einen guten Wachhund und das bin ich! Ich ruf dich jetzt jeden Tag an!«

Kurz vor der Nordspitze trafen die Mädchen wieder mit den Frauen zusammen und bei denen hatte sich die Lage glücklicherweise beruhigt. Kristina erzählte gerade ganz begeistert von Malus Schollen-Brat-Künsten und die erntete nun von Frieda und Ulla ein anerkennendes Kopfnicken und auch noch ein „Wow" und „Alle Achtung! … Respekt!"

Malu genoss die Anerkennung und rief dann ausgelassen:

»Die dunkle oder die helle Seite der Macht. Sie haben ihren Schrecken verloren! Mum, erinnerst du dich noch? Es war ganz zu Anfang der Ferien, da hatten wir uns doch vorgenommen eine Wattwanderung zu machen. Greta meint, in einigen Tagen könnte es gehen und wir haben wahrscheinlich auch schon einen kompetenten Wattführer. Marwin führt auch kleine Gruppen. Er geht dann nur mit uns! Und Greta meint, er ist total zuverlässig und hätte Spaß dabei, uns alles zu zeigen. Na, Mum, was hältst du davon und auch ihr könntet natürlich dabei sein.«

»Das nenn ich mal 'ne großartige Idee! Das machen wir!«, sagte Kristina sofort begeistert.»Jeder darf ein paar Freunde einladen! Das wird bestimmt total schön! Ich freu mich schon! Aber, ich werd mich erst mal nach diesem Marwin erkundigen. Der muss sich wirklich auskennen, sonst hab ich zu viel Angst um uns!«, ergänzte sie mit einem besorgten Unterton.

Nun waren es nur noch wenige Schritte und dann – der freie Blick!

Auf der Wattseite war die Nordsee meist glatt und plätscherte träge ans Ufer und der Sandstreifen vor den Dünen war eher schmal. Hier aber, auf der Westseite, war die Weite des Knieps kaum zu fassen und auf den Strand kullerten heute keine sanften Wellen, sondern hier war, bei überraschend wenig Wind, richtig Brandung – man hörte das Meer!

»Wie nah Sylt erscheint ... und dann in diesem herrlichen Sonnengelb! ... Dieser Blick ist doch grandios ... mehr kann man nicht erwarten!«, philosophierte Kristina begeistert. »Marie, ich denk gerade an einen Lieblingssatz deines Vaters, der würde jetzt sagen: Das ist Shakespeare!«

»Ja, das würde er«, stimmte Malu zu. Das war wirklich ein typischer Papssatz; bei besonderen Naturereignissen pflegte er den zu sagen. Ich muss ihm unbedingt noch eine Karte schreiben. Nein, da passt nicht genug drauf. Es muss ein Brief sein und die Großeltern bekommen Karten, beschloss sie.

Direkt am Ende der Odde gab es eine kleine Aussichtsplattform mit einem fest instaliertem Fernrohr und einer einladenden Bank. Allerdings waren sie nicht allein. Genau hier hielten sich momentan eine ganze Anzahl von anderen Oddewanderen auf und so gingen sie einfach ein kleines Stück um die Spitze herum und schlugen dort ihr Lager auf.

Als Erstes holte Ulla eine große, gestreifte Tischdecke aus ihrem Rucksack und breitete sie auf dem Sand aus. Und jetzt konnten die Mädchen nur noch staunen. Was hatten die Frauen alles mitgeschleppt! Offensichtlich war alles genau geplant – jede hatte etwas anderes dabei: Frieda frische Brötchen, zwei Gläser selbst gemachte Marmeladen, noch eins mit einem Avokadoaufstrich und ein anderes mit einer Schafkäse-Oliven-Basilikumkreation. Ulla war für Orangensaft, Milch, Gurke, Tomaten und Obst zuständig und Kristina trug jeweils ein kleines Stück Deich-, Berg- und Ziegenkäse, ein halbes Stück Butter und einige Scheiben Aufschnitt zum Picknick bei. Sie hatten natürlich auch an eine ausreichende Zahl Frühstücksbrettchen, Messer und Becher gedacht und ganz zum Schluss stellte jede noch eine volle Thermoskanne heißen Tee auf die Decke.

Mehr konnte man sich für ein Picknick am Strand wirklich nicht wünschen, aber Kristina hatte noch etwas in petto.

»Na, Mädels, was meint ihr … was fehlt uns noch für den vollen Genuss?« Nun zog sie ein Plastikschälchen und eine kleine Flasche aus ihrem Rucksack und rief ausgelassen: »Frischer Amrumer Krabbensalat und Sekt natürlich!«

Jetzt wurde ausgiebig geschlemmt, geschaut, gestaunt, genossen, gelacht und gesabbelt und wieder geschlemmt und häufig zogen sie dabei auch die neidischen Blicke der vorbeikommenden anderen Oddeumwanderer auf sich.

Erst nach etwa zwei Stunden ging es weiter und anfangs blieben alle dicht beieinander. Die Frauen hatten wieder einmal ihr Lieblingsthema am Wickel: alternative Heilmethoden. In Frieda, als ausgebildete Heilpraktikerin, und Ulla, als Gestaltpädagogin und überzeugte Feministin, hatte Kristina die richtigen Gesprächspartner. Nachdem Frieda die ungewöhnlichen Erfolge fernöstlicher Heilverfahren vorgestellt hatte, erzählte Ulla vom freien Malen, ihrer feministischen Arbeit mit Mädchen und vom meditativen Trommeln in der Natur.

Mit ähnlichen Themen ging es weiter, aber langsam reichte es den Mädchen, dringend musste wieder Abstand her. Hand in Hand rannten sie los und erst nachdem genügend Vorsprung gewonnen war, wurden sie langsamer.

Malu zog zum wiederholten Mal ihr Handy aus der Tasche und checkte erneut kurz ihr Postfach.

»Bleib ruhig! Wenn einer das Rätsel löst, dann ist es Claas. Aber, vielleicht ist er heute auch in den Wellen, die sind wahrscheinlich heute eher nach seinem Geschmack. Das werden wir gleich wissen und wenn ja, dann müssen wir ihn unbedingt loben, damit er für die Rätselei in Stimmung bleibt.

»Ja, gut, das kann er haben … aber, was machen wir, wenn ihm nichts einfällt? Dann sitzen wir richtig schön blöd in der Sackgasse! Dann geht es einfach nicht weiter!«

»Du musst jetzt Geduld haben«, sagte Greta, schnitt einfach ein anderes Thema an und kam noch einmal auf die Vollmondnacht zurück.

Sie wollte genau wissen, wie sich Malu auf dem Hinweg mit Janne gefühlt hatte. Das Einhaken war natürlich interessant und auch die erzwungene Nähe im Kaninchenloch am Eesenhugh. Dann erzählte Greta von Melf. Aber, leider hätte der nie richtig Zeit und würde sich eigentlich auch nur für sein Fischzeug interessieren.

»Ach, die blöden Jungs könn mich mal!«, beendete sie das Thema und berichtete dann von ihrem tollen gestrigen Strandausritt.

» … ohne Sattel im Galopp durchs seichte Wasser am Flutsaum, Sand und Wasser spritzt dir die Beine hoch, du siehst zwar hinterher aus wie Sau, aber du spürst die Kraft … wie schweben ist das und wie frei man sich dann fühlt … «, schwärmte sie.

Greta hatte sich schon immer für Pferde interessiert und seit letztem Jahr eine Reitpartnerschaft mit ihrer Freundin Annika. Auf Amrum hatten viele Pferde, aber ein eigenes kostete viel Geld und auch Zeit. Jetzt teilten sie sich die Arbeit und so war sie mit dieser Variante eigentlich recht zufrieden.

Nachdem Malu erzählt hatte, dass sie gemeinsam mit ihrem Vater schon ein paar Mal in den Herbstferien eine Woche auf einem Pferdehof Urlaub gemacht hatte, schlug Greta für die nächsten Tage einen gemeinsamen Strandausritt vor.

»Du, das lässt sich organisieren. Ich weiß schon, wo wir uns ein Pferd für dich ausleihen können. Viele sind froh, wenn die Tiere mal bewegt werden«, sagte sie.

»Aber, ich bin keine gute Reiterin. Ich brauch ein ganz liebes, ruhiges Tier. Sonst hab ich Schiss!«

»Alles klar, Sweety. Ich hab ein richtiges Schaukelpferdchen für dich! nein, im Ernst! Da kannst du ganz beruhigt sein. Die Islandstute ist schon zwölf Jahre alt. Wird im Sommer oft von Urlaubern geritten und die haben manchmal überhaupt keine Ahnung. Die ist Kummer gewohnt und wird dich lieben, wenn du wenigstens einigermaßen reiten kannst.«

»Na gut! Wenn's so ist, bin ich dabei!«, lachte Malu und nickte.

Schnell näherten sie sich jetzt dem Norddorfer Strandabschnitt. Auf Höhe der Segel- und Surfschule weitete sich der Strand enorm, und hier auf dem Wasser war heute richtig was los. Etliche Kite-Schirme flogen am Himmel, bunte Surfsegel sausten hin und her und auch einige Wellenreiter lagen lauernd auf ihren Brettern im Wasser.

»Hast du ihn schon irgendwo entdeckt?«, fragte Greta.

»Nein, ich glaub, er ist nicht hier!«

»Na, siehst du! Das will was heißen, wenn sich Claas so eine Gelegenheit entgehen lässt. Du, der sitzt vor seinem Computer und versucht, das Rätsel zu knacken. Der ist bei solchen Sachen total verbissen. Wahrscheinlich braucht er einfach noch ein bisschen Zeit!«, versuchte Greta ihrer Freundin Mut zu machen.

Da sie noch ausgiebig schwimmen und in der Sonne liegen wollten, folgten die Mädchen weiter dem Flutsaum und hielten nun auf die zahlreichen bunten Strandkörbe zu.

Plötzlich gab es Gekreische von hinten und diesmal hielten sich die Frauen an den Händen und kamen ausgelassen angerannt.

»Na, Mädels, jetzt ist Schluss mit den Heimlichkeiten!«, rief Kristina im Näherkommen. »Was meint ihr, wir schieben gleich zwei freie Körbe zusammen und machen es uns da gemütlich?«

»Aber, Mum, ohne zu fragen?«

»Ja klar! Wir suchen uns zwei mit einem großen B … du weißt ja, da hab ich beste Beziehungen!«

Genauso wurde es gemacht! Zwei freie B's waren schnell gefunden, die Rucksäcke abgelegt, Bikinis angezogen, Hände angefasst und fünf ausgelassene, weibliche Wesen rannten Richtung Meer und stürzen sich dort nach wenigen Metern in die Brandung.

Danach verteilten sich die Frauen auf die Strandkörbe und Greta und Malu machten es sich davor im Sand auf ihren großen Badehandtüchern bequem.

Eine Zeit lang sagte keine mehr etwas. Jede döste vor sich hin und Frieda schien sogar eingeschlafen zu sein, so gleichmäßig und tief wie sie ein- und ausatmete. Kristina hatte sich in ihr Buch vertieft und Greta, nachdem Malu sie eben akribisch mit Sonnencreme eingeschmiert hatte, lag jetzt auch schon eine ganze Weile mit geschlossenen Augen regungslos neben ihr. Die Gelegenheit ist günstig, dachte Malu und holte ihr Handy heraus. Ein kurzer Blick … aber, es hatte sich noch immer nichts getan und so schob sie es enttäuscht zurück in den

Rucksack und streckte jetzt ebenfalls alle Viere von sich. Durch die Abdeckung der Strandkörbe war es hier fast windstill. Der heiße Sand sorgte für ein herrlich wohliges Körpergefühl und so dauerte es nicht lange und auch ihr Gehirn schaltete vollends auf Genuss um.

Allerdings nicht sehr lange! In ihrem Rucksack summte es und auch Greta richtete sich sofort auf.

„hi! hurra!!!!!!! rätsel geknackt! wo steckst du? treffen um 17 h bei euch im garten! schaffst du das? Smiley Claas"

Malu hielt Greta das Display vor die Nase und fast wäre ihr das Handy dabei aus der zitternden Hand gefallen, so aufgeregt war sie.

Greta las und sah dann auf die Zeitanzeige.

»Es ist schon gleich 16.30 h. Das wird knapp und wir müssen erst noch zurück zum Fahrradstellplatz!«

»Na, das muss ja eine ganz besondere Nachricht sein!«, kommentierte Kristina neugierig die Situation.

»Ja, Mum, das ist sie wirklich! Claas hat sich gerade gemeldet und möchte sich noch unbedingt mit uns treffen. Ist es in Ordnung, wenn wir gleich schon alleine vorfahren?«

»Kaum melden sich die Jungs und schon sind wir abgemeldet!«, sagte Kristina mit gespielt empörtem Tonfall. »Nein, das war nur Spaß! Alles okay. Fahrt ruhig! Eigentlich freu ich mich ja für euch und wirklich anders waren wir damals auch nicht.«

»Waren?«, fragte Ulla und guckte Kristina hintergründig an.

Malu tippte schnell „hi! super! wir sind schon auf dem weg – bis gleich!"und drückte auf „Senden".

Die Mädchen zogen sich schnell um und stopften alles in ihre Rucksäcke; danach noch ein Abschiedsgruß in die Runde und sie rannten los.

Die verschlüsselte Botschaft

Er wartet bestimmt schon auf uns, aber es kann noch nicht so lange sein, dachte Malu, als beide ihre Räder hastig in den Fahrradständer schoben. Sie hatten alles gegeben, schneller war einfach nicht möglich gewesen. Als sie Sekunden später, beide mit hochrotem Kopf und außer Atem, um die Hausecke kamen, wartete dort am Gartentisch die nächste Überraschung.

»Mensch, toll! Ihr wisst auch schon Bescheid!«, rief Malu völlig baff.

»Ja, natürlich! Heute, ganz großes Kino! Schließlich hat euer Claas ja auch eine Sensation zu berichten ... da will doch jeder dabei sein«, empfing er sie in seiner typisch selbstironischen Art. »Super, dass ihr endlich da seid. Janne war eben glücklicherweise zu Hause und Kurt kam gleich neugierig aus seinem Schuppen und nach meiner Nachricht hat er auch alles stehen und liegen gelassen.«

»Na, was denkt ihr denn. Ich bin natürlich genauso neugierig. Vielleicht lichtet sich der Nebel ja gleich und wir kriegen endlich einen klaren Kurs«, ergänzte Kurt.

»Ja, entschuldigt, dass wir zu spät sind. Aber, wir haben uns wirklich beeilt«, erklärte Malu, die immer noch schwer atmete. »Als deine Nachricht kam, waren wir noch am Norddorfer Strand. Hoffentlich habt ihr noch nicht angefangen?«

»Nein, natürlich nicht. Wir sind auch noch gar nicht so lange hier und es kann doch erst losgehn, wenn das gesamte Ermittlungsteam zusammen ist!«, antwortete Claas lachend.

Die Mädchen schoben sich zwei Stühle an den Tisch und alle schauten jetzt erwartungsvoll auf Claas.

Aber der rührte sich nicht und guckte nur herausfordernd von einem Gesicht ins andere.

»Mensch, Claas, sei nicht so gemein. Nun erzähl endlich. Was hast du raus gekriegt?«, konnte es Malu nicht mehr erwarten.

»Nur mit der Ruhe! Geduld, Geduld! Ihr glaubt doch nicht, dass ich mich die ganze Zeit mit diesen Buchstaben rumschlag, dann noch heute auf die perfekte Welle verzichte und euch jetzt mal schnell, schnell die Auflösung erzähl! Wahrscheinlich ist das heute mein größter Auftritt in dieser Schatzgeschichte und den muss ich einfach genießen! Und überhaupt, ich hab mir deswegen die halbe Nacht um die Ohren geschlagen. Es war schon taghell, als ich endlich ins Bett gekommen bin. Also, ganz langsam und eins nach dem anderen.«

Malu sah die dunklen Ringe unter seinen Augen und biss sich auf die Zunge.

»Also«, begann er schließlich. »Du hattest mir ja drei Katzenbegriffe gegeben. Und, wie du schon vermutet hattest, waren die ersten zwei, „Wildkatze" und „Stubenkätzchen", völliger Unsinn. Unter den Begriffen hab ich alles Mögliche gefunden, Gedichte und Liebeserklärungen und ohne Ende Katzenfotos.

Auch mit den Zusatzbegriffen „Verschlüsselungstechnik" oder „Kryptologie" ergab sich absolut nichts Brauchbares. So hab ich mich dann eigentlich nur noch auf den dritten Begriff „die Geradegebogene Katze" konzentriert. Aber, Leute, auch das war total mühsam, das kann ich euch sagen. Ich hätte fast aufgegeben. Anfangs hab ich erst einmal auf eigene Faust im Netz gesucht, allerdings total vergebens. Danach hab ich meine Verschlüsselungsfreaks damit geimpft, Chatroom und so. Aber von einer solchen Verschlüsselung war in der gesamten Szene nichts bekannt. Wir haben immer wieder versucht, uns diese Katze vorzustellen … ist vielleicht ein aufgelöster Kreis gemeint … ein Kreis der gerade gebogen ist und alle Buchstaben stehen auf einer Linie … aber würde man das dann noch eine Katze nennen? Dann so gegen Mitternacht haben alle die Segel gestrichen und ich war auch drauf und dran aufzugeben …«

»Aber, du hast weiter gemacht und hattest eine Idee, oder?«, fiel ihm Malu ins Wort.

»Ja, Gott sei Dank, sonst wär mein Ruf bei euch als genialer Codeknacker endgültig dahin und wir könnten jetzt nur noch völlig genervt an unseren Nägeln rumbeißen.«

Der Scherz kam nicht an. Alle guckten weiter ungeduldig und angespannt – nur Kurt schien richtig Spaß zu haben. Er schmunzelte die ganze Zeit. Wahrscheinlich imponierte ihm der selbstbewusste Auftritt und mit wieviel Geschick Claas es verstand, die Freunde auf die Folter zu spannen.

»Also Leute, die entscheidende Frage, die ich mir heute Nacht gestellt hab war, konnte sich Hark Olufs damals, ohne besondere Kenntnisse und natürlich auch ohne Internet und so, ein solch pfiffiges Verschlüsselungssystem selbst ausdenken, oder hat er es irgendwo kennengelernt? Dass ihm das jemand auf Amrum geflüstert hat, ist ziemlich unwahrscheinlich! Ich hab mir nochmal seinen Lebenslauf im Netz durchgelesen. Er wurde ja als ganz junger Mann von Seeräubern verschleppt und hat dann anschließend bei den Osmanen in Nordafrika diese steile Karriere hingelegt. War bei diesem Herrscher so etwas wie der Finanzminister und auch Heerführer und Kommandant – also ein ganz hohes Tier! Meine Vermutung war einfach, dass er bei diesen Jobs Codierungen kennengelernt und benutzt hat, um geheime Botschaften zu übermitteln. Und, was soll ich euch sagen: Der Gedanke war ein Volltreffer!

Stellt euch vor, unter „Nachrichtenübermittlung im Osmanischen Reich" bin ich wirklich fündig geworden. Das System wird Geometrischer Code genannt … also nichts mit Katze und so … funktioniert aber genau so, auch mit Kreisverschiebung. Nun muss man wissen, dass sich die arabische Schrift auch aus Buchstaben zusammensetzt. Allerdings nicht aus 26 wie bei uns, sondern aus 24, und sie schreiben von rechts nach links, aber das ist Banane. Wichtig sind die Zeichen selbst! Habt ihr die arabische Schrift so ungefähr vor Augen? Die sieht doch für uns ganz komisch aus: geschwungene Linien, mit Punkten, Kreisen und Strichen. Na, egal, in jedem Fall werden die Buchstaben bei dieser Chiffrierung nach ihren geometrischen Bestandteilen sortiert. Zuerst die Zeichen mit einem Punkt, dann die mit einem Strich, dann die mit Bögen, dann Kreis und so weiter. Die Codierung wurde nur sehr kurz beschrieben, aber mehr müssen wir dazu auch nicht wissen.«

Und nun guckte Claas mit großen Augen in die Runde und meinte dann:»So jetzt seid ihr dran! Die heutige Quizfrage lautet: Nach welchem System hat Hark Olufs seine lateinischen Buchstaben auf der Kiste sortiert? Wie gesagt, von Hannes wissen wir, dass Jesse Paulsen sie die „Geradegebogene Katze" genannt hatte.«

Nun lächelte auch Kurt nicht mehr, sondern versuchte, wie alle anderen am Tisch, eine Antwort auf Claas Frage zu finden. Er strich sich immer wieder durch den Bart und auch bei den anderen sah man, wie konzentriert sie nachdachten. Janne kratzte sich am Kopf, Malus Mund war in ständiger Bewegung und Greta fuhr sich zum wiederholten Male mit den Händen übers Gesicht.

Malu traute sich als erste und sagte: »Keine Ahnung! Ich komm nicht drauf. Nun, erzähl schon!«

»Na, Leute, enttäuscht mich nicht … geometrische Sortierung! … Und nehmt mal das Wort „geradegebogen" auseinander – gerade und gebogen! Na, was bedeutet das für unser Alphabet?«

Etwas zögerlich, fast so, als würde sie laut denken, sagte Greta dann: »Unsere gedruckten Buchstaben setzen sich alle aus Linien, besser gesagt aus Linien und Bögen und vielleicht Kreisen zusammen. Aber das wären dann ja auch Bögen …«

»Bingo!«, rief Claas mit strahlenden Augen. »Greta hat hier anscheinend den schärfsten Verstand! Leute, das ist des Rätsels Lösung!«

»Moment! Also gerade Buchstaben und dann gebogene?«, fragte Malu nach. Ihr schien die Sache noch immer nicht klar zu sein.

»Ja, so ist es! Erst die mit Geraden. Einen gibt es, der besteht nur aus einem Strich. Mit dem fangen wir an. Na, welcher ist das wohl?«

»Das „I"!«, rief Greta aufgeregt.

»Richtig! Mit einer Geraden gibt es nur einen. Nun kommen die mit zwei Strichen.«

»Ein „X"«, sagte Janne sofort.

»Richtig, my friend. Aber wir müssen die Reihenfolge im Alphabet beachten. Es gibt noch vorher drei andere.«

»Das „T"!«, rief Malu.

»Nein, nicht ganz, bitte Konzentration, das „L". Aber, Leute, jetzt seid ihr auf der richtigen Spur!«. Nun griff er in seinen Umhängebeutel und holte einige Zettel und einen Bleistift heraus. Kurt setzte sofort seine Lesebrille auf.

»Seht her!«, sagte er und schrieb auf eine leere Seite ein großes „I"
dann ein „L", ein „T" dann ein „V" und erst jetzt das „X".

»So, das sind die mit zwei Geraden. Jetzt kommen die mit drei …
also, das „A", das „F", das „H", dann das …« und nun schrieb er, ohne
lange nachdenken zu müssen, immer weitere Buchstaben in die Reihe,
die schließlich so aus:

I   L   T   V   X   A   F   H   K   N   Y   Z

Keiner sagte etwas. Alle starrten auf den Zettel und jeder staunte,
dass er überhaupt nicht nachdenken musste und diese wilde Buchsta-
benfolge im Kopf hatte.

»Klar soweit? So, jetzt folgen die mit vier Geraden«, erklärte er und
schrieb drei weitere in seine Reihe: E   M und W

»Na, seht ihr, was sich für ein herrliches Durcheinander ergibt. Besser als jeder Zufallsgenerator, oder?«

»Ja, das ist wirklich total abgefahren!«, stimmte Janne seinem
Kumpel begeistert zu.

»So, jetzt wurde es etwas knifflig. Die Frage war: Hat das alte
Schlitzohr nun erst einmal alle Buchstaben mit Rundungen einsortiert,
oder doch mit den gemischten weiter gemacht. Ich hab beides aus-
probiert und, ich mach es kurz, es sind die, nur mit Rundung!« Nach
dieser kurzen Erklärung legte er wieder los: C   O   S

»So, das sind nur drei und nun kommen die Gemischten. Also, die
mit Bögen und Geraden und schön der Reihe nach. Zuerst die mit
einer Geraden und mit einem Bogen«, und schrieb dann das D, das G,
das P und das Q auf sein Blatt.

»Jetzt der mit einer Geraden und zwei Rundungen, also das „B"«
und nun die mit zwei Strichen und Rundung«, er begann sofort wieder
zu schreiben: J   R   U

»So, Ladies and Gentlemen! Hier ist sie, die geheimnisvolle, wunderbar und wunderschön verwirrende „Geradegebogene Katze" des
Hark Olufs!«

Die gesamte Buchstabenreihe sah nun so aus:

I L T V X A F H K N Y Z E M W C O S D
G P Q B J R U

Claas ginste so breit, als hätte er gerade einen neuen Weltrekord im 100-Meter-Lauf aufgestellt und weil noch alle völlig fasziniert auf den Buchstabenwirrwarr starrten, meinte er dann: »Na, ihr braucht euch nicht zurückhalten, Leute. Ein kleiner Applaus wäre jetzt wohl angemessen, oder?«

Und das passierte nun auch und natürlich recht laut und ausgelassen.

»Aber, du Genie, das Wichtigste fehlt jetzt noch! Welche Botschaft verbirgt sich denn nun hinter seinen Buchstaben, auf der Kiste?«, fragte Malu ungeduldig.

»Der Rest war ein Kinderspiel! Ich kann schon mal verraten, dass alles stimmt, was wir neulich vermutet haben. Seine Ws sind wirklich Geister und selbst die Sache mit dem Artikel stimmt!«

Nun suchte er in seinen Zetteln herum und legte dann diesen mitten auf den Tisch:

W B A T J Q W P Q V W R S T D W V A X P

X _ _ _ _ E X D E _ X _ _ _ _ X _ _ _ D

W B U N G R

X _ _ _ _ _

Besonders Kurt und Greta starrten irritiert auf die beiden Buchstabenreihen und versuchten aus dem Zettel schlau zu werden.

»Ach ja, ihr wisst noch nicht alle, worum es geht. Die obere Reihe ist der Buchstabensalat von der Kiste und darunter unsere Vermutung von neulich. Meine Kryptofreaks meinten nämlich, hinter den vielen

Ws verbergen sich nur Worttrennungszeichen, höchstwahrscheinlich das X, und dazwischen dann die Worte. Wir hatten dann gemeint, die Botschaft besteht aus fünf Worten und das mit den drei Buchstaben könnte ein Artikel sein. Und, Leute, genauso ist es gekommen. Ist das nicht total verrückt?«

Wieder strahlte Claas alle an, aber nur Janne und Malu nickten. Die beiden anderen sahen noch immer überfordert aus und besonders Kurt schien den Anschluss verpasst zu haben.

»Wie auch immer. Das kann euch Malu später noch erklären. Ist im Augenblick auch nicht so wichtig. Denn, bevor ihr mir jetzt total abdreht, lös ich mal lieber das Rätsel.«

Er griff erneut in seinen Beutel und holte etwas heraus, das er in Zeitung eingeschlagen hatte. Fast feierlich faltete er nun ganz langsam das Papier auseinander.

»So, hier ist sie, meine kleine Zaubermaschine: meine kleine Insigma«, sagte er liebevoll. »Malu und Janne kennen sie schon. Sie besteht eigentlich nur aus diesem inneren Kreis mit unserem Alphabet darauf und einem drehbarem Kreisring ... seht ihr?« Parallel zu seiner Erklärung legte er den Pappring auf den inneren Kreis und drehte ihn ein paar Mal hin und her.

»So, der lässt sich jetzt in jede Position drehen ... okay? Und nun musste ich nur noch die „Geradegebogene Katze" auf den äußeren Ring schreiben und fertig ist eine der pfiffigsten Ver- und Entschlüsselungsmaschinen, die die Welt gesehen hat ... wahrscheinlich auch die billigste«, schob er noch stolz hinterher. »So, jetzt werden wir Harks Geheimnis lüften. Wir wissen ja schon, dass sich hinter den Ws das X verbirgt und so macht uns seine Verdrehung auch kein Problem mehr. Sonst müssten wir nun 26 Positionen checken und das wär ziemlich nervig.«

»25 !«, fiel ihm Greta ins Wort.

»Wow, da hat aber jemand aufgepasst. Nein, du hast Recht. So, dann drehen wir mal einfach das W genau über das untere X und schon haben wir die richtige Stellung ... und wisst ihr was! Er hat genau um 9 Stellen verdreht! Leute, das ist genau die Buchstabenzahl

seines Namens. Den Hinweis hatten doch schon die Kryptos gegeben!
Na, wer will mit der Entschlüsselung anfangen? Ich würd sagen, jeder
übernimmt ein Wort und Greta fängt an! Du hast schließlich das geometrische System als Erste durchschaut.«

»Wie … was jetzt?«, fragte Greta verunsichert.

»Na, guck dir noch mal seine Reihe an. Hinter jedem W verbirgt
sich in Wahrheit ein X, das wissen wir schon! Und nun nimmst du
seinen nächsten Buchstaben das B und sagst mir, welcher Buchstabe
darunter steht.«

WBATJQ W PQV W RSTD W VAXP

X _ _ _ _ E X DE _ X _ _ _ _ X _ _ _ D

W BUNGR

X _ _ _ _ _

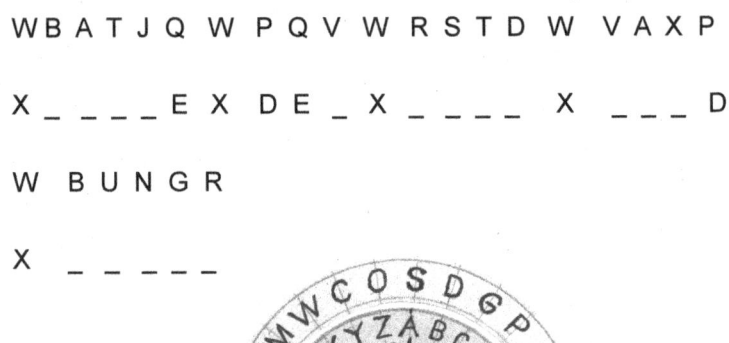

»Ach so!« Gretas Verwirrung hatte sich gerade aufgelöst. »Wo bist
du B … ah ja … ein F!«

»Richtig!«, freute sich Claas sofort, »und, wie sieht es mit dem
nächsten Buchstaben aus?«

Greta suchte sofort weiter, nannte die enttarnten Buchstaben und
Claas schrieb sie der Reihe nach auf:

X F O L G E X

»Wow !!! Wir haben das erste Wort … „Folge" steht da … das ist ja total verrückt!«
»Gut gemacht, Greta! So, nun du Malu!«, forderte Claas.
»Also, der letzte Buchstabe vom Artikel. Gucken wir mal … was verbirgt sich hinter dem V? Siehe da … ein M!«, rief sie und Claas nickte gleich und schrieb:

X F O L G E X D E M

»Jetzt bist du dran Janne!«

X F O L G E X D E M X H A L B X

»Jetzt du Kurt!«

X F O L G E X D E M X H A L B X
M O N D X

»Und das letzte Wort übernimmt erneut unsere Chefermittlerin, würde ich sagen!«

X F O L G E X D E M X H A L B X
M O N D X F I S C H

Weil alle vollkommen gebannt weiter auf die Buchstabenreihe guckten und niemand etwas sagte, meinte Claas schließlich: »Ja, traut ruhig euren Augen. Wir haben sein Rätsel geknackt und wer weiß, vielleicht haut Hark Olufs im Jenseits gerade seine fleischlosen Skelettknochen zusammen und klatscht uns Beifall. Aber möglicherweise beißt er sich auch vor Wut auf seine zahnlosen Kiefer … keine Ahnung!«
»Mensch, das ist kaum zu glauben! Einfach grandios! „Folge dem Halbmondfisch" … du bist wirklich ein Genie! Erneut einen großen

Applaus für unseren Codeknacker!«, forderte Malu begeistert.

Nach einem sehr ausgelassenen Klatschen der Freunde war es wieder Malu, die die Frage stellte, die wohl auch alle anderen im Kopf hatten:

»Aber was fangen wir mit diesem Satz an? Ich hab noch nie von diesem Halbmondtier gehört! Was soll das für ein Fisch sein?«

Für einige Sekunden war es jetzt ganz still am Tisch. Und dann war es Kurt, der sich zu Wort meldete:

»Was sich Hark auch immer dabei gedacht hat, so einen Fisch gibt es tatsächlich! Ich hab die damals auf einer Reise nach Japan kennengelernt. Man nennt sie auch Siamesische Kampffische. Sie sind zwar nicht groß, sehen aber sehr imposant aus. Sie haben ganz lange fächerförmige Flossen und die schimmern in allen Farben: rot über grün bis blau, ganz wunderschöne Tierchen! Allerdings sind die Männchen ungeheuer aggressiv. Damit werden dort Wettkämpfe veranstaltet und meist stirbt das unterlegene Tier dabei – ein Kampf auf Leben und Tod! Richtig grausam, wenn ihr mich fragt. Aber, Malu, du hast doch das Ornament durchgepauscht. Da müssten wir jetzt mal rauf gucken?«

»Der Zettel ist in der Wohnung. Kein Problem.« Sie stand sofort auf und rannte los. Eine halbe Minute später saß sie schon wieder auf ihrem Stuhl und legte die durchgedrückte Zeichnung auf den Gartentisch:

Alle Blicke waren jetzt natürlich auf die Abbildung mit den geschwungenen Linien gerichtet und Kurt erklärte: »Na, da ist er ja, der Halbmondfisch! Nun seht mal genau hin! Die Linie in der Mitte mit dem Kringel könnte doch das Fischauge darstellen … und dann die ausladenden, geschwungenen Linien. Damit könnte er diese besonderen Flossen gemeint haben! Was meint ihr?«

»An einen Fisch hab ich neulich im Museum auch schon gedacht«, stimmte Janne zu. »Bloß, Kurt, warum hat er sich ausgerechnet diesen Kampffisch ausgesucht? Warum soll man so einem brutalen Tier folgen?«

»Das kann ich dir auch noch nicht sagen. Aber, gekämpft hat Hark ja genug in seinem Leben und Grausamkeiten hat er sicher viele miterlebt! Was er uns damit genau sagen will, darüber muss ich auch erst mal in Ruhe nachdenken. Vielleicht hat das Ornament auch noch eine ganz andere Bedeutung! Aber, eins kann man sagen. Hark Olafs lässt einfach nicht locker. Immer wenn man denkt, man hat sein Rätsel gelöst, stellt er einem ein neues«, schmunzelte Kurt.

»Egal jetzt«, mischte sich Malu ein, »aus irgendeinem Grund hat er sich genau diesen Fisch ausgesucht und ihn in seine Schatzkiste hinein schnitzen lassen. Janne, irgendetwas müssen wir im Museum übersehen haben. Wenn der Freitag das Rätsel ebenfalls gelöst hat und sie noch immer nach irgendwas suchen, was mit der Kiste zu tun hat, muss es daran doch noch etwas Auffälliges geben! Wir müssen uns unbedingt noch mal gemeinsam die Schatzkiste im Museum ansehen. Und wir brauchen dich dabei, Opa Kurt … du hast es versprochen!«, und ihr Zusatz hörte sich nach eine Mischung aus Bitte, Aufforderung und Erpressung an.

»Ja ja, mein Deern, ist ja schon gut. Eigentlich habt ihr mich doch auch schon längst mit am Haken.«

»Yes!«, rief Malu und warf vor Freude die Arme in die Luft.

»Jetzt kann ich wohl nicht mehr anders! Ich bin mit an Bord, aber hoffentlich gehen wir nicht unter mit dem Kahn«, grinste Kurt. »Ich denk, wir sollten uns die Kiste gleich morgen ansehen. Aber, wir müssen dabei allein sein! Morgen, gleich nach Museumsschluss. Ich sprech heute noch mit Broder. Und eins muss klar sein! Alle halten den Mund! Von einem Halbmondfisch hat noch keiner von uns irgendwas gehört, versteht ihr!«

Danach nahm Kurt seine Lesebrille von der Nase und steckte sie zurück in seine Hemdtasche.

13. Urlaubstag

Museum 3

Kristina war gestern erst spät wieder eingetrudelt. Alle waren schon längst weg gewesen, und so hatte sie von der großen Zusammenkunft am Gartentisch überhaupt nichts mitbekommen.

Kurt war zum Schluss nochmal richtig ernst geworden und hatte jedem am Tisch das Versprechen abgenommen, das Geheimnis des gelösten Buchstabenrätsels unbedingt für sich zu behalten. Es gäbe Leute auf der Insel, denen man im Moment alles zutrauen könne. „Ihr könnt euch gar nicht vorstellen, zu welchen Dingen Menschen aus Gier fähig sind!", hatte er gesagt.

Vereinbart war deshalb auch, nicht gemeinsam zum Museum zu gehen, sondern sich erst dort zu treffen. „Ich werd dann schon da sein und lass mir den Schlüssel von Broder geben. Der ist sicher froh, dass er rechtzeitig in den Feierabend kann und kommt uns nicht mehr in die Quere. Ich lass euch später rein und keiner kriegt mit, dass wir unter einer Decke stecken und was wir da treiben!", war sein Vorschlag gewesen.

Den Vormittag hatte Malu mit Kruscheleien in der Wohnung zugebracht. Ein Ergebnis waren vier von Hand gewaschene T-Shirts, die nun, schon längst trocken, an der Wäscheleine hingen. Heute Nachmittag war sie dann mit Kristina am Strand gewesen und die wollte glücklicherweise vorhin noch bleiben. Mum würde auch von dieser Aktion wieder nichts mitkriegen.

Eben hatte sie noch ein paar wichtige Dinge herausgesucht und in ihren Rucksack gesteckt: ihre Taschenlampe, den Schreibblock, einen Stift natürlich und ihre kleine Digitalkamera. Nun saß sie schon eine ganze Zeit startklar auf dem Rasen und wartete ungeduldig auf den Ton einer quietschenden Fahrradbremse. Immer wieder musste sie über diesen merkwürdigen Satz nachdenken: „Folge dem Halbmondfisch"! War damit wirklich dieser Kampffisch gemeint und was hatte der mit dem versteckten Schatz zu tun? Gab es irgendwo auf der Insel einen Stein, eine Hauswand … irgendetwas, das ebenfalls das Symbol vom Kistendeckel trug … vielleicht eine Türschwelle, unter der der Schatz vergraben war, die verteilten Steine mit dem Amrum-Lied fielen ihr wieder ein … oder verhielt es sich ganz anders? Welche Botschaft verbarg sich hinter der Aufforderung? … Malu fand keine Antwort. Aber diesmal war Kurt dabei und mit ihm hatten sie nun deutlich bessere Chancen herauszukriegen, wonach die alten Männer so verbissen suchten.

Etwa gegen 18.30 Uhr legten sie ihre Räder gegen den Friesenwall und Janne rannte gleich los. Aber Malu guckt sich noch schnell den Wall genauer an und da hatte sie ihn an der Innerenseite auch schon entdeckt, den zweiten Stein des Amrum-Lieds. Aber ein Halbmondfisch war darauf nicht zu entdecken!

Janne war noch nicht einmal bis zur Museumstür gekommen, da war sie bereits wieder neben ihm. Zweimal klopfen reichte, Kurt schloss auf und beide huschten hinein. Er verriegelte gleich wieder und zog dann auch noch die Vorhänge vor die Fenster.

»So, jetzt sind wir unter uns. Schön, dass ihr rechtzeitig da seid. Aber auf euch Schatzermittler ist ja Verlass! Broder ist schon zu Hause. Hab ihm erzählt, ich würde mir mal gern in Ruhe die Einnahmen und Ausgaben ansehen, was ich auch bis eben getan hab. Ihr glaubt gar nicht, wie sich die Besucherzahlen verbessert haben, seitdem Harks Kasten hier steht. Ja, und nun zum Eigentlichen! Dann gucken wir uns jetzt mal genau die alte Dame an. Ich hab schon die Absperrkordel zur Seite gestellt und dafür gesorgt, dass wir gleich ordentlich Licht haben. Hab mich ansonsten aber zusammengerissen und die Schöne noch nicht angerührt«, erklärte Kurt, während er voran in den Ausstellungsraum ging.

Durch die kleinen niedrigen Fenster im Nebenraum fiel nicht viel Licht und nun waren auch noch die Vorhänge zugezogen. Im Raum war es schummrig, aber das änderte sich augenblicklich. Kurt hatte den bereitgestellten Strahler eingeschaltet und plötzlich leuchtete das

Holz – tief rot, mit diesem geheimnisvollen Glanz.

Die Schatzkiste stand noch immer an ihrem alten Platz an der gegenüberliegenden Wand – leicht erhöht und auf dem schönen gelben Samtstoff, der wie neulich, kunstvoll in Falten gelegt, das kleine Podest darunter vollkommen verbarg.

»Sie thront dort wie eine wahre Königin«, sagte Kurt und fuhr sich ein paar Mal durch den Bart – man sah, wie beeindruckt er war. »Die macht schon was her, das muss ich wirklich sagen. Es gibt so viele unterschiedliche Mahagonie-Arten, aber so wunderschön sieht nur das „echte" aus«, erklärte er dann. »Ihr glaubt gar nicht, wie teuer heute genau diese Sorte gehandelt wird! Diese Art wuchs nur in der Karibik und Südamerika, ist da heute aber so gut wie nicht mehr zu finden. Für Amerikanisch-Mahagoni bestand schon lange Rodungsverbot, aber es hat nichts genutzt. Die Holzmafia konnte den Hals einfach nicht voll kriegen, damit war auf dem Schwarzmarkt einfach zu viel Geld zu machen … mehr als 100-Tausend Dollar für einen hohen, gutgewachsenen Baum! Das müsst ihr euch mal vorstellen. Bei solchen Summen hatten selbst die letzten Bäume keine Chance. Da haben wir sie wieder, diese verdammte Gier!

Für diese Leute zählt nur Wachstum und Profit. Der Abfall wird verbuddelt, in die Luft geblasen oder einfach ins Meer geschmissen. Ohne Rücksicht auf Verluste. So kriegen sie noch unseren gesamten Planeten kaputt! ... Na, na, nun guckt nicht so bedröppelt. Es tut sich ja was!« Kurt lächelte. »Die Jugend nimmt jetzt die Sache in die Hand. Ihr geht dagegen auf die Straße. Fridays for Future! Euch hatten sie gar nicht auf dem Zettel, bloß nicht nachlassen. Ihr jungen Leute seid meine Hoffnung! ... Allerdings haben wir heute ein anderes Thema, konzentrieren wir uns nun auf unsere Schönheit hier. Ich denk, wir stellen sie in die Mitte, dann können wir sie uns gut von allen Seiten ansehen und bringen auch das Tuch nicht durcheinander. Wenn wir Glück haben, merkt keiner, dass wir etwas mit ihr angestellt haben!«

»So, hier steht sie schon besser«, sagte er dann und strich nun fast zärtlich mit der Hand über das Ornament auf dem Kistendeckel. »Ja, nun sieht man das mit ganz anderen Augen … Harks Halbmondfisch

… der hat sich wirklich 'ne Menge Gedanken gemacht und eigenartig schön ist sein Symbol auch noch.« Während er das sagte, strich er immer weiter über die Einkerbungen und auch über die der Buchstaben, lächelte kurz und meinte dann: »Na, na! Das hab ich mir schon gedacht.«

Nun stützte er sich an der Schatzkiste ab, ging langsam vor ihr in die Hocke und dann auf die Knie.

»Oh, nein! So geht das nicht! Das machen meine alten Knochen nicht lange mit«, sagte er sofort und sah sich suchend um.

»Mein Deern, gib mir doch mal bitte das Sitzkissen da vom Stuhl. Das schieb ich mir unter.«

»Ja, so ist das schon bedeutend besser! Nun kann's losgehn. Dann woll'n wir mal sehn, ob uns die alte Dame nicht noch mehr zu erzählen hat?«

Kurt setzte seine Brille auf, strich nun mit seinen Fingerkuppen über die Schnitzereien auf der Vorderseite und befühlte auch dort wieder ganz genau jede Vertiefung und jedes Detail.

»Wunderschön, nicht? Das waren damals nicht nur hervorragende Handwerker, sondern auch wahre Künstler. Jeder Mast, die aufgeblähten Segel, sogar die Takelage genau herausgearbeitet, als wäre der Kahn wirklich in voller Fahrt … einfach großartig! Und dann die Abbildung darüber!« Auch dort berührte er behutsam jede Stelle und meinte dann: »Eine fast identische Darstellung hat er sich in seinen Grabstein hauen lassen: Turban, Säbel, Fahnen und so weiter. Was meint ihr, wie viele Amrumer Christenmenschen Hark Olufs damit auch noch nach seinem Tod in Rage gebracht hat. Auf ihrem heiligen Friedhof nicht nur dieser sündhaft teure Grabstein von ihm, den sich sonst nur die ganz reichen Kapitäne leisten konnten, sondern der dann auch noch mit Islamsymbolik verziert! Na, und nun knobeln wir noch immer, was in Harks Kopf rumging«, sagte Kurt, rutschte etwas näher heran und guckte sich danach erneut ganz genau den Deckel an.

»Na, mein Lieber, wir sind dir dicht auf der Fersen«, murmelte er halblaut, während er wieder angefangen hatte, dort alle Kerben abzustreichen.

Links von ihm hockte Janne und rechts Malu und jeder verfolgte gespannt, wie konzentriert Kurt vorging und mit welcher Ruhe er viele Male die Buchstaben und die Linien befühlte. Zwischendurch strich er auch immer mal wieder über die Abbildung auf der Vorderseite und murmelte sich dabei wiederholt ein »Hm«, oder auch »Ah, ja« in den Bart.

Schließlich hielt Malu die Anspannung nicht mehr aus: »Opa Kurt, ist dir irgendwas aufgefallen? Hast du was entdeckt?«

»Ja schon! Manchmal sehen die Finger mehr als die Augen. Aber, ich fang ja erst an, wartet ab … ich muss mir erst selber ein Bild machen.«

Dann klappte er den Deckel auf, bat Janne, ihn in dieser offenen Position zu halten und sah neugierig hinein.

»Na, auf schöne Innenseiten haben sie nicht viel Wert gelegt. Allerdings, da brauch ich nun mehr Helligkeit! Mein Deern, kannst du bitte die Lampe ein bisschen dichter holen?«

Malu wusste gleich, was er meinte. Über die so nachlässig bearbeiteten Innenseiten hatte sie sich bei ihrer ersten Untersuchung auch schon sehr gewundert.

»Mensch, Mensch, die Bodenbretter sind aber lieblos zusammengefügt. Und das bei diesem Experten von Handwerkern, das hätte ja selbst ich besser hingekriegt«, grummelte er erneut, kippte die Schatzkiste ein wenig und ergänzte: »Da kann man ja sogar durchgucken.«

Nun fuhr er sich ein paar Mal nachdenklich durch den Bart, bückte sich wieder vor und steckte seinen Kopf so tief in den Kasten, dass die beiden nur noch seine Ohren sehen konnten. Allerdings nur kurz! Er richtete sich sofort wieder auf und meinte dann: »So geht das nicht. Jetzt könnte ich meine Taschenlampe gebrauchen. Aber darüber hab ich gar nicht nachgedacht, die hab ich nicht eingesteckt.«

»Aber ich, Opa Kurt!«, sagte Malu sofort und war schon auf dem Weg zu ihrem Rucksack.

»Du bist aber auch patent!«, sagte er anerkennend, als Malu ihm ihre Lampe reichte. Sofort verschwand er damit erneut in der Kiste und dann war es eine Zeit lang still.

»Ist da was? Hast du etwas gefunden?«, fragte Malu erneut voller Ungeduld.

Aber von Kurt kam keine Antwort und es dauerte für sie quälend lange, bis er wieder auftauchte und erst jetzt sagte:»Ich glaub schon! Hier stimmt was nicht. Kannst du mir bitte mal mein Stecheisen aus meinem Werkzeugkoffer geben!«

»Werkzeugkoffer!«, wiederholte sie, während sie sich nach allen Seiten umsah.

Kurt lachte.»Na ja, sagen wir besser meinen Werkzeugeinkaufsbeutel … dort an der Wand.«

»Ach, den meinst du.« Und was er alles eingepackt hatte! Malu staunte nicht schlecht: Einen kleinen Hammer, eine Zange, einen Schraubendreher, ein Taschenmesser, noch etwas in einem Tuch Eingewickeltes und natürlich das gewünschte Stecheisen.

Nachdem sie ihm das gereicht hatte, tauchte er sofort wieder ab und dann hörte man leise Schabgeräusche aus dem Inneren; hin und wieder begleitet von einem gedämpften»Ah ja« oder einem lang gezogenen»Hmmmm.«

Malu guckte Janne an, aber der zog auch nur die Schultern hoch und schien genauso wenig zu kapieren, was Kurt da trieb.

»Meinst du, wir dürfen das?«, fragte Malu besorgt.

Kurt brummte irgendetwas Unverständliches und es dauerte noch einer ganzen Weile bis er erneut zum Vorschein kam.

»Macht euch deswegen keine Gedanken. Ich war ganz vorsichtig. Ich hab nur an einigen kleinen Stellen den Dreck und minimal etwas Holz abgekratzt. Das ist die Sache wert, denk ich, und unserer alten Lady passiert sonst überhaupt nichts. Malu, gib mir bitte mal mein Vergrößerungsglas.«

In ihrem Gesicht stand wieder ein Fragezeichen und deshalb ergänzte Kurt sofort:»Das hab ich in das Geschirrtuch eingewickelt.«

Sein Vergrößerungsglas war eine Lupe mit einem kleinen Stiel dran. Mit der in der einen Hand und der Taschenlampe in der anderen verschwand Kurt wieder und diesmal so tief, dass nur noch ein paar graue Haare von seinem Hinterkopf zu sehen waren.

Manchmal schob er sich ein kleines Stück vor und dann wieder zurück, dann drückte er sich ganz nach links, verweilte dort eine ganze Zeit und schob sich danach wieder ganz auf die gegenüberliegende Seite rüber. Anscheinend war ihm in den Ecken irgendetwas aufgefallen – jedenfalls konnte Malu »Das ist ja interessant!« oder auch »Nun sieh mal da!«, verstehen. Obwohl sie sich sofort weiter vorbeugte, bekam sie nichts zu sehen – Kurts Rücken war einfach zu breit!

Noch eine ganze Weile wurde ihre Geduld auf die Probe gestellt und als er dann endlich wieder aus der Kiste kroch, hatte er einen roten Kopf und musste sogar kurz die Augen schließen.

Beide erwarteten jetzt eine Erklärung, aber er sagte nur an Janne gewandt: »So, nun bist du erlöst. Dann klapp den Kasten man zu!«

Das war alles! Stattdessen konzentrierte er sich sofort auf die Eisenbeschläge, die sämtliche Kanten verzierten.

Malu zwang sich den Mund zu halten und dachte nur, jetzt sieht er schon wieder mit den Fingern.

Kurt hatte angefangen, alle Zierköpfe auf der Vorderseite genau abzutasten, rutschte dann etwas herum und tat das danach an allen anderen Kanten ebenfalls. Als er auf der rechten Seite die untere Nagelreihe befühlte, waren wieder seine kurzen gebrummten Kommentare zu hören: »Ah ja« und »Na, sieh mal an.« Dann beugte er sich ganz runter und besah sich nacheinander jeden einzelnen Nagelkopf noch ganz genau durch seine Lupe. Malus Geduld war zu Ende:

»Opa Kurt! Ich dreh gleich durch! Nun sag schon! Was stimmt denn mit der Schatzkiste nicht?«

»Na, da gibt es Einiges!«, antwortete er. »Ihr werdet staunen!« Endlich richtete er sich auf, drückte sich hoch in die Hocke und hielt Malu auffordernd seinen Arm hin. Die hatte sofort begriffen, fasste den mit beiden Händen und half Kurt wieder auf die Beine.

»Oh, Mann, Mann, Mann … das kribbelt vielleicht … sind mir glatt eingeschlafen meine alten Stelzen …«, man sah ihm an, dass das kein angenehmes Gefühl war.

»So, ihr Lieben! Jetzt seid ihr an der Reihe! Der Fall wird immer klarer. Unsere schmucke Dame hier hat wirklich 'ne Menge zu erzählen! Wer will zuerst in die Kiste kriechen?«

»Ich!«, sagte Malu sofort und guckte gleich darauf Janne fragend an.

»Nein, schon okay. Mach du zuerst!«, kommentierte er ihren Blick und nickte großzügig.

»So, dann hol ich mir mal was zum Sitzen ran und werd den Deckel halten«, erklärte Kurt, zog Broders Aufpasserstuhl neben die Schatzkiste, übernahm den Deckel und meinte dann: »So, jetzt hab ich's schön gemütlich. Nun nimm die Lupe und die Taschenlampe und dann rein mit dir in den Kasten! Mal sehn, ob dir was Ungewöhnliches auffällt? ... Na, was siehst du?«, wollte er dann wissen.

»Deine Stellen, die du abgekratzt hast, hab ich gefunden.« Und Malus Stimme klang so, als hätte sie einen Eimer über dem Kopf. »Aber, was hast du hier Besonderes gesehen?«

»Na, das frag ich dich ... du hast es direkt vor Augen«, amüsierte er sich.

Nach einigen Sekunden meldete sich Malu erneut: »Die äußeren Bretter sind braun und rötlich ... das Brett in der Mitte ist eher grau und viel dunkler ... meinst du das?«

»Jetzt bist du auf Kurs, mein Deern«, freute er sich: »Und wenn du dir nun noch die breiten Fugen zwischen den drei Bodenbrettern klar machst, was bedeutet das?«, war seine nächste Hilfe.

»Na, die Bretter passen nicht zusammen. Wahrscheinlich ist das Mittlere aus einem anderen Holz gemacht!«

»Yes, mein Deern, so ist es! Dann kriech man wieder raus und Janne kann sich das ansehen.«

Nachdem Janne in der Kiste verschwunden war, kurz darauf wieder auftauchte und ebenfalls Malus Erklärung zustimmte, klappte Kurt den Deckel zu und forderte ihn gleich auf, sitzen zu bleiben und die Nägelköpfe vorne und vor allen Dingen, die unteren an der einen Seite zu befühlen.

»Na, mein Jung, was sehen deine Finger?«, wollte Kurt wissen.

»Alle sind ziemlich glatt, nur die Nägel der unteren Reihe an der Seite sind irgendwie anders ... ziemlich kratzig, würde ich sagen.«

»Richtig, richtig! So, nun du, Malu. Streich auch mal drüber!«

»Ja ... eindeutig, überall kleine Widerhaken ... aber was bedeutet das?«, sagte sie und guckte zu Kurt hoch.

»Na, dass werd ich euch jetzt hoffentlich gleich zeigen können. Mal sehn, ob ich Recht hab. Komm nun man hoch und lass mal wieder den alten Mann ran«, sagte er, holte sich noch schnell den Schraubendreher und seine Kneifzange aus dem Beutel und nahm auch das Geschirrtuch mit, das Malu über die Stuhllehne gehängt hatte.

»So, dann sehn wir mal«, sagte er, bevor er erneut vor der Schatzkiste in die Knie ging und sich dann, für beide überraschend, seitlich neben der Schatzkiste flach auf den Boden legte. Ein paar Mal befühlte er noch einige Nägel und hatte sich dann entschieden. Jedenfalls legte er ein Stück vom Tuch über einen bestimmten Zierkopf und setzte dort vorsichtig die Zange an.

»Was hast du vor?«, sagte Malu erschrocken. »Wir dürfen doch nichts kaputt machen!«

»Nur ruhig Blut, Malu. Ich tu nur das, was die alte Dame sehr wahrscheinlich schon mal erlebt hat.«

An seiner Hand sah man, wie kräftig Kurt jetzt zukniff. Dann bewegte er die Zange ein wenig hin und her und sofort war ein ganz leises Knistern und Quietschen zu hören. Danach nutzte er den Hebel des Werkzeugs, aber es brauchte nur wenig und schon flutschte der Nagel aus seinem Loch.

»Das ist ja ein Ding!«, war Jannes spontaner Kommentar und auch Malu griff sich überrascht ans Kinn.

Kurt reichte Janne den Nagel und nahm sich dann in gleicher Weise sofort den nächsten vor. Auch das dauerte nicht länger und schon zog er den Zweiten heraus.

»Ja, so hab ich mir das vorgestellt!«, meinte er dann und bei dieser Bemerkung schwang ein wenig Stolz mit.

»Die hat vorher schon mal jemand raus gezogen. Das mittlere Bodenbrett wurde ausgetauscht«, platzte es aus Malu heraus.

»Richtig, richtig!«, freute sich Kurt. »Jetzt kommt meine Malu langsam in Fahrt. Deshalb sind da auch die Kratzspuren an den Nagelköpfen. Das ging beim ersten Mal sicher nicht so leicht wie eben. Ich denk mal, die mussten richtig Gewalt anwenden. Seht her, wie verrostet der Nagelschaft ist … dann gehen sie immer besonders schwer raus. Aber sie sind relativ kurz, sonst wär es wahrscheinlich überhaupt nicht gegangen … aber mehr brauchen wir nicht mehr zu wissen. Gib mir den Burschen man mal wieder runter. Ich schlag die Nägel wieder rein.« Er benutzte erneut das Handtuch, um die Nagelköpfe zu schützen und dann brauchte es nur wenige leichte Schläge mit der Zange und schon saßen die wieder an ihrem alten Platz.

»Ja, ihr zwei, seht euch mal das Eisen an. Eigentlich müsste man Winkeleisen sagen. Sie schützen das Holz nicht nur an der Seite, sondern gleichzeitig auch unten. Die Bodenbretter sind gar nicht fest mit den Seiten verbunden, sondern werden durch die Eisen gehalten. Deshalb mussten sie nur das an der einen Seite abnehmen und konnten dann relativ einfach das mittlere Brett herausziehen. Also, ich bin mir jetzt sicher: Das orginale mittlere Bodenbrett wurde entfernt und ersetzt! Und das waren keine guten Handwerker. Denkt mal an die breiten Fugen und auch auf die gleiche Holzart haben sie nicht geachtet. Ich bin der Meinung, das Ersatzbrett müsste Eiche sein, während es sich bei den anderen zwei wahrscheinlich auch um Mahagoni handelt. Allerdings nicht die wertvolle Sorte von den Seiten und dem Deckel. Beim Boden hat der osmanische Kunsthandwerker offensichtlich gespart. Es müsste irgendeine afrikanische Art sein … vielleicht Sapeli … Meranti … keine Ahnung, es gibt so viele. Aber den Unterschied sieht man deutlich. Die Bodenbretter sind eher braun und haben nicht dieses besondere rötliche Leuchten.«

Malu hatte genau zugehört, aber jetzt musste sie fast lachen, so lustig sah das aus. Ein alter Mann, stämmig gebaut, lag lang ausgestreckt auf dem Museumsboden vor einer wunderschönen Kiste, stützte den Kopf bequem auf seine Hand ab und hielt zwei Jugendlichen, die wie angewurzelt vor seinen Füßen standen, einen langen Vortrag.

»Ja, grinst nur, ihr Zwei! Hier unten lieg ich ganz bequem. Hab als Junge schon immer eher auf dem Boden gelegen, als auf nem Stuhl gesessen … aber nun weiter! Sie sind hinter diesem Brett her! Darauf würde ich wetten! Deswegen haben sie sich bei Vollmond getroffen. An dem Holz muss es etwas geben, was sie brennend interessiert. Vielleicht findet man da den entscheidenden Hinweis!«

»Du meinst, den Hinweis auf den Ort, an dem Hark Olufs seinen Schatz versteckt hat?«, fragte Malu nach.

»Ja! Das denke ich!«, war seine kurze Antwort.

»Aber wer hat das Mittelbrett ausgebaut?«, wollte Janne nun wissen. Kurt antwortete nicht gleich, sondern guckte nur wieder schmunzelnd nach oben.

»Na, wer wohl? Das waren ziemlich sicher Jesse und sein Bruder und natürlich dieser Wissenschaftler Freitag. Der ist doch so etwas wie ein Orientexperte, der konnte wahrscheinlich den Buchstabencode knacken und dann sind sie auf das Brett gestoßen«, antwortete Malu.

»Aber woher wussten sie, dass das mittlere Bodenbrett das entscheidende war. Auf der Kiste steht doch lediglich „Folge dem Halbmondfisch". Es muss irgendetwas Besonderes auf dem Brett geben«, war Jannes Vermutung und beide guckten nun wieder fragend zu Kurt runter.

»Na, so langsam kommt ihr auf Touren. Alle Achtung! Und ihr werdet erneut staunen! Auch darauf hat unsere Schönheit eine Antwort. Aber dazu muss ich erst mal wieder auf die Beine. Dann schleppt mich man mal beide hoch«, sagte er, drehte sich zurück auf die Knie und streckte seinen Helfern beide Hände entgegen.

»Danke, ihr zwei! So, ihr seid ja nun schon richtige Experten. Eins nach dem anderen. Mal sehn, ob euch hier an den Außenseiten noch was auffällt? Fühlt mal zuerst über das Schiff und dann über die Schnitzarbeit auf dem Deckel«, war seine Aufforderung.

Nun strichen beide konzentriert nacheinander über die Vorderseite, dann über die Kerben auf dem Deckel und dann wieder über das Schiff und die Turbandarstellung.

»Die Kerben auf dem Deckel sind viel rauer und uneben … sie sind auch nicht gleichmäßig tief, manchmal kann man leichte Buckel fühlen«, beschrieb Janne das Ergebnis seiner Erforschung und auch Malu nickte.

»Ja, das hab ich auch festgestellt«, sagte Kurt. »Ich hab mich nämlich gefragt, sind die Buchstaben und der Fisch schon in Afrika durch diesen exzellenten Handwerker in den Deckel gekommen oder vielleicht erst durch Hark Olufs hier auf Amrum? Und ich denke, die Antwort ist eindeutig! Das im Deckel hat ein Laie gemacht, kein Holzexperte. Hark Olufs ist die Teufelei mit seinem versteckten Schatz erst hier auf Amrum eingefallen. Und auch sein Fischzeichen und den Buchstabenwirrwarr hat er sich sehr wahrscheinlich erst hier ausgedacht und dann höchstwahrscheinlich selbst hinein geschnitzt. Zurück auf der Insel stieß er doch auf so viel Neid und Missgunst, viele verweigerten ihm den Respekt und die erwartete Anerkennung. Dann hatte er diese Idee und wollte damit seine Nachbarn noch einmal richtig in Wallung bringen, deren Gier anheizen und möglicherweise ja auch foppen? Wer weiß, ob er überhaupt und wenn ja, was er hier versteckt hat? Aber zurück zu deiner Frage, Janne: Woran haben sie erkannt, dass das Mittelbrett das entscheidende ist? Es muss gekennzeichnet gewesen sein und ich denke, ich weiß auch womit!«, sagte Kurt und zwar so, dass beide wussten, er würde ihnen das jetzt wieder nicht so mal eben erzählen.

»Dazu müsst ihr noch einmal in den Kasten kriechen. Da gibt es auf beiden Enden der alten Bodenbretter noch zwei Auffälligkeiten. Mal sehn, ob ihr Schlaunasen auch das findet! Ihr braucht wieder die Taschenlampe und wahrscheinlich auch die Lupe«, war seine Anweisung und dann ging er wieder hinter die Schatzkiste, setzte sich erneut und hielt den Deckel hoch.

Mit »Du zuerst!« war Janne Malus Frage zuvor gekommen und sofort steckte sie erneut ihren Kopf in die Kiste.

Ein gedämpftes »Ganz vorne meinst du?«, war zu hören.

»Ja, links und rechts … noch nicht ganz in den Ecken!«, beantwortete Kurt die Frage.

»Da sind auf jedem Seitenbrett zwei ziemlich glatte Flächen!«, kam es wieder aus der Kiste.

»Richtig, richtig! Und nun nimm mal die Lupe und guck dir die mal ganz genau an. Die waren mir zuerst gar nicht aufgefallen. War vor-

343

hin eine dicke Dreckschicht drauf, die musste ich erst mal mit Spucke abrubbeln.«

»Iiiiiiiiiii! Das hab ich auch grad getan«, echote es aus der Kiste.

»Das macht nichts. Spucke desinfiziert und ich bin froh, dass ich noch Spucke hab!«, lachte Kurt.

»Ich bin nicht sicher, aber man sieht auf jeder Seite jeweils zwei rundliche Vertiefungen … wow! … Das müsste passen … das könnten die Linien sein, die in diese hinteren Schwanzrundungen vom Halbmondfisch auslaufen, unten und oben!«

»Bingo, mein Deern – das denk ich auch! Da wollte jemand was verschwinden lassen. Fühl mal rüber … regelrecht zwei Dellen reingeschliffen … und dann kriech noch mal auf die andere Seite und guck dir da auch die Brettenden an.«

Ohne richtig hoch kommen zu müssen, drehte sie geschickt ihren Oberkörper und untersuchte nun die gegenüberliegende Seite. »Wow! Hier gibt es ja genau die gleichen weggeschliffenen Kerben!«, kam es wieder dumpf aus der Kiste.

Malu hob den Kopf und ihre Augen funkelten vor Entdeckerfreude. »Mensch, das ist großartig. Wir wissen jetzt, womit er das mittlere Brett markiert hat! Oder?«

»Sagen wir so, die Wahrscheinlichkeit ist sehr hoch. Ach Mist! Daran hab ich gar nicht gedacht. Jetzt könnte uns ein Blatt Papier und ein Stift helfen … aber, so etwas lässt sich bestimmt hier finden«, sagte Kurt und sah sich schon im Raum um.

»Papier und Stift hab ich im Rucksack, das ist nicht das Problem. Aber was hast du vor?«

Ohne besondere Aufforderung hatte Janne schon die wenigen Schritte zum Rucksack gemacht und sofort auch den Block und den Stift gefunden.

»Janne reiß mal ein Blatt raus. Malu soll das mal über die glatten Stellen legen und die feinen Kerben durchrubbeln, mach das auf beiden Seiten … weißt du wie ich meine, mein Deern?«

»Na klar!«, sagte Malu sofort: »Die Durchrubbelidee ist doch von mir!«

Janne reichte ihr Blatt und Stift und Malu tauchte damit gleich wieder ab. Es dauerte nicht lange, bis sie sich aus der Kiste schob und Kurt das Blatt reichte.

»Na, machen wir es noch ein wenig spannend«, sagte Kurt. »Janne muss sich das auch noch ansehen. Schließlich leben wir ja in der Demokratie«, lachte er wieder.

Nachdem sich auch Janne die Kerben auf beiden Seiten durch die Lupe eingehend angesehen hatte, klappte Kurt den Deckel zu und schob seine Lesebrille noch einmal an die richtige Stelle.

Und während er: »So, ihr Lieben … dann woll'n wir mal sehen«, sagte, legte er Malus Blatt auf den Halbmondfisch, schob es noch ein paar Mal hin und her, um die richtige Position zu finden und fühlte dann die gerubbelte Linie ab. Danach schmunzelte er und meinte: »So, jetzt ihr!«

Diesmal ließ Malu Janne den Vortritt und der war Sekunden später völlig aus dem Häuschen:

»Bing, bingo … ich glaub's ja nicht! Beides passt wie die Faust aufs Auge überein. Genau unter deiner Rubbellinie kann man die zwei Kerben der Flossendarstellung fühlen. Das bedeutet doch, Hark hat in das mittlere Bodenbrett an beiden Enden ebenfalls sein Symbol hineingeschnitzt. Folge dem Halbmondfisch und das haben sie getan und das Brett einfach ausgebaut! Wahnsinn!«

»Richtig, richtig!«, freute sich Kurt. »Und damit von dieser Manipulation im Museum niemand etwas mitkriegt, brauchten sie den feinen Dr. Freitag und der hat dann diesen nichtssagenden Untersuchungsbericht geschrieben.«

Malu betastete das Blatt und die Kerbe darunter nun ebenfalls und kam wie Janne in Stimmung: »Opa Kurt, du bist unser zweites Genie! Was du alles entdeckt hast … und wir? Totale Blindfische, was das angeht.« Dabei strahlte sie ihn dankbar an, aber in ihrem Gehirn ratterte es weiter: »Wir suchen also nach einem alten Mahagoniebrett, in das auf jedem Ende ein Halbmondfisch eingeschnitten ist! Vielleicht ist das Brett noch im Haus von Elli Paulsen versteckt … und, nein! Hoffentlich nicht! Vielleicht hat der Hai das schon gefunden!«

»Nein, nein!«, beruhigte Kurt. »Das kannst du vergessen. Das Haus war monatelang unbewohnt. Ich bin mir sicher, dort haben sich die alten Schatzkumpels schon längst jeden Millimeter ganz genau angesehen. Da ist es ganz bestimmt nicht mehr. Und dein Hai weiß sehr wahrscheinlich überhaupt nicht, dass es um dieses Brett geht. Wenn er wirklich den Bericht geklaut hat, steht da darüber kein Wort drin. Der tappt doch vollkommen im Dunkeln, haben sie gesagt. Wir müssen eher die Möglichkeit in Betracht ziehen, dass sich das Brett gar nicht mehr finden lässt. Möglicherweise hat Arfst Paulsen es nach dem Tod seines Bruders in kleine Stücke gesägt und im Ofen verbrannt. Wer weiß das schon? Und wenn nicht, so ein Brett kann überall sein. Vielleicht schon längst verrottet oder es liegt auf der Mülldeponie. Was dagegen spricht ist allerdings, dass die alten Schatzbanditen die Hoffnung noch nicht aufgegeben haben. Und wenn sie mehr wissen als wir, könnte das Brett hier doch noch irgendwo zu finden sein … ja, das ist nicht unwahrscheinlich, wenn ich mir die Sache so überleg … besser wir rechnen mit der zweiten Möglichkeit und halten die Augen offen!«, sagte Kurt und schien noch weiter über seine letzten Gedanken nachzugrübeln.

Eine ganze Zeit war es jetzt still, bis Janne mit einer neuen Frage herauskam:

»Warum haben sie sich mit der Schatzkiste eigentlich so viel Mühe gemacht und noch dieses Ersatzbrett eingefügt. Sie hatten doch alles, was sie brauchten. Das muss doch einen Grund haben?«

»Das hab ich mich auch gerade gefragt und kann mir darauf noch keinen Reim machen«, nahm Kurt Jannes Gedanken auf: »Die Schatzkiste war in ihren Händen, sie hatten das entscheidende Brett und eigentlich hätten sie den Restkasten nun eher verbrennen müssen als instandsetzen. Schließlich waren ihnen doch die ausgebooteten Schatzkumpels schon ganz dicht auf den Fersen und die hätten die Kiste doch auf keinen Fall bei ihnen finden dürfen. Wahrscheinlich hätten die ihnen alle Knochen gebrochen. Die hätten keine Sekunde gezögert und die Wahrheit einfach aus ihnen herausgeprügelt, daran besteht überhaupt kein Zweifel. Eigentlich wär es viel logischer, sie hätten das Beweisstück sofort verschwinden lassen. Möglicherweise hat der plötzliche Tod von Jesse alles verändert. Das kann ich mir vorstellen. Aber die Kiste hatten sie sicher schon vorher repariert ... das ergibt auch keinen Sinn!«

»Ich hab dazu eine Theorie«, sagte Malu zögerlich, anscheinend musste sie selbst noch ihre Gedanken ordnen. Kurt und Janne guckten sofort neugierig, aber Malu ließ sich Zeit.

»Möglicherweise hatten sie folgenden Plan: Die anderen Schatzsucher waren kurz davor, den Betrug aufzudecken. Den Jesse hatten sie sich schon geschnappt und ihn übel zugerichtet. Die Drei mussten dringend die Situation beruhigen und eine neue Fährte auslegen. Versteht ihr, eine falsche Spur! Und die musste stark sein, etwas, was den Leuten den Atem nahm und die vielen Spekulationen beendete. Ein Sensationsfund am Eesenhugh! Versteht ihr?«

»Ich kapier gar nichts«, sagte Janne und Kurt gleich darauf: »Ich auch nicht!«

»Na, sie wollten die präparierte Schatzkiste wieder im Häuptlingsgrab verbuddeln. Freitag hätte sie dann mit seinem Team dort gefunden, natürlich großes Hallo mit Presse und so. Leider wär sie leer gewesen. Freitag hätte sie zur Untersuchung mitgenommen und anschließend hätte man sie dem Museum übergeben. Keinem wär etwas Besonderes aufgefallen. Die Kumpels hätten ein langes Gesicht gemacht und die drei wären vollkommen aus der Schusslinie gewesen. Dann hätten sie Zeit verstreichen lassen und danach den Schatz in aller Seelenruhe gehoben! Na, wie gefällt euch diese Geschichte?«, sagte Malu, lächelte und guckte in zwei erstaunte Gesichter.

»Scharfer Verstand, mein Deern! ... Jedenfalls plausibel ... du könntest Recht haben. So passt wenigstens alles zusammen. Von den Dreien könnte uns nur Freitag noch die Wahrheit erzählen. Aber, der wird einen Teufel tun. Der hat wahrscheinlich sowieso total die Hosen voll, denn für den steht 'ne Menge auf dem Spiel. Wie auch immer, Malu, so könnte es gewesen sein! Aber hier gibt es jetzt, denke ich, für uns nichts mehr zu finden. Die alte Lady hat uns all ihre Geheimnisse erzählt und es ist sicher auch schon spät. Lasst uns Schluss machen und unsere Spuren verwischen. Janne, wir stellen die Schatzkiste erst einmal zurück auf ihr Podest, fass mal mit an!«

Jetzt ging alles ganz schnell. Malu brachte die Falten noch ein bisschen in Form und sammelte ihre Sachen zusammen. Kurt klemmte die Leiste unter den geöffneten Deckel, stellte den Stuhl und die Stützen mit der Absperrkordel wieder an ihren ursprünglichen Platz und kümmerte sich dann ebenfalls um sein Werkzeug. Als Letztes verstaute er seine Leselupe, die er natürlich vorher wieder sorgsam ins Geschirrtuch eingewickelt hatte. Nach wenigen Minuten war alles an seinem Platz, und nachdem sich Kurt noch einmal genau umgesehen hatte, meinte er zufrieden:»Na, was sagt ihr, wir waren doch mehr als erfolgreich. Hier sieht es genauso aus wie vorher, keiner wird etwas mitbekommen und wir haben 'ne Menge Fragezeichen weniger im Kopf!«

»Das kann man wirklich sagen. Was du alles rausgekriegt hast! Opa Kurt, du bist einfach wunderbar!«, schwärmte Malu erneut und schenkte ihm ein besonders warmherziges Lächeln – und das kam an, das sah man. Kurt schluckte ein paar Mal trocken runter und meinte dann:»Nun ist aber gut, mein Deern, du machst mich ja ganz verlegen. Seht jetzt zu, dass ihr Land gewinnt! Ich warte hier noch ein Weilchen. Ach ja, die Vorhänge darf ich nicht vergessen und auch der Strahler muss noch zurück.«

14. Urlaubstag

Wieder im Fieber

Er lag zufrieden auf seinem Hotelbett, hatte das Frühstück ausfallen lassen und sich vorhin einfach noch einmal umgedreht. Unter die Schatzgeschichte hatte er vorgestern einen dicken Schlussstrich gezogen und seitdem sein altes Leben zurück. Er hatte schon die zweite Nacht wieder richtig gut geschlafen und seine Migräne war wie weggeblasen.

Auch die Sache mit den Handwerkern ließ sich wie erhofft durch ein paar Euros mehr schnell organisieren. Seit gestern werkelten zwei Tischler im Haus. Die kamen überraschend gut voran und hatten schon gestern Abend die Hälfte der kaputten Türbekleidungen repariert. Wenn's nach Plan läuft, sind sie heute damit durch und ich kann mich morgen bereits mit dem Makler treffen, überlegte er. Der nervt mich sowieso seit Tagen mit seinen ständigen Anrufen und will unbedingt, dass ich ihm den endgültigen Verkaufsauftrag erteile. Einmal telefonieren und der steht auf der Matte. Na ja, der wittert natürlich seine Provision! Noch ein paar Tage und ich bin wieder in Düsseldorf. Dann lass ich diesen Sandhaufen endlich hinter mir und die Insulaner können mich mal kreuzweise.

Dann überlegte er, was er nach seiner Rückkehr zuerst tun würde. Ein paar angesagte Bars besuchen und natürlich auch möglichst schnell seine Mutter unterrichten, das war klar. Und der sollte ich noch etwas Besonderes mitbringen. Ihm fielen ihre Abschiedsworte ein, als sie ihn zum Bahnhof gefahren hatte: „Viel Erfolg beim Hausverkauf und bring mir etwas Schönes von der Insel mit!"

Na, ein Mitbringsel hab ich ja schon. Jetzt nahm er den Holzfisch vom Beistelltisch, den er neulich gerade noch rechtzeitig ergattert hatte und ließ ihn zufrieden, aber dann auch nachdenklich durch die Finger gleiten. Das war schon das richtige Geschenk für seine Alte Dame. Es war ein Unikat und es war wirklich auf der Insel gefertigt worden.

Aber reichte das? Immer wieder strich er über die glatten Flächen. War der Fisch als Objekt allein, irgendwo an den hohen Wänden in der großen Wohnung seiner Mutter, neben namhaften teuren Bildern und anderen Skulpturen, Hingucker genug? Oder wirkte er dort eher mickrig? Während er sich erneut an der schönen Form und an dem warmen braunen Holzton freute, fiel ihm wieder der kleine Partnerfisch ein, den ihm das junge Mädchen aus dem roten Haus vor der Nase weggeschnappt hatte und mit dem er jetzt schon ein schönes Fischpaar gehabt hätte.

Die Idee gefiel ihm. Wie komm ich zu einer kleinen Fischfamilie? überlegte er und dann hatte er plötzlich den rettenden Einfall!

Ich fahr direkt zu diesem Strandholzkünstler und wer weiß, es besteht doch die gute Chance, dass er noch mehr solcher Fische hat. Er hängt ja immer nur einige und dann auch immer welche aus verschiedenen Hölzern an seine Stelltafel! Womöglich hat er noch welche davon zu Hause und wenn nicht, dann vielleicht noch was von dem Holz und dann soll er mir einfach daraus noch ein paar Fische schneiden! Der freut sich sowieso, wenn er so einfach ein gutes Geschäft machen kann und der Preis ist eh lächerlich.

Er musste gar nicht mehr lange nachdenken. Die Adresse krieg ich leicht raus und eine Tour mit dem Rad ist nie verkehrt. Ich sollte allerdings diesen Fisch als Modell dabei haben, überlegte er. Also los!

Er stand sofort auf, duschte kurz, zog sich schnell an und steckte den Fisch in seinen Fahrradrucksack. Schon an der Rezeption erfuhr er die Adresse. Der Mensch wohnte sogar hier im Dorf, hieß Peer und war mit dem Fahrrad in drei Minuten zu erreichen, also überhaupt kein Problem.

Schon im Heranfahren war er sich sicher, das richtige Grundstück gefunden zu haben. In der Einfahrt parkte der dunkle, bekannte Wagen und seine Zuversicht, den Strandholzkünstler hier jetzt auch anzutreffen, wuchs erneut, als er aufs Grundstück rollte. Vom Haus her hörte er das hochtönige Brummen eines Elektrowerkzeugs. Entgegen seiner Erwartung stand kein Bauwagen oder verrostetes Schrottauto im Garten und auch das kleine Reetdachhaus im hinteren Bereich machte einen modernen und stilvollen Eindruck.

Der Lärm wurde immer lauter und als er um die Hausecke kam, wusste er sofort, dass er den Gesuchten schon gefunden hatte: Verstaubte Wuschelhaare, barfuß und ein nackter Oberkörper in einer abgeschnittenen, buntgebatikten Latzhose – dessen professionellstes Kleidungsstück war der Gehörschutz über seinen Ohren.

Die Staubwolke, in der er steht, ist sehr passend, amüsierte er sich. Der Typ – wie aus der Zeit gefallen. Eine Latzhose auf zwei Beinen und glücklicherweise hat er überhaupt etwas an! Eine Nudisten-WG vorzufinden, hätte ihn auch nicht sonderlich überrascht. Aber über so einen Arbeitsplatz kann man nicht meckern! Der schleift seine Fische und hat dabei einen freien Blick über die Felder aufs Watt und aufs Meer. Das Grundstück hat ja noch eine bessere Lage als meins!

Der Latzhosenmensch hatte ihn noch immer nicht wahrgenommen, so vertieft war er in seine Arbeit. Mit einem Winkelschleifer in der Hand stand er vor einem stabilen Holztisch und war offensichtlich dabei, eins seiner Objekte in die richtige Form zu bringen.

Auf sein erstes, höfliches „Hallo" gab es keinerlei Reaktion und so ging er noch ein paar Schritte dichter heran und machte sich erneut, aber diesmal mit einem recht lauten „Hallo … Entschuldigung!" bemerkbar.

Der Angerufene fuhr zusammen, drehte sich um, lächelte dann aber gleich freundlich und schaltete sofort seine Maschine aus.

»Entschuldigen Sie, ich wollte Sie nicht erschrecken. Ich heiße Manfred Grafenberg und bin zur Zeit auf der Insel. Sie sind doch Peer, der Künstler? Sie stellen doch die schönen Strandobjekte her und betreiben den interessanten Verkaufsstand in Nebel?« Während er sich so mit einem einnehmenden Lächeln vorstellte, war er noch ein paar Schritte näher herangetreten.

»Ja, das ist richtig. Ich war so beschäftigt, ich hab Sie gar nicht bemerkt und die Maschine ist so laut. Was kann ich für Sie tun?«, antwortete der Angesprochene und guckte neugierig.

»Wissen Sie, ich bin so begeistert von Ihren Holzfischen und hab neulich auch einen bei Ihnen am Stand gekauft. Meine Mutter liebt ebenfalls das authentische Kunsthandwerk und nun dachte ich, es ist eine gute Idee, ihr nicht nur den einen Fisch mitzubringen, sondern eine kleine Fischfamilie. Also, einen kleinen Schwarm, meine ich. Vielleicht noch zwei dazu aus demselben Holz. Damit könnte ich ihr sicher eine große Freude machen. Nun hab ich die Hoffnung, dass Sie vielleicht noch welche haben oder vielleicht noch etwas von dem Holz? Dann könnten Sie mir daraus noch ein paar Fische schneiden. Ich würde Ihnen Ihre Mühe natürlich auch gut bezahlen, das ist ja selbstverständlich!«

»Warum nicht! Eigentlich kein Problem. Aber ich müsste sehen, welcher das ist. Haben Sie den gekauften Fisch dabei?«

»Ja, natürlich«, sofort streifte er sich den Rucksack von der Schulter und holte sein Exemplar heraus.

»Ach ja, der ist aus der Mahagonieserie. Die hatte ich ratzfatz verkauft«. Fast wehmütig ließ er den Fisch ein paar Mal durch seine Hände gleiten. »Es tut mir wirklich Leid. Davon hab ich keine mehr. Doch, ich kann sie verstehen, die waren tatsächlich ausgesprochen schön. Aber, aus dem Holz, sagen Sie? Das könnte noch eine Möglichkeit sein ... allerdings, wenn überhaupt, dann nur noch kleine Fische. Das Brett war nicht sehr lang und dann auch noch an den Rändern stark aufgerissen. Aber die Reststücke müssten noch da sein. Ach ja, die Brettenden hatten eine so interessante Linienverzierung, vielleicht chinesische oder japanische Schriftzeichen. Das wär einfach zu schade gewesen, die zu Fischen zu zerschneiden. Kommen Sie mal mit, dort drüben ist mein Holzlager, da müssten wir die Resthölzer finden.«

Er reichte den Fisch zurück und ging dann direkt auf den kleinen seitlichen Gartenschuppen zu. An einer Seite war das Dach verlängert und darunter standen eine Vielzahl unterschiedlichster Bretter. Kurze, lange, breite und schmale Hölzer und auch einige, aus denen er schon mal was herausgeschnitten hatte – aber alles wild durcheinander.

Peer orientierte sich kurz, schob ein paar Bretter zur Seite und sagte dabei: »Na, wo habt ihr euch versteckt?«

Er war der „Latzhose" gefolgt und musste schmunzeln. Genauso hab ich mir das vorgestellt. Der Esoteriker spricht mit seinem Holz.

»Oh, da seid ihr ja schon. Wissen Sie, ich kann so tolles Holz einfach nicht wegschmeißen. Selbst aus den ganz kleinen Stücken lässt sich oft noch etwas Schönes machen.«

Jetzt hatte er einige recht kleine Abschnitte in der Hand und warf sie auf den Rasen.

Peer wühlte gleich weiter im Holzstapel herum:»Wo sind bloß die beiden längeren Brettabschnitte? Ach ja, hier stehen sie schon! sehn Sie, die interessanten Einkerbungen hier an beiden Enden?«

Und ob er die sah!!! Erschrocken und ungläubig starrte er auf die Brettenden. Augenblicklich flimmerte es vor seinen Augen. Dann sackten seine Beine durch. Ein starker Griff an beiden Armen und eine Stimme ganz nah:

»Was ist mit Ihnen los? Ist Ihnen nicht gut? Setzen Sie sich doch kurz auf den Rasen!«

»Nein, nein. Vielen Dank, es geht schon wieder ... wissen Sie ... es ist ... es ist die Sonne! Ich war einfach zu lange auf dem Rad und dann ohne Kopfbedeckung. Ich unterschätz immer die intensive Strahlung hier an der See.«

»Mit einem Sonnenstich sollte man nicht spaßen. Meinen Sie, es geht wieder? Soll ich Ihnen ein Glas Wasser holen?

»Ja, das wäre sehr freundlich, das ist eine gute Idee«, und erst jetzt wurde ihm bewusst, dass der Strandholzmensch ihn mit beiden Händen festhielt.

»Meinen Sie, Sie können jetzt wieder alleine stehen?«

»Ja, vielen Dank. Aber ein Glas Wasser wäre nicht schlecht.«

»Gut, dann hol ich Ihnen schnell mal etwas zu trinken«, und schon eilte Peer Richtung Haus davon.

Die beiden längeren Brettabschnitte lagen genau vor seinen Füßen. Wahrscheinlich hatte der Typ sie einfach fallen lassen, um ihn aufzufangen und beide Holzstücke lagen zufällig auch noch auf der richtigen Seite. Das ist ja Wahnsinn! Es bestand überhaupt kein Zweifel. Genau das Symbol vom Schatzkistendeckel befand sich auch auf diesen beiden Brettenden! Ist das ein gebräuchliches Ornament? Gibt es das häufiger? nein, das Brett muss von der Schatzkiste sein!

Und das finde ich hier?

Er starrte weiter auf die Linien und wurde sich immer sicherer. Hatte nicht der unheimliche Alte, neulich am Grabungsloch, so genau nachgefragt, was er alles an die Straße gestellt hatte und ob da nicht noch andere Bretter an der Kiste gelegen hätten. Mensch, dieses Brett ist höchstwahrscheinlich von meinem Dachboden – danach suchen sie! Es könnte der alles entscheidende Hinweis auf den Schatz sein!

In diesem Moment kam Peer mit einem Glas Wasser in der Hand wieder aus dem Haus und machte noch immer ein besorgtes Gesicht.

»Na, Sie sehen ja schon wieder besser aus. Hier, trinken Sie erst mal etwas!«

»Vielen Dank!«, sagte er und trank einen kräftigen Schluck. »Oh, das tut gut! Das ist wirklich sehr freundlich. Vielen Dank!«

»Gut dann. Hier müssten alle Teile von dem Brett sein, aus dem ich auch Ihren Fisch geschnitten hab ... das kann man nicht glauben, oder? Das Holz ist kaum bearbeitet worden, fast noch sägerau und auch ziemlich verschmutzt. Allerdings ein paar Millimeter weggeschliffen und Sie erkennen es nicht wieder, dann vollzieht sich ein kleines Wunder! Ja, so richtig gut hat man es wohl nicht behandelt. Das Stück muss lange draußen, vielleicht in feuchter Erde oder im Wasser gelegen haben. Fast alle Seiten sind aufgerissen und an einigen Stellen auch recht tief. Ich musste mit meinen Schnitten weit vom Rand wegbleiben und nur den einen Fisch aus der Brettmitte konnte ich größer schneiden. Wie auch immer, ich versuch mal alles zusammenzulegen.«

Und dann hockte Peer sich hin, schob die Holzabschnitte hin und her und hatte recht schnell alle an die richtige Stelle sortiert. Bis auf drei freie Flächen und ganz wenige kleine andere Lücken bekam er alles zusammen.

»So, sehn Sie! Hier hab ich Ihren Fisch herausgeschnitten ... und da aus der Mitte den größten, den hatte ich schon ein paar Tagen vorher an den Stand gehängt. Der war aber auch gleich weg und diesen kleinen ... wann hab ich den verkauft? ... Das kann ich Ihnen gar nicht sagen. Aber muss jetzt auch in den letzten Tagen gewesen sein.«

Wo der ist, weiß ich, dachte der Hai, eine andere Frage war viel

wichtiger! »Und Sie wissen nicht, wer den großen Fisch gekauft hat?«
»Nein, keine Ahnung ... wirklich nicht. Er hing auch am Stand.«
»Schade ... und sagen Sie, handelt es sich eigentlich bei dem Brett
um Strandholz?«
»Oh, wenn ich das noch wüsste ... woher ist dieses Brett? Keine
Ahnung, aber von der Insel ist es in jedem Fall. Ich hab unterschiedliche Bezugsquellen hier auf Amrum. Überwiegend hat mein Holz natürlich eine Reise in der Nordsee hinter sich. Aber in der Hauptsaison
hab ich gar nicht genug Zeit, dort selbst zu suchen, nur in den Wintermonaten. Und für angetriebenes Holz gibt es in jeder Hinsicht einen
außergewöhnlichen Mann. Der lebt praktisch am Strand und ist jeden
Tag vor allen anderen schon frühmorgens auf den Beinen. Der weiß
genau, was ich gebrauchen kann und der findet die schönsten Stücke. Aber man kann hier natürlich auch woanders interessantes Holz
herbekommen. Manchmal bringen Freunde und Bekannte was vorbei
oder die Leute stellen etwas an die Straße.«
　　»Wenn Sperrmüll ist, meinen Sie?«
　　»Ja, sicher. Auch am Sperrmüll finde ich jedes Jahr tolle Hölzer.
Aber woher dieses Brett genau kommt, kann ich Ihnen wirklich nicht
mehr sagen. So, nun schau'n Sie mal. Zu dicht an den Rand können
wir nicht, aber zwei kleinere Fische müsste noch gehen. Die Endstücke mit der interessanten Symbolik möchte ich gerne behalten. Daraus
will ich noch mal ein besonderes Kunstobjekt machen. Ja, wenn Sie
wollen, dann können Sie die Fische heute Abend abholen.«
　　Die Sache lief in eine Richtung, die ihm überhaupt nicht schmeckte.
Ihm musste sofort eine gute Story einfallen, bevor sich der Typ von
seinem Holz überhaupt nicht mehr trennen konnte. Geld hilft immer,
überlegte er.
　　»Ja, wissen Sie, ich beschäftige mich auch gerne mit Holzarbeiten, allerdings bin ich natürlich kein Profi, so wie Sie! Aber ich hab
auch eine kleine Werkstatt zu Hause und wenn ich mir die Sache nun
so richtig überlege, würde ich die Fische sehr gerne selber für meine
Mutter anfertigen. Dann ist das Geschenk noch persönlicher. Die alten
Leute sind ja manchmal sehr rührselig, was das angeht. Die Fische

wären dann noch eine größere Freude für sie!«

»Aber haben Sie denn überhaupt das richtige Werkzeug dafür?«

»Ja, ja, das ist kein Problem! Ich würde Ihnen allerdings sehr gerne gleich alle Hölzer abkaufen, auch die zwei Längeren mit den Einkerbungen. Ich mach Ihnen ein gutes Angebot für alles zusammen … sagen wir 100 Euro!«

»100 Euro!«, wiederholte der Fischkünstler überrascht. »Sind Sie sicher! Soviel ist Ihnen das Holz wert?«

Genau die Reaktion hatte er erwartet und nun wusste er, was er zu tun hatte. Sofort holte er seine Geldklammer heraus und hielt dem Hippie einen 100,- Euro-Schein vor die Nase.

»Na, wenn Sie meinen«, sagte der sofort, griff sich den Schein und steckte ihn sofort in die Brusttasche seiner Latzhose.

»Aber, wie wollen Sie jetzt die vielen Teile auf dem Fahrrad mitkriegen? Soll ich Ihnen eine große Tüte holen?«

»Nein, nein, ich hab ja was dabei, da müsste alles reinpassen und ich muss nicht weit fahren.«

Er wusste, dass jetzt Eile geboten war. Bei solchen Geschäften, in denen die Gier eine Rolle spielte, durfte man dem Gegenüber keine Zeit lassen, sich die Sache noch einmal zu überlegen.

Hastig stopfte er alle Holzabschnitte in seinen Rucksack und selbst die kleinsten Stücke packte er ein. Den oberen Reißverschluss bekam er zwar nicht zu, ein Endstück war einfach zu lang und guckte ein ganzes Stück heraus, aber egal jetzt.

»Ja, dann dank ich Ihnen recht herzlich«, verabschiedete er sich. »Auch natürlich für das Glas Wasser und dann noch fröhliches Schaffen! Auf Wiedersehen!«

Nach diesen Worten schob er seinen Rucksack über die Schulter und machte sich gleich auf den Weg.

Als er sein Fahrrad an der Gartenausfahrt vom Ständer nahm, sah er aus den Augenwinkel, dass der Strandholzmensch ihm bis zur Hausecke gefolgt war und neugierig rüber sah. Wenn er gewusst hätte, was dem Fischschneider gerade durch den Kopf ging, hätte er seinen Fahrradhelm wohl nicht aufgesetzt.

Dass irgendwelche quer stehenden Holzteile recht unangenehm am Rücken drückten und er nur langsam fahren konnte, damit sich das lange Endstück nicht weiter herausschob, störten ihn kein bisschen. Aber, was für Zufälle konnte es geben. Die Geschichte glaubt mir zu Hause kein Mensch. Der Fischschneider denkt wahrscheinlich, wie bescheuert sind diese Urlauber, bezahlen für ein so zerschnittenes Brett so viel Geld. Wenn der wüsste, was er da eben verkauft hat! Selbst wenn er sich die Schatzkiste im Museum schon angesehen hat, was da auf dem Deckel eingeschnitzt ist, bekommt ja kein Mensch zu Gesicht. Der hat einfach keine Ahnung! Bislang war sein Einbruch dort vollkommen sinnlos gewesen, wie eigentlich all seine Schatz-Such-Aktivitäten. Aber nun nicht mehr. Wie oft hab ich mir, ohne jede Idee, die Handyaufnahme von diesen komischen Linien angesehen. Jetzt hab ich wirklich etwas in der Hand. Ihr Insulaner müsst wieder mit mir rechnen. Ich bin wieder im Rennen und diesmal bin ich ganz vorne.

Das Glücksgefühl war so berauschend, dass er fast die Fahrbahnverengung mit dem weißgestrichenen Gulli-Ring, der als Blumenkübel zweckentfremdet war, übersehen hatte. Was mach ich jetzt, überlegte er … ins Haus? Das geht nicht! Da werkeln sicher noch die Handwerker … ins Hotel? Noch keine Lust! Eigentlich könnte ich auch langsam mal etwas essen, wenn es auch nur 'ne Kleinigkeit ist, und eine Belohnung hab ich mir auch verdient. Ich fahr zu Café Schult und gönn mir etwas Schönes!

Wie erwartet waren auf der Caféterrasse die meisten Plätze noch unbesetzt – es war einfach noch zu früh für Friesentorte und co.

Er suchte sich einen Tisch mit netter Aussicht, und auch auf die Bedienung musste er nicht lange warten. »Bitte, bringen Sie mir eine Gulaschsuppe, danach nehm ich noch einen warmen Apfelstrudel mit Vanilleeis und ein Kännchen Kaffee«.

So, nun ganz mit der Ruhe, überlegte er. So ein besonderes Linienornament können sich doch nicht verschiedene Leute ausgedacht haben? Das muss doch auch von diesem Hark Olufs sein? Es gibt gar keine andere Erklärung! Das Brett gehört zur Kiste, oder hat jedenfalls direkt etwas damit zu tun. Das ist so gut wie sicher! Aber, an der Schatzkiste fehlte doch nichts? Vielleicht war es eine Art Ablage im Innern oder hatte die Kiste ursprünglich einen doppelten Boden? fragte er sich. Jetzt kam die Suppe!

Während er die nun genüsslich löffelte, ratterte es in seinem Kopf weiter. Wahrscheinlich war das Brett mit der Schatzkiste auf dem Dachboden und wir haben es damals mit all dem Plunder ebenfalls an die Straße gestellt. Ich glaub, dieser unheimliche Alte neulich, war genau hinter diesem Brett her! Es muss von Bedeutung sein!

Jetzt kamen der warme Apfelstrudel mit Vanilleeis und ein Kännchen Kaffee!

Das Brett ist nicht koscher, darauf könnt ich wetten. Warum schnitzt dieser Olufs dort sonst mit soviel Mühe diese Linien hinein und dann auch gleich noch zweimal!?! Wenn ich nachher alleine bin, werd ich mir das genauestens ansehen, besonders die eine Seite ist ziemlich schmutzig, da klebt ja sogar noch Erde dran. Irgendwo auf dem Brett gibt es einen Hinweis, da bin ich sicher!

»Ich nehm dasselbe nochmal!«, sagte jemand mit einer auffällig dunklen, kratzigen Stimme vom Nachbartisch her. Er hatte sich sogar ein wenig erschrocken. ... Seit wann ist der denn da? fragte er sich sofort. Der Tisch war doch eben noch frei ... ich hab den gar nicht kommen sehn.

Seitlich auf gleicher Höhe saß ein schmaler, alter Mann und hatte der Bedienung gerade ein leeres Glas hingeschoben. Nun schlug der eine Zeitung auf und verschwand dahinter.

Sonderbarer Typ ... der hat schon ein ganzes Glas ausgetrunken! Der muss schon länger da sein ... na ja, was soll's ... wie geh ich jetzt vor? Das Brett im Hotel zu untersuchen ist keine gute Idee. Ich mach das heute Abend im Haus. Da muss ich mich sowieso nachher mal blicken lassen. Mal sehn, wie weit die Handwerker sind?

»Bitte schön!«, sagte die Bedienung in diesem Moment und stellte dem Alten ein großes, volles Glas mit einem braunen Getränk vor die Nase.

Cola-Rum, vermutete er. Mensch, der gießt sich schon am helllichten Tag einen hinter die Binde, amüsierte er sich noch, allerdings nicht lange. Immer stärker beschlich ihn ein unwohles Gefühl. Der Alte hatte eben nur flüchtig rüber gesehen und war dann sofort wieder hinter seiner Zeitung verschwunden. Aber was für ein Blick! Sonderbar stechend und irgendwie feindselig. Das ist kein Urlauber, war er sich sicher. Das muss ein Amrumer sein. Aber welcher Insulaner setzt sich schon mitten am Tag in ein Café, isst keinen Kuchen, sondern haut sich den Alkohol weg? Und nicht das erste Mal … ungesunde Gesichtsfarbe und diese Stimme … wahrscheinlich Alkoholiker, vermutete er … na, und der scheint auch noch gehbehindert zu sein. Erst jetzt war ihm der Gehstock aufgefallen, der neben dem Alten am freien Stuhl hing.

Doch bei dem, was er nun entdeckte, hätte er fast seinen Kaffee verschüttet. … Ich Idiot!!! Wie blöd kann man bloß sein, verdammt noch mal!!! schoss es ihm durch den Kopf.

Er hatte vorhin in seinem Glücksrausch gedankenlos einfach den Fahrradrucksack auf den freien Stuhl neben sich gestellt und ausgerechnet das lange Holzstück mit dem Schnitzornament zeigte nach vorne in Richtung des Alten. Aber, den eigentlichen Fehler hatte er vorhin schon bei seinem überhasteten Abgang im Garten gemacht. Warum hatte er das Brettende nicht einfach andersherum in den Rucksack gesteckt? – Ich muss sofort was unternehmen!!!

Möglichst gelassen beugte er sich vor, griff sich den Rucksack, tat noch kurz so, als würde er nach irgendetwas darin suchen und stellte ihn dann anschließend so auf den Stuhl neben sich, dass jetzt die verräterische Seite in Richtung Terrassenwindschutz zeigte.

Wahrscheinlich bilde ich mir alles nur ein – Paranoia! Bleib cool alter Junge. Der interessiert sich für seinen Stoff und für sonst gar nichts … hoffentlich! Selbst wenn der Typ im Museum gewesen sein sollte, hat er die Abbildung auf dem Deckel nicht sehen können. Aber trotzdem wie blöd, sitz ich hier in aller Öffentlichkeit mit diesem Schatzkistenbrett rum – besser ich verschwinde möglichst schnell!

Er tat weiter entspannt, aß den Rest Vanilleeis und nippte von seinem Kaffee. Der Alte saß weiter hinter seiner Zeitung, hatte aber schon schnell auch sein zweites Glas ausgetrunken. Als der sonderbare Kerl promt sein nächstes bestellte, nutzte er die Gelegenheit, bezahlte und verließ das Café.

Er guckte auf die reparierten Türrahmen und Schwellen und lächelte zufrieden. Endlich sah es hier wieder vernünftig aus und das neue Holz vermittelte den Eindruck einer teuren, fachmännischen Renovierungsarbeit. Er war eben gerade noch rechtzeitig gekommen. Die Handwerker verstauten schon ihre Werkzeuge im Wagen. Er konnte sich nur noch bedanken und ihnen ein ordentliches Trinkgeld in die Hand drücken.

Jetzt war er allein und seine eigentliche Untersuchungsaktion konnte beginnen. Er hatte sich vorhin im Hotel, nach einer ausgiebigen Mittagsstunde, schon einmal alle Brettabschnitte genau angesehen – allerdings nichts Auffälliges entdecken können. Aber, wie auch, alle Seiten waren von einer dicken, klebrigen Staubschicht bedeckt.

So, wie geh ich jetzt vor?, überlegte er. Der Dreck muss ab! Aber wie? Ins Wasser damit und abbürsten? Im Handwaschbecken in der Küche? Keine gute Idee! Die zwei langen Stücke passen nicht richtig rein und ich spritz hier alles wieder mit dem Dreck voll! Besser die Wanne, beschloss er und war auch schon mit seiner Sporttasche auf dem Weg ins Badezimmer. Halt, alter Junge, Haustür abschließen, man kann nie wissen!

Danach ließ er Wasser einlaufen und gab auch noch Spülmittel dazu. Nachdem er alles kräftig umgerührt hatte, kippte er einfach alle Hölzer direkt aus der Tasche ins schäumende Wasser. Dabei plumpste auch gleich der Fisch für seine Mutter mit hinein, aber den angelte er natürlich sofort wieder heraus. Jetzt brauch ich eine gute Bürste, überlegte er. Die Geschirrspülbürste kam in Frage, aber besser gefiel ihm die Idee, den Schrubber vom Stiel zu drehen – der hatte wesentlich steifere Borsten.

Aber, so leicht, wie er sich das vorgestellt hatte, ging es nicht. Aus den Vertiefungen im Holz kriegte er den Dreck einfach nicht heraus und so beschloss er, alles länger einweichen zu lassen und in der Zwischenzeit eine ausgiebige Tour mit dem Fahrrad zu machen.

Erst nach etwa zwei Stunden war er zurück und machte sich sofort wieder an die Arbeit. Tief über die Wanne gebeugt, bearbeitete er mit dem Schrubber kräftig und ausdauernd jedes Holzstück. Noch immer war es mühsam, die aufgespaltenen Brettränder sauber zu kriegen und schließlich behalf er sich mit einem Frühstücksmesser und kratzte damit die Spalten frei. Die gesäuberten Stücke legte er zum Trocknen auf ein ausgebreitetes Handtuch und nach etwa einer weiteren halben Stunde schwamm kein Holz mehr in der Badewanne – nur noch eine dunkle, schmutzige Brühe. Gute Entscheidung, das hier zu machen, dachte er noch, als er den Stöpsel aus der Wanne zog.

Der Rest war ein Kinderspiel. Zurück am Küchentisch, schob er die Holzteile an die richtige Stelle und schnell hatte er das zersägte Brett zusammengesetzt. ... So, nun sieht die Sache schon anders aus! Gespannt und voller Ungeduld sah er auf die Hölzer. Die Oberflächen waren zwar immer noch rau und sahen meistenteils eher grau aus. Allerdings, der Schmutz war weg und die Vertiefungen der Ornamentkerben an beiden Brettenden leuchteten jetzt in einem warmen, braunen Holzton – genau die Farbe seines Fisches!

Drei Holzstücke fehlten, das war keine Überraschung. Ins obere Loch passte sein Fisch perfekt hinein, ins untere gehört der Fisch, den die Kleine im roten Haus hatte. Aber, wo war der Fisch für das große Loch in der Mitte? Vielleicht brauch ich den gar nicht!

Immer wieder wanderte sein Blick über das, was da vor ihm auf dem Tisch lag. Jeden Quadratzentimeter untersuchte er wiederholt ganz genau. Aber, was für eine Enttäuschung!!! Es half nichts, es gab nur unbedeutende Kratzer, kleine Risse und willkürliche Druckstellen. Vielleicht auf der Rückseite? machte er sich Mut und schnell waren alle Teile umgedreht.

Das gibt es doch nicht! Verdammt nochmal! Auch hier konnte er nichts Auffälliges finden – nirgends die erhoffte eingeritzte Schatzkarte oder andere Hinweise!

Nur ein Brett mit einem bedeutungslosen Ornament – Energielinien, wie es im Untersuchungsbericht stand? Das konnte doch gar nicht sein! Warum wollten die alten Kerle dieses Brett unbedingt finden?

Vollkommen ernüchtert und ohne jede Idee starrte er minutenlang durchs Fenster, dann wieder auf die Hölzer und langsam drehte sich alles in seinem Kopf.

Ich mach Schluß für heute, hier komm ich nicht weiter. Ich muss in Ruhe nachdenken und vielleicht mal nicht aufs Rad, sondern eine lange Wanderung … um die Odde! Kristina war ihm eingefallen. Doch vorher brauch ich ein gutes Versteck für meine Hölzer, aber wo? Ein Platz, auf den keiner kommt, überlegte er, und dann erinnerte er sich an einen Film! Ja, das könnte gehn!

Sofort ging er ins Badezimmer und nahm den Deckel vom Spülkasten. Sehr gut! Wasserzufuhr abdrehen, einmal abziehen und rein damit. Darauf kommt keiner!

15. Urlaubstag

Auf Hubsand

Den gestrigen Nachmittag hatten die Mädchen gemeinsam am Norddorfer Strand verbracht. Claas hatte sie zum Chillen in die kleine Strandbar an der Surfschule eingeladen. Aber beide vermuteten, dass sein eigentlicher Grund ein anderer war – wahrscheinlich wollte er ihnen seine Künste auf dem Brett zeigen.

Wenn er für sein Ego dabei unbedingt zwei heiße Mädels an seiner Seite braucht, dann kriegt er die, aber nicht ohne, dafür zu bezahlen, hatte Greta gesagt und über diesen Satz hatten sie sich schon auf der Hinfahrt zum Strand wieder halb tot gelacht.

Allerdings fiel dann seine Show im wahrsten Sinn des Wortes „ins Wasser". Fast alle seine Versuche, sich auf dem Brett zu halten, scheiterten schon nach Sekunden – es gab heute einfach nicht den richtigen Wind und die richtigen Wellen.

Aber natürlich wollte er, genauso wie Greta, auch unbedingt wissen, was sich bei der Untersuchung der Schatzkiste ergeben hatte. In jedem Fall musste Claas zum Schluss für die Getränke und das Eis ganz schön Kohle hinlegen – was er auch, ohne mit der Wimper zu zucken, getan hatte.

Aber der eigentliche Aufreger war gestern der Anruf von Marwin gewesen und deshalb hieß es heute Morgen: Früh aufstehen!

„Wenn ihr Lust habt, wollen wir morgen unser Friedensangebot einlösen", hatte er gesagt, „Wenn ja, müssen wir kurz vor Niedrigwasser los, 9 Uhr am Hafen. Und zieht nicht eure besten Sachen an, Schlickflecken gehen schlecht raus. Außer einem Handtuch braucht ihr nur gute Laune und Appetit auf Krabben. Ihr glaubt gar nicht, welche fetten Biester es diesen Sommer gibt."

Die Kirchturmuhr stand schon auf kurz vor. Greta fuhr zwar zügig, aber nicht wirklich schnell und sie fiel immer wieder ein Stück zurück.

»So schaffen wir das nie! Vielleicht sollten wir sie kurz anrufen, dass wir auf dem Weg sind und uns verspäten!«, rief Malu von vorn.

»Meinst du, die haben ein Handy dabei!!! Ich hab die noch nie mit einem gesehen. Ich glaub, die haben gar keins! Aber keine Panik!«, kam zurück.

Malu überlegte, ob sie in Hamburg überhaupt jemanden kannte, der kein Handy besaß – ihr fiel keiner ein. Und Greta erklärte weiter: »Das sind Naturburschen. Die leben, was das angeht, noch im letzten Jahrhundert. Die kannst du nur über Festnetz erreichen und wenn, dann auch nur abends.«

»Aber, sollten wir dann nicht schneller fahren? Vielleicht warten sie nicht so lange und machen das Krabbenfangen ohne uns?«

Aber Greta blieb weiter total entspannt: »Mach dir wegen der Fischer überhaupt keine Sorgen. Ich wette mit dir um einen großen Früchteeisbecher, dass sie sich über unser Zuspätkommen kein bisschen aufregen. Die warten auf jeden Fall«, und dabei blitzten ihre Augen verschmitzt und Malu wusste sofort, dass ihrer Freundin wieder etwas Verrücktes eingefallen war.

»Ich kann dir auf Anhieb 10 Gründe sagen, warum sie nicht ohne uns fahren.«

»Na, da bin ich gespannt. Dann schieß mal los!«

»Erstens: Sie sind total froh, dass sich überhaupt mal jemand für ihren Fischkram interessiert! Zweitens wissen sie gar nicht genau, wie spät es ist! Drittens fürchten sie unseren Zorn! Viertens fällt mir gerade nicht ein! Fünftens verspäten sich VIPs nun mal … und … wo war ich … ach ja, sechstens, siebtens, achtens, neuntens und zehntens sind sie froh, dass solche interessanten, aparten, lustigen und … sagen wir wunderschönen und wilden Mädchen sich überhaupt mit ihnen treffen!« Und bei „wild" schmiss Greta ihre Arme in die Luft, schrie ihr schon bekanntes, lautes „Yeeeeee" und fuhr dann für kurze Zeit freihändig

»Nein, ganz im Ernst, Malu! Wenn sie eins können, dann ist es warten! Hast du die mal beim Angeln beobachtet? Sie stieren fast regungslos stundenlang auf ihren blöden Schwimmer und reden dabei die ganze Zeit kein Wort und erst, wenn dann mal nach Stunden ein Fischchen am Köder knabbert, kommen sie auf Touren. Da kannst du ganz beruhigt sein, die sind völlig tiefenentspannt – wie solche buddhistischen Meditationsmönche. Ich hab mal gelesen, dass die die Bewegung einer sich öffnenden Blume sehen können. Das ist doch total abgefahrn! Oder? Und so sind unsere Fischer in etwa auch drauf. Und heute sind wir nun mal die Fische, auf die sie warten müssen. So einfach ist das!«

»Gut gebrüllt Löwe!«, rief Malu. »Die Wette gilt!«

In Steenodde vor dem Molengelände ging es auf den Deich und auch diese Strecke kannte Malu schon. Sie fuhren nun genau auf dem Weg, den Janne und sie am Anreisetag vom Fähranleger genommen hatten – nur in umgekehrter Richtung. Malu sah zum Eesenhugh, aber sie dachte nur ganz kurz an die Vollmondnacht. Jetzt, so unmittelbar vor dem Krabbenabenteuer, war dafür in ihrem Kopf einfach kein Platz.

Nach etwa zehn Minuten hatten sie das abgezäunte Tonnenlegergelände erreicht und als Malu dort um die letzte Ecke bog, erkannte sie Marwin mit seinem wilden Lockenkopf sofort. Mit abgeschnittener, ausgefranster Jeans stand er dort am Wasser auf einer Holzbank, winkte mit beiden Amen und lachte ihnen entgegen.

Ein paar Mal musste Malu noch durchschnaufen bevor sie ihn freudig mit: »Hallo ... wir haben uns leider verspätet ... entschuldige bitte!«, begrüßte. »Ich hatte schon Angst, dass ihr genervt seid und gar nicht mehr auf uns wartet.«

Aber Marwin war bester Laune: »Wieso das denn? nein, wir freuen uns! Schön, dass ihr da seid! Alles gut! Wir haben eigentlich noch gar nicht gewartet. Melf versucht gerade die vielen Sachen im Boot noch ein bisschen besser zu verstauen, sonst passt ihr da gar nicht rein. Aber er meinte, ich sollte hier mal auf Posten gehen. Nachher findet ihr uns nicht und verschwindet womöglich wieder. Bei Flut gibt's kein Problem, da kann man direkt bis hier an die Kante fahren. Aber, jetzt bei Ebbe müssen wir vom Bootssteg los. Und bei euch alles klar? ...

Als Melf sie dann auch noch lachend empfing und auf Malus

»Entschuldigung, wir sind zu spät«, nur meinte: »Da mach dir man keinen Kopf drum. Die Krabben haben heute nur einen Termin und das ist der Weg in unseren Kochtopf!«, grinste Greta zufrieden und streckte ihr ihre Hand entgegen. Malu wusste, dass ein Eis fällig war und klatschte ab.

»Aber, wie stellt ihr euch das vor! In das Boot passen wir doch unmöglich alle rein!

Was habt ihr denn bloß alles dabei?«, rief Greta erstaunt und erschrocken zugleich.

Und nun sah auch Malu, was Greta meinte. Am Bootssteg lag ein mega kleines Schlauchboot und nur ganz hinten war vielleicht noch Platz für zwei Personen. Alles andere war vollkommen gefüllt mit netzen an Holzstielen, Handtüchern, Decken, einem Campinggaskocher, einem Topf – beides in Übergröße, verschiedene Eimer, Schüsseln und einer großen Plastikfrischhaltebox.

»Na, das wird schon gehen. Wir müssen nicht lange fahren. Seht, da gegenüber die Sandbank, das ist schon Hubsand. Es dauert nur ein paar Minuten, dann sind wir drüben!«

Das sah wirklich ziemlich nah aus und Malu hatte sofort eine Idee: »Da können wir Mädchen doch einfach rüber schwimmen. Ihr nehmt unsere Rucksäcke mit … wo ist das Problem?«

»Mutig, mutig, aber das würde ich euch nicht empfehlen! Ihr werdet nicht rüber kommen und steigt, wenn's gut läuft, erst wieder am Fähranleger aus dem Wasser. Du glaubst gar nicht, was da jetzt für eine Strömung geht. Das Wasser steht noch nicht – voller Ebbstrom, da hast du keine Chance. Das haben schon ganz andere versucht und wären dabei fast abgesoffen. Das sieht zwar nah aus, aber im Augenblick drückt hier das ganze Wasser vom Watt raus. Da rüber zu schwimmen ist lebensgefährlich! Wir nehmen das Boot und ohne Schwimmwesten geht hier auch nichts!«

»So, alles schick. Dann können wir los!«, kommentierte Melf, als alle ihre Westen angelegt hatten und meinte dann: »Schiebt die Gliebs und den anderen Krempel einfach zusammen und setzt euch dann auf jeder Seite einfach auf den Schlauchbootrand. Gliebs, überlegte Malu noch kurz, was sollte das sein? Aber danach zu fragen, war ihr auch zu blöd.

Es dauerte ein bisschen, aber irgendwie passten dann doch alle rein. Die Jungs saßen hinten und die Mädchen vorne, auf jeder Seite eine. Ein kräftiger Zug von Melf an der Reißleine genügte, schon knatterte der Außenborder los und das Unternehmen konnte beginnen.

Das kleine, voll bepackte Schlauchboot mit vier Jugendlichen an Bord tuckerte in mäßigem Tempo aus dem Hafen und als Melf es dort schräg in die Strömung steuerte, kippelte das Boot unangenehm. Marwin hatte sofort erkannt, was den Mädchen im Kopf rum ging und meinte: »Alles gut, bloß mit der Ruhe, Ladies! Wir sind da schon so oft rübergefahren. Genießt lieber diesen Hunderttausend-Dollar-Blick, den kriegen nicht viele zu sehen und es dauert wirklich nicht lange, dann sind wir drüben.«

Dieser Satz und die weiter entspannt lächelnden Jungs zeigten schnell Wirkung und als dann auch das Boot wieder stabil in der Strömung lag, verflogen Malus Bedenken sofort. Sie hielt ihre Hand ins Wasser und spritzte Wasserfontänen in die Luft. In den feinen Wassertropfen, brach sich das Sonnenlicht und immer wieder schimmerten die in den herrlichsten Regenbogenfarben.

Schnell hatten sie die Mitte des Priels erreicht. Melf fiel dort nach rechts ab und nun tuckerten sie eine ganze Weile parallel zum Ufer Richtung Fähranleger.

Dieser Blick auf die Insel war für Malu wirklich neu und auch unerwartet schön. „Perspektivwechsel" fiel ihr ein. Diesen Begriff hatte ihr neulich der Deutschlehrer mit Rot und einem bedrohlich fettem Ausrufezeichen dahinter an zwei Stellen an den Rand ihres Aufsatzes geschrieben.

Allein für diesen Blick hatte sich die Bootsfahrt jetzt schon gelohnt. Amrum sah vom Wasser total verändert aus – der Hafen, der glitzernde Streifen Watt vor dem Deich, der Wald dahinter und dann die gelb leuchtenden Dünen mit dem rot-weißen, alles bestimmenden, Leuchtturm darauf – auch die Häuser von Wittdün und die Bucht zum Anleger hatte sie so noch nie gesehen.

Eine ganze Zeit fuhren sie parallel zur Küste, bis Melf erneut den Kurs nach links änderte und kurz darauf meinte:»So, jetzt könnt ihr euch schon mal auf unser Anlandungsmanöver vorbereiten. Wir betreten gleich die Schutzzone 1 des Nationalparks Wattenmeer!«, sagte er mit Betonung, aber auch mit einem spöttischem Unterton.»Nein, im Ernst. Das Gebiet darf man normalerweise nur mit einer Ausnahmegenehmigung betreten und Fischen ist hier sowieso verboten. Aber den Nationalpark werden die paar Krabben, die wir heute fangen, nicht umbringen. Deren Arterhaltungsstrategie ist nämlich: Millionenfache Vermehrung und über vier zusätzliche Fressfeinde können die nur müde lächeln. Allerdings ist die Fischerei-Behörde, die hier manchmal rumkreuzt, schon eher unser Problem. Die sehn das nicht so locker und verstehen da keinen Spaß.«

Wahrscheinlich war es Malus neuerlich besorgter Blick, der Melf veranlasste, noch eine Erklärung nachzuschieben:»Keine Sorge! Den Hafen haben wir eben gecheckt. Das Schiff ist nicht da. Meistens liegen sie um diese Zeit noch auf Föhr und trinken Tee mit Rum. Aber uns haben sie auf dem Kieker, wie ihr euch denken könnt.« Und nun grinsten die zwei.

»So, jetzt betreten wir gleich vollkommen unberührten Boden!«, übernahm Marwin.»Wir sind heute die Ersten und die Einzigen und ihr könnt sicher sein, dass jeder Touri total neidisch rüberspechten wird und sich fragt: Wo kann man denn dieses Event buchen? Aber er wird keinen Anbieter finden. Diese Tour gibt es nur bei uns und nur für sehr exklusive Damen!«, setzte er noch hinzu und lachte dann ausgelassen.

»Na, exklusiv sind wir Mädchen in jedem Fall, oder was sagst du, Malu?«

»Na klar!« Allerdings dachte sie an etwas anderes. In ihrem Kopf war das Bild einer einsamen Karibikinsel aufgetaucht und der Schiffbrüchige Robinson würde dort gleich erschöpft an den Strand kriechen.

Malu war überrascht, wie hoch die Sandbank war. Die hatte vom Hafen aus viel flacher gewirkt und sie war auch nicht eben, sondern modelliert. Es gab dort leichte Hügel und dann wieder tiefere Stellen. Melf korrigierte noch etwas den Kurs und hielt direkt auf eine Senke zu, durch die ein kleiner Priel abfloß.

Nun war es nur noch ein Katzensprung bis zum Ufer. Melf nahm das Gas weg und klappte den Außenborder hoch, schlagartig hörte das Geknattere auf. Fast lautlos glitt das Boot die letzten Meter Richtung Ufer. Sekunden später hörte man ein schabendes Geräusch. Das Boot rutschte noch ein Stück weiter und kam dann abrupt zum Stehen.

Die Senke war ungefähr acht Meter breit, bevor dann zu beiden Seiten die Sandbank relativ steil anstieg. Das Boot lag ziemlich genau mittig dazwischen. Hier stand nur noch wenige Zentimeter Wasser und der dunkle Wattboden darunter war deutlich zu erkennen.

»So, macht euch bereit! Ihr dürft die Ersten sein, die ihre Füße auf diesen fremden Kontinent setzen. Wir lassen euch mal ausnahmsweise den Vortritt. Ich denke, die Schwimmwesten lassen wir an Bord. Ihr werdet gleich schon den ersten Höhepunkt der Veranstaltung erleben«, erklärte Melf und grinste wieder.

»Aber, springt nicht einfach, sondern lasst euch über die Bordwand runter rutschen«, ergänzte Marwin noch.

Und während die Mädchen ihre Schwimmwesten abnahmen, rief Greta schon übermütig:»Landgang! Im Namen der Königin. Wir nehmen diese unbekannte Insel in Besitz ... Mädchenpower!«, und warf Malu dabei einen unternehmungslustigen Blick rüber. Danach bückte sie sich auf die Bordwand runter und drehte sich auf den Bauch.

Dass die Jungs ihnen diesen lächerlichen Sprung, vielleicht 50 cm bis zum Watt, nicht zutrauten, ärgerte Malu fast. Da aber selbst die wagemutige Greta nach dieser blöden Anweisung vorging, wollte sie jetzt auch keine Spielverderberin sein und machte es genauso, drehte sich ebenfalls auf den Bauch und schon baumelten ihre Füße außenbords. Recht zügig ließ sie sich rutschen und schon spürte sie das Wasser und den Boden und gerade als sie dachte ... na, das Watt ist aber weich ... hörte sie den Schrei von der anderen Seite!

Aber die Warnung von Greta kam zu spät! Das glatte Bootsgummi bot keinen Halt mehr und so ging es auch für sie in Tiefe.

Bis zum halben Unterschenkel sackte sie sofort in die weiche, glibberige Masse ein, danach ging es langsamer, aber weiter! Als sie bis zu den Knien im Schlick saß und noch immer keinen Grund unter den Füßen hatte, kam die Angst und auch die neuerlichen Schreie von Greta verhießen nichts Gutes. Es ging zwar nicht schnell, eher wie in Zeitlupe, aber doch beständig tiefer. Bis wohin geht das noch? Als die dunkle Wabbelmasse ständig weiter an den Beinen hochstieg und sie jetzt schon bis zum halben Oberschenkel drinsteckte, kam die Panik! Was soll ich bloß machen?, überlegte sie fieberhaft und dann fiel ihr ein alter Western ein: Der Held war in ein Treibsand- oder Mahlsandloch gestürzt und in die gleiche verzweifelten Lage geraten, wie sie jetzt. Der hatte sich dann flach in den Sand geschmissen, um seine Körperfläche zu vergrößern. Aber sollte sie sich nun einfach der Länge nach in den Modder stürzen und würde das überhaupt helfen? In diesem Moment rief Greta die Mut machenden Worte: »Malu, ich hab Grund!« und wenige Sekunden später spürte auch sie den erlösenden festen Boden – allerdings saß sie bis zu den Shorts im Schlick.

»Ich auch!«, rief sie und atmete erleichtert durch. »Wie tief sitzt du drin?«

»Na, fast bis zum Arsch!«, war Gretas Antwort. Allerdings hörte sich das gar nicht so verzweifelt an, wie sie erwartet hatte, sondern eher abenteuerlustig.

»Sag bloß, dir gefällt das auch noch?«, rief Malu irritiert zurück.

»Na, gefallen, kann man eigentlich nicht sagen, aber eine Herausforderung ist das schon!«

Malu guckte wütend in Richtung Fischer und hatte von beiden ein geierndes, breites Grinsen erwartet, aber dem war nicht so! Beide saßen eher erschrocken nebeneinander und sahen überraschend besorgt aus.

»Ihr habt das doch geplant!«, rief sie aufgebracht.

»Na, irgendwie schon. Aber dass es hier so tief abgeht nun wirklich nicht«, antwortete Melf kleinlaut und auch Marwin nickte entschuldigend und meinte: »Wirklich nicht! Bis zu den Knien okay. Aber, glaub mir, wir haben uns eben auch mächtig erschrocken.«

Langsam schlug ihr Puls wieder normal und Greta hatte Recht: Eine ungewöhnliche Herausforderung war es allemal.

»Aber, was soll man jetzt machen. Ich krieg meine Füße überhaupt nicht hoch. Wie kommt man hier wieder raus?«, wollte Malu von den Jungs wissen.

»Bleib jetzt einfach cool! Es ist ungefährlich. Du sackst nun nicht mehr tiefer ein, also hast du Zeit. Es gibt nur einen Weg! Du musst dich ganz langsam zur Sandkante vorarbeiten, Zentimeter für Zentimeter. Je dichter du ran kommst, um so flacher wird es. Du wirst gleich wieder bessere Laune kriegen – wir sitzen genau wie ihr in der Falle! Es gibt nur zwei Möglichkeiten für uns. Entweder wir warten auf die Flut, was wir nicht machen werden, oder wir müssen, wie ihr, in die dunkle Pampe. Wir teilen gleich dasselbe Schicksal«, rief Melf ihr zu.

»Na, wenigstens ein Lichtblick!«, rief Malu und wollte dann wissen, wie es Greta ging, die sie hinter dem Boot nicht sehen, aber hören konnte: Saugende Geräusche, als würde jemand eine heiße Suppe schlürfen und angestrengtes Atmen, immer wieder unterbrochen von kurzen Flüchen »Scheißschlick! … jetzt hab ich das Zeug schon am Hemd … igit … jetzt in den Haaren ... aber, wie geht es dir?«

»Bestens natürlich! Ich fühl mich sauwohl!«, antwortete Malu noch immer reichlich genervt.

»Warte auf mich!«, rief Greta wieder »Ich arbeite mich ums Boot herum. Komm zur Spitze, wenn ich bei dir bin, können wir uns gegenseitig stützen!«

Wieder fluchte Greta, aber die Sauggeräusche kamen beständig näher. Malu war einfach stehen geblieben, wo sie war. Sie hatte noch gar nicht versucht ein Bein heraus zu ziehen – sie traute dem Grund einfach nicht. Es dauerte noch eine ganze Zeit, dann tauchte Greta endlich an der Spitze auf und die sah so verrückt aus, dass Malu nicht anders konnte und loslachte.

Greta hatte den Schlick nicht nur bis zu den Oberarmen hoch, sondern auch überall an ihrem T-Shirt, im Gesicht und selbst in ihren Haaren klebte das dunkle Zeug.

»Ja, lach nur! Du wirst auch gleich so aussehen!«, grinste sie. »Aber ich hab mittlerweile 'ne ganz gute Technik. Alleine kriegst du ein Bein nicht raus, die sind wie festgesaugt. Man muss mit den Händen nachhelfen, aber dann hast du das Glibberzeug auch sofort überall.«

»So, wir kommen auch!«, rief Marwin in diesem Moment von hinten und ließ sich langsam in den Modder rutschen. Und das, was die Mädchen jetzt zu sehen bekamen, war wenigstens eine kleine Genugtuung. Marwin war ganz hinten ausgestiegen und sackte dort sofort noch tiefer ein. Sein halber Hintern war im Schlick verschwunden. Melf grinste und meinte dann: »Du bist auch zu blöd! Das war doch klar. Warum gehst du nicht ganz nach vorne, da ist es lange nicht so tief!« Das tat Melf dann auch und bevor er sich dort, fast neben Greta runter rutschen ließ, warf er noch ein Tau in hohem Bogen Richtung Sandufer.

Melf war an der Bootsspitze nur bis zum halben Oberschenkel eingesackt, hatte es damit wirklich am besten getroffen und kam recht schnell voran.

»Sweety, versuch mal weiter zu mir ranzukommen, hier ist es viel flacher.«

Malu probierte es zuerst ohne Gretas Technik, aber es war unglaublich anstrengend, die Beine aus dem Schlick zu ziehen und schon beim dritten Mal machte sie es dann auch so, wie von ihrer Freundin empfohlen. So ging es wirklich wesentlich leichter, aber als sie schließlich Gretas Hand greifen konnte, gab es beim Aussehen zwischen den beiden keinen Unterschied mehr.

Hand in Hand und Schritt vor Schritt kämpften sich die Mädchen dichter an die Sandkante heran und auch von hinten, von Marwin, hörten sie nur Flüche und sein Aussehen ähnelte schon jetzt sehr ihrem.

Melf kam am besten mit der Situation zurecht. Er war schon dicht am Sand und brauchte nur noch wenige Schritte. Aber sein sauberes, helles Shirt war eine zu große Provokation. Als Malu hinter ihm: »Hallo, Melf, guck mal!«, rief und er sich vollkommen arglos nach den Mädchen umdrehte, schlugen auch schon zwei fette Schlickgeschosse bei ihm ein – er konnte einfach nicht mehr reagieren. Ein Schlickhaufen traf ihm mitten auf die Brust und der andere klatschte auf seine fast noch sauberen Shorts. Aber die Mädchen legten gleich nochmal nach und hatten schon die nächste Portion Modder in den Händen. Melf suchte sein Heil in der Flucht und versuchte schnell das nahe Ufer zu erreichen.

Allerdings total überhastet. Als die Mädchen dann auch noch schrien, was das Zeug hielt und Melf die nächste heranfliegende Schlicksalve fürchtete, kam er immer mehr ins Stolpern und schließlich konnte er sich nicht mehr auf den Beinen halten und stürzte in voller Länge in den glibberigen Modder.

Nun hatten die Mädchen endgültig wieder gute Laune, aber auch Melf akzeptierte seine Niederlage, blieb einfach im Schlick liegen und klatschte Greta und Malu mit seinen schwarzen Händen sogar noch Beifall. Die Mädchen hatten schon wieder Schlick in den Händen und guckten auf ihre zweiten Beute. Marwin war zwar nicht mehr weit weg und bot ein sicheres Ziel, aber er sah so bedauernswert aus, dass er bei den Mädchen sofort Wurfhemmung auslöste und sie ihm Opferschutz gewährten – ihm klebte der Schlick wirklich überall.

Melf kroch nun doch in etwa wie Robinson an Land, aber eigentlich sah er eher aus wie ein schwarzer Latexlurch. Die Mädchen kamen nun auch schon viel schneller voran, sackten nur noch etwa bis zum halben Unterschenkel ein und hatten anscheinend mittlerweile richtig Spaß am Schlicktreten. Malu fragte Greta gerade, ob es bei ihr auch so herrlich kitzelte, wenn die weiche Wabbelmasse bei jedem Schritt zwischen den Zehen durch flutschte.

»Ja, total super, oder … man kriegt fast Gänsehaut, so toll ist das!«, antwortete Greta.

»Na, Schlicktreten soll auch gut gegen Krampfadern sein«, meldete sich Melf trocken.

»Du vorlauter, böser Melf! Meinst du, wir haben Krampfadern?!«, empörte sich Malu.

»Na ja, wer weiß? Aber richtig erfolgreich wär die Therapie auch nur, wenn sich gleich noch ein paar gierige Blutegel an euren Beinen fest saugen«, meinte er weiter.

Malu schrie sofort hysterisch auf: »Blutegel!!! Hier gibt es doch keine Blutegel, oder? Die finde ich ja so was von eklig. Melf, sag sofort, dass es hier keine gibt!« und dann schüttelte sie sich vor Unbehagen und wartete fast flehendlich auf seine Antwort.

Melf lachte und amüsierte sich sichtlich, blieb aber stumm und so mischte sich Greta ein:»Melf, du bist wirklich ein böser, böser Junge und hast nur noch wenig Kredit bei uns, den solltest du nicht leichtfertig verspielen, sonst werden sich gleich zwei schwarze Kampfspinnen auf dich schmeißen!«, und dabei streckte Greta ihre Hand Richtung Melf aus und bewegte sie wie ein gieriger Fangarm, der nach seiner Beute greift.

»Nein, alles gut«, lenkte er ein.»Malu, im gesamten Wattenmeer wirst du keinen einzigen Blutegel finden. Da kannst du wirklich ganz beruhigt sein. Die leben ausschließlich im Süßwasser. Aber fette, schrumplige Wattwürmer gibt es schon!«

Wie auf Kommando griffen die Mädchen in den Schlick und eine Sekunde später klatschten auch schon die ersten weiteren Moddergeschosse auf ihn ein. Nach der zweiten Angriffswelle bettelte er schon um Gnade, aber erst nach der fünften wurde ihm Pardon gewährt. Marwin war mittlerweile auch schon viel dichter an die Sandbank heran und die Mädchen hatten nicht mal mehr einen Meter vor sich.

Nun wurde es bei jedem Schritt schnell flacher und auch der Sandanteil nahm zu. Und deshalb dauerte es nur noch ein paar Minuten und dann lagen alle zwar ausgepowert, aber glücklich nebeneinander im warmen Sand.

»Im Nachhinein doch eine super Aktion, findet ihr nicht?« sagte Greta und guckte dann Malu an.»Du wirst den Unterschied zwischen Sandwatt und Schlickwatt nie mehr vergessen! Und ihr habt wirklich nicht gewusst, dass es hier so tief ist?«

»Nein wirklich nicht. Allerdings ein bisschen was müssen wir euch ja auch bieten. Nicht, dass es nachher heißt: Das war vielleicht stinklangweilig mit den Beiden. Wir haben ja schließlich auch einen Ruf zu verlieren!«, erklärte Melf und lachte.

»Welchen Ruf? Aber, wie geht's jetzt weiter?«, wollte Greta wissen.

»Das kann ich dir sagen. Wir werden erst mal das Boot mit vereinten Kräften auf die Sandbank ziehen und dann sollten wir in den Priel springen und uns das klebrige Zeug abwaschen. Wenn der Schlick erst getrocknet ist, kriegt man den total schlecht ab«, erklärte Melf.

»Ach, nein, schon wieder in den Schlick! Muss das sein?«, stöhnte Malu.

»Du wirst dich gleich wundern. Im Hauptpriel gibt es keinen Schlick, jedenfalls nicht auf dieser Seite. Hier geht zu viel Strömung, da lagert sich nichts ab, fester Sandgrund, da kann man total gut baden und überhaupt, den Eventpunkt „Abenteuer im Schlick" können wir schon abhaken. Für gleich stehen andere Aktionen auf dem Programm, die leckeren Krabbentierchen warten schon auf uns!«

So, wie Melf das vorgeschlagen hatte, passierte es dann auch. Zuerst zogen sie gemeinsam das Schlauchboot ein Stück auf den Sand und stürzten sich danach mit allen Klamotten in den großen Priel. Erst im Wasser zogen alle die völlig verschlickten Sachen aus und jeder hatte vorgesorgt. Die Mädchen hatten bereits zu Hause ihre Bikinis untergezogen und die Jungs ihre Badehosen.

Jeder war jetzt damit beschäftigt das schwarze Zeug loszuwerden, aber alle nur mit mäßigem Erfolg! Besonders aus den Haaren kriegte man es kaum raus und irgendwie standen die dann bei allen verwuselt und verklebt, kreuz und quer vom Kopf ab. Anschließend tobten die Vier ausgelassen eine Zeitlang im Wasser herum und nachdem jeder noch versucht hatte, seine verdreckte Kleidung wenigstens etwas zu reinigen, wurde das Boot entladen. Gemeinsam schleppten sie alle Sachen auf die Sandbank und nach Malus Geschmack reichlich weit vom Wasser entfernt. Aber der Haufen vor ihren Füßen war wirklich erstaunlich:»Mensch, was habt ihr alles dabei! Und was ist eigentlich in dieser großen Plastikbox?« fragte sie neugierig und war schon im Begriff den Deckel abzunehmen.

»Finger weg! Das ist noch unser Betriebsgeheimnis«, sagte Marwin sofort energisch:»Wir müssen gleich erst mal richtig arbeiten und vorher bekommt ihr von mir eine kleine Krabbenfangerklärung. Passt auf! Die Sache ist eigentlich ganz einfach. Wir machen das gleich genauso wie die Insulaner vor Urzeiten.

Seht her, diese Art Kescher nennt man bei uns Glieb, hochdeutsch wird der, glaub ich, Schiebehammer genannt. Warum? Keine Ahnung. Möglicherweise, weil das ganze Gerät an einen Hammer erinnert? So, mit dem unteren Querholz schiebt man einfach über den Grund. Das Netz ist am Holz und an diesem stabilen Drahtkreis befestigt, damit wird es offen gehalten! Dieser Holzstiel sitzt ganz fest im Querholz drin und nun braucht man nur noch, mit dem Stiel in der Hand, mit möglichst viel Tempo durchs Wasser zu schieben und ihr werdet euch wundern, wie viele Krabben wir damit gleich fangen werden! Klar soweit?«

»Eigentlich schon … also eine Art Kescher zum Schieben«, antwortete Malu, guckte Greta an und beide nickten dann Marwin zu.

»Na gut, lasst uns loslegen«, fuhr Marwin fort. »Wir haben nur zwei Gliebs. Ich würde sagen, wir fangen an und zeigen euch wie's geht. Und danach seid ihr dran, einverstanden?«

Wieder nickten die Mädchen und sofort legten die Jungs los. Jeder griff sich sein Fanggerät und stakste damit in den Hauptpriel. Allerdings nicht auf die übliche wilde Weise, sondern diesmal mit Bedacht, recht langsam und vorsichtig.

»Krabben haben gute Augen und sind im Wasser richtig schnell«, erklärte Melf. »Die versuchen sich natürlich zu retten, entweder zur Seite oder, das werdet ihr noch sehen, manchmal springen sie in ihrer Panik auch richtig raus und in die Luft, das glaubt man gar nicht. Die besten Chancen, sie zu erwischen, hat man, wenn das Wasser schlickig trüb ist, dann sehen sie das Netz zu spät. Unser Wasser hier ist schon fast zu klar! Aber egal. Na, ihr kleinen Krabbeltiere, kommt her zu Onkel Melf.«

Beide waren ein ganzes Stück von einander entfernt ins Wasser gegangen und standen jetzt nicht ganz knietief im Priel. Melf senkte seine Glieb langsam ab und meinte dann noch: »Das Querholz muss gut auf dem Grund aufliegen, damit scheucht man sie hoch. Da sitzen die Biester und fressen sich voll. So, jetzt Höchsttempo! Wie gesagt, die Krabben sind wieselflink!«

Wie auf ein geheimes Kommando rannten beide los. Das Wasser

spritze und erst vielleicht nach zehn Metern blieben sie stehen und hoben neugierig ihr Fanggerät aus dem Wasser.

»Wie sieht's bei dir aus?«, rief Melf seinem Kumpel zu.

»Richtig gut, würde ich sagen … ziemlich fette Burschen dazwischen und bei dir?«

»Genauso! Gleich noch mal!« antwortete Melf.

Sie senkten ihre Gliebs wieder ab und rannten sofort wieder los. Dieser Vorgang wiederholte sich noch ein Mal und dann staksten sie zurück zum Ufer, wo die Mädchen schon neugierig warteten.

»Wow!«, staunte Malu nicht schlecht als sie erst bei Marwin und dann bei Melf ins Netz guckte. »So viele habt ihr schon!«

Auch Greta war völlig aus dem Häuschen und klatschte anerkennend die Hände zusammen.

»Ja, heute scheint ein guter Tag zu sein. Aber alle, die da jetzt rum zappeln, können wir nicht gebrauchen«, erklärte Marwin. »Wir sieben sie durch und nehmen nur die Größten. Die Kleinen haben gleich einen Freiflug zurück in die Nordsee.«

Melf legte ein Art Gitter mit Umrandung auf den größten Eimer, den sie dabei hatten und schüttete dann seinen Fang direkt aus dem Netz aufs Gittersieb.

Nun rührte er mit der Hand einige Sekunden im zappeligen Krabbengewusel herum und erklärte dabei: »So, die Kleinen rutschen jetzt durch die Gitterstäbe und nur die Fetten bleiben oben liegen und die kommen in einen extra Eimer.«

»Aber, die sehen ja nicht besonders appetitlich aus, so schlickig grau«, sagte Malu, die sich die Tiere ganz genau anguckte.

»Warte mal ab, wenn sie gekocht sind. Erst dann kriegen sie diese braune, hellere Farbe. Im Augenblick haben sie noch ihre Tarnfarbe. Die können sich sogar dem Untergrund anpassen. Hier im Schlickwatt sind sie eher grau, auf der anderen Inselseite, wenn der Grund sandiger ist, haben sie eine bräunlichere Farbe«, erklärte er weiter und meinte dann: »Ach ja, wer bringt mir mal schnell ein bisschen Wasser?«

Greta schaltete als erste. Schnappte sich einen weiteren Eimer, rannte zum Priel und stellte den, etwa zur Hälfte gefüllt, Sekunden später den Jungs vor die Füße. Melf nahm jetzt das Sieb vom Eimer und schüttete die zappelnden Fettkrabben, die nicht durchs Rost gefallen waren, hinein. Anschließend siebte Marwin seinen Fang genau auf die gleiche Weise durch und nun gab es einen Eimer mit dicken Krabben und einen mit kleinen. Den kippte Marwin mit Schwung zurück in die Nordsee, lachte dann die Mädchen an und sagte: »So, jetzt seid ihr dran! Was meint ihr?«

Das ließen sich Malu und Greta natürlich nicht zweimal sagen und als sie dann nach ihrem ersten Schieben jede neugierig in den Netzbeutel guckten, war auch bei den Mädchen die Freude groß – auch bei ihnen zappelten schon etliche Tierchen im Fanggerät.

Ohne ihre Beute an Land zu bringen, schoben sie sofort wieder los und Marwin rief dann noch: »Das könnt ihr ruhig machen! Aber ihr müsst sofort losrennen, sonst entkommen euch eure Gefangenen!«

Erst nach dem vierten Mal Schieben kamen die Mädchen aus dem Wasser, zeigten den Jungs stolz ihre Beute und die nickten anerkennend – die Menge Krabben, die in beiden Netzen zappelte, war wirklich beachtlich.

»Das macht ja saumäßig Spaß«, sagte Malu, »aber das ist auch saumäßig anstrengend. Das Ding durchs Wasser zu schieben hätte ich mir leichter vorgestellt.«

»Ja, da kriegt man richtig Muckis, das spart das Fitnessstudio«, lachte Marwin.

»Nun stellt euch vor, das war damals wirklich meistenteils Frauenarbeit. Die dicksten Krabben fängt man in den Sommermonaten und da waren viele Männer auf See. Ich hab das mal auf einem alten Foto gesehen. Die Frauen mit ihren Kleidern im Wasser, dieser dicke Stoff wurde sicher bleischwer und ihr glaubt gar nicht, wie riesig die Gliebs damals waren. Die Dinger waren bestimmt dreimal so groß wie unsere hier. Die mussten wirklich was in den Armen haben. Na, wie sieht's aus bei euch, habt ihr noch Power?«

»Na klar, was denkst du denn!«, rief Greta ausgelassen. »Auf Amrum fischen die Frauen!«

»Na, wenn's so ist, gehen wir Männer jetzt mal in die Küche!«, amüsierte sich Melf.

Als die Mädchen dann ihren nächsten Fang an Land brachten, waren die Jungs wirklich mit so was wie Küchenarbeit beschäftigt. Sie hatten schon den Campingkocher im Einsatz und obendrauf stand der große Kochtopf. Soeben waren sie dabei, die zweite Decke möglichst faltenfrei auf dem Sand auszubreiten. Marwin meinte dann:»So, dann siebt mal schön. Ihr wisst ja, wie das geht. Und: Wollt ihr noch mal los?«

»Na klar!«, war Malus Antwort.»Krabbenfischen ist traditionell Frauensache. Die Männer kümmern sich um den Haushalt!«

Als die Mädchen mit ihrem dritten Fang angeschleppt kamen, fiel ihnen der Unterkiefer runter. Auf den Decken lagen jetzt vier Frühstücksbretter, Messer, Gabeln, vier Becher, einige leere Plastikschüsseln, eine große Cola, eine Flasche Wasser, Butter, zwei Pakete vorgeschnittenes Schwarzbrot und eine Schüssel mit Rührei und das sogar bestreut mit Petersilie.

»Was ist denn mit euch los!!! Mensch, das glaub ich nicht!!!«, staunte Greta und auch Malu machte weiter große Augen.

»Na ja, wenn schon denn schon. Da könnt ihr mal sehen, was ihr uns wert seid. Schließlich haben wir euch ja auch ein großes Friedensangebot versprochen«, sagte Melf und Marwin ergänzte:»Wir können eben auch anders. Aber sagt, wir sind eigentlich soweit, was meint ihr? Ihr ruht euch jetzt aus und trinkt schon mal etwas. Wir ziehen noch mal los, dann haben wir auf jeden Fall genug! Das Wasser müsste dann auch kochen und wir könnten danach mit dem Fünf-Sterne-Dinner beginnen.«

Es dauerte nicht lange, da kamen die Fischer mit ihrem Fang zurück und das war auch diesmal wieder eine gehörige Menge. Noch während sie ihre Krabben durchsiebten, meinte Melf:»Die Flut hat schon eingesetzt. Ich denke noch eine Stunde, dann kriegen wir hier nasse Füße und die ganze Herrlichkeit um uns rum versinkt wieder in den Fluten, aber die Zeit reicht dicke. So, Krabbenkochmeister, dann walte mal deines Amtes!«

»Na, nun übertreib nicht«, entgegnete Marwin.

»Nein, nein. Ich hab schon Recht. Marwin kann das wirklich am besten. Richtig Krabbenkochen muss man drauf haben. Da kann man viel falsch machen. Zwanzig Sekunden zu lange im Wasser und schon verlieren sie an Geschmack. Der richtige Zeitpunkt ist, wie beim Eier kochen, sehr wichtig.«

Marwin nahm den Deckel vom Topf und schon stieg eine große Dampfwolke auf.

»So«, meinte er dann, »es kann losgehn!«

Die Mädchen waren aufgestanden und guckten neugierig. Der Topf war etwa zur Hälfte mit Wasser gefüllt und das kochte sprudelnd.

»Und da müssen die armen Tiere jetzt rein?«, sagte Malu mitfühlend.

»Ja, das muss sein, wenn wir sie nicht lebend runterschlucken wollen. Aber ich kann dich beruhigen. Die sind schlagartig tot. Wahrscheinlich sterben sie so besser, als wenn sie von irgendeinem Fisch genussvoll langsam zerkaut werden.«

Während Marwin seinen Vortrag hielt, hatte er parallel den großen Deckel vom Topf auf den Eimer mit den Krabben gelegt, nur einen kleinen Spalt frei gelassen und das Wasser abgegossen. »Ach ja, Melf, kannst du die durchgesiebten Kleinen noch zurückbringen und gleich einen halben Eimer Nordsee wieder mitbringen. So, dann mal rein mit euch!«, sagte er noch und schüttete alle Krabben in einem Rutsch ins siedendheiße Sprudelwasser.

Malu sah, dass sich die Farbe der Tiere sofort veränderte. Sie sahen plötzlich braun aus und hatten sich auch alle schlagartig gekrümmt – genau in dieser gebogenen Buckelform kannte sie sie aus dem Fischgeschäft. Und nun erinnerte sie sich daran, dass sie als kleines Mädchen mit Paps am Strand mal ein paar Krabben mit dem Kescher gefangen hatte. Aber, die waren viel kleiner gewesen und Paps hatte vorgeschlagen, sie später auf dem Campingplatz zu kochen. Da waren ihr die Tränen gekommen und natürlich hatten sie dann die Tiere an Ort und Stelle wieder frei gelassen. »Und du gibst kein Salz rein oder Brühe oder so?«, fragte Malu nach.

»Nein, auf keinen Fall. Nur Nordseewasser, das hat genau den richtigen Salzgehalt. Die Krabben müssen jetzt ungefähr zwei Minuten kochen, manchmal auch etwas länger. Das kommt auf verschiedene Dinge an und die sind jedesmal etwas anders! Wenn du sehr viele Krabben gleichzeitig reinkippst, dauert es länger, bis das Wasser wieder kocht. Na ja, und die größeren Burschen brauchen auch etwas länger. Und natürlich muss man noch die Höhenlage berücksichtigen«, setzte er grinsend hinzu. »Nein, im Ernst, säßen wir jetzt auf dem Gipfel des Mount Everest, hätten wir einen viel niedrigeren Siedepunkt, weniger Luftdruck! Deshalb kannst du dort im Restaurant auch keine hart gekochten Eier bestellen. Das kriegen sie einfach nicht hin, versteht ihr!«

Malu sah, dass Greta die Augen verdrehte, aber auch sie hielt den Mund und verkniff sich die spitze Bemerkung, die sie schon auf der Zunge hatte.

Melf kam gerade mit dem Wassereimer zurück und fragte gleich: »Na, wie sieht's aus Chef?«

»Na, noch eine knappe Minute schätz ich. Ihr müsst wissen, man muss sie jetzt einfach nur gut im Auge haben. Sie sind fertig, wenn sie so kleine helle Punkte im Kopfbereich kriegen und dann sollte man sie sofort in kaltes Wasser kippen, damit sie nicht noch in ihrer eigenen Schale weiter garen«erklärte er und fügte dann noch hinzu. »Durchs Abschrecken kann man sie auch wesentlich besser pulen!«

Nun machte er sich bereit, das sah man. Er hatte den Eimer mit kaltem Nordseewasser etwas näher an den Kochtopf heran gestellt und sich ein Handtuch und den großen Deckel genommen. Dabei beobachtete er weiter genau die Krabben, die im kochenden Wasser wild herumtanzten.

»So, es geht los! Vorsicht mit eurem Füßen.«

Nun legte er, wie vorhin, den Deckel mit einem kleinen offenen Spalt auf den Topf, dann das Handtuch darauf, faste die Griffe und drückt mit beiden Daumen gleichzeitig den Deckel runter. Er ging mit dem Topf ein paar Schritte in den Sand, kippte das heiße Wasser ab, kam schnell zurück und ließ die dampfenden Krabbentiere sofort in den bereitgestellten Eimer mit der kalten Nordsee rutschen.

Nach wenigen Sekunden goß er dann, wieder nach dem Deckelprinzip, das Wasser ab, lächelte kurz in die Runde und sagte:»So, meine Lieben, die kulinarische Köstlichkeit wartet auf euch!« Malu überlegte sofort, woher sie genau diese Formulierung kannte – aber es fiel ihr nicht ein.

»Also, Leute, es geht los. So frisch werdet ihr sie wahrscheinlich nicht so schnell wieder bekommen. Direkt nach dem Kochen sind sie am leckersten!«

Er ging direkt mit dem Krabbeneimer zu den bereitgestellten Schüsseln auf der Decke und füllte zwei größere bis zum Rand voll. Danach guckte er in den Eimer und meinte:»Mensch, wir haben so viele, die schaffen wir nie. Da könnt ihr nachher noch eine Menge von mit nach Hause nehmen.«

»Oh ja!«, meldete sich Malu sofort und guckte dann Greta an:»Ich auch, aber nicht so viele. Meine Bande steht da nicht so drauf.«

Alle setzten sich und weil keins der Mädchen zugriff, sondern beide fragend auf die Krabben guckten, meinte Melf:»So, ihr bekommt jetzt noch gratis einen Schnellkurs im Krabbenpulen!«

Malus fragendes Gesicht hellte sich sofort auf:»Du hast meine Gedanken gelesen. Ich wollte das schon immer mal richtig gezeigt bekommen. Leg los!«

»Krabben pulen ist eigentlich keine große Sache«, sagte er, »aber richtig gut darin wird man natürlich nur, wenn man das oft und lange macht. Deshalb werden euch am Anfang viele abreißen, aber das wird schon mit der Zeit. Man benutzt beide Hände und die müssen gut zusammen arbeiten. Rechtshänder sollten das Schwanzende auch mit der rechten Hand greifen und das Kopfende mit der Linken.«

Er nahm sich eine Krabbe aus der Schüssel und die Mädchen taten es auch.

»So, ihr müsst das Schwanzende je nach Größe der Krabbe so etwa zwei bis drei Panzerteilchen weit fest anfassen, dann etwas zusammendrücken, aber natürlich nicht zerquetschen und gleichzeitig ein kleines Stückchen in beide Richtungen drehen, dann mit Gefühl langsam auseinander ziehen und schwupps löst sich der Schwanzpanzer und ein gutes Stück vom köstlichen Innenleben lächelt euch schon an. Den leeren Schwanz in die Abfallschale, die linken Finger drücken den Kopfpanzer wieder ein bisschen zusammen und jetzt dreht man mit der wieder freien rechten Hand das Fleisch einfach vorsichtig heraus und ab damit in den Mund ... so geht das!«

Genauso hatte das bei ihm funktioniert und nun kaute er schon auf seiner ersten Krabbe herum, streckte Marwin seinen aufrechten Daumen entgegen und meinte:

»Wiedermal auf den Punkt, Baby.«

Malu guckte auf ihre zerrissene Krabbe, allerdings Greta war es gleich geglückt. Sie steckte sich ebenfalls den ersten Bissen in den Mund. Aber das überraschte auch niemanden. Sie kam ja schließlich von der Insel!

Malu hingegen hatte auch bei der nächsten noch keinen Erfolg, dann endlich doch, dann wieder nicht, dann gleich dreimal doch und wieder nicht. Aber sie blieb dran und wurde von Minute zu Minute besser.

Melf und Marwin hatten schon längst voll losgelegt und in Rekordzeit lag ein kleiner Berg Krabbenfleisch in ihren Schüsseln. Die Menge bei den beiden reichte schon längst, um sich damit ein Brot zu belegen, aber die dachten gar nicht daran mit dem Pulen aufzuhören und nun realisierte Malu, dass die Jungs nicht nur für sich selbst, sondern für alle auf der Decke so ausdauernd arbeiteten.

Irgendwann begann dann das Essvergnügen richtig. Jeder von den Jungs steuerte eine Schüssel voll mit Krabbenfleisch bei, nur bei den Mädchen und besonders bei Malu war es erschreckend wenig und das lag nicht nur an ihren mäßigen Pulerfahrungen. Mindestens die Hälfte ihrer erfolgreichen Versuche war nicht im Schälchen, sondern direkt in ihrem Mund gelandet.

Wie auch immer, die Jungs reagierten entspannt und freuten sich viel mehr darüber, dass den Mädchen die kleinen Tierchen so gut schmeckten.

Jetzt gab es Krabben in allen Varianten – auf Schwarzbrot, auf Baguette, Krabben nur mit Rührei, Krabben mit Rührei auf Schwarzbrot,

Krabben mit Kräuterdressing, Krabben mit Knoblauchdipp, Krabben mit Dillmayo und so weiter – und getrunken wurde, bis alle Flaschen leer waren.

Natürlich hatten die Vier nicht nur gegessen. Zwischendurch wurde geredet und herumgealbert und immer mal wieder legte sich auch jemand der Länge nach hin und guckte einfach bloß über die Nordsee oder in den Himmel. Malu hatte gerade zwei Leute entdeckt, die drüben auf dem Deich stehengeblieben waren und neugierig herüber sahen. Der eine schien ein Fernglas zu haben. Was die wohl jetzt denken, versuchte sie sich vorzustellen … wahrscheinlich sind sie neidisch … und das können sie auch sein, dachte sie. Hier zu sitzen in dieser unberührten Weite ist einfach nur schön, einmalig und herrlich!

Das werd ich bestimmt nie vergessen. Allerdings war ihr soeben etwas anderes eingefallen, und das wollte sie ja heute noch unbedingt ansprechen:»Marwin, ich muss dich noch was fragen. Meine Mum und einige ihrer Freundinnen und auch Greta und ich und vielleicht Janne möchten zusammen eine Wattwanderung nach Föhr rüber machen und wir wollen, wenn möglich, nicht mit einer dieser großen Gruppen gehen. Greta meinte, du könntest uns vielleicht auch führen?«

»Da sag ich nur … lass machen! Dazu hab ich immer Lust und in zwei bis drei Tagen ist die Tide richtig. Dann haben wir gegen Mittag Niedrigwasser, das ist ideal. Wenn du mich rechtzeitig anrufst und ich nichts Wichtigeres zu tun hab, dann bin ich dabei!«

»Das ist ja super! Ich freu mich total und besprech das mit meiner Mum. Wir alle zusammen, ein gemeinsamer Tagesausflug … ich ruf dich auf jeden Fall an und dann besprechen wir alles genau. Melf vielleicht hast du ja Lust, auch mitzukommen?«

»Ja, warum nicht. Es ist schon zwei Jahre her, dass ich rüber gegangen bin. Wenn nicht irgendwas dazwischen kommt, bin ich dabei.«

Malu warf einen schnellen unauffälligen Blick auf Greta und sah, wie sehr die sich über diese Nachricht freute.

In einer der Schalen lag noch ein kleine Menge Krabbenfleisch und als Malu überlegte, ob sie noch eine weitere Krabbenvariation essen sollte, fiel ihr der recht ernste und fragende Blick auf, den Melf seinem Freund zuwarf, auf. Und der nickte kurz zurück!

»Ja, Ladies«, sagte Melf dann, »wir müssen langsam an unseren Aufbruch denken, sonst kriegen wir hier wirklich noch nasse Füße.« Malu sah sofort zur Wasserkante und bekam einen richtigen Schreck. Es waren zwar noch etwa drei Meter, aber der Abstand hatte sich zu vorhin mehr als halbiert. Wie schnell das geht! Sie hatte das überhaupt nicht bemerkt. Auf die Fischer ist wirklich Verlass, dachte sie dankbar. Auch Greta guckte recht ängstlich und wahrscheinlich versuchte Melf deshalb die Situation zu beruhigen: »Alles easy, bleibt relax. Wir könnten hier wahrscheinlich noch 'ne halbe Stunde im Trocknen sitzen, aber die Sandbank ist sehr flach und wir müssen an den Seenotretter denken oder an irgendeinen Spinner mit einem Speedboot. Wenn die hier volle Suppe durch den Priel brettern, hätten wir an den Wellen überhaupt keinen Spaß. Aber alles ist gut! Seht ihr: Weit und breit gibt es kein Schnellboot und der Retter liegt seelenruhig im Hafen.«

An Wellen hatte Malu überhaupt noch nicht gedacht. Nur gut, dass sich die Jungs auskannten!

»Also, wir springen jetzt noch einmal kurz ins Wasser, dann packen wir alles zusammen, heulen nochmal, weil die Party zu Ende ist und dann knattern wir ganz gemütlich zurück.«

»Heulen, ist das richtige Stichwort! Mir graut mehr davor, gleich meine versifften, stinkigen Klamotten wieder anzuziehen. Hoffentlich sind die wieder einigermaßen trocken!«, sagte Greta und schüttelte sich.

Die Mädchen hatten vorhin nach den Reinigungsversuchen einfach die zwei Notpaddel quer über das Schlauchboot gelegt und ihre Sachen dort zum Trocknen aufgehängt.

Aber trocken waren die natürlich noch nicht.

Der letzte Teil der Krabbentour ist schnell erzählt: Nach einem letzten gemeinsamen Toben im Wasser wurde alles zusammengepackt und im Boot verstaut, alle krabbelten auf ihre Plätze, Melf riss den Motor an und vier glückliche Jugendliche knatterten zurück Richtung Hafen.

Auch die Verabschiedung dort verlief unspektakulär: Die Mädchen

nahmen ihre Rucksäcke aus dem Boot, Malu bekam den Krabbeneimer in die Hand gedrückt und Marwin stopfte noch eine Plastiktüte
obendrauf.

Dann bedankten sich die Zwei für die Einladung und die tolle Aktion, alle klatschten sich gegenseitig ab und zwei glückliche Mädchen
ließen zwei glückliche Jungen auf dem Bootssteg zurück – die wollten
nämlich gleich ganz in Ruhe ihre Sachen in den Bootsschuppen bringen und hatten alle Angebote, dabei zu helfen, vehement ausgeschlagen.

Die Mädchen hatten vorhin ihre Räder einfach vor dem Hafengelände
ins Gras gelegt und als sie nun näher kamen, stand dort ganz in der
Nähe ein älteres Paar und die zwei lächelten ihnen entgegen.
»Darf ich Euch mal ansprechen?«, fragte der Mann sehr freundlich. »Ach, Entschuldigung, jetzt hab ich Euch einfach geduzt. Wir
haben Enkel in eurem Alter. Wir kommen aus Trier und machen hier
Urlaub.«

Malu war die erste, die reagierte: »Das ist schon in Ordnung, können wir Ihnen helfen?«

»Meine Frau und ich, wir sind gerade von Wittdün her auf dem
Deich hier hoch gewandert. Kann es sein, dass ihr eben noch mit zwei
Jungen da drüben auf der Sandbank wart?«

»Ja, das stimmt!«, antwortete Malu wieder.

»Siehst du Christa, da hatte ich doch Recht. Entschuldigt, dass wir
so neugierig sind. Wir konnten gar nicht anders und mussten immer
wieder hinüber sehen. Es war so ein schönes Bild und wir hatten soviel Freude daran. Durch mein Fernglas konnte ich sehen, dass ihr
so Stiele mit Netzen daran durchs Wasser geschoben habt. War das
Fischen?«

Greta überließ ihr das Reden, jedenfalls reagiert die wieder nicht
und so antwortete Malu erneut: »Ja, das haben wir wirklich. Wir haben
Krabben gefangen, sie gleich gekocht und dort ein kleines Picknick
gemacht.«

»Genau das haben wir vermutet und das sieht man ja auch. Christa, so sieht man eben aus nach dem Krabbenfang. Noch richtige Inselkinder haben wir gesagt und uns so gefreut, dass das hier noch Jugendliche machen. Ihr könnt froh sein, hier auf dieser schönen Insel groß zu werden, so im Einklang mit der Natur und in dieser Freiheit. Und die Fangmethode wird hier noch benutzt und die Insulaner holen sich die Delikatesse einfach so direkt aus dem Meer, wenn sie mal Appetit auf Krabben haben?«

Malu wollte nicht lügen und zögerte kurz mit der Antwort, aber die gab jetzt Greta: »Ja, diese alte Fangmethode wird von einer Generation an die nächste weitergegeben.«

»Ach, wie schön! Aber genau das sagte ich vorhin zu meiner Frau. Auf den Inseln kann man diese alten Traditionen noch überall im Alltag finden. Dann sprechen sie sicher auch Friesisch?«

»Ja sicher! Wenn wir unter uns sind, unterhalten wir uns nur so. Das ist ja unser kulturelles Erbe, das müssen wir doch bewahren!«, flunkerte Greta und verzog weiter keine Miene.

Hoffentlich wollen sie jetzt nicht, dass wir das sprechen, fürchtete Malu und mischte sich schnell ein: »Frisch gekochte Krabben sind ganz besonders intensiv im Geschmack und nur wir Amrumer bekommen die so auf den Teller.

Wollen Sie mal eine probieren?« und schon hielt Malu ihnen den Eimer vor die Nase.

»Oh, das ist aber nett! Da sagen wir nicht nein. Die essen wir nämlich beide sehr gern. Guck mal Christa! Wie groß die sind und welche schöne Farbe!«

Beide holten sich eine Krabbe heraus, pulten sie recht geschickt und steckten sie sich sofort in den Mund.

»Hmmm … … sehr gut … … ganz ausgezeichnet …«, war jetzt im Wechsel von den beiden zu hören.

»Ach, dann nehmen Sie sich doch noch ein paar mehr«, bot Malu an und hielt ihnen erneut den Eimer hin.

»Ja, wenn wir dürfen, dann machen wir das doch glatt, was meinst du, Werner?« Die Frau nahm sich noch zwei weitere aus dem Eimer und auch ihr Mann griff erneut zu.

»Seid ihr damit einverstanden, wenn ich ein Foto von euch mit dem Krabbeneimer mache? Ihr gebt so ein schönes Bild ab!«, und dann guckte er fast verzückt auf ihre verdreckte, schlickige Kleidung und meinte:»Das Foto möchte ich meinen Enkeln zeigen, die interessieren sich leider für ganz andere Dinge. Das Bild nenne ich dann: „Zwei junge Amrumerinnen nach dem Krabbenfang". Seid ihr einverstanden?«

»Ja, warum nicht. Aber danach müssen wir dringend los. Unsere Familien sitzen schon am Mittagstisch und warten auf uns«, antwortete Greta und blieb weiter vollkommen in ihrer Rolle.

»Hörst du das, Christa! Genau das war vorhin meine Vermutung. Hier auf den Inseln müssen die Kinder noch wichtige Aufgaben übernehmen und können nicht den ganzen Tag nur rumspielen. Ganz wunderbar. In der Nachkriegszeit hatte ich als Junge die Verantwortung für die Kaninchenzucht und konnte damals damit auch einen wichtigen Beitrag für unser Überleben leisten. Dann wollen wir euch nun auch nicht mehr länger aufhalten.«

Die Mädchen bauten sich auf, der ältere Herr machte sein Foto und als Malu und Greta sich schnell verabschiedeten, sich ihre Fahrräder griffen und sahen, dass sie weg kamen, strahlten die Alten und sahen ihnen noch lange hinterher.

Nach einer knappen halben Stunde trudelten die Mädchen bestgelaunt aber auch müde wieder in Nebel ein.

Malu hatte noch nicht einmal Gretas Krabbenportion vollständig in die Plastiktüte gekippt, da flog auch schon die Haustür auf und Kurt kam lachend auf sie zu.

»Mensch, ihr glaubt gar nicht, wie sehr mir das gefällt! Ich hab euch durchs Küchenfenster gesehn und gedacht, genauso müssen Amrumer Jugendliche aussehen. So bin ich in eurem Alter auch oft nach Hause gekommen, aber dann setzte es ein fürchterliches Donnerwetter. Lasst mich raten, ihr wart im Watt!«

»Ja und das nicht zu knapp. Die Jungs haben uns in eine Falle gelockt und wir saßen schon gleich am Anfang bis zum Hintern im Schlick«, erklärte Malu.

»Das sieht man, das sieht man!«, lachte Kurt.»Alles halb so schlimm. Schlick ist gut für die Beine mein Deern.«

»Ha, ha, das haben wir heute schon mal gehört. Aber eigentlich waren wir Krabben fangen auf Hubsand mit Marwin und Melf. Du glaubst gar nicht, wie toll das war!«, strahlte ihn Malu glücklich an.

»Das glaub ich euch sofort. Ihr seht beide wunderschön aus! Aber lasst mal sehn, was habt ihr denn gefangen? Menschenskind, was für große Burschen! Und viele, das reicht ja noch für eine ganze Mahlzeit!«

Malu hatte natürlich herausgehört, worauf er anspielte, allerdings sagen konnte sie nichts mehr.

»Wie seht ihr denn aus!«, rief oder besser schrie in diesem Moment jemand von der Hausecke. Kristina war gerade dort aufgetaucht und hielt sich erschrocken beide Hände vors Gesicht:»Was ist denn bloß passiert !!?? Ein Unfall oder so?« und rannte auf sie zu.

»Nein, Mum, reg dich wieder ab! Alles in bester Ordnung! Wir waren nur Krabben fischen! Und es war einfach … du würdest sagen … fantastisch!«

»Was, Krabben fischen !!?? … Aber, Kind … was ihr auch immer vorhabt … und deine Haare … eure Kleidung … und dann der Geruch!«

Malu grinste:»Mum, du bist doch diejenige, die in solchen Fällen sagt … Salz, Seetang und Watt … sooo riecht Amrum!«

Kristina guckte irritiert, schien sich aber langsam wieder in den Griff zu bekommen und als sie reihum nur in lachende Gesichter sah, schüttelte sie zwar noch ein paar Mal den Kopf, musste aber schließlich auch schmunzeln.

»Sieh mal, Mum, wie groß die sind und wie viele wir noch haben«, Malu hielt ihrer Mutter den Eimer hin.»Alle selbst gefangen und gekocht, frischer geht's nicht! Wir könnten doch heute Abend alle zusammen lecker Krabben essen und Opa Kurt laden wir natürlich ein!«

Kurt freute sich sofort noch mehr:»Oh, da sag ich nicht nein! Ich hab schon lange nicht mehr so frische Krabben gegessen und ihr hättet gleich einen guten Puler an eurer Seite, darin bin ich nämlich kaum zu schlagen.«

»Na, wenn ihr meint. Dann mach ich vielleicht noch Spiegelei dazu oder Rührei, das passt ganz gut – mit Schnittlauch oder Petersilie.«

Kristinas Gemütszustand hatte sich jetzt vollkommen gedreht. »Na, dann sagen wir gegen 17 Uhr, was meinst du Kurt?«

»Gute Zeit. Ich komm dann eine gute halbe Stunde vorher und hol schon mal ein paar Tierchen aus der Schale.«

»Ja, wunderbar … in der Zeit kann ich dann alles andere vorbereiten. Nun freu ich mich richtig. Aber müsst ihr mir auch so einen Schrecken einjagen!«

Greta hatte sich noch gar nicht von ihrer Freundin verabschieden können, so unvorhersehbar war hier eben die Action losgebrochen. Jetzt schnappte sie sich ihre Tüte, drückte Malu noch mal und flüsterte ihr »Mach's gut, junge Amrumerin« zu, grinste und brauste davon.

»So, Marie und du hast wohl jetzt eine Verabredung mit der Badewanne … und ich mit der Waschmaschine«, und dann konnte auch Kristina schon wieder lachen.

Das Rätsel

Jetzt war er doch froh über den Strandkorb, den ihm der forsche Vermieter eben am Dünenübergang aufgeschwatzt hatte. Der Kerl hatte sofort gewusst, warum er mit seinem Handtuch in der Hand so enttäuscht Richtung Nordsee gesehen hatte. Aber, wie sollte man da auch durchsteigen. Jeden Tag wechselnde Wasserstände und heute hatte er den total falschen Zeitpunkt erwischt. Nur trübes, knietiefes Schlickwasser, Kinder weit draußen auf trockengefallenen Sandbänken und Flut erst in sechs Stunden. Diese ständigen Gezeitenwechsel waren ihm ein Rätsel.

Allerdings, geärgert hatte ihn das kaum. Er hatte jetzt Zeit, nichts trieb ihn mehr und in so einem Strandkorb konnte man wirklich herrlich entspannen. Lang ausgestreckt genoss er die Wärme und beschloss, den ganzen Tag hier am Wasser zu verbringen. Gestern, bei der Wanderung um die Odde, hatte er sich noch mit endlosen Schatzgrübeleien den Kopf zermartert. Immer wieder die selben Fragen: Gehört das Brett wirklich zur Kiste? Welche Bedeutung hat das Symbol? Hatte Hark Olufs mit diesen Linien möglicherweise auch ganz alltägliche, unbedeutende Dinge gekennzeichnet? Vielleicht die selbst gebaute Wiege für seine Tochter oder irgendwelche anderen Möbelstücke? Warum hatte der alte Kerl sich so eingehend nach dem Brett erkundigt? Und immer so weiter! Schließlich hatte er dann das zweite Mal die Reißleine gezogen und einen endgültigen Schlussstrich unter die Sache gemacht. Den verfluchten Schatz könnte finden wer wollte, ihn interessierte das nicht mehr!

Die Entscheidung gestern an der Nordspitze war wie eine Erlösung gewesen und dann hatte ihn der fantastische Sonnenuntergang über dem Meer endgültig auf andere Gedanken gebracht. Meine letzten Tage auf der Insel werd ich nur noch genießen und vielleicht schau ich wirklich mal bei Kristina vorbei, überlegte er. Er würde nachher noch den Makler anrufen, sich dann die größeren Holzabschnitte aus dem Spülkasten holen, dem Hippie erzählen, er käme doch nicht selbst dazu und den bitten, ihm daraus zwei schöne kleine Fische zu schneiden.

Es war schon später Nachmittag als er sein Fahrrad am Schuppen abstellte – solange hatte er den Strand genossen und war sogar eben noch einmal ausgiebig schwimmen gewesen. Bestgelaunt schloss er die Haustür auf und ging direkt ins Badezimmer. Aber, ach herrje, wie sah denn die Badewanne aus! Er hatte gestern einfach nur den Stöpsel gezogen und nicht nachgespült.

Von dem dunklen Zeug war eine ganze Menge nicht mit abgelaufen und klebte nun als schmierige, schwarze Masse am unteren Wannenrand. Da muss ich nachher noch ganz schön schrubben! ärgerte er sich. Aber erst einmal zum Hippie. Er ging direkt weiter zum Spülkasten und zog die Abdeckung hoch …

Doch das, was er im nächsten Augenblick zu Gesicht bekam, schmiss alle seine Vorsätze wieder über den Haufen!

Was ist das? … Wie kann das denn sein? … Fast wäre ihm der Deckel aus der Hand gefallen. Vollkommen überrascht, erstaunt und dann aufgeregt starrte er in den Wasserkasten und wollte es einfach nicht glauben! Es dauerte sekundenlang, bis sein Gehirn die richtige Erklärung gefunden hatte … und nach weiteren fünf Sekunden stürzte er aus dem Badezimmer Richtung Haustür, die hatte er eben sogar offen stehen lassen. Sein Puls war auf hundertachtzig, seine Stirn schweißnass und bevor er die Tür ins Schloss zog und hastig verriegelte, warf er noch einen schellen, prüfenden Blick Richtung Straße und in den Garten.

Was mach ich jetzt bloß, überlegte er. Ganz mit der Ruhe … vielleicht erst mal einen Kaffee aufsetzen … Und das tat er auch, allerdings mit zittrigen Händen und bevor er zurück ins Badezimmer ging, zog er in der Küche die Vorhänge vors Fenster.

Er hatte eben fast an seinem Verstand gezweifelt und starrte jetzt erneut in den Wasserkasten: Seine Hölzer passten fast nicht mehr hinein – sie hatten sich dort quasi verdoppelt. Aus den zwei längeren Brettabschnitten waren vier geworden und auch bei den meisten kleineren Teilen war es so. Er musste sogar zweimal gehen, bevor alle Hölzer ausgebreitet vor ihm auf dem Küchentisch lagen. Nur bei seinem Fisch, den er gestern dort einfach mit reingesteckt hatte, war nichts

Besonderes passiert – der war als einziger noch in Gänze vorhanden! Dafür kann es doch nur eine Erklärung geben, überlegte er. Das Brett hat aus zwei Hälften bestanden und die waren miteinander verklebt gewesen … das konnte doch nur Hark Olufs gemacht haben … und auf den Innenseiten hat er seine Botschaft versteckt … !!?? Daher auch die aufgerissenen Seiten … das Holz war gestern eine ganze Zeit in der Badewanne … der Kleber hat sich im Wasser gelöst … einfach Wahnsinn!

Sofort machte er sich daran, alle Holzteile so zu drehen, dass die Innenseiten nach oben zeigten. Sein Puls beschleunigte nochmal, denn er hatte schon an einigen Stellen schwarze Striche entdeckt. Da steht wirklich etwas! Manfred Graverberg, du bist auf der Siegerstraße, du bist der Champion!!! …

Auf den Innenflächen klebte noch an vielen Stellen ein dünner, brauner, undurchsichtiger Film – eine Art Lack! An einigen Stellen wölbte die Schicht sich hoch und als er dort mit dem Fingernagel kratzte, sprang das Zeugt sofort ab, so spröde war es.

Keine Ahnung, was das ist, aber das muss der Kleber sein … mit dem Messer müsste es gehen, überlegte er.

Sofort nahm er sich das größte Haushaltsmesser, das in der Besteckschublade zu finden war, kratzte damit auf dem braunen Film herum und wie erwartet, ließen sich mühelos größere Stücke ablösen und der schwarze Strich wurde immer länger.

Schnell hatte er die gesamte Fläche des Brettabschnitts freigekratzt. Die dunkle Linie verlief in einem Bogen Richtung Brettende, dann wieder zurück und schließlich an der gegenüberliegenden Brettkante heraus. Die Abbildung sah wie ein gebogener Finger aus und er hatte sofort eine Vermutung. Hastig schob er alle Holzteile auf eine Tischseite zusammen und suchte dann alle Holzstücken heraus, die zu dieser einen Bretthälfte gehörten. Dann legte er alles wie bei einem Puzzle an die richige Stelle zusammen. Leider gab es diese drei freien Flächen – allerdings, um die eine obere musste er sich überhaupt keine Sorgen machen – da hatte der Schnitzer seinen Fisch rausgeschnitten.

An einigen der anderen Hölzern war auch jetzt schon wieder der schwarze Strich deutlich zu sehen. Ohne lange zu spekulieren, kratzte er nacheinander von allen Brettstücken das spröde braune Zeug ab und das ging überall so problemlos wie eben.

Nach nicht einmal fünf Minuten lagen alle Puzzleteile an der richtigen Stelle vor ihm auf den Tisch und nun bestand gar kein Zweifel mehr. Die Linie stellte die Wattseite der Insel da.

Oben, der gekrümmte Finger, eindeutig die Nordspitze – die Odde! Dann fehlte ein Stück, dann kam die Linie etwas über der Rückenflosse des oberen Fischlochs wieder zum Vorschein und endete nach einem kurzen Stück erneut am Rand des zweiten Lochs, wo der große Fisch fehlte. Tauchte dann wieder kurz vor dem Sägeschnitt der Schwanzflosse erneut auf und lief dann in Bögen nach unten, hatte sogar die typische Ausbuchtung von diesem kleinen Fischerdorf, dann die lang gezogene Bucht bis zum Hafen und eine weitere gebogene Linie bis Wittdün runter, wo sie in einer Rundung auslief, wieder anstieg und dann wie oben an der Brettkante endete.

Hark Olufs hat die Ostseite Amrums auf das Brett gezeichnet … das ist eine Schatzkarte … irgendeine Stelle hat er darauf markiert!!!

Aber was war das?!! Dort wo der Schnitzer den dritten Fisch, den kleinsten, herausgeschnitten hatte, gab es links und rechts ganz vorne an der zulaufendem Schnauzenspitze dunkle Linien auf den Holzabschnitten.

Sofort kratzte er diese Stellen noch sauberer und nun sah er es: es waren Buchstaben! Auf der linken Seite … S Ö S … dann kam die herausgeschnittene Fischspitze und auf dem rechten Brettabschnitt noch die Buchstaben … R E P … Was hatte das zu bedeuten? Keine Ahnung! Aber egal jetzt. Jedenfalls steht hier was!

»Auf dem Holz gibt es wirklich eine Nachricht«, jubelte er. Natürlich sah er sich sofort auch alle anderen Flächen noch mal ganz genau aus der Nähe an, aber außer der unterbrochenen dunklen Linie am Rand entdeckte er nichts Weiteres.

Genau dort, wo er meinen Fisch herausgeschnitten hat, liegt Norddorf, überlegte er und die Frage: Ob er es überhaupt tun sollte, und dass er damit das angedachte Geschenk für seine Alte Dame zerstören würde, spielte keine Rolle mehr. Hier war jetzt nur eins zu klären: Badewanne oder Handwaschbecken? Schon eine halbe Minute später schwamm sein Fisch hinter ihm im Spülbecken, beschwert mit dem einzigen Kochtopf, den er damals bei der Wohnungsauflösung nicht weggeworfen hatte. Danach schob er die Puzzleteile an den oberen Rand des Tisches und begann sofort damit, die Innenflächen der Holzabschnitte von der zweiten Bretthälfte abzukratzen. Auch hier kam eine dunkle Linie zum Vorschein. Nachdem er wieder recht schnell alle Hölzer sauber hatte und wie vorher alle Teile an die richtige Stelle sortiert waren, war die Sache endgültig klar und logisch. Auf dieser Bretthälfte war die Linie kaum unterbrochen und stellte eindeutig die Strandseite der Insel dar.

Mann, hat der das schlau angefangen. Auf ein Brett allein ging seine Insel nicht drauf. Er hat es einfach aufgesägt und wie ein Schmetterlingsflügel über die Längskante aufgeklappt und zusammengeschoben … schon hatte er die doppelte Fläche für seine Schatzkarte zur Verfügung. Genauso ging er auch vor und schob nun den „Schmetterling" zusammen. Wie erwartet, passten die Linien exakt zusammen und wie von Zauberhand lag jetzt eine vollständige Umrisszeichnung vor ihm auf dem Tisch – und die zeigte ganz eindeutig: Amrum!!!

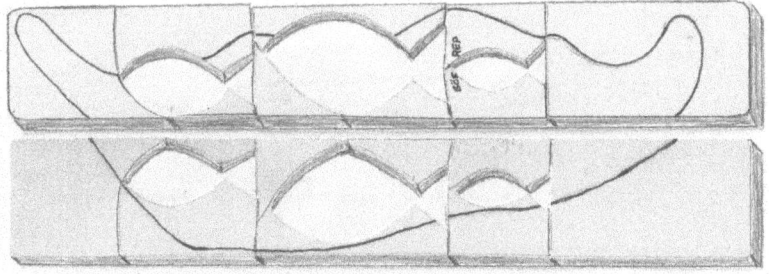

Natürlich untersuchte er auch auf dieser Bretthälfte jeden Quadratzentimeter, aber hier fand sich nichts Besonderes. Doch das besorgte ihn kein bisschen – der Strand war kein guter Platz, um einen Schatz zu vergraben, die Inseldörfer schon und die lagen alle auf der Bretthälfte, die die Ostseite der Insel zeigte.

Aber, warum hat die schwarze Linie diese vielen kleinen Zacken und wirkt manchmal dunkler, dann wieder heller und manchmal gibt es kleine Unterbrechungen? Nun strich er mit dem Finger darüber und fühlte sofort die leichte Vertiefung.

Eine Rille ... Mensch, war der clever ... er hat sie nicht einfach oben raufgezeichnet! Er hat erst eine kleine Kerbe ins Holz geschnitten und dann seinen Strich genau dort hinein gemalt. ... Das macht natürlich Sinn! Er hat befürchtet, dass sonst beim Zusammenkleben der Bretthälften, möglicherweise auch durch den Kleber, seine Zeichnung Schaden nimmt und dann vielleicht nichts mehr zu erkennen ist. Dieser Hark war wirklich ein schlaues Bürschchen! ... Was mir hier gerade passiert, ist der Wahnsinn! Wenn das so weiter geht, weiß ich in ein paar Stunden als einziger, wo er seine Klunker versteckt hat. Erneut lief ihm ein Glücksschauer über den Rücken. Aber was war jetzt zu tun? ... Einfach nur rumsitzen und abwarten war schwierig. Immer wieder stand er auf, guckte neugierig ins Waschbecken und hob dabei den Topf ein Stück an. Manchmal stiegen kleine Luftblasen auf, aber sonst tat sich nichts.

Ich werd noch verrückt! Wie lange dauert das denn, bis sich das Holz vollgesogen hat? ... Das andere war bestimmt zwei Stunden in der Badewanne und danach feucht über Nacht im Kasten ... also Geduld ... aber ich kann hier nicht die ganze Zeit nur rumsitzen. Ich sollte einfach etwas unternehmen! Ich fahr wieder an den Strand und geh erneut schwimmen!

Krabbenpulen mit Kurt

Die Krabben waren in einer Schüssel und abgedeckt gleich in den Kühlschrank gewandert und Malu für eine Stunde in die Badewanne. Danach hatte sie sich mit ihrem Buch ins Bett gelegt und war beim Lesen sogar eingeschlafen.

Es war schon später Nachmittag als sich Kurt vom Garten her bemerkbar machte und durch die offene Terrassentür rief:»Na, ist hier jemand an Bord!?!«

»Ja, natürlich! Hallo, Opa Kurt!«, antwortete Malu, die sich im Badezimmer gerade ihre Beine mit Feuchtigkeitscreme einrieb.»Du bist schon da! Ich bin sofort fertig!«

»Ja, ich bin extra früher gekommen, dann kann ich schon mal pulen … das dauert ja doch immer länger, als man denkt«, rief er zurück. Als sie herauskam, guckte er kritisch, lächelte aber gleich und meinte:»Na, was seh ich. Du bist ja schon wieder landfein!«

»Ja, natürlich! Ich pul mit. Ich hab nämlich vorhin einen Lehrgang absolviert, wir können uns dabei ungestört unterhalten. Mum ist los und kauft noch Schwarzbrot und Eier ein.«

»Na, dann bin ich gespannt, mein Deern! Wir pulen am besten draußen am Gartentisch. Aber, ich brauch bestimmte Teller, wenn's fix gehen soll. Einen flachen für die Krabben, einen tiefen für die Schalen und noch eine Schüssel für das Krabbenfleisch. Wenn's geht nicht so hochwandig und die gleiche Ausrüstung würde ich dir auch empfehlen.«

Wenige Minuten später saßen sie im Garten und Malu kopierte Kurts Telleraufbau. Den tiefen Suppenteller hatte er sich direkt vor die Nase gestellt und erklärte:»Da lass ich gleich die Schalen einfach rein fallen … bloß keine langen Wege für die Hände, das macht müde und du kommst immer wieder aus dem Tritt. Als Rechtshänder gehört hier links von dir, aber dicht bei, der Flache mit den ungepulten Krabben hin und rechts, auch wieder dicht bei, die Schale für das Fleisch, das löst du nämlich mit deiner Rechten aus. Und während du das wegschmeißt, holt sich deine Linke schon das nächste Tier und dann flutscht das nur so, verstehst du?«

Nun kippte er sich eine gehörige Menge Krabben auf den flachen Teller und legte los. Die ersten schob auch er sich direkt in den Mund und meinte dann:»Hmmm, das ist wirklich ein Genuss … und groß sind die … und gehen gut aus der Schale. Die muss ein Profi gekocht haben!«

»Das war Marwin! Melf meinte, er sei der Krabbenkochexperte.«

»Das ist er, das ist er … aber, nun geht's wirklich los und nicht mehr so viele direkt in den Mund, da kriegten wir früher von unserer Mutter was auf die Finger«, sagte Kurt noch.

Und dann konnte Malu nur noch staunen. Kurts Hände arbeiteten fast ohne Pause. Es war wie eine fließende Bewegung bei ihm und seine Hände flogen nur so über die Teller. Oft guckte er gar nicht hin, lächelte sie an oder sah sich im Garten um.

»Opa Kurt, du bist ja eine richtige Pulmaschine. Wie machst du das? Ich dachte, die Jungs sind schon schnell. Aber gegen dich …«, und dabei guckte sie völlig fasziniert auf seine flinken Finger.

»Übung macht den Meister, mein Deern. Du glaubst gar nicht, wie viele Krabben ich in meinem Leben schon gepult hab. Ich bin ja in der Nachkriegszeit groß geworden. Viele Männer waren tot oder in Kriegsgefangenschaft und die Insel war voll mit Flüchtlingen aus Ostpreußen, die hatten auch nichts zu beißen. Das waren damals harte Zeiten! Jede Familie musste sehn, wie sie klar kam. Du, bis in die 60-iger Jahre hinein vermieteten viele Amrumer in den Sommermonaten das eigene Schlafzimmer an Feriengäste. Sie wohnten dann im Keller oder sogar im Gartenschuppen. Auch Georg Quedens, von dem hatten wir doch schon mal, gibt bei seinen Vorträgen in dem Zusammenhang gerne folgende Anekdote zum Besten. Auch sein Kinderzimmer wurde im Sommer immer an Urlaubsgäste vermietet und er musste für die Zeit in den Hühnerstall im Garten umziehen. Dann wartet er einen Moment und wenn sich die innere Empörung bei seinen Zuhörern so richtig entwickelt hat, nach dem Motto, wie konnten die Eltern bloß so herzlos sein, dann blitzen seine pfiffigen Augen vor Vergnügen und dann sagt er in etwa: „Sie müssen wissen, das war für mich ganz und gar kein Martyrium, im Gegenteil, das waren die schönsten Monate im Jahr. Endlich war ich frei, wesentlich weniger elterliche Kontrolle und ich konnte in der Nacht auf der Insel rumbutschern." Verstehst du, mein Deern. Das, worüber sich heute jeder Sozialpädagoge richtig aufregen würde, haben die Kinder damals geliebt! Ja, so schnell kann man solche Geschichten in den falschen Hals kriegen … aber, wo wollte ich eigentlich hin?

Ach ja, das Fischen … wie gesagt, alle mussten mithelfen, die Familie durchzubringen. Wir Jungs, aber auch manch Mädchen war dabei, haben gefischt, was das Zeug hielt. Manchmal konnte man auch was davon verkaufen. Taschengeld war damals ein Fremdwort, und im Sommer kamen mindestens ein Mal in der Woche Krabben auf den Tisch. Das war für uns damals nichts Besonderes, sondern Alltagsnahrung. Weiter weg im Inland kannten die Leute die Biester überhaupt nicht. Krabben verderben sehr schnell, und in früheren Zeiten gab es im Sommer außer Salz gar keine Kühlmöglichkeiten. Aber mit viel Salz kannst du den kleinen Tierchen nicht kommen, dann schmecken sie nur noch danach. Heute nennt man sie ja das Gold der Küste und sie werden als teure Delikatesse gehandelt. Meine Großmutter hat noch oft erzählt, dass sie die in Mengen gefangen und an die Hühner verfüttert haben. Kannst mal sehn, so ändert sich die Welt!«

Während Kurt erklärte, hatten seine Finger kein Mal ihre Arbeit unterbrochen. Sie liefen einfach immer weiter hin und her und eine ansehnliche Menge Krabbenfleisch lag schon in seiner Schüssel. Bei Malu sah die Sache anders aus. Sie steckte sich zwar nicht mehr jede zweite in den Mund, aber jede fünfte schon. Auch rissen ihr nicht mehr ständig welche durch, aber wie lange sie im Vergleich zu Kurt brauchte – das Verhältnis war ungefähr: 1 Krabbe bei ihr gegen 5 Krabben bei ihm. In ihrer Schale lag deshalb auch erst ein sehr überschaubares kleines Häufchen und gerade fluchte sie wieder, weil ihr erneut eine durchgerissen war.

»Nicht aufgeben. Das wird schon! So schlecht sieht's bei dir gar nicht aus!«, machte Kurt ihr Mut. »So, frisch wie wir sie gleich essen, kriegen sie nur die Wenigsten. Es soll zwar in Büsum jemand eine Pulmaschine erfunden haben, aber richtig funktionieren tut die wohl auch nicht. Krabbenpulen ist noch immer Handarbeit, und die allermeisten kommen nach dem Fang gleich in die Kühlung und reisen erst einmal nach Osteuropa oder bis runter nach Marokko. Dort werden sie aufgetaut, gepult, wieder eingefroren und dann geht's retour. Sie haben eine lange Reise hinter sich, wenn sie in Deutschland auf den Teller kommen und was dann noch an Geschmack übrig ist, kannst du dir ja vorstellen.«

»Und seid ihr damals auch mit dieser Glieb durchs Wasser gerannt? Das war heute richtig anstrengend!«

»Ja, meistenteils haben wir das auch so gemacht. Aber, manchmal haben wir auch einfach einen Priel mit einem netz und Fangkorb dran abgesperrt und sind dann durchs Wasser gerannt und haben die Krabben da einfach rein gejagt.

Man kann auch Krabben mit der Reuse fangen. Damals haben wir sie noch selbst aus dünnen Weidenästen gebaut, einfach bei Niedrigwasser im Priel festgesteckt und nach der Tide den Fang rausgeholt, das ging auch sehr gut. Wir kannten so viele Fangmethoden, davon sind heute viele verboten. Das Schollenstechen oder das „huken" zum Beispiel. Das kennt heute fast keiner mehr. Bei Ebbe haben wir Holzpfähle oder Stangen mit einer Schnur und Haken dran in der Nähe von Prielen in den Wattboden gesteckt. Ein Stück Wattwurm als Köder dran und ein bisschen Sand oder Schlick oben drauf, damit die Möwen den nicht schon abpicken, bevor das Wasser aufgelaufen ist. Danach musste man nur noch auf die Ebbe warten und konnte ganz gemütlich seinen Fang einsammeln. Das war ein Kinderspiel! Ja, so war das damals. Aber, es wurden auch noch ganz andere Sachen gesammelt und gegessen. Möwen- oder Wildgänseeier im Frühling zum Beispiel. Was haben wir für Eier aus der Brutkolonie weggeschleppt. Allerdings war das nicht ganz ohne! Die Muttertiere verteidigen ihre Nester natürlich, aber wie! Ohne 'ne anständige Mütze auf dem Kopf ging das gar nicht. Die kennen dann keine Furcht mehr und kommen im Sturzflug auf dich runter. Dabei kann man sich schnell einen blutigen Schädel holen. Aber diese Möweneier waren nie so mein Fall. Für meinen

Geschmack furchtbar fischig. Aber einige mögen die richtig gerne und von den alten Amrumern wildern da auch heute noch welche rum. Das ist natürlich verboten. Aber die kennen sich aus und lassen sich so schnell nicht vom Vogelwart erwischen, dann wird's nämlich teuer und eigentlich sollte man die Piepmätze in unserer Zeit ja auch besser in Ruhe lassen. Beim Eierstehlen gab es auf Amrum mal einen ganz tragischen Unglücksfall! Allerdings auch vor meiner Zeit.

Ein Junge ist mit dem Kopf voran in einen tiefen Kaninchenbau gekrochen, um Brandganseier zu klauen, die legen und brüten sehr gerne in diesen Kanickellöchern. Ja und stell dir vor, der ist einfach darin stecken geblieben, kam nicht mehr vor und zurück und wurde erst am nächsten Tag tot gefunden. Mensch, wie schrecklich. Wahrscheinlich hatte er irgendwann einfach keine Kraft mehr und ist erstickt … furchtbares Schicksal! Und die Eltern – da wird man doch sein ganzes Leben nicht mehr froh.«

Nach dieser Geschichte verstummte Kurt eine Zeit lang und auch durch Malus Kopf sausten schreckliche Bilder. Kurz musste sie auch wieder an die Nacht am Eesenhugh denken, an Janne und sie, gemeinsam im Kaninchenloch!

»Opa Kurt, wo wir jetzt schon bei diesen Gruselgeschichten sind. Vielleicht ist jetzt ein guter Zeitpunkt für die mit diesem Jesse im Watt. Was meinst du?«

Nun hatte Kurt doch einen Krabbe auseinandergerissen, seine Hände waren aus dem Tritt gekommen und auch die nächste riss er wieder mitten durch.

»Dafür gibt es keinen guten Zeitpunkt, mein Deern«, sagte er dann. »Aber irgendwann muss ich damit wohl mal rauskommen und so klein bist du ja auch nicht mehr. Eigentlich ist das nichts für deine jungen Ohren … von so was träumt man schlecht.«

Kurt hatte jetzt sein Pulen ganz unterbrochen und starrte einen Augenblick vor sich hin auf die leeren Krabbenschalen.

»Nun ja, das schreckliche Ende von Jesse kennst du ja schon«, begann er zögerlich und auch seine typischen, tiefen Sorgenfalten hatte sich wieder in seine Stirn eingegraben.

»Mein Deern, damit du alles richtig begreifen kannst, erzähl ich dir erst Mal, wie hier die Situation zwischen den Inseln früher ausgesehen hat, die war nämlich sehr speziell und alles andere als romantisch. Man sollte doch glauben, die Inselgemeinschaften von Sylt, Föhr und Amrum hätten zusammengehalten. Alle lebten abgeschnitten vom Festland und hatten den selben Feind, das Meer. Aber, harmonisch war das Nachbarschaftsverhältnis meistenteils ganz und gar nicht! Besonders zwischen den Syltern und Amrumern bestand eine regelrechte Feindschaft und Konkurrenz. Mitten in Norddorf gab es zum Beispiel einen hohen Pfahl mit Tritteisen. Bei Sturm aus der richtigen Richtung sind da die Strander zigmal am Tag hochgeklettert und haben nach einem havarierten Schiff an der Sylter Südspitze Ausschau gehalten. Hörnum gab es damals noch nicht. Die Südspitze war unbewohnt und die Sylter Dörfer lagen alle im Norden. So kriegten die Amrumer es oft viel eher mit, wenn dort ein Schiff verunglückt war und sind dann gleich los mit ihren Booten. Noch bevor die Sylter davon Wind kriegten, hatten sie den Kahn schon geentert und konnten einen hohen Bergelohn kassieren, das war legal und brachte viel Geld. Oder, wenn nicht mehr viel zu retten war, schnappten sie sich die besten Stücke von der Ladung und bevor die Sylter ankamen, waren die Amrumer schon wieder auf der Rückfahrt. Man kann sich vorstellen, zu welchem Hass und Neid das damals zwischen den Inseln geführt hat.

Es kamen zum Beispiel wesentlich mehr Kapitäne von Föhr als von Amrum und dort gab es zur damaligen Zeit private Seefahrtsschulen. Kapitäne im Ruhestand unterwiesen da die jungen Kerls in Navigation und Schiffsführung und auch einige Amrumer Jungs besuchten die hin und wieder. Allerdings hatten die da keinen leichten Stand, sie waren ja Konkurrenten. Aber die meisten Amrumer fuhren als einfache Seeleute, und da wird es auf den Schiffen, unter Föhrer Kommando, auch oft recht poltrig zugegangen sein.

Diese Rivalität hält im Kleinen bis heute an. Erst neulich haben sich hier einige Föhrer Jungs wieder tüchtig mit einigen Amrumern am Wochenende bei der Disco vor der Nebeler Strandkorbhalle geprügelt, die Polizei musste sogar dazwischen. Und was das angeht, kann ich mich auch noch lebhaft an solche Ereignisse aus meiner Schulzeit erinnern. Wenn sich da Föhrer Jugendliche hier auf unsere Insel verirrten, gab es so manche Prügelei. Ob du Nebeler, Wittdüner oder Norddorfer warst, war dann plötzlich egal, alle haben zusammen gehalten und die Föhrer sind dann schleunigst mit der nächsten Fähre zurückgefahren.

Zu Harks Zeiten waren die Verhältnisse noch verrückter. Da ging selbst durch die Föhrer Inselgemeinschaft ein regelrechter Riss mit entsprechenden Animositäten. Bis zum Deutsch-Dänischem Krieg 1864 war die Insel politisch geteilt. Der Westen Föhrs gehörte zum Dänischen Königreich und der Ostteil zum Herzogtum Schleswig. Beide Bevölkerungsgruppen haben sich regelrecht angefeindet und glaub man nicht, dass da ein Westerlandföhrer eine nette Osterland-Deern heiraten durfte. Ja, was für ein Durcheinander!

Was die Amrumer anging, verstanden die sich mit den Westerlandföhrern natürlich wesentlich besser. Hatten ja beide denselben König. Da gab es auch Freundschaften und bestimmte Familien haben sich regelmäßig besucht und auch schon mal zusammen Karten gespielt und gefeiert. Man konnte noch bis Mitte des letzten Jahrhunderts mit dem Pferdewagen durchs Watt direkt rüber nach Föhr fahren. Das dauerte 'ne halbe Stunde. Ich durfte da als Junge auch ein paar Mal mit. Das war natürlich 'ne aufregende Angelegenheit. Aber dann hat sich direkt vor Föhr und Utersum ein mächtiger Priel gebildet und seitdem ist das mit dem „schnell mal rüber" vorbei. Heute müssen die Wattgruppen ein ganzes Stück Richtung Norden hoch und kommen dann erst in Dunsum an den Deich.

Mittlerweile ist das Verhältnis zwischen den beiden Inseln natürlich weitgehend entspannt. Alle leben wie die Maden im Speck vom Tourismus. Aber wir haben auch erst seit einigen Jahren eine gemeinsame Amtsverwaltung, das hat lange gedauert, und viele sind noch immer dagegen. Ich weiß nicht, hast du schon mal von dem Spruch gehört, das Schönste an Föhr ist der Blick rüber nach Amrum? Na, wie auch immer, was sich liebt, das neckt sich, würde ich sagen.« Kurt guckte

Malu an und grinste.

Sie liebte seine ausschweifenden Erzählungen von den alten Zeiten, aber langsam wurde sie doch nervös. Er war noch immer nicht bei seinem Hauptthema angekommen und langsam wurde die Zeit knapp. Es konnte nicht mehr lange dauern, bis Kristina um die Ecke gerauscht kam, dann wurde es mit dem Schatzthema schwierig und deshalb musste sie Kurt dringend wieder auf die Spur bringen.

»Und wie war das nun mit Jesse?«

»Du hast Recht! Ich komm von einem zum anderen. Nur eins noch vorneweg! Föhr besteht meistenteils aus fruchtbarem Schwemmland. Fetter Marschboden, da wächst einfach alles. Wir hier auf Amrum sitzen auf einer eiszeitlichen Endmoräne. Sandig und unfruchtbar. Hier wachsen bestenfalls Kartoffeln gut und dann die Wanderdünen. Schon damals konnte hier eigentlich keiner von der Landwirtschaft alleine leben. Das war eher ein Zubrot für die Familien. Die Amrumer Männer mussten auf See. Aber das hatten wir doch schon mal. Nun gut, du musst dir vorstellen, dort waren die Bauern reich. Man nennt Föhr ja auch die „Grüne Insel". Dass sie reicher waren, kannst du heute noch gut am unterschiedlichen Trachtenschmuck erkennen. Unsere Damen haben 8 Silberkugeln vor der Brust, der Föhrer Silberschmuck hat 12 Kugeln.«

»Du wolltest doch von Jesse erzählen!«, drängelte Malu erneut.

»Ja, richtig! Ausgerechnet dieser Habenichts von Amrumer verliebt sich in die schöne, reiche Föhrer Bauerstochter. Dass sie schön gewesen sein muss, war dabei wahrscheinlich das kleinere Problem!

Viel entscheidender war, sie hatte keine Geschwister und war damit Alleinerbin eines großen Marschhofes, das war der eigentliche Punkt. Sie hatte mit Sicherheit eine Menge Föhrer Verehrer und die kriegten nun mit, dass dieser Amrumer Casanova in ihrem Revier wilderte. Das hat die Kerle da mächtig in Rage gebracht! Verstehst du?

Jesse war nicht nur ein gut aussehender, charmanter Lebemann, er war auch schlau und es war nicht einfach, ihn bei seinen Liebesabenteuern auf Föhr zu erwischen. Er kannte das Watt wie seine Westentasche und ein bisschen Mondlicht reichte ihm, um den Weg zu finden.

Sie kriegten ihn einfach nicht richtig zu fassen und die wenigen Male, die es glückte, hatten nicht ausgereicht! Ich kann mir vorstellen, dass sie es diesmal besser erledigen wollten. Diese Tracht Prügel sollte er nicht so schnell vergessen.

Nun ja, jetzt kommt das ins Spiel, was ihr am Eesenhugh aufgeschnappt habt. Seine Schatzkumpels hatten ihn auf 'em Kieker und wollten sich wohl nicht die Hände schmutzig machen. So, wie die Sache jetzt aussieht, haben sie den Föhrern den entscheidenden Tipp gegeben und ihnen verraten, wann Jesse rüber kommt. Womöglich haben sie ihn auf dem Hinweg verpasst, man kann ja an verschiedenen Stellen aus dem Watt an Land gehen.

Ich denk mir, sie haben ihm auf dem Rückweg aufgelauert und dann nahm das Schicksal seinen Lauf. Ich kann mir nicht vorstellen, dass sie ihn gleich umbringen wollten, aber eine ordentliche Lektion erteilen schon. Sie haben ihn sich geschnappt und dann viele Male und wahrscheinlich mit Knüppeln auf die Beine und Füße geschlagen. Nur so lässt sich erklären, dass die so blau und blutunterlaufen waren und sein linker Mittelfuß gebrochen war. Die Polizei hat sich das zwar später so erklärt, dass die Leiche vom Seegang gegen Steine oder Pfähle geschlagen wär, aber das kann ich nicht glauben. Und auch die Version, mit dem plötzlichen Seenebel und Jesse hätte sich im Watt verlaufen, ist für mich, auch nach dem was ihr gehört habt, Blödsinn. Ich denke, es ist in etwa so abgelaufen:

Jesse kam von seinem Rendezvous zurück an den Föhrer Deich, vielleicht war er noch im Glücksrausch, eventuell war er angeduselt und leichtsinnig und unterschätzt hat er die Föhrer sowieso. Hannes hat erzählt, wie überlegen er sich fühlte. Dann haben sie ihn verprügelt und irgendwann einfach liegen gelassen oder er konnte ins Watt flüchten. Nun hat Jesse wahrscheinlich den entscheidenden Fehler gemacht und der wird ihn sein Leben kosten. Er ging nicht zurück zum Deich und versteckte sich da, sondern machte sich auf den Weg durchs Watt zurück nach Amrum.

Wär er wenigstens im Watt vor Föhr geblieben! Da hätte er sehr wahrscheinlich selbst bei Flut überlebt. Da gibt es höhere Stellen, das Wasser geht dir da nur bis zum Hintern und es war Sommer, die Nordsee war warm. Aber er schleppt sich zurück. Nun stell dir die Schmerzen vor, der gebrochene Fuß und alles schwillt an. Er kommt einfach viel zu spät an den großen Priel hier kurz vor Amrum. Er hat die Dünen schon vor Augen und selbst wenn er dann noch umkehrt, hat er immer noch gute Chancen zu überleben. Um so näher du Föhr kommst, um so höher wird das Watt. Aber, wer weiß, wie man selbst in so einer Situation reagieren würde. Und jetzt stell ich mir den weiteren Ablauf folgendermaßen vor:

Er kommt an den Priel, die Flut ist schon viel zu hoch aufgelaufen, das Wasser ist breit und dort geht eine mächtige Strömung. Wenn es überhaupt so abgelaufen ist, macht er jetzt seinen folgenschwersten Fehler!«

Malu konnte die Spannung kaum noch ertragen. Sie hing mit großen Augen an Kurts Lippen, atmete mit offenem Mund und an Krabbenpulen war nicht mehr zu denken.

»Jesse war jung und stark und ein guter Schwimmer. Er hat gemeint, er kann es schaffen und ich kann mir vorstellen, dass er es auch fertig gebracht hätte. Aber er hat große Schmerzen und seine Füße und die Unterschenkel sind fürchterlich angeschwollen. Er kriegt seine Gummistiefel einfach nicht runter. Stell dir vor, als man ihn einige Tage später tot am Strand gefunden hat, hatte er sein Taschenmesser in der Hosentasche. Er hätte die Stiefel einfach kaputt schneiden können, aber das macht er nicht. Er geht mit seinen Stiefeln an den Füßen in den Priel und das ist sein Todesurteil! Du, mit Gummistiefeln an den Füßen hast du bei diesem Priel keine Chance. Das schafft keiner! … Die laufen natürlich sofort voll Wasser, hängen wie Blei an dir und dann hast du ganz schnell keine Kraft mehr und so ist er da ertrunken, der arme Kerl. Ja, so könnte es abgelaufen sein, Malu … einfach schrecklich.«

Kurt guckte ganz traurig und fing wieder an, Krabben auszupulen. »Ich hab von seinem Tod erst viel später erfahren, ich war ja auf See. Aber hier auf der Insel herrschte wohl für einige Wochen Ausnahmezustand. Polizei, Kripo und Ermittlungen. Aber alle Insulaner haben den Mund gehalten. Hannes hätte natürlich viel zur Aufklärung beitragen können, aber der war völlig von der Rolle. Jesses Bruder hat auch die Klappe gehalten und heute wissen wir warum! Freitag hatte Schiss um seine Anstellung und seine Reputation, und die Schatzkumpels haben sich natürlich ebenfalls verkrochen. Auch die Befragungen auf Föhr ergaben nichts. Die junge Hoferbin kannte wahrscheinlich die Hintergründe nicht und so ist alles im Sand verlaufen.

Ja, mein Deern, nun kennst du die Geschichten um Jesses Tod im Priel. Ich glaub, in Hannes Kopf hat sich alles irgendwie verdreht, und seitdem sammelt er Gummistiefel vom Strand, alle die er nur finden kann, wie ein Getriebener!«

Jetzt wurde am Gartenstisch eine ganze Zeit nicht mehr gesprochen. Kurt hatte zwar seine Pulmaschine wieder angeschmissen, sah aber weiter sehr nachdenklich aus und schwieg. Er schien noch in einer anderen Zeit zu sein. Auch Malu saß minutenlang nur da, ohne eine Krabbe in die Hand zu nehmen. Sie dachte an Jesse im Priel, an das Leid der Bauerstochter und an Hannes ... und dann musste sie an die geplante Wattwanderung denken ... an das breite Wasser, das ihr Greta bei der Oddeumrundung gezeigt hatte.

»Hallo, ihr zwei! Na, das sieht ja schon gut aus!«, rief Kristina ohne Vorwarnung schon ganz aus der Nähe.

»Was ist mit euch los? Habt ihr euch gestritten? Die Stimmung scheint ja nicht gerade die beste zu sein!«

»Nein, Mum! Eher das Gegenteil. Opa Kurt hat von den alten Zeiten erzählt. Die Menschen hatten hier damals ein hartes Leben und darüber denken wir noch nach.«

»Ja, das kann ich mir vorstellen. Aber ihr beide wollt es auch nicht anders. Ihr habt doch nur zu gerne diese alten Geschichten am Wickel ... aber hallo! Ihr habt ja schon fast alle ausgepult! Entschuldigt, dann bin ich ja fast zu spät. Ich hab mich extra nicht so beeilt, weil ich dachte, ihr braucht viel länger. Kurt, das ist ja irre! Du machst das ohne hinzusehen und dann in diesem Tempo!«

»Oh, danke! Aber, darüber haben wir eben lange gesprochen. Das ist keine Hexerei. Ich hab das seit meiner Kinderzeit gemacht. Das ist die Übung, das verlernt man nicht.«

»Und, mein Schatz, wie klappt das bei dir? Na ja, mach dir nichts draus. So würde es auch bei mir aussehn.«

Kurts Schüssel war bis zum Rand mit Krabbenfleisch gefüllt, während bei Malu nur etwas mehr als der Boden bedeckt war.

»So, ich leg sofort mit dem Rührei los. Das geht schnell und dann schlemmen wir! Ich nehm schon mal die Krabbenschalen mit. Was meinst du Kurt? Vielleicht besser in eine Plastiktüte und dann in die Mülltonne. Die stinken immer so schnell!«

»Nein, auf keinem Fall, Kristina! Du willst doch wohl nicht einfach die wertvollen Schalen wegschmeißen ... das wär ja richtiger Frevel!«, empörte sich Kurt und erklärte:

»Frische Krabbenschalen sind ein richtiger Schatz! Wann kriegst du die heute so frisch und in solcher Menge. Nein, nein, die Schalen heben wir auf! Da koch ich euch heute Abend noch eine „Original Amrumer Krabbensuppe" draus.«

»Wow, ja gerne! Da bin ich mal gespannt. Ich wusste gar nicht, dass man das so macht! Dann bring ich dir besser gleich einen größeren Topf und kümmer mich nun schnell um die Eier«, und schon sauste sie los.

»Wie, du kochst diese glibberigen Schalen aus … mit den Eiern dran und den Innereien … ist das nicht eklig?«, fragte Malu und verzog das Gesicht.

»Du, eklig ist ganz was anderes! Eine stinkige Angelegenheit beim Kochen vielleicht, aber nur so kriegst du den original Krabbengeschmack in die Suppe. Die Schalen werden nur kurz durchgekocht, dann gießt du den ganzen Kram durch ein Tuch und schon hast du die herrlichste Suppenbasis. Noch ganz klein geschnittene Möhren und etwas Porree rein, vielleicht noch etwas Gemüsebrühe und ein kleines Stück Butter, dann wird der Geschmack noch feiner und du bekommst ein wenig Bindung. Ach ja! Ein kleiner Schluck Cognac gehört auch noch hinein.«

»Alkohol! Muss das sein?«, unterbrach Malu wieder.

»Ja, schon! Der gibt der Suppe noch mal eine ganz besondere Note.

Aber vor dem Alkohol musst du keine Angst haben. Alles wird noch kurz durchgekocht, dann verschwindet der und fertig ist die leckerste Krabbensuppe der Welt! Die wirst du in fast keinem Lokal bestellen können. Die verwenden meistens heutzutage so ein vorgekochtes Zeug aus einem großen Vorratsbehälter, so eine gelbe Pampe mit Geschmacksverstärker und dem ganzen anderen künstlichen Kram drin. Die kannst du mit meiner Suppe nicht vergleichen, dazwischen liegen Welten!

Vor dem Servieren schmeißt du noch ordentlich Krabbenfleisch in die heiße Suppe und ein paar Extras obendrauf, aber das wirst du morgen erleben. Mit soviel Genuss wirst du nie wieder eine andere essen, das kannst du mir glauben!«

Nach etwa einer Viertelstunde saßen alle drei am Gartentisch und das Schlemmen konnte beginnen.

Irgendwann, Malu hatte gerade ihre zweite Scheibe Schwarzbrot mit Rührei belegt und war nun dabei, möglichst viel Krabbenfleisch oben drauf zu stapeln, als sie wieder an den Priel denken musste.

»Übrigens, Mum, ich hab heute Morgen Marwin gefragt. Er hat sich richtig gefreut und würde uns gerne übers Watt nach Föhr führen. Was meinst du?«

»Ach, das ist ja schön! Aber ich bin unsicher. Er ist doch noch so ein junger Kerl. Kann er die Gefahren überhaupt schon richtig einschätzen und die Verantwortung übernehmen? Was denkst du, Kurt?«

»Mensch, eine Wattwanderung! Was für eine schön Idee! Da hätte ich ja fast noch Lust zu.«

»Dann komm doch einfach mit! Dann fühl ich mich auch gleich viel sicherer«, sagte Kristina sofort.

»Wär ich noch ein paar Jahre jünger, müsstest du nicht lange fragen. Aber, nein, nein! Für einen alten Seemann ist das nichts mehr. Mit euch jungen Leuten kann ich nicht mehr schritthalten. Aber zurück zu deiner Frage, Kristina. Wegen Marwin musst du dir wirklich keine Sorgen machen! Sein Vater war hier jahrelang Wattführer und Marwin konnte kaum laufen, da ist er schon mitgegangen. Der könnte euch mit verbundenen Augen rüberbringen, der braucht keine Uhr, der riecht die Tiden», und dann lachte er kurz. »Nein wirklich, einen Besseren könnt ihr nicht finden! Ich vermittel häufiger meine Feriengäste an ihn und die kamen immer begeistert zurück! Und was wichtig ist, er hält auch mal den Mund, damit man die Stille und die Weite dort richtig spüren und genießen kann. Für eine Wattwanderung ist Marwin genau der Richtige! Das Watt ist praktisch sein Wohnzimmer.«

Über Kurts letzten Satz musste Kristina jetzt sogar lachen. Kurt hatte all ihre Bedenken ausgeräumt. »Na, wenn das so ist, bin ich dabei. Marie, wir engagieren diesen ungewöhnlichen jungen Mann!«

»Super, Mum! Marwin meinte, in drei Tagen ist genau der richtige Zeitpunkt, dann haben wir um die Mittagszeit Niedrigwasser und einige von meinen Freunden haben auch schon zugesagt.«

»Wenn das so aussieht, dann werd ich das auch an meine Frauen weitergeben«, sagte Kristina und schnappte sich erneut die Schüssel mit dem Krabbenfleisch.

16. Urlaubstag

Der Fisch und neue Pläne

Seine Entscheidung, gestern nach der Glücksentdeckung erneut schwimmen zu gehen, war genau richtig gewesen. Herrliches, sauberes Flutwasser und auch die Idee, im Anschluss im Strandlokal einzukehren, hatte er nicht bereut. Auf der Außenterrasse mit diesem einzigartigen Meerblick hatte er noch einen freien Tisch ergattert und sich dort das Tagesgericht „Original Friesisches Deichlamm" bestellt. Nicht nur, dass das Essen hervorragend gewesen war, auch sein Holzfisch hatte lange im Wasser gelegen. Voller Hoffnung war er dann zurückgekehrt, aber leider hatte sich die herbeigesehnte Fischteilung noch nicht vollzogen. Zwar meinte er, schon eine kleine umlaufende Fuge erkennen zu können und erwogen, mit dem Küchenmesser nach zu helfen, sich dann aber doch zusammengerissen. Das Risiko, aus Ungeduld die Botschaft zu zerstören, war ihm zu hoch gewesen und so hatte er den feuchten Fisch dann einfach zusammen mit den anderen Hölzern wieder im Spülkasten versteckt.

Für ein ausgiebiges Frühstück fehlte ihm die Ruhe und nun stand er vor der Haustür mit erhöhtem Puls und drehte den Schlüssel um. Plötzlich war ihm unbehaglich. Er hatte vergessen, den Handwerkern auch den Auftrag für den Einbau eines Sicherheitsschlosses zu erteilen. Dieses hier kriegt jeder Depp auf! Und gestern vor dem Schwimmen hab ich alle Holzteile auf dem Küchentisch liegen lassen. Aber die Vorhänge waren zu, beruhigte er sich. Seine nächsten Schritte waren schon Routine: Hinter sich abschließen, Vorhänge zu und dreimal tief durchatmen. Dann der Gang ins Badezimmer, Deckel hoch und … es war passiert!!!

Sein Fisch hatte sich ebenfalls verdoppelt und gleich auf den ersten Blick sah er, dass sich auf einer Holzhälfte schwarze Linien befanden. Sofort griff er sich die beiden Stücke, eilte zurück in die Küche und kratze sofort die Fläche frei. Am Rand gab es die erwartete Küstenlinie, aber da war noch viel mehr! Immer neue kurze, schwarze Striche kamen zum Vorschein, und dass es sich um Buchstaben handelte, hatte er auch schon erkannt. Alle in einer Reihe und darüber ein größerer schwarzer Punkt!

... N O O R S A A R E P ... ,

stand da, klar und deutlich! Was für ein Wort? dachte er ... allerdings musste er nicht lange überlegen. So steht es doch auf dem Ortsschild, erinnerte er sich. Das ist friesisch ... logisch! Hark Olufs hatte Norddorf nicht auf Hochdeutsch, sondern in seiner Muttersprache geschrieben. Allerdings, etwas anderes war viel entscheidender! Er starrte auf die ansonsten freie Fläche. Wo war die erwartete Schatzzeichnung? Vielleicht von einem markanten Gebäude und ein fettes Kreuz davor oder ein kurzer Satz, eine Wegbeschreibung, oder ein rätselhafter Spruch – aber nichts dergleichen! Nur der Name des Dorfes, sonst weiter nichts?

Schmetterling, dachte er, nahm sich sofort die andere Fischhälfte vor und kratze auch hier ungeduldig die Klebefläche frei.

Auch hier nichts! Wie kann denn das sein? ... Noorsaarep und ein schwarzer Punkt ... das war's? Und nun dämmerte ihm ein Gedanke und den wollte er eigentlich gar nicht zulassen! Sofort stand er auf, suchte im Spülksten alle Holzabschnitte heraus, die zur Wattseitenhälfte gehörten und sortierte die dann wieder auf dem Küchentisch zu einem vollständigen Brett zusammen. Es gab diese drei freien Flächen und als er in das oberste Loch seine Fischhälfte mit den Buchstaben einfügte, passte die dort perfekt hinein, aber die zwei weiteren leeren Fischlöcher glotzten ihn an.

Norddorf ist es nicht, überlegte er. Dort wo das Sägeloch fast bis zum Rand ging und der Schnitzer den größten Fisch rausgeschnitten hatte, müsste Nebel liegen und darunter, der kleinste Fisch mit den sonderbaren Buchstaben links und rechts, ... na klar! Das ist wieder friesisch und heißt Süddorf! Aber warum hat er unten Wittdün vergessen? Keine Ahnung!

Das eigentliche Problem war der große Fisch in der Mitte. Der konnte überall sein. Da hatte er kaum eine Chance, den zu finden. Aber wenn ich Glück hab brauch ich den gar nicht. Hark Olufs hat doch in Süddorf gewohnt und in der Legende heißt es, dort unter der Türschwelle befand sich sein Schatz. Es besteht eine hohe Wahrscheinlichkeit, dass der Süddorffisch der richtige ist und da weiß ich, wo ich den finden kann – irgendeine Möglichkeit wird es geben, überlegte er. Der Vater von der Kleinen sah so aus, als könnte er bei einem entsprechenden Geldschein nicht nein sagen. Bloß jetzt nicht die Flinte ins Korn schmeißen. Ich bin ganz dicht dran und kein anderer weiß, worum es geht. Ich kann mir Zeit lassen. Alles zurück in den Spülkasten und dann werd ich mir die Sache mal ganz entspannt vor Ort ansehen.

Jetzt saß er schon das zweite Mal hier auf der Bank, am kleinen Verbindungsweg zwischen rotem Haus und Kirche. Es war schon eine halbe Stunde rum und auf dem Grundstück tat sich gar nichts – wie ausgestorben. Vielleicht sind sie gar nicht da … oder sie sind Langschläfer … oder am Strand?

Er hatte sich eben schon ganz genau auf dem Friedhof umgesehen, den Grabstein Olufs nach dem Linienornament abgesucht, war alle Außenwände der Kirche abgegangen und hatte dann auch drinnen alles genau in Augenschein genommen. Den Fußboden, die Wände, die Mauernischen, den Altarraum, die separate Kanzel, die geschnitzten großen Holzfiguren auf dem Wandbalken, oben die Empore und selbst die Deckenbalken, die merkwürdig krumm waren, aber nirgends hatte er diese rätselhaften Linien entdeckt. Um nicht aufzufallen, hatte er sich eben am Kirchenausgang einen Flyer über die sprechenden Grabsteine mitgenommen und den nun schon das dritte Mal durchgelesen. Eigentlich gibt es nur zwei Möglichkeiten für mich. Die Erste: Sie tauchen endlich auf, ich geh rüber, geb mich als freundlicher Tourist und erzähl irgendeine rührselige Geschichte – vielleicht von meiner kranken Mutter zu Hause. Ich hätte neulich einen Fisch gekauft, würde ihr so gerne eine Freude mit einer Fischfamilie machen und der

Strandholzkünstler hätte mir erzählt, er hätte einen aus der Serie an das Mädchen verschenkt und dann halt ich dem Vater 100 Euro unter die Nase. Aber der Mann ist dabei nicht das Problem! Der schlägt ein, jede Wette! Das Mädchen eher nicht? Kinder sind in solchen Fällen komisch. Geld spielt für sie keine Rolle und in dem Alter können sie furchtbar bockig sein. Wenn die sich in ihren blöden Fisch verliebt hat, nach dem Motto: „Papa, den hat er doch nur mir geschenkt" und so weiter und am Ende muss ich wohl oder übel ohne Fisch abzieh'n. Aber sie kennen mich dann und können genaue Angaben machen. Dann wird die zweite Möglichkeit viel zu gefährlich.

Er war alles zig Mal im Kopf durchgegangen und wollte sich jetzt einfach auf sein Gefühl verlassen ... wenn die zwei da drüben doch bloß endlich auftauchen würden ...

Aber es passierte einfach nichts und hier noch länger in aller Öffentlichkeit rumzulungern und noch irgendjemandem aufzufallen, musste er unbedingt vermeiden. Er beschloss erst einmal eine Runde mit dem Fahrrad zu drehen und dann sein Glück am Nachmittag erneut zu versuchen.

Er war dann bis Wittdün gefahren, war in einigen Geschäften gewesen, hatte sich die Bilder in der Galerie angesehen und dann mit Cappuccino trinken Zeit im Café totgeschlagen.

Die Kirchturmuhr stand auf kurz vor 15 Uhr als er sich erneut seinem Spähposten näherte und die zwei Mädchen, die dort mit ihrem Kettcar, etwa auf Höhe des Verkaufsstandes, auf der Dorfstraße vergnügt rumkurvten, ließen sein Herz sofort schneller schlagen. Die eine war eindeutig die Kleine, der der Strandholztyp neulich den Fisch geschenkt hatte!

Er ließ sich bis zur Kirchmauer ausrollen und stellte sein Fahrrad ab. Dann schlenderte er zur Bank und gab sich möglichst gelassen. Die Mädchen waren so vertieft in ihre Fahrspielchen, geradeaus, dann rückwärts, Vollbremsung und im Kreis rum, dass sie ihn überhaupt nicht beachteten.

Na, die Kleine sieht ganz nett und überhaupt nicht zickig aus, dachte er. Die rückt den Fisch vielleicht doch leichter raus, als ich befürchtet hab! Und ihr Vater wird auch zu Hause sein … wer sollte sonst das kleine Seitenfenster geöffnet haben!

Als er sich gerade entschlossen hatte, einfach rüber zu gehen und nur noch kurz im Kopf an seiner gefühlsduseligen Muttergeschichte bastelte, erschien genau in dem Fenster der schon bekannte Männerkopf.

»Martje, ich hab dich doch schon vor 10 Minuten gerufen! Was ist los?«, rief der seiner Tochter ärgerlich zu. »Du musst sofort Schluss machen! Unser Taxi kommt in 10 Minuten und du sollst dich doch noch umziehen! Sonst verpassen wir die Fähre! Beeil dich bitte!« Der Kopf verschwand, das Fenster schlug zu und auch die Mädchen verabschiedeten sich sofort.

Die Informationen verändern alles … aber was für ein Zufall. Ich bin genau im richtigen Moment gekommen. Besser hätte es gar nicht laufen können. Sie fahren aufs Festland, das Haus ist leer! Jetzt kommt die zweite Variante ins Spiel!

Das Mädchen hatte ihr Fahrzeug im Garten abgestellt und war direkt im Haus verschwunden. Es dauerte nicht lange, dann brachte der Mann zwei Koffer an die Straße und schon wenige Minuten später hielt ein Taxi vor der Gartenpforte. Das Gepäck wurde verstaut und Vater und Tochter fuhren davon.

Es dauert noch eine Weile bis er sich wieder aufs Rad setzte, aber das, was er soeben aufgeschnappt hatte, war sensationell! Und wäre er nicht so unaufmerksam losgefahren und nicht schon mit der Planung seiner nächsten Schritte beschäftigt gewesen, hätte er die Person womöglich rechtzeitig erkannt, die jetzt auf ihn zugerannt kam und sich mit einem lauten „Hallo, Manfred!" bemerkbar machte.

Kristina hatte so viel Tempo drauf, dass sie den Kuchen-Pappteller mit beiden Händen festhalten musste.

»Mensch, Manfred, was für ein erneuter, schöner Zufall. Langsam kann man das auch schon Schicksal nennen. Wir laufen uns immer wieder über den Weg!« Sie musste erst einmal tief durchatmen und meinte dann:

»Heute kommst du mir nicht davon! Wir wollen gleich alle im Garten original Amrumer-Krabbensuppe und hinterher Kuchen essen. Mein Vermieter, Kurt, hat sie gekocht und wenn nur die Hälfte von seiner Ankündigung stimmt, darfst du die nicht verpassen. Sie soll fantastisch schmecken. Du musst unbedingt dabei sein und erinnere dich, du hast neulich auf dem Deich schon zugesagt!«

»Ja, weißt du … .«

»Nein, nein! Ich lass heute einfach keine Gegenargumente gelten. Bei all deinen Arbeiten hast du bestimmt eine Stunde Zeit. Im Garten ist schon alles vorbereitet und die Kuchen schneiden wir einfach durch, dann reichen die locker für alle!« Kristina setzte ihr schönstes Lächeln auf.

»Na, wenn du so guckst, hab ich keine Chance. Also gut, du hast mich überzeugt!«

Auf dem Gartentisch stand wirklich schon alles bereit. Neben diversen Schalen, Kuchentellern, Gabeln und Teetassen stand dort mittig ein dampfender Suppentopf.

Noch bevor Kristina »Seht mal, wenn ich mitgebracht hab!« vom Garteneingang her rief, war Malu schon erschrocken zusammengefahren. Kurt war das nicht entgangen und als er sie fragend ansah, flüstert sie: »Das ist der Hai … ich krieg 'ne Krise.«

»Bleib ganz ruhig, mein Deern. Auf die Weise bekomm ich den Knaben auch mal zu Gesicht und kann ihm ein bisschen auf den Zahn fühlen. Ich mach das schon«, flüsterte er zurück und lächelte ganz entspannt den beiden entgegen.

»Na, da staunt ihr! Kurt, das ist Manfred, ein guter Bekannter. Wir haben uns schon neulich auf der Fähre kennengelernt und sind uns eben, wie schon so oft, zufällig über den Weg gelaufen und dann hab ich Manfred einfach zu deiner tollen Suppe eingeladen. Das ist doch in Ordnung, oder?«

»Ja, entschuldigt, dass ich hier so reinplatze. Aber, das Angebot auf diese außergewöhnliche Suppe konnte ich einfach nicht ausschlagen. Ich hoffe, das ist Ihnen Recht, Kurt?«

»Was sollte ich dagegen haben? Suppe ist genug da, die Krabben reichen auch für vier und wenn sich die friesische Kochkunst dann noch schneller in der Welt verbreitet, kann das nur gut sein. Setzen Sie sich zu uns! Wir brauchen dann nur noch ein weiteres Gedeck«, sagte Kurt vollkommen gelassen.

Der Hai setzte sich und Kristina rannte sofort Richtung Wohnung.

»Sie müssen wissen, dass das ganz besondere Krabben sind. Die hat Malu gestern mit ihren Freunden im Priel gefangen … ganz frische Ware! Die sind in solcher Qualität sonst kaum zu bekommen.«

»Die kann man hier einfach so selber fangen? Das ist ja großartig!«, kommentierte der Hai Kurts Mitteilung und guckte Malu anerkennend und fragend an.

»Ja, schon«, antwortete sie und räusperte sich. Sie musste schnellstens ihren Kloß im Hals loswerden. »In diesem Jahr gibt es wohl recht viele und auch ziemlich große. Wir mussten gar nicht lange fischen. Man schiebt mit einem Art Kescher durchs Wasser und darin sammeln sie sich dann«, und während sie das sagte, hatte sie weiter dieses Kloßgefühl und guckte kurz zu Kurt rüber.

»Na, dann werd ich mal das Einschenken übernehmen!« sagte Kurt sofort. »Die Suppe muss heiß gegessen werden und es gehören auch noch ein paar besondere Zutaten dazu.« Nach diesem Satz drückte er sich von seinem Gartenstuhl hoch und meinte: »Kristina ist ja auch schon da. Dann schiebt mir man mal eure Schüsseln rüber!« Nachdem er die mit Krabbensuppe gefüllt hatte, gab er in jede zwei gehäufte Esslöffel Krabbenfleisch, danach in jede einen Klecks geschlagene Sahne und bestreute die dann noch in jeder Schüssel mit etwas Petersilie.

»So, ihr Lieben, dann lasst sie euch schmecken! Und eins noch vorneweg. Eine gute Suppe darf man schlürfen! Das ist wie bei einem erstklassigen Wein. Und einen japanischen Gastgeber würdet ihr sogar beleidigen, wenn ihr das nicht tut! Und für den, der will, ist auch noch ein Nachschlag da.«

Er schob jedem eine Schüssel mit dampfender Suppe vor die Nase und setzte sich. Aber erst als alle mehrmals „ Hmmmm … köstlich … wunderbar … ich hab noch nie eine so tolle Krabbensuppe gegessen

... großartig ... sensationell ..." gesagt hatten, fing auch er an zu essen. Dass am Schluss kein Tropfen Suppe mehr im Topf war, freute ihn natürlich – aber eine Überraschung war es nicht.

Während des Suppelöffelns war es am Tisch ziemlich ruhig gewesen, beim anschließenden Kuchenessen änderte sich das. Besonders Kristina war aufgedreht und redete wie ein Wasserfall. Sie erzählte von Erlebnissen am Strand, vom Tanzen, von den Schollen, die Malu gebraten hatte und von der geplanten Wattwanderung in zwei Tagen.

Beim letzten Thema hatte Malu große Befürchtungen, dass ihre Mutter den Hai dazu einladen könnte. Gott sei Dank passierte das nicht, allerdings prompt bei ihrem nächsten Thema:

»Manfred, am kommenden Wochenende ist hier in Nebel Straßenfest. Hast du das schon mal mitgemacht? Das darfst du dir nicht entgehen lassen. Da spielen verschiedene Live-Bands und die ganze Insel ist auf den Beinen. Auch die Amrumer Soulband ist jedes Jahr dabei, dann geht es richtig ab. Wir müssen uns da treffen! Selbst Kurt ist dabei, einfach alle und dann trinken wir ein paar schöne Cocktails zusammen! Was meinst du?«

»So ein Dorffest hab ich noch nie mitgemacht. Aber so, wie du das beschreibst, sollte man wohl dabei sein.«

Malu hatte den Eindruck, der Hai fühlte sich in der Runde langsam richtig wohl, von seiner anfänglichen Verkrampftheit war jedenfalls nichts mehr zu spüren. Das Gespräch lief vorrangig zwischen ihm und Kristina hin und her. Er plauderte und scherzte und griff auch beim Kuchen kräftig zu.

Malus Gemütszustand hatte sich ebenfalls deutlich verbessert. Ihre eigentliche Befürchtung war die ganze Zeit gewesen, dass ihre Mutter auf die Schatzgeschichte kam. Aber glücklicherweise war das bisher nicht passiert. Allerdings tat das jetzt jemand, von dem sie das gar nicht erwartet hatte, allerdings in ganz anderer Weise!

In einer kurzen Gesprächspause mischte sich Kurt ein:»Und, kommen Sie denn mit ihrem Haus gut voran?«

»Ja, das kann man wohl sagen! Die meisten Arbeiten sind schon abgeschlossen. Es war ja Etliches zu tun«, antwortete der Hai souverän.

»Sie mussten wohl etliche Türbekleidungen und Schwellen erneuern lassen. Ich hab gestern zufällig einen Tischler getroffen, der bei Ihnen im Haus gearbeitet hat.«

Malu sah, dass auch Kurt den Hai die ganze Zeit genau im Auge hatte. Und der war plötzlich nicht mehr so entspannt. Plötzlich spielte er nervös mit seinen Händen und trank dann zweimal in ganz kurzen Abständen aus seiner Kaffeetasse.

»Ja, das Haus war in einem ziemlich vernachlässigten Zustand. Die alten Leute haben die letzten Jahre nicht mehr viel gemacht. Und dann die schlechten Heizbedingungen. Viele Bretter waren feucht. Nesonders im Bodenbereich war einiges verfault und musste ausgewechselt werden.«

»In so alte Häuser kann man eine Menge Geld und Zeit stecken. Aber sie sollten unsere schöne Insel auch genießen und nicht nur arbeiten.«

Der Hai wirkte sofort wieder entspannter. Anscheinend war er froh, dass das Gespräch jetzt in Richtung Freizeit lief.

»Da haben Sie Recht. Aber, das tue ich. Ich mach natürlich auch nebenher noch fast täglich schöne Touren mit dem Fahrrad, erkunde die Insel, geh schwimmen und hab auf Kristinas Empfehlung auch schon die Odde umrundet.«

»Ach, das hast du gemacht!«, mischte sich Kristina ein. »Und wie hat's dir gefallen?«

»Ganz großartig! Abends gab es dann noch einen herrlichen Sonnenuntergang«, der Hai lächelte ihr zu. Kristina wollte was sagen, aber Kurt kam ihr zuvor.

»Na, dann machen Sie das ja richtig. Die meisten Urlauber verbringen ihre ganze Zeit nur am Strand, und wenn der Urlaub vorbei ist, waren sie nicht ein Mal in unserer schönen Kirche, auf dem Leuchtturm oder in einer der vielen Ausstellungen.«

»Ja, das ist dann wirklich ein Jammer. Aber, was das angeht, war ich eigentlich schon überall: Im Norddorfer Gemeindehaus, in der Mühle, in der Kirche natürlich und vorhin in der Galerie in Wittdün. Ich muss schon sagen, in der Beziehung wird einem hier doch Einiges geboten.«

Malu befürchtete, dass der Hai gerade vom Haken flutschte. Der hatte nämlich vollkommen zur alten Souveränität zurückgefunden. Aber da sollte sie sich irren. Kurt hatte sich, wie ein Schachspieler, der fünf Züge im Voraus plant, seinen Gegner nur zurechtgelegt. Schon seine nächste Frage war von einem anderen Kaliber!

»Na, dann waren sie sicher auch schon in unserem schönen Friesenmuseum, dem Öömrang Hüs, hier in Nebel. Da wird ja nun auch diese schöne alte Schatzkiste von Hark Olufs ausgestellt.«

Als hätte jemand einen Schalter umgelegt, wirkte der Hai urplötzlich angespannt, spielte erneut nervös mit den Händen und rutschte unruhig auf seinem Stuhl herum. Er suchte nach der richtigen Antwort und Malu wusste auch warum. Kurt hatte ihn in der Zwickmühle. Würde er zugeben, dass er schon im Museum gewesen war?

»Nein, davon hab ich noch nichts gehört! Öömrang Hüs, hier in Nebel? Aber wenn Sie sagen, das lohnt sich, dann sollte ich mir das auch mal ansehen«, antwortete der, griff nach seiner Tasse, ließ sie dann aber doch stehen. Malu hatte gesehen warum. Seine Hand zitterte leicht.

Nun bekam auch Kristina mit, dass hier am Tisch etwas ganz und gar nicht in ihrem Sinne lief und mischte sich ein:

»Nun lasst uns mal über …« Aber Kurt fiel ihr ins Wort:

»Hier auf der Insel sind ja, seitdem die Kiste aufgetaucht ist, etliche völlig von Sinnen und erneut dem Schatzfieber verfallen. In meiner Jugendzeit gab es das auch schon mal. Sogar ins Museum sind sie deswegen neulich eingebrochen.«

Opa Kurt zog ganz langsam die Schlinge immer enger, und dass der Hai am Haken hing, sah Malu nicht nur an seinen unruhigen Händen – auch seine Gesichtsfarbe wurde blasser.

»Ach, auch das hab ich nicht mitbekommen«, kam von ihm als verzögerte Antwort. »Aber, darf ich mal kurz eure Toilette benutzen? Ich hab vorhin in Wittdün schon ein paar Tassen Kaffee getrunken«, und dann stand er gleich auf und guckte Kristina an.

»Ja, natürlich! Einfach in die Wohnung und geradeaus. Direkt die Tür neben Maries Bett.«

Der Hai drehte sich sofort um und ging Richtung Haus. Kristina guckte ihm nach und blitzte dann ärgerlich Kurt an.

»Ich finde, wir sollten jetzt mal das Thema wechseln! Ihr beide immer mit diesen komischen Geschichten.« Sie trank einen kräftigen Schluck, lehnte sich mit verschränkten Armen auf ihrem Stuhl zurück und wirkte ziemlich angefressen.

Kurt steckte sich ein Stück Apfelkuchen in den Mund, zwinkerte dabei Malu zu und sie sah, dass er nun leicht seine Sitzposition veränderte. Sie wusste warum – so konnte er die Terrassentür besser im Auge behalten.

Eine ganze Zeit sagte nun keiner mehr was, bis Kristina das Gespräch wieder aufnahm: »Kurt, was meinst du? Was sollte man bei der Wattwanderung alles dabei haben?«

»Ach, da gibt es schon ein paar Dinge zu bedenken. Ein kleiner Rucksack kann nicht schaden. Etwas zu trinken und eine Kleinigkeit zu essen, ein Handtuch und vielleicht eine leichte Jacke, falls sich das Wetter ändert. Na ja, kurze Hose natürlich und euer Schwimmzeug würde ich schon unterziehen. Man weiß nie genau, wie hoch das Wasser im großen Priel steht. Je nach Wind und Mondphase geht es dir dort mal nur bis zu den Knien oder ein paar Tage nach Vollmond oder Neumond auch schon mal bis zum Hintern oder sogar bis zum Bauch.« Wahrscheinlich reagierte Kurt jetzt auf Kristinas besorgten Blick: »Aber, das ist kein Problem. Um Niedrigwasser rum geht da kaum Strömung. Da musst du dir keine Gedanken machen. Den Priel zu durchwaten ist eine schöne Abwechslung. Na ja, was noch? Vorher gut mit Sonnencreme einschmieren und auf dem Kopf sollte man was haben und … ach ja, eine Plastiktüte, falls man 'ne schöne Muschel findet. Das war's schon, würde ich sagen … und nicht so viel sabbeln! Mund zu und Augen, Ohren und Nase auf. Das Genießen kommt von ganz allein.« Dann lachte er und warf wieder einen kurzen Blick Richtung Wohnung.

»Kurt, einige tragen im Watt doch diese Plastiksandalen. Man kann sich sonst ganz unangenehm an den Muscheln schneiden!«

»Ja, weißt du, passieren kann überall etwas. Du musst natürlich schon ein bisschen die Augen offen halten und darfst da nicht so durch die Gegend schlurfen. Immer schön die Füße hoch. Es gibt da zwar unangenehme Muschelbänke, aber die kennt Marwin alle. Da wird er euch nicht durchjagen! Ich hab im Watt noch nie was anderes an den Füßen gehabt, als meine eigenen angewachsenen Fußsohlen. Du, die werden mal richtig auf Vordermann gebracht. Dann kannst du dir glatt zweimal Fußpflege sparen. Nein, nein, der direkte Kontakt mit dem kühlen, weichen Wattboden gehört zum Genuss einfach dazu.«

»Man soll sich dort ja vollkommen mit Mutter Erde verbinden!«, ergänzte Malu grinsend.

»Sehr witzig! Na, dass ihr beide euch wieder einig seid, ist mir klar.« Diesen Satz hatte sie zwar in einem zurechtweisenden Ton gesagt, allerdings auch schon wieder mit einem recht entspannten Gesicht.

Genau in diesem Moment tat sich etwas an der Terrassentür. Der Hai war dort wieder aufgetaucht. Aber … wie sah der aus! Er hielt sich beim Austritt an der Türzarge fest und sein Gesicht war kreidebleich!

»Manfred, was ist denn mit dir! Ist dir nicht gut … hast du die Krabbensuppe nicht vertragen?«, rief Kristina besorgt und war schon aufgesprungen.

»Ich weiß nicht. Vielleicht auch die viele Sonne! Das ist mir vor ein paar Tagen schon mal passiert. Das lange, schnelle Fahrradfahren und wenn ich dann zur Ruhe komm, sackt mir der Kreislauf weg … aber, alles gut. es geht schon wieder.«

»Mensch, du siehst wirklich nicht gut aus. Du solltest dich erstmal hinsetzen oder besser noch, du legst dich auf den Rasen und Füße hoch!«, während sie das sagte, war sie ein paar Schritte auf ihn zu gegangen.

»Nein, nein … dann wird es eher noch schlimmer! Ich brauch jetzt Bewegung. Ich muss meinen Kreislauf wieder in Schwung bringen. Ich glaub, ich sollte gleich aufbrechen, mir geht es auch schon wieder besser. Mach dir keine Sorgen.«

Und das sah man auch. Seine Gesichtsfarbe kam zurück, und als er nun quer über den Rasen auf die Drei zukam, war auch sein Schritt wieder sicher und normal.

»Entschuldigt, dass ich so schnell aufbreche, aber Bewegung ist jetzt das Richtige für mich. Vielen Dank für die nette Einladung! Und Kurt, machen Sie sich keine Gedanken. Ihre Krabbensuppe war herausragend! Daran lag es auf keinen Fall. Ja, euch dann noch einen schönen Tag«, wünschte er.

»Machs gut, Manfred ... und vielleicht sehen wir uns auf dem Straßenfest!«, sagte Kristina noch schnell.

Ein Lächeln und ein »Ja, vielleicht« von ihm und schon ging er zügig Richtung Gartenausgang.

Kristina setzte sich wieder, sah aber weiter ziemlich enttäuscht aus und ein entspanntes Gespräch entwickelte sich auch nicht mehr.

»So, ich muss dann auch mal wieder ... in meiner Kombüse wartet noch ein bisschen Arbeit auf mich«, sagte Kurt dann recht bald und gab damit den Startschuss zum Aufbruch.

17. Urlaubstag

Das rote Haus

Eigentlich hatte er heute Nachmittag gar nicht auf die Toilette gemusst. Er wollte nur den penetranten Fragen von diesem Kurt aus dem Weg gehen. Und auch die Kleine hatte ihn die ganze Zeit so forschend angesehen. Aber einen Reim konnte er sich nicht darauf machen. War es jetzt Zufall gewesen, dass der Alte dieses Thema angeschnitten hatte, oder steckte mehr dahinter? Wie sollten die überhaupt Genaueres darüber wissen? Das kann nicht sein.

Wahrscheinlich nur belangloses Interesse an der Schatzgeschichte, beruhigte er sich. Allerdings das, was er danach in der Ferienwohnung auf dem Nachttisch neben der Badezimmertür entdeckt hatte, hatte ihn von den Beinen geholt! Fast genau wie beim Hippie im Garten, und er hatte sich sogar kurz aufs Bett setzen müssen. Sekundenlang hatte er es nicht fassen können und musste ihn einfach in die Hand nehmen. Glücklicherweise konnte man den Teil des Zimmers vom Gartentisch her nicht einsehen. Und es stimmte alles: Die Größe, die Holzfarbe, die Form und auch die Dicke – es gab nicht den geringsten Zweifel. Dort in der Wohnung befand sich der herbeigesehnte dritte Fisch! Dem Wunsch, ihn nicht mehr herzugeben und ihn sich einfach unters Hemd zu stecken, hatte er Gott sei Dank widerstanden und ihn zurück gestellt. Aber, soviel Zufall war ja schon unheimlich. Mann, was hatte ich in den letzten drei Tagen für Glück. Lädt sie mich zur Suppe ein und dann finde ich den Fisch. Den hol ich mir als nächstes … die haben immer so viel vor und tagsüber schließen sie wahrscheinlich nicht ab, da findet sich ein Weg! Und wer weiß, vielleicht ist schon alles mit dem Süddorffisch erledigt und ich kann mir den großen schenken.

In diesem Moment schlug die Turmuhr ihre schon bekannten zwei Schläge, wieder brannte in keinem der umliegenden Häuser noch Licht und hier vor der Kirche waren schon seit mindestens einer Stunde keine Leute mehr aufgetaucht. Vorhin, auf der Herfahrt, waren ihm erneute Zweifel gekommen. War diese Aktion überhaupt noch notwendig? Aber er wusste einfach nicht, in welchem Fisch die entscheidende Botschaft steckte und so eine großartige Chance, sich den Kleinen mit so wenig Risiko zu holen, bekam er vielleicht nie wieder! Deshalb saß er hier, mitten in der Nacht und wieder mit der altbewährten Ausrüstung in seiner schwarzen Sporttasche.

Dieser Einbruch erschien ihm fast leichter als der erste. Die Nacht war diesmal deutlich dunkler. Kein Vollmond, nur eine schmale Sichel, der Himmel leicht bedeckt und zum Abend hin hatte es aufgefrischt. In den Bäumen rauschten die Blätter. Ein kräftiger, dumpfer Schlag war kaum zu hören, und diesmal wollte er von hinten rein. Zum Nachbargrundstück gab es eine hohe Hecke, der Garten war kaum einzusehen ... und möglicherweise sind sie in Urlaub gefahren und das Loch in der Scheibe bleibt tagelang unentdeckt, vielleicht sogar wochenlang ... wenn's richtig gut läuft, bin ich schon nicht mehr auf der Insel, und wer weiß, vielleicht vermisst die Kleine ihren Fisch überhaupt nicht. Kinder sind doch so. Am Anfang ist es das Größte, und sie nehmen solche Dinge sogar mit ins Bett und schon am nächsten Tag ist alles vergessen, machte er sich weiter Mut. Aber, was ist, wenn ich ihn nicht finden kann – großes Durcheinander in der Wohnung oder sie hat ihn mitgenommen?

Wie auch immer, ich werd es gleich wissen! Noch einmal sah er sich nach allen Seiten um, dann griff er nach der Tasche und machte sich auf den Weg.

Die richtige Lücke in der Hecke war schnell gefunden und schon Sekunden später hatte er den rückwärtigen Garten erreicht. Obwohl es hier hinterm Haus noch dunkler war, konnte er drei Fenster erkennen, und genügend groß waren sie auch. Er entschied sich für das mittlere, zog seine Arbeitshandschuhe an und leuchtete sofort die Scheibe ab. Alte Einfachverglasung, der Flügel öffnet nach außen und ist innen nur mit zwei Haken verriegelt ... hervorragend, das sollte kein Problem sein. Ein kräftiger, kurzer Schlag wird reichen!

Er legte das Handtuch, das er vorhin aus dem Hotel hatte mitgehen lassen, zu einem kleinen Bündel zusammen, drückte es gegen die Scheibe, nahm den Kuhfuß in die anderen Hand und horchte noch einmal aufmerksam in die Umgebung. Nirgends etwas Auffälliges, und als dann auch noch eine kleine Windböe die Blätter ordentlich in Bewegung brachte, holte er aus und schlug zu.

Das dumpfe „Pomm" war erschreckend laut, aber der Ton hatte auch etwas von zugeworfener Autotür gehabt. Allerdings das direkt nachfolgende laute Geräusch von zersplitterndem Glas machte ihm Sorgen. Wieder horchte er … alles blieb ruhig! Erst jetzt nahm er vorsichtig das Handtuch vom Glas, und auch ohne Taschenlampe konnte er das Loch in der Scheibe erkennen – fast mittig und genügend groß. So, bloß nachher nichts vergessen, ermahnte er sich, stopfte Tuch und Kuhfuß sofort zurück in die Tasche, griff sich seine Lampe und leuchtete die Scheibe ab. Die Lochränder waren splittrig, aber sein Arm passste durch. Nur noch entriegeln, und schon war das Fenster offen.

Ich lass es so aussehen, als hätte gar kein Einbruch stattgefunden, überlegte er, vielleicht kaufen sie mir das ab!

Auf der Fensterbank lagen überall Glassplitter und auch ein Blumentopf und eine Holzfigur waren im Weg. Er merkte sich genau deren Position, bevor er sie herunternahm und auf dem Rasen abstellte. Bevor er einstieg, schob er noch die Glassplitter auf der Fensterbank in einer Ecke zusammen und versuchte dann so im Zimmer zu landen, dass er möglichst nicht auf Glas trat.

Im Zimmer standen nur wenige Möbel, alles war an seinem Platz und kaum Krimskrams. Wenn es überall so aussieht, kann ich den Fisch schnell finden, freute er sich. Schnell hatte er die beiden Regale, den Tisch, das Sofa und die Anrichte abgeleuchtet … hier ist er nicht! Auf dem Flur war es heikel, dort gab es ein Fenster zur Straße. Aber auch hier war es überschaubar, nur ein Schuhregal und eine Garderobe mit Jacken. In der Küche war der Fisch auch nicht zu finden, und im Arbeitszimmer und im Bad hatte er ebenfalls keinen Erfolg. Die Kleine hat bestimmt oben ein eigenes Zimmer, überlegte er.

Er huschte die Treppe hoch, und schon hatte er den richtigen Raum gefunden. Doch, wie sah es hier aus! Auf dem Fußboden ein einziges Chaos! Überall Spielzeug, und auch auf dem kleinen Schreibtisch und in den Regalen lag alles wild durcheinander. Nur auf dem

Bett herrschte Ordnung – die Bettdecke war sorgfältig zusammengelegt und darauf saßen, akkurat in einer Reihe nebeneinander, fünf Kuscheltiere. Ein kleines Fenster ging zur Straße und hurra! Das hatte ein Rollo. Schnell bahnte er sich den Weg und zog es runter. So, jetzt hatte er Zeit und konnte sogar die Zimmerlampe anschalten. Als Erstes nahm er sich den Fußboden vor, schob sogar mit dem Fuß den Legohaufen auseinander ... nichts ... danach durchstöberte er die Regale, dann den Schreibtisch, danach den kleinen Schrank und zog dort jede Schublade auf. Langsam wurde er nervös. Im Kleiderschrank war der Fisch ebenfalls nicht und als er sich dann auch noch unterm Bett vergebens umgesehen hatte, war seine Zuversicht endgültig dahin. Er wollte es einfach nicht glauben, und erneut lief sein konzentrierter Blick über das Durcheinander auf dem Fußboden. Wieder nichts! Sie hat den Fisch mitgenommen! Verdammt noch mal!

Vollkommen ernüchtert schaltete er seine Taschenlampe ein, hatte schon eine Hand am Lichtschalter und ließ seinen Blick ein letztes Mal durch den Raum und übers Bett wandern. Schlagartig starrte er auf eine Stelle zwischen Braunbär und grauer Seerobbe. Da gab es eine kleine rotbraune Fläche, die nicht zum Bärenfell passte. Zwei Schritte, ein Griff und ... der Fisch lag in seiner Handschuhhand! I am the winner, jubelte er. Was für eine Glückssträhne!

Der Rückweg war dann keine große Sache mehr: Zimmerlicht aus, Rollo hoch, durch den Raum noch mit Taschenlampe, danach ohne Licht wieder die Treppe runter, über den Flur ins Wohnzimmer, auf die Glassplitter aufgepasst und durchs Fenster zurück in den Garten. Hier blieb er stehen, horchte und guckte sich nach allen Seiten um. Weiter nichts Auffälliges – nur die Blätter rauschten.

... So, jetzt kommt mein Masterplan, freute er sich. Er legte den Fisch mit der Taschenlampe ganz nach unten in die Tasche und machte sich nun an seine Installation.

Als erstes schob er den Scherbenhaufen aus der Fensterecke auseinander, verteilte die Bruchstücke wie zufällig auf der Fensterbank und stellte dann den Blumentopf und die Holzfigur genau an die ursprünglichen Stellen zurück. Mit einem Grinsen legte er dann noch ein paar kleine Scherben auf den Topf und auf die Figur. Danach drückte er den Fensterflügel zu, griff durch das Loch im Glas und legte die beide Haken vor.

Nun die Handschuhe in die Tasche gestopft, Reißverschluss zu, noch ein prüfender, letzter Blick … Tasche geschnappt und zurück zur Lücke in der Hecke.

Der Tag vor der Wanderung

Malu hatte gestern Abend noch mit Marwin telefoniert und der war sofort begeistert gewesen. Übermorgen ist die Tide günstig, hatte er gemeint. Wir treffen uns um 10.30 Uhr an der Bushaltestelle Norddorf Mitte und gehen von dort zu Fuß los. Dann hatte er noch etliche Dinge aufgezählt, die man dabei haben sollte und das war genau das, was Opa Kurt auch empfohlen hatte. Nach Marwins Zusage hatte sie sofort Greta angerufen und war anschließend bei Janne gewesen. Und Greta wollte Melf Bescheid sagen.

Kristina war schon seit dem Frühstück in Sachen „morgige Wattwanderung" unterwegs. Mum wollte bei einigen ihrer Freundinnen vorbeifahren und bei der Gelegenheit noch wichtige Einkäufe erledigen. Unter anderem hatte sie nämlich ihre Entscheidung für den diesjährige Keramikeinkauf getroffen – eine hell gesprenkelte Salatschale mit angedeutetem blauen Blumenmotiv.

Eigentlich hatte Malu geplant, alles ganz in Ruhe anzugehen. Sie musste noch einige Vorbereitungen für die morgige Wanderung treffen, wollte eventuell nochmal zu Janne rüber, im Buch lesen und gerne auch noch mit Kurt sprechen. Aber dann hatte Greta angerufen und einen gemeinsamen Ausritt am Strand vorgeschlagen. Natürlich war sie gleich Feuer und Flamme gewesen und hatte sofort ihre Planung über den Haufen geworfen. Nun war es schon 15 Uhr durch! Sie hatte noch nichts für die Wanderung gepackt, roch ziemlich streng nach Pferd und sah aus wie Sau. Überall an ihren Beinen, an den Shorts, sogar am T-Shirt und in den Haaren klebte der Sand.

… Erstmal duschen, dachte sie … aber, toll war das eben!!! Sie hatte sich mit Greta direkt an der Pferdekoppel zwischen Nebel und Norddorf getroffen. Gretas Freundin Anni, die eigentlich Annika hieß und die Malu von der Mole gut kannte, war auch dabei gewesen und alle drei waren von dort ohne Sattel, nur mit Zaumzeug, losgeritten. Erst ein Stück durch den Wald, dann durch die Dünen und schließlich über den riesigen Strand Richtung Wasser. Ihre Islandstute war total lieb gewesen und hatte an keiner Stelle rumgezickt. Und dann war überhaupt das Beste gekommen! Im Galopp ein ganzes Stück Richtung Norddorf durchs seichte Wasser und deshalb sah sie jetzt auch so aus. Das Wasser und der feuchte Sand waren dabei nur so geflogen, und genauso hatte sie sich das vorgestellt – drei wilde Mädchen mit wehenden Haaren reitend am Strand! Viele Spaziergänger waren stehengeblieben, hatten ihnen zugelacht und etliche auch neidisch geguckt. Danach den selben Weg zurück, und nun tat ihr der Hintern weh!

Sie hatte eben eine ganze Zeit im Garten gelesen und war jetzt dabei, die Sachen für morgen zusammenzulegen: Ihre Sonnenbrille, Creme, eine Plastiktüte, ihren alten Zweit-Bikini und die verschlissenen Zweit-Shorts, die sie vorhin und auch neulich bei der Krabbenaktion angehabt hatte. Allerdings konnte sie damit morgen so nicht los – Shorts und T-Shirt musste sie gleich noch unbedingt mit der Hand durchwaschen.

Immer wieder dachte sie auch an den gestrigen Nachmittag mit dem Hai und hätte gern alles mit Kurt durchgesprochen. Sie war schon gleich nach dem Duschen das erste Mal rübergeflitzt, eben nach dem Lesen wieder, aber leider war er immer noch nicht da.

Opa Kurt hatte den Hai richtig in die Zange genommen und nicht locker gelassen. Beim Thema Museum war der richtig blass geworden, und dann hatte er eindeutig gelogen. Ihre Vermutung hatte sich gestern bestätigt. Der Hai war in die Schatzgeschichte verstrickt! Als Kurt mit dem Einbruch anfing, hatte der Hai fast die Kontrolle verloren, war noch weißer geworden und konnte sich nur noch mit seiner Toilettengeschichte retten. Sie war sich fast sicher, dass er dahinter steckte – aber wie sollte man das beweisen?

Der kleine Fisch

Er angelte sich sein Smartphone vom Regal über dem Bett. 12.45 stand auf dem Display. Richtig gut geschlafen, alter Junge, sprach er mit sich selbst, dachte an die Nacht und schmunzelte. Alles war hervorragend gelaufen. Er hatte den Fisch gefunden, und auf dem Rückweg war ihm niemand begegnet. Er war direkt zum Haus gefahren, hatte dort sein Fahrrad abgestellt und die Handschuhe und den Kuhfuß zurück in den Schuppen gelegt. Den Fisch hatte er allerdings mit ins Hotel genommen. Der lag seitdem hier im Waschbecken, im Wasser, und hatte sich hoffentlich schon geteilt und würde ihm gleich sein Geheimnis offenbaren. Der Gedanke vertrieb die letzte Müdigkeit und voller Erwartung sprang er aus dem Bett, ging sofort ins Badezimmer und nahm die kleine Kristallvase aus dem Becken, mit der er den Fisch beschwert hatte. Der trieb sofort an die Wasseroberfläche. Aber, auf den ersten Blick hatte sich bei dem noch nichts getan – nicht zweigeteilt, wie erhofft!

Enttäuscht nahm er ihn aus dem Wasser, und als er die Hälften dann nur leicht gegeneinander verdrehte, passierte es sofort!

In jeder Hand hielt er einen halben Fisch und an einigen Stellen auf der einen Hälfte hatte er auch schon ein paar schwarze Linien entdeckt. Bin ich gespannt, dachte er, als er sich nach einem brauchbaren Gegenstand zum Schaben umsah. Sein Blick fiel auf die Vase. Hatte die nicht so unangenehme scharfe Kanten?

Mit der Vase ging es überraschend gut. Immer mehr Striche tauchten auf und wie erwartet waren es Buchstaben! Hektisch kratzte er die letzten Flächen frei und dann … vor Aufregung rutschte ihm die Vase aus der Hand. Instinktiv sprang er zurück. Dann ein lautes Krachen und helles Klirren vor ihm auf dem gefliesten Badezimmerboden und schon flogen die Glassplitter kreuz und quer. Allerdings, etwas anderes war viel schlimmer!

Auf der Fischhälfte gab es nur drei Buchstaben: S A A, nichts weiter und sogar der erwartete größere schwarze Punkt darüber fehlte! Er musste gar nicht überlegen:

SÖSSAAREP ... Süddorf!

Ohne große Hoffnung nahm er einen größeren Glassplitter vom Boden und kratzte die Fläche des Gegenstücks frei. Aber, wie erwartet, gab es darauf nicht den kleinsten Strich. Die riskante Nachtaktion hatte ihn keinen Schritt weitergebracht. Bei all dem Einsatz, wieder nur eine große Enttäuschung!

Wenigstens weiß ich jetzt, welcher Fisch der richtige ist! Und schon dachte er darüber nach, wie er den am geschicktesten in seine Hand bekommen könnte. In jedem Fall muss der Zeitpunkt stimmen, überlegte er und dann fiel ihm die geplante Wattwanderung und das Dorffest ein. Wollten sie nicht alle dahin? Dann hab ich freie Bahn und Friesen schließen ihre Häuser nicht ab. Aber die Sache ist nicht ungefährlich – und auch den Süddorffisch sollte der Zimmerservice hier bei mir auf keinem Fall finden. Den muss ich unbedingt verschwinden lassen! Aber jetzt kümmer ich mich erst einmal um einen Handfeger und ein Kehrblech.

Kurt ist neugierig

Es war schon später Nachmittag, als Kurt wieder in Nebel ankam. Er war heute Morgen, gleich nach dem Frühstück, mit dem Bus in die City gefahren. Hatte dort Bankgeschäfte erledigt, diverse Einkäufe getätigt, hatte bei einem Schulfreud zu Mittag gegessen und war danach auch noch beim Frisör gewesen. Hinterher hatte er sich im Café einen großen Eisbecher und eine Tasse Bohnenkaffee gegönnt. Und eben, bevor er wieder in den Bus gestiegen war, hatte er sich noch schnell bei Butze zwei leckere Fischbrötchen gekauft. Die wollte er heute Abend ganz gemütlich vor dem Fernseher verdrücken.

Schon aus der Ferne sah er den Polizeiwagen vor dem roten Haus. Der Inselpolizist und sein Nachbar Steffen standen an der Gartenpforte und unterhielten sich.

Er war noch gar nicht ganz heran, da lachte Kurt und rief: »Mensch, Rolf, du willst doch wohl nicht unseren Schulmeister verhaften! Hat er was ausgefressen?«

»Hallo Kurt, du weißt doch, unsere Lehrer müssen wir immer gut im Auge behalten! nein, alles halb so schlimm. Steffen meinte, es sei bei ihm eingebrochen worden! Aber, wer sollte auf so eine Idee kommen? Bei einem Lehrer ist doch nicht viel zu holen«, antwortete der Polizist und lachte zurück.

»Na, das will ich nicht sagen. In seiner CD- und DVD-Sammlung gibt es bestimmt manch wertvolles Stück. Steffen hat mir schon mit einigen schönen, alten Filmen über die trüben Wintertage geholfen«, entgegnete Kurt.

Steffen schmunzelte: »Es ist wohl wirklich alles in Ordnung. Glücklicherweise waren Martje und ich nur einen Tag auf dem Festland. Vorhin haben wir sofort die Glassplitter auf dem Boden und das Loch in der Scheibe entdeckt. Und Kurt, du wirst lachen, ich hab mir wirklich gleich als erstes meine Sammlung angesehen. Aber es fehlt nichts, im ganzen Haus nicht! Alles ist so wie immer. Nichts durchgewühlt, keine Schublade offen … nur ich dachte, ich ruf doch besser bei Rolf an, damit sich ein Fachmann die Sache ansieht. Auch für Martje war es wichtig! Die hat sich jetzt auch beruhigt, wo feststeht, dass es nur ein Vogel war.«

»Ja, da müsst ihr euch gar keine Gedanken machen! Wenn jemand mit einem harten Gegenstand zuschlägt, dann gibt es diese typischen Schlagspuren und Kratzer am Glas. Aber nichts davon! Auf der Fensterbank liegen noch all die Splitter, selbst im Blumentopf und auf deiner Skulptur. Da ist nie und nimmer jemand durchs Fenster gekrochen«, bestätigte der Polizist.

»Ich hatte neulich auch so einen Fall«, unterstützte Kurt. »Ich war in meiner Mittagsstunde und da rummst es plötzlich gegen die Wohnzimmerscheibe … aber was für ein Lärm! Ich wär fast von der Couch gefallen. Ich natürlich gleich hoch und dann war das auch 'ne Elster. Die saß dann noch 'ne ganze Zeit bedröppelt auf dem Rasen und etwas später guck ich, da hatte sie sich wohl wieder erholt und war nicht mehr da. Na, wie auch immer, dann hält sich der Schaden ja in Grenzen! Ich schlepp nun mal meine Einkäufe nach Hause. Adjis denn!«

18. Urlaubstag

Die Wattwanderung

Alle hatten sich heute Morgen gegenseitig abgeholt. Marwin zuerst Melf und beide waren dann bei Janne vorbeigefahren. Frieda zuerst zu Ulla, dann zu Anne und alle zusammen hatten danach Kristina und Malu eingesammelt, die schon abfahrbereit an der Straße gewartet hatten. Danach waren sie im gemächlichen Tempo auf dem Wirtschaftsweg nach Norddorf gefahren und eben an der Bushaltestelle hatte Greta sie ausgelassen begrüßt!

Nachdem alle ihre Räder in die Fahrradständer geschoben hatten, rief Kristina ausgelassen:»Mensch, haben wir ein Glück mit dem Wetter. Ich freu mich so auf diesen gemeinsamen Tag!« Alle nickten ihr zu.

Gerade war auf dem Platz ein groß gewachsener Mann mit einer auffälligen weißen Schirmmütze aufgetaucht. Etwas abseits baute er sich breitbeinig auf und stützte sich auf seine Forkenschaufel. Schnell scharten sich ein paar Leute um ihn und die sahen in ihren kurzen Hosen und Rucksäcken ebenfalls nach Wandergruppe aus. Marwin grüßte ihn mit einer kurzen Handbewegung und einem freundlichen Lächeln.»Da versammelt sich die Konkurrenz«, erklärte er mit gedämpfter Stimme.»Aber, der Gruppe werden wir, wenn überhaupt, erst auf Föhr am Deich wieder begegnen. Die gehen frühestens in einer halben Stunde los. Wenn die am Priel ankommen, sind wir schon längst durch und haben im Watt unsere Ruhe«, grinste er.»Ja, was meint ihr? Wir sind alle da! Los geht's! Wir gehen über den Teerdeich, da können wir gleich einen Blick aufs UNESCO Weltnaturerbe werfen!«

Marwin ging vorne weg und schlug sofort ein forsches Tempo an. Malu war erstaunt, wie energisch er von der ersten Sekunde an seine Rolle als Wattführer ausfüllte. Sie hatte ihn bislang eher zurückhaltend kennengelernt. Aber, hier war ein ganz anderer Marwin am Start und das war ihr sehr recht – er vermittelte glaubhaft das Gefühl, dass er sich auskannte und dass man ihm vertrauen konnte. Ein bisschen Schiss hatte sie schon vor dem großen Priel und dem weiten Weg über den Meeresboden, den man als Lungenatmer nur kurz betreten konnte und unbedingt rechtzeitig wieder verlassen musste.

Irgendwie ging dann jeder mit jedem. Man ließ sich mal zurückfallen oder legte kurz im Tempo zu. Allerdings war es meist so, dass die jungen Leute sich suchten und auch die Frauen eine Extragruppe bildeten. Was sich nie änderte, war, dass Marwin ganz vorne ging und Melf sich meist in der Nähe seines Kumpel aufhielt.

Zügigen Schritts ging es auf dem Teerdeich entlang, dann auf dem Sandweg weiter, am Fahrradstellplatz vorbei, noch ein kurzes Stück Bohlenweg und schon hatten sie den freien Blick auf die gigantisch weite Wattfläche zwischen den Inseln.

Hier blieb Marwin das erste Mal stehen und guckte in die Weite – allerdings ohne jeden Kommentar! Malu musste gleich an Opa Kurts Worte denken „der kann auch mal den Mund halten" und das taten jetzt für einen langen Augenblick alle. Vor ihnen war schon eine große Fläche trocken gefallen und auch weiter hinten sah man nur grauen Wattboden, aber dazwischen sah es anders aus! Da verläuft der Priel, dachte Malu ... wie breit der noch ist ... und auch weiter hoch, die Stelle, die ihr Greta vor ein paar Tagen gezeigt hatte, war kein bisschen schmaler ... wieder kroch ihr dieses unbehagliche Gefühl über den Rücken.

»So, wir gehen hier erst einmal ein ganzes Stück in Dünennähe. Wenn wir gleich quer rüber gehen, wird es schnell sehr schlickig, weiter hinten haben wir fast nur Sandwatt ... aber wir sollten jetzt barfuß gehen. Das ist eine First Class kostenlose Fußmassage!«, sagte Marwin, zog seine Sandalen aus und stopfte sie in den Rucksack. Wahrscheinlich hätten das jetzt sowieso die meisten getan, aber so, wie auf Kommando, alle gleichzeitig und ohne Einwände, wohl nicht. Malu musste kurz grinsen, selbst ihre rebellische Mutter, die sich solchen kollektiven Anweisungen gerne widersetzte, folgte ohne Murren. Was so ein Wattführer fertig bringt, wenn alle irgendwie Schiss haben, dachte sie und irgendwo hatte sie mal gelesen „in der Not scharen sich alle um eine starke Persönlichkeit".

Marwin marschierte wieder los und alle hinterher.

Wir gehen bislang genau den Weg, den wir bei der Odde-Umrundung gegangen sind, machte sich Malu klar ... allerdings, ohne das nervige Gekichere der Frauen! Sie hakte sich bei Greta ein und zog sie ein Stück weiter von den Dünen weg. Als Janne mitkriegte, dass man hier viel leichter voran kam, folgte er den Mädchen. Malu ließ ein bisschen im Tempo nach und als Janne aufgeschlossen hatte, hakte sie sich mit ihrem freien Arm auch bei ihm unter.

»Leute, ich wollte euch noch von vorgestern erzählen, das muss ja nicht jeder hören«, legte sie sofort los und hatte damit gleich eine gute Erklärung für ihre mutige Einhakaktion gegeben. »Stellt euch vor, Kurt und ich, wir hatten vorgestern Nachmittag schon alles am Gartentisch für einen kleinen Imbiss vorbereitet, dann kommt plötzlich meine Mum mit dem Hai um die Ecke. Malu schilderte haarklein jede Einzelheit: Wie geschickt Kurt ihn sich vorgenommen hatte, die Flucht des Hais ins Badezimmer und sein blasser, überstürzter Abgang.

Die Wandergruppe hatte sich etwas auseinander gezogen. Marwin und Melf weiter ganz vorne, die Frauen in Grüppchen ein Stück dahinter und die drei Freunde eingehakt etwas seitlich davon. Etwa auf Höhe des kleinen Zugangsweg zum Vogelwärterhaus blieben die Jungs stehen.

Marwin winkte alle zu sich, holte ein kleines Fernglas aus seinem Rucksack und verkündete dann:»So, wir sind da! Hier beginnt unsere eigentliche Tour! Mal sehn, ob ich die richtige Prigge finde?«

Nun sah er sich mit dem Ding vor den Augen eine ganze Zeit in der Gegend um und guckte auch immer wieder auf die immer noch recht breite graue Wasserfläche in ihrer Nähe. Keiner sagte etwas und lustigerweise schauten immer alle genau dahin, worauf Marwin gerade sein Fernglas richtete – jeder hätte wahrscheinlich gerne gewusst, was ihm dabei durch den Kopf ging.

»Also«, begann er schließlich. »Ganz dahinten, links und noch ziemlich nah an Föhr dran, die vielen schwarzen Punkte, sieht wie ein Ameisenhaufen aus, das ist die Wattgruppe, die von der Nachbarinsel aufgebrochen ist! Die kommen uns entgegen und müssen bei Niedrigwasser hier am Priel sein. Die sind schon vor einer Stunde losgegangen. Da könnt ihr mal sehn, wie hoch das Föhrer-Watt ist. Sie sind aber noch weit weg und brauchen noch 'ne knappe Stunde, bis sie hier sind. Und hier vorne, die vielen dünnen Stangen, ungefähr im gleichen Abstand aufgereiht, die markieren den Priel. Bei flachen und schmalen Fahrwassern setzt man keine Tonnen, sondern macht das mit diesen Pfählen und oft stakt man dann auch nur an einer Seite aus. Die Priggen werden in jedem Frühjahr vom Wasserstraßen- und Schiffahrtsamt neu gesetzt. Eigentlich müsste man hier wohl korrekterweise wirklich von Stangen sprechen, hat mir mal ganz wichtig Wolfgang vom Amt erklärt. Von See kommend stehen auf der rechten Seite die Stangen und die erkennt man an den oben zusammengebundenen Zweigbüscheln, landläufig auch „Tannen" genannt. Nur die auf der linken Seite bezeichnen die Fachleute als Priggen, die haben oben offene Zweige.«

Nun stoppte Marwin kurz seinen Vortrag. Er hatte bemerkte, dass ihn einige überfordert anguckten. »Leute, nun macht euch bloß nicht zu viele Gedanken deswegen«, versuchte er zu beruhigen. »Wir wollen da ja nicht mit nem Schiff langfahren. Zur besseren Orientierung für die Skipper befinden sich an den Stangen nämlich auch noch grüne Reflektorbändchen.«

»Grün, na klar … für Steuerbord«, ergänzte Malu schnell und freute sich.

»Hohoho! Da hat aber jemand aufgepasst. Ich hab schon gehört, dass du bei unserem Segelexperten einen Schnellkurs absolviert hast!«, und grinste Janne an, der allerdings nur ganz gelassen zurück nickte.

»Aber, wie auch immer«, fuhr Marwin fort. »Ich nenn alles, was hier im Wasser steckt, auch weiterhin Priggen und für uns ist nur wichtig, dass sich da der Priel befindet. Bei Hochwasser heizt hier sogar

437

der Adler-Express durch. Könnt ihr mal sehn, wie tief es da sein kann … und nun, genau querab, die eine Prigge, da müssen wir rüber, da ist die niedrigste Stelle … an der Stange gibt es 'ne Markierung, daran kann man abschätzen, wieviel Wasser da noch steht.«

Alle versuchten nun die richtige Prigge, oder besser Stange zu finden, aber das war ein Glücksspiel, so viele dünne Dinger wie da im Wasser standen. Alle sahen gleich aus und irgendeine Markierung war aus dieser Entfernung auch nicht auszumachen.

»Wir sind sehr gut in der Zeit«, begann er wieder. »Wir sollten noch ein bisschen warten, im Priel ist es noch zu tief, da geht im Augenblick noch 'ne heftige Strömung!« Er ließ sich in den Sand fallen und wieder folgten alle seinem Beispiel und einige sahen sogar erleichtert aus. Allen voran Malu! Die graue, schlickige Wasserfläche zwischen den trockengefallenen Wattflächen sah noch immer bedrohlich breit aus und sie musste unweigerlich an Jesse Paulsen und an seine Gummistiefel denken

Nach etwas mehr als einer Viertelstunde stand Marwin auf und nahm mit seinem Fernglas erneut den Priel in den Blick. Malu war überrascht, wieviel zusätzlicher Wattboden in dieser kurzen Zeit zum Vorschein gekommen war. Die Wasserfläche war plötzlich nur noch halb so breit und hatte viel von ihrem Schrecken verloren. Wie schnell das geht, dachte sie.

Nur Sekunden später verkündete Marwin: »Wie sollten jetzt gut durchkommen! Leute, auf die Beine! Das Abenteuer Prielüberquerung und Wattwanderung kann beginnen!«

Alle sprangen auf, nur Kristina blieb sitzen und holte mit der Erklärung: »Kleinen Moment noch, ich muss noch meine neuen Schlickschuhe anziehen«, zwei Paar quietsch-neongelbe Plastiksandalen aus ihrem Rucksack heraus. Erst guckten alle ungläubig, dann brach ein Gelächter los.

»Das ist jetzt nicht wirklich dein Ernst!«, lachte Ulla und auch Frieda hielt sich den Bauch und meinte dann: »Das stört doch dein Chi, meine Liebe … das kannst du nicht bringen!«

Kristina lachte zwar mit, ließ sich aber nicht beirren: »Ja, amüsiert euch ruhig. Wenn ihr gleich den Schlick zwischen den Zehen habt, oder euch die Fußsohlen an einer Muschel aufschneidet, lacht keiner mehr! Marie, ich hab auch ein Paar für dich gekauft. Willst du?«

Aber Malu schüttelte nur entgeistert den Kopf. »Mum, vielen Dank ... aber die Dinger zieh ich bestimmt nicht an ... ich finde den Schlick toll und besonders zwischen den Zehen, wenn er sich durchquetscht ... das kitzelt so schön! Steck die Dinger bloß weg!«

Nun bot Kristina das Paar den Freundinnen an, aber auch die winkten lachend ab.

»Wie ihr wollt. Aber beschwert euch hinterher nicht. Ich will es einfach mal ausprobieren«, erklärte sie, zog sich die Sandalen über die Füße und stopfte das zweites Paar zurück in ihren Rucksack.

Dann ging es los. Marwin ganz vorne und diesmal blieben alle dicht zusammen und alle barfuß – bis auf Kristina! Sie stapfte mit ihren singnalfarbenen Plastiksandalen hinterher.

Anfangs war die Wattfläche vollkommen wasserfrei. Durch den hohen Sandanteil war der Boden überraschend fest und ließ sich wunderbar begehen. Eine große Strandkrabbe versuchte sich in ihrer typischen Seitwärts-Fortbewegungart vor dem herannahenden Trupp in Sicherheit zu bringen. Marwin blieb vor dem hektischen Tier stehen und erklärte: »Seht ihr, ein Dwarslöper, ein Querläufer!«

Als das Tier, solcher Art umzingelt, versuchte sich schnell einzugraben, griff er es als Fischexperte geschickt mit zwei Fingern am Panzer und hielt die Krabbe Kristina direkt vor die Nase. Die schrie und sprang sofort einen halben Meter zurück. Das Tier rollte panisch mit seinen Stielaugen und bewegte aufgeregt seine Zangen und Beine und dann guckte Marwin Melf an und danach beide Malu und Greta und die Augen der Jungs blitzten in bekannter Manier.

»Ich warne euch!«, reagierte Greta sofort. »Diesmal kommt ihr nicht mit einer Krabbentour davon ... diesmal ist der Preis bedeutend höher!« Beide Mädchen hatten sich auch schon gleich ein Stück weiter in Sicherheit gebracht und ließen Marwin nicht mehr aus den Augen.

»Beruhigt euch ... ich mach doch nur Spaß!«, und dann setze er sie zurück auf den Boden, wo die Krabbe sich in Windeseile eingrub.

»Aber, nein, jetzt mal im Ernst«, erklärte Marwin weiter. »Die sehn zwar ziemlich gruselig aus, sind hier aber recht nützliche Tierchen ... sind zwar auch Muschelräuber, aber eigentlich Aasfresser ... gehören praktisch zur Gesundheitspolizei im Watt. Genau wie die Kollegen hier!«, und zeigte auf einen kleinen Haufen grauer, gekringelter Würste am Boden.

»Das sieht ja so aus, als hätte da jemand hin gemacht«, sagte Frieda grinsend.

»Du, das ist sogar ziemlich richtig! Seht ihr hier, das Loch. Darunter sitzt ein Wattwurm. Der hat den ganzen Tag nichts anderes zu tun, als Sand und Schlick zu fressen und alles was er nicht verwerten kann, kackt er hinten einfach wieder raus.«

»Das ist ja eklig!«, fiel ihm Frieda ins Wort und sprang auf eine Fläche, die frei von diesen Wattkringeln war.

»Da irrst du dich. Wenn dich jemand zwingen sollte, Watt zu essen, solltest du dich für diese Würste entscheiden. Die sind nämlich viel sauberer als der andere Boden. Die Würmer holen das ganze lebende Zeug raus, Mikroorganismen und Plankton und was weiß ich noch. Sie gehören hier ebenfalls mit zum Reinigungspersonal. Die Würste sind fast klinisch sauber. Die Biologen sind völlig begeistert über diese hässlichen Dinger. Wissenschaftler haben berechnet, wie viele Monate die Würmer brauchen, um das gesamte Watt ein Mal komplett durchzukauen und das waren gar nicht so viele!« Er kniete sich hin, grub genau zwischen Loch und Kringelhaufen den Wattboden auf und in etwa 30 cm Tiefe zog er ein rotbraunes, relativ langes und dickes Etwas aus dem dunklen Schlick und hielt es mit den Worten in die Luft: »Darf ich vorstellen, ein Wattwurm!«

Bis auf Melf waren alle wieder einen Schritt nach hinten gegangen und Ulla meinte: »Na, richtig lecker sieht der ja nicht aus!«

»Unsere Fische finden diese schrumpeligen Biester ganz vorzüglich! Und die können sich doch nicht alle irren«, mischte sich Melf ein, grinste Marwin an und der ergänzte: »Ja, ein hervorragender Fischköder!«

Er legte den Wurm zurück ins Loch, warf ein paar Hände voll

Schlick drauf und kommentierte trocken:»Woll'n ja nicht, dass der Bursche gleich von den Möwen verputzt wird! Aber, keine Angst, das war's auch schon mit meinem Biowissen. Wenn ihr mehr darüber hören wollt, seid ihr bei mir falsch ... da hättet ihr eine naturkundliche Wanderung buchen müssen.« Danach setzte er sich wieder in Bewegung.

Es war gar nicht mehr weit. Noch eine seichte Wasserfläche, dahinter eine kleine Sandbank und dann folgte schon das eigentliche Hindernis. Marwin hielt genau auf einen bestimmten Pfahl zu und wartete dann am Rand des Priels, bis alle heran waren.

Irgendwie vermittelte er plötzlich einen besorgten Eindruck, guckte erneut nachdenklich zur Prigge und meinte:»Aber die Stange hier wird schon die richtige sein ... oder? ... Sollte ich mich irren? nein, nein, hier müssen wir durch! Es hilft nichts ... aber alles, was danach kommt ist ganz einfach ...« Er drehte sich wieder zum Priel, schaute und schüttelte erneut den Kopf.»Warum steht hier um diese Zeit noch so viel Wasser ... und die starke Strömung heute ... versteh ich nicht! Wir haben doch Ostwind und die Mondphase ist auch günstig ... na ja, wie auch immer, wird schon gehen!« Das sollte wohl zuversichtlich klingen, aber er wirkte im Augenblick ganz und gar nicht wie ein souveräner Wattführer – alle hatten seine Unsicherheit mitbekommen und überall sah man besorgte Gesichter.

Auch Malu guckte auf das schlickige, undurchsichtige Wasser. Gerade hatte sie ein paar Luftblasen und Seetang entdeckt und alles war beängstigend schnell Richtung offene Nordsee an ihr vorbeigeschossen. Nun nahm auch noch Greta ihre Hand und drückte sie recht fest. Malu wusste sofort, was das bedeutete: Ihrer Freundin war auch nicht wohl dabei.

Erst jetzt fiel Malu auf, dass Marwin gar keine Armbanduhr am Handgelenk hatte. Woher sollte er überhaupt den richtigen Zeitpunkt wissen und Kurts Satz, „Der riecht die Tide", über den sie noch gelacht hatte, den fand sie jetzt überhaupt nicht mehr lustig.

»So, wir versuchen es einfach!«, sagte Marwin entschlossen.»Ich schlag vor, es gehen erstmal die, die sich auskennen. Man kann nie genau wissen, ob sich der Sand nicht doch verlagert hat und wie tief es heute wirklich ist!«

»Mensch, Marwin, es sieht echt nicht so gut aus. Vielleicht sollten wir doch noch warten, oder abbrechen?«, gab Janne nun zu bedenken. »Nur keine Panik, dass schaffen wir schon! Ich denke, wir gehen zu viert und halten uns gegenseitig fest. Falls wir dann ein Stück abtreiben, sollte das auch kein großes Problem sein. Melf, Janne und Greta macht euch fertig. Ich zähl auf euch! Wir lassen die Rucksäcke erst einmal hier auf dem Trocknen und ziehen vorsorglich auch unsere Klamotten aus, die Badesachen haben wir ja schon drunter.«

Aber jetzt mischte sich Frieda energisch ein: »Ich finde, das Risiko ist viel zu hoch. Wenn überhaupt, dann sollten wir auf die andere Wattgruppe warten und wenn die wirklich rüber gehen, gehen wir hinterher!«

Sofort drehten sich alle um und guckten zu der Stelle, wo die Dünen und der Bohlenweg aufhörten und man das erste Mal den freien Blick aufs Watt hatte. Aber da war noch gar keine Gruppe zu sehen und Kristina meinte: »Vielleicht kann man heute gar nicht rüber und die Kurverwaltung hat schon eine Warnung herausgegeben. Da müsste doch etwas auf Amrum-news stehen … na, das lässt sich feststellen«, nahm den Rucksack vom Rücken und kramte nach ihrem Handy.

Offensichtlich sah Marwin seine Autorität in Gefahr und drückte aufs Tempo. Fast schon im Befehlston sagte er: »Leute, seid ihr bereit! Wir versuchen es! Wird schon schief gehn!«

Greta nickte Malu besorgt zu, drückte ihre Hand und ließ sie dann los.

Die vier streiften sich die Rucksäcke vom Rücken und zogen ihre Shorts und Hemden aus. Dann gingen sie an den Rand des Priels und fassten sich an den Händen.

Kristina hatte ihr Handy noch immer nicht gefunden, verfolgte die Vorbereitung der Jugendlichen mit offenen Mund und durchwühlte dabei aufgeregt weiter ihren Rucksack.

»Wo ist das Scheißding bloß!«, rief sie und fuhr dann recht harsch Anne an, die neben ihr stand und noch immer ziemlich ruhig wirkte:

»Ich versteh dich nicht! Du kannst hier doch nicht einfach nur rumstehen und seelenruhig mit ansehn, wie sich dein Sohn und die anderen in Lebensgefahr bringen! Tu doch endlich was!«

»Vertrau den Kindern einfach. Die wissen schon, was sie tun!«, wies Anne die Aufforderung überraschend ruhig zurück.

»Die wissen schon was sie tun ...«, regte sich Kristina noch mehr auf, aber weiter kam sie nicht. Die Vier waren losgegangen und wie schnell es tiefer wurde! Schon nach wenigen Schritten standen sie bis zu den Knien im Wasser.

»Oh, ho, ho!« rief Marwin. »Bloß nicht loslassen! Ganz schön Strömung hier! Nicht, dass jemand ausrutscht und abgetrieben wird!«

Den an Land Gebliebenen stockte der Atem. Keiner sagte mehr etwas. Alle starrten nur noch auf die Jugendlichen, denen nach ein paar weiteren Schritten das Wasser jetzt schon fast bis zum Hintern ging.

Auch Ulla konnte sich nun nicht mehr zurückhalten und rief aufgeregt: »Hört auf! Das ist die Sache nicht wert. Hier muss niemand was beweisen. Kehrt einfach um und kommt zurück!«

Aber keiner von den Angerufenen reagierte – im Gegenteil! Sie gingen weiter hinein und das graue, düstere Wasser bildete kleine Strudel um die Vier. Mal kam der eine, mal der andere mächtig ins Schwanken und bei jedem weiteren Schritt mussten sie sich fester halten.

Kristina konnte nicht mehr hinsehen, wendete sich ab, drehte sich aber gleich wieder zurück – nicht hinsehen hielt sie auch nicht aus. Ulla hielt sich die Hände vors Gesicht und Frieda stand ebenfalls wie angewurzelt da und fuhr sich durch die Haare.

Aber die vier im Priel gingen unbeirrt tiefer hinein und nach einigen weiteren Schritten stand allen das Wasser schon bis über die Brust. Jetzt kam Greta noch mehr ins Straucheln ... plötzlich rutschte sie weg ... sie konnte sich nicht mehr auf den Beinen halten. Janne versuchte noch sie zu erwischen, aber alles ging rasend schnell und sofort war sie schon zwei, drei Meter Richtung Nordsee abgetrieben. Sie schrie und ihre Hände wirbelten wild in der Luft. Dann wurde sie ganz unter Wasser gezogen, tauchte aber gleich wieder auf und schlug mit den Armen.

443

Malu hielt es nicht mehr am Ufer. Sie musste ihre Freundin retten und rannte noch mit Rucksack auf dem Rücken einfach los. Im letzten Augenblick kriegte Kristina ihre Tochter am Arm zu fassen und schrie sie an:»Marie-Luies! Bist du verrückt geworden. Wenn du da auch noch rein rennst, wird alles nur noch schlimmer. Wir müssen jetzt besonnen handeln …«

Malu machte einen neuen Versuch, sich loszureißen, aber Kristina hielt sie mit beiden Händen fest. Die Situation im Priel wurde noch bedrohlicher. Auch die drei Jungs rutschten weg, schlugen wild mit ihren Armen und tauchten mit den Köpfen unter.

Auf der Sandbank herrschte blankes Entsetzen und dann, wie aus dem Nichts, rief Anne mit lauter, resoluter Stimme:»So, es reicht jetzt! Macht Schluss mit dem Klamauk! Mehr können wir hier nicht vertragen!«

Und so, als hätten ihre Worte Zauberkraft, war es mit den dramatischen Ereignissen im Priel schlagartig vorbei. Keine Kämpfe mehr mit der gefährlichen Strömung, keine Köpfe, die unter Wasser gezogen wurden, keine wilden Hände in der Luft und auch Greta sah plötzlich wieder völlig entspannt aus.

Jetzt standen alle am Ufer erst recht mit offenem Mund da und rätselten, was sich vor ihren Augen gerade abspielte. Im Priel steckten zwar alle Vier immer noch bis zum Hals im Wasser, aber die starke Strömung schien plötzlich gar kein Problem mehr zu sein. Im Gegenteil! Greta, die schon drei Meter abgetrieben war, schaffte es ohne erkennbaren Kraftaufwand zurück zu den anderen und auch die Jungs sahen plötzlich wieder vollkommen entspannt aus. Das konnte man einfach nicht begreifen!

Und, es wurde noch absurder. Wie durch geheime Magie, so als hätte jemand den Stöpsel aus dem Priel gezogen und würde das Wasser ablassen, wuchsen die Vier in die Höhe … wie in Zeitlupe … immer weiter … schnell ging denen das Wasser nur noch bis zum Bauch … dann nur noch bis zum Hintern und schließlich nur noch den halben Oberschenkel hoch.

Und dann warfen die Vier, wie auf Kommando, die Hände in

die Luft und Greta schrie ausgelassen: »Inszenierung!!! Alles nur Theater!!! … das Stück heißt: Der Schrecken am Priel!!«, dann grölten alle vier den völlig verwirrten und unfreiwilligen Theaterbesuchern ein lautes, langes »Yeeeeeee!!!« entgegen.

»So, ihr Schisser! Jetzt haben wir euch mal richtig rangekriegt. Heute ist sogar ziemlich wenig Wasser im Priel. Euer Po wird noch nicht einmal nass!«, rief Greta und so ein breites Grinsen hatte Malu bei ihrer Freundin noch nie gesehen.

»Wie kann denn das sein? Wie habt ihr das gemacht?«, wollte Kristina wissen, die immer noch entgeistert aussah.

»Um so weiter wir ins Wasser sind, um so mehr sind wir in die Hocke gegangen und hier in der Mitte haben wir uns einfach auf den Hintern gesetzt!«

Sie demonstrierte es noch mal und ließ sich ganz langsam ins Wasser absinken, bis nur noch der Kopf raus guckte.

Kristina schüttelte noch immer verwirrt den Kopf: »Und du wusstest Bescheid, Anne, und hast nichts gesagt? Man, hatte ich Angst um die Kinder.«

Anne ging auf sie zu, nahm sie in den Arm und drückte sie an sich: »Gesagt hat mir auch keiner etwas. Aber ich kenn die Bande doch und selbst mir kamen zwischendurch Zweifel … die waren so überzeugend. Allerdings wart ihr vorher schon ziemlich vogelig wegen des Priels und dann reicht ein bisschen Illusion und schon rattert das Kopfkino los.«

Malu war eine der Ersten, die wieder ein entspanntes Gesicht machte und rief:

»Einen großen Applaus für unsere Schauspieltruppe im Wasser!« und klatschte in die Hände.

Bei den anderen dauerte es noch, aber dann setzte auch Ulla mit ein und schon bald klatschten alle, sogar die Vier im Priel. Irgendwie hatte das gemeinsame Tun etwas Befreiendes und gleichzeitig was Verbindendes. Am Schluss lächelte auch Kristina wieder und meinte: »Aber, Leute wirklich, eine von diesen Inszenierungen reicht mir für heute. Bitte, nicht noch mal so etwas! Das halten meine Nerven nicht aus!«

Greta nickte und rannte dann aufgekratzt aus dem Wasser auf Malu zu. Die Freundinnen klatschten sich ab und fielen sich lachend in die Arme.

»Mensch, Greta, das war so glaubhaft! Ich dachte wirklich, du kämpfst um dein Leben ... und hätte Mum mich nicht festgehalten, wär ich glatt reingerannt, um dich zu retten! Einfach Wahnsinn ... wann habt ihr euch das ausgedacht?«

»Vorhin am Teerdeich kam uns die Idee! Da ist doch jeder mal mit jedem gegangen und dabei haben wir uns reihum abgesprochen! Ja, Sweety, selbst du Schlaunase hast nichts mitbekommen.«

Nun kamen auch die Jungs zurück und Marwin erklärte: »Vor dem Priel muss heute wirklich keiner Angst haben. Ihr könnt sogar die Shorts anlassen und das ist nicht immer so. Ich versprech euch hoch und heilig, weitere Aufreger sind nicht geplant ... aber, wir sollten uns langsam beeilen!« Er guckte zurück Richtung Dünen und schnell war klar, was er meinte: Am Ende des Bohlenwegs war soeben die Konkurrenz in Sicht gekommen und das waren bestimmt mehr als hundert Personen.

Alle schnappten sich ihre Sachen und dann ging es im Gänsemarsch durch den Priel und Marwin ganz vorne.

Als Malu aus dem Wasser kam, stand Janne schon da und grinste sie an: »Na, hattest du Angst um uns?«

»Ja, natürlich, du Knaller!« Eigentlich hätte sie ihn, wie Greta eben, auch gerne kurz gedrückt, aber das traute sie sich nicht und gab ihm stattdessen einen Klaps auf die Schulter.

Kristina war die letzte, die aus dem Priel stakste. Es war vielleicht noch einen Meter und das Wasser ging ihr nur noch bis kurz über die Knöchel. Aber plötzlich schrie sie wie am Spieß: »Igitt! ... Was ist das denn? ... Igitt! ... geh weg ...« Sie wirbelte mit ihrem rechten Fuß durchs Wasser und versuchte sich offensichtlich irgendwas abzustreifen. Aber es gelang ihr nicht. Sie rannte los und alle guckten erschrocken auf Kristinas Füße. Doch das änderte sich schlagartig, als sie das rettende Ufer erreichte und besonders die Jugendlichen konnten nicht mehr und kreischten los. Kristina war stehengeblieben und guckte mit aufgerissenen Augen auf ihren Fuß … und da zappelte eine grün-algenhaarige, große Strandkrabbe, die sich mit einer ihrer Greifzangen in einem Seitenschlitz der Plastiksandale verbissen hatte. »Wer kann mir helfen?«, bettelte sie. Marwin zeigte als erster Mitgefühl und schon drei Sekunden später flog das Tier in hohem Bogen zurück in den Priel.

»Scheißsandalen!«, kommentierte Kristina den Vorfall, zog beide sofort von den Füßen und stopfte sie zurück in ihren Rucksack. Dann musste sie auch mitlachen.

Mit einem lauten »So!«, unterbrach Marwin die lustige Stimmung. »Wir sollten jetzt sehn, dass wir hier wegkommen! Wir werden nämlich langsam eingekesselt!« Dabei schaute er beunruhigt Richtung Föhr. Die Ameisenpunkte waren dort ebenfalls zu einer recht zahlreichen Wandergruppe mutiert und die kam direkt auf sie zu.

»In spätestens einer halben Stunde sind die hier, und stellt euch dann mal das Gewusel vor. Wir gehen jetzt zügig ein Stück auf Föhr zu, um noch eine Muschelbank zu umgehen. Wenn wir da barfuß durchlaufen, brauchen wir 'ne Menge Pflaster. Dann biegen wir nach Norden ab und bleiben dichter am Wasser. So gehen wir beiden Gruppen aus dem Weg und haben unsere Ruhe!«, erklärte er weiter.

»Aber, warum denn nach Norden? Warum gehen wir nicht direkt auf Föhr zu? Da sieht man schon fast jeden Strandkorb. Das ist doch viel kürzer!«, wollte Kristina wissen.

»Das geht nicht! Dort, dicht vor Utersum verläuft ein mächtiger Priel! Da läuft das gesamte Wasser aus dem Föhrer Watt ab und auch wieder auf! Da wären dann wirklich ernsthafte Sorgen beim Rüberkommen angebracht. Dort heiß es in jedem Fall: Schwimmen für alle und wir würden auch Bekanntschaft mit einer richtig starken Prielströmung machen. Nein, das lassen wir! Wir müssen ein ziemliches Stück hoch, dann läuft der Priel aus und erst in Dunsum gelangen wir ganz bequem und mit tockenen Füßen an den Föhrer Deich.«

Nach dieser Erklärung lächelte Marwin noch mal in die Runde und ging los.

Er legte ein strammes Tempo vor und relativ schnell hatten sie das

Muschelfeld erreicht. Hier wurde auch Malu klar, was Marwin mit „einer Menge Pflaster" gemeint hatte – dicht an dicht ragten da spitze, zackige Muscheln aus dem Wattboden.

Gerade hatte Janne zu ihr aufgeschlossen, und weil sie wieder an die Action eben am Priel denken musste, fragte sie:»Was meinst du, kann man mit Gummistiefeln an den Füßen durch den Priel schwimmen?«

»Wie kommst du denn auf solche Idee?«

»Erzähl ich dir später. Was meinst du, kann man das?«

»Keine Ahnung! ... Ich würde sagen eher nicht ... aber wahrscheinlich rutschen die einem gleich von den Füßen ... oder saugen sie sich fest? ... Ich weiß nicht. Warum sollte man so was Blödsinniges überhaupt tun?«

Malu blieb ihm die Antwort schuldig und schwieg. Es war nicht der richtige Zeitpunkt für diese Gruselgeschichte.

Da sie noch immer auf Kollisionskurs mit dem Ameisenhaufen waren, kamen sich beide Gruppen nun schnell näher – vielleicht noch hundert Meter und es waren bestimmt ebenso viele Wanderer. Und die gingen nicht leise durchs Watt – da rauschte eine vielstimmige, laute Truppe heran.

Marwin hatte noch mal einen Zahn zugelegt, und gerade als Malu dachte, wann biegt er denn endlich ab, passierte es und er änderte scharf nach links seine Richtung.

Er ging noch eine ganze Zeit in schnellem Tempo weiter und erst als die andere Wattgruppe ein ganzes Stück vorbei war, blieb Marwin stehen und wartete, bis sich alle wieder um ihn versammelt hatten: »So, Leute, ab jetzt lassen wir's entspannter angehn. Wir halten uns auf dieser Seite in Wassernähe und gehen immer Richtung Norden. Ihr könnt ganz beruhigt sein, es kommen keine Priele mehr. Die kleineren Wasserflächen, die ihr da seht, sind alle flach und überall gibt es nur festes Sandwatt. Keine gemeinen Schlicklöcher, wie auf Hubsand!«

Bei diesem Satz grinste er Greta und Malu an. »Nein, im Ernst, ab jetzt ist alles easy. Jeder geht sein eigenes Tempo. Vom Watt läuft das Wasser noch immer ab!« Dann zeigte er auf die wellenförmigen

Vertiefungen vor seinen Füßen. Überall strebten die kleinen Rinsale darin noch Richtung offene Nordsee und das war für alle eine sehr beruhigende Entdeckung.

»Wir brauchen auch nicht mehr so auf einem Haufen zu glucken. In knapp einer Stunde könnten wir dann dort hinten an der großen Sandbank sein«, dabei zeigte er nach Norden und alle suchten nach dieser großen Sandbank. »Ja, zugegeben, so groß sieht sie von hier nicht aus. Man muss schon wissen, wo sie ist … ganz dahinten, der dünne helle Streifen. Aber es ist nicht so weit, wie man jetzt denkt. Im Watt wirkt alles viel entfernter, und wenn wir Glück haben, sehen wir dort auch Seehunde. Da gibt es ein tiefes Wasserloch, in dem lassen die Mütter bei Ebbe gern ihre Jungtiere zurück, fressen sich in der Zwischenzeit voll und kommen erst bei auflaufend Wasser zurück. Die Tiere lassen wir natürlich in Ruhe, umgehen sie weiträumig auf der Meerseite und dann könnten wir dort auf dem trockenen Sand eine schöne Pause einlegen … soweit der Plan! Wenn's keine Fragen mehr gibt, würde ich sagen: Wir machen uns auf den Weg!«

Anfangs blieben noch alle nah beieinander, dann bildeten sich kleine Gruppen und einige gingen auch ganz allein. Malu war erst noch gemeinsam mit Greta gegangen, aber selbst zu zweit war es anstrengend. Die eine hatte gerade eine „Nase auf dem Boden Muschel-Such-Phase" und die andere wollte lieber Strecke machen, um dichter an die anderen heran zu kommen – die eine wollte quer durch die Wasserfläche hindurch, die andere wollte sie umgehen – die eine wollte die Ruhe genießen und die andere lieber sabbeln. Nahes Zusammengehen haute in dieser Landschaft nur schwer hin – einer kam meistens zu kurz.

Als Greta sich wieder hingehockt hatte, um sich erneut ein paar interessante Muschelexemplare anzusehen, wartete Malu nicht und wanderte einfach in ihrem Tempo weiter.

Links von ihr hatte sie einen wunderschönen freien Blick auf Sylt, das von Nordsee umgeben, in einem leuchtenden Gelb herüberstrahlte. Schon überraschend weit zurück lag Amrum, hier wurde das Bild von den Dünen der Odde dominiert und im Osten Föhr, das jetzt um die Mittagszeit im grellen Sonnenlicht blass-grau-grün eher silhouettenhaft zu sehen war.

Die Inseln bildeten ein Dreieck, und sie stand mittendrin. Ein paar Mal drehte sie sich nun schnell um ihre eigene Achse, und wie es einem manchmal im Bahnhof geht, wenn ein zweiter Zug ins Spiel kommt und man für einen kurzen Moment nicht mehr sagen kann, wer sich gerade bewegt, so ging es auch ihr jetzt. Nicht sie, sondern drei Inseln flogen an ihr vorbei.

Sie drehte sich wieder langsamer, schaute genauer hin und suchte nach einer Erklärung für das wunderschöne Gefühl, das tief in ihr war und das sie so deutlich spürte. Diese fast flache, eher graue Landschaft war so unspektakulär und gleichzeitig gigantisch schön. Warum?

War es die Weite, waren es die Luftspiegelungen, die das Watt zum Horizont hin schweben ließ? War es der leichte, warme Sommerwind, der modrig, algige Geruch und weil man die Kräfte der Welt hier riechen, fühlen, schmecken und sehen konnte – oder das Wissen, dass man sich in einem Lebensraum bewegte, der einen nur für sehr kurze Zeit duldete. ... Ich geh auf dem Meeresboden spazieren! Das kann man doch nicht wirklich begreifen ... und hier im Watt war es auch nicht leise, wie man eigentlich vermuten könnte. Überall gurgelte, gluckste, saugte und schmatzte es ... Blasen blubberten an die feuchte Oberfläche und zerplatzten da. Es war ihr so, als würde der Boden überall nach Luft schnappen ... das Watt atmet! dachte sie. Sie musste sofort an ein Lied denken, oder war es eine Kindergeschichte? Jedenfalls ging es darin um einen schlafenden Wal im Atlantik. Und nun stellte sie sich vor, dass nicht dort, sondern hier, unter ihr, ein riesenhaftes, graues, glitschiges Urwesen lebte und bei jedem seiner langen Atemzüge hob und senkte sich sein massiger Körper, verdrägte das Wasser und sog es dann wieder zurück und immer im gleichen, ständig wiederkehrenden Rhythmus ... und die drei Inseln sind so etwas wie Seepocken oder Warzen auf dessen Haut und wir sind kleine Parasiten, so wie Läuse oder Milben. ... Wir rennen hier ein bisschen rum, aber dann wird es dem Tier zu viel und es taucht wieder ab! Sie hatte schon immer Bedenken bei den nüchternen Erklärungen ihres Physiklehrers gehabt … Fliehkräfte, Gravitation und Massenanziehung …

Von hinten hörte Malu jetzt Platschen und wollte gerade „ Hey, Greta, hast du schöne Muscheln gefunden" sagen, da war es ihre Mutter, die sie ansprach:

»Na, mein Schatz! Wie geht es dir? Ich sah dich hier alleine laufen und wusste nicht, ob es dir gut geht? Das hatte irgendwie etwas Trauriges.«

»Nein, im Gegenteil, Mum! Ich war nur in Gedanken. Hier im Watt ist es wunderschön!«

»Das finde ich auch. Ich freu mich, dass es dir auch so geht. Es ist doch sonderbar, dass man sich an Orten, an denen man merkt, wie klein und unbedeutend man ist, so besonders großartig fühlt. Ich musste vorhin an ein Buch denken, darin ging es um Heimat und Sehnsuchtsorte und warum man sich an bestimmten Plätzen so unerklärlich wohl fühlt. Aber, du findest so etwas ja oft zu esomäßig und pathetisch.«

»Ist schon okay, Mum. Ich hatte eben auch so was im Kopf, erzähl ruhig!«

»Na gut. Der Autor vertrat die These, dass es für jeden Menschen einen Ort oder eine Landschaft auf der Welt gibt, wo die eigene Seele beheimatet ist und da hab ich darüber nachgedacht, ob dass der Grund ist, dass ich jedes Jahr wieder hierher auf die Insel nach Amrum muss.«

Malu nahm die Hand ihrer Mutter und eine ganze Zeit gingen sie so gemeinsam weiter.

Hin und wieder bückte sich Malu nach interessanten Muschelobjekten. Nun hatte sie ein Art Muschelknäuel aufgehoben und auch Kristina guckte sich die drei dickwandigen, verwachsenen Muschelschalen von allen Seiten an. »Das würde ich schon eine kleine Skulptur nennen … die auf deinem Schreibtisch, als Stiftablage oder im Badezimmer für deine Ohrringe … was meinst du? Du hättest auch gleich eine tolle Erinnerung an diesen Tag!«

»Die nehm ich mit!«, sagte Malu und packte sie in ihre Plastiktüte.

»Marie, etwas anderes! Ich versuch mich die ganze Zeit an dieses wunderschöne Gedicht von Theodor Storm zu erinnern. Darin beschreibt er doch die Abendstimmung im Watt, aber mir fallen nur kurze Fetzen ein ... über die feuchten Watten spiegelt der Abendschein und irgendwas mit ... einsames Vogelrufen, dann schweigt der Wind ... weißt du was ich meine? Kriegst du das zusammen?«

»Theodor Storm? Nie gehört von dem Typ! Wahrscheinlich so ein Oldiegedicht aus deiner Schulzeit. Mum, wir lesen heute modernere Sachen!«

»Modernere Sachen ... was soll das denn heißen! Das Gedicht ist zeitlos und einfach fantastisch! Vor allem hier bei uns im Norden muss man euch doch so etwas in der Schule beibringen. Nicht mal Theodor Storm sagt dir was? Der hat doch auch den Schimmelreiter geschrieben. Da geht es um Deichbau, um heidnische Bräuche, und dann kommt er bei einer Sturmflut mit seinem Pferd ums Leben!«

»Keine Ahnung, nie gehört!«

»Ich wette mit dir, dass deine Inselfreunde in der Schule von dem gehört und gelesen haben.«

»Wenn du dich da man nicht irrst, Mum ... die sind hier doch auch nicht mehr von vorgestern!«

Die Wandergruppe hatte sich in der Zwischenzeit noch mehr auseinander gezogen und Greta war am weitesten zurück. Gerade hatte sie sich wieder hingehockt, aber der scharfe, laute Pfiff schreckte alle auf, der konnte eigentlich nur von einem kommen und sofort guckte jeder Richtung Norden ... und richtig! Marwin stand da, winkte mit beiden Armen und seine Botschaft war eindeutig. Greta legte ihren Schnellgang ein, und auch von den anderen suchte keiner mehr nach interessanten Objekten oder guckte beseelt in der Gegend herum. Alle versuchten nun möglichst schnell zu ihm aufzuschließen.

Lange bevor Kristina und Malu ihn erreicht hatten, rauschte Greta von hinten heran und meinte »Na, ihr Schnecken! Das hab ich auch schon mal schneller gesehn.« Aber, natürlich war sie es, die nach Luft schnappte und sofort ihr Tempo drosselte.

»Na, Sweety, du hast ja auch ein paar Muscheln gefunden.«

»Kein Vergleich zu dir!«, antwortete Malu und sah auf Gretas halb-volle Tüte. »Allerdings hab ich eine völlig verrückt zusammenge-wachsene, aus mehreren Schalen!«, und hielt die Greta vor die Nase.

»Wow! Das ist ja ein irrer Klumpen. Das sind zusammengewachsene Pazifische Austern ... tolles Teil ... die wurden eingeschleppt und gehören hier eigentlich nicht her. Aber, die Tierchen fühlen sich so pudelwohl, dass sie mittlerweile zu einer richtigen Plage im Wattenmeer geworden sind. Du musst dir mal anhören, wie unsere beiden Fischer über die schimpfen. Diese Austern verdrängen die einheimischen Miesmuscheln. Vor Sylt züchten sie die sogar und verkaufen sie dann als Delikatesse für viel Kohle an die Promis. Stell dir vor, die lebenden Muscheln werden einfach aufgebrochen und dann schlürfen die VIPs den schleimigen Glibber mit etwas Zitronensaft aus der Schale ... igitt! Das ist doch voll eklig, oder?« Und dann schüttelten sich nicht nur die beiden Mädchen, sondern auch Kristina.

Während nun alle drei zügig weitergingen und dem wartenden Marwin schnell näher kamen, fragte Kristina: »Greta, ich hab eine Wette laufen. Es geht um ein wunderschönes Gedicht, beschreibt die Abendstimmung im Watt und ich krieg es nicht mehr zusammen. Du kennst es hoffentlich! Irgendwas mit ... über die feuchten Watten spiegelt der Abendschein ... und dann was mit Vogelrufen und der Wind schweigt ... sagt dir das etwas?«

Malu guckte neugierig Greta an und hatte schon ein Grinsen im Gesicht.

»Ja, klar! Das ist doch von Storm, dem berühmten Dichter aus Husum. Wer den nicht kennt! Wir haben in der Schule vor Kurzem den Schimmelreiter gelesen. Allerdings, das war mühsam. Ziemlich veraltete Sprache, aber unser Deutschlehrer steht total auf den und das Gedicht haben wir schon in der 7. oder 8. Klasse auswendig gelernt ... das finde ich auch richtig gut.«

Kristina nickte triumphierend ihrer Tochter zu. Aus deren Gesicht war das Grinsen verschwunden und es kam noch besser:

Greta blieb stehen und breitete ihre Arme aus, als hätte sie eine Bühne betreten.

»Also, hört zu ... „Meeresstrand" heißt das Gedicht, glaub ich, auf jeden Fall von Theodor Storm ...

Ans Haff nun fliegt die Möwe, und Dämmerung bricht herein …
über die feuchten Watten spiegelt der Abendschein …
Graues Geflügel huschet neben dem Wasser her, wie Träume lie-
gen die Inseln im Nebel auf dem Meer …
Ich höre des gärenden Schlammes geheimnisvollen Ton, einsames
Vogelrufen, so war es immer schon …
Noch einmal schauert leise und schweigt dann der Wind … ver-
nehmlich werden die Stimmen, die über der Tiefe sind …

Tatatatata!«, sagte Greta noch und verbeugte sich theaterreif.

Beide Zuhörer klatschten Beifall und natürlich hatte Malu den Blick ihrer Mutter verstanden.

»Ja, ich geb mich geschlagen. Du hattest Recht! Drei Punkte für Gryffindor, würde ich sagen … aber wow! Wirklich ein schönes Ge-dicht … wie Träume liegen die Inseln im Nebel auf dem Meer … und Greta, dass du das auch noch auswendig aufsagen … «, weiter kam Malu nicht. Ein weiterer lauter Pfiff hatte sie unterbrochen. Alle drei drehten sich sofort erschrocken in Marwins Richtung. Bei ihm hatten sich schon alle versammelt – sie waren die letzten!

Allerdings war es nicht mehr weit und als sie dann außer Atem ebenfalls den Sammelpunkt erreichten, empfing er sie mit einem über-raschend entspannten Gesicht und meinte: »Alles gut! Wir sind noch voll im Plan. Aber, die Tide ist schon vor einiger Zeit gekentert! Das Wasser läuft wieder auf und wenn wir noch eine Pause auf der Sand-bank einlegen wollen, müssen wir jetzt ein bisschen Strecke machen. Ich denk, wir brauchen bis dahin noch knappe 20 Minuten … und, noch alle Füße heil?« und dann guckte er nach guter Wattführermanier jedem kurz ins Gesicht und stoppte, als er Frieda ansah: »Auch bei dir alles okay?«

»Ja schon …«, sagte sie. »Bloß, sieh mal! …Wie weit die Amrumer Wattgruppe schon ist! Ich hab eben einen richtigen Schreck gekriegt. Die haben uns bereits überholt! Und sie sind auch viel dichter am Deich und wir hier noch immer so weit draußen am Wasser! Sollten wir hier nicht auch bald verschwinden??!!«

»Mach dir keine Sorgen«, antwortete Marwin und blieb vollkommen gelassen. »Die gehen den kürzesten Weg und haben einen getakteten Zeitplan. Hinterm Deich warten schon die Busse, damit sie die nächste Fähre zurück nach Amrum schaffen. Wir nutzen die Zeit anders. Vertrau mir, es ist alles in bester Ordnung!«

Den Eindruck vermittelte er überzeugend – lächelte souverän und setzte sich erneut an die Spitze. Alle versuchten jetzt mit ihm Schritt zu halten und je näher sie der Sandbank kamen, um so mehr staunte jeder über deren Ausdehnung und Höhe. Nun war nur noch eine letzte Wasserfläche zu durchwaten, aber Marwin war stehengeblieben und guckte durch sein Fernglas. Immer zu einem bestimmten Punkt und dann rief Ulla plötzlich ganz aufgeregt: »Da sind sie ja … die Seehunde! Seht ihr, die hellgrauen, länglichen Körper dahinten am Rand des Wasserlochs. Einer hat sich gerade bewegt … Mensch, das ist ja toll!«

»Ja, wir haben Glück!«, bestätigte Marwin. »Am Ufer liegen sechs und im Wasser schwimmen noch zwei. Wir können noch ein ganzes Stück näher ran, gucken uns in Ruhe die Viecher an und machen dann einen großen Bogen um die Tiere.«

Nach weiteren zehn Minuten war die Gruppe so dicht heran, dass Marwin wieder stehen blieb. Nachdem alle die Tiere eine Zeit lang beobachtet hatten, wendete er sich Richtung Nordsee ab, führte die Gruppe auf die rückwärtige Seite der Sandbank und ließ sich dort in den trockenen, warmen Sand fallen:

»So, Leute! Ich hab euch doch nicht zu viel versprochen, oder? So einen first class Picknickplatz gibt es an der gesamten Nordseeküste kein zweites Mal … drei Inseln vor Augen … wir können hier bestimmt noch eine halbe Stunde entspannt chillen und dann geht's gemütlich rüber an den Deich.«

Alle platzierten sich so, dass sie einen freien Blick aufs Meer und auf Sylt hatten. Greta hatte sich neben Melf gesetzt und Malu neben Janne. Nun wurden belegte Brote ausgewickelt und Getränkeflaschen und Thermoskannen aufgedreht. Glücklicherweise hielt sich auch hier die Sabbelei in Grenzen – aber, auch das war auf diesem Logenplatz keine große Überraschung.

In den letzten zehn Minuten hatte sich Marwin immer mal wieder nach allen Seiten umgesehen und schließlich räusperte er sich:

»Also, Leute, so langsam geht unsere Party zu Ende. Wir würden hier zwar keine nassen Füße kriegen, aber die letzte Fähre wohl auch nicht mehr ... Malu! Was hast du denn da am Fuß? Lass mich raten, du bist in eine Muschel getreten?«

»Ja, das stimmt. Aber es ist nur hier an der Seite, es blutet auch nicht mehr und Salzwasser wirkt antibakeriell ... halb so schlimm«, dabei grinste sie kurz zu Kristina rüber.

»Du, die Wunde sollte doch versorgt werden. Diese Muschelschnitte entzünden sich manchmal, wenn man sie nicht sauber hält und dann kannst du die nächsten Tage nur noch humpeln ... nein, zeig mal her! Da ist doch der Doktor Marwin drauf vorbereitet ... halt mal hoch!« Er schnappte sich Jannes halbvolle Wasserflasche, spülte den Sand und den Schlick vom Fuß und versuchte, auch den Schnitt möglichst sauber zu bekommen. Danach öffnete er seinen Rucksack und kramte eine flache Plastikdose heraus. Darin befand sich eine Schere, einige Mullbinden, eine Packung mit Pflaster und eine kleine Sprühflasche. »Reagierst du allergisch auf Jod?«, wollte er wissen und als Malu mit dem Kopf schüttelte, kam seine kleine Flasche zum Einsatz. Danach suchte er ein ausreichend großes Pflaster heraus und während er es über den Schnitt klebte, sagte er grinsend:

»Jetzt sind die Sandalen von deiner Mutter vielleicht doch nicht schlecht?« und Kristina nahm sofort wieder ihren Rucksack vom Rücken.

»Nein, nein! Das werd ich auch jetzt nicht tun. Ich zieh einfach meine Trekkingsandalen an, laut Hersteller sollen die salzwasserfest sein. Die reichen vollkommen aus ... aber, was hast du alles für komische Sachen dabei?«

Marwin hatte eben, als er seinen kleinen Verbandskasten herausgenommen hatte, den Rucksack einfach in den Sand fallen lassen und dabei waren drei Gegenstände herausgerutscht, die er gerade, zusammen mit seiner Erste-Hilfe-Box, wieder einpacken wollte – eine Röhre mit einer kleinen Schnur dran, ein kleines Jagdhorn und etwas kleines

Rundes, das Ähnlichkeit mit einer Taschenuhr hatte.

Als auch die anderen interessiert auf die eigenartigen Dinge guckten, lachte er und meinte:»Ach das, na ja, ihr werdet euch wundern, ich hab auch noch das Handy von meinem Vater dabei! Das gehört zur Standartausrüstung eines Profi-Wattführers!«, und dann grinste er.»Ihr habt zwar nur Schiss vor dem Wasser, aber, das ist gar nicht das eigentliche Problem. Viel mehr Sorgen muss man sich machen, wenn ein überraschendes Gewitter aufzieht. Dann sind wir die höchsten Punkte hier im Watt, dann wird es richtig ungemütlich und auch gefährlich. Das Zweite, wovor man sich fürchten muss, ist plötzlich aufkommender Seenebel. Das kann furchtbar schnell gehen. Die Suppe kann so dicht werden, dass man innerhalb von wenigen Minuten jegliche Orientierung verliert und nur noch ein paar Meter Sicht hat. Dann muss man unbedingt mit dem Kompass hier …«, nun nahm er den kleinen runden Gegenstand in die Hand und klappte den Deckel auf,»eine Peilung machen, damit man sich nicht verläuft. Na ja, und das hier ist eine Signalrakete, davon hab ich noch eine weitere dabei … und das Ding hier, kann man als Nebelhorn verwenden, falls jemanden verschüttgegangen ist!« Er setzte das Ding, das wie ein kleines Jagdhorn aussah, an den Mund und der Ton, der da raus kam, war so ohrenbetäubend laut, dass Greta und Melf erschrocken einen Meter zurücksprangen.

»Gut, dass du uns nicht schon vorher von Gewitter und Seenebel erzählt hast, sonst hätte ich mir noch mehr Gedanken gemacht«, kommentierte Kristina seine Vorstellung.

»An so einem klaren Sommertag wie heute brauchst du davor keine Angst haben«, beruhigte Marwin erneut und spätestens nach diesen Erklärungen hatte er jeden der Anwesenden davon überzeugt, dass sie einen hervorragenden, weitsichtigen und gut vorbereiteten Wattführer an ihrer Seite hatten.

Der letzte Teil der Wanderung war dann mehr ein Spaziergang – überall festes Sandwatt, nur noch wenige, flache Wasserflächen und zum Deich hin stieg der Wattboden beständig an. Allerdings, als alle, nach einer weiteren dreiviertel Stunde, bestgelaunt im Gras am Deich saßen, sah man, wie schnell jetzt die Flut kam – von beiden Seiten rückte die Nordsee heran.

»Wie geht's jetzt weiter?«, wollte Kristina wissen.

»Wir müssen zur Hauptstraße, da ist die Bushaltestelle. Ein knapper Kilometer vielleicht. Der Bus fährt jede halbe Stunde und bringt uns zurück zum Fähranleger!«, antwortete Marwin.

»Aber nicht ohne vorher einzukehren!«, mischte sich Anne ein. »Eine erfolgreiche Wattwanderung sollte man immer begießen! Alte Tradition! Gleich hinterm Deich gibt es ein kleines Lokal mit Gartenterrasse. Da lad ich euch jetzt alle auf ein Getränk ein!«

Der unheilvolle Besuch

Schon gestern war ein verlorener Tag gewesen. Der Süddorffisch hatte ihn kein Stück weitergebracht und dann noch sein Missgeschick mit der blöden Vase. Glücklicherweise hatten die Bodenfliesen im Badezimmer nichts abbekommen. Danach war seine Pechsträhne in Nebel weitergegangen. Der Plan, die Sache kurz und schmerzlos zu erledigen: Einfach kaltschnäuzig in einem guten Augenblick in die Ferienwohnung, Fisch greifen und verschwinden, hatte ebenfalls gestern nicht geklappt. Er hatte bald eine Stunde gegenüber im Friesen-Café gesessen und das Grundstück beobachtet – aber den richtigen Zeitpunkt verpasst. Die ganze Zeit hatte er niemanden zu Gesicht bekommen und als er sich endlich entschlossen hatte, seine Aktion zu wagen, war die Kleine zurückgekommen. Vielleicht fährt sie gleich wieder, hatte er gehofft und war immer mal wieder unauffällig am Grundstück vorbeigeschlendert. Aber eine gute Möglichkeit hatte sich einfach nicht ergeben. Zwar waren dieser Kurt und auch Kristina offensichtlich nicht da gewesen, dafür das Mädchen ständig. Erst hatte sie auf dem Rasen gelegen und gelesen, dann Wäsche aufgehängt und war auch immer wieder an der vorderen Haustür aufgetaucht – wahrscheinlich um den Alten zu treffen. Dann hatte er mitbekommen, dass der Vater mit seiner Tochter schon wieder zurück im roten Haus war und als dort am späten Nachmittag auch noch ein Polizeiwagen an der Straße stand, hatte er seine Aktion abgebrochen.

Und heute war es auch nicht besser gelaufen – dabei hatte es am Morgen so gut angefangen. Die Wattwanderungen starteten üblicherweise von der Bushaltestelle in Norddorf aus. Wenn sie losmarschierten, kamen sie am Hotel vorbei und er hatte sich schon einige Male über diesen bunten, aufgeregten Haufen amüsiert. Seinen Frühstücksplatz auf der Veranda hatte er heute entsprechend ausgewählt und auch den Sonnenschirm als Sichtschutz vorher in die richtige Position gebracht. Dann war es genauso gekommen, wie er vermutet hatte. Auch Kristina hatte sich mit ihrer Truppe dort getroffen. Somit würde sie und ihre Tochter ihm heute Nachmittag nicht in die Quere kommen. Er hatte sich danach sofort aufs Rad gesetzt und war nach Nebel gefahren – aber dort war auch diesmal alles schief gelaufen.

Im Kaffeegarten hatte er erneut gewartet und das Grundstück beobachtet. Aber, es war zum Haareraufen gewesen! Zuerst hatte der Kurt an seiner Straßenhecke herum geschnitten, danach bald eine Stunde den Rasen gemäht und als der Kerl dann endlich mal im Haus verschwand und er dachte, nun wird er etwas essen und anschließend eine schöne Mittagspause einlegen, kommt der Alte mit seinem Suppentopf in der Hand wieder raus und isst im Garten.

Langsam war er dann im Café aufgefallen, die Bedienung hatte bereits ein paar Mal rübergeguckt und er musste aus Sicherheitsgründen seinen Beobachtungsposten aufgeben.

In unregelmäßigen Abständen war er dann immer mal wieder am Grundstück vorbei gegangen. Aber der blöde Kerl war einfach nicht zur Ruhe gekommen … noch nicht einmal zum Einkaufen gegangen.

Der Alte hatte dann angefangen, bei offener Tür in seinem Schuppen zu werkeln, und einmal war es richtig brenzlig geworden: Genau in dem Moment, als er auf einer seiner Erkundungstouren an der Grundstücksauffahrt vorbeigegangen war, kam der Alte aus dem Schuppen, er konnte sich gerade noch wegdrehen. Und dann war das Gebastel im Garten weitergegangen. Der war hin und her gelaufen und selbst nach einer Stunde stand der Kerl da noch immer auf seinem

Tritt vor dem Baum. Langsam war die Zeit knapp geworden, denn den zurückkehrenden Wattwanderinnen wollte er auf keinen Fall über den Weg laufen und deshalb hatte er eben auch den zweiten Versuch abgebrochen und sich wieder aufs Rad gesetzt.

So einfach, wie er sich das vorgestellt hatte, war es leider nicht abgelaufen. Und morgen da schon wieder rumzulungern und womöglich erst recht Leuten aufzufallen, war auch keine gute Idee. Die Sache wurde immer heikler. Der Fisch steht da so exponiert auf dem Nachttisch, das fällt sofort auf, wenn der weg ist. Und ich könnte nach meinem überstürzten Toilettengang und der Schwindelattacke schnell in Verdacht geraten ... der Alte und die Göre haben mich vielleicht sowieso schon auf dem Kieker ... wahrscheinlich muss ich doch auf das Straßenfest warten, überlegte er. Aber ich sollte schleunigst alle Beweismittel verschwinden lassen, auch die Zeitung und den Bericht. Er dachte an Polizei und Hausdurchsuchung! Ich muss jetzt unbedingt vorsichtiger sein und alle Spuren beseitigen!Wer weiß, wie sich die Dinge noch entwickeln und im Falle eines Falles dürfen sie nirgends auch nur den kleinsten Hinweis auf meine Schatzsucherei finden. Heute Nacht verbrenn ich das ganze Zeug im Küchenherd, beschloss er und trat noch kräftiger in die Pedalen.

Er hatte sich mit dem Essen Zeit gelassen und auch noch zwei Gläser Wein getrunken. Die Sonne war schon untergegangen, als er sein Fahrrad am Gartenschuppen abstellte. Richtig dunkel ist es nicht, machte er sich klar ... ich sollte hier um diese Zeit für möglichst wenig Aufsehen sorgen! Gut, dass ich eben noch an die Fischhälften im Hotelzimmer gedacht hab ... vielleicht brauch ich ein Beil, überlegte er. Bei den Werkzeugen im Schuppen war doch eins!

Obwohl er im Flur kaum etwas sehen konnte, machte er kein Licht. Schloss hinter sich sofort wieder ab und tastete in die Küche. Als sich seine Augen an die Dunkelheit gewöhnt hatten, reichte das Schummerlicht aus, um alles umrisshaft zu erkennen.

Das Beil aus dem Schuppen legte er neben dem Herd ab, streifte seinen Fahrradrucksack von der Schulter und holte die dicke Kerze heraus, die eigentlich ihren Platz auf dem Regal im Hotelflur hatte. Dass noch mehrere Schachteln Streichhölzer im Küchenschrank lagen, wusste er, da reichte ein Griff, aber vorher zog er die Vorhänge zu.

… Es sind kaum noch Leute auf der Straße und das Licht einer Kerze und auch den Rauch aus dem Schornstein wird man jetzt in der Nacht nicht sehen …

Mit der brennenden Kerze in der Hand ging er ins Badezimmer. Er musste zweimal gehen, bis der Spülkasten leer war und alle Hölzer auf dem Boden vor dem Küchenherd lagen. Danach zog er seinen Aktenkoffer unter dem Schrank hervor und legte auch die Zeitung, den Untersuchungsbericht und selbst das Hark Olufsbuch zu den Hölzern. Beim Buch zögerte er kurz. Doch bevor er noch mehr ins Überlegen kam, öffnete er die untere Ofenklappe, zerknüllte einige Seiten seiner Zeitung und stopfte sie in den Verbrennungsraum. Beim Aufschichten der Holzabschnitte merkte er, wie feucht die waren und hatte sofort neuerliche Bedenken. Die werden schlecht angehen und reichlich qualmen … egal, Papier hab ich genug … irgendwann werden die schon brennen!

Aber das war nicht so! Um die zerknüllten Zeitungsseiten anzuzünden, reichte ein Streichholz. Allerdings, so schnell wie die in Flammen standen, waren sie auch schon verbrannt und seine Holzabschnitte glühten gerade mal an wenigen Ecken – eigentlich dampften sie nur. Ich brauch trockenes Anmachholz … aber woher?

Trockenes Holz … überlegte er und schon hatte er auch darauf eine Antwort. Ich hab doch nicht alle Frühstücksbretter weggeschmissen, im Küchenschrank müssten noch welche sein!

Es waren vier und es dauerte nur wenige Minuten, dann hatte er alle in schmale Streifen gespalten. Er zerknüllte erneut einige Seiten der Zeitung und schichtete wie eben alles im Herd auf. Diesmal funktionierte es! Das trockene Holz fing Feuer. Schnell schloss er die Feuerklappe und schlagartig war es wieder dunkler. Nur die brennende Kerze, auf dem Fußboden neben dem Herd, warf weiter ihr schwaches Licht in den Raum.

Das Knistern im Herd wurde lauter. Die breiten Endstücke würde so nicht durch die schmale Ofenklappe passten – er musste sie aufspalten.

Doch, war da nicht ein Rascheln im Flur? Einen Augenblick lauschte er in den dunklen Nebenraum … Mann, ich hör schon wieder Gespenster … dabei verbrenn ich in meinem eigenen Haus Holz, wo ist das Problem, beruhigte er sich.

Im Herd knackte und zischte es jetzt noch mehr. Er musste sich beeilen; das feuchte Holz musste in den Herd und ins Feuer!

Er stellte das Endstück wieder in Spaltposition vor sich auf den Boden und holte aus … Urplötzlich, wie aus dem Nichts, war da dieser dunkle Schatten in der offenen Zimmertür und schon im nächsten Augenblick krachte es – aber, das war nicht sein Beil, das ins aufgestellte Holzstück einschlug … das war sein Schädel! Sofort ein stechender Schmerz … Blitze explodierten in seinem Kopf … seine Muskeln verloren jede Kraft … und wie in Zeitlupe sackte er zusammen. Alles verschwamm vor seinen Augen und fast ungebremst schlug sein Kopf auf den gefliesten Küchenboden … wieder neue Blitze … im wild flackernden Schein der Kerze, zwei schwimmende Fische, ganz nah, in einem tiefblauen Meer und dann … völlige Dunkelheit!

Weit, weit hinten gab es einen schwachen leuchtenden Punkt und auf den raste er in Lichtgeschwindigkeit zu. Das Licht wurde größer und heller. In seinem Kopf dröhnte es. Ein stechender, pochender Schmerz schwoll dort an und ab wie ein träge hin und her schwingendes Pendel … entfernte, undeutliche Stimmen … das näher kommende Licht und in seinem Kopf ungeordnete Bilder. Wo war er? Was war passiert? Das Licht bewegte sich, die Ränder wurden immer schärfer … es ist eine Flamme … es ist eine brennende Kerze … ganz dicht neben mir!

Seine Erinnerung kam zurück. Die Kerze hab ich selbst angezündet … ich war dabei alles zu verbrennen … dann der Schatten!

Mit dem einem Auge konnte er die Kerzenflamme schon fast klar erkennen, aber mit dem anderen sah er alles weiter nur verschwommen. Das Auge war wie zugeklebt und die Wimpern schwer wie Blei.

Irgendetwas Feuchtes lief ihm über die Stirn Richtung Nase und weiter bis zum Mund und was er schmeckte ... war Blut!

Er wollte es los werden, es abwischen, aber es dauerte, bis sein Arm und seine Hand gehorchten und dann war da plötzlich diese Stimme im Raum und die erkannte er sofort, sie war unverwechselbar!

»Na, seht mal an! Unser Festländer kommt langsam zu sich! Ich hatte schon Angst, er ist hinüber. Keule, wenn man dich mal von der Kette lässt ... musst du immer gleich übertreiben. Nun hilf ihm und setz ihn mit dem Rücken gegen die Wand, so kann man sich ja gar nicht ordentlich unterhalten!«

Zwei große, kräftige Hände packten ihn an den Oberarmen, schoben ihn ein Stück zurück und zogen seinen Oberkörper in die Höhe, so dass er nun mit dem Rücken an der Wand lehnte und gleichzeitig seitlich vom Herd gestützt und in dieser Position gehalten wurde.

»Ja, Festländer, so kann es einem ergehen, wenn man in fremden Gewässern wildert ... die Schatzsuche kann sehr ungesund sein. Aber, ich muss schon sagen, du bist ein schlaues Bürschchen und Courage hast du auch. Vor fünfzig Jahren hätte ich dich gern dabei gehabt, dann wär hier wahrscheinlich einiges anders gelaufen, aber nun spielen wir gegeneinander und müssen uns dringend unterhalten!«

Vor ihm stand die Kerze auf dem Boden, die konnte er nun besser erkennen, aber gegenüber lag noch alles verschwommen im Dunkel.

Da saßen zwei Männer, ein breiter und ein deutlich schmalerer. Ihre Oberkörper zeichneten sich umrisshaft vor dem Küchenfenster ab. Und einer davon war ohne jeden Zweifel der Graue, der ihm schon damals, am Grabungsloch, einen großen Schrecken eingejagt hatte. Dessen Stimme war unverkennbar und klang heute Nacht nicht nur unheimlich – sie hatte etwas Bedrohliches!

Den rechten Arm konnte er noch immer nicht anheben, aber den linken schon. Er versuchte sein verklebtes Auge mit der Hand freizuwischen. In seinem Kopf war die Hölle los! Dort dröhnte es fürchterlich und erneut wurde ihm schwarz vor Augen. Ich muss mich unbedingt wieder in den Griff bekommen ... klar denken! Was wollen die von mir? ... Was passiert hier?

463

Und nun drückte er sich ein Stück weiter mit den Füßen hoch und versuchte den Rücken gerader an der Wand zu halten.

»Na, das sieht ja schon viel besser aus … dann lass uns jetzt mal Klartext reden. Du hast 'ne Menge Rätsel gelöst und das in kurzer Zeit, das muss man dir lassen. Wenn du wüsstest, wie lange wir schon hinter diesem Schatz her sind … und dann kommt so ein Neureicher und will uns in die Suppe spucken … ist doch klar, dass wir da schlechte Laune kriegen, oder? … Du hast nur zwei Möglichkeiten! Die erste … du erzählst uns, was wir wissen wollen, wir gehen alle nach Hause und jeder kriegt noch eine ordentliche Mütze Schlaf! Oder, … du machst die Sache spannend, wir müssen dir noch ein bisschen wehtun und du erzählst uns dann alles! Ich würde mich an deiner Stelle für die erste Variante entscheiden. Geht schneller und ist auch bedeutend gesünder für dich. Also, was denkst du, Festländer?«

Es geht um den Schatz! Wie sind sie reingekommen? Was wissen sie? … An Flucht war nicht zu denken. Er war ihnen vollkommen ausgeliefert und woher sollte Hilfe kommen? Er konnte hier die ganze Nacht liegen. Keiner vermisste ihn. Er suchte fieberhaft nach einer Strategie. Wenn bloß diese höllischen Kopfschmerzen endlich aufhörten … er musste die Kerle irgendwie einwickeln … vielleicht einen Deal machen … irgendwas! Er musste Zeit gewinnen und rauskriegen, was die wussten!

»Was für … ein Schatz? … Ich weiß nichts … von einem Schatz! Was wollen Sie … von mir?«, fragte er stockend. Am Kopf, dort, wo es so unerträglich brannte, musste er eine offene Wunde haben. Wieder tropfte Blut von der Nase und nun sah er den großen braun-rötlichen Fleck auf seinem Sporthemd.

»Oh, ho, ho. Hört ihr das! Der Festländer will mit uns spielen. Er ist wirklich eine Kämpfernatur! Dich könnte ich in meinem Haufen wirklich gut gebrauchen!«

»Nun, komm endlich zum Punkt! Wir wollen hier nicht die ganze Nacht rumsitzen!«, mischte sich die schmale Gestalt ein und dessen Stimme kam ihm ebenfalls bekannt vor. Anschließend schlug der mit irgendetwas Langem, Dünnen noch ein paar Mal ungeduldig auf den

Boden.

»Ruhig, ruhig, du hast ja Recht. Also, Festländer, du merkst schon, mein Kumpel hat nicht so viel Geduld wie ich. Besser du erzählst nicht weiter Unsinn. Was denkst du denn! Seit du hier aufgetaucht bist, hatten wir dich ständig im Auge. Wenn du nichts vom Schatz weißt, wer denn? Alleine zwei Einbrüche gehen auf dein Konto. Einer ins Museum und vor zwei Tagen ins rote Haus. Du glaubst, du kannst hier in der Nacht rumschleichen und keiner kriegt was mit … und dann dein putziges Versteck im Badezimmer … dachtest du wirklich, das finden wir nicht? Und eben, du geisterst im Haus rum und machst kein Licht. Dann der Qualmgeruch in der Luft … wir mussten dich sofort stoppen! All die schönen Hölzer einfach verbrennen, das konnten wir dir nicht durchgehen lassen. Wir waren schon Monate hinter dem Bodenbrett der Schatzkiste her und ausgerechnet der Spinner von Künstler hatte es. Und dann hast du auch noch gleich das nächste Rätsel mit der Verleimung geknackt! Wirklich Respekt … aber nun stellt sich die Frage, wo ist der letzte Fisch? Ich kann mir vorstellen, dass du uns das auch erzählen wirst.«

»Was … für ein … Bodenbrett … und was … für Fische? …«, stotterte er und wischte sich dann die neuerlichen Blutstropfen von der Nase.

»Keule, stell mal die Kerze etwas zurück! Unser Festländer scheint immer noch nicht zu begreifen, in welcher Lage er ist!«

Jetzt löste sich aus der hinteren Ecke ein großer, breiter Schatten.

Es sind drei, wurde ihm schlagartig klar. Das machte seine Situation noch aussichtsloser und … dieser Mensch war auch nicht alt, so wie die beiden vor ihm auf den Stühlen!

Der Schatten bückte sich vor ihm und stellte die Kerze ein ganzes Stück weiter zurück. Das Licht fiel auf seinen breiten Schädel und auf die vorstehenden Wangenknochen und dann das brutale Grinsen von diesem Kerl … der war wirklich furchteinflößend.

»Keule, ich glaub du hast bei unserem Festländer Eindruck gemacht!« Der Graue lachte in seiner monotonen Art und das machte die Situation noch gespenstischer.

»So, Festländer, nun guck dir mal an, was da vor deinen Füßen liegt. Du warst vorhin ja eine ganze Zeit nicht klar und da haben wir uns die Zeit mit diesem Puzzle vertrieben. Wirklich interessant!«

Was da in kurzer Entfernung vor seinen Füßen aufgebaut war, brachte seine ganze Strategie zum Einsturz ... länger zu leugnen hatte keinen Sinn. Seine Holzabschnitte waren zu einem fast kompletten Brett zusammengesetzt – selbst die Fischhälften lagen in ihren Sägelöchern.

»Na, Festländer! Beeindruckt? Die Märchenstunde ist vorbei! Du siehst, da ist noch eine letzte freie Fläche. Ein Fisch fehlt! Ich bin mir sicher, dass du uns gleich erzählen wirst, wo der zu finden ist!«

»Ich weiß es nicht ... einer fehlt ... ich weiß nicht, wo der ist ... wahrscheinlich ... gar nicht mehr auf der Insel ... irgendein Urlauber ... wird ihn haben ...«, versuchte er den Alten erneut auf eine falsche Fährte zu locken.

»Ich hab doch gesagt, Schluss mit der Märchenstunde!« Plötzlich hatte sich der Tonfall bei dem Grauen völlig verändert. Seine Stimme klang ungeduldig, viel lauter, voller Zorn und gewalttätig. Er hatte sich aufgerichtet und sein Nachbar schlug wieder ein paar Mal auf den Boden. Das ist ein Gehstock, wurde ihm bewusst. Das ist dieser komische Alte aus dem Café, als ich die Reststücke im Rucksack hatte.

»Verdammt noch mal! Deine Verwandtschaft hat uns schon vor fünfzig Jahren betrogen. Unsere Geduld ist zu Ende. Seit zwei Tagen schleichst du in Nebel rum, sitzt stundenlang im Friesen-Café und beobachtest das Haus von unserem alten Kumpel Kurt. Und dann die Idee, heute Nacht alle Spuren zu beseitigen. Wir wollen wissen, warum? Und ich rate dir dringend, wenn du hier einigermaßen heil wieder raus kommen willst, mach endlich dein Maul auf. Man kann Keule keinen besseren Gefallen tun, als ihm zu sagen, er soll dir die Nase brechen. Du glaubst gar nicht, wie laut das knackt und schön siehst du dann auch nicht mehr aus ... also red endlich!«, und nun schrie der Graue fast.

»Glauben Sie mir doch ... ich weiß nicht wo der Fisch ist ... das in Nebel hat nichts damit zu tun ... dort wohnt eine Frau, die möchte ich gern besser kennenlernen«, versuchte er sich erneut rauszureden.

»Keule, unser Festländer will es nicht anders. Auf die sanfte Tour kommen wir nicht weiter! Als Nächstes brichst du ihm die Nase, aber vorher versuchen wir es ein letztes Mal ein bisschen humaner. Zeig ihm, wie sehr so eine offene Wunde am Kopf schmerzen kann, wenn jemand seinen Finger da reinsteckt!«

»Nein!«, fuhr der andere Alte zornig dazwischen. »Keule, hau ihm gleich richtig in die Schnauze. Ich will hören, wie sein Nasenbein bricht!«, dabei schlug er wieder einige Mal aufgeregt mit seinem Gehstock auf den Boden.

Erneut kam die breite Gestalt aus der dunklen Ecke und bewegte sich mit langsamen, schweren Schritten auf ihn zu.

Was sollte er tun? … Seine Situation war aussichtslos, sie wussten sowieso schon alles! … Hatte es überhaupt noch Sinn zu leugnen? … Sie würden ihn nicht mehr in Ruhe lassen … Seine Schmerzen im Kopf waren schon jetzt kaum zu ertragen … Und als sich nun dieser Kerl ganz langsam mit gierigem, offenem Mund zu ihm runter beugte, blinkten dessen große Zähne im flackernden Kerzenlicht wie die eines lauernden Raubtiers. In diesem Moment gab er den dritten Fisch verloren.

»Halt, halt! Ich erzähl euch alles. Bloß keine weiteren Schmerzen«, bettelte er.

»Keule, stopp … geh zurück!«, rief der Graue energisch. Doch das grobschlächtige Gesicht nah vor seinen Augen grinste ihn weiter an, brummte noch ein langgezogenes: »Schaaaade« und wendete sich erst danach ab.

»So, Festländer! Deine Zeit läuft. Nochmal lässt sich Keule nicht aufhalten. Er ist jetzt schon ziemlich angefressen, mein Nachbar auch und du solltest beide nicht weiter reizen. Also, dann plauder mal!«

»Der dritte Fisch … er ist bei diesem Kurt in der Ferienwohnung. Da wohnt eine Urlauberin mit ihrer Tochter und bei der, direkt an ihrem Bett steht er auf dem Nachttisch … ihr könnt mir glauben! … Das ist die Wahrheit!«

»Na, geht doch! Da hast du gerade noch rechtzeitig die Kurve gekriegt … gute Entscheidung! Und die Kleine hat keinen Schimmer davon, was sie da stehen hat?«, fragte der Graue neugierig nach.

»Nein, nein! Die weiß nichts. Den Fisch kann man sich dort einfach holen.«

»Die beiden haben wir sowieso schon auf dem Kieker, besonders die Kleine … na, das ist schon putzig, unser neunmalschlauer Kurt hat den Fisch genau vor der Nase und ahnt nichts … oder?«

»Nein, nein, der auch nicht!«

»Na ja, dann woll'n wir das mal glauben. Aber, das ist jetzt unsere Sache. Wenn du dich nicht raushältst, geht es beim nächsten Mal für dich nicht so glimpflich aus. Dann tun wir dir wirklich weh! Verstehst du? Und auch darüber, was hier soeben abgelaufen ist, solltest du den Mund halten. Ein Anruf von uns bei der Polizei genügt. Für zwei Einbrüche wandert man schon mal einige Monate in den Knast, wenn du verstehst, was ich meine!«

Die beide Alten standen fast gleichzeitig auf und der Graue sagte: »So, Keule, pack alles ein! Alle Hölzer und auch das Buch, den Bericht und auch die restlichen Seiten von der Zeitung … unser Festländer braucht das nicht mehr!« Danach guckte er nochmal scharf zu ihm rüber und grinste.

Der breite Kerl hatte plötzlich eine große Einkaufstasche in der Hand und sammelte schnell alles vom Boden auf. Der Graue war an der Küchentür stehengeblieben, ließ seine beiden Kumpels durch und wendete sich ihm nochmal zu:

»Übrigens, Festländer, du fährst doch so gerne mit dem Rad rum … ein Fahrradunfall wäre ein sehr plausible Erklärung für dein momentanes Erscheinungsbild!«

Nach diesem Satz verließ er ebenfalls das Zimmer. Die Haustür wurde ins Schloss geworfen und schnell entfernende Schritte auf den Gehwegplatten. Danach war es vollkommen still.

19. Urlaubstag

Die Untersuchung

Als Malu mit ihrer Brötchentüte in der Hand aufs Grundstück kam, vermutete sie gleich, dass er im Tischlerschuppen war. Die Tür stand offen und es roch nach Farbe. »Hallo, Opa Kurt! Was macht dein Vogelhaus?«

Sofort steckte er seine Nase raus, hatte einen Farbpinsel in der Hand und lachte sie an: »Ja, Guten Morgen, mein Deern! Jetzt geht es endlich voran damit. So, wie ich mir das gestern vorgestellt hatte, haute es einfach nicht hin. Das hing so schräg am Baum und die Piepmätze wären mir darin noch seekrank geworden. Ich musste hinten noch ordentlich was verändern ... aber jetzt bin ich gleich mit dem ersten Anstrich durch. Und, was macht dein Fuß?«

Malu hatte Kurt noch gestern Abend genau erzählt, wie die Wattwanderung verlaufen war. Er hatte sich ordentlich amüsiert, als sie ihm von der Theatervorstellung am Priel erzählt hatte und ihr Pflaster am Fuß war ihm auch sofort aufgefallen.

»Ach, an den hab ich heute noch gar nicht gedacht. Alles Bestens, würde ich sagen. Aber, wow ... du hast dich ja verändert! ... Deine Haare und dein Bart! Siehst gut aus!«

»Oh, danke! Du, so sah ich gestern Abend auch schon aus, aber im Schuppen war es wohl schon zu duster. Morgen auf unserem großen Dorffest muss ich doch fein aussehen, da kommen so viele Menschen zusammen und dann läuft einem auch schnell mal 'ne Jugendliebschaft über'n Weg. Da will man ja nicht wie so 'n Vagabund erscheinen!«, und dann lachte er.

»Opa Kurt, ich hab eben am kleinen Verkaufsstand mitbekommen, dass im roten Friesenhaus eingebrochen wurde! Weißt du etwas darüber?«

»Wer sagt denn so was!«, lachte Kurt erneut. »Aber, kannst mal sehen, was die Leute hier auf der Insel gleich reden. Du glaubst gar nicht, wie schnell sich hier Gerüchte verbreiten. Nein, nein, genau als gestern die Polizei da war, kam ich aus Wittdün zurück. Ein kleines Loch ist in der Fensterscheibe. Ist höchstwahrscheinlich ein Vogel gegengeflogen. Ein Einbruch war das nicht! Im Haus hat niemand etwas angerührt, da fehlt überhaupt nichts. Als hätten die Leute keine anderen Probleme, aber das ist mal wieder typisch Amrum!«

»Na, wenn du meinst. Jedenfalls hab ich eben den Strandholzkünstler kennengelernt. Der war gerade dabei, seinen Stand aufzubauen und das kleine Mädchen, das da wohnt, hat geweint. Ihr Lieblingsfisch sei weg und hat was von einem Einbruch erzählt. Der Typ war total mitfühlend und hat ihr gleich einen neuen geschenkt. Richtig nett, finde ich. Aber der sieht schon lustig aus, oder?«

»Lustig, der Peer … ja, hier werden hin und wieder so bunte Vögel angespült … ein Künstlertyp eben … und wie geht es deiner Mutter? Die war ja richtig kaputt gestern!«

»Ja, das kann man sagen. Mum war noch vor mir im Bett und lag eben immer noch drin. Und deshalb dachte ich, heute mach ich mal Frühstück für sie! Mal sehn, wie die Lage jetzt bei ihr aussieht!«

»Na, dann sieh man zu«, sagte Kurt und verzog sich wieder in den Schuppen.

Als Malu zur Tür reinkam, war Kristina gerade erst aufgestanden, guckte auf die Brötchentüte und schüttelte den Kopf.

»Was ist bloß mit meiner Tochter los! Erst brät sie Schollen, dann bringt sie die leckersten Krabben der Welt nach Hause und nun holt sie auch noch freiwillig Brötchen … toll, mein Schatz … das muss die Insel sein! Danke dir!«, sagte Kristina mit einem anerkennenden Lächeln.

Gemeinsam deckten sie den Tisch im Garten und dann wurde ausgiebig gefrühstückt. Natürlich gingen sie dabei auch noch einmal die Highlights der gestrigen Wattwanderung durch und als sie schließlich bei der heutigen Tagesplanung angekommen waren, und Malu etwas von „Freunde treffen und Mole vielleicht" gesagt hatte, verkündete Kristina: »Mach was du willst, aber ich beweg mich heute nur noch die vier Meter bis zum Strandkorb hier bei uns im Garten und leg meine Beine hoch, die brauchen Ruhe. Morgen auf dem Straßenfest muss ich fit sein, da könnte es spät werden.«

In diesem Moment sauste Janne um die Ecke und Malu sah sofort, dass etwas Besonderes passiert sein musste. Er war noch gar nicht ganz heran, da platzte es auch schon aus ihm raus:

»Malu, ich muss ganz dringend mit dir sprechen, hast du Zeit? Ach, Entschuldigung, guten Morgen, natürlich! Hast du Zeit?!!!«

»Ja, klar! Wir sind eh fertig mit frühstücken. Setz dich doch!«

»Eh … ja … okay …«, sagte er zögerlich. Und, obwohl ihn nun beide neugierig und gespannt ansahen, blieb er still, rutschte nur unruhig auf seinem Gartenstuhl hin und her und rieb sich nervös die Hände.

»Mum, was meinst du, sollen wir noch schnell zusammen abräumen?«

Nun hatte auch Kristina verstanden und meinte nur: »Nein, nein, alles klar … Geheimnisse! Worüber ihr euch wieder unterhalten wollt, kann ich mir denken! Darüber möchte ich gar nicht so viel wissen. Ich nehm nur die Sachen mit, die aus der Sonne müssen und wenn ihr fertig seid, dann stellt ihr mir den Rest auf die Spüle!« Sie griff sich den großen Holzteller mit den Salaten, dem Käse und der Butter und ließ die beiden allein.

Kaum, dass Kristina außer Hörweite war, legte Janne los:

»Stell dir vor! Ein alter Kumpel von mir arbeitet bei Hüttmann im Hotel und hatte heute die Nachtschicht an der Rezeption. Den hab ich vorhin zufällig getroffen und was der da erlebt hat, muss Horror gewesen sein! Weit nach Mitternacht ist da blutüberströmt ein Hotelgast reingetorkelt. Ihm ist fast schlecht geworden. Wie ein Zombie soll der ausgesehen haben. Das Gesicht, seine Hände und das Hemd, alles voll Blut! Der konnte sich noch so gerade auf den Beinen halten. Stell dir das vor! Du ahnst nichts Böses, hängst da müde ab und dann torkelt so eine Leiche rein. Wer will denn so was erleben?«

Malu saß entsetzt mit offenem Mund da und Janne redete gleich weiter: »Dann hat der noch was von Fahrradunfall gelallt und wollte seinem Zimmerschlüssel haben. Er konnte nur noch 46 sagen und dann ist der genau vorm Empfangstresen zusammengebrochen. Mein Kumpel hat ihn dann noch eigenhändig in die stabile Seitenlage gebracht, der wär fast vor seinen Augen abgenippelt! Natürlich sofort Krankenwagen und Notarzt gerufen und die konnten den Kreislauf stabilisieren, aber die Sache war so ernst, dass er noch in der Nacht mit dem Hubschrauber ausgeflogen wurde.«

»Das ist ja gruselig. Ich glaub ich wär gleich mit in Ohnmacht gefallen. So ein Bild bekommt man so schnell nicht mehr aus dem Kopf.«

Malu musste dabei sofort an Hannes vom Strand denken.

»Aber, Malu, das Wichtigste kommt noch! Was meinst du, wer da zur Zeit in Zimmer 46 wohnt?«

Malu guckte Janne mit großen Augen an. Wenn er die Nachricht mit so einer Frage einleitete, musste es sich um jemanden handeln, den sie kannte!

»Keine Ahnung! Nun sag schon!«

»Manfred Gravenberg … und mein Kumpel wusste auch, dass der das Paulsen Haus in Norddorf geerbt hat. Das ist eindeutig der Hai!«

»Was?«, Malu hielt sich erschrocken beide Hände vors Gesicht. »Bist du sicher? … Wieso das denn? … Das wünsch ich ja noch nicht mal diesem Typ! … Mensch, ist das eine Nachricht! … Weiß man schon, wie es ihm geht? Wo haben sie ihn denn hingebracht?«

»Er soll im Krankenhaus auf Föhr sein. Aber, wie es ihm geht, wusste er nicht! Mensch, Malu, der hat richtig Schwein gehabt. Wenn er es in der Nacht nicht mehr bis zum Hotel geschafft hätte, in irgendeinem kleinen Seitenweg liegenbleibt und erst am nächsten Morgen gefunden wird, stirbt der vielleicht sogar!«

»Hör bloß auf! Das will ich mir überhaupt nicht vorstellen … aber Fahrradunfall, sagst du? Wie kann das denn sein?«

»Das passiert hier in der Hauptsaison dauernd. Die Oldies haben schon seit Jahren nicht mehr auf dem Rad gesessen, meinen aber, das noch zu können und stochern dann hier rum. Besonders mit den Elektrobikes können sie nicht umgehen und dann passiert so etwas!«

»Aber, Janne, der Hai ist alles andere als ein Oldie, was das angeht! Du hättest ihn neulich am Teerdeich in Schräglage sehen sollen. Ich würde sagen, auf dem Fahrrad ist er Vollprofi … sein Fahrrad ist wahrscheinlich Schrott, oder?«

»Von seinem Fahrrad weiß ich nichts. Darum hat sich vielleicht noch keiner gekümmert. Das steht wahrscheinlich an irgendeiner Ecke am Baum oder so …«

»Aber, wenn er so schwer verletzt war und sich kaum auf den Beinen halten konnte, dann muss der Unfall doch ganz in der Nähe des Hotels passiert sein und da ist doch alles hell erleuchtet! Komisch? Janne, hast du jetzt etwas Wichtiges vor, oder kommst du mit nach Norddorf? Ich würde mich da gerne mal umsehen. Vielleicht finden wir ja irgendwo sein demoliertes Fahrrad.«

»Warum nicht. Ich bin ja schließlich dein Assistent, oder sagen wir: Hilfssheriff.«

Sie deckten noch gemeinsam den Gartentisch ab und Malu rief Richtung Badezimmertür:»Mum, wir sind dann mal weg!«, und ein »Ja, macht ihr nur! Du weißt ja, wo du mich finden kannst!«, kam zurück.

Als sie die offene Schuppentür sah, überlegte Malu kurz, ob sie Kurt von der dramatischen Sturzversion berichten sollte. Aber Genaueres konnte sie ihm noch gar nicht sagen und vielleicht ergab sich gleich noch etwas. Sie zog ihr Fahrrad aus dem Ständer und trat in die Pedalen.

Schon nach fünf Sekunden musste sie eine Vollbremsung hinlegen. Der kleine schwarze Hund war so plötzlich aufgetaucht! Nun saß er etwa 5 cm von ihrem Vorderreifen entfernt mitten auf der Straße, guckte sie an und wedelte mit dem Schwanz.

»Na, du Kleiner! Wem bist du denn ausgebüxt?«, redete sie mit ihm und sah sich im Kaffeegarten des Friesen-Cafés nach jemanden um, der vielleicht schon nach dem Ausreißer Ausschau hielt.

Dort fiel ihr auf den ersten Blick niemand auf und so überflog sie alle Tische, an denen Gäste saßen. Ihre Augen waren schon weiter, aber ihre Aufmerksamkeit war an einem ganz bestimmten Sitzplatz hängengeblieben. Gehörte der Hund zu dem älteren Herrn, der dort in der Zeitung las und von dem man kaum etwas sehen konnte? … Eher nicht! ... dann von irgendwo ein kurzer Pfiff. Der Kleine spitzte die Ohren und rannte zu einem Tisch, an dem eine ältere Dame saß und die kraulte den Kleinen sofort liebevoll.

Janne kurvte schon ein ganzes Stück entfernt ungeduldig auf der Straße herum – die Sache war erledigt. Malu rutschte wieder auf den Sattel und drückte sich ab. Warum sie im Losrollen erneut einen kurzen Blick auf den Zeitungsleser warf, hätte sie gar nicht sagen können. Was war ihr bei dem aufgefallen? Es war nicht der Mann selbst – es war der Gehstock, der am freien Stuhl neben ihm baumelte. Was bedeutet das schon ... hier laufen doch überall Leute mit so etwas oder mit Walkingstöcken rum!

Schon nach etwa zehn Minuten waren sie in Norddorf und ließen sich auf dem kleinen Zufahrtsweg zum Hotel ausrollen. Im Eingangsbereich schrubbte ein Mann mit viel Seifenwasser auf den Fliesen herum. Janne meinte sofort: »Den kenn ich! Das ist der Hausmeister. Den werden wir erstmal ausquetschen.« Sie stellten ihre Räder auf die Ständer und Janne ging sofort auf ihn zu.

»Hey, Mensch, bei euch hat sich ja heut Nacht ein richtiges Drama abgespielt!«, sprach er ihn an.

»Ach hallo, Janne, du bist das! Das kannst du laut sagen ... siehst du! Hier die braunen Flecken, das ist alles eingetrocknetes Blut«, knurrte der und haute dann mit seinem Schrubber an verschiedenen Stellen auf die Platten.

»Unsere Chefin macht mächtig Alarm deswegen, du kennst sie ja. Alles muss immer picobello sein, der Gast ist König. Aber, muss er ausgerechnet hier bei uns zusammenklappen! Da muss ich mit richtig scharfen Sachen ran ... geht kaum ab, das Zeug. Die Hotelgäste soll'n das natürlich nicht so mitkriegen, die sind sowieso schon alle nervös deswegen. Es ist immer das Gleiche mit diesen Leuten. Gießen sich ordentlich einen hinter die Binsen, setzen sich noch aufs Rad und fahren an 'nen Kantstein oder wer weiß wo gegen ... und jetzt hab ich die Arbeit!«

»Weiß man denn schon, wie es ihm geht? Er soll doch im Krankenhaus auf Föhr sein?«

»Ja, die Chefin hat sich erkundigt. Er ist über'n Berg ... noch mal gutgegangen, würde ich sagen! Er soll eine große Platzwunde am Kopf haben, hat viel Blut verloren. Soll noch sehr schwach sein, aber keine bleibenden Schäden, nur 'ne heftige Gehirnerschütterung. Die Ärzte wollen ihn noch ein paar Tage zur Beobachtung da behalten. Du, wenn der hier wieder auftaucht, knöpf ich ihm ein heftiges Trinkgeld ab, das kann ich dir sagen. Kohle hat er ja genug!« Missmutig steckte er erneut seinen Schrubber in den Seifeneimer und suchte nach einem weiteren Fleck auf den Fliesen.

»Eins noch«, sagte Janne, »hat man eigentlich sein Fahrrad gefunden, das muss doch total demoliert sein?«

»Von seinem Fahrrad weiß ich nichts ... aber ich kann mich nicht um alles kümmern ... hier im Ständer vor dem Hotel steht es jedenfalls nicht«, antwortete er und begann wieder auf einer bestimmten Stelle herumzubürsten.

»Okay, vielen Dank für die Infos! Dann machs gut«, wünschte Janne, aber der Hausmeister guckte gar nicht mehr hoch.

»Malu, Entwarnung für den Hai! Der hat Schwein gehabt, denk ich. Dann kümmern wir uns jetzt um die Fahrradfrage. Wir sollten zuerst alle Straßen hier in der Nähe abfahren ... oder, was schlägst du vor?«

»Ja schon. Owe hört doch immer das Gras wachsen. Vielleicht ist er da und wir fahr'n mal kurz bei ihm vorbei!«

Janne hielt das für keine gute Idee, jedenfalls guckte er so und deshalb sagte sie gleich: »Du wartest einfach am Kino auf mich. Ich bin gleich wieder da«, und stieg schon aufs Rad.

Sie hatte Glück! Owe war dabei, die Verleihräder in Reih und Glied zu stellen. Malu rollte genau auf ihn zu und erst kurz vor ihm stoppte sie.

»Hi, Owe, ich war gerade in deinem Revier und dachte, ich guck mal kurz vorbei!«, begrüßte sie ihn lachend. Owe hatte sich richtig erschrocken, guckte ziemlich verdattert und ihre Anspielung hatte er offensichtlich auch nicht verstanden.

»Hör mal. Heute Nacht ist doch hier dieser schwere Fahrradunfall passiert und du kriegst ja immer viel mit. Weißt du, wo das passiert ist und hat man das Rad gefunden? Vielleicht steht das sogar hier bei euch?«

»Ja, Mensch, dass du dich hier blicken lässt …«, sagte er und fuhr sich durch die Haare – Malu konnte fast seine Gedanken lesen: Erst interessiert sie sich für die Schatzkiste, dann fürs Schollenbraten und nun für einen blöden Fahrradsturz.

»Was hast du gefragt … ach ja! Das meinst du. Da hat sich wohl ein Hotelgast richtig auf die Fresse gelegt. Der wurde ausgeflogen. Ein Rad von uns war es nicht. Wahrscheinlich ist die Karre Schrott und viel anfangen kannst du damit bestimmt nicht mehr. Aber ich weiß nicht, wo die ist, bei uns jedenfalls nicht … keine Ahnung«

Owe guckte noch immer verwirrt und für ein weiteres Date-Angebot ließ sie ihm keine Zeit. »Na, dann mach's gut. Wir sehn uns!«, verabschiedete sie sich schon wieder, drehte ihr Fahrrad um und sauste davon.

Janne stand vor den Kinovorankündigungen und war neugierig, ob sie etwas erfahren hatte. Aber Malu schüttelte den Kopf, stieg gar nicht erst ab und rief ihm im Vorbeirollen zu: »Er wusste nichts! Hilfssheriff, aufs Pferd! Wir klappern jetzt alle Straßen und Wege ab. Erst die in der Nähe!«

Nirgends stand ein verbeultes Fahrrad herum und so vergrößerten sie den Suchradius. Janne befragte auch immer wieder Leute, die er kannte. Die meisten hatten zwar von dem Unfall gehört, aber keiner wusste, wo es passiert war und niemand hatte ein kaputtes Rad gesehen. Viele Möglichkeiten gab es nicht mehr. Eigentlich hatten sie schon aufgegeben, machten eine letzte Erkundungsfahrt auf der Verbindungsstraße zwischen Teerdeich und Strand am Paulsen Haus vorbei und da legte Malu Sekunden später ihre zweite Vollbremsung hin. »Ich glaub's ja nicht!«, rief sie aufgeregt nach hinten und nun hatte auch Janne es gesehen.

Völlig unerwartet und unerklärlich stand dort am Gartenschuppen das gesuchte Mountainbike. Das war eindeutig sein weiß-blaues Rad. Malu hatte ihn schon oft damit gesehen.

»Das glaubt man doch nicht! Wie kann so was sein?«, und schob ihr

Rad an den Friesenwall. Kurz zögerte sie, aber dann ging sie Richtung Gartenpforte.

»Was hast du vor? Du willst doch nicht aufs Grundstück?«

»Klar will ich! Janne, es geht nicht anders und den Hai werden wir da heute mit Sicherheit nicht treffen … wen sollte das sonst stören? … Wir könnten ihn doch besuchen wollen … wir müssen uns unbedingt sein Fahrrad aus der Nähe ansehen! Los, du musst mitkommen!«

Das Bike lehnte akkurat an der Holzwand. Doch selbst beim zweiten und dritten Hinsehen waren nur kleine, unbedeutende Kratzer zu entdecken – nichts war verbogen oder auffällig abgeschrammt.

»Wie kann das sein, Janne? Ich wette mit dir, mit diesem Fahrrad hat er niemals so einen Sturz hingelegt! Und überhaupt, der bringt doch nicht in seinem Zustand zuerst sein Rad zurück, stellt es hier ganz ordentlich ab und bricht anschließend blutüberströmt im Hotel zusammen … an der Geschichte ist etwas faul!«

»Aber, was denkst du … was soll sonst passiert sein?«

»Keine Ahnung. Wir sollten uns hier mal genau umsehen.« Nach dieser kurzen Ankündigung ging sie mit langsamen Schritten Richtung Hauswand, legte dort beide Hände an die Scheibe und guckte hinein. Janne war nicht wohl dabei, aber neugierig war er ebenfalls.

»Siehst du etwas?«, fragte er.

»Das Zimmer ist vollkommen leer … bis auf einen alten Koffer in der Ecke und wie sieht's bei dir aus?«, sie hatte mitbekommen, dass Janne sich das nächste Fenster vorgenommen hatte.

»Hier ist das Badezimmer. Alles normal, würde ich sagen.«

Erst als sie auf der Straßenseite durchs große Fenster neben der Eingangstür gucken wollten, kriegten sie mit, dass hier die Vorhänge zugezogen waren. Janne schien regelrecht erleichtert zu sein. Er war der Meinung, die Untersuchung auf dem fremden Grundstück sei jetzt beendet und wendete sich bereits in Richtung Gartenpforte ab. Aber Malu kam nicht hinterher und sah sich jetzt ganz genau auf dem Boden um … dann weiter auf den Gehwegplatten bis zur Haustür und hockte sich dort auch noch hin.

»Janne, sieh mal … diese braunen Flecken … genau wie vor dem

Hotel«, erklärte sie und flüsterte fast. »Sieh nur … selbst hier auf den Platten Richtung Pforte sind noch welche …«

»Seh ich«, bestätigte er. »Was kann das bedeuten?«

»Na, was wohl?!! Wenn du mich fragst … der Unfall ist nicht auf der Straße mit dem Fahrrad passiert, sondern hier. Wahrscheinlich ist er schon blutend aus dem Haus gekommen.«

Nun ging sie gebückt bis dicht vor die Haustür und flüsterte: »Da, siehst du!« Janne kam dichter heran und hatte die Flecken auch gleich entdeckt. Dann hielten beide erschrocken den Atem an – selbst am Türgriff klebte rotbraunes, getrocknetes Blut!

Janne ahnte was Malu jetzt vorhatte: »Nein, das dürfen wir nicht. Wenn uns jemand beobachtet …«

Aber sie hatte schon ihre Finger am Türdrücker, allerdings nur zwei und so, dass sie dort kein Blut abwischte. Ganz vorsichtig drückte sie die Klinke runter. »Nur mal sehn, ob abgeschlossen ist«, flüsterte sie dabei … und dann passierte das, wovor sich beide fürchteten – mit einem kurzen „Plop" sprang die Tür auf.

»Das ist ja ein Ding … willst du da rein?«, fragte Janne aufgeregt und beantwortete dann seine Frage selbst: »Ja, sie will!«

»Nur ganz kurz. So eine Chance kriegen wir vielleicht nie wieder. Aber du musst mitkommen, sonst hab ich zu viel Schiss!«, flüsterte sie und griff gleich nach seiner Hand.

»Du bist gut! Frag mich mal, was ich hab«, sagte er, aber Malu schob schon die Tür auf.

Nur auf dem ersten Flurstück waren braune Flecken. Die Blutspur führte gleich in den ersten Raum. Malu drückte Jannes Hand noch fester und zog ihn hinter sich ins Haus.

Ganz vorsichtig und langsam ging sie weiter.

»Du, hier ist die Küche … wegen der zugezogenen Vorhänge ist es hier ziemlich dunkel«, erklärte sie leise.

»Du willst sie doch wohl nicht aufziehen?«, flüsterte Janne sofort.

»Nein, natürlich nicht, auf keinen Fall. Wir dürfen nichts verändern und auch möglichst wenig anfassen. Wer weiß, was hier passiert ist!«, und drückte auf den Lichtschalter. Sofort atmeten beide erleichtert durch. Die Fleckenspur lief weiter bis zum Herd und nun hielten doch beiden erneut der Atem an. Neben dem Herd, auf dem gefliesten Boden, war eine große rotbraune Fläche und die spiegelte feucht – das Blut war noch nicht einmal trocken.

»Janne, hier ist es passiert!«, nun ließ sie unerschrocken seine Hand los, ging ein paar Schritte weiter in den Raum und sah sich alles genau an.

Janne hielt die Anspannung kaum noch aus und fragte wieder: »Was meinst du ... was ist hier abgelaufen?«

Aber Malu antwortete nicht. Ging noch ein paar Schritte weiter, drehte sich nach allen Seiten, hockte sich dann vor den Herd und öffnete die untere Ofenklappe. Sofort fiel ein wenig Asche heraus. Die befühlte sie und steckte dann kurz ihre Hand ins Feuerloch.

»Janne, die Steine sind noch warm ... die hatten den Herd in Betrieb ... irgendwas wurde hier verbrannt!«

»Aber, Malu, was hat das alles zu bedeuten?«

»Janne, siehst du, hier die Streichholzschachtel, dann dieser verlaufene Haufen hier, ein Stück weg vom großen Blutfleck. Du, das ist Wachs! Da hat eine Kerze gestanden und die ist vollkommen runtergebrannt ... auch komisch, normalerweise pustet man die doch vorher aus. Und die Möbel, die stehen merkwürdig! Der Tisch direkt vors Fenster geschoben und die beiden Stühle andersherum davor, wie bei einer Theatervorstellung. Ich vermute, da haben zwei gesessen und die hatten dann genau den Herd, die Kerze und die Person im Auge, von der die Blutlache auf dem Boden daneben stammt ... und das war ziemlich sicher der Hai. Hier hat so etwas wie ein Verhör oder eine Bestrafung stattgefunden!«

Dann sah sie sich erneut um und meinte schließlich: »Ich glaub, hier haben wir alles gesehen!«

»Okay, Malu, lass uns abhauen. Die Bude ist mir einfach zu unheimlich.«

»Ja, mir auch! Aber, wo wir schon mal da sind, wir gucken uns noch kurz die anderen Zimmer an. Vielleicht entdecken wir da doch noch was Ungewöhnliches. Aber, du musst mitkommen!«, sagte sie und griff erneut nach seiner Hand.

Bevor sie ihn aus der Küche zog, drückte sie wieder auf den Lichtschalter. »Siehst du das hier, überall an den Türdurchgängen, das neue Holz! Das wurde alles ausgebessert und profimäßig gemacht. Das waren sicher seine Handwerker, von denen er erzählt hat ... komm, weiter.«

In den beiden Zimmern daneben reichte ein kurzer Blick, die waren leer. Auch im Badezimmer waren keine Flecken. Sie hatte sich schon fast abgewendet, als ihr auffiel, dass der Deckel der Wasserspülung auf dem Boden neben dem Klobecken stand. Als sie sich die Sache aus der Nähe ansah, war der Wasserspeicher vollkommen trocken. Malu drückte den Hebel. Es lief kein Wasser nach! Was hat das schon wieder zu bedeuten? überlegte sie ... vielleicht kaputt?

Aber eine halbe Drehung am Absperrventil reichte aus und schon rauschte das Wasser aus dem Rohr. Sie drehte den Hahn sofort wieder zu und guckte Janne fragend an. Aber der zog auch nur die Schultern hoch und meinte dann: »Sieh nur ... seine Badewanne ... unten, der ganze Dreck! Darin baden möchte ich aber auch nicht.«

Malu hatte immer noch nicht genug gesehen und öffnete die nächste Tür. Hier fing ganz offensichtlich der Stallbereich an und auf den ersten Blick gab es keine Auffälligkeiten. Aber, als Malu sah, dass es dort eine weitere Außentür gab, wurde sie neugierig und zog Janne hinter sich her ... siehe da, auch diese Tür war nicht verschlossen! Malu murmelte irgendetwas, aber Janne fragte nicht nach. Er war nur froh, dass es jetzt endlich zurück und hoffentlich auch schnell aus dem Haus ging.

An der Haustür guckte Malu noch kurz aufs Türschloss und erklärte dann: »Janne, siehst du, der Schlüssel steckt von innen. Genau, wie ich vermutet hab!«

Aber Janne sagte auch hier nur »Hmm«, er wollte nur noch weg!

Malu drückte die Klinke wieder nur mit zwei Finger und zog mit der anderen Hand die Tür ins Schloss.

Nun lächelten sich beide an und Janne sagte erleichtert: »Puu ... mit dir erlebt man Sachen ... das sind mit Abstand meine aufregendsten Ferien aller Zeiten. Aber jetzt bleib ich keine Sekunde länger. Komm, lass uns sofort verschwinden!«

Im Eiltempo ging es zurück zur Straße und nicht nur Janne lief ein kalter Schauer über den Rücken, auch Malu sah sehr erleichtert aus. So unerschrocken war sie nämlich auch nicht. Nur, bei ihr war in solchen Fällen die Neugier größer als die Angst! Jedenfalls gaben beide richtig Gas, als sie auf ihren Rädern saßen und erst als sie ein ganzes Stück vom Haus weg waren, fuhren sie wieder langsamer. Zurück in Nebel, hielt Malu am Friesen-Café sofort Ausschau nach einem bestimmten Zeitungsleser – aber der war verschwunden.

Die Schuppentür stand immer noch offen und ein lustig, bunt angemaltes Vogelhaus lag auf zwei Leisten auf der Hobelbank. Er kann nicht weit sein, dachte sie und genau in dem Moment kam Kurt auch schon mit einem Hammer und einem Schraubendreher in der Hand aus dem Garten um die Hausecke gebogen.

»Oh, dass trifft sich ja gut. Ich hab eben meine Aufhängung für das Häuschen angeschraubt und wollte gerade eine Pause machen«, begrüßte er sie und lächelte zufrieden. Aber sein Gesichtsausdruck änderte sich schlagartig, als er die beiden genauer ansah. Sofort legte sich seine Stirn in tiefe Falten: »Was ist denn mit euch los? Seid ihr dem Düvel begegnet?«

»Düvel?«, wiederholte Malu. »Ach, Teufel meinst du. Ja, das kann man fast sagen. Du, Opa Kurt, wir müssen unbedingt mit dir sprechen. Es gibt ganz wichtige Neuigkeiten!«

»Na, wenn's so aussieht, gehen wir in die Küche und trinken einen Schluck«, sagte er und ging gleich Richtung Haustür.

Kurt goss sich einen Tee ein und stellte den beiden ein Glas Cola vor die Nase. »Seit wann hast du denn so etwas im Haus?«, fragte Malu überrascht.

»Och, ich dachte, die nächste Konferenz lässt bestimmt nicht lange auf sich warten und nur Apfelsaft ist für euch auf die Dauer wohl doch nicht das Richtige. Na, dann schießt mal los, wo brennt's denn?«

»Also, es ist soviel passiert! … « Beide erzählten im Wechsel, was sie soeben erfahren und erlebt hatten und seine Sorgenfalten wurden immer tiefer.

Kurt hatte zwar schon von einem Fahrradunfall gehört, dass es sich dabei um den Hai handelte, wusste er nicht und als Malu dann noch vom akkurat im Garten abgestellten Rad, vom Blut am Türdrücker, und dass die Haustür nicht verschlossen gewesen war, berichtete, war es mit seinem kommentarlosen Zuhören endgültig vorbei.

»Ihr seid doch nicht auch noch im Haus gewesen?!«, fragte er erschrocken. Beide nickten und erzählten dann in allen Einzelheiten, was sie drinnen entdeckt hatten. Kurt hörte auf jedes Wort, strich sich dabei immer wieder durch den Bart und zum Schluss guckte er selber so, als hätte er gerade den Düvel gesehen.

»Kinder, Kinder ... ihr macht aber auch Sachen ... ihr bringt euch richtig in Gefahr ... die Angelegenheit wird immer gefährlicher ... und besonders für euch junge Menschen! Man hat euch da eben vielleicht beobachtet ... direkt nebenan wohnt auch einer, der ist nicht astrein! Vielleicht haben die Halunken euch schon auf dem Kieker und sind richtig im Fieber ... man mag sich ja gar nicht ausmalen, was alles hätte passieren könnte ... mein Gott, mein Gott!«

Malu ließ Kurt ein wenig Zeit und fragte dann: »Du meinst auch, dass deine alten Schatzkumpels dahinter stecken? Aber, was haben die mit dem Hai zu tun ... glaubst du, er hat das fehlende Brett von der Schatzkiste gefunden und sie haben sich ihn heute Nacht dort im Haus vorgeknöpft? Das könnte doch sein.«

»Ja, mein Deern, was weiß ich? Vielleicht haben sie sogar zusammengearbeitet und sind in Streit geraten. Vielleicht hat er etwas entdeckt und es verheimlicht? So ähnlich, wie damals Jesse Paulsen und dann sind sie durchgedreht. Er war wahrscheinlich im Haus und wenn du sagst, die Stalltür war nicht abgeschlossen, sind sie da vielleicht reingekommen, haben ihn überrascht und ihn sich zur Brust genommen. Zuzutrauen ist ihnen das allemal! Dann haben sie ihn dort zurückgelassen und er ist, nachdem er sich erholt hatte, zum Hotel getorkelt und hat sich ums Abschließen in seinem Zustand nicht mehr gekümmert. Wenn es so abgelaufen ist, dann haben wir es mit einem richtigen Gewaltverbrechen zu tun, und ihr habt die ganzen Beweise gesehen!«

»Aber, was schlägst du vor? Wir müssen doch etwas unternehmen!«

»Da hast du Recht, mein Deern. Aber, da müssen jetzt die Richtigen ran. Wer weiß, was die Kerle sonst noch alles anstellen? Diese Burschen sind in ihrem momentanen Wahn zu allem fähig! Ich ruf sofort die Polizei an. Rolf mit seinen Leuten soll sich beim Friesenhaus mal genau umsehen und die Spuren sichern. Und wenn unsere Halunken mitkriegen, dass die Polizei eingeschaltet ist, werden die hoffentlich ruhiger!«

»Opa Kurt, eins noch. Ich bin mir zwar nicht sicher, aber, als wir vorhin von hier los nach Norddorf gefahren sind, könnte dieser Erk, der mit dem Stock, hier im Friesen-Café gesessen haben. Es sah fast so aus, als würde sich da einer hinter seiner Zeitung verstecken und ein Gehstock hing über dem Stuhl!«

»Kinder, Kinder! Ihr müsst mir jetzt versprechen, keine solchen Touren mehr! Ihr solltet hier auch nicht mehr alleine oder in der Dunkelheit unterwegs sein und an der Mole, in den Dünen oder am Strand, immer wenigstens zu zweit! Hier im Dorf wird wohl nichts passieren und morgen ist Straßenfest, da ist 'ne Menge Trubel. Aber haltet vorerst den Mund. Wir müssen erstmal rauskriegen, was hier überhaupt im Gange ist. Kann ich mich auf euch verlassen?« Kurt guckte nun so ernst und eindringlich von einem Gesicht ins andere, dass Malu zweimal trocken runterschluckte, bevor beide fast gleichzeitig »Versprochen!« sagten.

»Gut, dann verlass ich mich darauf. Ihr trinkt eure Cola aus und macht euch auf den Weg. Ich regel das mit der Polizei und muss dann in Ruhe über alles nachdenken.«

Als Kurt die beiden bis zur Haustür begleitete, blieb Malu plötzlich stehen: »Was meinst du? Ich sollte Mum von dem Unglück erzählen, oder?«

»Ja, das musst du wohl, mein Deern. Aber, ich würde vorerst noch bei der Version mit dem Fahrradunfall bleiben. Solange wir nichts Genaues wissen, wollen wir nicht die Pferde scheu machen!« Dann verabschiedete er die Zwei mit den Worten: »Haltet die Ohren steif und die Augen offen! Seid vorsichtig!«

20. Urlaubstag

Kurt ermittelt

Kurt hatte die halbe Nacht nicht geschlafen, so voller Unruhe war er. Wie passt bloß alles zusammen, hatte er immer wieder gegrübelt und keine Antwort gefunden. Die Situation spitzte sich unaufhörlich zu und alles lief immer mehr aus dem Ruder. Janne und Malu hatten sich mit ihren Nachforschungen im Friesenhaus in Gefahr gebracht und den gierigen, alten Halunken traute er mittlerweile alles zu. Aber, wie sollte er die Vorgänge stoppen? Und dann noch das, was Rolf ihm gestern Abend berichtet hatte. Er und seine Polizeikollegen hatten sich beim Paulsen-Haus genau umgesehen und hatten seltsamerweise überhaupt nichts Auffälliges entdeckt. Kein Blut an der Türklinke und die Haustür war verschlossen gewesen. Sie hatten sie aufwendig öffnen müssen, aber auch im Haus nirgends etwas Auffälliges entdeckt. Kann das sein, dass deine junge Einquartierung zu viel Phantasie hat? hatte Rolf ihn gefragt.

Aber, wie konnte das sein? Sie waren dann gemeinsam all die ungewöhnlichen Vorkommnissen der letzten Tage durchgegangen. Allerdings hatte Rolf ihn weiter ungläubig angeguckt, so, als hätte der sagen wollen: Hat der alte Kerl jetzt vollkommen den Verstand verloren? Allerdings, wie konnte er dem erfahrenen Polizisten auch nur einen Vorwurf machen. Er bekam die Ereignisse ja selber nicht sinnvoll zusammen und alles hörte sich nach einer ausgedachten Räubergeschichte an … aber, es ist etwas im Gange und das darf nicht einfach so weiterlaufen! Hatten der Hai und die Spitzbuben das ausgetauschte Bodenbrett der Schatzkiste

tatsächlich gefunden und waren dann in Streit geraten? Wenn die so brutal vorgingen, musste etwas wirklich Entscheidendes dahinterstecken! Und wenn Malus Vermutung stimmte und Erk Petersen gestern hier gegenüber im Friesen-Café gesessen hatte, beobachteten sie womöglich schon die Jugendlichen? Oder ihn? Oder das Haus? Er wurde das Gefühl nicht los, dass die Antwort auf all diese Fragen direkt vor ihm lag. Was übersah er nur die ganze Zeit?

Je mehr ich darüber nachdenke, um so weniger komm ich dahinter! Ich muss mich erst mal mit etwas anderem beschäftige, beschloss er, trank seinen Tee aus und deckte den Tisch ab.

Als er mit dem Vogelhaus in der einen und Werkzeug und Tritt in der anderen Hand um die Ecke kam, saßen seine Feriengäste noch beim Frühstück. Kaum dass Kristina ihn sah, rief sie auch schon:

»Kurt, hast du schon gehört, was mit Manfred passiert ist? Marie hat mir von seinem Unfall erzählt. Mensch, ist das fürchterlich. Ich kann das gar nicht glauben! Da sitzt der vorgestern noch hier bei uns und jetzt liegt er im Krankenhaus! Ist das nicht Wahnsinn? Wie schnell einem so etwas passieren kann!«

»Ja, guten Morgen ihr Zwei! Du hast Recht, so ging es mir auch. Gott sei Dank ist die Sache für ihn noch glimpflich ausgegangen. Vorhin beim Bäcker hieß es, er hat eine schwere Gehirnerschütterung! Er ist noch nicht aus dem Bett, aber das Schlimmste hat er scheinst überstanden. Allerdings aus eurem gemeinsamen Cocktailtrinken wird heute Abend nichts.«

»Ja, leider. Kurt, ich hab schon überlegt, ob ich ihn dort auf Föhr heute nicht noch besuchen sollte. Der kennt ja sonst hier überhaupt keinen und freut sich sicher, wenn ich vorbei komme. Was denkst du?«

»Nun … wenn du mich fragst, solltest du damit noch warten. Dem brummt sicher noch immer ordentlich der Schädel. Der muss sich schonen und braucht jetzt viel Ruhe … und dann haben wir heute hier ja unser schönes Fest. Darauf habt ihr euch doch schon so gefreut. Gemeinsam mit deiner Tochter mal all die interessanten Stände angucken und 'ne feine Bratwurst essen, ist auch nicht verkehrt.«

»Vielleicht hast du Recht …«, sagte Kristina und guckte Malu an.

»Ja, Mum, besser du wartest damit noch. Ich hab mich wirklich schon darauf gefreut, dass wir uns zusammen alles ansehen. Weißt du noch, was hier im letzten Jahr los war? Schade, wenn du nicht dabei wärst!«

»Na, ich ahn ja gar nicht, dass meine Tochter darauf Wert legt und mit ihrer Mutter gemeinsam das Straßenfest besuchen will ... gut, ihr habt mich überzeugt! Und du hast dein Vogelhaus fertig! Kurt, das sieht richtig toll aus! Und, dass du das so bunt angemalt hast ... wirklich mutig, total lustig! Da guckt jeder hin!«, und Malu ergänzte: »Wirklich schön!«

»Danke, ihr zwei. Mal sehn, was meine Piepmätze zu ihrer neuen Villa Kunterbunt sagen. Jetzt kommt es an den Baum!«

Kurt hatte noch eine ganze Zeit mit der Montage zu tun und als er dann endlich vom Tritt stieg und das Vogelhaus so am Baum hing, dass er zufrieden war, hatten die zwei schon abgedeckt und wirbelten in der Ferienwohnung herum.

Malu erledigte gerade den Abwasch, als er seinen Kopf durch die offene Terrassentür steckte.

»So, mein Deern!«, machte er sich bemerkbar. »Dann amüsier dich heute mal richtig und halt dich an das, was du mir versprochen hast!«

»Ja, kannst dich drauf verlassen. Gibt es denn noch Neuigkeiten?«

»Nichts, was nicht bis morgen warten kann. Heute sollst du mal an andere Dinge denken. Ach, übrigens Kristina!«, rief er Richtung offener Badezimmertür. »Wenn ihr nachher los geht, könnt ihr dann bitte die Wohnung abschließen!«

»Wieso das denn? Du legst doch sonst keinen Wert darauf!«, rief sie und guckte neugierig um die Ecke.

»Ja, weißt du, auf so einem Fest sind auch manchmal Wölfe dabei. Da kann ein bisschen Vorsicht nicht schaden.«

»Wölfe?«, wiederholte Kristina irritiert.

»Na, ich mein nicht die Vierbeiner. Hier laufen heute viele Leute zusammen und es könnten auch Langfinger darunter sein! Man kann nie wissen, und Vorsicht ist die Mutter der Porzellankiste! Also, amüsiert euch gut! Wir werden uns da bestimmt auch über den Weg laufen.«

»Du, Kurt, besonders abends ist da so ein Gedränge. Woll'n wir nicht sagen, wir treffen uns so gegen 20 Uhr am Bierstand vor der großen Bühne? Dann trinken wir einen zusammen!«

»Warum nicht!«, freute sich Kurt. »Du, hast Recht, um die Zeit sieht man den Wald vor lauter Bäu ...«, weiter kam er nicht mit seinem Satz. Seine Augen klebten an einem rotbraunen Gegenstand, der neben der Badezimmertür auf dem Nachtisch stand und ein Gedanke verschlug ihm augenblicklich die Sprache.

Er wendete sich sofort ab und als er außer Sicht war, blieb er stehen und zwang sich zum ruhigeren Atmen. Ich hatte es die ganze Zeit direkt vor den Augen ... jetzt seh ich genauso blass aus, wie der Kerl vorgestern.

Kurt brachte schnell Tritt und Werkzeug zurück und schloss gegen jede Gewohnheit die Schuppentür ab, bevor er ins Haus ging – er brauchte jetzt Zeit und Ruhe zum Denken und eine weitere Tasse Tee.

Endlich drehten sich seine Überlegungen nicht mehr ohne Ergebnis im Kreis. Endlich ließen sich all die Puzzleteile zusammenfügen! Als nach drei Tassen Tee alles im Kopf einigermaßen zusammenpasste, zog er seine Sommerjacke über, schloss die Haustür hinter sich ab und wuchtete sein altes Fahrrad die Kellertreppe hoch. Letztes Jahr war ihm mal beim Radfahren schwindelig geworden und seitdem hatte er die Finger davon gelassen. Aber ungewöhnliche Ereignisse erfordern ungewöhnliche Taten! Nachdem er bei beiden Reifen Luft nachgepumpt hatte, schwang er sich in den Sattel und guckte sich im Vorbeifahren genau im Garten des Friesen-Cafés um.

Die Dorffeste

In der Sommersaison veranstaltet jedes Inseldorf ein Straßenfest und jedes hat seinen ganz eigenen Charme. In Steenodde ist es der außergewöhnliche Platz direkt auf der Mole am Wasser, in Norddorf die Festwiese vor dem Hotel Hüttmann und in Nebel die Dorfstraße im historischen Ortskern.

Besonders hier sind an diesem Tag nicht nur die kommerziellen Standbetreiber von den Nachbarinseln und dem Festland am Start, sondern auch Amrumer versuchen ein Geschäft zu machen. Neben den Profiständen mit Kleidung, Tüchern, Strickwaren, Keramikartikeln, Schaffellen und Schmuck, werden ausrangierte Spielzeuge, selbstgekochte Marmeladen, Rosengelees, Gestricktes und Gebasteltes ange-

boten und auf anliegenden Grundstücken und Rasenflächen Kaffee mit
Kuchen oder Cocktails, Pilzgerichte und gegrillte Scampis verkauft.
Die Straßenfeste sind nicht nur bei den Urlaubern sehr beliebt,
auch viele Insulaner lassen sich hier blicken und selbst „Ausgewan-
derte" reisen an. Eine bessere Gelegenheit, um alte Schulfreunde und
Bekannte zu treffen, gibt es nicht!

Es war schon später Nachmittag, als Kurt im Haus alles erledigt hatte
und endlich landfein war. Nachdem er sich noch einmal vergewisserte,
dass alle Türen verschlossen waren und auch kein Fenster offen stand,
konnte nun auch für ihn sein geliebtes Dorffest beginnen. Allerdings
nicht ganz so unbeschwert wie sonst – er musste die Augen offen
halten!

Kaum, dass er das Grundstück verlassen hatte, war er schon mittendrin – und wie in jedem Jahr war richtig Betrieb. Links und rechts am
Rand der schmalen Dorfstraße waren die Verkaufsstände aufgebaut
und alle Besucher drängten dazwischen zusammen – an schnelles Gehen war gar nicht zu denken. Aber, das hatte er auch nicht vor! Er liebte es, sich alle Auslagen ganz genau anzusehen. Und gleich an einem
der ersten Stände kam Kurt auf seine Kosten. Hier wurden Holzartikel in jeglicher Form, Größe und Funktion angeboten – gedrechselte
Schalen in wild gemasertem Olivenholz, Salatbestecke, Pfannkuchen-
heber, Suppenlöffel, aber auch Bürsten, Brettspiele, Kreisel, mecha-
nische Spielzeuge und viele andere hölzerne Kuriositäten. Besonders
bei den ausdrucksstarken Obsthölzern, Pflaume und Apfel, oder auch
bei den extremen Farbkontrasten einiger Tropenhölzer, Ebenholz, Ze-
brano ging ihm das Herz auf. Natürlich fehlte auch ein längerer fach-
licher Austausch mit dem Standberteiber nicht, den er schon aus den
letzten Jahren kannte. So nahm Kurts Festbesuch seinen üblichen und
geschätzten Verlauf. Immer wieder wurde er angesprochen, oder trat
mit einem freudigen „Hallo, du bist auch hier!" auf jemanden zu, den
er länger nicht gesehen hatte. Dann bummelte er weiter von Auslage
zu Auslage und gönnte sich zwischendurch eine Bratwurst.

Er hatte gerade beschlossen, eine „schöne Tasse Kaffee" und ein Stück Kuchen zu essen, als er Greta und Malu am Schmuckstand gegenüber entdeckte.

Die Mädchen diskutierten und schlugen sich anscheinend mit einer Kaufentscheidung rum. Malu nahm schon das zweite Mal ein ganz bestimmtes Paar Ohrringe vom Ständer, hielt sie sich vor und hängte sie wieder zurück.

»Na, ihr beiden! Wollt ihr euch noch schöner machen? Das geht doch gar nicht mehr!«, sprach er sie an.

»Hallo, Opa Kurt! Du kommst genau richtig. Ich kann mich nicht entscheiden. Was meinst du, soll ich diese Ohrringe kaufen? Steh'n die mir?« und hielt sie sich wieder an die Ohren.

»Mensch, mein Deern, die sehn ganz wunderbar aus ... als wären die für dich gemacht!«

»Das sag ich dir doch auch schon die ganze Zeit«, ergänzte Greta ungeduldig.

»Ja ... aber ich weiß nicht ... die sollen 18 Euro kosten, richtig viel Geld ...«

Kurt ließ sich die Ohrringe geben, besah sie sich genau und meinte dann: »Ich glaub, das sind sie wert. Ganz aufwändig geschliffene blaue Steine ... Aquamarin, würde ich sagen ... und sehr schön in Silber gefasst. Die haben natürlich ihren Preis! Vielleicht überlegst du noch mal, die laufen dir ja nicht weg!«

»Ja ... vielleicht ...«, sagte Malu zögerlich und hängte sie schließlich zurück an den Schmuckständer. »Wir müssen auch weiter! Die Jungs haben sich in der Schlange vorm Crêpe-Stand angestellt. Kann sein, dass sie schon dran sind. Wir sehn uns doch nachher an der Bühne, oder?«

»Ja, natürlich! Macht ihr nur ... ich werd mich erst mal hier in den Kaffeegarten setzen«, verabschiedete er sich.

Doch bevor er das Rasengrundstück betrat, guckte er sich noch kurz zum Filzstand mit den gewalkten Mützen, Pulswärmern und Taschen um. Ihm war dort eben, als er mit den Mädchen sprach, ein großgewachsener, breitschultriger Mann aufgefallen. Der stand auch jetzt noch da und fummelte an den geflitzten Taschen herum. Hatte der nicht immer wieder auffällig zu ihnen rüber geguckt? Und überhaupt, warum interessierte sich ausgerechnet dieser Kerl für solche Sachen? Dort blieben fast ausnahmslos Frauen stehen und Männer eigentlich nur, wenn ihre Frauen sie am Weitergehen hinderten. Kurt drehte noch mal bei, ging die wenigen Schritte zurück zum Schmuckstand und guckte sich erneut die Ohrringe an. Dabei behielt er diesen merkwürdigen Kerl im Auge. Dessen Wangenknochen traten auffällig hervor und gaben seinem Gesicht einen brutalen Ausdruck. Auch war er eher nachlässig gekleidet, trug nicht das übliche Sommer- oder Outdoor-Outfit der Feriengäste und ein Amrumer war das auch nicht. Kurt hatte das Gefühl, dass der immer nervöser wurde und schon schlenderte der Unbekannte weiter und war nach Sekunden im Gewusel der vielen Besucher verschwunden. Wie auch immer, der Vorfall hatte Kurt auf eine Idee gebracht!

Im Kaffeegarten war dann die Zeit wie im Fluge vergangen und er bekam einen Schreck, als er auf die Uhr sah. Es war schon kurz vor 19 Uhr und ein gutes Stück der Dorfstraße lag noch vor ihm. Immer wieder hatten sich Bekannte und Freunde zu ihm an den Tisch gesetzt und es war nicht bei einer Tasse und einem Stück Kuchen geblieben – insgesamt jeweils drei davon und nun musste er sich regelrecht beeilen.

Als er schließlich auf dem Platz mit der Hauptbühne ankam, war es deutlich später als verabredet. Die Menschen standen dicht an dicht, und die Amrumer Soulband sorgte bereits für mächtig Alarm. Die Musikgruppe, in der überwiegend Einheimische mitspielten, hatte Kultstatus auf der Insel. Zu ihren Repertoire gehörten die gängigen Soul- und Rockklassiker und die gingen bei vielen Zuhörern sofort in die Beine. Die Stimmung war schon nach den ersten Stücken ausgelassen und überall wurde mitgesungen und getanzt. Kurt versuchte Kristina oder die jungen Leute irgendwo zu entdecken, aber an Übersicht war im Augenblick nicht zu denken. Wie verabredet, drängelte er sich zum Bierstand durch, wo ihn sofort ein alter Seefahrerkumpel in Beschlag nahm und auf ein frisch Gezapftes einlud. Es gesellte sich noch ein weiterer Bekannter dazu und bei einem Bier blieb es nicht. Mit der Zeit ließ das übermäßige Gedränge etwas nach und da entdeckte er

Kristina. Sie ließ es sich mit einigen Frauen gegenüber am Cocktail-ausschank gut gehen und winkte ausgelassen rüber. Als er wenig später noch die Gruppe Jugendlicher in der Nähe der Bühne zu Gesicht bekam und Malu mittendrin, war er endgültig beruhigt.

Sein Kumpel schob ihm schon wieder ein volles Bierglas hin, aber langsam wurde es in Sachen Alkohol heikel. Kurt konnte zwar als ehemaliger Seemann eine Menge vertragen, aber heute reichte es nicht, nur auf den Beinen zu bleiben. Zwar war von seinen Schatzhalunken den ganzen Tag noch niemand aufgetaucht und auch diesen merkwürdigen, breitschultrigen Kerl von vorhin hatte er nirgends mehr gesehen, aber er brauchte auch weiter klare Augen und einen unvernebelten Verstand. Dieses Glas sollte sein letztes sein und daran wollte er sich nun möglichst lange festhalten.

So verging die Zeit. Die Soulband hatte soeben ihre letzte Zugabe beendet und die Musik kam nun vom Plattenteller. Zwar wurde weiter getanzt, aber auf dem Platz wurde es übersichtlicher.

Kurts Seefahrerkumpel gab immer neue Anekdoten zum Besten. Allerdings hatte der sich beim Alkohol nicht zurückgehalten und mittlerweile schon ordentlich Schlagseite.

Plötzlich bekam Kurt einen kräftigen Schlag auf die Schulter und fuhr herum.

»Mensch, mein Deern, du hast mir einen richtigen Schrecken eingejagt! Aber, schön, dass ihr euch mal blicken lasst! Na, wie ist die Stimmung? Amüsiert ihr euch?«

»Die Stimmung ist bestens«, lachte ihn Malu an. »Janne, hat mich grad zu einer Cola eingeladen!«

»Nein, nein, Janne! Dein Geld behältst du schön in der Tasche. Ich muss meinen beiden Hauptermittlern ja auch mal was zukommen lassen, die Cola geht auf mich! Und Malu, hast du noch etwas Schönes für dich gefunden?«

»Ja, schon … ich hab was Kleines für Paps und für meine Großeltern und noch zwei gebrauchte Bücher … natürlich Kriminalromane! Aber, Opa Kurt, stell dir vor, mit den Ohrringen war es wieder die alte Geschichte. Als ich mich dann endlich entschlossen hatte, waren die schon verkauft. Ich bin einfach zu blöd und ärger mich total.« Kurt kam gar nicht mehr zu seiner Antwort.

»Na, dass passt ja super!«, hatte ihnen jemand von der Seite zugerufen. »Dann treffen wir uns doch noch mal und sind alle zusammen!« Das war natürlich Kristina, die gleich ihren einen Arm um Kurt und den anderen um ihre Tochter legte.

»Wie ist die Lage bei euch? Was mich angeht ... ich bin schon etwas angeschickert. Aber, jetzt kommt ihr mir nicht davon. Beim nächsten Stück müssen wir alle zusammen tanzen ... du auch Kurt ... guck nicht so!«

»Oh ja, das machen wir!«, rief Malu sofort begeistert. »Und du und Janne kommen mit, Ausreden sind zwecklos!«

Kurt schüttelte nur den Kopf, lachte und meinte dann: »Na, ihr habt ja was vor ... aber meine alten Seemannsbeine sind nicht mehr gerade, das lassen wir lieber! Und diese Musik ohne Melodie und Gesang, immer der gleiche Rhythmus. Dieses moderne Gedudel ist nichts für mich. Ich brauch richtige Tanzmusik!«

»Na gut, Kurt, wir warten auf Tanzmusik. Aber dann seid ihr dran!«, sagte Kristina entschlossen und bewegte sich schon im Takt herausfordernd und ausgelassen vor den beiden hin und her.

Kurt hoffte, dass auch die nächsten Stücke Raps oder Hip-Hop waren und die Angelegenheit so an ihm vorüberging. Er wollte gerade seine zwei aufgedrehten Ferienfrauen und Janne zu einem Cocktail einladen, da war ausgerechnet das nächste Musikstück der Party-Gassenhauer schlecht hin: „Atemlos durch die Nacht" von Helene Fischer.

»Kurt, wenn das keine Tanzmusik ist!«, rief Kristina sofort und zog an seinem Arm.

Von überall liefen die Leute auf die Tanzfläche und dieses Mal waren die mittleren Jahrgänge in der Überzahl.

Die Luft wurde immer dünner. Er brauchte dringend eine neuen Ausrede und zu allem Übel, schmiss sich nun auch noch sein Seefahrerkumpel mächtig in die Brust und meinte:

»Mein alter Kurt, in dir brennt kein Feuer mehr. Dann werd ich die Sache mal übernehmen!« Das hörte sich deutlich nach zu viel

Alkohol an und als Kurt sah, mit welchem Beuteblick sein ehemaliger Arbeitskollege Kristina taxierte, war ihm klar, dass er als Gentleman gefordert war und er ihr diese Peinlichkeit unbedingt ersparen musste.

»Also, Janne, da kommen wir nicht mehr raus. Dann werden wir unseren Festlandsdamen mal zeigen, wie richtige Amrumer tanzen. Mach dich g'rade mein Junge. Unser Ruf steht auf dem Spiel!«

Nach dieser mutigen Ansage griff Kurt nach Kristinas Hand und auch Janne konnte nicht kneifen.

Kurt ließ Kristinas Hand nicht mehr los, führte sie gleich in die Tanzhaltung und dann legte er einen Discofox aufs Parkett, der sich sehen lassen konnte. Kristina flog hin und her, wurde gedreht, losgelassen und wieder gegriffen. Die anderen wurden aufmerksam, wichen ein Stück zurück und guckten begeistert auf das ungewöhnliche Tanzpaar. Malu und Janne schauten ebenfalls fasziniert rüber. Sie hielten sich eher am Rand und tanzten jeder für sich.

Der Musiktitel war länger als Kurt erwartet hatte und zum Ende hin musste er es doch etwas langsamer angehen. Als das Stück schließlich ausklang, hatte er einen verschwitzten, roten Kopf und schnaufte etliche Male tief durch.

Kristina war begeistert und guckte Kurt beseelt an. »Kurt, du wirst es nicht glauben! Ich hab schon seit langem nicht mehr so gut getanzt! Ich sag dir nur eins, bleib bloß fit! Spätestens nächstes Jahr bist du wieder dran. Das hat mir richtig Spaß gemacht … danke!« Und irgendwo musste Kristinas Begeisterung hin und deshalb umarmte sie ihn und drückte Kurt einen Kuss auf die Wange.

»Mensch, Opa Kurt! Das war ja ganz großes Kino! Das sah richtig toll aus mit euch zwei!«

»Vielen Dank … aber nun ist auch gut! … Wisst ihr was? Jetzt lad ich euch alle noch zu einem schönen Cocktail ein und danach mach ich mich langsam auf den Weg. Was haltet ihr davon?«

Nachdem sie alle ganz gemütlich ihren Cocktail ausgesüffelt hatten und es auf dem Platz vor der Bühne und vor den Getränkeständen deutlich leerer geworden war, meinte Kurt schließlich: »So, ihr Lieben! Das war wiedermal ein herrliches Fest! Aber, ich denk, für mich reicht es jetzt. Ich muss dringend in die Horizontale. Allerdings, lasst euch durch mich nicht anstecken, feiert man noch ein bisschen.«

»Ich weiß nicht … ich glaub für mich reicht es auch«, sagte Kristina und sah ihre Tochter an.

»Die Jugend sollte jetzt nicht mehr hier allein in der Nacht rumtoben«, ergänzte Kurt und Malu hatte seinen besorgten Blick sofort verstanden. Sie guckte Janne an und als der nickte, brachen alle vier gemeinsam auf.

Die meisten Stände waren schon abgebaut und nur noch einige Profis hantierten herum oder packten ihre letzten Waren zusammen. Auch Kurts geliebte Holzartikel waren bereits weitgehend verpackt und er rief dem Betreiber im Vorübergehen noch ein Freundliches: »Dann bis zum nächsten Jahr!«, zu. An der kleinen Verbindungsstraße verabschiedete sich Janne und dann war es nur noch ein kleines Stück bis auch die drei zu Hause waren.

Kristina stutzte und blieb erstaunt stehen, als sie aufs Grundstück einbogen: »Kurt, das hab ich ja noch nie gesehen! Was für eine Festbeleuchtung! Ich wusste gar nicht, dass du so viele Lampen am Haus hast. Gehörst du nicht sonst zu den Energiesparern?«

»Ja, natürlich! Nur heute ist ein besonderer Tag und ich hatte Angst, wenn ich wieder einlauf, hat mein Kahn vielleicht Schlagseite, ich stolper dann womöglich noch und schlag hier irgendwo hin«, grinste er sie an.

»Na, na, Kurt, du flunkerst doch! Du hast dabei nicht an dich gedacht, sondern an deine Mieterin, nämlich an mich. Was denkst du denn von mir! Bin ich hier etwa schon mal volltrunken umgefallen?«, fragte Kristina gespielt empört und dann mussten alle drei lachen.

Kurt ließ ihre Vermutung so stehen. Der eigentliche Grund dafür, dass er heute vor seinem Weggehen den Dämmerungsschalter gedrückt hatte, war natürlich ein anderer.

»Na ja, wie auch immer«, sagte Kurt dann. »In jedem Fall kommt ihr jetzt gut bis vor die Tür. Ich warte noch paar Minuten, bevor ich die Lampen ausschalte … und nun schlaft man gut! Es war ein sehr schöner Abend mit euch!«

Sie waren da

Kurt hatte gerade mal die Haustür aufgeschlossen, da hörte er Kristinas Schrei vom Garten her. Sekunden später rannte Kristina um die Ecke und rief entgeistert:»Kurt! Komm schnell ... die Wölfe waren hier!«

»Die Wölfe? ... Was ist los?«

»Die sind bei uns eingebrochen! Die Tür ist kaputt! Und im Zimmer liegt alles durcheinander!«, erklärte sie mit überschlagender Stimme.

Er machte auf dem Absatz kehrt und wäre fast von der Eingangsstufe gestolperte, so aufgeregt war er.

Malu stand vor der hell erleuchteten Terasse und rief ihm aufgelöst entgegen:»Opa Kurt! ... Wieder ein Einbruch ... und diesmal bei uns! Meinst du, sie sind noch im Haus?«, sie war den Tränen nahe.

»Ihr beiden, jetzt nicht die Nerven verlieren! Ich bin ja da. Das wird sich alles aufklären ...«, versuchte er zu beruhigen.»Noch im Haus? Das kann ich mir nicht vorstellen«, überlegte er laut.

Langsam näherte er sich der Terrassentür, stieß sie mit dem Fuß ein Stück weiter auf, horchte hinein und schaltete erst danach das Licht in der Ferienwohnung an.

»Mein Gott! ... Wie haben die hier gehaust!« war sein erster Kommentar.

Nun traten auch Malu und Kristina näher heran und das, was sie zu sehen bekamen, deckte sich genau mit den panischen Einbruchsbildern in ihren Köpfen. Im gesamten Zimmer lagen wild verstreut Decken, Kissen, Bettzeug und Kleidung auf dem Boden. Die Sofa-Sitzkissen standen aufrecht, Malus Bettmatratze ebenfalls und aus dem kleinen Nachtschrank waren alle drei Schubladen herausgezogen.

»Kurt, sag, dass das nicht wahr ist ... doch nicht auf Amrum«, seufzte Kristina.

»Ich kann es auch kaum glauben«, stimmte Kurt zu.»Wir dürfen nichts anfassen. Ihr habt doch sicher euer Telefon dabei. Wir brauchen die Polizei. Vielleicht können die Einbruchsspuren sichern!« Malu hielt ihm sofort ihr Handy hin.

»Nein, nein, mein Deern! Ich kenn mich mit den Dingern nicht aus, tipp du die Nummer ein!«

...»Ja, hallo Rolf! Hier ist Kurt. Wir sind gerade vom Straßenfest zurück. Stell dir vor, jemand ist in meine Ferienwohnung eingebrochen .... ja, einfach aufgebrochen und im Zimmer ist ein fürchterliches Durcheinander ... nein, nein, natürlich fassen wir nichts an ... bis gleich!«

»So, ihr Lieben!«, erklärte Kurt dann. »Sie machen sich sofort auf den Weg. Wir sollen nicht reingehen und im Garten warten.«

Als er Malu ihr Handy zurückgab und dabei sagte: »Ihr Zwei, es sieht meistens schlimmer aus, als es wirklich ist ... das wird schon wieder«, hatte seine Stimme schon fast wieder den alten gelassenen Tonfall. »Aber sagt, hattet ihr wertvolle Dinge bei euren Sachen?«

»Wertvoll?«, überlegte Kristina. »Na ja, wie man's nimmt. Unser Schmuck vielleicht ... und in meinem zweiten Portemonnaie hatte ich noch 300,- Euro ... und meine Kreditkarten natürlich! Aber Kurt, wie soll das jetzt nur weitergehen? Wir können da doch so nicht mehr wohnen und schlafen. Wenn die wiederkommen und wir können noch nicht einmal die Tür abschließen ... wir müssen nach Hause fahren. Aber mit so einem Erlebnis unseren Urlaub beenden, das will ich doch nicht.«

Kristinas Verzweiflung wurde immer größer und dann liefen die Tränen.

»Stopp, Stopp, mein Deern!« Kurt hatte sich Kristinas Hände gegriffen und lächelte beruhigend. »Von nach Hause fahren, kann gar keine Rede sein. Wahrscheinlich ist alles halb so schlimm. So wie ich sehen kann, haben sie zwar alles durchwühlt, aber wohl nichts kaputt geschlagen. Und ums Abschließen mach dir nun man mal gar keine Sorgen. Da haben wir ja schließlich einen Fachmann im Haus!« Dann lächelte er warmherzig und drückte sie an sich.

Kurt sah, dass Malu sich schon wieder weitgehend im Griff hatte und meinte dann: »So, dann kümmer dich erst mal um deine Mutter. Die braucht jetzt ein wenig Unterstützung. Ich guck mir die Tür genauer an. Mal sehn, wie groß der Schaden wirklich ist!«

Malu hakte sich bei Kristina unter und beide guckten Kurt hinterher, der zur Terrassentür ging und sich dann dort das ausgebrochene Holz im Bereich des Schlosskastens ansah.

»Ihr Zwei! Hier kann ich euch schon mal beruhigen«, erklärte er dann. »Ein bisschen wasserfester Leim, zwei Zwingen und eine halbe Stunde später ist die Tür wieder schließbar. Deswegen müssen wir uns keine Gedanken machen!«

In diesem Augenblick rauschte ein Auto auf der Dorfstraße heran, bremste vor dem Haus scharf ab und Sekunden später kamen zwei Männer in Polizeiuniform um die Ecke. Der Ältere hatte einen Fotoapparat um den Hals und der Jüngere einen Alukoffer in der Hand.

»Moin, moin, alle zusammen, hallo Kurt!«, sagte der Ältere und guckte jedem kurz ins Gesicht. »Ich bin Rolf und hier auf Amrum der Inselpolizist. Das ist mein junger Kollege Sven. Er unterstützt mich in der Hauptsaison. Ihr zwei seid dann wohl Kurts Urlaubsgäste?«

Kristina und Malu nickten ihm zu.

»Ja, schlimme Sache! Das will man eigentlich nicht in seinen Ferien erleben. Dann wollen wir uns mal alles ansehen!«, und ging direkt zur Terrasse weiter.

»Mensch, Kurt, ich wollte es kaum glauben, als du angerufen hast«, und dann war er soweit heran, dass er in die Wohnung sehen konnte, blieb stehen und musste erst mal schlucken. »Mann, Mann … so etwas hab ich seit Jahren nicht mehr gesehen … außer im Fernsehn … was für ein Durcheinander! … Die wollten es aber genau wissen! Jetzt muss ich mich wohl bei dir entschuldigen. Ich war doch gestern so skeptisch.«

»Das war schon in Ordnung, Rolf! Ich hätte die Geschichte einem anderen auch nicht so ohne Weiteres abgenommen. Aber schön, dass ihr so schnell gekommen seid. Was uns angeht, wir stehen unter Schock. Aber jetzt gehen die Dinge ja ihren richtigen Weg!«, sagte Kurt und den letzten Satz recht laut. Wahrscheinlich hoffte er, damit Kristina und Malu weiter zu beruhigen.

»Und wie sieht es an der Tür aus? Da bist du ja Experte! Kann man kurzfristig was machen?«, wollte Rolf wissen und sah auf das herausgebrochene Schloss.

»Das ist das kleinste Problem. Nur, wie man‘s macht, ist es verkehrt. Hätten wir gar nicht abgeschlossen, wär wenigstens die Tür noch heil … aber, wer ahnt denn, dass die Halunken so weit gehen«, antwortete Kurt relativ gelassen.

»Ja, da hast du Recht. Allerdings zahlt sonst die Versicherung nicht«, meinte Rolf und erklärte dann: »So, ich werd erst mal allein reingehn, mir alles ansehen und Fotos machen … und Sven, du kannst jetzt zeigen, was du auf der Polizeischule gelernt hast. Mach schon mal deinen Zauberkasten klar und untersuch, ob du hier am Türdrücker oder an der Scheibe brauchbare Fingerabdrücke abnehmen kannst.«

Es dauerte eine ganze Zeit, bis Rolf wieder an der Terrassentür auftauchte. Sein junger Kollege pinselte gerade eine neue Fläche an der Glasscheibe mit einem dunklen Puder ein und besah sie sich anschließend mit einer besonderen Lampe.

»Na, Sven, wie sieht‘s aus! Hast du schon etwas gefunden?«

»Nein, leider nicht. Jedenfalls nichts Brauchbares … alles verwischt!«

»Ja, schade! Versuch es noch mal im Griffbereich der Türen von den Hängeschränken über der Spüle oder an den Schubladengriffen vom Nachtschrank. Vielleicht haben wir da Glück! Ja, Kurt, die gute Nachricht ist, es waren keine Vandalen! In der Wohnung ist nirgends etwas zerstört. Sie haben sich nur überall genau umgesehen … selbst der Schmuck ist noch da, vielleicht waren sie hinter Bargeld her? Im kleinen Zimmer liegt ein offenes Portemonnaie, ohne Geld, allerdings die Kreditkarten haben sie dagelassen, auch sonderbar!«

»Das ist meins! Da waren 300,- Euro drin«, erklärte Kristina, die in der Zwischenzeit näher herangetreten war und gemeinsam mit Malu, interessiert die Spurensicherung des jungen Polizisten verfolgt hatte.

»Na, vielleicht weht auch daher der Wind«, meinte Rolf. »Aber, der Schaden lässt sich ersetzen. Vielleicht zeigt sich ja sogar die Versicherung kulant. Ob etwas von eurem Schmuck fehlt, kann ich natürlich nicht sagen. Den müsst ihr euch gleich in aller Ruhe ansehen. Es gibt aber auch eine schlechte Nachricht«, fuhr er fort und guckte wieder Kurt an. »Die waren nicht nur hier in der Ferienwohnung, sie haben auch die Zwischentür aufgebrochen! Die waren auch bei dir!«

»Ach, du ahnst es nicht! Dann wollten sie es wirklich wissen ... wie sieht es denn bei mir aus?«

»Das weiß ich noch nicht. Ich dachte, wir schauen uns die Sache dort zusammen an. Wenn wir hier unten keine Spuren finden, gibt es oben sicher auch keine. Wahrscheinlich haben sie Handschuhe getragen. Wie sieht's bei dir an den Schränken aus, Sven?«

»Alles verwischt, nichts zu finden ... keine Chance!«, war die Antwort.

»Kurt, du hast doch gute Nerven! Gucken wir uns jetzt den Schlamassel bei dir an!«

»Äh!«, meldete sich Kristina. »Dürfen wir schon wieder aufräumen?«

»Ja, ich denke schon. Fotografiert hab ich alles und weitere Spuren gibt es nicht. Aber, guckt noch mal genau nach, ob euch etwas fehlt. Das müsste ich unbedingt in meinem Bericht vermerken. Falls ihr das erst später entdeckt, gibt es meistens Probleme mit den Versicherungsfritzen ... und Sven, wenn du deinen Zauberkasten wieder zusammengepackt hast, würden sich die Damen sicher über zwei zusätzliche Hände freuen!«

In der Zwischenzeit sah sich Kurt den Schaden an der Verbindungstür zu seiner Wohnung an und brummte: »Das sieht auch nicht so schlimm aus. Das kriegen wir schon!« Diese Tür benutzte er nur, wenn keine Gäste im Haus waren – sonst war sie immer verschlossen.

Es dauerte eine ganze Zeit, bis Rolf und Kurt wieder in der Ferienwohnung auftauchten und beide staunten nicht schlecht. In der Wohnküche war schon fast alles wieder an seinem Platz. Sven rückte gerade das Sofa zurück an die Wand, Malu legte im Badezimmer die letzten Handtücher zusammen und als Kurt um die Ecke in Kristinas Schlafraum sah, war auch dort der Kleiderschrank schon eingeräumt. Sie war gerade dabei, ihr Bett neu zu beziehen.

»Ach, Kurt, wie sieht es denn bei dir aus?«

»Halb so wild ... gar kein Vergleich zu dem Durcheinander von vorhin hier bei euch. Die Schränke sind zwar ebenfalls durchwühlt und alle Schubladen stehen offen, aber zerstört ist nichts. Mein Haushaltsgeld aus dem Küchenschrank haben sie mitgehen lassen. Den Verlust kann ich verschmerzen, das waren vielleicht 60,- Euro.«

»Und ist hier noch mehr weggekommen?«, fragte Rolf, der sich an Kurt vorbei drängelte.

»Nein, Gott sei Dank nicht. Soweit wir das feststellen können, fehlt außer dem Geld nichts. Meine Kreditkarten, unsere Ausweise, Fotoapparat, alles ist noch da und glücklicherweise haben sie sich auch nicht für unseren Schmuck interessiert. Selbst die wertvolle Perlenkette von meiner Mutter haben sie nicht geklaut! Glück im Unglück würde ich sagen.«

»Na, das freut mich«, sagte Rolf. »Dann muss ich jetzt noch ein bisschen Papierkram mit euch erledigen: Namen und Heimatadresse, die Zeiten und so weiter.«

»Dazu braucht ihr mich wohl nicht«, unterbrach Kurt. »Ich kümmer mich um die Terrassentür!«

Als Kurt mit seinem Werkzeugkoffer in der Hand wieder auftauchte, sah Malu sofort, dass etwas passiert sein musste.

»Was ist los?«, fragte sie sofort.

»Ja, es ist wirklich noch etwas! Die haben sogar die Schuppentür aufgebrochen und auch dort alles durchsucht … Schränke und Schubladen, meine Ecke mit dem Restholz und sogar meinen Feuerholzkorb umgekippt … unglaublich! Da ist ein richtiges Tohuwabohu. Ich denke, Rolf, da solltest du nachher auch noch ein paar Fotos machen und dann müssen wir sowieso dringend miteinander reden.«

»In der Werkstatt auch!?!«, wiederholte der ältere Polizist und schüttelte ungläubig den Kopf. »Hinter was waren die denn bloß her? Da hast du doch kein Geld!«

Aber Kurt reagierte nicht, holte sich einen Stuhl und setzte sich so vor den Ausgang, dass er genau den Schaden an der Zarge vor Augen hatte. An der Terrassentür mit dem Schlosskasten war alles heil geblieben. Nur der Rahmen hatte etwas abbekommen. Im Bereich des Schließblechs war das Holz seitlich aufgespalten und dann oberhalb davon herausgebrochen.

»Na, was denkst du, … kannst du das reparieren?«

»Ach, du bist das Malu! Ja, natürlich, das ist keine große Sache. Davon wird man später kaum noch etwas sehen«, beruhigte er wieder.

Malu hatte sich neben ihn gehockt und sprach nun wesentlich leiser weiter: »Was denkst du … das waren doch keine ganz normalen Einbrecher … das waren doch die alten Schatzsucher, oder?«

»Darauf kannst du Gift nehmen«, flüsterte Kurt zurück.

»Ich hab gleich an den Hai gedacht. Aber das ist doch nicht möglich?«

»Malu, den Hai kannst du vergessen. Der ist noch auf Föhr im Krankenhaus und der hat auch ziemlich sicher die Lust an der Schatzsucherei verloren. Nein, nein, das waren die alten Spitzbuben.«

»Das denk ich auch … aber was wollen die von uns? Die haben doch nicht nach Geld gesucht. Da steckt was ganz anderes dahinter! Was ist hier bei uns in der Wohnung, dass sie einen solchen Einbruch wagen?«

»Malu, es gibt 'ne Menge Neuigkeiten, die ich dir erzählen muss. Aber jetzt ist nicht der richtige Zeitpunkt … wir sprechen morgen früh in aller Ruhe … du kommst einfach vorbei … ich werd da sein.«

Dann sprach er in normaler Lautstärke weiter: »So, dann wollen wir uns mal um den Patienten hier kümmern!«

Er schraubte das Schließblech ab, sah sich danach ganz genau das vorstehende, aufgesplitterte Holz an und meinte dann : »Du könntest mir gleich bei der Operation zur Hand gehen – mit den Zulagen und Schraubzwingen.«

Kurt hatte anscheinend an alles gedacht. Er war bestens vorbereitet. Drückte erst einmal weißen Leim ins aufgespaltene Holz und schmierte auch alle Bruchkanten damit ein. Danach legte er eine abgerissene Zeitungsseite auf die Leimfläche und erklärte knapp: »Damit die Zulage nicht anklebt … so, mein Deern, nun halt man mal kurz die beiden Bretter hier fest!«

Ein Brett hatte er genau über die ausgebrochene Stelle gelegt und ein zweites auf die gegenüberliegende Seite der Türzarge. Malu übernahm und hielt sie in Position. Nun drehte Kurt mit zwei Schraubzwingen beide Bretter zusammen und drückte so das vorstehende Holz zurück an seinen eigentlichen Platz. Schon nach wenigen Minuten war die Reparatur erledigt.

»So, mein Deern, das war's schon!«, sagte er und lächelte zufrieden: »Jetzt braucht unser Patient nur noch Ruhe und eine Mütze Schlaf!« Danach wendete sich Kurt Kristina zu, die an der Spüle stand und gerade Tee aufgegossen hatte. »So, meine Liebe! In 30 Minuten ist die Tür wieder schließbar und ihr könnt beruhigt ins Bett gehen!«

Kristina sah schon wesentlich entspannter aus, nickte ihm dankbar zu und fragte: »Der Tee ist gleich fertig. Wer möchte einen?« Bis auf Malu waren das alle und Kristina stellte jedem kurz darauf eine dampfende Tasse hin.

Die beiden Polizisten saßen noch immer auf der Couch, tranken Tee und füllten Formulare aus, bis Kurt Rolf direkt ansprach: »Na, was meinst du? Überlass mal jetzt den Papierkram deinem jungen Kollegen und wir setzen uns zum Reden in den Garten. Das wird 'ne ganze Zeit dauern!«

»Einverstanden!«, war die knappe Antwort.

»Kurt, hast du etwas dagegen, wenn wir in der Zwischenzeit auch bei dir in der Wohnung aufräumen? Wir können hier im Augenblick nichts mehr tun und stehen bloß rum!«

»Kristina, was sollte ich dagegen haben? Große Geheimnisse hab ich nicht. Im Gegenteil, ich würde mich sehr freuen!«

»Na, dann machen wir das doch! Oder?«, Kristina guckte ihre Tochter an.

»Gute Idee, Mum! Ich bin dabei!«

Kurt und Rolf ließen sich ihre Tassen noch einmal vollgießen und verzogen sich in den Garten. Nach einer halben Stunde saßen sie dort noch immer nah beieinander und unterhielten sich mit gedämpften Stimmen:

»Ja, Kurt, ich geb dir vollkommen Recht. Du kannst auf mich zählen! Wir müssen diese schlimme Sache schnellstes beenden«, hatte Rolf gerade gesagt. »Wer weiß, was denen sonst noch einfällt. Wir haben durch die Polizeischüler zur Zeit vier Streifenwagen auf der

Insel und morgen früh rücken wir bei den zwei Hauptbanditen mit der gesamten Kavallerie an: Blaulicht und Martinshorn, das volle Programm! Wir werden ihnen mal den Ernst der Lage vor Augen führen. Ich denke, wir nehmen sie sogar zum Verhör mit auf die Wache. Das wird Wirkung zeigen! Nachweisen können wir ihnen wahrscheinlich nichts, aber einen gewaltigen Schreck einjagen, schon!

Sie haben sicher keine Lust, ihre letzten Tage im Knast zu verbringen! Aber, Kurt, die Sache wird auf der Insel eine Menge Staub aufwirbeln, wir müssen viele Fragen beantworten – wahrscheinlich nicht nur von Amrumern, auch überregional. Die Presse und so … und nicht wenige werden uns für verrückt erklären, wenn sie die Geschichte hören!«

»Ja, wie du gestern!«, sagte Kurt. »Damit müssen wir rechnen. Erst mal abwarten, was sich morgen noch an Neuem ergibt! Wichtig ist, dass wir die jungen Leute raushalten und Malu muss auf jeden Fall vor dem Rummel geschützt werden. Aber, Rolf, wenn wir alles heimlich ablaufen lassen, kommt auch in Zukunft keine Ruhe in die Angelegenheit. Einige werden sich sofort wieder neue Schatztheorien ausdenken. Überleg mal, wie viele Jahrhunderte das nun schon so geht! Wir haben einen Toten wegen der Sache, Einbrüche, einen Schwerverletzten und jemanden am Strand, der deswegen fast seinen Verstand verloren hat. Wer weiß, was deswegen in der Vergangenheit noch alles passiert ist … und was die in ihrem Wahn mit den Kindern anstellen könnten, daran mag ich gar nicht denken! Die Jugendlichen wissen zu viel und könnten ihnen als Zeugen gefährlich werden. Rolf, falls wir morgen wirklich etwas finden, bringen wir alles an die Öffentlichkeit! Das ist der beste Schutz für die Kinder!«

»So seh ich das auch. Sobald du etwas Entscheidendes weißt, steigt die Sache und für eure Sicherheit werd ich schon sorgen. Meine jungen Kollegen kriegen hier endlich 'ne richtige Aufgabe und liegen nicht nur den halben Tag in der Sonne. Du kannst dich auf mich verlassen!«

21. Urlaubstag

Das letzte Rätsel

Obwohl Kurt erst weit nach Mitternacht ins Bett gekommen war, hatte er es dort heute Morgen nicht lange ausgehalten und hatte noch vor dem Frühstück seine Werkstatt aufgeräumt und die Schuppentür repariert. Anschließend der Gang zum Bäcker war ihm nicht leicht gefallen. Ein parkender Polizeiwagen vor einem hell erleuchteten Haus mitten in der Nacht blieb auf Amrum nicht verborgen und wie erwartet, war der Einbruch längst Gesprächsthema Nummer Eins auf der Insel. Noch wusste keiner etwas Genaues. Im Laden hatte man eben regelrecht auf ihn gewartet und mit Fragen gelöchert. Aber auch er kannte die ganze Wahrheit noch nicht und war an vielen Stellen vage geblieben. Besonders bei den Vermutungen zu den möglichen Tätern hatte er sich um die richtigen Antworten herumgemogelt. Die verabredete Polizeiaktion war ja noch gar nicht angelaufen und das Spektakel sollte die beiden Halunken möglichst unvorbereitet treffen.

Doch all diese Grübeleien waren schlagartig vorbei, als er aufs Grundstück einbog und ein Mädchen von der Austrittsstufe vor seiner Eingangstür aufsprang und aufgeregt auf ihn zu rannte.

»Opa Kurt, Opa Kurt, ich hatte schon Angst, du kommst gar nicht mehr. Alles ist abgeschlossen und ich warte schon so lange. Du, ich weiß jetzt, was sie geklaut ...«

»Moment, Moment, sei still! Man weiß nie, wer hier lange Ohren macht! Wir gehen ins Haus ... und guten Morgen erst mal!«

Kurt hatte gerade mal seine Brötchentüte auf den Küchentisch gelegt, da platzte es aus Malu heraus: »Stell dir vor, ich wach vorhin auf und kaum hab ich die Augen auf, weiß ich, was sie geklaut haben: meinen Fisch! Mein schöner Fisch ist verschwunden. Ich hab schon überall danach gesucht ... unterm Sofa, zwischen den Kissen, in den Schubladen, im Rucksack, im Badezimmer zwischen den Handtüchern und selbst im Küchenschrank. Mum schläft noch und ich hab ihr eben nur kurz aufgeschrieben, dass ich bei dir bin. Er ist weg! Die waren hinter dem Fisch her, ob du's glaubst oder nicht – genau wie bei der kleinen Martje von nebenan!«

»Mein Deern, das glaub ich sofort. Ich hab mich schon gefragt, wann kommst du dahinter. Aber eigentlich bin ich ganz froh, dass du das erst heute Morgen gemerkt hast. Wie hätten wir das noch alles in der Nacht deiner Mutter erklären sollen und auch bei dem jungen Polizisten war ich mir nicht sicher, ob er eine solche Sensation für sich behalten kann.«

»Aber, wieso die Fische? Was ist an denen so Besonderes?«

»Na, überleg mal Malu. Wonach suchen wir, seitdem wir die Schatzkiste untersucht haben? Die Holzart, die Farbe und die Dicke deines Fisches … na?«

»Nein!«

»Ja, mein Deern … so ist es!«

»Die Fische sind aus dem fehlenden Bodenbrett der Schatzkiste geschnitten!«, und guckte Kurt mit großen Augen an. »Aber, das ist ja schrecklich! Jetzt haben sie auch noch diesen Fisch! Wir müssen etwas unternehmen, wir müssen das sofort Rolf erzählen, die Polizei muss die Wohnungen von den alten Männern durchsuchen. Wir müssen ihn uns wiederholen, das geht doch nicht!«

»Halt, halt Malu! Bleib ruhig! Man könnte davon sprechen, dass der Fisch irgendwie geklaut worden ist, aber nicht von den Halunken! Die konnten ihn nicht mehr finden!« Kurt machte eine Pause und lächelte vielsagend. »Ich hab ihn!«, und dann freute er sich so, dass seine Augen vor Glück funkelten und sein Gesicht voller Lachfalten war.

»Von dir geklaut? Du hast ihn wirklich? Du hast geahnt, dass sie hinter dem her sind und hast ihn in Sicherheit gebracht?«

Kurt nickte nur und genoss Malus Überraschung.

»Opa Kurt, du bist der Größte!«, rief sie und klatschte vor Freude in die Hände. »Aber wieso? Wann hast du das rausgekriegt?«

»Oh nein, die Größte bist eindeutig du! Aber, zu irgendetwas muss ich ja auch gut sein.« In diesem Augenblick klingelte das Telefon und hielt Kurt vom Weitersprechen ab. »Moment mein Deern, ich bin gleich wieder da!«

Aus dem Moment wurden 5 Minuten. »Entschuldigung Malu, der Einbruch bei uns spricht sich langsam rum. Da wollte jemand unbedingt was Genaueres erfahren. Also, wo war ich … ach ja, glücklicherweise hab ich den Braten noch rechtzeitig gerochen. Der Zeitpunkt mit dem Straßenfest war für die Wölfe einfach zu verlockend«, und nun war schon wieder Schluss mit seiner Erklärung, das Telefon läutete erneut. »Den Anruf noch und dann lassen wir uns nicht mehr stören, entschuldige.«

Kurt machte sich erneut auf den Weg und als er zurück kam, grinste er und meinte: »So, jetzt haben wir Ruhe. Ist sowieso eine regelrechte Unsitte unserer Zeit, immer und überall erreichbar zu sein … aber man kann ja auch den Hörer daneben legen. So nun nochmal, wo waren wir gerade … ach ja, nein, nein, Malu, du bist ohne Frage die Hauptperson dabei. Ohne dich, wär der Fisch jetzt wirklich futsch und wir hätten überhaupt nichts von all den Vorkommnissen um uns herum mitbekommen. Wärst du nicht so hartnäckig gewesen, würden wir noch immer vollkommen im Dunkeln tappen, das steht mal fest! Ich hatte die ganzen Tage schon das Gefühl, wir haben die vollständige Geschichte direkt vor Augen und fügen alles nur nicht richtig zusammen. Und dann, gestern Morgen, als ich von der Terrasse in eure Wohnung guck, bleiben meine Augen an deinem Fisch dort auf deinem Nachtschrank hängen und mir geht ein Licht auf! Neulich war dem Hai nicht wegen der Krabbensuppe oder der Sonne schlecht. Der ist zusammengeklappt, weil er den Fisch auf deinem Nachtschrank entdeckt hat!«

»Aber … ich kapier es noch nicht. Wieso wusste er, dass die Fische aus dem Bodenbrett geschnitten wurden?«

»Als mir gestern die Sache klar wurde, hab ich mich aufs Fahrrad gesetzt und bin zu Peer, unserem Fischkünstler, nach Norddorf gefahren. Der hatte viel zu erzählen und am Schluss passte endlich alles zusammen.«

Dann berichtete Kurt jede Einzelheit des Gesprächs: Dass der Hai bei Peer aufgetaucht war, dass er einen Fisch dabei hatte, dass die Holzreste an beiden Enden mit dem Halbmondfisch gekennzeichnet waren, dass der Hai alles Holz unbedingt kaufen wollte und selbst die kleinsten Abschnitte mitgenommen hatte.

»Malu, ich glaub sogar, es war Zufall, dass er dort vorbeigekommen ist. Peer meinte, der hätte ihm etwas von Fischfamilie für seine Mutter erzählt. Aber unsere alten Schatzbanditen hatten den Hai wahrscheinlich auch auf ihrem Radar. Dann haben sie sich ihn in der Nacht in seinem Haus vorgenommen und dort wird er ihnen von deinem Fisch erzählt haben. Jedenfalls, so passt alles zusammen. Wahrscheinlich haben sie uns beobachtet und gedacht, der Zeitpunkt ist ideal. Sie wussten, dass wir alle auf dem Dorffest waren. Aber, sie hatten sich die Sache ganz anders vorgestellt, mein Deern. Tür aufbrechen, Fisch einpacken und wieder raus. Den Zahn haben wir ihnen gezogen! Der Fisch war nicht da, wo er hätte sein sollen und dann sind sie halb verrückt geworden und haben hier alles auf den Kopf gestellt. Die Halunken mussten mit leeren Händen abziehen. Was meinst du … die hatten richtig schlechte Laune! Und heute wird sie bei denen auch nicht mehr besser werden. Rolf und seine Kollegen bereiten sich gerade vor und werden ihnen gleich einen großen öffentlichen Besuch abstatten, einen Polizeieinsatz mit allem drum und dran. Malu, wir nehmen sie jetzt richtig in die Zange und dann haben wir gute Chancen, dass die Wölfe in Zukunft in ihren Löchern bleiben!«

»Wow! Das habt ihr gestern Nacht noch alles besprochen?«

»Na ja, wir saßen ja auch 'ne ganze Zeit zusammen. Jedenfalls können wir uns auf unseren Inselpolizisten verlassen. Es hat zwar einige Zeit gedauert, bis er alles verstanden und geglaubt hat. Eins hab ich dir nämlich noch gar nicht erzählt! Rolf und sein Kollege haben neulich auf dem Grundstück des Hais und auch im Haus absolut nichts von dem gefunden, was ihr bei eurer waghalsigen Untersuchungsaktion gesehen habt. Stell dir vor, alle Spuren waren beseitigt! Kein Blut mehr auf dem Fußboden, rein gar nichts. Ich denk, sie haben euch gesehen, Schiss gekriegt und danach alles sauber gemacht.

Übrigens, Rolf hatte anfangs große Zweifel an unserer Geschichte und meinte wohl schon, in meinem Kopf funktioniert nicht mehr alles richtig. Aber der Einbruch heut Nacht hat ihm endgültig die Augen geöffnet. Nun zieht er voll mit und will uns nach Kräften unterstützen. Man kann sagen, auf diese Weise haben sich die Halunken gleich zweimal ins Knie geschossen. So oder so müssen wir das jetzt gemeinsam zu Ende bringen. Ich sag dir, jetzt sind wir noch mal richtig gefordert und müssen deinem Fisch sein Geheimnis entlocken und da hab ich schier noch keine Idee, woher der Wind weht!«

»Na, dann los! Wo hast du ihn denn? Hast du schon nachgeguckt, ob er überhaupt noch da ist?«

»Nein, das hab ich allerdings noch nicht.«

»Was!!! Opa Kurt, wenn sie ihn nun doch gefunden haben und er ist weg!!!«, rief Malu erschrocken.

»Ruhig, ruhig, mein Deern. Sie hatten ihn heut Nacht zwar dicht unter ihren Füßen, aber gefunden haben sie ihn sicher nicht, dazu sind sie zu dusselig. Dann woll'n wir ihn mal wieder ans Tageslicht holen«, sagte Kurt ganz gelassen, lächelte und drückte sich vom Küchenstuhl hoch.

Malu war gespannt, wo Kurt den Fisch im Haus versteckt hatte, die Schatzsucher hatten hier doch alles auf den Kopf gestellt? Kurt ging Richtung Flur, dann zur Haustür und nach draußen und dann rüber zum Tischlerschuppen. Natürlich dicht gefolgt von Malu und die wurde immer nervöser. Der Raum war klein und Kurt hatte dort immer alles gut in Schuss. Wo konnte man da einen Fisch sicher verstecken? Nur zwei Schränke, mit sauber nebeneinander aufgehängten Werkzeugen, zwei Schubladen unter der Hobelbank und ein paar Bretter und Leisten übersichtlich in der Ecke. Hoffentlich hatte er sich nicht verrechnet!??

Bevor Kurt die Schuppentür aufschloss, guckte er sich noch einmal nach allen Seiten um und als sie beide drin waren, verriegelte er wieder und meinte:»Man kann nie wissen und überraschen soll uns ja auch keiner. So, mein Deern, jetzt hängt wieder alles am richtigen Platz. Hier sah es vorhin auch noch so aus, wie bei euch heute Nacht in der Wohnung. Die hatten wirklich alles auf den Kopf gestellt. Nun setz dich mal auf den Stuhl und sag mir, wo du Schlaunase den Fisch versteckt hättest?«, fragte er und grinste spitzbübisch.

»Hier? … Keine Ahnung … so viele Möglichkeiten gibt es ja nicht
… vielleicht im Ofen … ich weiß nicht!«, und dabei guckte sie sich
weiter nach allen Seiten um.

»Im Ofen, Malu! Da haben sie sicher als erstes nachgesehen. Nein,
das ist keine gute Idee, aber, du bist dicht dran … dann pass mal auf!«,
und schob genau diesen Ofen ein Stück dichter an die Wand. Dann
nahm er sich den Aku-Schrauber aus dem Schrank, spannte irgendetwas Kleines ins Bohrfutter und bückte sich zur Blechplatte runter,
auf der gerade noch der Ofen gestanden hatte. »Sie dient als Funken-
schutz«, erklärte er und drehte mit der Maschine in Windeseile die
acht Schrauben heraus, mit denen die Metallplatte auf dem Holzfuß-
boden befestigt war.

Malu biss sich auf die Lippe, sagte nichts und verfolgte sein Tun
mit Spannung.

Kurt legte die Schrauben auf die Hobelbank, schob die Eisenplatte
zur Seite und siehe da: Ein rechtwinkliges Loch kam darunter zum
Vorschein, vielleicht 40 x 40 cm groß und etwa ebenso tief. An dieser
Stelle hatte er einfach ein Stück aus dem Fußboden herausgeschnitten.
Ein Griff und schon hielt er den Fisch mit einem breiten Grinsen in
seiner Hand und sagte: »Voilà, da ist er! Na, was sagst du zu meinem
Geheimtresor?«

»Wow! Wer kommt denn darauf! So ein Versteck gibt es doch sonst
nur in meinen Krimigeschichten … und er ist wirklich noch da!«, antwortete sie begeistert.

Kurt reichte ihr den Fisch, schob dann gleich die Platte zurück in
die alte Position und nur Minuten später waren wieder alle Schrauben
reingedreht und der Ofen stand an seiner ursprünglichen Stelle.

Kurt hielt ihr eine alte Plastiktüte vor die Nase und meinte: »So,
dann pack den Burschen mal da rein, man kann ja nie wissen. Wir
gehen besser ins Haus und untersuchen ihn da.«

Kurt war vorsichtig geworden und als sie sich wieder am Küchentisch gegenüber saßen und gemeinsam auf den Holzfisch starrten, hatte er sogar die Eingangstür abgeschlossen.

»Na, was meinst du! Warum sind sie hinter dem so her? Irgendwas muss das Tier an sich haben ... aber was?«, fragte Kurt und drehte ihn von einer Seite auf die andere.

»Ich hab keinen blassen Schimmer!«, antwortete Malu. »Wenn Hark Olufs irgendwas außen rein geritzt oder drauf geschrieben hat, ist es eh futsch. Dieser Peer hat ja alles abgeschliffen, da kann man jetzt überhaupt nichts mehr feststellen.«

»Das glaub ich nicht! Dass der Fisch abgeschliffen ist, wissen auch die alten Kerle. Sie wollen ihn unbedingt, so wie er ist. Es muss da etwas anderes geben! Möglicherweise gibt es einen Hohlraum im Inneren. Aber ich seh beim besten Willen nicht, dass an der Ober- oder Unterseite etwas herausgesägt und wieder eingesetzt wurde. Ob es einen Hohlraum gibt, müsste man am unterschiedlichen Klang erkennen können!«

Er stand auf, holte sich ein Frühstücksmesser und klopfte mit dem Griff die Oberfläche des Fisches ab. Konzentriert horchten beide auf den Klang. Kurt schüttelte den Kopf: »Da ist nichts. So kommen wir nicht weiter.« Er guckte sich erneut alle Seiten an und strich auch immer wieder forschend über die Oberflächen, aber an seinem Gesicht konnte Malu ablesen, das seine Finger nichts „sahen". »Wir dürfen jetzt nicht nervös werden, was der Hai oder die Kerle rausgekriegt haben, werden wir doch wohl auch finden. Irgendetwas übersehen wir ... irgendeinen Hinweis ... überleg noch mal genau, was ihr da im Haus alles festgestellt habt.«

Genau in diesem Moment quietschte eine vertraute Fahrradbremse. Malu sprang auf und guckte durchs Fenster. »Opa Kurt, das ist Janne!« Sofort klopfte sie an die Scheibe und rannte Richtung Eingangstür.

»Hallo Kurt! Was ist passiert?«, fragte Janne aufgeregt, als er kurz darauf in die Küche stürmte. »Auf der Insel ist der Teufel los, aber keiner weiß etwas Genaues, bei euch wurde heut Nacht eingebrochen! Stimmt das? Und die Polizei soll gerade Erk Petersen und Boy Knudsen verhaftet haben. Das hängt doch zusammen, oder?«

Kurt lächelte und meinte dann ganz ruhig: »Na, das hört sich gut an. Dann ist Rolf mit seiner Kavallerie schon unterwegs und die Sache nimmt richtig Fahrt auf! Du kommst genau richtig, Janne. Hier tagt das zentrale Ermittlungsteam in Sachen Schatzsuche und wir können einen weiteren scharfen Verstand gut gebrauchen. Unser Kahn ist nämlich auf Grund gelaufen, wir stecken fest. Aber, setz dich erst mal!«

Kurt schob ihm einen Stuhl hin und meinte dann: »Na, Malu, wir müssen erst mal unseren Kollegen ins Bild setzen, bevor wir weiter nachdenken.«

Es dauerte eine ganze Zeit bis Janne auf den neusten Stand gebracht war und von ihm keine Nachfragen mehr kamen.

»So, ihr Zwei! Jetzt haben wir drei Gehirne, um hinter das Rätsel zu kommen. Wir müssen noch mal alles in Ruhe durchgehen. Vielleicht habt ihr doch noch etwas im Paulsen-Haus gesehen, was uns jetzt weiterhelfen kann. Jede Kleinigkeit kann wichtig sein!«

Beide versuchten sich genau zu erinnern und erzählten abwechselnd und in aller Ausführlichkeit: der verrückte Tisch, die Stühle davor, das viele Blut auf dem Boden neben dem Herd, die warme Asche, die abgebrannte Kerze. Kurt unterbrach an keiner Stelle, strich sich nur immer wieder durch den Bart und beide sahen, wie konzentriert er auf jedes Wort hörte.

»Ja, das war es eigentlich«, sagte Malu. »Ach ja, im Badezimmer die komische Sache mit dem Spülkasten, ohne Deckel und kein Wasser drin. Aber, hat das etwas zu bedeuten?«

»Malu, die Badewanne hast du vergessen«, ergänzte Janne. »Die war doch so dreckig!«

»Badewanne dreckig …«, wiederholte Kurt. »Mit einem Fettrand, den man nach dem Baden nicht abgewaschen hat?«

»Nein, das war richtiger Dreck! Da müsste er schon im Schlick gewesen sein. Aber in der Wanne hat keiner gebadet. Der Schmutzrand war nur ungefähr 20 cm hoch, so als hätte da jemand irgendwas Schmutziges abgewaschen … Erde vielleicht und dunkle Fäden … klebriges Zeug, vielleicht Spinnweben. So, als hätte jemand nur den Stöpsel gezogen und nicht nachgespült.«

»Ja, was noch?«, übernahm Malu wieder. »Na, das viele neue Holz unten an den Türen. Aber gut gemacht und dann die nicht verschlossene Stalltür, das war's!«

»Halt, halt, Leute! Die Badewanne ist der Hinweis!«, rief Kurt laut und aufgeregt dazwischen. »Menschenskind, so hat er das gemacht … und dann die Feuchtigkeit … und dann wär er fast in Ohnmacht gefallen … ja, das könnte die Lösung sein!«

Während Kurt diese anscheinend zusammenhanglosen Sätze sagte, guckte er nicht Janne oder Malu an, sondern eher zur Decke, aber beide wussten, Kurt war hinter etwas Wichtigem her – jetzt war Mundhalten angesagt.

»Kinder, Kinder! Ob ich Recht hab, werden wir gleich sehen.« Er stand auf, ging aus der Küche und kam Sekunden später mit seiner Lupe in der Hand zurück. Kurt setzte sich, nahm den Fisch und sah sich nun ringsum durch die Lupe ganz genau alle Seiten des Holzes an. Zwischendurch das schon bekannte »Hmm« oder »Sieh mal da«, von ihm und dann kratzte er mit der Spitze des Küchenmessers seitlich am Fisch herum.

Ein bräunliches Pulver rieselte auf den Küchentisch und nun kam etwas typisch Opa-Kurt-Mäßiges. Er befeuchtete seinen Zeigefinger, tunkte ihn in den kleinen Pulverhaufen und leckte ihn ab. Kurts Lippen und Zunge bewegten sich hin und her, als ob er die Qualität eines Gewürzes erkosten wollte. Dabei verzog er immer mehr das Gesicht und plötzlich sprang er auf, rannte zur Spüle und spuckte das Zeug ins Becken. Danach den Hahn aufgedreht, drei Mal Wasser geschlürft, gegurgelt und wieder ausgespuckt.

Das Zeug musste widerlich schmecken – aber überraschenderweise sah Kurt sehr zufrieden aus. Er ließ sie noch einen Augenblick zappeln und dann verkündete er:

»Ja, ihr Lieben, tote Knochen schmecken selbst nach Jahrhunderten noch nicht wirklich lecker!«

Beide verzogen die Gesichter.

»Du meinst doch wohl nicht die von Hark Olufs?«, fragte Malu angeekelt.

»Nein, von Hark Olufs wohl nicht. Aber von irgendeinem Vieh schon!«, war seine Antwort. »Das ist Knochenleim, damals hatten sie nichts anderes! Man zerreibt getrocknete Knochen und Sehne und das

Pulver wird dann in Wasser aufgelöst und erhitzt. Danach kann man das dickflüssige Zeug als Holzleim verwenden. Bei alten Möbeln oder Musikinstrumente wird dieser Kleber noch heute benutzt.«

»Mein Fisch ist verklebt?«

»Ja, so ist es. Guckt mal ganz genau auf die Seite. Ihr habt noch gute Augen. Da verläuft eine schmale dunkle Linie, genau in der Mitte. Man hält sie eigentlich für einen Jahresring, aber in Wirklichkeit ist das eine Leimfuge. Hark muss das Bodenbrett aufgespalten und dann, hoffentlich, dort eine Nachricht hinterlassen haben. Wenn das Holz geradlinig gewachsen ist, kann man das mit einem Beil leicht hinkriegen. Danach hat er mit Leim alles wieder verklebt und schon hatte er seine Botschaft perfekt und geheim untergebracht. Schlaues Bürschchen, kann ich nur sagen!«

»Wow … aber, wie bist du darauf gekommen?«

»Die schmutzige Badewanne, Malu! Der Hai weiß sicher nichts über Knochenleim und so. Er wird auch diese hauchdünne Leimfuge nicht gesehen haben. Peer hat erzählt, dass er nur wenig von dem Brett gebrauchen konnte. An den meisten Seiten war es stark aufgerissen, nur bei deinem Fisch, ziemlich aus der Mitte, konnte er fast die gesamte Breite verwenden und deshalb ist dieser hier auch der größte der drei Fische. Peer hat auch erzählt, dass das Brett sehr unansehnlich gewesen ist, alter, klebriger Staub drauf und Spinnweben, alles was sich so im Lauf der Jahre ansammelt. Als Janne eben „Spinnweben" gesagt hat, ist bei mir der Groschen gefallen. Der Hai hat nur die Symbole gesehen, konnte aber durch den Dreck nichts weiter erkennen. Er hat natürlich gedacht, Harks Botschaft steht außen drauf. Entweder irgendwo oben oder unten und deshalb musste er die Oberfläche sauber kriegen. Er hat die Holzstücke einfach in seine Badewanne geschmissen und da müssen sie einige Zeit dringelegen haben. Ihr müsst nämlich wissen, Knochenleim ist nicht wasserfest!

Das Holz hat sich vollgesogen, die Leimfugen sind aufgeplatzt und wie durch ein Wunder schwammen dann plötzlich lauter Holzhälften in seiner Badewanne. So oder so ähnlich wird es abgelaufen sein. Wahrscheinlich konnte er sein Glück gar nicht fassen. Er hat durch reinen Zufall das Geheimnis gelüftet und womöglich wären unsere alten Banditen ohne ihn auch gar nicht dahinter gekommen! Wie auch immer, im Leben läuft es zuweilen ganz schön kurios. Glücklicherweise hat er seine Wanne anschließend nicht ausgespült, sonst säßen wir hier jetzt noch wie die Ochsen vor dem Tor!«

Nun löste sich die Anspannung endgültig bei Malu. Sie sprang auf, griff sich ihren Fisch, sang immer wieder »Yes, yes, yes, mein kleiner Fisch, yes, yes, yes«, und tanzte dabei ausgelassen durch die Küche. »Und mein lieber Janne, was machen wir jetzt?«, fragte sie schließlich.

»Na, das ist doch klar! Der Fisch muss dahin, wo er sich am wohlsten fühlt. In die Badewanne natürlich!«, antwortete Janne sofort.

»Richtig!!!«, rief sie ihm zu. »Komm, klatsch ab! Und du auch Opa Kurt, so macht man das heute!«

Genau in diesem Moment guckte Kristina neugierig von außen durchs Küchenfenster. Kurt gab ihr ein Zeichen, dass sie rein kommen sollte und sagte dann schnell: »So, ihr beiden. Ich denke die Badewanne brauchen wir nicht. Er wird sich auch hier im Spülbecken wohl fühlen. Lasst ihn schon mal schwimmen und übrigens, Malu, dass deine Mutter gerade vorbei kommt, passt richtig gut. Sie sollte die wesentlichen Dinge von uns erfahren und nicht durch andere Leute! Was meinst du? Schon jetzt spricht die halbe Insel davon!«

»Einverstanden! Nur die ganz aufregenden Sachen sollten wir vielleicht etwas verändern!«, ergänzte Malu leicht grinsend.

Kristina war erneut am Fenster aufgetaucht, zog die Schultern hoch und guckte fragend. Kurt gab ihr ein Zeichen, nickte noch schnell Malu zu und machte sich auf den Weg zur Haustür.

Als Kristina in die Küche kam, lag der Fisch schon im Spülbecken und der Wasserhahn war voll aufgedreht. »Guten Morgen, ihr Drei! Wieder Geheimnisse? Ihr habt euch eingeschlossen, stör ich? Ich seh eben deinen Zettel, Marie und hab mir Sorgen gemacht. Ist schon wieder irgendwas Schlimmes passiert? Aber was macht ihr? Warum schwimmt denn dein schöner Fisch dort im Wasser?«

»Guten Morgen, Mum, mach dir keinen Kopf, es ist eher was Gutes passiert. Und na ja, mit dem Fisch hier, das ist eine lange Geschichte … setz dich lieber.«

»Das stimmt, Kristina, mach dir keine Sorgen!«, fuhr Kurt fort. »Wir haben dir wirklich einiges zu erklären. Ich schlag vor, wir frühstücken hier bei mir jetzt alle zusammen. Ich hab zwar nur vier frische Brötchen, aber noch ein Paket zum Aufbacken und alles andere müsste auch noch da sein. Das wird schon reichen. Was meinst du?«

»Na, ihr macht das ja spannend! Ich vermute, es geht um die Schatzsuche, oder?«, Kristina guckte nacheinander und auch etwas verunsichert in alle drei Gesichter.

»Ja, so ist es! Aber setz dich erst mal«, sagte Kurt und lächelte beruhigend.

»Ich verschwinde erst einmal«, meldete sich Janne. »Ich soll noch unseren Rasen mähen und wahrscheinlich fragt sich mein Alter schon, wo ich steck. Ich komm nachher wieder. Was meinst du Kurt, wie lange muss er schwimmen?«

»Oh, schwer zu sagen. Es wird schon seine Zeit dauern. Sagen wir später Nachmittag. Ich muss nachher noch mal weg, ein bisschen zur Aufklärung im Dorf beitragen und wenigstens dem Bürgermeister und ein paar anderen Leuten die Sachlage erklären. Jedenfalls so viel, wie wir im Augenblick wissen. Gegen 17 Uhr müsste ich zurück sein!«

Bevor Janne die Küche verließ, warf er noch einen Blick ins Spülbecken. Kurt hatte den Fisch mit seiner großen Bratpfanne beschwert und gerade stieg dort am Rand eine kleine Luftblase auf.

Die Kirchturmuhr hatte eben fünf Mal geschlagen. Janne und Malu saßen nebeneinander auf der Stufe vor der Eingangstür und warteten voller Ungeduld.

Wo steckt er bloß? Heute Vormittag hatten sie Kristina alles möglichst schonend verklickert und Opa Kurt hatte sich dabei konsequent nur auf die Mitteilung der wesentlichen Fakten konzentriert. Wichtige Details hatte er einfach ausgelassen und Nachfragen, wenn es um die Jugendlichen ging, geschickt umschifft. Malu wusste, warum, und so hatte sie die dramatischen Ereignisse am Eesenhugh und die waghalsige Untersuchung im Paulsen-Haus auch einfach unterschlagen. Wahrscheinlich hatte sich Kristina deshalb ganz gut gehalten – keine Schreierei, kein Nervenzusammenbruch und kaum Vorwürfe. Allerdings, als die Rolle von ihrem Manfred Gravenstein zur Sprache kam, wollte sie seine Verstrickung in die Schatzgeschichte nur schwer glauben – daran hatte sie fast am meisten zu knabbern gehabt und ihre Gefühle waren immer wieder zwischen Wut und Mitgefühl hin und her geschwankt.

Wann kommt er denn endlich, dachte Malu wieder. War erneut etwas Unerwartetes passiert? War er vielleicht sogar in Gefahr und sie sollten hier nicht nur blöd rumsitzen und hätten ihn längst suchen müssen?

In diesem Augenblick fuhr ein Polizeiwagen heran und hielt direkt vor dem Haus. Vorne saßen zwei junge Polizisten und noch bevor ihr Puls so richtig auf Touren kam, hatte sie Kurt auf der Rückbank entdeckt. Gott sei Dank! Er war bei bester Gesundheit, winkte und lächelte ihnen zu.

»Entschuldigt bitte, ihr Lieben!«, rief er schon, kaum dass er ausgestiegen war. »Ihr wartet sicher schon. Aber, ich konnte einfach nicht schneller und mit Handy und Anrufen hab ich ja nichts am Hut. Ich war nur bei vier Leuten und hab mich eben noch mit Rolf besprochen. Bei keinem kam ich wieder weg, aber schön, dass ihr gewartet habt! nein, bleibt sitzen, ich komm zu euch runter! Es ist bestimmt vierzig Jahre her, dass ich hier unten auf dem Stein das letzte Mal gesessen hab. Das war damals mit meiner lieben Leene, kurz nach unserer Heirat. Ich denke, es wird mal wieder Zeit und bevor wir rein gehen, muss ich noch etwas mit euch besprechen. Wenn wir erst ins Spülbecken starren, haben wir ganz andere Gedanken im Kopf!«

Mit diesen Worten, stütze er sich auf Malus Schulter ab und setze sich dann neben die Zwei auf die Austrittsstufe. Die Polizisten guckte erstaunt, grüßten noch mal und fuhren grinsend davon.

Opa Kurt war unglaublich. Er machte Sachen, die kaum Erwachsene tun würden. Er hatte sich auf diese verrückte Abenteuergeschichte eingelassen und nun saß er auch noch hier unten mit ihnen vor seiner Haustür. Sie kannte keinen alten Mann, der so war wie er …

»Ja, wie gesagt, die Leute haben mich einfach nicht wieder wegge-
lassen. Aber euch muss ich ja nicht erzählen, wie unglaublich unsere
Geschichte ist. Alle fragen immer wieder nach und sind einfach nicht
damit zufrieden, was ich ihnen erzählen darf.

Und nun komm ich zum Punkt. Wenn überhaupt, kennen bislang
nur eine handvoll Leute so einigermaßen die Wahrheit. Unser Dorf-
polizist, der Bürgermeister, der Pastor und bei euch sind das noch Greta und Claas. Wenn die den Mund halten, könnten wir euch da raus
halten. Alle fragen nach den Hintergründen, wer alles ins Laufen gebracht hat und woher die Hinweise kommen. Bislang hab ich immer
von Quellen gesprochen, die nicht genannt werden wollen, und dass
ich die Informanten schützen muss. Ihr müsst jetzt selbst entscheiden,
ob wir bei dieser Darstellung bleiben wollen. Und wer weiß, was noch
alles passiert. Unsere Geschichte ist ja noch nicht zu Ende. Möglicherweise kommt erst gleich die eigentliche Sensation ans Licht. In jedem
Fall wird heute schon ein kleiner Bericht unter Amrum News im Netz
stehen und morgen könnte dann hier die Post abgehen. Presseleute
vom Festland und so weiter. Die lieben solche Geschichten und werden das möglicherweise ganz groß aufblasen. Eure Bilder im Inselbo-
ten sind da wahrscheinlich nicht alles, auch überregional. Mit dieser
Geschichte könntet ihr richtig berühmt werden! Ihr werdet Interviews
geben können und Unbekannte sprechen euch auf der Straße an. Ja,
so könnte es aussehen. Versteht mich nicht falsch, für mich seid ihr
sowieso die eigentlichen Helden. Aber, noch habt ihr es in der Hand,
wohin die Reise gehen soll und was wir von der eigentlichen Wahrheit
preisgeben wollen!«

Malu guckte nachdenklich Janne an, Janne guckte genau so zurück
und fast gleichzeitig schüttelten dann beide mit dem Kopf.

»Was mich angeht«, sagte Janne, »kann ich liebend gern auf diesen
Rummel verzichten. Vielleicht ist es auch viel schöner, wenn nur wir
um alle Geheimnisse wissen, dann gehört die eigentliche Geschichte
uns allein, nicht alles wird rumerzählt und vielleicht auch noch verdreht. Ich bin mit meiner Rolle im Hintergrund sehr zufrieden.«

»Ich auch, Opa Kurt! Halt uns da raus, so gut es geht. Die Ermittler müssen immer geschützt werden. Man weiß nie, welche Fälle noch auf uns warten!«, sagte Malu und lachte.

»Na, dann ist das geklärt. Ich bin sehr froh über eure Entscheidung«, sagte er und lächelte erleichtert.

»So, ihr Zwei, dann zieht mich mal wieder auf die Beine, sonst schlafen mir noch die Füße ein und drinnen wartet jetzt hoffentlich eine Überraschung auf uns!«

Kurt hatte hinter sich wieder abgeschlossen und nun standen alle drei aufgereiht neben der Spüle und trauten sich fast nicht reinzugucken.

»Na, los jetzt mein Deern! Du bist die Mutigste von uns. Dann nimm mal die Bratpfanne runter«, gab Kurt das Startzeichen.

»Ich? ... Janne, mach du bitte!«

Ohne zu zögern griff er nach der Pfanne, nahm das Gewicht vom Fisch und alle waren gespannt, was sie jetzt zu sehen bekamen.

Das Holz schwamm sofort auf, lag aber deutlich tiefer im Wasser als heute morgen. Allerdings, was sie sahen, war ernüchternd. Dort trieben nicht wie erhofft und erwartet zwei Fischhälften im Wasser, sondern noch immer ein ganzes Tier.

»Moment, Moment! Wie kann das sein?«, fragte Kurt, zog seine Lesebrille aus der Hemdtasche und angelte mit seiner freien Hand das Holzstück aus dem Wasser.

»Vielleicht war die Zeit zu kurz und er muss noch länger drin liegen?«, überlegte Malu laut.

»Mal sehn, ob sich nicht doch schon etwas getan hat.« Kurt sah sich ganz genau die Seitenkanten an. »Sieh da, sieh da«, sagte er leise und dann packte er das Holzstück mit beiden Händen und verdrehte die Hälften mit all seiner Kraft. Plötzlich ein dumpfes „Plong" und nun war es wirklich passiert! Kurt hatte in jeder Hand eine Fischhälfte.

Nicht nur er, sondern auch Janne und Malu starrten einige Sekunden stumm auf seine Hände und erst dann brachen ein »Wow! Ich glaubs ja nicht« und ein »Super, Opa Kurt, du hattest Recht« in der Küche los.

Kurt drehte die Hälften so, dass man die Innenseiten sehen konnte.

Dort klebte an den meisten Stellen eine braune Art Haut, allerdings waren auch schon ein paar kurze schwarze Striche zu erkennen.

»Da steht wirklich etwas! Ich werd verrückt! Aber man kann noch nicht viel erkennen«, rief Malu aufgeregt.

»Wartet, wartet, das haben wir gleich.« Kurt nahm ein größeres Messer aus der Besteckschublade und kratzte damit überraschend schnell das braune Zeug ab. Größere Flächen platzten einfach ab und fielen ins Waschbecken. Während er weiter schabte, erklärte er: »Knochenleim ist im kalten Zustand sehr hart und spröde. Das Zeug kriegen wir schnell weg. Wenigstens dabei hat uns Hark Olufs die Sache leicht gemacht.«

Alle waren in Höchstspannung, aber einen Blick auf die Innenseiten ließ Kurt noch nicht zu. Erst als sie sich gesetzt hatten, legte er die Fischhälften in die Mitte auf den Küchentisch und drehte sie ganz langsam auf die richtige Seiten

»Leute, seht ihr das!«, rief Malu. »Ich bin mir sicher, das ist die entscheidende Botschaft! Auf der einen Hälfte ist zwar nichts drauf, aber die hier … einfach Wahnsinn … erst dieser schwarze Punkt und darunter ganz deutlich … N .. E .. E .. B .. E .. L … dann hier ein Kreuz! Guckt mal, darunter der Halbmondfisch, wenn das keine Schatzkarte ist! Folge dem Halbmondfisch! Aber welche Stelle meint er?« Malus Stimme überschlug sich vor Aufregung und alle hatten sich nach vorne gebeugt und starrten auf die eine Holzhälfte mit den vielen Hinweisen.

»Neben dem Punkt und dem Kreuz ist nichts weiter markiert, nur diese gebogene durchgehende schwarze Linie«, ergänzte Janne. »Aber Leute, wie viele Buchstaben … ganz eng zusammen, fünf Reihen … vielleicht ein Gedicht? Und dann hier unten im Fischschwanz noch ein weiterer fetter Punkt. Keine Ahnung, welche Bedeutung der hat?«

»Vielleicht markiert der Punkt Süddorf – müsste ungefähr hinkommen«, versuchte Kurt aufzuklären.

»Ja, könnte sein«, stimmte Janne zu, »aber ich bin mir sicher, hinter den Buchstaben steckt das eigentliche Geheimnis! Man kann zwar wieder kein einziges Wort herauslesen, aber seht ihr die vielen W's, Y's und Q's und auch die Komischen anderen! Ich wette, er hat wieder mit der „Geradegebogene Katze" codiert und wenn ich recht hab, ist die Entschlüsselung ein Kinderspiel. Malu, hast du diese verrückte Buchstabensortierung von Claas noch?«

»Leider nein. Alle Aufzeichnungen hat er wieder eingepackt. Ich weiß noch, das I war der erste Buchstaben, aber wie ging's dann weiter? Mit Mühe könnten wir die Sortierung selbst hinkriegen, aber seine Maschine ist einfach zu genial. Was meint ihr, ich ruf ihn an, vielleicht hat er Zeit und kann gleich vorbeikommen?«

»Gute Idee«, stimmte Janne zu und als auch Kurt nickte, holte Malu ihr Handy heraus:

„Hey, Claas! Hier ist Malu. Wo steckst du im Augenblick? Wir brauchen dringend deine Hilfe!"

…… …...

„Das ist ja toll! Wir brauchen dich als Entschlüsselungsexperten. Es gibt wieder codierte Buchstaben und sehr wahrscheinlich auch diesmal nach der „Geradegebogenen Katze"! Kannst du deine Zaubermaschine mitbringen?"

…… …...

„Was! Das ist ja super! In 10 Minuten meinst du? Wir sind bei Kurt in der Küche!"

…… …...

„Okay, bis gleich!"

»Leute, wir haben Glück! Er setzt sich sofort aufs Fahrrad. Ich hatte das Gefühl, er freut sich richtig auf die neue Herausforderung. Opa Kurt, was meinst du, womit hat Hark Olufs das aufs Holz geschrieben? Es ist doch ein Wunder, dass das nach all den vielen Jahren noch so gut erhalten ist?«

»Gute Frage! Er war ein schlauer Fuchs, unser Hark! Aber das wissen wir ja längst. Ich hab eben ein bisschen daran rumgekratzt. Ich bin mir sicher, dass er die Zeichen mit einem glühenden Eisen einfach hineingebrannt hat. Wenn du über die seitliche Linie hier fühlst … die ist leicht vertieft! Das ist ganz typisch für diese Technik … einfach und genial … keine Tinte oder Farbe, sondern verkohltes Holz, das hält ewig.«

»Wow! Und, was meinst du, was hat diese schwarze Linie am Rand für eine Bedeutung?«

»Darüber hab ich auch gerade nachgedacht. Es könnte ein kleines Stück von den Umrissen Amrums sein. Ich kann mir vorstellen, das die durchläuft und sie sich auch auf den anderen Hölzern befinden. Wenn dieser Punkt wirklich Süddorf darstellt, dann hat er auch Norddorf markiert und möglicherweise wussten sie deshalb, dass ihnen das Holzstück mit Nebel noch fehlt und es das entscheidende Stück ist. Ich muss sowieso den Hut ziehen vor diesem Kerl. Guckt euch mal den schwarzen Punkt über „Neebel" genauer an und fühlt mal rüber … na, fällt euch was auf?«

»Da ist keine Vertiefung!«, stellte Janne überrascht fest. »Der Punkt ist gar nicht reingebrannt … Mensch, das ist der Ast vom Auge … das ist ja verrückt!«

»Unser Hark hat sich wirklich was einfallen lassen. Und diesem kleinen Ast haben wir es zu verdanken, dass alle wichtigen Informationen genau in deinem Fisch sind, Malu! Peer hat nur aus diesem Grund genau an der Stelle den Fisch aus dem Brett geschnitten. Ist es nicht wunderbar und eigentlich auch unglaublich, wie einem manchmal Zufälle zur Hilfe kommen – vielleicht sogar göttliche Fügung? Der Fisch sollte zu uns kommen!«, Kurt drückte sich vom Tisch ab und schmunzelte.

»Mann, bin ich aufgeregt!«, sagte Malu und das sah man – ihre Wangen glühten. »Mein Kopf platzt gleich. Was heute wieder alles passiert ist! Vielleicht sollten wir schon mal die Buchstaben heraus schreiben, dann können wir, wenn Claas kommt, sofort mit der Dechiffrierung beginnen.«

»Gute Idee!«, antwortete Kurt. »Aber vorher lasst uns erst mal auf unseren Erfolg mit einem Glas Ammi-Brause anstoßen. Ihr wisst ja, für die Zeit unserer gemeinsamen Ermittlungen hab ich nun immer was von diesem Zeug im Haus und unseren Nerven wird eine kleine Pause auch gut tun.«

Als Claas mit Tempo aufs Grundstück einbog und dort eine seiner gekonnten Vollbremsungen hinlegte, waren sie gerade mit dem Herausschreiben der Buchstaben fertig. Diesmal waren es viel mehr, als die auf dem Kistendeckel. Am Ende drei lange Reihen und die vielen W's darin waren mehr als auffällig.

Janne ließ Claas ins Haus und der stürmte gleich weiter in die Küche. »Hallo, alle zusammen. Ihr haltet ja mittlerweile die ganze Insel in Atem. Einbruch bei dir, Kurt, und heute großer Polizeieinsatz, ihr habt meinen vollen Respekt. Ihr sorgt für eine richtig gute Action hier! Um so besser, dass ich dabei auch eine kleine Rolle übernehmen kann. Ich bin total neugierig! Was läuft auf der Insel wirklich? Alle zerreißen sich das Maul, aber keiner weiß etwas Genaues!«

Kurt holte einen zusätzlichen Stuhl aus der Stube. Claas reichte eine kurze, schnelle Zusammenfassung der letzten Geschehnisse, alle Details wollte er gar nicht wissen. Sein eigentliches Interesse galt der neuen Entschlüsselungsherausforderung und immer wieder guckte er neugierig auf die eine Fischhälfte und auf Malus Zettel mit den vielen Buchstaben.

»Claas, bevor wir loslegen, noch eins vorneweg«, sagte Kurt. »Das was im Augenblick auf der Insel los ist, ist noch gar nichts im Vergleich zu dem, was hier wahrscheinlich in den nächsten Tagen passieren wird. Presse und so weiter – wir haben vorhin lange darüber gesprochen. Bislang kennen nur wenige die ganze Geschichte und wir möchten gerne, dass es so bleibt! Die Frage ist, machst du mit? Können wir uns auf dich verlassen?«

»Leute, da könnt ihr mal ganz ruhig durchatmen! Was meint ihr, wer mich heute schon alles ausfragen wollte. Wenn eine Berufsgruppe schweigen kann, dann sind es doch wohl die Kryptologen. Meint ihr, ich werd wegen so einer Sache meinen guten Ruf ruinieren? nein, im Ernst, ihr könnt auf mich zählen. Ich halt den Mund!«

Dann holte er diverse Papiere aus seinem Umhängebeutel und auch die schon bekannte Zeitung, in der seine Kreismaschine eingewickelt war.

»So, Malu, dann lass mal sehen, um welche Buchstaben es diesmal geht. Mensch, ist die Sache wieder spannend bei euch!«

Malu schob ihm den Zettel vor die Nase und als er sich die lange Buchstabenreihe ansah, rieb er vor Aufregung seine Handflächen aneinander: »Hallo, hallo … wow! Na, diesmal lohnt sich die Entschlüsselung ja wirklich!«

V U Y Y U J W Z X Y Q K W Y A K Q N D A J Q X W E A K W P Q N
W R Q U T U J N Y Q X W K S Z V W P A K Y W U X W J A Y Y Q N W
Q K P Q W Q K B Z T T Y W N U G R W X Z X W P Q U X W Y K S Z V

»Na, okay … so richtig Angst machen mir die Buchstaben nicht!
Aber in jedem Fall mächtig was zu tun für uns. Auf den ersten Blick
sieht es wieder nach unserer besonderen Katzenverschlüsselung aus.
Warum sollte der gute Hark die auch geändert haben. Wer den Code
einmal geknackt hat, sollte auch den Schatz finden und wahrscheinlich
hat er seine Botschaft nur deshalb nochmal codiert, damit nicht Dritte,
denen durch Zufall das Holzstück in die Hände fällt, gleich sein Geheimnis kennen. Wenn eure Vermutung stimmt, dass der Hai nur alles
aus Zufall herausgekriegt hat, dann wär für den an dieser Stelle sowieso endgültig Schluss gewesen. Kann mir nicht vorstellen, dass er den
Cod geknackt hat. Wieder auffällig viele W's drin! Wenn sich dahinter
auch diesmal unsere altbekannten Geister verbergen, nämlich das X,
dann hat er auch die Verdrehung nicht geändert. Aber das werden wir
gleich sehen. Also, ran an den Speck!«
    Kurt und Malu rückten mit ihren Stühlen ganz dicht heran und Janne
war aufgestanden und hatte sich einfach hinter Claas gestellt. Der verdrehte jetzt seine Zaubermaschine W außen über X innen und legte los:

(… bitte selber lösen! Zaubermaschine Seite 328)

V U Y Y U J W Z X Y Q K W Y A K Q N D A J Q X

_ _ _ _ _ X _ _ _ _ _ X _ _ _ _ _ _ _ _ _ _

W E A K W P Q N W R Q U T U J N Y Q X W

X _ _ _ X _ _ _ X _ _ _ _ _ _ _ _ _ _ X

K S Z V W P A K Y W U X W J A Y Y Q N W

_ _ _ _ X _ _ _ _ X _ _ X _ _ _ _ _ _ X

Q K P Q W Q K B Z T T Y W N U G R W

_ _ _ _ X _ _ _ _ _ _ _ X _ _ _ _ X

X Z X W P Q U X W Y K S Z V

_ _ _ X _ _ _ _ X _ _ _ _ _

Alle starrten vollkommen fasziniert auf die entschlüsselte Botschaft.

»Ich kann mir schon denken welche Stelle Hark meint«, sagte Kurt
und strich sich dabei in seiner typischen Art durch den Bart. »Das wird
heikel!«

»Du meinst in der Kirche, oder?«, fragte Malu nach und guckte ihn
erwartungsvoll an. Aber Kurt antwortete nicht und nickte nur.

»So, meine Lieben, ich werd mich gleich mit Rolf in Verbindung
setzen und mit ihm auch überlegen, wo wir die Fischhälften sicher
verwahren können. Ihr seid jetzt alle Geheimnisträger! Ihr wisst, was
sie mit dem Hai angestellt haben. Ich denk zwar nicht, dass sie noch
mal aus ihren Löchern kommen, aber sicher kann man nie sein! Auf
jedem Fall müsst ihr weiter den Mund halten und solltet vorsichtig
sein!« Kurt guckte jedem eindringlich in die Augen und ergänzte dann
noch: »Um an den Schatz heranzukommen, haben sie vor vielen Jahren sogar in Kauf genommen, dass jemand im Watt elendig ersäuft.«

22. Urlaubstag

Leuchtturm und Strand

Der hohe, rot-weiße Leuchtturm ist das eigentliche Wahr- und Erkennungszeichen Amrums. Auf einem Dünenfuß erbaut überragt er mit seinen 41,8 m und einer Gesamthöhe über dem Meer von 67,7m auf der Insel einfach alles und gehört damit auch zu den höchsten Leuchttürmen an der Deutschen Nordseeküste. Selbst an trüben Tagen ist er weithin sichtbar und jedem Amrum-Liebhaber gilt ihm, bei An- und Abreise, der erste und der letzte Blick.

Heute der Stolz der Insel, damals von vielen Insulanern eher abgelehnt. Sie argwöhnten den Rückgang der Strandungsfälle – eine wichtige Einnahmequelle!

Bei der Errichtung begegneten die Insulaner den Arbeitern vom Festland insgesamt wenig gastfreundlich und immer wieder verzögerte sich auch die Anlieferung von wichtigen Materialien. Der Leuchtturmbau zog sich hin und zu guter Letzt streikte auch noch ein Teil der Arbeiter, weil sie für den vereinbarten Lohn nicht mehr auf diese „öde" Insel wollten. Reichlich verspätet brannte das Leuchtfeuer erst Anfang 1875 das erste Mal.

Obwohl nun der Seeweg vor Amrum sicherer war und auch immer mehr Frachtsegler durch Dampfschiffe ersetzt wurden, die vom Wind unabhängig manövrieren konnten, ging aufgrund der enorm steigenden Anzahl der Handelsschiffe die tatsächliche Zahl der Havarien auf den gefährlichen, vorgelagerten Sandbänken in den Folgejahren kaum zurück – so blieb den Amrumern, trotz ihres neuen Leuchtturms, der „Strandsegen" weiter erhalten.

Aber, warum wurde nach der Reichsgründung 1871 überall an den deutschen Küsten der Bau von Leuchttürmen so mit Nachdruck betrieben?

Zwei wesentliche Gründe:
- Die Linsentechnik und damit die Möglichkeit, das Licht kilometerweit zu bündeln, hatte sich in dieser Zeit enorm verbessert – Leuchttürme konnten die küstennahen Seewege nachweislich sicherer machen!
- Das neu gegründete Kaiserreich forderte immer stärker seinen „Platz an der Sonne"! Man wollte England auf den Weltmeeren Paroli bieten, Überseehandel betreiben und sich Kolonialbesitz sichern – nicht nur die Handelsschifffahrt, sondern insbesondere auch die Kriegsmarine forderte verlässlichere Schifffahrtsrouten!

Geschichten, wonach die Amrumer in vergangenen Jahrhunderten auch Irrfeuer am Strand anzündeten, um Schiffe auf die Sände zu locken, sind Gruselgeschichten und entspringen eher der Phantasie von Kinderbuchautoren. Sie sind historisch an keiner Stelle belegt und aus mehrern Gründen auch unlogisch.

Kein Kapitän oder Steuermann mit klarem Verstand würde in der Nacht sein Schiff auf ein unbekanntes Licht zusteuern – dort ist nämlich Land und es droht Schiffbruch. Des Weiteren fuhren die Amrumer Männer seit jeher zur See und fast jede Familie hatte schon geliebte Menschen an den „nassen Tod" verloren – und viele nicht nur einen!
Auf jedem Schiff, das strandete, hätte auch ein Insulaner sein können, und schon deshalb galt es als erste Christenpflicht, in Not geratenen Seeleuten zu helfen – ab 1865 auch mit der Gesellschaft zur Rettung Schiffbrüchiger.

Schiffbruch wissentlich und aktiv herbeizuführen, auch wenn noch so starke materielle Interessen im Spiel waren, hätte soziale Ächtung und den sofortigen Ausschluss aus der Inselgemeinschaft nach sich gezogen.

Vollkommen anders sah die Sache natürlich aus, wenn ein Schiff ohne Zutun der Amrumer havarierte, die Besatzung das Schiff schon verlassen hatte, vielleicht tot oder bereits in Sicherheit war – dann ging es um Beute! Und hier hatte man weniger die Plünderung der Ladung im Sinn, darauf standen empfindliche Strafen, als vielmehr

den Bergelohn! Damit konnte man legal richtig viel Geld verdienen.
Es waren unerschrockene Männer von den Inseln, die in konkurrie-
renden Gruppen versuchten, in ihren kleinen Booten das gestrandete
Schiff zu entern. Immer denjenigen, die es als erste an Bord schafften,
stand ein hoher Anteil aus dem Verkauf der Ladung zu und manchmal
gelang es auch, ein Schiff wieder flott zu kriegen – dann war man reich!
Allerdings waren solche Aktionen auch immer ein Himmelfahrtskom-
mando – man musste unbedingt vor den anderen da sein und hatte
keine Zeit, abzuwarten. Meist hatte sich der Sturm noch nicht gelegt,
wenn sie raus fuhren. Dann starke Strömung, die Untiefen der Sand-
bänke und die Wellen schlugen hoch. Auch bei diesen waghalsigen
Unternehmungen haben immer wieder Amrumer ihr Leben gelassen.

Malu hatte ihrer Mutter noch gestern Abend erzählt, dass sich im
Fisch wirklich eine sensationelle Botschaft befunden hatte, und vielleicht war Kristina deshalb vorhin beim Frühstück auf die Idee gekommen, eine lange gemeinsame Strandwanderung zu machen. Immer am Wasser entlang, vom Leuchtturm bis nach Norddorf und nur
wir zwei, hatte sie vorgeschlagen. Wer weiß, wie sich die Dinge noch
entwickeln, vielleicht werden wir gar keine Zeit mehr haben, noch
mal etwas Schönes zusammen zu unternehmen … und dann daran erinnert, dass schon in drei Tagen ihr gemeinsamer Amrumurlaub zu
Ende gehen würde. Diese Nachricht hatte Malu fast vom Gartenstuhl
gehauen. Halb panisch war sie zu Kurt rübergerannt und der hatte sie
dann einigermaßen beruhigen können. Nein, wenn das Rätsel um den
Schatz sich löst, wirst du auf jeden Fall dabei sein, das geht doch gar
nicht anders, hatte er gesagt. Die Ferienwohnung ist zwar gleich im
Anschluss wieder vermietet, aber notfalls bring ich euch zwei für einige Tage hier bei mir unter. Zur Strandwanderung hatte er sie dann
regelrecht ermuntert: macht heute was Tolles zusammen, die nächsten
Tage könnten hektisch werden, hatte er gemeint. Die Spitzbuben werden jetzt die Füße stillhalten und dort am Wasser wird nichts passieren.
Ich treib in der Zwischenzeit unsere Sache voran. Nachher trifft sich

der Kirchengemeinderat, mit Bürgermeister und Polizei, und wenn die meinen Vorschlag akzeptieren, passiert erst heute Abend etwas Wesentliches, da solltest du dann allerdings dabei sein. Bis dahin genießt diesen Tag, war seine Aufforderung gewesen.

Von der Bushaltestelle bis zum Leuchtturm war es nur ein kurzes Stück. Sie war schon mal oben gewesen, aber, das lag Jahre zurück. Paps hatte sie damals da hoch gescheucht. An die Wendeltreppe mit den endlos vielen Stufen konnte sie sich noch erinnern. Sie hatten sie damals gemeinsam gezählt, aber die Zahl wusste sie nicht mehr.

Seitlich vom Eingang stellten beide ihre Tagesrucksäcke ab und dann guckte Malu auch schon herausfordernd und meinte:

»Na, Mum, mal sehn, was du noch drauf hast! Der Wettbewerb heißt: Wer ist schneller oben? Nimmst du die Herausforderung an?«

»Ich glaub, du wirst langsam größenwahnsinnig!«, lachte Kristina. »Du willst also wirklich deine überaus sportliche, fitte Mutter herausfordern. Das wird ein Desaster für dich, eine regelrechte Hinrichtung! Dann werd ich meine übermütige Tochter mal in ihre Schranken weisen. Aber wir brauchen einen Wetteinsatz. Wer verliert, bezahlt nachher das Eis bei Kalle! Einverstanden?«

»Die Wette gilt!«, war Malus Antwort. »Also los!«

»Halt, halt! Einen kleinen Vorsprung muss du mir schon geben. Sagen wir, ich renn los und du zählst noch langsam bis 20 … aber nicht mogeln, okay?«

»Na gut, einverstanden, du sportliche Mutter. Du bekommst einen Altersbonus!«, grinste Malu.

»Ich bin bereit!«, rief Kristina siegessicher, ballte die Faust und rannte los.

Anfangs lief alles gut, doch schon bei etwa Stufe 30 merkte sie, dass sie ihr hohes Anfangstempo nicht halten konnte und verlangsamte ein bisschen.

Die Treppe führte spiralförmig nach oben, immer im Kreis herum. Bei Stufenzahl 70 wurde ihr leicht schwindelig, bei Stufe 100, obwohl sie laut schnaufte, hörte sie die Schritte ihrer Tochter unter sich und die kamen ständig und schnell näher. Und dann, nach vielleicht nochmal 20 Stufen, verlor Kristina die Wette. Malu hatte aufgeschlossen und zog provozierend leichtfüßig an ihr vorbei.

Als Kristina eine ganze Zeit später, schwer atmend, puterrot und verschwitzt den oberen Ausstieg erreichte, stand dort ihre breitgrinsende Tochter ganz entspannt am Außengitter und empfing sie mit den Worten: »Hey, Mum, ein Desaster für wen? 172 Stufen! Aber mach dir nichts draus, wenigstens geschafft, würde ich sagen. Allerdings, die besten Jahre liegen hinter dir! Wohl doch zu viel Sex, Drugs und Rock'n Roll in deiner wilden Zeit, was?«

Kristina schnaufte noch ein paar Mal durch und musste nun doch lachen: »»Du böse, böse Tochter! Mach dich nur lustig«, und schnappte erneut nach Luft. »Auf deinen Großvater trifft das wahrscheinlich zu, aber zu meiner Zeit waren wir wieder furchtbar brav – leider, würde ich sagen«, atmete tief ein und trat dann einen halben Schritt auf den umlaufenden, schmalen Balkon hinaus, guckte in die Tiefe und wich sofort wieder zurück.

»Puh, ist das hoch! Ich wusste gar nicht, dass ich Höhenangst hab. Mensch, Mensch, Kind fall da bloß nicht runter. Hoffentlich hält das Ding überhaupt und nur dieses flache Gitter davor.«

»Mum, nun sei kein Schisser, enttäusch mich nicht. Der Blick ist grandios, würdest du sagen, den darfst du nicht verpassen.«

Malu ging ein Stück weiter um den Turm herum, hielt sich dabei aber auch ein wenig verkrampft am Handlauf fest.

»Na, mein Schatz, du kannst mir nichts vormachen. So ganz entspannt sieht das bei dir auch nicht aus«, und dann trat Kristina doch heraus, hielt sich aber möglichst dicht am Turm und nach einer kleinen Gewöhnungszeit kam sie ebenfalls ins Schwärmen: »Das ist ja wirklich ein fantastischer Blick. Die gesamte Insel liegt unter uns. Sieh mal, wie klein die Zelte vom FKK-Platz sind und dann Nebel, Norddorf ... Mensch, man kann die gesamten Dünen der Odde überblicken ... super! Die Mühe, hier hochzusteigen, lohnt sich wirklich! Was meinst du?«

Malu war noch ein Stück weiter herumgegangen: »Ja, in jedem

Fall. Ich war hier mal vor Jahren mit Paps. Aber, damals muss mich das nicht so beeindruckt haben – keine Ahnung. Heute würde ich sagen: Nächstes Jahr wieder!«

»Wow! Kann ich diesen Satz nachher schriftlich von dir haben? Dann halt ich dir den Zettel vor den nächsten Sommerferien wieder unter die Nase!«

»Okay, Mum«, sagte sie und genoss weiter den Blick über den großen Dünenzeltplatz, über Wittdün zum Fähranleger und weiter bis nach Langeness und Hallig Hooge.

Nach der Leuchtturmbesteigung folgte gleich die nächste sportliche Herausforderung – die Überquerung des gigantisch breiten Kniepsandes an dieser Stelle.

Aber der breite Strand war nur die eine Sache, die andere, noch quälendere, war der glühendheiße Sand heute. Vom wolkenlosen Himmel knallte die Sonne ohne Gnade. Dazu war es hier in Dünennähe nahezu windstill und Malu hatte das Gefühl, als würde sie sich in einem Brutkasten bewegen. Schon nach wenigen Schritten mussten sich beide ihre Sandalen anziehen. Hier barfuß zu gehen, war an diesem Tag ein Ding der Unmöglichkeit.

»Marie, so ähnlich muss es sein, wenn man über der Sahara mit dem Flugzeug abstürzt und sich ohne ausreichend Wasser zu Fuß bis zur nächsten Oase durchschlagen muss. Ich glaub, ich hab mal so einen Film gesehen.«

»Ich auch … die haben sich nachher um den letzten Schluck geprügelt, ich erinner mich nicht mehr genau … vielleicht sogar gegenseitig umgebracht! Jedenfalls, Mum, von meinem Wasser kriegst du nichts!«, rief Malu, lachte und lief dann eine Strecke taumelnd, gebückt, mit schweren Schritten und in Schlangenlinien weiter, als würde sie jeden Augenblick vor Durst zusammenbrechen.

Kristina kam nun auch in Fahrt. »Du glaubst doch nicht, dass du etwas von meinem Wasser abkriegst! Nicht den kleinsten Schluck, du böse Tochter«, rief Kristina und stocherte lachend weiter durch den weichen Sand Richtung ferner Nordsee. »Aber, im Ernst, Marie, ich hab mal gelesen, was die Tuareg, ein Wüstenvolk in Nordafrika, in einer solchen Situation machen würden ... das hörte sich total irre an! Die würden nur in der Nacht gehen und sich tagsüber ganz tief in den Sand eingraben, dort soll es richtig kühl sein und dann sich irgendwas über den Kopf legen und mit Selbsthypnose ihren Kreislauf runterfahren und zum Stein werden.«

»Zum Stein?«, wiederholte Malu ungläubig.

»Ja, so stand das da. Die haben die Fähigkeit zum Stein zu werden, null Bewegung. Ist das nicht irre!«

»Mum, du willst dich hier aber jetzt nicht eingraben, oder?«

Mit ähnlichen Geschichten ging es weiter, und nachdem Malu ihrer Mutter genau auseinandergesetzt hatte, wie man mit Hilfe einer Plastiktüte aus abgeschnittenen Kakteenstücken, über Verdunstung, ein Paar Tropfen Wasser gewinnen konnte, erreichten sie unbeschadet die Wasserkante und hier genügte dann ein Blick und ein Nicken: Klamotten runter und rein in die Fluten.

Danach ging es Richtung Norden, immer am Flutsaum entlang und oft auch durchs seichte, kühlende Wasser. Die Nordsee gab sich heute zahm und gelassen. Müde, kleine Wellen schwappten leise raschelnd an den flachen Strand, versickerten sofort und färbten den Sand mal dunkler, mal heller.

»Und, Mum, denkst du noch manchmal an deinen Aerosolschnupperer?«

»Was für ein Schnupperer? Was ist das wieder für eine Geschichte?«

»Na, dein Lackaffenfreund, der war doch ganz begeistert von dem Stoff.«

»Lackaffenfreund ... ach, Manfred meinst du! Na ja, irgendwie tut er mir jetzt auch leid. Aber, seit ich weiß, dass er für die ganzen Einbrüche verantwortlich ist und ja auch irgendwie für den bei uns, hab ich den Typ abgehakt. Er hat mich nicht verdient, würde ich sagen.« Malu guckte noch mal und grinste.

»Sag jetzt besser nichts mehr, du vorlautes, gehässiges Kind. Was haben wir bloß falsch gemacht mit dir? Ich glaub, du bist reif für eine

Abreibung«, rief Kristina aufgekratzt und griff in den feuchten Sand. Dann flog er schon – aber natürlich gab es auch gleich eine entsprechende Antwort von ihrer Tochter.

Auf dem weiteren Weg zum Nebeler Strandabschnitt erzählte Malu von ihrer großen Sorge, beim letzten, entscheidenden Teil der Schatzgeschichte nicht mehr dabei sein zu können und was Kurt vorhin vorgeschlagen hatte.

»Mensch, Kurt ist aber auch ein Feiner! Das muss ich schon sagen ... das würde nicht jeder machen. Marie, nun denk bloß nicht unsere letzten Tage nur noch darüber nach. Ich würde natürlich auch total gerne mitkriegen, wie sich die Dinge weiterentwickeln, aber, ich kann leider nicht verlängern. Ich hab schon feste Termine in Hamburg und muss auch unbedingt endlich etwas für die Schule tun. Allerdings, wenn alle Stricke reißen und es nur um ein paar Tage geht, dann bleibst du einfach noch!«

»Was! Mum, damit wärst du einverstanden?«

»Ja, schon! Ich weiß doch, wie wichtig das für dich ist und bei Kurt bin ich mir sicher, dass er gut auf dich aufpasst und für dich sorgt. Vielleicht entwickelt sich das Ganze ja wirklich noch zu einer Riesengeschichte und dann müsste ich mir jahrelang deine Vorhaltungen anhören ... was für eine blöde, bescheuerte Mutter ich bin und so weiter ... das Risiko ist mir viel zu hoch. Allerdings müsste natürlich auch dein Vater zustimmen. «

»Mum, ich glaubs ja nicht ... danke! Und mit Paps, das klappt schon.« Dann strahlten sich beide an und Malu drückte ihrer Mutter einen dicken, feuchten Kuß auf die Wange.

Oft gingen beide nur wortlos nebeneinander her und Malu manchmal sogar mit geschlossenen Augen. Hören und Spüren war dann noch intensiver. Und wenn sie dabei dann noch ihre Arme ausbreitete, war es einfach perfekt. Der leichte Sommerwind auf der Haut fühlte sich heute wie ein ständig sanftes Gestreicheltwerden an.

Bei Kalle am Nebeler Strandkiosk machten sie eine kleine Pause. Kristina löste ihre verlorene Wette ein und spendierte danach auch noch für jeden eine große Tüte Pommes. Das Eis aßen sie gleich hier, sitzend in einem der großen urigen Strandstühle und die Fritten dann im Weitergehen.

Als Malu ungefähr die Hälfte davon weggenascht hatte, kam seitlich von den Strandkörben her ein kleiner, weißer, struppiger Hund auf sie zugerannt und was der wollte, war auch klar. Malu war stehengeblieben und rief:»Na, kleine Peggi, bist du wieder ausgebüxt!«

»Marie, jetzt lock ihn doch nicht auch noch! Und woher kennst du den Namen von dieser Nervensäge?«

Malu hatte sich hingehockt und Peggi rannte sofort mit wedelndem Schwanz auf sie zu.

»Ich glaub, er ist eine Sie. Na, kleines Hundi, du hast Hunger, oder?«, und dabei kraulte Malu sie kräftig mit einer Hand und hielt mit der anderen die Pommestüte möglichst weit weg.

»Na, dann eben Sie ... bloß nicht füttern, Marie! Die werden wir gar nicht mehr los! ... Ach, nein ... Marie-Luise! Warum machst du das? Ach herrje, jetzt läuft sie uns womöglich bis Norddorf hinterher.«

Malu hielt ihr schon die nächste Fritte vor die Nase und meinte dann:»Stell dir vor, Mum, du wärst ein Hund und müsstest dich weitgehend alleine durchschlagen. Die hat kein leichtes Leben!«

»Ich, ein Hund? Was erzählst du da wieder? ... Ach nein, Marie ... nun fütterst du sie schon wieder! ... Ich sag dir, der Quälgeist lungert jetzt solange bei dir rum, bis deine Tüte leer ist ... und wahrscheinlich kommt sie dann zu mir.«

Kristina sollte Recht behalten. Der Hund hielt sich genau so lange bei Malu auf, bis sie keine Pommes mehr hatte und rannte dann schwanzwedelnd sofort zu Kristina rüber.

»Nein, nein! Von mir gibt's nichts!«, rief sie ihr zu und steckte sich schnell die letzten Fritten in den Mund.»So, Hundi, nun geh schön nach Hause. Wir haben nichts mehr für dich, siehst du!«, knüllte ihre Pommestüte zusammen und hielt sie ihr vor die Nase.

Aber das half nicht. Obwohl beide den Hund jetzt kaum noch beachteten, machte Peggi keine Anstalten wegzulaufen, und selbst nachdem die zwei schon wieder ein ganzes Stück gegangen waren, hielt sie sich noch immer ganz in ihrer Nähe auf. Mal lief sie weit vorneweg, wartete dann oder blieb zurück – aber, irgendwie ließ sie den Kontakt nie richtig abreißen.

Plötzlich rief jemand von den Vordünen her! Der Hund spitzte sofort die Ohren und rannte kleffend los .

»Na, endlich kümmert sich mal einer um den Köter ... dass wird aber auch Zeit«, grummelte Kristina. »Sieh mal den Typ, Marie ... der Fluch der Karibik lässt grüßen ... ziemlich verwahrlost, würde ich sagen ... wahrscheinlich einer von den Freeks, die sich dort in den Dünen Strandhütten bauen und im Sommer manchmal eine Zeitlang da wohnen«, erklärte Kristina und wollte schon weitergehen.

Aber Malu blieb stehen und guckte noch immer neugierig der Hündin nach und als die den eigenartigen Rufer erreicht hatte, sprang sie sofort freudig bellend ein paar Mal an ihm hoch. Allerdings schien sich der Mann nur sehr kurz für seinen Vierbeiner zu interessiert und starrte gleich wieder rüber.

»Komm jetzt, Marie, der Kerl ist mir irgendwie unheimlich. Womöglich steht der sogar unter Drogen und denkt, wir wollten ihm seinen Hund wegnehmen. Bei solchen Typen kann man nie wissen!«

»Nein, Mum, da brauchst du dir keine Sorgen machen, warte mal!«, und ging dann sogar ein kleines Stück auf den Fremden zu. Als wär das ein Zeichen für die kleine Hündin gewesen, machte die kehrt und rannte sofort wieder quer über den Strand kleffend Richtung Malu zurück.

Wie ein weißer Blitz kam sie angefegt und sprang dann in ihrem Übermut gleich an ihr hoch.

Nun setzte sich auch der Mann in Bewegung und kam mit großen Schritten über den Strand auf sie zugelaufen, und die Gestalt, die sich da jetzt schnell näherte, sah mindestens höchst irritierend, wenn nicht sogar bedrohlich aus.

Ein wilder, zotteliger Bart verdeckte vollständig die untere Hälfte seines Gesichtes und war noch länger, als seine strähnigen, grauen Haare, die ihm bis über die Schultern fielen. Sein ausgeblichenes, kurzärmliges Oberhemd trug er offen, wahrscheinlich, weil kaum noch Knöpfe daran waren und seine ehemals lange Hose schien er eigenhändig und ohne viel Ehrgeiz zu Shorts abgeschnitten zu haben – die Hosenbeine ausgefranst und in unterschiedlicher Länge.

Aber, am auffälligsten und ungewöhnlichsten war das, was er an den Füßen hatte – das topte einfach alles! Der eine steckte in einem abgeschnittenen Gummistiefel, der andere in einer Plastiksandale – kurzum sie passten absolut nicht zusammen. Hinzu kam noch, dass am Reststiefel eine ganze Anzahl von Seepocken heftete, so wie Malu sie schon öfter an angespültem Treibholz oder neulich an den Prielpricken gesehen hatte. Da näherte sich wirklich ein Wesen wie aus einer anderen Welt.

Ein relativ groß gewachsener, leicht nach vorn gebeugter alter Mann. Und als er dichter heran war, sah Malu, wie knochig und ausgemergelt er war. Sie konnte sich nicht erinnern, schon jemals eine so lederartige, tief braune Haut gesehen zu haben.

Aber alles, was an diesem fremden Menschen sofort Unwohlsein, vielleicht sogar Angst und das Bedürfnis, sich abzuwenden und schnell weiterzugehen, auslöste, wurde allein durch einen einzigen Gegenstand auf wundersame Weise gebrochen. Vor seiner Brust baumelte, von einem dunklen Lederband gehalten, ein etwa walnussgroßer, wunderschöner Naturbernstein – gelbrot und jetzt im Sonnenlicht hell leuchtend.

Der Alte war stehengeblieben, richtete sich etwas auf, guckte und an seinen unruhigen Händen sah man, wie aufgeregt er sein musste. Dann wieder einige Schritte dichter heran, erneutes Stehenbleiben und Schauen und danach wieder ein Stück weiter – als würde sich ein scheues Tier vorsichtig nähern, so mutete es an.

Bald waren es nur noch wenige Meter und nun sprach er sie an:

»Meine Peggi … hat dich gefunden«, sagte er mit brüchiger Stimme. »Du bist doch Maluuuuu … es kann doch nicht … nicht anders sein, oder? Du wohnst doch bei Kurt … bei meinem Freund Kurt … Oder?«

So, wie er ihren Namen ausgesprochen hatte, hatte sie den noch nie gehört, irgendwie rufend, mit einem ganz langgezogenem „Uuuu“.

»Ja, das stimmt! Mein Name ist Malu. Das ist meine Mutter. Wir machen gerade Urlaub auf Amrum und wohnen bei Kurt. Und Sie müssen Hannes sein!«

»Ja, ja, … ja, bei Kurt … du kennst mich? Natürlich, natürlich, es kann ja gar nicht anders sein … Kurt, hat mir erzählt, dass du da bist …«, antwortete er und dabei sah er sie immer nur kurz direkt an. Seine Augen waren voller Unruhe und flogen hin und her und auch mit seinen Händen war es immer noch so.

»Ich freu mich sehr, dass wir uns mal treffen. Opa Kurt hat mir von Ihnen erzählt«, bei diesem Satz war sie weiter auf ihn zugegangen und streckte ihm zur Begrüßung ihre Hand entgegen.

Aber, er wich erschrocken zurück: »Nein, nein … nicht berühren … das nicht, das nicht … das geht nicht! Das dürfen wir nicht! nein, nein!«, rief er und fuhr sich dabei wild durch die Haare.

Malu ließ sofort ihre Hand sinken und machte zwei Schritte rückwärts.

»Du bringst jetzt, jetzt … alles in Ordnung, hat Kurt gesagt … das tust du doch? Ja, ja, das tust du! Maluuuuuu, gut, gut, dass Du jetzt da bist. Du bringst alles wieder in Ordnung … ich warte schon so lange … so lange … woher, woher kommst du, woher?«

»Aus Hamburg, wir wohnen in Hamburg!«, antwortete Malu.

»Aus Hamburg, eine große, große Stadt … Kurt hat das erzählt, erzählt … aber woher noch … dein Zeichen, meine ich … woher kommst du? Woher?«

»Wie bitte … ich weiß nicht, was meinen Sie?«, fragte Malu unsicher nach.

»Na, welches Zeichen! … woher? Woher?«, wiederholte er voller Ungeduld.

»Vielleicht meint er dein Sternzeichen, Schatz!«, versuchte Kristina zu helfen, die etwas abseits, wie angewurzelt mit offenem Mund dastand und das Geschehen verunsichert aber auch fasziniert verfolgte.

»Ach, mein Element, mein Sternzeichen, meinen Sie! … Wasser, am 15. März … im Zeichen des Fisches!«, antwortete Malu schnell.

»Im Zeichen des Fisches«, wiederholte er leise. »Aus dem Wasser also … ein Wasserwesen … ich wusste es, ich wusste es immer, immer

… im Zeichen des Fisches … gut … gut! Es kann nicht anders sein. Aus dem Wasser, natürlich, natürlich! Nicht aus der Luft, aus dem Wasser … im Zeichen des Fisches«, wiederholte er erneut leise und geheimnisvoll.

Nun entstand eine Pause und er guckte eine ganze Zeit zwischen Malu und der offenen Nordsee hin und her – er schien sich zu beruhigen. Sein Körper und seine Hände waren nun weniger in Bewegung und auch sein Blick war nicht mehr so unsteht und wurde fester.

»Ich hab schon so lange auf dich gewartet … schon so lange, so lange … aber ich wusste immer … irgendwann kommt jemand und der bringt alles in Ordnung … Maluuuuuuu … was soll jetzt passieren? Was soll ich noch tun? … Maluuuuuu.« Diese Worte und Sätze hatte er gar nicht mehr fahrig und auch fast ohne Wortwiederholungen gesagt. Aber, wie verloren sah er plötzlich aus, wie traurig waren seine Augen und seine letzten, fast flehenden Worte lösten sofort tiefstes Mitgefühl aus.

Malu konnte es fast nicht ertragen, einfach nur stehen zu bleiben. Sie fühlte sich so verbunden mit diesem alten, verzweifeltem Mann. Am liebsten hätte sie ihn einfach in den Arm genommen. Aber darauf hatte Hannes hier am Strand über ein halbes Menschenleben nicht gewartet, das wusste sie genau, damit konnte sie ihm nicht helfen. Er sah in ihr etwas, was sie nicht war. Durfte sie jetzt einfach in die, von ihm, ihr zugedachte Rolle schlüpfen … wenn ja, was waren die richtigen Worte? überlegte sie fieberhaft … und dann geschah es einfach:

»Ich hab wirklich eine Nachricht für Sie, Hannes!«, begann sie.

»Eine Nachricht, eine Botschaft?, wiederholte er sofort. Er hatte sich augenblicklich noch weiter aufgerichtet und sein Blick war plötzlich ganz fest und er guckte ihr direkt in die Augen.

»Ja, eine Botschaft, könnte man sagen. Es kommt jetzt alles zum Ende!«, fuhr sie fort und bemühte sich, mit möglichst ruhiger, überzeugender Stimme zu sprechen.

»Wir wissen nun, wo Hark Olufs seinen Schatz vergraben hat. Was immer das auch sei. Wir werden es sehr bald erfahren. Daran haben Sie einen großen Anteil. Ohne Ihre Erinnerungen an die letzte Nacht mit ihrem Freund Jesse in den Dünen hätten wir das nicht geschafft. Die „Geradegebogene Katze" war der entscheidende Begriff! Und den haben Sie beigesteuert! Sie sind nicht länger verantwortlich für seinen Tod im Priel. Jeder hat sein eigenes Schicksal. Jesse geht es gut, dort wo er nun ist. Er hat seinen Frieden gefunden.«

»Der entscheidende Begriff … Jesse geht es gut … er hat seinen Frieden gefunden«, wiederholte Hannes leise und und nun bekamen seine traurigen Augen einen feuchten Schimmer.

»Ja, Sie müssen nicht länger für seine Seele sorgen. Sie haben Ihre Aufgabe erfüllt. Es ist jetzt alles getan! Um die vielen Gummistiefel, die in den Meeren treiben und mit ihnen die vielen verlorenen Seelen, kümmern sich jetzt andere. Das ist nicht länger Ihre Sache! Die Wasserwesen wollen es so! Sie wünschen nun auch Ihnen Frieden«, jetzt bekam Malu selbst einen Kloß in den Hals und schluckte ein paar Mal trocken runter.

»Um die Stiefel kümmern sich jetzt andere … sie wünschen meinen Frieden«, wiederholte Hannes wieder und dann liefen seine Tränen.

»Ja, so ist es … das soll ich Ihnen sagen«, ergänzte Malu noch und zwang sich, tapfer zu bleiben.

Hannes blieb stumm und guckte sie an und das tat er lange. Die ganze Zeit hatte sich Peggi ruhig verhalten. Doch jetzt wurde es ihr anscheinend zu langweilig. Sie bellte und sprang übermütig an ihrem Herrchen hoch.

Es dauerte einen Augenblick, bis Hannes reagierte und sie kraulte: »Ja, meine Kleine … wir gehen ja jetzt … ja jetzt … ich hab noch etwas … noch etwas«, sagte er und griff in seine rechte Hosentasche. »Ein Geschenk … seit Kurt erzählt hat, hab ich es bei mir … ich wusste, dass wir uns begegnen … es konnte nicht anders sein, nicht anders sein!«

Und dann zog er ein Lederband heraus und daran hing ein strahlender Naturbernstein, dem seinen sehr ähnlich – nur ein bisschen kleiner.

Hannes ging ein paar Schritte auf Malu zu, allerdings nur so weit, dass sie sein Geschenk mit ausgestrecktem Arm gerade fassen konnte. Danach zog er sich sofort wieder zurück.

»Der ist ja wunderschön«, sagte Malu und plötzlich wurden auch ihr die Augen feucht. Sie besah den Stein von allen Seiten und schob sich das Lederband über den Kopf.

»Vielen Dank, Hannes!«, sagte sie und lächelte ihm dankbar zu.

Sekundenlang guckte er nun stumm Malu an und dann passierte etwas ganz Wunderbares.

Ein Lächeln flog über sein faltiges Gesicht ... und er sagte: »Nicht wir finden sie, sie finden uns. Bernsteine sind die Augen der Götter ... er wird dich beschützen!«

Danach ging alles ganz schnell. Noch ein Abschiedsgruß mit der Hand, auch für Kristina, und schon wendete er sich ab. Peggi sprang ihm aufgeregt um die Beine und er kraulte sie kurz.

»So, meine Kleine. Wir können jetzt nach Hause ... nach Hause«, und stapfte Richtung Dünen davon.

Malu und Kristina sahen ihm nach. Er drehte sich nicht mehr um und so unerwartet und unwirklich wie er erschienen war, verschwand er auch wieder.

Kristina war die erste, die sich in den Griff bekam:

»Wow! Ich glaubs ja nicht ... Marie, wenn das nicht magisch war ... was für eine Begegnung! ... Mach du dich noch mal lustig über Spiritualität und Esoterik. Wenn das nicht eben genau so etwas war ... einfach wunderbar ... meine Tochter! Ich bin richtig stolz auf dich. Ich weiß zwar gar nichts von diesem Hannes, aber ich glaub, du hast genau das Richtige gesagt. Aber, wer ist das? Was ist diesem Mann passiert, dass er so wirr, irgendwie verrückt und so traurig ist?«, wollte Kristina nun wissen.

Während sie sich erneut auf den Weg machten und ihre Wanderung fortsetzten, erzählte Malu alles, was sie über das Schicksal von Hannes und seinem Freund Jesse Paulsen wusste – denn auch diesen Teil der Schatzgeschichte hatten Opa Kurt und sie gestern ausgelassen.

»Und er lebt da fast das ganze Jahr allein am Strand? ... Seit dieser langen Zeit ... was für ein Schicksal!«, machte sich Kristina noch mal klar, nachdem Malu alles berichtet und auch alle ihre Nachfragen beantwortet hatte.

»Apropos Strandhütten, Marie. Hier haben sich auch noch andere Leute so was gebaut und leben in den Sommermonaten, in den Ferien oder am Wochenende darin. Und irgendwo hier steht auch eine richtig berühmte rum, Panchos Burg! Da war ich ein paar Mal mit deinem Vater. Aber, lange bevor du geboren bist. Die war damals schon legendär … richtige Hippieparties, freie Liebe, mit allem Drum und Dran! Aber auch vor unserer Zeit. Wir haben da nur noch am Feuer gesessen, Wein getrunken und Sterne angeguckt … vielleicht waren wir noch in der Nacht alle zusammen nackt baden … aber das war auch schon der Gipfel unserer Verruchtheit.

Pancho verstand sich damals als Objektkünstler. Du glaubst gar nicht, was der da in den Jahren alles zusammengetragen hat. Strandholz natürlich, aber auch alle möglichen Plastikteile, alte Kleidung, angespülte Fernseher und so 'n Zeug.

Dann hat er alles zu einem Art Gesamtkunstwerk verbaut … eine Hütte mit Aussichtsplattform und Holzumrandung, Sitzplatz mit Feuerstelle natürlich und ner Menge eingegrabener Stangen mit allem möglichen bunten Zeug dran … jeder durfte damals da sein und es gab sogar ein Buch, in das man seine Eindrücke schreiben konnte … hier müsste sie eigentlich irgendwo sein … vielleicht da hinten, bei den Stangen mit den vielen Fahnen?«

»Ich glaub nicht, Mum. Punchos Burg hat die Nordsee geschluckt. Schon vor einigen Jahren. Jedenfalls hat das Janne erzählt.«

»Was, die gibt es nicht mehr! Wirklich? … Das ist schade … aber, dass ihr auch schon darüber gesprochen habt? Kann ich dir überhaupt noch etwas Neues erzählen? Was du alles weißt, du Schlaunase!«, tat Kristina empört.

»Aber, siehst du, Marie, da und … da! Überall sind noch Hütten. Ich finde es toll, dass es noch Leute gibt, die dazu Lust haben. Die halten die Idee vom einfachen Leben hoch, ohne den ganzen Schnickschnack! Die bewahren die alten Ideale. Und wer weiß, vielleicht wollen deine Kinder lieber wieder Hippie sein und kein gleichgeschalteter, ferngesteuerter Konsumspießer!«

»Oh, ho, ho, Mum! Nun läufst du langsam wieder zur Höchstform auf. Stichwort: Alt-68 und Öko! Du würdest ganz schön schlucken, wenn ich ab morgen nur noch barfuß und in bunten Pluderhosen rumlaufen, die Schule schmeiß und an den Strand ziehen würde.«

»Egal jetzt, du hast ja nicht ganz unrecht«, gab Kristina sich dann zahm. »Damals war auch nicht alles Friede, Freude, Eierkuchen!«, um gleich darauf das nächste Feuerwerk abzubrennen:

»Aber, das Lebensgefühl, die Freiheit, der Feminismus, die radikale Abkehr von den Normen, die Suche nach dem eigentlichen Sinn im Leben, der Verzicht auf unnötigen Besitz und Karriere und diese Aufbruchstimmung ... Marie, make love no war. Das war schon ganz besonders und ein bisschen mehr von diesem Hippiegeist würde unserer heutigen Welt gut tun, glaub mir!«

»Alles gut Mum, gut gebrüllt, aber komm jetzt wieder runter. Wir sind am Strand und nicht im Wahlkampf!« Und diese Bemerkung fand selbst Kristina irgendwie charmant und grinste ihre Tochter an.

Mit anderen Plaudereien ging es weiter, aber, oft liefen sie auch nur wieder stumm nebeneinander, jede hing eigenen Gedanken nach und immer deutlicher tauchten in der Ferne bunte Farbkleckse in Wassernähe auf.

»Guck mal, Marie, man sieht schon ganz gut die Strandkörbe vom Norddorfer Strandabschnitt. Wir haben es bald geschafft!«

Aber Malu guckte nur kurz in die Richtung und sah dann ernst ihre Mutter an:

»Mum, ich muss gerade so viel an euch und an Paps denken, du hast heute schon so oft über ihn gesprochen. Ihr beide habt mir nie richtig erzählt, warum ihr euch eigentlich getrennt habt. Vielleicht ist jetzt ein guter Zeitpunkt dafür! Was meinst du?«

»Huh!«, sagte Kristina nur, guckte überrascht und wurde augenblicklich ernster. »Willst du wirklich jetzt was darüber hören?«, fragte sie nach.

»Ja, warum nicht? Ich bin so neugierig darauf, aber, ich hab mich bisher nie getraut, danach zu fragen. Irgendwie passt doch noch ein weiteres, ernstes Thema zu diesem Tag, findest du nicht?«

Nun entstand eine Pause, aber Malu schwieg tapfer und Kristina wusste, ihre Tochter wollte eine ehrliche Antwort hören.

»Schatz, es gibt nicht die eine richtige, kurze Erklärung. Eine lange Beziehung zwischen Mann und Frau ist immer schwer«, begann Kristina noch zögerlich. »Als ich deinem Vater begegnet bin, hat es zwischen uns sofort geknallt. Wie eine Explosion! Wir waren total verliebt und es gab keinen anderen. Immer, wenn es möglich war, waren wir zusammen. Wir hatten so viel gemeinsame Interessen und haben lauter verrückte Sachen unternommen. Wir konnten stundenlang reden, diskutieren und auch schweigen.

Es gab viele Wochenenden, da reichte uns ein Bett, ein Kühlschrank und eine Badewanne. Jeder wusste, das ist meine große Liebe und wir wollten uns nie wieder verlieren ... na ja ... so war das. Und dann ging unser größter Wunsch in Erfüllung. Ich war schwanger, du kamst auf die Welt und unser Glück war vollkommen. Du bist sowieso das Allerbeste, was dein Vater und ich gemeinsam zustande bekommen haben. Ich bin mir vollkommen sicher, dass dein Vater das auch so sieht. Du hast mit unserer Trennung nichts zu tun, im Gegenteil, du verbindest uns!«

Kristina war stehengeblieben. Sie sah nachdenklich aus und guckte ihrer Tochter einen kurzen Moment direkt in die Augen.

Malu sah, wie ihre Mutter mit den Tränen kämpfte, griff deren Hand und forderte sie wortlos zum Weitergehen auf.

»Na ja, Marie«, begann Kristina nach einen Pause erneut, »Menschen verändern sich, die Zeit verändert uns. Unterschiedliche Themen werden wichtig, beruflich ist man eingespannt und dann der gemeinsame Alltag. Wir haben so ein unterschiedliches Tempo im Leben. Dein Vater liebt es gemütlich und geht gern ganz in Ruhe seinen Interessen nach. Allein jeden Abend die Tagesschau. Mensch, wie mich das oft genervt hat! Na, du kennst ihn ja ... ich lass mich gern auf Neues ein und treff Verabredungen ... zugegeben manchmal verzettel ich mich auch ... aber ich bin noch so neugierig!

Auch politisch haben wir uns unterschiedlich orientiert, dann natürlich auch gestritten, oft nur über Belanglosigkeiten und Banalitäten ... ja, auseinandergelebt, sagt man dazu wohl. Wir haben uns nicht mehr gegenseitig gefördert, sondern demontiert ... immer häufiger wollten wir den anderen ändern und verbiegen. Aber, das geht immer schief, glaub ich.

Wenn man sich vorstellen kann, mit jemandem eine lange Beziehung einzugehen, dann kennt man dessen Schwächen schon. Jedenfalls das, was einem an dem anderen nicht gefällt. Und dann sollte man sich frühzeitig fragen, kann ich damit leben oder nicht!

Wenn ja, dann sollte man den geliebten Menschen einfach so lassen wie er ist ... kein ewiges Rumgenörgel und keine dieser kleinen, fiesen, alltäglichen Giftpfeile. Es kam so Vieles zusammen ... die Ideale unserer wilden Zeit und unsere Unfähigkeit, die gemeinsam zu leben: Selbstverwirklichung, Freiheit, Autonomie. Werden Konflikte wirklich gelöst, oder schwelen sie unter der Oberfläche weiter. Die Art miteinander zu reden, hört man wirklich zu und versteht, oder hat jeder nur seine eigenen Interpretationen im Kopf ...

Aber auf eins bin ich richtig stolz, Marie, bei all unserem Scheitern. Dein Vater und ich, wir haben uns nie wirklich verletzt und gedemütig. Selbst in unseren bösesten Auseinandersetzungen blieb immer als Fundament der gegenseitige Respekt.

Wir wollten beide auf keinen Fall einen Rosenkrieg und auf keinen Fall ein Gezerre um dich. Wir wollten dich aus unseren Schwierigkeiten heraushalten und dafür liebe ich deinen Vater noch immer ...

Vielleicht haben wir zu früh aufgegeben, kann sein ... aber, möglicherweise hätten wir durch krampfhaftes Weitermachen noch mehr zerstört ... möglicherweise auch die gemeinsame Liebe und Sorge um dich. Das wenigstens konnten wir retten!

Du, manchmal ist Loslassen besser als Festhalten ... eine Chance für einen Neuanfang ... für beide.

Ich kann heute wirklich sagen, dass dein Vater ein guter Freund ist. Ich kann mich auf ihn verlassen. Ich weiß, dass er mich nie verraten würde und wenn es mal richtig drauf ankäme, würde er mich raushauen, und das würde ich auch für ihn tun.«

Nun spürte Malu, dass der Griff ihrer Mutter noch fester wurde und sie dabei wie abwesend in die Ferne guckte.

»Wenn man ein gemeinsames Kind hat, trennt man sich nie richtig. Es gibt diese Verbindung, die immer bleibt. Die gemeinsame Liebe hat etwas ganz Neues und Einzigartiges geschaffen und das ist kein Traum und keine Illusion ... Marie ... das bist du!«

Jetzt konnte auch Malu ihre Tränen nicht mehr halten und beide drückten sich ganz fest aneinander. Und so, still und ganz nah, blieben sie eine ganze Zeit stehen, bis Kristina das Schweigen brach:

»Das ist doch heute ein komischer Tag. Irgendjemand heult immer ... ein richtiger Heultag, würde ich sagen! ... Marie, was meinst du, jetzt wäre doch ein guter Zeitpunkt, um schwimmen zu gehen?«

»Einverstanden, Mum ... und danach lad ich dich mal ein. An der Surfschule-Boyens gibt es eine kleine Strandbar, ganz basic, da war ich neulich mit Greta und Claas. Die wird dir gefallen. Da lebt noch was von deinem geliebten Hippiegeist!

Grabung 1

Am späten Nachmittag hatten sie den Bus aus Norddorf genommen und waren vor wenigen Minuten in Nebel angekommen.

Aber, was war das schon wieder! Als sie in die Dorfstraße einbogen, stand an der Straße vor Kurts Haus ein Polizeiwagen. Zwei junge Beamte saßen darin und lächelten ihnen zu; machten aber keine Anstalten auszusteigen. Malu grüßte besorgt und dachte sofort an Kurt. War wieder was Schreckliches vorgefallen?

Die Schuppentür stand offen und auch Kristina guckte ängstlich hinein. Gott sei Dank! Kurt stand quietschfidel vor seiner Hobelbank und fluchte gerade: »Blödes Ding, nun geh doch endlich fest!«

Offensichtlich hielt seine Schraubzwinge nicht, mit der er versuchte, zwei kleine Bretter zusammenzudrücken. Er war so konzentriert bei der Arbeit, dass er die beiden gar nicht bemerkt hatte.

»Hallo, Opa Kurt! Warum ist denn die Polizei hier? Wir hatten schon Angst, dir ist was passiert!«

»Ach, ihr zwei! Ja, hallo! nein, nein – Unkraut vergeht nicht!«, antwortete er, drehte ihnen dabei aber weiter den Rücken zu. Er hatte seine Hände noch nicht frei.

»Das war Rolfs Idee. Ich halt das auch für übertrieben. Aber er hat sich in den Kopf gesetzt, für unsere Sicherheit zu sorgen. Ich konnte ihm das nicht ausreden. Na ja, und nun müssen sich die jungen Burschen hier vor unserem Haus noch die ganze Nacht um die Ohren schlagen. Wir sind jetzt so etwas wie VIPs. Und für meinen Geschmack, sorgt das für noch mehr Gerede. Na, so ist das denn, damit müssen wir jetzt leben!«

»Und, Opa Kurt, weißt du Neuigkeiten?«

»Ja, ja, kommt rein! Ich bin gleich so weit. Ich muss bloß noch die Zwinge hier zusammenkriegen … einen Moment noch!«

»Na, macht ihr nur. Ich geh lieber schon mal und wasch unsere Badesachen durch. Jedenfalls können wir heute Nacht ruhig schlafen!«, scherzte Kristina, wendete sich ab und warf den Polizisten an der Straße noch einen freundlichen Blick zu.

Kurt hatte noch immer nicht hochgeguckt und fragte:

»Und wie war's bei euch? Hattet ihr einen schönen Tag am Strand?«

»Du, schön ist gar kein Ausdruck! Wir haben vielleicht was Irres erlebt!«

Nun guckte er hoch, aber ihm blieb der Mund offen stehen. Er starrte sie nur an, dann ein glückliches Lächeln und erst danach konnte er wieder sprechen:

»Menschenskind, Malu! … Jetzt kann ich mir schon denken, was ihr am Strand erlebt habt … ihr habt Hannes getroffen! … Das ist ja großartig … und er hat dir diesen wunderschönen Bernstein geschenkt … du glaubst gar nicht, wie mich das freut!«

»Wie kommst du darauf?«, fragte sie grinsend nach. »Wenn ich dir jetzt erzähle, dass ich den vorhin im Schmuckladen in Norddorf gekauft hab. Was würdest du dann sagen?«

»Dann würde ich sagen, das stimmt nicht. So einen Stein kannst du auf der ganzen Insel nicht bekommen! Die hat nur Hannes! Und glaub man nicht, dass du die bei ihm kaufen kannst! Solche Steine gibt er normalerweise gar nicht weg. Mir hat er zwar auch schon mal einen geschenkt, aber der hat lange nicht diesen besonderen Glanz.«

Nun kam er dichter heran, schob seine Lesebrille ein bisschen weiter auf die Nase und guckte ihn sich ganz genau aus der Nähe an.

»Wunderschön, wirklich! Da kannst du dir was drauf einbilden. Na, da bin ich aber mal gespannt. Wie ist denn euer Zusammentreffen abgelaufen?«

»Gleich, aber, erst du! Sonst hab ich keine Ruhe. Was ist in der Zwischenzeit passiert?«

»Malu, Entscheidendes würde ich sagen! Wir saßen heute Mittag lange zusammen. Alle vom Kirchengemeinderat, der Pastor, der Bürgermeister und natürlich auch unser Inselpolizist. Du, da ging es hoch her. Einige wollten einfach nichts von meinem Vorschlag wissen.

Besonders der Pastor hat ordentlich dagegen gehalten. Da kannst du mal sehen. Die Kirchenleute sind immer noch nicht so gut auf Hark Olufs zu sprechen. Sie befürchten, sein Vermächtnis könnte unangenehme Fragen aufwerfen oder wir würden unchristliche, entweihende Gegenstände finden. Keine Ahnung, wovor die nach dieser langen Zeit Angst haben. Sie wollten alles unbedingt ohne Öffentlichkeit und im Geheimen ablaufen lassen! Nun ja, letztendlich haben wir sie überzeugen können und uns mit unseren Argumenten durchgesetzt. Sie haben schließlich eingesehen, dass in die Sache nur Ruhe kommt, wenn möglichst viele Insulaner bei der Grabung dabei sind und alles mit eigenen Augen, live und in Farbe, mitkriegen. Sonst entstehen sofort wieder neue Verschwörungstheorien und der ganze Spuk kommt nie zu einem Ende. Rolf hat vorhin einen guten Job gemacht. Hat von den drei Einbrüchen berichtet, die hier in der letzten Zeit wegen der Schatzsucherei passiert sind und als er dann noch von der schweren Körperverletzung anfing, haben die Zauderer langsam klein beigegeben. Er hat ihnen ordentlich Saures gegeben und auch die möglichen Konsequenzen aufgezeigt. Wenn so etwas hier weitergeht und bekannt wird, kommt am Schluss die ganze Insel in Verruf, Touristen bleiben weg und dann geht das an euren Geldbeutel, hat er ihnen klar gemacht. Malu, kurzum, sie waren dann irgendwann mit einer öffentlichen Grabung in der Kirche einverstanden, allerdings nur, wenn heute eine Vorgrabung stattfindet, damit das morgen nicht zu einer Riesenblamage wird, falls wir da gar nichts finden. Du, da kann ich mit leben, ist wahrscheinlich auch vernünftig. Und diese Vorgrabung soll nachher um 18 Uhr stattfinden! Natürlich konnten sie auch nicht begreifen, warum ich dich unbedingt dabei haben wollte. Na, wie auch! Gott sei Dank wissen bislang nur ganz wenige Bescheid, wer die wirklich wichtigen Personen bei dieser Geschichte sind. Dann haben sie es irgendwann einfach gefressen. Also, wir haben heute noch einen wichtigen gemeinsamen Termin! Was sagst du dazu!«

»Wow! … Das wird aufregend! Mega … ich freu mich … die Grabung nach dem Schatz von Hark Olufs … einfach Wahnsinn!«

»Das kann ich dir sagen, und deshalb hatte ich schon Angst, dass du nicht rechtzeitig an'n Laden kommst. Aber, nun bist du ja da und alles ist gut!«

»Meinst du, Janne kann auch gleich dabei sein?«

»Heute nicht! Malu, dann dreh'n sie mir endgültig durch. Für den Fall, dass wir nichts finden, soll die Sache gar nicht groß bekannt werden und deshalb werden gleich auch nur wenige in der Kirche sein. Aber, morgen bei der Hauptgrabung muss er auf jeden Fall dabei sein, das ist klar! Ihr alle hoffentlich. So mein Deern, das war's von meiner Seite. Nun bist du dran!«

»Okay, also …«, und dann legte Malu los und erzählte jede Einzelheit der unwirklichen Begegnung mit Hannes vorhin am Strand. Kurt unterbrach sie an keiner Stelle, stumm und fast regungslos saß er auf seiner Hobelbank und hörte ihr zu.

»So, nun weißt du eigentlich alles«, sagte sie, als sie mit ihrem Bericht zum Ende kam. »Aber, Opa Kurt, ich bin mir so unsicher, ob ich das richtig gemacht hab? Er denkt, ich hab Verbindung zu seinen Geistern und womöglich hält er mich sogar selbst für ein solches Wasserwesen. Das stimmt doch gar nicht! Ich hab ihm etwas erzählt, was ich gar nicht wissen kann. Aber er war so verzweifelt und traurig. Ich hab mich mit ihm so verbunden gefühlt, ich musste ihm doch helfen, oder?«

»Mein Deern, du hast genau das gemacht, was dir dein Herz in dem Augenblick gesagt hat. Ich bin mir vollkommen sicher, dass du alles richtig gemacht hast. Und nur von dir wollte er Antworten bekommen. Verstehst du, er hat genau dich ausgesucht! Denk an das, was er dir von den Bernsteinen erzählt hat. Wer findet wen! Wenn einer etwas von Intuition versteht, dann ist das Hannes. Und wer weiß das schon von uns Normalmenschen, welche anderen Welten es um uns rum noch gibt. Jeder kennt doch solche Momente, wo man ahnt, dass da noch mehr ist als das, was wir mit unseren paar Sinnen wahrnehmen, oder uns die Wissenschaftler erklären können. Vielleicht hat dir vorhin sogar ein Geist die Worte genau im richtigen Augenblick ins Ohr geflüstert, da kann man auch nicht sicher sein«, und dann lächelte er verschmitzt. »Was meinst du, wie oft ich Hannes schon gesagt hab, dass er nicht verantwortlich ist, seit Jahren, glaub mir. Und hat es etwas genützt? Kein bisschen! Er hat mir überhaupt nicht zugehört! nein, nein, da musst du nicht länger drüber nachdenken, oder dir vielleicht sogar Vorwürfe machen. Er war so verändert, als ich ihm von dir erzählt hab, er wurde immer ruhiger und klarer. Vielleicht konntest du ihm heute wirklich helfen und er findet mehr Frieden und innere Ruhe. Jedenfalls kann ich mir das gut vorstellen. Das wär doch großartig und diese kleine Flunkerei allemal wert.«

Malu guckte weiter nachdenklich und Kurt ließ ihr Zeit.

»So, ich denke, du hast jetzt genug gegrübelt«, unterbrach Kurt die Stille und guckte auf die Uhr, die reichlich verstaubt neben seinem Werkzeugschrank an der Wand hing.

»Wir sollten uns nun langsam wieder um unsere andere Wirklichkeit kümmern. Spätestens in einer halben Stunde müssen wir los und ich sollte mich noch ein bisschen landfein machen.« Dabei guckte er auffällig auf Malus abgetragenen Shorts, die sie eigentlich schon ausgemustert, aber seit dem Krabbenfischabenteuer wiederentdeckt hatte und nun fast täglich trug. »Und dir rat ich, dass du dir die Fischbotschaft von Hark noch mal genau ansiehst«, sagte Kurt dann. »Jedes Wort von ihm wird gleich wichtig sein. Die Leute, die wir in der Kirche treffen, haben bis jetzt keine Ahnung! Malu, dich werd ich gleich als erste fragen, welche Stelle Hark in seinem Gedicht genannt hat und wo die Handwerker den Fußboden aufschlagen sollen!«

Sofort, nachdem er und Malu das Kirchengelände betreten hatten, blieb Kurt stehen und sah sich nach allen Seiten um. Aber es gab hier, außer der geschlossenen Eingangstür und einem größeren weißen Zettel daran, nichts Ungewöhnliches. Einige Urlauber standen bei den historischen Grabsteinen und andere gingen zwischen den Gräbern herum – aber es war kein einziger Amrumer darunter.

»Ich hab schon befürchtet, wir werden hier von einem ganzen Trupp neugieriger Insulaner empfangen. Aber wie es scheint, ist noch alles ruhig. Alle haben bislang wohl dicht gehalten, die Buschtrommeln wurden noch nicht gerührt … gut so!«, sagte Kurt zufrieden und ging dann weiter.

Ein älteres Urlauberpaar hatte sich soeben den Zettel an der Kirchentür angesehen und kam ihnen nun mit enttäuschten Gesichtern entgegen. Kurz bevor sie sich begegneten, stoppte der Mann überrascht und seine Miene hellte sich auf:

»Ach, das ist mal ein schöner Zufall! Wir kennen uns doch!«, freute er sich und lächelte Malu an. Sie hatte im Augenblick ganz anderes im Kopf und brauchte 'ne Sekunde. Aber, als er: »Hat sich denn ihre Familie über die Krabben gefreut?«, nachschob, fiel der Groschen sofort.

»Ja, ja, natürlich! … Die waren begeistert!«

»Entschuldigen Sie, dass ich Sie so anspreche«, nun hatte er sich Kurt zugewandt. »Sie sind dann wohl der Großvater! Mit anderen Inselkindern hat ihre Enkeltochter doch neulich nach Krabben gefischt. Ach, das war eine Freude für uns, denen dabei zuzusehen und anschließend sind wir dann noch mit den Mädchen ins Gespräch gekommen. Das war so nett und dann durften wir auch noch die Krabben probieren. Was waren die köstlich! Wie schön, dass hier diese alten Traditionen noch gepflegt werden. Dann hat ihre Enkelin diese alte Fangmethode von Ihnen gelernt, nicht wahr?«

»Eh …«, weiter kam Kurt nicht.

»Ja, die hat mir mein Großvater beigebracht! Sie müssen wissen, er ist ein ganz hervorragender Fischer. Er kann sogar Schollen mit der Hand fangen!«

»Ach, siehst du Christa, je nach Lebensraum, erlernen die Menschen ganz unterschiedliche Fähigkeiten und Überlebensstrategien, und in solcher Abgeschiedenheit entwickelt sich dann sogar eine eigene Sprache. Wie schön, dass Sie auch die heute noch bewahren und Sie sich in der Familie nur auf friesisch unterhalten. Die Mädchen berichteten davon.«

»Ja, Hochdeutsch hab ich eigentlich erst in der Schule richtig gelernt«, sagte Malu schnell, weil Kurt sie schon ganz verwundert anguckte und er gar nicht erst zu Wort kommen sollte.

»Eine Bitte haben wir dann doch noch, nich Christa. Wir würden so gern einmal diese Sprache hören … sie soll so ungewöhnlich klingen, das wäre zu schön … nur ein paar Sätze!«, und dann lächelte er auffordernd Malu an.

Nun saß sie plötzlich genau in der Mausefalle, der sie neulich am Hafen noch gerade entwischt war und schluckte trocken runter.

Aber, wie konnte es anders sein, Kurt haute sie raus! Augenblicklich hatte er begonnen friesisch zu sprechen und nicht nur ein paar Sätze, sondern eine Menge davon. Die zwei klebten an seinen Lippen und sein letzter Satz war:

»… so, wi skel nü luas! Wi määt üs mä Hark … adjis! «

»Vielen, vielen Dank! Bis auf das letzte Wort, das heißt wohl „Tschüss", haben wir nichts verstanden … nich wahr Christa? … Was für eine außergewöhnliche, dunkle und kehlige Sprache! Sie haben uns eine große Freude gemacht … „adjis" also und nicht „moin"?«

»Nein, nein, „Moin" ist Plattdeutsch! Wir Friesen sagen zur Begrüßung „gud dai", zum Abschied „adjis" und wenn man sich morgens über den Weg läuft „gud maaren"!«

»Das ist interessant! Da haben wir ja heute wirklich etwas Neues gelernt. Ja, man muss nur fragen … herzlichen Dank noch mal! Und entschuldigen Sie, dass wir Sie so lange aufgehalten haben. Allerdings, den Gang zur Kirche können Sie sich sparen. Wir wollten das Gotteshaus auch besuchen und sind ganz enttäuscht. Die Kirche ist verschlossen! Da finden wohl dringende Bauarbeiten statt, steht auf dem Zettel an der Tür«, erklärte der ältere Herr und dann verabschiedeten sich die beiden mit einem dankbaren Lächeln und wünschten fast gleichzeitig ein lautes „adjis!"

Im Weitergehen grinsten sich Kurt und Malu an und er meinte dann: »Du bist mir aber auch eine!«, und schüttelte den Kopf.

»Und du, Opa Kurt! Stichwort: Großvater und Enkeltochter! Was hast du denen in deiner Geheimsprache nur alles erzählt?«

»Dass die junge Dame an meiner Seite gerne mal flunkert und Urlaubern einen Bären aufbindet und wir gleich herausfinden werden, ob in der Kirche wirklich ein Schatz vergraben ist. Dass das aber ein großes Geheimnis bleiben muss und sie unbedingt den Mund halten sollen! Na, und, dass wir jetzt los müssen, weil wir eine Verabredung mit Hark haben«, dann lachte er.

Es waren nur noch wenige Schritte bis zur Kirchentür und die Worte, die dort auf dem Zettel standen, waren schnell gelesen:

Wir bitten um Ihr Verständnis!
Wegen dringender Bauarbeiten heute geschlossen!
Kirchengemeinderat

»Na, mal sehn, ob unser Küster schon auf seinem Posten ist?« Kurt prüfte aber gar nicht, ob die Tür wirklich verschlossen war, sondern klopfte sofort dreimal kurz hintereinander an das Holz, wartete und klopfte erneut dreimal.

»Wer da?«, fragte jemand von drinnen.

»Kurt hier! Alles in Ordnung, kannst aufmachen!«, antwortete er und warf Malu einen vielsagenden Blick zu. Dann lächelte er verschmitzt und meinte halblaut: »Höchste Sicherheitsstufe.«

Gleich darauf ein kurzes schabendes Geräusch im Schlosskasten, dann ein metallisches Klicken und schon öffnete sich der eine Flügel der großen Eingangstür.

Beide huschten hinein und hinter ihnen verriegelte der Kirchendiener sofort wieder.

»Gud dai, Jens, soweit läuft ja alles wie abgesprochen. Ich sagte ja schon, dass ich noch jemanden dabei hab. Das ist Marie … wie soll ich sagen? … Meine Adoptivenkelin!«

Der Kirchendiener guckte kurz irritiert, meinte dann aber: »Ja, moin, verstehe … ja, alles läuft nach Plan. In etwa zehn Minuten müssten die anderen kommen. Ich halt hier die Stellung solange und bleib an der Tür. Ihr habt also noch Zeit euch alles in Ruhe ansehen.«

»Sehr gut, zehn Minuten werden reichen!«, antwortete Kurt zufrieden.

Als er die Tür zwischen Vorraum und dem eigentlichen Kircheninneren öffnete, schlug Malu eine angenehme Kühle entgegen und, wie erwartet, waren sie hier vollkommen allein.

Eigentlich interessierte sie sich nicht sonderlich für Kirchen, aber fast in jedem Urlaub war sie mit ihrer Mutter ein Mal hier drin gewesen – auch dieser Besuch gehörte für Mum zu ihrem Amrum-Urlaubs-Pflichtprogramm.

Und alles sah so aus wie immer – das schmale Kirchenschiff, mit den engen Holzbänken links und rechts, die Emporen hinter ihr und auf der linken Seite und die hängenden großen Messingleuchter über dem Mittelgang – und doch war heute alles anders!

Wie eine lauernde Jägerin, mit geschärften, wachen Sinnen, ging sie ganz langsam Richtung Altar in den Raum hinein. Hier irgendwo verbarg sich das Geheimnis des Hark Olufs! Sein Schatz, hinter dem in den letzten Jahrhunderten alle her gewesen waren und immer ohne Erfolg – ausgerechnet in der Kirche hatte er den versteckt!

Aber eigentlich passte das auch genau zu dem, was sie mittlerweile über diesen ungewöhnlichen Mann wusste. So konnte er seinen Widersachern noch über seinen Tod hinaus eine Lektion erteilen und hatte sich die Schatzgrabung an diesem Ort sicher mit großem Vergnügen ausgemalt – man konnte gespannt sein, welche Überraschung auf alle hier wartete.

Trotz innerer Anspannung und Aufregung liefen Malus Augen konzentriert über den Fußboden, dann an den Wänden entlang und blieben immer an den Seiteneingängen hängen.

»Na, mein Deern, ich seh, dass dein Gehirn auf Hochtouren arbeitet. Hast du Harks Worte parat?«

»Ja, natürlich! ... Unter Toresbogen, vor dem heiligen Raum ... Opa Kurt, damit sind doch wohl die Eingänge gemeint? So weit ich sehe, gibt es davon drei in den heiligen Raum. Jeweils einer an jeder Längsseite und der Haupteingang hinter uns. Einer von den Dreien muss der Richtige sein! Aber welcher?«

»Wenn es so wäre, dann hätten wir jetzt wirklich ein Problem. Wir müssten an drei Stellen den Fußboden aufschlagen und würden an keiner Stelle etwas finden. Nein, nein, das lassen wir mal besser!«

»Aber, wieso? Was kann er denn sonst gemeint haben?«

»Malu, du bist viel zu ungenau! Jedes Wort ist wichtig. Er hat nicht „vor dem heiligen Raum" ins Holz gebrannt, sondern „vor des Heiligsten Raum". Dies hier ist natürlich ein heiliger Raum, aber nicht der „heiligste"! Wo ist wohl der heiligste Raum in dieser christlichen Kirche, na?«

»Ich weiß nicht ...«, und sah sich weiter um. »... Vielleicht doch eher der, in dem der Altar steht?«

»Bingo, mein Deern. Jetzt bist du auf der richtigen Spur! Und bei unserem Altar ist es besonders eindeutig. Der steht nämlich in einem eigenen Raum!«

»Wow, der Altarraum ist gemeint ... vor des Heiligsten Raum«, wiederholte sie leise.

»Richtig, richtig! Dann lass uns mal weiter nach vorn gehn«, sagte Kurt und schmunzelte.

»Opa Kurt, sieh mal ... der breite Durchgang zum Altarraum hier ... das ist doch ein Torbogen ... hier muss es sein ... unter Toresbogen vor des Heiligsten Raum ... hier ist es!«, rief Malu begeistert.

»Du hast Recht! So seh ich das auch und diesen Bogen nennt man Chorbogen. Und das Beste ist: Den gab es zu Harks Zeiten in etwa auch schon – allerdings etwas niedriger. Die neue Orgel passte damals nicht rein und da wurde das ganze Dach vom Altarraum angehoben. Sie mussten auch den alten mittelalterlichen Chorbogen rausschlagen und haben den neuen dann höher angesetzt. Aber der Platz ist der alte geblieben. Nun weiter. Wie würdest du gleich vorgehen, wo sollen wir graben?«

Malu überlegte: »Na ja, genau weiß ich nicht. Ich denke … sie sollten einen Graben aufbuddeln. Einfach von einer Seite zur anderen. Irgendwo treffen wir dann schon auf den Schatz! Was meinst du?«

»Du würdest also gleich die ganzen Platten hier aufnehmen, von einer Wand zur anderen? Und wenn wir dann graben, hast du eine Vorstellung, wie viel Sand und Erde da zusammenkommt? Da müssten wir etliche Schubkarren raus schieben. Ein richtiger Haufen davon würde dann vor der Kirche liegen. Und unser Pastor würde so richtig 'ne Krise kriegen. Nein, nein, das sparen wir uns. Du hast ein kleines, sehr wichtiges Wort vergessen, das wird uns gleich viel Arbeit ersparen.«

»Ein wichtiges Wort … ach ja! Hurra! … „mittig" meinst du!«

»Genau, mein Deern! Mittig unter Toresbogen vor des Heiligsten Raum … dort in Gottes Erde erfüllt sich nun dein Traum …«, wiederholte Kurt Harks Botschaft und klang sehr zufrieden.

»Malu, genau da wo du jetzt stehst … stell dir das vor! Ein Stück unter dir schlummert der Schatz des Hark Olufs, jedenfalls vielleicht, oder besser, hoffentlich! Wenn ja, dann müsstest du seine geheimnisvolle Kraft eigentlich schon spüren.« Kurt grinste wie ein Honigkuchenpferd.

»Leider nicht wirklich … aber irre ist das schon! Aber, Opa Kurt, die Bodenplatten hier … die sehen noch so neu aus … kommen die aus dieser Zeit? Das kann doch gar nicht sein, oder?«

»Nein, natürlich nicht! Die sind lange nicht so alt. Zu seinen Zeiten hatten sie den Mittelgang entweder mit runden Natursteinen oder vielleicht auch mit Fliesen aus Sandstein gepflastert. So ich weiß, haben sie alles einfach drin gelassen, nur ein paar Zentimeter Zementmischung drüber gekippt und darauf diese Platten verlegt. Warte mal ab, die alten Steine müssten gleich wieder zum Vorschein kommen.«

In diesem Augenblick hörte man Stimmen vom Vorraum her und ein Mann in Polizeiuniform erschien. Direkt hinter ihm tauchte ein groß gewachsener, hagerer Mann mit sehr ernstem Gesicht auf. Er trug ein schwarzes Jackett, mit weißem Hemd und der Kragen daran war merkwürdig schmal. Malu guckte Kurt an.

»Der Pastor … und dahinter unser Bürgermeister«, flüsterte er.

Im Gegensatz zum Pastor lächelte ihnen der andere freundlich zu. Dann erschienen noch zwei junge Männer in Arbeitskluft und jeder schob eine Schubkarre herein. In der einen schienen Werkzeuge und Elektrogeräte zu sein und aus der anderen ragten Holzstiele heraus.

»Na, hallo ihr Zwei!«, sprach Rolf Kurt und Malu schon im Näherkommen an. »Wie sieht die Lage bei euch aus? Habt ihr die richtige Stelle gefunden?«

»Kommt her, kommt her … hier muss es sein! Hier seid ihr richtig!«, war Kurts Antwort und winkte auffordernd mit der Hand. »Hier ist es! Ich denke, es reicht, wenn wir diese vier Platten hoch nehmen«, erklärte Kurt, als die drei Männer heran waren. Die zwei jungen Handwerker guckten neugierig, waren aber etwas entfernter stehen geblieben.

»Was hier, direkt unter dem Chorbogen, so dicht am Altar? Wir sollten das nur machen, wenn Sie sich wirklich sicher sind, Kurt! Wahrscheinlich gehen gleich einige von diesen schönen Bodenplatten kaputt. Wir haben keinen Ersatz und dann der ganze Dreck und Staub! Vielleicht wird sogar noch der Altar in Mitleidenschaft gezogen!«, meldete sich der Pastor zu Wort und seine Miene wurde noch finsterer.

»Keine Sorge! Wir sind uns vollkommen sicher, hier ist die richtige Stelle! Und unsere jungen Handwerker sind Experten. Die kennen sich aus und werden bestimmt ganz vorsichtig vorgehen.«

Kurt lächelte den jungen Männern zu, die nickten sofort und genossen sichtlich seine anerkennenden Worte und sein Vertrauen.

»Na, gut, wenn Sie meinen«, gab sich der Pastor einsichtig. »Allerdings, das Mädchen sollten wir jetzt besser rausschicken. Um so weniger dabei sind, um so besser, und Kinder können solche Geschichten schlecht für sich behalten.« Bei diesem Satz hatte er fast feindselig Malu angesehen. »Darauf möchte ich jetzt wirklich bestehen«, setzte er noch mit Nachdruck hinzu.

»Dieses Mädchen wird auf jeden Fall hier bleiben, Herr Pastor! Sie kann sicher besser schweigen als manch anderer hier«, und das klang gar nicht mehr nach ihrem verständnisvollen, warmherzigen Opa Kurt und er war noch nicht fertig:»Ohne dieses Mädchen wären die Dinge hier auf unserer schönen Insel noch viel weiter aus dem Ruder gelaufen, glauben Sie mir. Sie ist für uns kein Risiko, sondern eher ein Glücksfall!«

Aber der Pastor sah immer noch nicht so aus, als würde er klein beigeben und guckte nach Unterstützung suchend auffordernd den Bürgermeister an. Der trat nervös von einem Bein aufs andere und schaute unschlüssig mal Kurt und mal den Pastor an. Er konnte sich offensichtlich nicht entscheiden, auf welche Seite er sich schlagen sollte. Aber das war bei Rolf anders:

»Das Mädchen bleibt hier!«, und das klang nun unmissverständlich, wie ein Befehl an seine jungen Polizeischüler.

»Sie ist wichtig für meine Ermittlungen! Wir sollten jetzt keine Zeit mehr verlieren. Ich würde sagen, Jungs haut rein!«

»Ja, so seh ich das auch!«, stimmte Kurt zu und winkte die jungen Männer heran.

»So, ihr Zwei … diese vier Platten müssen raus und seid vorsichtig. Kratzt erst einmal die Fugen frei und konzentriert euch auf eine Platte. Kurze, trockene Schläge von allen Seiten, dann wird sie sich schon lockern lassen und lasst euch dabei nicht hetzen!« Er gab jedem der jungen Burschen einen freundschaftlichen Klaps auf die Schulter und warf Rolf einen dankbaren Blick zu.»So, mein Deern, nun lassen wir die Zwei mal machen und gucken denen nicht die ganze Zeit auf die Finger. Da wird ja jeder verrückt. Ich zeig dir jetzt unsere schöne Inselkirche und erzähl dir ein bisschen was. Da gibt es nämlich manch Interessantes.« Sie gingen bis zur Mitte des Kirchenraums zurück und erst hier sagte er leise:»Dann beruhigen sich die Nerven bei einem gewissen Herrn auch ein bisschen«, und zwinkerte Malu zu.

»Also, mein Deern, wo fang ich an? Erstmal draußen! Unsere schmucke Inselkirche ist mit Reet gedeckt. Davon gibt es nicht viele und überhaupt, so wie sie heute dasteht, hat Hark Olufs sie nie gesehen. Den Kirchturm mit der Glocke hat sie erst kurz nach 1900 bekommen. Daran hat mein Großvater noch mitgebaut. Ursprüglich gab es nur zwei Dörfer auf der Insel. Im Norden, na klar, Norddorf und im Süden, Süddorf. So ähnlich wie bei Bullerbü«, lachte Kurt. »Und weil sich die Leute nicht einigen konnten, welcher Ort die Kirche kriegt, haben sie die einfach dazwischen in die Walachei gebaut. Für jeden Kirchgänger in etwa der gleiche Weg – ganz demokratisch!«, erklärte Kurt und grinste.

Malu guckte ihn an. Irgendwas stimmte an seiner Geschichte nicht, dazu kannte sie sein Gesicht schon zu genau.

»Ja, ich weiß … so leicht kann ich dir nichts mehr erzählen. Nein, in Wahrheit ist der Grund wohl ein anderer. Die Amrumer hatten um 1236 keinen eigenen Pastor. Die Gemeinde hier wurde von der Pfarrkirche St. Johannis von Nieblum auf Föhr aus mitbetreut, war sozusagen eine Außenstelle. Der Pastor kam ab und an mit nem Boot rüber. Das Watt sah damals völlig anders aus und hier, unterhalb vom Ort, soll es eine kleine Anlegestelle gegeben haben. Wahrscheinlich wollte er auch ungern auf Amrum übernachten. Die Sache musste in einer Tide erledigt werden und dann hat man hier gleich dichtbei eine Kirche gebaut. Ursprünglich war das eine Taufkapelle und die wurden zur damaligen Zeit häufig außerhalb der Ortschaften errichtet. Aber Walachei stimmt schon! Hier stand kein einziges Haus. Erst in den nächsten Jahrhunderten ist da nach und nach eine Ortschaft drumrum gewachsen. Die ersten Nebeler waren meist Kapitäne im Ruhestand. Na, mein Deern, da bin ich doch in diesem Dorf richtig«, sagte Kurt und lachte.

»Auf Friesisch nennen wir unser Dorf „Neebel". Du erinnerst dich an die Fischhälfte und das hat nichts mit diesem feuchten Dunst zu tun, sondern lässt sich in etwa mit „neuer Siedlung" übersetzen. In diesem Zusammenhang fällt mir noch was anderes zum ewigen Streit zwischen Hark und der Kirche ein. Zu seiner Zeit standen hier in Nebel erst wenige Häuser. Amrum hatte mittlerweile einen eigenen Pastor, aber der wohnte nicht hier, sondern in Norddorf. Wenigstens jeden Sonntag musste er sich auf den Weg machen. Der Knabe wurde natürlich nicht jünger und wollte gerne nach Nebel umziehen, damit er es ein bisschen einfacher hatte. Das soll unser Hark zeitlebens verhindert haben. Er hat dafür gesorgt, dass sich der alte Kerl weiter bei Wind und Wetter auf den langen Weg zu seinem Gotteshaus machen musste. Lässt sich denken, dass die auch deshalb nie Freunde geworden sind!«, lachte Kurt wieder.

»So, dann kümmern wir uns nun mal um das, was man hier drinnen so sehen kann. Der Raum ist ja eigentlich ziemlich schmal, wenn man so will und erinnert wirklich an das Innere eines Schiffs. Deshalb passt hier der Begriff „Kirchenschiff" auch mal so richtig. Und es kommt noch besser! Die Deckenbalken stammen wohl wirklich von einem Kahn. Möglicherweise haben meine schlauen Vorfahren nur auf den richtigen Strandungsfall gewartet und dann aus dem havarierten Frachtsegler die Decksbalken geklaut. Deshalb konnten sie ihre Kirche auch nicht größer bauen, sonst hätte das Holz nicht gepasst. Das Schiff war einfach nicht breiter. Auf jeden Fall muss das Holz schon mal woanders gesessen haben. Guck genau! Siehst du die vielen alten Nagellöcher? Und die typische Krümmung eines Decks haben sie auch. Um die Holzdecke gerade zu kriegen, haben sie die Balken mit Holz unterfüttert. Kann man gut erkennen, wenn man's weiß. Also, ganz koscher sind diese Balken nicht, denk ich. Na ja, und dann der Name St. Clemens Kirche, der ist natürlich auch sehr passend. Das ist der Schutzpatron der Seeleute und diese 13 Holzfiguren, hier an der Südwand – man schätzt sie auf den Anfang des 14. Jahrhunderts – sollen auch was mit dem Meer zu tun haben.

Sie stellen das „Himmlische Abendmahl" dar! Man könnte auch sagen das „Heilige Abendmahl" als eine Art Vision in die Zukunft gedacht und in den Himmel verlegt … und Jesus natürlich in der Mitte! Er ist der einzige, der sitzen darf, aber ihm hatte man zu Lebzeiten ja auch übel mitgespielt. Die anderen stehen sich seit dieser langen Zeit die Füße platt.« Malu musste lachen – welche Beschreibungen Opa Kurt aber auch immer einfielen.

»Nein, nein, ich tüdel natürlich. Bei so einer Apostelgruppe wird Jesus immer sitzend dargestellt – Christus als der „Weltenrichter" im Himmel! Er sitzt auf dem Thron wie ein König. Solche Gruppen finden sich häufiger in Kirchen, aber unsere hier gilt als die schönste in ganz Schleswig-Holstein! Links neben Jesus, der Knabe mit dem Schlüssel, das ist Petrus. Er hat die Gewalt, Sünden zu vergeben oder zu belassen – theologisch wird das auch die „Schlüsselgewalt" genannt – alle Päpste werden ja als Nachfolger des Petrus gesehen. Und dann dieser eine, ganz rechts außen, der ist auch interessant. Da hat man lange gerätselt, wen diese Figur darstellt. Der hat doch so eine Art Beutel in der Hand und viele haben gemeint, das muss wohl Judas sein, mit seinem Judaslohn. Aber da lagen alle falsch!

Das ist kein Beutel, sondern der Knauf eines Schwertes. Die Holzklinge ist abgebrochen und deshalb muss das Paulus sein. Er wird sehr häufig mit diesem Symbol dargestellt: das Schwert des Geistes. Er war der einzig wirklich Gebildete unter den Aposteln, konnte lesen und schreiben, während ja alle anderen Handwerker und Fischer waren. Aber, was ich eigentlich erzählen wollte. Stell dir vor, die ganzen Burschen sollen nach einer Sturmflut am Strand gelegen haben, alle 13 zusammen, das ist schon wieder so eine merkwürdige Sache und ich hab große Zweifel, ob diese Version wirklich stimmt. Vielleicht war auch hier Strandräuberei im Spiel ... Gott segne unseren Strand, wenn du verstehst, was ich meine. Keiner weiß, wo sie eigentlich hergekommen sind!

Es gibt darüber keinerlei Aufzeichnungen, obwohl die Kirchenschreiber schon damals alles Mögliche notiert haben. Sie waren so begeistert von den Kerlen, dass sie sich die sofort in ihrer Kirche an die Wand genagelt haben und schreiben darüber kein einziges Wort. Das kommt mir sehr verdächtig vor. Möglicherweise kommen sie doch eher aus einem gestrandeten Schiff? In der Legende heißt es nur ... „sie sind übers Wasser gekommen" ... wenn du mich fragst, wollte man nicht lügen, aber auch nicht ganz die Wahrheit sagen.

Die Angelegenheit könnte aber auch noch eine ganz andere Bewandtnis haben. In den letzten Jahrhunderten gab es immer wieder verheerende Sturmfluten, die dramatische Landverluste zur Folge hatten. Einige dieser Fluten veränderten den gesamten Küstenverlauf. Ganze Orte verschluckte das Meer und viele Menschen kamen dabei ums Leben. Vielleicht hast du schon mal vom Untergang des sagenhaft reichen Ortes Rungholt gehört?«

»Rungholt … da gibt es doch diese Legende mit dem Schwein und der Gotteslästerung.«

»Richtig, richtig mein Deern! Aber zurück zu unseren Gestalten hier. Nach der anderen Theorie sind gar nicht alle Holzfiguren angetrieben, sondern nur ein paar davon. Aber die Amrumer sollen gewusst haben, wo die Burschen ursprünglich gestanden hatten, sind losgesegelt und haben sich auch noch die fehlenden Kollegen besorgt. Möglicherweise geraubt aus einer durch eine Sturmflut halbzerstörten Kirche, weiß man's?

Wie auch immer. Kommen wir nun mal zu unseren schmucken Holzemporen. Hier an der West- und an der Nordwand. Die gab es ursprünglich nämlich auch nicht. Als sie die Kirche erbauten, da lebten hier einige hundert Menschen auf der Insel und als die Bevölkerungszahl anstieg, passten einfach nicht mehr alle rein und dann haben sie diese Holzbalkone reingezimmert. Zuerst die Empore an der Westseite, der Männerboden!«

»Was, dürfen da nur Männer sitzen?«, fragte Malu erstaunt nach.

»Na, früher war das so. Und stell dir vor, auch nicht jeder Mann. Da saß die männliche Amrumer Oberschicht und das waren meistenteils die Kapitäne! Hier hätte eigentlich auch die Orgel hin gehört, aber damit waren meine Vorgänger überhaupt nicht einverstanden. Deshalb steht sie nun vorne im Altarraum und auch unsere Apostelkollegen mussten damals weichen. Die hingen ursprünglich dort neben dem Altar an der Wand. Na ja, einen schönen Klang hat unsere Orgel deshalb nicht. Aber so kommen Fehlentscheidungen zustande. Allerdings vom Männerboden hat man noch heute einen schönen Überblick und kann sich ganz in Ruhe die Damen ansehen«, setzte Kurt hinzu und schmunzelte wieder.

»Irgendwann reichte der Platz wieder nicht mehr und so entschloss man sich, eine weitere Empore an der Nordwand einzubauen. Deshalb haben dort die Fenster auch ihre ursprüngliche Größe behalten. Nur an der Südwand hat man sie in späteren Jahren nach unten hin vergrößert. Hier drinnen war es wohl zu schummrig.

Die Holzkonstruktion ist auch interessant. Die Emporen sind nicht auf Pfeilern nach unten abgestützt, sondern sie haben alles an die Decke gehängt. Der Kirchenraum war ja sowieso schon so klein und solche Ständer wollten sie wohl nicht vor der Nase haben … schon pfiffig gemacht, oder? … Ja, was kann ich dir sonst noch erzählen?

Ach, das ist auch lustig! Du wolltest doch vorhin schon an den drei Zugängen zum Kirchenraum graben. Den heutigen Haupteingang an der Westseite gab es damals noch nicht, den hat man erst mit dem Bau des Glockenturms nach dahin verlegt. Zu Hark Olufs Zeiten kamen alle Kirchgänger entweder durch den Eingang an der Nordwand oder durch den an der Südwand in die Kirche. Und nun musst du dir klar machen, dass damals hier im Gottesdienst nicht alles bunt durcheinander saß, nein, nein, schön sittsam nach Geschlechtern getrennt. Die Damenwelt auf der einen Seite und die Mannsleute auf der anderen und die hatten auch getrennte Eingänge in die Kirche.

Früher haben sie ja meistenteils von Sonnenaufgang bis Sonnenuntergang gearbeitet, dann gegessen und geschlafen. Viel mehr gab's damals nicht. Da war nicht viel Zeit, um auf Brautschau zu gehen und so weiter. Wo sollten die jungen Kerle denn mal ein nettes Mädel kennenlernen, oder umgekehrt? Das ging am besten sonntags vor oder nach dem Gottesdienst, das war sozusagen deren wöchentlicher Treffpunkt. Die Alten haben Neuigkeiten ausgetauscht und geschludert und die jungen Leute haben geflirtet. Wahrscheinlich war auch deshalb der Kirchgang so beliebt. Diese Flirterei war natürlich den Kirchenleuten ein Dorn im Auge. Sie mussten ja die Sitten und die Moral hochhalten und dann waren diese getrennten Eingänge natürlich ein cleverer Einfall. Aber jetzt wird's wirklich lustig, Malu!

Es gab eine gruselige Seite, wenn man auf den Einlass wartete und das war die Nordwand! Lässt sich ja denken, in der schlechten Jahreszeit, Wind und Regen, kalt und feucht. Da war es auf der Südseite natürlich deutlich angenehmer, windgeschützt und mehr Sonne. Und nun, Malu, darfst du mal raten! Auf welcher Seite standen die Frauen und auf welcher die Männer?«

»Na … ich würde sagen … die Frauen waren vielleicht schwanger, oder hatten ihre kleinen Kinder dabei. Die werden sicher auf der Südseite gewartet haben!«

»So sollte man meinen! Aber, denkste, die mussten vor der zugigen, ungemütlichen Nordtür ansteh'n. Ja, Malu, soviel zum Mann als Kavalier ... oder auch zur Sorgepflicht der Kirche in der Zeit!«

(Bilder zur St. Clemenskirche – siehe Anhang)

Von vorne kam plötzlich ein ohrenbetäubender Lärm und das hörte sich nach einem Elektro-Stemmhammer im Einsatz an.

»Na, mein Deern, dann haben sie die Platten raus! Jetzt geht wahrscheinlich alles ganz schnell! Wir müssen dabei sein!«, brüllte Kurt Malu ins Ohr.

Nur der junge Arbeiter mit dem Elektogerät in der Hand trug einen Gehörschutz, alle anderen hielten sich die Ohren zu. Aber dieser Teil der Arbeit war überraschend schnell getan. Es dauerte nur wenige Minuten bis er sein Stemmgerät wieder abschaltete und die Zementschicht in kleine und größere Stücke zertrümmert vor seinen Füßen lag. Die jungen Handwerker machten sich sofort daran, die Stücke herauszusammeln und schmissen sie auf eine der mitgebrachten Schubkarren.

Kurt hatte gerade einen längeren Blick auf die vier Bodenplatten geworfen und anschließend dem Bürgermeister zugenickt und das hieß wohl: Alles heil geblieben, vermutete Malu.

Im Loch wurde es immer interessanter und jeder guckte neugierig, was da nun zum Vorschein kommen würde.

Auch der Pastor machte das, allerdings war er der einzige, der mit eingefrorenem Gesicht dastand.

Schnell konnte man immer mehr von der nächsten Schicht sehen und Kurt sollte Recht behalten. Es waren eben gepflasterte rotbraune Sandsteinfliesen.

»Das ist der alte Boden ... so sollte es sein!«, erklärte Kurt. »Ich denke, wenn ihr eine lockert und die heraushebt, ist der Rest ein Kinderspiel, die anderen kullern dann einfach hinterher«, war seine nächste Anweisung.

Auch diesen Arbeitsschritt hatten die Männer schnell erledigt. Jetzt sah man nur noch Sand und der war nahezu sauber und kaum vermischt mit Bauschutt, Glasscherben oder was man sonst normalerweise vorfindet.

»Na, das sieht doch gut aus Jungs. Ich würde vorschlagen, ihr arbeitet euch nun langsam in die Tiefe. Bloß nicht mit Hauruck und Hurra, schön sutschepiano. Immer nur 'nen halben Spaten zur Zeit. Nicht, dass wir unseren schönen Schatz noch kaputt kriegen!« Kurts Stimme klang noch immer vollkommen ruhig.

Im Gegensatz zu ihm schienen alle anderen nicht mehr so gelassen zu sein – auch Malu nicht. Ihre Hände waren feucht und hatten angefangen, ein lebendiges Eigenleben zu führen. Immer wieder fummelte sie nervös an ihrem Bernstein herum. Auch die anderen traten von einem Bein aufs andere und beobachteten gespannt jeden Spatenstich … und es ging fix voran. Der abgegrabene Sand flog in die andere Schubkarre und wieder recht schnell hatte der junge Arbeiter eine komplette Schicht abgegraben. Er guckte Kurt an und als der nickte, schob er den Spaten erneut in den Sand.

Plötzlich, von allen herbeigesehnt, brach die Bewegung ab. Malu bildete sich sogar ein, einen dumpfen, hohlen Ton gehört zu haben. Der Spaten war auf einen harten Widerstand gestoßen.

»Vorsichtig, vorsichtig!«, rief der Bürgermeister, als der Arbeiter an einer anderen Stelle die Schaufel wieder in den Sand drückte. Malu guckte sich in den Gesichtern um und alle hatten einen erwartungsvollen Ausdruck, nur ein Gesicht nicht. Der Pastor starrte zwar wie alle anderen ins Loch, bei ihm sah es aber eher nach Entsetzen aus.

Erneut traf der Spaten auf etwas Hartes.

»Mensch, da ist wirklich was! Und ziemlich groß muss es sein«, kommentierte der Bürgermeister.

»Ja, auf jeden Fall!«, bestätigte der junge Mann mit dem Spaten, »ziemlich groß und scheint hart zu sein.«

»Na, dann lasst uns das Etwas mal vorsichtig freilegen«, forderte Kurt ihn zum Weitermachen auf.

Nach einigen weiteren Schaufeln Sand, die ebenfalls auf die Schubkarre flogen, grub der nur noch an allen Seiten tiefer und über dem Gegenstand lockerte er lediglich den Boden. Nun ging er in die Hocke und kratzte mit der Hand eine Stelle frei.

»Scheiße! ... das ist bloß ein Stein ... ein großer Stein!«, kommentierte der junge Handwerker enttäuscht. Sofort kratzte er weiter, aber schon bald gab es gar keinen Zweifel mehr. Es war wirklich nur ein großer, unförmiger Stein!

Alle sahen ziemlich bedröppelt aus, einschließlich der zwei Bauarbeiter. Nur bei einem war das ganz und gar nicht der Fall und der sah nun seine Zeit gekommen, zum Gegenschlag auszuholen:

»Ja, meine Lieben«, sagte der Pastor und bei seiner Formulierung „Lieben" mit diesem triumphalen Unterton, richteten sich bei Malu die Nackenhaare auf.

»Ich hab ja gleich von der ganzen Sache nichts gehalten. Das war's wohl mit dem großen Sohn der Insel, wie ihn viele heute nennen! In den Läden gibt es Bücher, da werden seine heroischen Taten gepriesen, selbst den Schulkindern erzählt man diesen Unsinn. Hark Olufs war schon zu seinen Lebzeiten eine höchst zwielichtige Person! An seinen Händen klebte Blut, nicht glaubenstreu, nur ein Aufschneider und Querulant in meinen Augen! Nicht nur, dass wir noch immer seinen osmanisch, islamistisch angehauchten und Gewalt verherrlichenden Grabstein hier auf unserem heiligen Gottesacker ertragen müssen, nun fallen sogar wieder gestandenen, erfahrene Männern auf seine Spielchen herein. Das ist höchst bedauerlich!«, und beim letzten Satz hatte er Kurt ins Auge genommen. »Aber, das Haus des Herrn zu entweihen hat dieser Olufs nicht gewagt. Dazu war er zu feige, euer großer Sohn ... Gott sei Dank!« Dann legte er eine Kunstpause ein, guckte kurz zur Kirchendecke hoch und seufzte dramatisch. »Endlich sind wir diesen bösen Geist aus unserem schönen Gotteshaus wieder los. Jetzt wissen auch die Letzten Bescheid und der ganze Spuk hat ein Ende! So, Kameraden, worauf wartet ihr noch. Werft den geweihten Boden zurück ins Loch und dann erwarte ich, dass hier alles so wie vorher aussieht. Dieses Loch der Schande muss schleunigst verschwinden!«

Die jungen Handwerker guckten fragend auf Kurt, dann auf den Bürgermeister und dann wieder auf Kurt. Als beide nicht reagierten, fing der eine an, den Sand von der Karre zurück ins Loch zu schmeißen. Malu stand Kurt gegenüber. Er hatte sie in den Blick genommen. Aber, was konnte sie schon tun? Was sollte sie ihm sagen? Sie war doch genauso enttäuscht wie er. Waren sie sich einfach zu sicher gewesen? Hatten sie hier in der Kirche nur den falschen Platz ausgesucht? Opa Kurts Blick war so weit weg. Er sah sie zwar an, aber es schien so, als guckte er einfach durch sie hindurch. Doch dann sah sie, dass er seine Augen ein wenig zusammenkniff und dass er sich ein paar Mal durch den Bart strich. Er schaute nicht so, weil er leer und voller Enttäuschung war: er war bei der Arbeit, er brütete etwas aus.

»Halt!«, rief er plötzlich und unvermittelt.»Jungs, hört sofort auf damit! Irgendwas kann hier einfach nicht stimmen. Der Sand muss wieder raus!«

Der Pastor, der sich schon ein paar Schritte zurückgezogen hatte und von etwas abseits seinen Triumph genießen wollte, trat wieder heran und diesmal funkelten seine Augen voller Wut:»Kurt! Nun kommen Sie endlich wieder zu Verstand. Haben Sie denn immer noch nicht genug von diesen Kindereien. Das ist ja nicht zu glauben! Und das von einem erfahrenem Kapitän! Schmeißt endlich dieses verdammte Loch zu!«, seinem letzten Satz hatte er geschrien, so außer sich war er.

»Halt, halt!«, war Kurts erneute Anweisung. Seine breite Brust hob sich ein Stück und sein scharfer Blick ließ die Augen des Pastors nicht mehr los:

»Herr Pastor, nun machen Sie mal die Schotten dicht. Wir Protestanten haben schon längst die Monarchie abgeschafft, in unserer Kirche herrscht Demokratie. Damit das klar ist! Sie sprechen mit dem Vorsitzenden des Kirchengemeinderats und wir haben einen Beschluss gefasst. Sie müssen sich beugen!«

»Beugen!«, schrie der, seine Stimme überschlug sich und dann schnappte er nach Luft.

»Ruhe, Ruhe«, mischte sich der Bürgermeister ein.»Ich denke, bei uns allen liegen die Nerven blank und wir sollten mal ruhig durchatmen … was meinst du, Kurt? Haben wir etwas übersehen?«

»Es muss so sein! Ich glaub, wir waren eben einfach zu schnell. Wir haben den Stein ja noch gar nicht vollständig zu Gesicht bekommen. Wir müssen ihn uns noch mal ganz genau vornehmen … die Geschichte passt so nicht zusammen. Hark, ein Querulant und unangenehmer Zeitgenosse, sehr wahrscheinlich, und ein Wandler zwischen den Religionen wohl auch, mit dem Blut an seinen Händen, auch da geh ich mit. Aber ein Feigling war er auf keinen Fall und dass er aus Respekt vor der Kirche seinen großartigen Plan einfach so ins Leere laufen lässt und hier nur einen Stein vergräbt, kann ich einfach nicht glauben. Holt ein paar Schaufeln wieder raus und dann übernehm ich den Fall!«, sagte er entschieden und gab den Bauleuten ein eindeutiges Handzeichen.

Der Pastor zog sich wieder zwei Schritte zurück, aber er schnaubte vor Wut. Der Sand war schnell wieder heraus und dann ging Kurt vor dem Loch in die Knie, ließ sich eine Maurerkelle reichen und kratzte damit den Stein weiter frei.

Alle anderen, einschließlich des Pastors, waren wieder dicht herangetreten. »So, Jungs«, sagte Kurt, »habt ihr vielleicht auch noch so was wie 'ne Bürste mit oder einen Pinsel, und vielleicht noch etwas Weiches für meine Knie?«

»Na klar! Einen breiten Pinsel sollte ein Maurer immer dabei haben«, war die Antwort und schon wurde ihm der zugereicht und der Bürgermeister holte ihm ein Sitzkissen von der vorderen Kirchenbank. Das schob Kurt sich unter, beugte sich tief und strich energisch die letzten Sandreste von der Steinoberfläche. Genau dort in der Mitte klebte der besonders fest und er musste ordentlich drücken, bis sich etwas tat. »Na, sieh mal da«, sagte er noch relativ leise, »hier kommt doch was zum Vorschein!«

Alle starrten nun noch gespannter ins Loch und Malu hockte sich hin, um besser an Kurts breiten Schultern vorbeigucken zu können. Sie sah sofort, was er meinte. Oben auf dem Stein gab es Rillen. Kurts Pinsel wischte hin und her, ständig wurden die Rillen länger und noch eine weitere tauchte auf. Dann blieb ihr fast das Herz stehn:

»Das ist der Halbmondfisch!«, rief sie.

»Der Halbmond ... was?«, fragte der Bürgermeister sofort aufgeregt nach.

Kurt rubbelte weiter, benutzte auch das Ende des Pinselstiels, um die Rillen besser frei zu kriegen und dann war es so weit. Er drückte sich hoch und sah Malu an – in seinem Gesicht war die Freude und das Lächeln zurück.

»So, Leute! Jetzt haben wir den Salat. Die Schatzsuche geht weiter. Darf ich vorstellen! Harks Halbmondfisch!«, und dann streckte er seinen Arm nach Rolf aus, der neben ihm stand und ließ sich von ihm wieder auf die Beine ziehen.

Jetzt hatte jeder freie Sicht auf das Liniengebilde, das Kurt gerade freigelegt hatte und Rolf meinte: »Eindeutig, Kurt, das ist sein Zeichen! Der Halbmondfisch!«

»Der Halbmondfisch? Was ist das wieder für ein Blödsinn!«, mischte sich der Pastor erneut ein, trat noch dichter heran und stierte ins Loch.

»Ich seh ein paar zufällige Linien! Wer weiß, wo die herkommen! Und überhaupt, es bleibt ein großer unbedeutender, grauer Stein! Was soll das für ein Schatz sein? Ha, ha, da lachen ja die Hühner!«, sagte er, tat amüsiert und sah dann Hilfe suchend den Bürgermeister an.

»Ein Fisch könnte das schon darstellen. Ein Halbmond? Weiß ich nicht. Aber eins weiß ich! Genau dieses Symbol befindet sich auch auf dem Deckel der Schatzkiste. Das hat etwas zu bedeuten! Kurt, was schlägst du vor?«

»Nicht der Stein ist der Schatz, Herr Pastor. Darunter werden wir etwas finden!«

»Das ist doch nicht Ihr Ernst, oder? Sie wollen doch nicht jetzt auch noch diesen dreckigen Brocken da rauswühlen!?! Wie tief soll denn das noch gehen?«, und dabei funkelte er Kurt wieder finster an.

»Doch, genau das werden wir tun. Ich verwette meinen Seemannsbart darauf, dass wir da was finden! Ich denk, Hark hat den Stein quasi nur als Deckstein über seine eigentliche Sache gelegt. Vielleicht als Schutz ... wer weiß das? Möglicherweise hat er vorausgeahnt, dass auch mal etwas mit dem Fußboden passieren könnte. Wie auch immer, Jungs, jetzt seid ihr gefordert, versucht mal den Jonny aus dem Loch zu kriegen!«

Die guckten zwar noch mal in die Runde, aber als selbst der Pastor seinen Mund hielt, legten sie los. Auch das war keine große Sache mehr: Mit der Eisenstange von allen Seiten gelockert, dann auf die Knie, der eine links, der andere rechts, kraftvoll zugepackt und schon war der Stein heraus.

»Vielen Dank, ihr zwei! Das ging ja leichter als ich dachte. So, nun wird die Angelegenheit erst wirklich interessant. Dann lasst man mal wieder den alten Mann ran. Ihr habt da doch so eine dünne Stange in der Karre. Die brauch ich jetzt«, sagte Kurt und ging damit erneut vor dem Loch auf die Knie.

Als er die nun, genau dort, wo der Stein gelegen hatte, vorsichtig in den Sand schob, waren wieder alle Augen auf ihn gerichtet. Schon nach etwa 20 Zentimetern traf die Stange auf einen Widerstand. Kurt brummelte sich irgendetwas in den Bart. Ein kleines Stück entfernt drückte er die Stange erneut langsam in den Boden und wieder ging es nicht tiefer und daneben auch nicht.

»Na, die Sache ist eindeutig«, erklärte er und als er hoch guckte funkelten seine Augen vor Freude. »Hier liegt etwas! Ich kann den Schatz schon riechen. Ich schlag Folgendes vor: Ich kratz noch ein bisschen Sand weg und wir werfen einen kurzen Blick darauf, was uns hier erwartet. Ich hab das Gefühl, die Oberfläche gibt ein bisschen nach, scheint hohl zu sein! Also los, dann reicht mir man noch einmal 'ne Maurerkelle!«

Er tauchte wieder ab und schon nach einer Minute konnte man etwas Braunes erkennen. Kurt klopfte mit der Kelle ein paar Mal darauf. Es hörte sich hohl und irgendwie blechern an. Jetzt fühlte er nochmal mit den Fingern nach, murmelte sich wieder was in den Bart und verdeckte anschließend die Stelle mit Sand.

»So, die Sache ist klar! Wir sind auf Kurs und mehr wollen wir heute noch nicht wissen. Die eigentlich Überraschung sparen wir uns bis morgen auf. Dann helft mir man mal wieder hoch.«

Und das ließ sich diesmal Malu nicht nehmen. Schon hatte sie seinen Arm gepackt, zog ihn in die Höhe und kaum, dass er auf den Beinen war, umarmte sie ihn und drückte ihm einen Kuss auf die Wange. »Na, nun wisst ihr auch, warum ich diese junge Dame mitgebracht hab. Wer küsst sonst noch so 'n alten Seebär wie mich!«, sagte er und grinste übers ganze Gesicht.

Rolf lachte auch, klopfte Kurt freundschaftlich ein paar Mal auf die Schulter und stellte dann die Frage, die alle im Kopf hatten:

»Was denkst du? Was könnte es sein?«

»Also, so weit ich das beurteilen kann, handelt es sich da unten um eine Metallkiste und die scheint er in irgendwas eingewickelt zu haben. Vielleicht in ein Fell oder dicken Stoff? Schlau wie er war, wollte er die wahrscheinlich so vor Rost und Feuchtigkeit schützen. Vielleicht Segeltuch, in Öl oder Teer getränkt, das kannte er von der Seefahrt her. Aber, wie auch immer, das werden wir sehen. Ich denk, unsere Handwerker schmeißen jetzt ein paar Schaufeln Sand wieder rein und dann schön vorsichtig den Stein oben drauf. Damit uns keiner heut Nacht die Kiste klaut! Morgen seid ihr ja auch dabei, dann holt ihr den Brocken wieder raus. Das ist für euch starke Burschen doch gar kein Problem!«

Der eine schnappte sich sofort den Spaten und schon flog die erste Schaufel Sand zurück ins Grabungsloch.

»Aber, was soll denn das schon wieder!« rief der Pastor erneut erregt. »Wir müssen doch die Kiste jetzt unbedingt rausholen und uns vergewissern, was dieser Verrückte da rein gelegt hat. Wer weiß, was da morgen ans Tageslicht kommt. Das könnte doch unsere ganze Kirche in Verruf bringen! Blasphemie womöglich. Diesem Hark Olufs ist doch alles zu zutrauen!«

»Nein, nein! Genau das dürfen wir nicht tun, Herr Pastor! Den Kasten dürfen wir heute auf keinen Fall anrühren. Dann werden sofort neue Verschwörungstheorien aufkommen nach dem Motto: Die haben den Schatz doch schon vorher in der Hand gehabt und so weiter. Dann kehrt hier keine Ruhe ein und das ganze Ungemach geht weiter! Wir wollen doch die Sache ein für alle Mal beenden und deshalb müssen wir diesen letzten, entscheidenden Schritt unbedingt mit möglichst viel Öffentlichkeit tun! Alle müssen alles hautnah und mit eigenen Augen mitkriegen. Erst morgen geht es weiter! Also Stein drauf und Schluss für heute. Mit dem Risiko, nicht zu wissen, was er uns da hinterlassen hat, müssen wir einfach leben und nur dumpfe Glaubensverunglimpfung kann ich mir bei ihm nicht vorstellen. Kirchenkritik schon, aber damit können wir doch wohl heute nach bald 300 Jahren umgehen, Herr Pastor, oder?«

»Jetzt nicht noch mal Streit!«, beruhigte der Bürgermeister sofort. »Wir brauchen unsere ganze Kraft, um das hier morgen gemeinsam und gesittet über die Bühne zu bringen und deshalb machen wir es genauso, wie Kurt sagt: Stein rein und Schluss!«

»So seh ich das auch«, sagte Rolf ganz gelassen. »Allerdings, bevor wir gleich alle auseinander rennen, sollten wir den morgigen Ablauf und die Zeiten noch kurz besprechen. Vielleicht müssen wir noch die Sitzbänke umstellen und eine Erklärung an die Presse muss auch noch raus! Ach ja und dann sollten wir das Kirchengebäude die ganze Nacht absichern! Wenn wir gleich raus gehen, kommt hier keiner mehr rein und ich meine wirklich keiner«, sagte er sehr entschieden und schmunzelte dann Kurt zu. »Ich lass gleich einen Polizeiwagen am Zugang zum Friedhof abstellen und meine jungen Kollegen können sich ruhig mal eine Sommernacht auf Amrum um die Ohren schlagen. Die sollen hier ständig die Türen im Auge behalten. Nicht, dass die alten Spitzbuben noch auf dumme Gedanken kommen!«

»Sehr gut, Rolf. So machen wir das! Wir setzen uns gleich hier zusammen und besprechen alles. Und du Malu, lässt uns jetzt mal einen Augenblick alleine. Ein bisschen was Überraschendes muss morgen für dich ja auch noch dabei sein. Du guckst dir draußen solange die historischen Grabsteine an. Wie schon gesagt, da lässt sich 'ne Menge Interessantes entdecken, und über den Stein von Hark Olufs können wir dann gleich noch mal reden. Das hatten wir doch sowieso schon mal vor. Die Besprechung hier wird nicht all zu lange dauern.«

Aber, so schnell ging es dann doch nicht. Malu hatte sich schon alle großen Kapitänsgrabsteine genau angesehen – natürlich auch den von Hark Nickelsen mit dem großen Schiffsmotiv auf der Vorderseite. Danach dann die ganze Reihe Richtung Watt runter und nun stand sie erneut am Stein von Hark Olufs und war gerade dabei, den langen Text auf der Rückseite zu entziffern.

»Na, mein Deern, es hat doch länger gedauert als ich dachte. Aber jetzt ist alles klar. Morgen früh um 11 Uhr wird Harks Geheimnis gelüftet! Was sagst du?«

»Fantastisch ... großartig! Einfach super!«, rief sie und warf die Hände übermütig in die Luft. »Aber, Opa Kurt, als da nur der Stein lag und die Handwerker schon angefangen hatten, wieder Sand ins Loch zu schmeißen, da dachte ich schon, unsere ganze Schatzsache ist verloren. Wie gut, dass du da noch mal nachgedacht hast. Du bist heute eindeutig der Superstar ... mein Superstar mit der Löwenbrust!«

»Mit der Löwenbrust?«, wiederholte Kurt und lachte laut los.

»Ja, als du dich so aufgerichtet hast, vor Mister Darkness, da hob sich auch dein Brustkorb und da sahst du aus wie ein Löwe, der seine Krallen ausfährt und einen Rivalen verjagt.«

Kurt lachte wieder. »Leider bekommt dein Superstar mit der Löwenbrust jedes Jahr klapprigere Beine, trotzdem vielen Dank, mein Deern. Und dieser Mister ist dann wohl unser Pastor, was?«

»Ja, natürlich! Der guckte von Anfang an so finster. Der war doch richtig bescheuert, oder? Dem hätte ich am liebsten seine giftigen Augen ausgekratzt!«

»Bescheuert, sagst du. Na ja, verbiestert, würde ich sagen. Normalerweise kommt man ganz gut mit dem Kerl zurecht. Allerdings ist er noch einer vom alten Schlag und die bekommen bei Hark Olufs schnell Magenschmerzen. Eben hat er wirklich überdreht, er konnte sich ja kaum noch beruhigen. Malu, der hat einfach nur Angst! Er fürchtet, dass Hark uns da ein richtiges Kuckucksei in die Kirche gelegt hat und damit neuen Streit und Diskussionen auslöst. Und womöglich kriegt er dann vom Propst und der Kirchenleitung noch einen auf den Deckel! Wie konnten Sie das nur zulassen und so weiter. Die Kirchenleute wissen natürlich, dass Hark sich zeitlebens nie untergeordnet hat und die Macht der Kirche nie uneingeschränkt anerkannte und sie haben ihm damals mächtig zugesetzt. Da ist vielleicht wirklich noch 'ne Rechnung offen und die könnte Hark morgen begleichen, wer weiß? Deshalb schlottern unserem Herrn Pastor auch die Knie. Aber jetzt: Schwamm drüber. Ich jedenfalls bin mächtig gespannt, was wir da morgen ausgraben.«

»Ich auch! Meinst du, dass da in der Kiste auch ganz wertvolle Sachen drin sind?«, wollte Malu jetzt wissen.

»Diamanten, Gold und Edelsteine meinst du? … Na ja, könnte schon sein! Aber wenn, dann sicher nicht so viele, wie du jetzt denkst. Vielleicht haben wir ja Glück und Hark Nickelsen hat auch noch ein bisschen was mit rein gelegt!«, sagte Kurt und lachte wieder. »Wir haben doch schon darüber gesprochen. Ich bin der Meinung, so reich war Hark Olufs gar nicht und er soll schon zu Lebzeiten ziemlich knickerig gewesen sein. Vielleicht finden wir auch nur einen präparierten alter Osmanenschädel, mit dem er uns morgen einen ordentlichen Schrecken einjagen wird! Er hat ja davon berichtet, wie blutig seine Zeit als Kommandant der Kavallerie war. Was in der Kiste ist? Ich hab keine Ahnung!«

»Überraschung, Überraschung!«, rief Malu. »Und was habt ihr noch besprochen. Wie soll das alles ablaufen?«

»Die Grabung soll um 11 Uhr losgehn. Der Einlass wird schon kurz nach 10 Uhr beginnen und Amrumer werden am Anfang bevorzugt reingelassen.

Die Bude könnte morgen schnell voll werden und Anne soll deine Mutter mit reinlotsen. Das musst du Kristina nachher unbedingt sagen. Nicht, dass sie unseren großen Auftritt verpasst. Du gehst mit mir, schlag ich vor. Wir gehen durch den alten Männer-Seiteneingang rein. Und meine Idee ist, wir nehmen auch Janne, Greta und Claas mit, wenn sie dabei sein wollen?«

»Klar woll'n sie das. Was denkst du denn! Die ruf ich nachher gleich an und Janne wollte ich sowieso noch besuchen.«

»Gut, gut. Ich dachte, wenn die alle um dich rum sind, dann stehst du nicht so allein auf dem Präsentierteller und wir können auch die wahre Geschichte besser unter der Decke halten.

In jedem Fall wird für euch an der Seite Platz sein, in der Nähe der Kanzel. Da habt ihr schöne Sicht auf die Grabung und ihr seid ganz in meiner Nähe. Wir tauchen da frühestens eine Viertelstunde vorher auf. Rolf mit seinen Leuten organisiert den Ablauf draußen und die Mitglieder vom Kirchengemeinderat die Angelegenheiten drinnen. Na, und unsere beiden jungen Handwerker werden natürlich auch wieder zur Stelle sein. So wird es in etwa ablaufen – wird schon schief gehn!«

»Ja, okay ... hört sich gut an! Aber, wenn du so erzählst und ich mir vorstell, es passiert morgen, rutscht mir jetzt schon das Herz in die Hose.«

»Soll ich dir was verraten: mir auch! Wir hören jetzt auf davon zu reden, schließlich wollen wir uns ja auch noch diesen Grabstein hier genauer vornehmen. Du hast ja schon gesehen, der Sandstein ist vorne und hinten bearbeitet und er hat sehr viel Schrift. Man schätzt, dass du damals mit dem Preis für diesen Stein auch ein kleines Haus hättest kaufen können. Das schon mal vorneweg.«

»Seine Lebensgeschichte hab ich eben zweimal durchgelesen. Da kann ich nicht feststellen, dass er groß geflunkert hat, allerdings ein bisschen sehr viel Ego! Was meinst du?«

»Da hast du Recht, Malu. Aber, ein Großer war er schon und hatte ein außerordentliches Leben. Ganz ohne Ego wär das sicher nicht so verlaufen. Komm mal zu mir hier auf die Vorderseite und entziffer diesen geschwungenen Satz hier ganz oben. Da steckt wirklich Ego drin!«

»Also«, begann Malu stockend. »... Hier liegt ... der große Kriegs-held ... ruht sanft auf Amrom Christenfeld ... wow, da haut er richtig auf die Tonne!«

»Das kann ich dir sagen! Er hat sich als Kriegsheld gesehen und den Respekt haben ihm viele Amrumer zeitlebens nie entgegengebracht. Man kann da auch herauslesen, wie ihn das gekränkt haben muss. Und wahrscheinlich wollte er ihnen das über seinen Tod hinaus noch mal mitgeben und hat die Worte deswegen hier als Kopfband für alle und nicht zu übersehen einmeißeln lassen.«

»Und, Opa Kurt, was hat eigentlich der Pastor vorhin damit gemeint „osmanisch, islamistisch angehaucht und Gewalt verherrlichend"? Du hast neulich auch mal so etwas angedeutet. Wo soll das hier dargestellt sein?«

»Das will ich dir zeigen. Ganz Unrecht hat der Pastor nicht! Sieh mal. Er meint diese Darstellung, hier am Kopfende! Auf den anderen Grabsteinen befindet sich da normalerweise ein Engel, eine Rosette, das heilige Kreuz oder ein anderes christliches Symbol ... ein Schiff, ein Lamm oder ein Fisch. Aber das hier ist eindeutig Kriegssymbolik: Ein osmanischer Bogen, dann hier ein Köcher mit Pfeilen, dann Fahne, hier wahrscheinlich eine Fanfare und da ein Krummsäbel. Solche Abbildungen kannst du auch auf manch Kriegerdenkmal finden. Aber, was einige damals wohl wirklich aufgeregt hat – na, guck hier mal genau hin!«

»Was soll das sein? Vielleicht ein Turban?«

»Richtig! Ein Turban oder ein osmanischer Kampfhelm! Die Darstellung der Waffen war damals sicher das kleinere Problem. Krieg und gegenseitiges Abschlachten war ja fast Volkssport. Aber, worüber sie richtig aufgeregt haben, war sicher diese islamische Kopfbedeckung hier als Abschluss an der Grabsteinspitze. Das war pure Provokation für sie! Vor allem für die Kirchenleute. Allerdings standen die Grabsteine nicht so wie heute in der ersten Reihe. Ich weiß gar nicht, wo sich hier auf dem Friedhof seine eigentliche Grabstätte befunden hat. Das müsste noch in den alten Kirchenbüchern stehen. So, mein Deern, für heute langt es. Jeder von uns hat noch was zu tun, ich muss noch eine kleine Rede vorbereiten und zu spät sollten wir heute nicht ins Bett kommen. Morgen wird ein aufregender Tag!«

(Grabsteine Hark Olufs und Hark Nickelsen siehe Anhang)

23. Urlaubstag

Grabung 2

»Marie, ach herrje, es ist schon kurz vor 10! Anne müsste jeden Augenblick kommen und ich bin noch nicht fertig«, rief Kristina und rannte hektisch an ihr vorbei ins Badezimmer. »Meinst du, das mit meinem geblümten Kleid ist wirklich eine gute Idee?«

»Mum, du siehst super aus und unpassend finde ich das heute auch nicht!«, rief ihr Malu hinterher, die noch im Pyjama vor der Spüle stand und von ihrem Müsli löffelte.

»Aber, wir sind in der Kirche! Vielleicht sollte ich doch etwas Seriöseres anziehen, nicht so bunt und so luftig. Was meinst du?«

»Auf keinen Fall. Wir gehen doch nicht zur Beerdigung! Dein Kleid ist genau richtig! Ich zieh meins nachher auch an. Mutter und Tochter, verstehst du? Oder möchtest du nicht mit mir gesehen werden?«

»Spinnst du! Natürlich will ich das. Ich bin total stolz auf dich. Aber du wirst doch ganz woanders stehen?«

»Ja, schon. Und trotzdem sehen alle, dass wir zusammengehören.«

»Du meinst, dann krieg ich vielleicht auch noch ein bisschen was von deiner Berühmtheit ab. Na gut, ich werd dir in der Kirche zuwinken und wer weiß, vielleicht interviewen sie mich und ich komm ins Fernsehen!«, lachte sie durch die offene Tür.

»Untersteh dich! Soll doch keiner richtig wissen, wer dahinter steckt.«

»Nein, schon klar! Aber, vorhin, als ich noch kurz zum Einkaufen geflitzt bin, war da schon richtig Betrieb und sogar ein Übertragungswagen steht auf dem Kirchenvorplatz. So einer mit ner riesigen Satellitenschüssel auf dem Dach und stell dir vor, das Friedhofsgelände haben sie vollständig abgesperrt, da lassen sie nicht mehr jeden rauf. Vorm Haupteingang standen zwei Polizisten und haben viele abgewiesen. Mensch, bin ich schon gespannt, was gleich abgeht! «, rief sie wieder. Und nach einem kurzen Moment der Stille ging's weiter:

575

»Marie, stell dir vor, da ist wirklich was drin?«

»Was meinst du mit … wirklich was drin, Mum?«

»Na, was wohl! Im Kasten, Diamanten, Edelsteine, Goldmünzen und so etwas. Vielleicht orientalischer Schmuck! Dann werden wir noch richtig reich!«

»Wiiir!!! …«, wiederholte Malu langgezogen.

»Ja, natürlich wir! Du wirst doch wohl deiner geschätzten Mutter etwas abgeben. Du, wir könnten eine Weltreise machen und dann nehmen wir auch deinen Paps mit und deine Freunde natürlich auch. Greta und Claas und auch den netten jungen Mann, frei nach Harry Potter, dessen Namen nicht genannt werden darf!«, lachte sie aus dem Badezimmer.

»Na, den natürlich auch«, sagte Malu und blieb völlig cool. »Aber, Opa Kurt muss auch dabei sein … und vielleicht fliegen wir zuerst mit ihm nach Afrika und gucken uns seine Artgenossen an.«

»Afrika, okay, aber welche Artgenossen? Ich glaub man darf gar nicht alles von so einem Schatz behalten. Ein Teil bekommt der Staat und wahrscheinlich gehört auch noch ein Teil davon der Kirche. Keine Ahnung, aber bei denen liegt der Schatz ja in der Erde.«

»Nicht in der Erde, Mum! Im heiligen Gottesacker!«

»In was? … was hast du gesagt?«

»Dass du dich langsam beeilen solltest. 10 Uhr müsste es eigentlich schon sein!«

»Oh Gott! … Du hast Recht!«

Plötzlich sprang Kristina mit einem lauten »Tatatataaaa!« aus dem Bad und drehte sich aufgekratzt und mit gestrecktem Hals vor Malu hin und her.

»Mum! … nein! … Das ist nicht dein Ernst? Oder?«, Malu war fast der Müslilöffel aus der Hand gefallen.

»Scheeerz, meine Süße!«, riss sich ihren Wittdün-Strohhut vom Kopf und feuerte ihn schwungvoll und gekonnt auf Malus Bett.

»Aber, wow! Du trägst ja heute sogar Omas Perlenkette!«

»Na, wenn nicht heute, wann denn sonst? Und sieh, auch noch passend dazu meine Perlensticker!«, dabei drehte sie schnell ein paar Mal den Kopf. »Wer weiß, was heute noch passiert?«

»Ich versteh schon, Mum. Du meinst, du siehst aus wie ein Filmstar!«

»Na ja, ich bin jedenfalls vorbereitet! So, ich renn schon mal an die Straße und geh Anne entgegen und du solltest auch langsam aus den Puschen kommen. Wir sehn uns und ich wünsch dir und uns viel viel Glück!« Dann drückte sie Malu und spuckte ihrer Tochter dreimal trocken über die Schulter, so wie man das bei Schauspielern vor deren Auftritt macht. »Toi, toi, toi«, sagte sie, lächelte und rannte aus der Wohnung.

Als Greta sich mit »Hallo, Sweety! Wo steckst du? Es wird Zeit«, meldete, hatte Malu noch immer mit ihren Haaren zu tun, schmiss dann aber einfach die Bürste auf die Spiegelablage und stürzte aus dem Badezimmer.

»Hi, gib mir eine Minuten«, rief sie Greta entgegen, stoppte kurz und guckte:

»Wow! Gut siehst du aus! Endlich seh ich mal das rotweiß-gestreifte Top an dir!«, rannte dann gleich weiter in Kristinas Zimmer und zum gemeinsamen Kleiderschrank. Kleid über den Kopf, neues Tuch um den Hals und schon raste sie wieder heraus: »Was sagst du ... kann ich so geh'n?«

»Was für 'ne Frage, Malu! Outfit perfekt, würde ich sagen ... und, ist es nicht super, wir tragen beide den Wittdünstil!«

»Ja ... eh nein, eins fehlt noch! Warte, wo hab ich den denn?«, rannte wieder ins Bad und als sie nach 5 Sekunden wieder raus kam, reagierte Greta sofort:

»Mensch ist der schön! Den hab ich ja an dir noch nie gesehen! Woher hast du den Klunker?«

»Den hab ich erst seit gestern ... aber der ist wirklich toll, oder? Den hat mir Hannes vom Strand geschenkt!«

»Hannes, der abgedrehte Vogel? Wieso das denn? Den kennst du? Wo hast du den denn getroffen und wieso schenkt der dir so einen tollen Bernstein?«

»In den letzten Tagen ist Einiges passiert, aber, das ist eine längere Geschichte. Das erzähl ich dir später. Wir müssen los! Opa Kurt wartet sicher schon.«

Genau in diesem Moment sprang Janne auf die Terrasse und rief: »Na, wo bleibt ihr denn? Kurt ist schon ganz ungeduldig. Wir müssen los!«, und dann guckte er.

»Mensch, ihr habt euch ja aufgebrezelt. Nicht schlecht!«

»Na, du aber auch, Janne Madsen! Heute keine abgeschnittene, ausgefranste Jeans? Hab ich dich überhaupt schon mal mit langer Hose und Oberhemd gesehen? Ich kann mich nicht erinnern!«, lachte ihm Malu entgegen, schlüpfte schnell in ihre Sandalen und los gings.

Als sie um die Hausecke kamen, stand Kurt schon auf dem Gehweg und trat unruhig von einem Bein aufs andere.

»Wir kommen, Opa Kurt! Hallo, du hast dich ja auch rausgeputzt. An dir hängt ja jetzt schon Gold!«

Kurt trug eine helle Hose mit einem beigen Sakko, ein weißes Hemd und als absoluter Hingucker eine goldfarbene Krawatte mit dazu passendem Einstecktuch – und natürlich auf Hochglanz polierte Schuhe.

»Ja, natürlich! Ich dachte es ist passend. Wer weiß, was wir gleich finden. Am Schluss ist das vielleicht das einzige, was die Leute an Gold zu sehen bekommen. Aber, ihr steht mir ja in nichts nach – ein schönes Bild gebt ihr ab! Janne, das haben wir richtig gemacht, uns auch ein bisschen in Schale zu werfen, bei solch zwei jungen, schmucken Deerns an unserer Seite«, sagte er und lächelte anerkennend. »Aber, uns fehlt doch noch einer, oder?«

»Keine Panik! Das ist typisch. Der kommt immer auf den letzten Drücker. Wette, der rauscht gleich ran«, antwortete Janne und blieb ganz entspannt.

Genauso war es. Sie waren noch nicht an der Straße, da legte Claas dort eine quietschende Vollbremsung hin und sprang lachend vom Fahrrad.

»Hey, alle zusammen! Ich bin da und auf den Punkt, würde ich sagen. Mensch, habt ihr euch aufgetakelt! Ist was Besonderes?« Er sah mit seinem ausgeblichenem Shorts fast wie Alltag aus – doch ganz stimmte das nicht! Sein bedrucktes T-Shirt schien neu zu sein; jedenfalls hatte Malu das an ihm noch nie gesehen.

Natürlich wurde auch er freudig begrüßt. Er stellte sein Rad auf den Ständer und schnappte sich seinen festgeklemmten Umhängebeutel vom Gepäckträger. Als dann alle fragend auf die Tasche guckten, meinte er nur:»Ja, Leute! Ich bin auf alles vorbereitet. Ich hab natürlich für den Fall der Fälle meine Zaubermaschine dabei. Wer weiß, was sich Hark wieder ausgedacht hat? Wenn ich Glück hab, komm ich damit noch richtig groß raus! So sieht's aus«, erklärte er und schob sich den Beutel über die Schulter.

»So, Kinder, jetzt müssen wir aber, nicht dass die Party heute noch ohne uns stattfindet! Da könnte man ja direkt was verpassen!«, drängelte Kurt und marschierte los.

Ein Blick, eine entsprechende Handbewegung und ein Nicken von Greta und schon hakte sich Malu an der einen Seite und Greta an seiner anderen bei ihm unter und Malu merkte sofort, wie sehr er sich darüber freute. Janne und Claas blieben nur die Plätze in der zweiten Reihe.

Schon im Näherkommen sah Malu, dass heute ungewöhnlich viele Menschen auf dem Vorplatz unterwegs waren – einige standen auch in kleinen Gruppen zusammen und fast alle guckten Richtung Kirche. Auf den weißen Übertragungswagen mit den drei Großbuchstaben „NDR", der seitlich parkte, war sie vorbereitet, aber auf das, was vor dem Eingang zum Kirchengelände los war, nicht. Kurt war stehen geblieben und guckte auf die Menschentraube, die sich dort zusammendrängte. Ganz offensichtlich war der Zugang zum Friedhof gesperrt und zwei Polizisten hatten dort Posten bezogen.

Wahrscheinlich hatte er die Anspannung der Mädchen gespürt, jedenfalls meinte er sofort:»Immer mit der Ruhe, das kriegen wir schon. Aber so schön, mit euch an meiner Seite, kommen wir da wohl nicht durch. Wir machen das wie eine Entenfamilie, der Alte voran und ihr dicht hinter mir!« Er lächelte nochmal nach links und rechts, ließ dann seine Arme sinken und setzte sich entschlossen in Bewegung. Er war noch gar nicht ganz heran, da rief er mit fester Stimme:

»So, meine Herrschaften, dann treten Sie mal zur Seite und lassen uns durch … denn fliegen können wir nicht!« Dabei lächelte er so freundlich und einnehmend, dass der anfängliche Zorn auf den Gesichtern der Angesprochenen bei den allermeisten sofort wieder verflog. Alle wichen ein Stück zurück und bildete eine schmale Gasse. Kurt ging zügig voran, die anderen vier dicht hinter ihm und ohne jedes Problem flutschen alle durch.

Die zwei Polizisten schienen erleichtert zu sein und zogen sofort die beiden Absperrgitter zur Seite – und nachdem die Entenfamilie durch war, sofort wieder zusammen.

»Sehr schön, Kurt, dass Sie mit den Jugendlichen drin sind. Wir haben Sie schon kommen sehen und hatten unsere Bedenken. Aber Sie sehen ja auch sehr offiziell aus. Ich glaube, Sie werden in der Kirche schon erwartet«, begrüßte sie der eine, sah aber weiter ziemlich angespannt aus.

»Moin, moin! Ach, Sven, du deichselst hier die Angelegenheit! Ja, gar kein Problem, Brust raus, immer freundlich und dann mit nem Ruck«, antwortete Kurt. »Ihr habt die Lage doch im Griff!«

»Ja, schon!«, sagte der junge Beamte. »Aber, gut, dass wir hier zu zweit sind. Manche wollen einfach nicht begreifen, dass wir niemanden mehr hinein lassen dürfen. Einige Uneinsichtige wollten sogar schon die Absperrung umgehen und über den Friesenwall klettern!«

»Ja, ja, ich hab schon mit so etwas gerechnet. Also, weiterhin gute Nerven!«, wünschte Kurt noch und ging dann mit schnellen Schritten weiter.

Als er kurz vor dem Hauptportal nach rechts abbog und um die Kirche herum ging, guckte Greta erstaunt, doch Malu klärte sie auf: »Wir gehen durch den Männereingang rein, rechts an der Seite, so wie ganz früher, da steh'n wir nicht im kalten Wind!«

»Was ist los? Wieso, die Sonne knallt doch!«, und Greta guckte noch irritierter.

Vor der offenen Seitentür wartete Rolf. Seine Uniform sah heute anders aus und auch er machte ein ähnliches Gesicht, wie seine jungen Kollegen.

»Was bin ich froh, dass ihr da seid!«, empfing er sie. »Mensch, Kurt, da drin ist die Hölle los. Wir sollten nicht mehr so lange warten. Die Leute werden schon unruhig. Versuch bloß alles, damit wir die Sache im Griff behalten. So etwas wie 'ne Panik könnte schlimm ausgehn!«

»Rolf, das kriegen wir schon, die kühl ich langsam runter. Wirst schon seh'n!«, und dann drehte er sich den Vieren zu und meinte:

»So, ihr Schatzsucher! Heute darf man wohl mal den alten Leitspruch der Friesen bemühen: ... „rüm hart" ... „klaar kimming!" Weites Herz ... klarer Horizont! Jetzt heißt es Ruhe bewahren und Kurs halten. Ihr segelt einfach in meinem Fahrwasser. Wir bleiben drinnen an der rechten Seite und gehen in etwa bis zur Kanzel vor. Da kriegt ihr alles schön mit und seid auch aus der Schusslinie. Und macht euch noch mal klar, ihr seid die eigentlichen Hauptpersonen bei dieser Theatervorstellung! Also, immer schön lächeln und genießen. So schnell werden wir so etwas nicht wieder erleben!«, danach guckte er jedem noch mal kurz aufmunternd in die Augen.

Jetzt wird es ernst, dachte Malu, als Kurt sie in den Blick nahm. Bis eben hatte sie sich überraschend gut im Griff gehabt, aber jetzt war das vorbei, jetzt kam die Angst, ein trockener Mund und weiche Knie. Auch bei Janne und Greta sah man die Aufregung, nur bei Claas war es anders – er wirkte weiter cool und entspannt.

Kurt richtete sich auf und ging los und sofort folgte Malu in seinem Windschatten. Der Vorraum maß nur wenige Meter und bei jedem Schritt wurde das Stimmengewirr lauter. Noch bot sein breiter Rücken Schutz, aber, das war gleich vorbei!

Kurt betrat den Kirchenraum ohne zu zögern, stoppte nach wenigen Schritten und sah sich nach allen Seiten um. Der Lärm ebbte schnell ab und immer mehr neugierige Augen richteten sich nun auf den Seiteneingang und auf die Neuankömmlinge. Überall wurde getuschelt.

Malu war auf eine volle Kirche vorbereitet, aber auf das hier – nicht! Hatte sie überhaupt schon mal so viele Menschen in so einem engen Raum gesehen?

Auf allen Kirchenbänken, die heute in durchgehenden Reihen von den Wänden abgerückt aufgestellt waren, quetschten sich die Leute zusammen und auch an den Seiten, im hinteren Bereich und auf den zwei Emporen standen sie dicht an dicht.

Und das war noch nicht alles! Genau gegenüber war eine kleine rote Lampe angegangen und die gehörte zu einer Fernsehkamera. Ein Mann hatte sie auf der Schulter und ein zweiter daneben hielt eine Stange mit einem großen Mikrofon in die Luft. Dann noch mehr Presseleute, große Fotoapparate mit langen Objektiven und alle zeigten in ihre Richtung.

Mensch, war es schön, Opa Kurt an seiner Seite zu haben. Wie konnte der nur so ruhig und gelassen sein?

Er stand da wie ein Fels in der Brandung und schien die Situation sogar zu genießen. Mal lächelte und nickte er dem einen, mal dem anderen zu und grüßte dann auch immer wieder mit einer kleinen Handbewegung – wahrscheinlich kannte er hier fast jeden. Schließlich sagte er: »So, das hätten wir. Dann lasst uns weiter nach vorne gehen.« Er warf Malu noch schnell einen warmherzigen, aber auch prüfenden Blick zu. »Alles in Ordnung bei dir?«, flüsterte er und als sie ihm zuzwinkerte, rückte er weiter bis zur Kanzel vor und die Vier gleich hinterher.

Der Bürgermeister kam sofort auf Kurt zu und beide unterhielten sich leise, anscheinend gingen sie noch mal den Ablauf durch. Für Malu eine gute Gelegenheit, erneut ein paar Mal tief durchzuatmen und sich weiter zu beruhigen. Als sie sich jetzt kurz zu ihren Freunden drehte, sahen auch die zwei neben ihr schon wieder entspannter aus und um Claas musste man sich schon gar nicht sorgen – er lächelte wie ein Popstar. Aber es passierte im Augenblick nichts weiter Aufregendes, und so nahm bei den Anwesenden im Kirchenraum das Interessen an den Neuankömmlingen schnell wieder ab und es wurde erneut lauter.

Als Malu sich weiter umsah, fielen ihr zwei ältere Damen auf. Die saßen nur ein kleines Stück entfernt nebeneinander auf der Kirchenbank, und deren Kleidung kannte sie bislang nur von Bildern: die alte Tracht der Friesinnen. Dunkler, schwerer Stoff, weiße Schürze, dann ein in Falten gelegtes dreieckiges Schultertuch mit geknoteten Fransen daran und auf dem Kopf, die Haube – kunstvoll gesteckt und wer weiß, mit wie vielen Nadeln in Form gehalten? Besonders beeindrucke sie der mehrreihige, filigraner Silberschmuck, den beide Frauen in Brusthöhe oberhalb der Schürze trugen. Eine breite Kette, darunter weitere Kettenreihen und an der untersten hingen die Silberkugeln, von denen Kurt schon erzählt hatte. Es waren acht! Wirklich schön, dachte sie und hatte schon die nächsten entdeckt, die sich auffällig herausgeputzt und ebenfalls zwillingshaft wirkten. Vorne, etwas seitlich vom Grabungsloch, standen nebeneinander und wie angewachsen die zwei jungen Handwerker von gestern. Vielleicht die Maurertracht? vermutete Malu: Beide graue Hose und Weste, daran in zwei Reihen weiße Knöpfe und darunter ein blendend weißes Hemd – richtig schick sahen die aus! Und dann entdeckte sie jemanden, auf den sie gut und gern hätte verzichten können. Schräg gegenüber auf der anderen Seite und etwas verdeckt in der Ecke, ganz in der Nähe des großen Taufbeckens, stand der Pastor. Und der sah heute wirklich wie Mister Darkness aus: schwarzer Talar und versteinerte, finstere Miene. Anscheinend hatte er sie auch in den Blick genommen. Aber Malu guckte gleich woanders hin, und glücklicherweise schien es jetzt auch bald los zu gehn.

Der Bürgermeister hatte sich von Kurt abgewendet, ging mit schnellen Schritten in den Altarraum und kam gleich darauf mit einem kleinem quadratischen Tisch heraus, den er seitlich vom Grabungsloch unter dem Chorbogen abstellte. Danach ging er zu den Handwerkern hinüber und schien denen Anweisungen zu geben. Für Malu noch ein paar Sekunden Zeit, sich nach einer bestimmten Person umzusehen, und die vermutete sie im hinteren Bereich. Schnell überflog sie die weiteren Sitzreihen. Dort war sie nicht … aber, schon im nächsten Moment entdeckte sie das helle Sommerkleid ganz hinten. Dort stand Mum, umringt von ihrer Frauenbande und winkte rüber. Malu schickte einen schnellen Gruß zurück.

In diesem Moment verstummte das Gemurmel in der Kirche fast schlagartig. Der Bürgermeister stand breitbeinig direkt hinter dem Grabungsloch, hatte seine Hände ineinander gelegt und guckte mit ernstem Gesicht in den Raum.

»Liebe Anwesende!«, begann er mit kräftiger Stimme. »Gleich wird hier vorne, vor meinen Füßen, die öffentliche Grabung nach dem Schatz des Hark Olufs beginnen und ich möchte euch dazu, als Bürgermeister der Gemeinde Nebel, hier in unserer schönen Inselkirche, herzlich willkommen heißen!

Ihr seht schon das Loch, aber, ich kann euch versichern, dass wir gestern unter der Aufsicht des Kirchengemeinderats, des Pastors und der Polizei nur vorbereitende Arbeiten vorgenommen haben, um für heute sicherzustellen, dass hier auch was vergraben wurde ... und wir haben gestern festgestellt: Da liegt wirklich etwas!« Augenblicklich ging ein Raunen durch die Kirche, aber als er seine Hand hob, wurde es sofort wieder leiser:

»Bislang weiß noch keiner, was das ist und wir sind genauso gespannt wie ihr! Was immer wir gleich finden, ich möchte euch inständig bitten, in jedem Fall Ruhe zu bewahren und auf keinen Fall nach vorne zu drängen.

Ihr seht alle, wie wenig Platz hier ist. Nach der Grabung werden wir das Gefundene hier auf diesem Tisch allen Interessierten präsentieren und jeder von euch kann dann über die Emporenseite nach vorne kommen, sich alles in Ruhe ansehen und dann durch den Seitenausgang oder hinten durch den Haupteingang wieder ins Freie gelangen. Auch dabei solltet ihr euch rücksichtsvoll und besonnen verhalten! Alles wird seine Zeit dauern. Bevor ich jetzt an Kurt übergebe, der als Vertreter des Kirchengemeinderats gleich die Grabung leiten wird, hat mich unser Herr Pastor noch um eine Klarstellung gebeten.«

Genau als der Bürgermeister diesen Satz sagte, riss Malu Kurt hektisch am Sacko und flüsterte ihm aufgeregt »Opa Kurt, guck schnell mal zur Empore hoch, links, die zwei alten Gesichter dort!«, ins Ohr.

Kurt drehte sich sofort in die Richtung und als Malu auch gleich wieder hoch sah, wichen gerade diese zwei zurück und waren augenblicklich hinter der Brüstung verschwunden.

»Hast du sie noch gesehen? Scheiße, ich bin mir sicher, sie waren eben noch da!«, flüsterte Malu aufgeregt.

»Ruhig, mein Deern. Ich hab sie gesehn. Das sind eindeutig unsere Halunken, aber sie sind in die Jahre gekommen, einfach zu langsam für meine schnellen Augen«, flüsterte Kurt zurück und grinste.

»Müssen wir nicht sofort etwas unternehmen?«

»Beruhige dich! Wir werden gar nichts machen. Ich bin sogar richtig froh, dass sie heute dabei sind und alles live mitbekommen. Malu, deren große Zeit ist vorbei und heute mit der Grabung beenden wir diese unsägliche Schatzsucherei endgültig. Die sollen ruhig zugucken und sich ordentlich in den Arsch beißen!«

Plötzlich merkten beide, dass sich immer mehr in der Kirche nach ihnen umdrehten und auch der Bürgermeister, mit einem Zettel in der Hand, irritiert rüber sah. Kurt gab ihm ein Handzeichen und nickte entschuldigend.

Der Bürgermeister baute sich wieder auf und versuchte gleich eine Erklärung: »Wie auch immer. Es musste wohl noch etwas Wichtiges besprochen werden. Aber, jetzt können wir weitermachen! Wie ich schon sagte, unser Pastor hat mich gebeten diese Klarstellung zu verlesen.« Er räusperte sich:

»Bekanntmachung des Pastorats an die Kirchengemeinde Amrum! Diese öffentliche Grabung in unserem heiligen Gotteshaus ist weder von der Kirche angeordnet noch gewünscht. Dies ist keine kirchliche Veranstaltung, geschweige denn findet sie im Rahmen eines Gottesdienstes statt! Es wird weder ein gemeinsames Gebet noch einen christliche Segnung geben. Des Weiteren lehnt die Kirche jegliche Verantwortung für die Form und den Inhalt des Gefundenen ab und behält sich die Möglichkeit vor, gegebenenfalls weitere, rechtliche Schritte einzuleiten! Pastor der St. Clemens Gemeinde!«

Sofort nachdem er den Zettel sinken ließ, wurden überall die Köpfe zusammengesteckt und die Unruhe wurde immer hörbarer. Das spürte auch der Bürgermeister. Er musste schleunigst für Ablenkung sorgen.

»Also, dann wollen wir uns jetzt mal um das kümmern, weshalb ihr alle gekommen seid: die Schatzgrabung!«, sagte er etwas nervös mit überlauter Stimme und sofort wurde es wieder leiser.

»Wie ich schon angekündigt habe, wird die Leitung nun unser lieber Kurt übernehmen!« Er machte eine entsprechend auffordernde Handbewegung und Kurt setzte sich sofort in Bewegung.

Mit ruhigen Schritten und einem Lächeln ging Kurt nach vorne und brachte sich hinter dem Loch in Position.

»So, liebe Anwesende! Ich freu mich sehr, dass ihr heute alle dabei sein wollt und möchte euch auch von meiner Seite und im Namen des Kirchengemeinderates recht herzlich zu dieser öffentlichen Grabung begrüßen. Ich denke, unser Bürgermeister muss sich keine Sorgen machen. Ich seh hier meistenteils sturmerprobte Insulaner und wir werden es doch wohl gemeinsam schaffen, den Kahn gemütlich nach Hause zu schippern! Mir wurde die ehrenvolle Aufgabe übertragen, dafür zu sorgen, dass hier alles gesittet und in Ruhe über die Bühne geht. Um die Wahrheit zu sagen, es wollte auch kein anderer machen!« Dann lachte er ins Publikum und das zeigte sofort Wirkung.

»Ihr müsst ebenfalls keine Angst haben, dass ich euch nun einen langen Vortrag über Hark Olufs und sein Leben halte. Ihr könnt alle lesen, jedenfalls die meisten«, und auch dieser Halbsatz kam wieder gut an.

»Zu seinen Lebzeiten wollten ja nur wenige Amrumer etwas mit ihm zu tun haben, aber mittlerweile ist er zu einer regelrechten Berühmtheit geworden. Es gibt Bücher, da könnt ihr alles genau nachlesen und wer das Geld sparen will, muss sich damit begnügen, was auf seinem Grabstein steht. Da kommt ihr ja nachher alle vorbei! Bemerkenswert finde ich, was unser Herr Pastor in dieser Sache eben ausrichten ließ. Kommt ja nicht jeden Tag vor, dass die Kirche so großzügig ist! Und freiwillig und ohne Not auf alle Anrechte an dem Schatz verzichtet; und von dem ganzen Zaster, den Juwelen und Diamanten nichts abhaben will! Jedenfalls hab ich das eben so verstanden!« Wieder lachte er und diesmal etliche mit und einige guckten dabei auch Richtung Taufbecken. Dort war jemand einen weiteren Schritt zurückgewichen und war nun kaum noch zu sehen.

»So, dann soll es jetzt losgehn! Woll'n wir mal hoffen, dass uns Hark mehr als nur einen abgenagten Hundeknochen hinterlassen hat«, und auch dieser Satz hatte wieder die Wirkung, die Kurt ganz offensichtlich erzielen wollte.

Malu war begeistert, wie souverän und locker er da stand und wie schnell er es mit seiner Ruhe und seinem Humor geschafft hatte, die Stimmung so positiv zu verändern.

»Ich möchte hier kein Gedrängel erleben«, sagte er und sein Ton war wieder verbindlicher. »Wir machen jetzt alles sutje piano. Von euch muss keiner Angst haben, hier vorne selbst die Schaufel in die Hand nehmen zu müssen. Das machen die beiden schmucken Kerls an meiner Seite«, und dabei drehte er sich kurz zu den beiden jungen Handwerkern um.

»Alles, was die ausgraben, werd ich hoch halten und euch zeigen. Vielleicht die schweren Goldbarren nur ganz kurz«, scherzte er wieder.

»Nein, im Ernst, wenn alle sitzenbleiben, kann jeder gut sehen. Alles wird hier zum Schluss auf dem Tisch liegen, dann dürft ihr den Knochen auch mal anfassen. Aber, wehe, den klaut einer!«, und sofort wurde wieder gelacht.

»Ja, soweit ist nun alles klar, denk ich. Dann legt mal los, Jungs!« Nach diesem Satz ging er zwei Schritte zurück und guckte auffordernd zu den beiden rüber.

Von denen schnappte sich jeder eine Schubkarre und stellte sie etwas seitlich vom Loch ab. Der eine nahm sich einen Spaten und schon flog der erste Sand in die Karre. Aber bereits nach wenigen Schaufeln hörte er auf und beide gingen vor dem Loch in die Knie.

Augenblicklich verstummte auch das letzte Getuschel und alle Augen richteten sich gespannt auf die Zwei am Grabungsloch. Man sah, wie kräftig die zupackten und wie schwer das sein musste, was sie jetzt langsam nach oben wuchteten. Auch das ging wieder überraschend schnell und augenblicklich war es mit der Stille im Kirchenraum vorbei. Überall sofort aufgeregte Kommentare, Seufzer und enttäuschte Gesichter.

»Ruhig, ruhig! Immer mit der Ruhe!«, rief Kurt in die Kirche. »Genauso ging es uns gestern. Mensch, waren wir enttäuscht, als wir nur diesen Stein gefunden haben. Um ein Haar hätten wir abgebrochen, wären nach Haus gegangen und hätten uns ins Bett gelegt. Aber, ihr müsst wissen, dies ist ein besonderer Stein. Den solltet ihr euch nachher genau ansehen. Hier oben sind Linien eingeschlagen – ein Symbol. Und genau dieses Zeichen befindet sich auch auf dem Deckel seiner Schatzkiste! Die befindet sich ja bekanntlich in unserem Heimatmuseum. Diesen Stein kann nur Hark Olufs selber so gekennzeichnet haben. Schlaue Köpfe haben den Buchstabenwirrwarr, der ebenfalls auf dem Schatzkistendeckel eingekerbt ist, entschlüsselt. Und da steht: Folge dem Halbmondfisch. Also, Leute! Dieser Stein ist mit seinem Halbmondfisch gekennzeichnet und ein sicherer Hinweis, dass wir auf der richtigen Spur sind. Also, entspannt Euch. Sein eigentlicher Schatz liegt darunter, den kriegen wir erst gleich zu Gesicht!«

Kurt gab den beiden an seiner Seite das Zeichen zum Weitermachen und in der Kirche stellte sich sofort wieder gespannte Stille ein.

Der eine nahm einen Eimer von der zweiten Karre und reichte seinem Kumpel eine Maurerkelle. Dann knieten sich beide wieder vor dem Loch hin und der mit der Kelle beugte sich tief und löffelte erneut Sand heraus, der andere hielt ihm den Eimer hin.

Kurt guckte den beiden über die Schulter und fing an mit lauter Stimme zu beschreiben, was dort im Loch vor sich ging:

»So, lasst euch Zeit … immer ganz sutje … schön vorsichtig … unser junger Arbeitsmann arbeitet sich nun langsam in die Tiefe … und siehe da … langsam kommen wir der Sache näher.«

In der Kirche war es jetzt totenstill, selbst das nervige Geschabe mit den Füßen hatte aufgehört.

»Langsam kommt immer mehr zum Vorschein«, kommentierte Kurt weiter, … »… Braune Oberfläche … ein Fell oder Tuch … und es muss so etwas sein, wie eine Kiste … immer schön langsam Jungs … nicht dass wir noch was kaputtkriegen … sehr gut … sehr gut … so wartet, wartet!«, rief Kurt und nun hatte sich auch seine Stimme verändert und klang plötzlich nicht mehr so gelassen. »Schön vorsichtig … und wischt noch mal den Sand ab … also raus damit, jetzt!«, rief er … und dann war es so weit und alle hielten den Atem an.

Ein brauner, sandiger Kasten, etwas breiter und höher als ein Schuhkarton kam an die Oberfläche und Kurt griff sofort beherzt zu. Allerdings schien die Kiste fast zu schwer für ihn allein zu sein, jedenfalls hielt der eine junge Mann weiter mit fest und gemeinsam stellten sie den eckigen Fund auf dem Tisch ab.

»So, das hätten wir!«, sagte Kurt. »Gar nicht so leicht, wie sie aussieht! So, könnt ihr mit eurer Stange noch mal prüfen, ob da noch mehr ist!«, gab Kurt wieder laut seine nächste Anweisung.

Der eine nahm sich die dünne Metallstange von gestern von der Karre, kniete wieder am Loch nieder und drückte sie zigmal in die Tiefe. Dann guckte er Kurt an und schüttelte den Kopf.

»Okay«, sagte Kurt, »alles gut! Dann müssen wir wohl mit dem zufrieden sein, was wir haben. Aber sieht ja auch nicht nach ner Kleinigkeit aus! So, ihr zwei, dann rückt mal den Tisch ins Rampenlicht, damit alle gut sehen können!«

Die Zwei schoben die beiden Schubkarren zurück an die Wand und stellten den Tisch, samt dem geheimnisvollen Kasten darauf, zentral in die Mitte, genau neben das Grabungsloch. Danach zogen sie sich zurück auf ihre alten Stehplätze an der Wand.

Kurt lächelte ihnen anerkennend zu und sagte dann laut:

»Mensch, diese Zwei haben die ganze Arbeit und wir alle gucken nur zu. Ich denke unsere jungen Handwerker haben ihre Aufgabe bestens erledigt und einen kleinen Applaus verdient! Was meint ihr?«

Augenblicklich brauste ein Beifall auf, der in der Kirche nicht alle Tage zu hören war. Alle Anwesenden klatschten kräftig und ausdauernd in die Hände und man spürte förmlich, wie sich darin auch eine ganze Menge von der momentanen Anspannung bei den Anwesenden löste.

Kurt klatschte ebenfalls, nutzte aber auch die Zeit, um zu Malu und ihren Freunden rüber zu sehen. Er nickte ihnen zufrieden zu und Malu sah, dass er dabei einen schnellen Blick gegenüber auf die Empore warf. Gerade noch rechtzeitig tat sie das auch, denn nur einen Wimpernschlag später hatten sich die zwei grauen Gesichter da oben auch schon wieder versteckt.

»So, ein bisschen Geduld brauchen wir noch, denn jetzt geht es um die Wurst – Kaviar oder Krabben, würde ich sagen! Ich kann mit

Beidem leben. Aber es gibt hier heute ein paar Menschen unter uns, die beißen sich jetzt mächtig in den Hintern. Die gönnen uns beides nicht und wollten sich alles selbst unter den Nagel reißen. Es war ein regelrechter Wettlauf und am Schluss 'ne enge Angelegenheit! Aber, wir haben die Sache für uns entschieden und nun sind wir soweit und sollten Harks Geheimnis lüften!«

Nach diesen Worten stellte sich Kurt hinter den Tisch, schob sich seine Brille auf die Nase und begann wie vorhin alles laut zu kommentieren, was er gerade sah oder machte:

»Diese Kiste ist nicht leicht, müsst ihr wissen. Ich vermute, sie ist aus Metall. Jedenfalls sind die Kanten relativ spitz und der Behälter klingt auch so!«, dabei klopfte er ein paar Mal drauf.

»Ja, Metall, denk ich! Sie ist in dieses braune Zeug eingewickelt ... ah, hier ist der Anfang ... ein recht dicker Stoff und ziemlich klebrig ... vielleicht Segeltuch. Wahrscheinlich hat Hark den in Öl getränkt oder mit Fett beschmiert. Wir müssen bedenken, der Kasten liegt hier schon weit über 250 Jahre im Sand ... nun war es hier immer trocken. Ich denke, er wollte den Inhalt vor Feuchtigkeit und Rost schützen! ... Na, dann packen wir sein Geschenk mal aus!«

Nun wickelte er den braunen Stoff ab, das waren am Schluss drei Lagen und als er dann schließlich das knitterige, sandige Tuch in die Luft hielt und neben sich auf den Boden legte, stand da wirklich ein Metallkasten vor ihm auf dem Tisch – überraschend gut erhalten, die Kanten genietet, schwarz, mit nur wenigen braunen Stellen.

»So, das hätten wir ... dann gucken wir mal rein!«, sagte er und klappte ganz langsam den Deckel auf. Wieder war es mucksmäuschenstill und alle starrten nach vorne.

»Geschenke in einem Geschenk ... ob es sich um Gold handelt, kann ich noch nicht sagen! Alles ist wieder eingepackt ... es sind mehrere Dinge und dies hier ganz oben könnte wirklich ein Knochen sein«, scherzte er. Allerdings lachte jetzt keiner, sondern alle guckten weiter gespannt auf seine Hände, die im Metallkasten verschwunden waren und nun mit einem länglichen, leicht gebogenen Paket wieder herauskamen.

»Relativ schwer und an der einen Seite spitz zulaufend … ein Knochen ist das nicht«, sagte er, während er den Gegenstand vor aller Augen befühlte.

»Mensch, Mensch … ich ahn, was das ist … das gibt es doch nicht … Leute, wenn ich Recht hab, halte ich hier eine Sensation in meinen Händen!« Kurts Stimme hatte sich verändert, jeder hörte wie aufgeregt er war. Und obwohl er noch gar nicht angefangen hatte, das braune Tuch abzuwickeln und noch keiner sah, was er da vorne in die Luft hielt, schienen etliche sogar das Atmen eingestellt zu haben, jedenfalls war kein Mucks mehr zu hören.

Ganz langsam schlug er das Tuch zur Seite und Malu sah, dass seine Hände leicht zitterten.

Ein siberglänzender Gegenstand kam zum Vorschein! Sofort Blitzlichtgewitter aus der Ecke der Presseleuten, überall laute »Oooo's« und »Aaaa's«. Dann hielt er den blinkenden Gegenstand in die Höhe und Kurts Gesicht strahlte!

»Leute, Leute … es ist eine Sensation!«, rief er, zog das leuchtende Etwas auseinander und spätestens jetzt sahen alle, was er da in den Händen hielt!

»Seit über 250 Jahren verschollen und von Vielen vergebens überall gesucht. Hier ist er nun: der verschwundene Dolch des Hark Olufs!«, rief er begeistert ins Publikum.

»Und wie schön er ist! Kein Kratzer, kaum angelaufen … Silber würde ich sagen … relativ schlicht, aber mit wunderschönen Mustern! … Es wissen wahrscheinlich nicht alle«, erklärte Kurt dann. »Hark Olufs ist mit diesem Dolch im Gürtel oft auf der Insel herumspaziert. Viele haben sich nach seinem Tod gefragt, wo der geblieben ist und einige Experten waren der Meinung, es muss einer von denen sein, die in Kopenhagen im Königlichen Museum liegen. Aber nein, jetzt wissen wir, da lag er nie!«, und dabei schüttelte Kurt wieder ungläubig den Kopf. Er konnte es noch immer nicht fassen:

»Hier ist er endlich! Das wird die Kunstwelt durcheinander bringen … und alle Welt wird ihn sehen wollen, wahrscheinlich müssen wir jetzt im Öömrang Hüs anbauen!«, lachte er.

Er drehte sich mit dem Dolch in der einen und der silbernen Messerscheide in der anderen Hand einmal langsam von rechts nach links, so dass alle die Sensation gut sehen konnten und dabei bedachte er die Jugendlichen neben der Kanzel, und besonders Malu, mit einem langen dankbaren Blick.

»Also, wie gesagt«, begann er dann wieder mit gefasterer Stimme zu sprechen. »Ihr könnt euch nachher hier vorne alles in Ruhe ansehen und solltet diesen berühmten Dolch auch mal in die Hand nehmen. Wahrscheinlich ist es das letzte Mal, dass wir das machen können. In Zukunft dürfen wir den nur noch mit Leinenhandschuhen anfassen, oder wir können uns nur noch am Panzerglas die Nase platt drücken«, witzelte Kurt schon wieder.

»So, ich denke, jetzt sollten wir wieder alle durchatmen und uns beruhigen. Die Bescherung ist noch nicht zu Ende … da warten noch weitere braune Geschenke im Kasten auf uns!«

Kurt schob den Dolch wieder in seine Scheide und legte ihn vor sich auf den Tisch. »Was haben wir denn noch?«, fragte er laut in den Raum, wartete einen kurzen Moment bis es mäuschenstill war und griff dann mit beiden Händen erneut in den Metallkasten.

»Fühlt sich weich an und ist auch nicht so schwer, wie es aussieht … wieder kein Gold, würde ich sagen«, erklärte er laut, während er ein eckiges, fast quadratisches und wieder in braunem Tuch eingeschlagenes Bündel vor sich auf den Tisch legte.

»Na ja, und dann haben wir noch diesen Lederbeutel!« Er holte auch den heraus und hielt ihn einen Augenblick hoch über seinen Kopf in die Luft.

»Das war's, liebe Leute!« Er legte auch den Beutel auf den Tisch, hob anschließend den Metallkasten in die Luft und drehte sich dabei wieder von rechts nach links.

»Wirklich nichts mehr drin!« Dann kümmern wir uns jetzt um das, was hier auf dem Tisch liegt.«

Er stellte den Kasten auf dem Boden neben dem Loch ab und griff sich das sonderbare Bündel.

»Nicht, dass ihr enttäuscht seid. Gold ist es nicht, aber schön eingewickelt hat er es ebenfalls!«, erklärte er erneut, als er den Stoff zurückschlug.

»Mensch, Mensch, sieh mal da! Hark hat uns auch etwas zum Lesen eingepackt. Da werd doch einer schlau aus diesem Schlitzohr! Zwei Bücher, ziemlich dick, mit einem breiten Lederband über Kreuz zusammengehalten … das glaubt man doch nicht! … Der Bursche überrascht mich immer wieder!«, rief er und das hörte sich ganz und gar nicht enttäuscht an, sondern aufgeregt und neugierig. Vor aller Augen löste er den Knoten und wickelte hastig das Band ab.

»Menschenskind, kein Edelmetall, aber zwei richtig alte Bücher, mit Ledereinband … und was ist das? … Ich glaub's ja nicht … arabische Schrift … und handgeschrieben … ich bin mir fast sicher … Leute, das ist … ja, das muss er sein! Das ist der Koran! … wahrscheinlich hat er das Buch aus Afrika mitgebracht«, rief er begeistert. »Ihr denkt vielleicht, na ja, nur ein Buch … der schöne Dolch ist doch viel wertvoller! Wenn ihr euch da man nicht irrt. Ich meine, handgeschrieben und aus dieser Zeit gibt es weltweit nur noch ganz wenige Exemplare.«

Sofort verbreitete sich wieder Unruhe, überall wurde erregt geflüstert und viele guckten sich auch irritiert und fragend an.

»Leute, bleibt ruhig … die Überraschung ist noch nicht zu Ende!«, rief Kurt und hielt das zweite Buch in die Luft. »Das hier ist … eine alte Bibelausgabe, zwar nicht mehr handgeschrieben, schon gedruckt, aber auch sehr wertvoll … mein Gott, dieses alte Schlitzohr!«, rief Kurt wieder und konnte sich vor Freude gar nicht beruhigen. Malu sah, wie er nun den Blickkontakt zum Pastor am Taufbecken suchte, aber der ließ sich hinter seiner Ecke nicht blicken.

»Ja, meine Lieben, ihr seht, wie ich mich freue und ihr wundert euch vielleicht und seid möglicherweise sogar enttäuscht. Aber, stellt euch vor, wieviel Unfrieden hier entstanden wäre, wenn wir wirklich eine Kiste voll mit Gold und Edelsteinen gefunden hätten. Davor hatte ich regelrecht Manschetten. Jeder hätte es haben wollen und wieder Neid, Streit und Zwietracht … und nun haben wir seinen Dolch und zwei wertvolle Bücher! Ein historisches Messer und Worte und

Gedanken, da streitet sich keiner, das ist doch ganz wunderbar, ein wirklicher Schatz!!! … Halt, halt … hier auf dem Lederriemen, auf der Innenseite, steht noch was … wartet, wartet … nur wenige Worte!«

Kurt starrte auf den Riemen, dann hob er den Kopf, strahlte noch mehr und hielt das breite Lederband in die Höhe.

»Ihr glaubt nicht, welche Worte Hark Olufs hier vor dieser langen Zeit eingebrannt hat! So aktuell in unserer zerrissenen Welt, als hätte das jemand erst gestern getan! Bei all dem Wissen und Fortschritt, überall Gewalt und Grausamkeiten und Menschen handeln schlimmer als Tiere! Meine lieben Nachbarn, das hier nenn ich wirklich eine Botschaft und nun erklärt sich auch, warum er ausgerechnet den Koran und die Bibel so fest mit diesem Riemen zusammengeschnürt hat! Ihr wisst vielleicht, dass er in beiden Religionen zu Hause war, wenn man das so kurz zusammenfassen kann. Unser Herr Pastor wollte ja heute partout keine Predigt halten und nun tut das ganz wunderbar unser Hark aus dem Jenseits! Also, hört Euch das an!« Nach dieser Ankündigung war es wieder absolut still und alle guckten gebannt nach vorne.

»Hier stehen nur vier Worte, aber die haben es in sich!«, begann er ernst und feierlich und bevor er weitersprach, richtete er sich noch einmal zu voller Größe auf:

»Auf dem Riemen steht: Zwei Bücher, ein Gott«, und dann schwieg Kurt.

In der Kirche blieb es überraschend still und erst nach einer langen Pause sprach Kurt weiter:

»Was er uns damit sagen will, muss ich nicht erklären. Ich denke, besser und kürzer kann man es nicht sagen, was unsere Welt braucht!« und wieder legte er eine Pause ein. »Vielleicht will er uns auch noch etwas anderes mitteilen. Möglicherweise ist der stolze, unbeugsame Kriegsheld auf seine alten Tage doch noch zu Verstand gekommen und er hat ganz bewusst seinen Dolch zuoberst auf diese beiden Bücher gelegt … eine Art Allegorie, eine weitere Botschaft … vielleicht hat er zum Frieden gefunden! Versteht ihr, er hat seine Waffe niedergelegt! Wie auch immer. Wir müssen weitermachen! Nicht, dass noch einer aufsteht und nach Hause geht, weil es ihm hier zu langweilig wird«, sagte Kurt und sofort waren wieder einige Lacher zu hören. »Wir haben ja noch nicht die ganze Bescherung hinter uns. Noch einmal brauch ich eure Mithilfe, denn ich will Harks letztes Geschenk hier vor mir nicht alleine auspacken!« Kurt nahm den Beutel in die Hand und hielt auch den ein paar Sekunden hoch in die Luft.

»Ein Lederbeutel!«, verkündete er wieder recht laut. »Nicht so schwer diesmal, keine Bücher! Da scheint was Kleineres und Hartes drin zu sein. Vielleicht kommen jetzt doch noch die Juwelen auf den Tisch?«, witzelte er weiter.

Vor aller Augen, etwa in Brusthöhe, löste er nun den Knoten des dünnen Lederbands, mit dem der Beutel am oberen Ende zugebunden war und ließ dann ganz langsam den Inhalt vor sich auf den Tisch rutschen.

Drei farbige, haselnuss große Steine kullerten heraus und Kurt musste nachfassen, damit der rote nicht über die Kante rollte. Sofort setzte im Kirchenraum die Tuschelei wieder ein. Kurt schüttelte den Beutel noch einmal und nun rutschte etwas Braunes heraus, das zu einer Rolle zusammengebunden war.

»Ja, ihr seht, liebe Anwesende, hier sind endlich die Klunker, mit denen viele von euch sicher gerechnet haben. Allerdings nur drei, aber besser als gar nichts! Nicht alle wissen vielleicht, dass Hark Olufs zu Lebzeiten nicht sehr freigiebig und eher kniggerig gewesen sein soll. Ich hab daher sowieso nicht mit einer Kiste voller Gold und Diamanten gerechnet. Wie dem auch sei, hier vor mir liegen drei großartige Steine und sie sehen beeindruckend echt aus. Also, dann schaut mal: ein Roter!« Er nahm ihn in die Hand und hielt ihn zwischen Daumen und Zeigefinger in die Luft. »Dann ein tief leuchtender, wunderschöner grüner Stein!« Auch den hielt er nun hoch. »Und Nummer drei: ein hellblauer Bursche und da würde ich mir zutrauen zu sagen, das müsste ein Aquamarin sein – das ist der Schutzstein der Seeleute. So einen hatte ich in meiner aktiven Zeit an Bord auch ständig um den Hals. Allerdings eher ein Baby von diesem Lümmel hier!«, und den zeigte er dann natürlich auch allen.

»Aber wir haben ja noch diese Rolle hier! Aufgewickeltes, dünnes

Leder ... mal sehn, was dahinter steckt!«, kommentierte er wieder laut und löste das kleine Bänzel, mit dem die Rolle in Form gehalten wurde. Er rollte es aus und schob sich seine Brille weiter auf die Nase. Das Lederstück war überraschend groß.

»Na, ich hab schon erwartet, dass Hark noch eine Erklärung mitliefert. Es ist eine dünne Lederhaut und er hat auch hier wieder fein säuberlich jeden Buchstaben einzeln eingebrannt ... na, dann woll'n wir mal sehn, was er uns übermittelt ... aha, ah ja ... also! Über dem ersten Text befindet sich ein eingebranntes Kreuz und das erstes Wort darunter ist größer geschrieben«, Kurt guckte noch mal kurz hoch.

»Aquamarin!«, las er und hielt mit der freien Hand noch einmal den bläulichen Stein hoch.»... Kälte, Weite und Einsamkeit, aber auch Sehnsucht, Freiheit und Mut, schärft den Geist und den Glauben! ... Das letzte Wort ist unterstrichen! Dann wieder eine kleine eingebrannte Zeichnung über dem nächsten Text ... ein Anker, würde ich sagen ... Smaragd! ... Gift, Falschheit und Neid, aber auch Wachstum, Geduld und Hoffnung ... und auch hier ist Hoffnung unterstrichen. Na, ich ahn schon wohin die Reise geht ... über dem nächsten Text befindet sich nämlich ein eingebranntes Herz, wie könnte es anders sein!«
Er griff sich den roten Stein und hielt auch den in die Höhe.

»Rubin ... Kampf, Feuer und Blut, aber auch Mut, Freundschaft und Liebe und, wie könnte es anders sein, auch hier das letzte Wort unterstrichen ... Mensch, Mensch, das kommt uns Friesen doch sehr bekannt vor!« und dabei warf er den beiden Frauen in der Tracht einen auffällig langen Blick zu. Malu guckte auch sofort. Was hatte das zu bedeuten? Die Damen lächelten vielsagend, eine berührte kurz ihren Silberschmuck und nickten Kurt zu. Jetzt war die Sache klar! Am Trachtenschmuck, an der oberen breiten Kette, baumelten drei kleine siberne Anhänger, die waren ihr vorhin gar nicht aufgefallen – ein Kreuz, ein Herz und ein Anker!

»Ja, eindeutig die drei göttlichen Tugenden! Aber, es geht noch weiter«, fuhr Kurt fort.»Er hat noch mehr geschrieben ... allerdings nicht so leicht zu lesen ... wartet, wartet!«
Und nun konnte man Kurts Erklärungen gar nicht mehr als „lautes

Sprechen" bezeichnen, eher aufgeregtes Rufen: »Mein Gott, mein Gott … ich hab mir schon so was gedacht«, und dann schaute er glücklich und fast beseelt in die Runde und meinte: »Hier steht was ganz Wunderbares! Und fast nicht zu glauben, was Hark Olufs, der alte Haudegen, hier heute mit uns veranstaltet. Die beiden zusammengebundenen Bücher waren seine Predigt und nun macht er unsere Ausgrabung hier endgültig zum Gottesdienst … Menschenskind, darüber kann man sich doch nur freuen … hört, hört, er zitiert hier eines der schönsten Bibelworte, stellt euch vor … den kompletten 1. Korinther 13 … jeder Buchstabe von Hand eingebrannt, was für eine Arbeit … ich muss euch das einfach vorlesen … also hört, 1. Korinther 13.« Er legte noch einmal eine Pause ein, guckte in die Reihen, dann ganz nach hinten und auch zu den Emporen hoch, seine breite Brust hob sich erneut und spätestens jetzt hätte man die berühmte Nadel zu Boden fallen hören können. Feierlich und mit viel Ausdruck begann er vorzulesen:

» 1 Wenn ich mit Menschen- und mit Engelzungen redete und hätte die Liebe nicht, so wäre ich ein tönendes Erz oder eine klingende Schelle.

2 Und wenn ich prophetisch reden könnte und wüsste alle Geheimnisse und alle Erkenntnis und hätte allen Glauben, so dass ich Berge versetzen könnte, und hätte die Liebe nicht, so wäre ich nichts.

3 Und wenn ich alle meine Habe den Armen gäbe und ließe meinen Leib verbrennen, und hätte die Liebe nicht, so wäre mir's nichts nütze.

4 Die Liebe ist langmütig und freundlich, die Liebe eifert nicht, die Liebe treibt nicht Mutwillen, sie bläht sich nicht auf,

5 sie verhält sich nicht ungehörig, sie sucht nicht das Ihre, sie läßt sich nicht erbittern, sie rechnet das Böse nicht zu,

6 sie freut sich nicht über die Ungerechtigkeit, sie freut sich aber an der Wahrheit;

7 sie erträgt alles, sie glaubt alles, sie hofft alles, sie duldet alles.

8 Die Liebe hört niemals auf, wo doch das prophetische Reden

aufhören wird und das Zungenreden aufhören wird und die Erkenntnis aufhören wird.

9 Denn unser Wissen ist Stückwerk, und unser prophetisches Reden ist Stückwerk.

10 Wenn aber kommen wird das Vollkommene, so wird das Stückwerk aufhören.

11 Als ich ein Kind war, da redete ich wie ein Kind und dachte wie ein Kind und war klug wie ein Kind; als ich aber ein Mann wurde, tat ich ab, was kindlich war.

12 Wir sehen jetzt durch einen Spiegel ein dunkles Bild; dann aber von Angesicht zu Angesicht. Jetzt erkenne ich stückweise; dann aber werde ich erkennen, wie ich erkannt bin.

13 Nun aber bleiben Glaube, Hoffnung, Liebe, diese drei; aber die Liebe ist die größte unter ihnen.«

Er ließ das Lederstück sinken, zog sich langsam die Brille von der Nase und guckte bewegungslos ins Kirchenschiff hinein. Es war vollkommen still und dann wiederholte er, ohne aufs Leder zu gucken, die letzte Zeile: »Nun aber bleiben Glaube, Hoffnung, Liebe, diese drei … aber die Liebe ist die größte unter ihnen!« Und kaum, dass er das letzte Wort ausgesprochen hatte, sagte jemand mit lauter, fester Stimme vom Taufbecken her: »Amen!«

Alle drehten sich sofort in die Richtung und da stand, jetzt nicht mehr halb versteckt, sondern in der ersten Reihe, aufrecht und lächelnd der Pastor, und schrieb mit einer ausladenden Bewegung mit der rechten Hand und allen Anwesenden zugewandt, ein großes Kreuz in die Luft.

Kurt wartete noch einen Moment, aber der Pastor hatte nicht vor, noch etwas zu sagen, sondern guckte ihn nur weiter lächelnd und versöhnlich an und so übernahm Kurt wieder:

»Ja, liebe Anwesende, … nach diesen Worten und dem Segen kann einfach nichts mehr kommen. Wir sind durch! Ich sortier hier noch mal alles gut sichtbar auf dem Tisch für euch und nachher werden wir unsere Schätze erst mal irgendwo sicher verwahren und in den nächsten Tagen in Ruhe überlegen, was damit passieren soll. So, ich möchte nun Rolf bitten, nach vorne zu kommen, um den Kram gut im Auge zu behalten.«

Der stand schon seit geraumer Zeit im Türbogen des Seiteneingangs und machte sich sofort auf den Weg.

»Ich schlag vor, es kommen erst einmal alle, die an den Seiten und hinten stehen, nach vorne und schön mit der Ruhe, einer nach dem anderen und ganz zum Schluss die Sitzenden! Meine jungen Freunde, hier auf der linken Seite, sollten als erste kommen, dann kriegen wir den Seiteneingang frei. Dort können dann alle ganz bequem wieder ins Freie gelangen.« Kurt lächelte noch einmal, guckte kurz auffordernd zu den Vieren rüber und fing dann schnell mit seiner Sortierung an.

Kaum, dass Kurt seinen letzten Satz gesagt hatte, sah Malu, dass hinten, bei den Stehenden auf der rechten Seite, schon die Drängelei los ging. Dort konnte jemand nicht abwarten und versuchte ganz nach vorne zu kommen. Alle Drumherumstehenden guckten sich wütend um, wichen aber überraschend schnell zurück und als die Person aus dem Gewühle heraustrat, machte Malus Herz einen Freudensprung: lange, graue Haare, Vollbart … das war Hannes!

Sonderbarerweise musste er sich gar nicht lange umsehen, sondern guckte sofort zu ihr rüber. Und nun passierte wieder das Unglaubliche vom Strand … Hannes lächelte! Warum sie genau jetzt nach ihrem Bernstein griff, und ihn in der Hand hin und her drehte, hätte sie gar nicht sagen können – war es Intuition, Instinkt, ein tief empfundene Verbindung – es passierte einfach. Sie wendete sich schnell Kurt zu, um ihm ein Zeichen zu geben, aber, das war nicht nötig. Überraschenderweise guckte auch der schon in Hannes Richtung und sah einfach nur glücklich aus. Malu drehte sich wieder Hannes zu. Der lächelte noch immer, hob kurz die Hand … das war sein Abschiedsgruß! Er drehte sich um und schon eine Sekunde später war er im Gewusel verschwunden.

Nun machten sich die Vier auf den Weg nach vorne zu Kurt und Malu konnte einfach nicht anders. Sie stürzte auf ihn zu und drückte sich an ihn.

»Mensch, Opa Kurt, ist das nicht ein Wunder. Auch Hannes war dabei!«

»Du, heute war einfach alles wunderbar, mein Deern. Von solchen schönen Tagen kriegt man nur wenige im Leben!«

»Weißt du was, Opa Kurt! Du bist jetzt endgültig mein Superstar! Wie du die Sache im Griff hattest, einfach unglaublich!«

Kurt lachte: »Du meinst, der Superstar mit der Löwenbrust? Du bist eine verdammt ernstzunehmende Konkurrentin auf diesen Titel. Vielen Dank, Malu! Weißt du, ich bin dir sehr dankbar! Ohne dich wär hier auf der Insel einiges richtig schief gelaufen«, und diesmal drückte er ihr einen Kuss auf die Wange. Danach gab Kurt auch Greta, Janne und Claas einen freundschaftlichen Klaps auf die Schulter und sagte:

»Ihr Vier seid die Superstars bei dieser Sache. Amrum wird irgendwann erfahren, wer hier wirklich die Strippen gezogen hat. Dafür werd ich sorgen. So, nun guckt euch schnell noch unseren Schatz an, denn gleich wird es hier sicher ungemütlich!«

Die Mädchen nahmen sich sofort die Bücher vor und Claas und Janne interessierten sich besonders für den Dolch. Claas zog die Klinge ein ganzes Stück aus der Scheide und zog seinen Daumen leicht über die Schneide.

»Damit hat er sicher nicht nur Kartoffeln geschält … autsch, man ist der scharf!«

Alle guckten sofort auf seinen Finger, aber Claas grinste nur, schob die Klinge zurück in die Scheide und steckte seine Hand in die Hosentasche.«

»Na, na! Du musst wissen, das ist sicherlich Damaszenerstahl, legendär und gefährlich. Es gibt nichts Schärferes! Die Historiker in Schleswig werden begeistert sein, wenn sie nicht nur diesen berühmten Dolch untersuchen dürfen, sondern daran auch noch das Blut von Hark Olufs finden«, sagte Kurt, warf den Jungs ein Augenzwinkern zu und grinste verschlagen.

Danach bestaunten die Vier gemeinsam die Edelsteine und hielten sich jeden reihum dicht vor die Augen. In diesem Augenblick rauschte Kristina heran, strahlte vor Begeisterung und begrüßte alle überschwänglich. Aber bei Malu und bei Kurt reichte das nicht, die umarmte sie.

»Ich muss dir ein großes Kompliment machen, Kurt! Du bist ein Entertainer, ein Unterhaltungskünstler! Das hast du ganz wunderbar moderiert! Und, Mensch, was für ein Schatz! Nicht nur totes, unnützes Geschmeide, sondern eine Vision für die Welt. Ich bin so froh, dass ich dabei war. Allerdings die drei Steine hier sind nicht ohne«, und schon hatte sie sich den Rubin gegriffen.

»Mum, wie hast du das überhaupt von da hinten so schnell nach hier vorne geschafft? Da ist doch alles verstopft!«

»Deine Mutter ist clever! Hinten raus, draußen um die Kirche rum und hier vorne durch den Seiteneingang wieder rein. Der Weg ist total frei! Aber Marie, was ich mit euch besprechen wollte, wir möchten euch gleich alle zu einem schönen Eis einladen! Was sagt Ihr?«

»Eigentlich gute Idee, Mum, wir haben uns allerdings vorhin schon für die Mole verabredet. Morgen ist ja leider unser letzter Urlaubstag und da wollten wir heute nach der ganzen Aufregung noch mal etwas Tolles gemeinsam unternehmen. Was meint ihr?«, und guckte ihre Freunde an.

»Ach, ich würde sagen, die Mole läuft uns nicht weg und vorher ein Eis geht immer«, antwortete Greta und als die Jungs gleich nickten, war die Sache perfekt.

Kristina guckte sich noch schnell den Dolch und die beiden Bücher an, die Kurt aufgeschlagen auf den Tisch gelegt hatte. Aber nun drängten auch andere an den Tisch und ganz vorne das Fernsehteam.

Der Mann mit dem Mikrofon sprach Kurt an und an der Kamera beim zweiten brannte das rote Licht.

»Entschuldigen Sie, Herr Kurt! Wir sind vom Norddeutschen Rundfunk und würden gern ein Interview mit Ihnen machen. Vielleicht gleich hier vorne, etwas seitlich, damit wir auch einen Schwenk auf den Tisch machen können! Vielleicht mit den Jugendlichen zusammen? Die sollen doch eine wichtige Rolle bei der Schatzsuche gespielt haben, wie man hört!«

»Ach was! Wer hat euch denn so einen Blödsinn erzählt. Auf der

Insel reden und reden die Leute, davon stimmt meistenteils nur nicht mal die Hälfte!«, reagierte Kurt vollkommen gelassen. »Man kennt doch die jungen Leute von heute! Zu unserer Zeit, da war die Schatzsuche noch eine große Sache, aber heutzutage interessieren sie sich doch für ganz andere Dinge und ich glaub, für die ist Eisessen jetzt wichtiger als ins Fernsehen zu kommen. Da kann ich euch mehr erzählen.« Er drehte sich schnell Malu zu und flüsterte: »Ich denke, höchste Eisenbahn für euch zu verschwinden. Ich hab sowieso noch viel zu tun und wir können heute Abend reden.«

Kristina schaltete sofort und sagte relativ laut:

»So, Kinder, erst interessiert ihr euch keine Bohne für die Schatzsuche und nun kommt ihr hier nicht weg. Lasst uns ins Eiscafé, bevor dort alle Plätze besetzt sind.«

Spätestens jetzt hatten alle Vier begriffen – zügiger Abflug war angesagt!

24. Urlaubstag

Letzter Urlaubstag

Die Brötchen dufteten wieder mega lecker, aber gute Laune hatte sie trotzdem nicht – wie auch! Heute war ihr letzter Tag auf der Insel. Morgen um 12 Uhr ging es auf die Fähre und zurück nach Hamburg. Und so, wie eben, hatte man sie im Laden noch nie angeguckt. Glücklicherweise hatte keiner Fragen gestellt und dann: Tüte geschnappt und schnell raus! Der Rückweg ist klar, dachte sie. Ich nehm wieder den kleinen Verbindungsweg! Das, was Mum vorhin gesagt hatte … nach so einem Ausnahmetag, wie gestern, ist das ganz normal, dass man ein bisschen melancholisch ist … hatte überhaupt nicht geholfen und selbst die Aussicht, gleich gemeinsam mit Opa Kurt zu frühstücken, war nur ein schwacher Trost. Aber gestern, das war wirklich ein ganz besonderer Tag gewesen! Nach all den unglaublichen Geschehnissen, den verrückten Abenteuern und Ermittlungen mit den Freunden – das Finale in der Kirche, der absolute Kracher! Danach die Molenaktion mit den Freunden hatte auch richtig Spaß gemacht und abends das Gespräch mit Opa Kurt ebenfalls. Sie waren gemeinsam noch einmal alles durchgegangen und er war richtig glücklich gewesen! Alles war spitzenmäßig abgelaufen, besser hätte sie sich das nicht ausdenken können. Hark hatte etwas Großartiges eingegraben und dass sogar Hannes gekommen war und sich getraut hatte. Dann hatte Opa Kurt leider noch auf eine wichtige Sitzung gemusst. Mit ihm konnte sie einfach total gut reden! Auch das war morgen vorbei … vielleicht hab ich ja wenigstens gleich Glück, dachte sie, als sie in die Dorfstraße einbog. Sie war früh dran, es waren noch nicht viele Urlauber unterwegs und ihr Portemonnaie hatte sie dabei. Wenn schon morgen zurück, dann wenigstens mit einem schönen Fisch. Ihrer bestand ja nur noch aus zwei Teilen und es würde ihr nicht im Traum einfallen, den zurückzufordern. Sie war gestern sofort mit Kurts Vorschlag einverstanden gewesen, ihn als Dauerleihgabe dem Heimatmuseum zu übergeben – schließlich war er jetzt historisch! Spätestens in fünf Jahren schrauben wir ein Schild mit deinem Namen dran, hatte er noch gefeixt.

Als sie um die Hausecke kam, saßen Kristina und Kurt schon am Gartentisch und ihm genügte ein Blick. Malu war noch gar nicht ganz heran, da sagte er schon: »Mensch, mein Deern, was lässt du denn die Flünken hängen? Ist dir beim Bäcker jemand auf die Füße getreten?«

»Nein, die haben da nur nervig geguckt. Ich wollte eben noch einen neuen, schönen Fisch kaufen, aber keiner hat mir gefallen und morgen fahren wir doch schon.«

»Dann war einfach nicht der richtige Zeitpunkt, Malu. Manchmal muss man warten können. Aber, ach, ihr Zwei, das kann ich ja gar nicht gut mit anseh'n. Deine Mutter hat mir auch grad erzählt, dass es ihr schwer fällt, nach Hause zu fahren. Was mach ich denn nur mit euch? Esst erst mal ein leckeres Brötchen. Ich hab extra Krabbensalat spendiert und der Tag ist noch jung, da kann noch viel passieren! Blast jetzt bloß nicht die ganze Zeit Trübsal, das hat dieser schöne Sommertag nicht verdient! Vielleicht geht ihr heute einfach noch mal gemeinsam an den Strand. Dann kommt ihr schnell auf andere Gedanken. Und für heute Abend hab ich mir 'ne Überraschung ausgedacht: Ich wollte euch zum Essen einladen. Ihr müsstet um 18 Uhr wieder hier sein, für halb sieben hab ich uns 'nen Tisch bestellt! Na, was haltet ihr davon?«

»Wow, Marie, dass nenn ich mal eine richtig gute Idee! Kurt hat die Spendierhose an. Du, da machen wir uns richtig schick! Und den anderen Vorschlag finde ich auch gut! Einen letzten, schönen, gemeinsamen Tag am Wasser, das wäre doch toll! Der Strand hilft immer gegen Traurigkeit! Vielleicht haben ja auch Greta und Janne Lust und kommen dazu und bei mir vielleicht einige Ladies. Wir frühstücken jetzt erst mal, dann packen wir für morgen schon mal ein paar Sachen zusammen und danach geht's ans Wasser! Wir nehmen einen Volleyball mit und könnten auch ein paar Runden Wikingerschach spielen?«

Kristinas Stimmung hatte sich deutlich aufgehellt und auch bei

Malu sah es jetzt nicht mehr nach drei, sondern nur noch nach einem Tag Regenwetter aus. Sie nickte ihrer Mutter zu.

»So, ihr Zwei, jetzt gefallt ihr mir schon wieder besser«, freute sich Kurt, schnitt sich ein Brötchen auf und füllte sich dann eine große Portion Krabbensalat auf die eine Hälfte.

Gemeinsam wurde nun ausgiebig gefrühstückt und natürlich war die gestrige Schatzgrabung in der Kirche dabei das Hauptthema – und das war genau die richtige Medizin gegen den Abschiedsblues.

»Eins muss ich noch mit euch besprechen, das heißt besonders mit dir, Malu«, sagte Kurt, als alle satt waren. »Wir hatten doch gestern Abend noch eine Sitzung und da ging es hauptsächlich um die Frage, was soll nun mit unseren Schätzen passieren? Darüber gab es dann richtigen Streit. Es ging hoch her. Einige waren doch der Meinung, wir sollten alles verkaufen, oder wenigstens ans Landesmuseum nach Schleswig geben. Wichtige Renovierungsarbeiten an der Kirche stünden an, die Kosten für die Instandsetzung der „Sprechenden Grabsteine" wären noch nicht gedeckt und überhaupt kämen sehr hohe Ausgaben wegen der sicheren Präsentation der Gegenstände, Sicherheitsglas und so weiter, auf uns zu. Mensch, Mensch, ich konnte mich kaum im Zaum halten. Hab denen dann erst mal klargemacht, dass der Kirche nur der kleinste Teil vom Schatz zusteht, dass im Falle eines Verkaufs die wahren Finder den Hauptanteil bekommen müssten und dass dann natürlich auch noch unser Staat zulangt … jedenfalls große Diskussion! Aber, wisst ihr, wer sich dabei richtig gut geschlagen hat? Unser Herr Pastor! Der war endlich wieder in der Spur! Auf keinen Fall mach ich da mit, hat er gesagt und sich richtig aufgeregt. Der Fund würde ein ganz neues Licht auf Hark Olufs und seinen Zwist mit der Kirche werfen. Die Bücher und seine Botschaft wären ein Geschenk des Himmels und hätten ihn endlich mit dieser historischen Person versöhnt.

Jedenfalls hast du, Malu, jetzt bei dieser Sache das entscheidende Wort! Ohne dich hätten wahrscheinlich die Halunken den Schatz und nicht wir. Du bist die Person, die den größten Anteil daran hat und der auch im Falle eines Verkaufs ein gehöriger Batzen Geld zustehen würde! Was meinst du, was soll mit dem Schatz passieren?«, fragte er und guckte sie dann mit großen Augen an.

»Verkaufen oder weggeben, sind die wahnsinnig! Wie kann man überhaupt auf so eine Idee kommen. Alles muss doch unbedingt hier auf der Insel bleiben! Auf keinen Fall bin ich mit Verkaufen einverstanden. Hark Olufs wollte der Gemeinschaft etwas sagen … denk doch nur an seine Botschaft … spinnen die? Dafür muss du kämpfen, Opa Kurt! … Alles muss hier auf Amrum ins Museum!«

Während Malu das sagte, hatte sie einen roten Kopf bekommen und Kurt saß nur da und guckte sie an.

»Mein Deern, du glaubst gar nicht, wie stolz ich auf dich bin. Aber, ich hab das von dir auch nicht anders erwartet«, sagte er dann und seine alten Augen hatten einen feuchten Schimmer.

»So, ihr Zwei, nun hört auf! Sonst heul ich gleich«, mischte sich Kristina ein. »Marie, dir ist hoffentlich klar, dass mit dieser Entscheidung unsere geplante Weltreise ins Wasser fällt! Nichts mit Afrika und so«, grinste sie.

»Noch nicht, Mum! Vielleicht beim nächsten Schatz! Aber eins noch! Opa Kurt, ich hab die Sache mit seinem Halbmondfisch nicht richtig verstanden. Warum hat er sich ausgerechnet diesen komischen, aggressiven Fisch für seine Schatzgeschichte ausgesucht? Was denkst du?«

»Malu, ich bin jetzt vollkommen sicher. Mit diesem brutalen asiatischen Fisch hat das Ganze absolut nichts zu tun. Wahrscheinlich kannte er den gar nicht. Sein Symbol hat eine ganz andere Bedeutung! Wenn du mich fragst, hat er mit diesen wenigen Linien seine eigentliche Überzeugung ganz wunderbar auf den Punkt gebracht.

Denkt mal an sein verrücktes Leben! Er wurde als Jugendlicher auf Amrum konfirmiert, also im christlichen Glauben erzogen und unterrichtet. Und das bedeutete damals noch was ganz anderes als heute. Oft war damals die Bibel das einzige Buch, das sie überhaupt zu Gesicht kriegten. Mein Großvater konnte nicht nur das Vaterunser und das Glaubensbekenntnis auswendig, auch den Psalm 23 und ich weiß nicht was noch alles. Als Junge hatte ich das Gefühl, der kannte die Apostel persönlich und er konnte alle möglichen Bibelstellen wortwörtlich aufsagen. Was ich eigentlich sagen will, Hark geht als sehr junger Mann und überzeugter Christ von der Insel, lernt dann den Islam als den einzig wahren Glauben bei den Osmanen kennen und muss sich dann, zurück auf Amrum, wieder vollkommen drehen. Seit ich gestern die zusammengeknoteten Bücher ausgepackt hab, besteht für mich kein Zweifel mehr. In dem Wort Halbmondfisch stecken zwei Begriffe: der Halbmond und der Fisch! Ich hatte diese gebogene schrägsenkrechte Doppellinie immer als Rücken- und Brustflosse angesehen. Aber die soll eine Mondsichel darstellen. Der Fisch ist neben dem Kreuz das eigentlich Symbol für das Christentum. Schon als sie unter den Römern verfolgt und hingerichtet wurden, war das ihr Geheimzeichen, um einen Glaubensbruder zu erkennen. Und der Halbmond steht als Symbol für den Islam und die Muslime.

Er fügt mit seinen Linien beides zusammen, verstehst du? Er musste keinen langen Aufsatz schreiben … ein Symbol und vier Worte. Mehr brauchte er nicht. Das ist doch ganz wunderbar!

Der Fanatismus, mit dem sich beide Glaubensrichtungen noch heute bekämpfen, war schon damals für Hark Olufs reiner Schwachsinn. Und mit dieser Message, wie ihr jungen Leute heute sagt, war er seiner Zeit weit voraus. Leider sind die Gedanken noch immer brandaktuell und das im wörtlichen Sinn … der Fisch schwimmt durch den Mond und beide bilden eine Einheit … zwei Bücher ein Gott! Mehr muss man nicht wissen, um zu verstehen und menschlich zu handeln, oder?«

Nun guckte Kurt mit ernstem Gesicht Malu an und wartete auf eine Reaktion … aber die kam erst nach vielen Sekunden:

»Du hast Recht … aber, was haben wir für ein Glück gehabt, dass wir schneller waren als die alten Männer oder der Hai. Die hätten doch alles verschwiegen und verschwinden lassen. Niemand hätte jemals erfahren, was für wichtige Gedanken Hark Olufs der Insel hinterlassen hat. Alles hätte sich einfach in Luft aufgelöst!«

»Apropos Hai, ihr meint doch Manfred!«, mischte sich Kristina ein. »War der gestern eigentlich auch in der Kirche? Ich hab ihn nirgends gesehen, von euch vielleicht jemand?«

»Du, der hatte was Besseres zu tun. Ich hab gehört, dein Manfred ist wieder gesund und soll schon abgereist sein! Bei seinem Haus steht ein Schild im Garten ... „Zu Verkaufen". Er hat sich schnell verdrückt, wenn du mich fragst und alles an den Makler übergeben«, beantwortete Kurt die Frage.

»Mein Manfred schon mal gar nicht!«, regte sich Kristina gleich auf. »Das ist doch wieder typisch für diese neureichen Städter vom Festland ... haben nur Kohlemachen im Hirn und sonst gar nichts ... und zu feige, sich wenigstens bei uns zu entschuldigen oder zu verabschieden, war er auch. Den hab ich endgültig von meiner Liste gestrichen!«

Malu guckte zu Kurt rüber und Kurt zu Malu und dann grinsten beide Kristina an. Die lächelte verschmitzt zurück und meinte dann:

»Aber, Leute, wenn die Sache so aussieht, sollten wir den Schatz vielleicht doch verhökern und sein Haus kaufen! Was haltet ihr von der Idee? nein, regt euch nicht auf! Ich mach nur Spaß.«

»Eins noch, Opa Kurt, muss der Hai nicht wegen der Einbrüche belangt werden? Man kann ihn doch nicht einfach so laufen lassen!«

»Mein Deern, die Frage hab ich auch schon mit Rolf erörtert. Nachweisen kann man ihm das nur schwer. Er wird den Mund halten, die alten Halunken auch und die Holzabschnitte haben sie sicher schon längst verschwinden lassen. Am Ende verläuft alles im Sand und wir haben nur wieder neue Unruhe. Und mach dir mal klar: Ohne ihre gierigen Aktionen wären wir nicht hinter Harks Geheimnis gekommen. Sie gucken in die Röhre und wir haben den Schatz! Die sind schon gestraft genug!«

Der gemeinsame Nachmittag am Strand war genau die richtige Idee gewesen. Das Wetter war perfekt – knallige Sonne, fast windstill und eine Überraschung nach der anderen: Greta trudelte zuerst ein, wenig später Janne und dann sogar noch Claas – zwei von Kristinas Freundinnen hatten Zeit und am späten Nachmittag tauchte auch noch Anne auf.

Mit faul Herumliegen, zwischendurch schwimmen gehen, dann wieder spielen, quatschen und herumalbern verbrachten alle einen wunderschönen Tag. Als Kristina irgendwann auf die Uhr sah, war es schon deutlich später als erwartet.

»Was, so spät schon! Marie, wir müssen sofort los! Es ist schon kurz vor sechs … aber richtig schade, dass wir gehen müssen. Ihr Lieben, ich hätte hier mit Euch zusammen noch den ganzen Abend verbringen können. Aber, Kurt hat einen Tisch bestellt. Wahrscheinlich wird es ein Jahr dauern, bis wir uns wiedersehen! Da will ich gar nicht drüber nachdenken, sonst lieg ich gleich heulend im Sand. Also, bloß keine lange Verabschiedung jetzt. Wir drücken Euch einmal kurz und Marie, dann rennen wir los!«

Malu versuchte tapfer zu sein, lächelte und nickte ihrer Mutter zu. Aber jeder sah, wie schwer auch ihr der Abschied fiel.

»Nein, nein, ihr Zwei. So machen wir das nicht!«, übernahm Anne. »Wenn ihr jetzt geht, bleiben wir auch nicht hier! Wir bringen Euch noch bis vors Haus und erst dort verabschieden wir uns!«

»Ihr seid ja verrückt … wollt Ihr das wirklich?«, Kristina guckte fragend in die Runde … alle nickten.

Malu war innerlich so mit Abschiednehmen beschäftigt, dass ihr die parkenden Autos gar nicht aufgefallen waren. Erst als sie den Polizeiwagen sah, kamen ihr Bedenken … was war hier los? Und all die abgestellten Fahrräder in der Einfahrt! Fand gerade eine kurzfristig anberaumte Sitzung bei Kurt im Haus statt?

Und es wurde noch sonderbarer! Die Freunde stellten wortlos ihre Fahrräder ab, ließen Kristina und Malu einfach stehen und gingen ohne Erklärung Richtung Garten davon. Malu guckte ihre Mutter an und als die auch nur ihre Schultern hochzog, trotteten beide irritiert einfach hinterher.

Sie waren noch gar nicht ganz um die hohe Hecke herum, da tönte es schon laut, vielstimmig und ausgelassen: »Überraschung!!!!!«

Kristina schlug die Hände vors Gesicht und dann – Schockstarre! Der Garten war voller Leute. Überall lachende Gesichter, Gejohle, Gerufe und etliche warfen auch zur Begrüßung ihre Arme in die Luft. Und ganz vorne stand Kurt und den hatte Malu noch nie vorher mit einem so breiten Grinsen gesehen.

Kristina rief:»Ihr seid verrückt … das ist ja Wahnsinn!«, aber Malu stand weiter nur da, ihr war die Spucke weggeblieben. Schon im nächsten Augenblick kam Greta auf sie zu gerannt und sprang sie regelrecht an:

»Na, Sweety! Herzstillstand, oder was! Was sagst du? Eine kleine Party für euch und überhaupt für uns alle! Hast du ernsthaft geglaubt, wir lassen euch so sang und klanglos abreisen? Das kommt gar nicht in die Tüte!« Dann rannten auch schon Janne, Claas, Melf und Marvin heran und alle tanzten wild um sie herum.

Auch Kristina blieb nicht alleine stehn. Auf sie stürzten ihre Freundinnen zu und umarmten sie ebenfalls überschwänglich.

Es dauerte eine Weile, bis sich der Begrüßungstrubel wieder beruhigte und Malu Zeit fand, Kurt zu drücken.

»Ich freu mich so … du hast doch die ganze Sache eingefädelt! Ich hab heute Abend einen Tisch für uns bestellt! Du bist der größte Flunkerer, den ich kenne!«

»Mein Deern, was ich alles sein soll! Du musst dich bald mal entscheiden. Aber an dieser Idee sind viele beteiligt. Das ist nicht nur auf meinem Mist gewachsen. Glaub man nicht, dass deine Freunde nicht auch Bescheid wussten, einfach alle! Nur ihr Zwei nicht! Na, so kann es kommen, selbst unsere Chefermittlerin hat nichts mitbekommen. Und gelogen hab ich heute Morgen auch nicht. Hier sind einige bestellte Tische, wenn du dich mal umsiehst … und alle haben etwas mitgebracht!«, ergänzte Kurt noch.

Nicht nur der Gartentisch war voll mit Salatschüsseln, sondern da standen noch zwei weitere Tische und darauf befand sich ebenfalls alles Mögliche: Baguette, Puddings, rote Grütze, Gebäck, Salzstangen … dann daneben Kisten mit Getränken, überall im Garten verteilt Gartenstühle und ein Grill, auf dem schon Fleischstücke, Würstchen und auch Gemüse dampfte.

Und wer alles gekommen war? Rolf und seine jungen Kollegen, und wow, neben dem Bürgermeister stand sogar Mister Darkness! Aber, der sah heute ganz anders aus, eher wie Mister White – helle

Sommerhose und kurzärmliges, hellgraues Hemd. Nun lächelte er sogar rüber … was für eine Verwandlung, dachte Malu.

»Viele kenn ich überhaupt nicht, Opa Kurt! Wer sind all diese Leute?«

»Die haben alle irgendwie mit unserem Fall zu tun. Nun ja, vielleicht nicht alle. Ein paar von denen war ich auch noch 'ne Einladung schuldig«, grinste Kurt. »Aber, sieh mal da drüben, Broder vom Museum mit seiner Frau, dann Jens unser Küster und daneben, Leute vom Kirchengemeinderat … na ja, dann Kristinas Freundinnen, zum Teil mit Anhang, Jannes Bruder Leif … der Käpt'n wäre auch gerne gekommen, aber der muss noch 'ne Gruppe Urlauber von Langeness abholen und kommt erst recht spät zurück. Bei den anderen ist das ja klar, deine Kumpels und so weiter! So mein Deern, nun iss erst mal was und amüsier dich. Ich kann mir vorstellen, viele werden auch versuchen, dich auszufragen. Also, lass besser die Finger vom Alkohol, davon wird meist die Zunge locker«, grinste Kurt.

Malu drückte ihn noch mal und flüsterte ihm „Danke" ins Ohr, dann ging sie zu ihren Freunden rüber. Die hatten schon bei den Salaten und am Grill zugeschlagen und saßen mit vollen Tellern und Gläsern im Kreis auf dem Rasen. Sie bediente sich auch und setzte sich zu ihnen.

»Malu, wir haben eben über die gerechte Aufteilung der Beute verhandelt«, begann Claas. »Ohne mich hättet ihr wohl kaum das Geheimnis gelüftet. Wenn die Bücher und die Klunker vertickt werden, steht mir doch wohl auch ein gehöriger Batzen von dem Zaster zu, würde ich sagen!«

»Claas, was bist du nur für ein gieriger Codeknacker! Darüber waren wir uns doch schon am Strand einig: Verkauft wird gar nichts! Alles bleibt schön auf der Insel, wo es hingehört! Dir bleibt nur die Hoffnung, irgendwann deinen vorlauten, frechen Kindern zu erzählen: Guckt mal, ihr kleinen Schreihälse, was ihr hier im Museum seht! Daran war auch euer Daddy beteiligt. Ansonsten liegt dein Anteil gerade auf deinem übervollem Teller vor dir … aber ich würd' sagen, deine Mitwirkung bei diesem Fall ist vielleicht noch eine weitere Bratwurst oder ein Nackensteak wert! Was denkst du, Janne?«

»Okay, eins geht noch! Aber, ein zweites Glas Cola ist dann schon nicht mehr drin!«, lachte Janne.

»Ich hab schon mit so etwas gerechnet. Ihr seid vielleicht Freunde! Was meint ihr, vielleicht sollte ich wenigstens meine Zaubermaschine zum Patent anmelden, um auf diese Weise noch ein bisschen Kohle rauszuschlagen?«

»Bevor du auf solche ungewissen Geschäfte setzt, solltest du dir besser hier jetzt den Magen vollschlagen!«, erwiderte Marwin trocken.

»Na gut!«, sagte Claas, nahm sein Fleischstück einfach in die Hand und schob es sich mit übertrieben weit aufgerissen Mund zwischen die Zähne. Alle lachten und mit ähnlichen Geschichten und Albernheiten ging es weiter.

Als dann irgendwann das Salatbuffet ziemlich gerupft war und auch der Grillmeister seine Arbeit eingestellt hatte, baute sich Kurt auf dem Rasen auf und schlug mit einer Gabel an sein Sektglas.

»So, liebe Anwesende! Das Essen ist ja nun weitgehend erledigt und die meisten verkosten schon die Spirituosen. Bevor hier die Stimmung ganz aus dem Ruder läuft, wollte ich noch ein paar Worte sagen und ein kleines Geschenk überreichen. Ich freu mich sehr, dass ihr euch heute Abend die Zeit genommen habt, nach den turbulenten letzten Tagen gemeinsam mit uns ein paar schöne Stunden zu verbringen. Vielen Dank auch an alle, die auf die Schnelle mit Gartenstühlen, Tischen, Geschirr, Grill und natürlich auch mit Getränken und den köstlichen Speisen dazu beigetragen haben, dass wir hier dieses schöne Fest feiern können. Wie ich gehört hab, wussten unsere beiden Hamburger Damen bis zum Schluss nicht, was wir vorhatten. Ihr habt alle dicht gehalten und deshalb ist uns die Überraschung auch so wunderbar gelungen. Natürlich sind wir heute nicht nur zusammengekommen, um Kristina und Malu zu verabschieden, sondern wir feiern auch den großartigen Ausgang der Schatzgeschichte. Welche Personen dabei eine besondere Rolle gespielt haben, wird die Welt erst erfahren, wenn noch ein bisschen Gras über die Sache gewachsen ist. Bislang wissen nur wenige wirklich Bescheid und so soll es erst mal bleiben. Also zügelt eure Neugier. Irgendwann werdet ihr alle Einzelheiten erfahren. Ich kann euch aber jetzt sagen, und darüber bin ich sehr froh, dass der Schatz auf der Insel bleibt und alles hier ins Museum kommt!«

Auf diese Mitteilung hatten viele gewartet und sofort wurde überall kräftig in die Hände geklatscht.

»Ja, das ist eine große Freude!«, fuhr Kurt fort. »Es gibt aber noch einen weiteren Grund für unsere Feier heute: Ich bin vorgestern ganz überraschend erneut Großvater geworden! Ja, ihr wundert euch! Besser gesagt, eine sehr aufgeweckte, junge Dame hat mich einfach dazu gemacht. Ich wurde adoptiert, könnte man sagen. Ich möchte meine neue Enkelin mal kurz zu mir bitten!«

Viele guckten sich neugierig um, aber niemand stand auf und setzte sich in Bewegung. Erst als Kurt seinen Blick nicht von Malu abwendete und ihr glücklich und auffordernd zulächelte, war klar, wer gemeint war.

Malu guckte völlig überrascht, und erst als Greta sie anstieß, stand sie zögerlich auf und ging etwas verlegen nach vorn.

»Was hast du dir bloß wieder ausgedacht?«, flüsterte sie, als sie vor Kurt stand.

»Na, warte ab«, antwortete er halblaut und drehte sie in die richtige Position – neben sich und mit Gesicht zum Publikum.

»So, darf ich vorstellen, meine neue Enkelin, Malu!«, sagte Kurt wieder laut und grinsend.

Sofort gab es wieder Applaus und erst als sich Kurt bückte, sah sie, dass vor seinen Füßen etwas Eingewickeltes auf dem Rasen lag. Das drückte er ihr jetzt mit den Worten: »So, mein Deern! Das ist für Dich. Dann wickel man mal aus!«, in die Hand.

Noch immer verunsichert, aber auch neugierig wickelte sie das Geschenkpapier ab.

»Nein … ach, wie schön … woher hast du den denn?«, rief sie begeistert und hielt einen tiefroten, geheimnisvoll leuchtenden Holzfisch in die Luft.

»Opa Kurt, der ist wunderschön … und dann noch mit Auge … der ist wirklich für mich??!! Vielen, vielen Dank!«, dabei strahlte sie ihn an.

»Zu diesem Geschenk ist Folgendes zu sagen! Auch daran sind wieder viele beteiligt und den haben 'ne Menge Leute mitfinanziert. Malu, das Holz hat wirklich Meerwasser gesehen. Hannes hat es ausgesucht. Es gehörte mit zu seinen wertvollsten Strandhölzern, feinstes Amerikanisch-Mahagonie. Das wollten ihm in den letzten Jahren schon einige abkaufen. Aber da war nie was zu machen, auch mir wollte er es nicht geben. Aber nun hat er es, ohne mit der Wimper zu zucken, rausgerückt. Ich weiß gar nicht, was mit dem Kerl plötzlich los ist«, ergänzte Kurt und warf Malu ein Augenzwinkern zu.

»Unser Bürgermeister hat das heute Nachmittag noch zu Peer gebracht und der hat alles stehen und liegen gelassen und daraus diesen Fisch geschnitten. Der ist sozusagen noch warm. Wir können dich doch nicht ohne Fisch von der Insel fahren lassen! Heute morgen wär die Sache fast noch schief gelaufen. Ich war heilfroh, dass dir am Verkaufsstand keiner gefallen hat. Na, was sagst du zu diesem?«

»Der ist genauso, wie er sein muss!... Streichelholz, die Größe und die Form, alles super … und wieder mit einem Ast genau an der richtigen Stelle. Vielen, vielen Dank an alle!«, war Malus glückliche Antwort.

Natürlich war das Fest danach noch lange nicht zu Ende – eher im Gegenteil. Überall saß man zusammen, scherzte und lachte und einige langten auch beim Alkohol gut zu, was die Stimmung noch weiter anheizte.

Malu hielt sich meistens bei ihren Freunden auf dem Rasen auf und Kristina saß mit ihren Frauen zusammen. Dort wurde besonders ausgelassen gelacht und daran hatte der Sektkonsum wohl einen gewissen Anteil. Kurt stand oder saß mal da, mal dort und amüsierte sich ebenfalls prächtig.

Erst als es immer schummeriger wurde, verabschiedeten sich die ersten. Irgendwann machten sich dann immer mehr auf den Weg und schließlich strichen auch Claas, Marwin, Melf und Leif bei den Jugendlichen die Segel. Als es schon fast dunkel war, saßen nur noch Kristina, Anne, Ulla und Frieda mit Kurt am Gartentisch. Greta, Janne und Malu lagen auf dem Rasen.

Plötzlich läutete am Frauentisch ein Handy – offensichtlich das von Anne. Sie hatte keine Lust ranzugehen und ignorierte es. Aber der Anrufer blieb hartnäckig, das Läuten hörte nicht auf und schließlich griff sie doch genervt in ihre Tasche und guckte aufs Display. »Oh, es ist der Käpt'n! Er will wahrscheinlich nicht alleine ins Bett«, erklärte sie lachend. »Mal sehn, was mein Gemahl wünscht?«, drückte auf OK und hielt sich das Handy ans Ohr.

»Was, du bist noch auf dem Wasser ... hat länger gedauert, ja, verstehe! ... Was!!! ... Wirklich??? ... das ist die Nachricht des Tages!!!«

Alle hatten mit halbem Ohr zugehört und guckte jetzt neugierig Anne an.

»Ja, natürlich, das müssen wir ... nein, ich sitz hier noch mit den Frauen und Kurt zusammen. Dein Sohn, Malu und Greta sind auch noch da. Da gibt es nur eins, wir fahren gleich los ... worauf du dich verlassen kannst! ... Ja, vielen Dank, dass du Bescheid gesagt hast, bis nachher! Tschüss!«

Sie steckte das Handy in aller Seelenruhe zurück in die Tasche, lächelte und ließ sich mit einer Erklärung Zeit:

»Leute, heute Nacht passiert es endlich ... was für ein Geschenk! Die Nordsee leuchtet, wir haben Meeresleuchten!!!«

Auch die Jugendlichen hatten eben immer interessierter die Ohren gespitzt und nun sprang Malu sofort hoch und rief aufgeregt:

»Nein, wirklich! Gibt es so was! Ich warte schon so lange darauf! Mum, wir müssen sofort an den Strand und ins Wasser!«

»Ja, natürlich fahren wir an den Strand! Meeresleuchten, mein Gott! Wir gehen zusammen schwimmen oder was sagt ihr?«, alle nickten ihr begeistert zu.

»Opa Kurt, du musst auch dabei sein!«, rief Malu, aber der winkte sofort entschieden ab: »Nein, nein, mein Deern, das ist nichts mehr für mich!«

»Ach, bitte«, bettelte Malu.

»Nein, wirklich nicht, bei aller Liebe. Ich da in der Dunkelheit mit dem Fahrrad auf dem Waldweg, wo ich doch schon am Tag Schwierigkeiten hab geradeaus zu fahren. Nein, Malu, das woll'n wir mal lieber sein lassen. Und, du musst wissen, so scharf bin ich darauf auch nicht mehr. Ich hab schon ganze Riffe und hohe, brechende Wellen leuchten sehen. Aber, ihr müsst da selbstverständlich hin! Ich freu mich für euch. Ja, das Beste kommt oft zum Schluss. Ihr seid ja noch junge Springer, aber für mich ist Bettzeit«, sagte Kurt und das hörte sich sehr entschieden an.

»Schade … aber gut«, gab sich Malu einsichtig. »Worauf warten wir noch? Schnell hin, bevor es vielleicht wieder vorbei ist!«

»Kurt, was meinst du? Können wir dich hier mit dem ganzen Kram alleine lassen, oder sollen wir schnell noch was mit reintragen?«, fragte Kristina fürsorglich.

»Nein, nein! Heute machen wir gar nichts mehr! Das meiste wird eh abgeholt. Ich nehm nur noch die Sitzkissen mit rein und meine Putzhilfe kommt sowieso vorbei. Nicht, dass ihr morgen früh noch anfangt und macht in der Wohnung alles schier. Nur Bettzeug abziehen und mit den gebrauchten Handtüchern auf einen Haufen legen, mehr auf keinen Fall. Sonst kündigt mir die Gute am Ende noch. Sie will ja auch ein paar Stunden zusammenkriegen und ein bisschen was verdienen. Nun seht zu, dass ihr loskommt. Die Nacht ist kurz, die Leuchtbiester warten nicht auf euch und Abschied ist erst morgen! Ich weiß ja, wann eure Fähre geht.«

Im Hochsommer wird es in der Nacht nie ganz dunkel und so hätte man auch ohne Licht den breiten Bohlenweg am Nebeler Strand, der fast bis zu Kalles Kiosk verlegt war, fahren können. Hier stellten alle ihre Fahrräder auf die Ständer und dann ging es barfuß weiter Richtung Wasserkante. Als der Sand feuchter wurde, zogen sich alle aus und die Frauen rannten sofort, so wie sie waren, aufgekratzt dem Meer entgegen. Bei den Jugendlichem war das natürlich anders – sie hatten ihre Badesachen dabei.

Der Wind war vollkommen eingeschlafen und schon aus der Entfernung sah Malu, dass sich das Wasser wie eine glatte Fläche nur träge hin und her bewegte – ganz ähnlich dem, wie neulich in der Vollmondnacht am Eesenhugh und es musste fast Ebbe sein.

Je näher Malu dem Wasser kam, um so aufmerksamer setzte sie ihre Schritte. Von der letzten Flut waren in Senken kleine Wasserflächen stehen geblieben und dort sollte ihre Reise beginnen. Ganz vorsichtig steckte sie den Fuß hinein und sofort passierte es. Kleine Lichtsterne blitzten auf! Dann der zweite Fuß und auch hier wieder Blitze, aber noch recht wenige – also weiter Richtung Wasserkante.

Wellen konnte man das kaum nennen, was da wie dickflüssig an den Strand schwappte. Aber auch dabei blitzte es hin und wieder. Gespannt setzte sie Fuß vor Fuß und bei jedem weiteren Schritt ins tiefere Wasser wirbelte mehr Licht um ihre Beine. Das ist magisch, dachte sie. Mum nannte manchmal relativ unspektakuläre Ereignisse so – ein Donnergrollen, einen Gewitterblitz, einen Sonnenuntergang oder eine verglühende Sternschnuppe. Aber hier passte das Wort wirklich!

Doch das war nur der Anfang! Als sie begann Wasser mit den Händen in die Luft zu spritzen, ging der Wahnsinn richtig los! Plötzlich blinkte und blitzte es überall. Wie ein Nebel aus hunderttausend Lichtpunkten um sie herum. Manchmal leicht grün oder bläulich schimmernd, ähnlich denen einer Wunderkerze, aber tausendfach schöner. Und als die Tropfen zurück auf die Wasseroberfläche fielen, explodierten sie erneut. Sie war mittendrin in einem Regen aus himmlischem Zauberlicht!

Selbst auf ihrer feuchten Haut war dieses wundersame Leuchten und sofort musste sie an Märchen denken, an die Goldmarie, an Feenstaub, an verwunschene Wassernixen … und genauso hatte sie sich das schon viele Male ausgemalt, wenn Mum davon erzählte oder neulich, bei Jannes Schilderung. Aber das jetzt wirklich zu erleben war einfach nur wunder-, wunderschön!

Plötzlich fiel ihr Hannes ein. In seinen vielen Jahren am Strand hatte er die tanzenden Blitze sicher schon oft gesehen und natürlich glaubte er an Wasserwesen! Algenblüte – was hatten sich die Wissenschaftler da nur wieder ausgedacht. Das, was sie hier umgab, konnte doch nur von geheimnisvollen, fremden Zauberwesen kommen! Dann tauchte sie ganz unter und wieder Blitze über Blitze.

»Na, bist du schon auf Droge und berauscht? Muss ich dich retten?«, fragte ein Fabelwesen, das langsam, von einem Lichtband umgeben, heranschwamm.

»Janne, das ist doch der Wahnsinn, hier komm ich nicht wieder weg! Was für ein Sommer!«

Jetzt kam auch Greta näher und auch sie machte das nicht wild, wie Malu ihre Freundin sonst kannte, sondern mit ganz ruhigen Schwimmbewegungen.

»Greta! Wie sollen wir hier bloß wieder rauskommen?!!«

»Gar nicht, würde ich sagen! Wir schwimmen immer weiter, solange es nur irgend geht! Die Sommernächte sind nicht lang. Wenn es heller wird, ist das Blitzen schlagartig vorbei. Wir sind zur richtigen Zeit am richtigen Ort, nur das Jetzt zählt! Ist es nicht wie in einem Traum?«

Die Freunde sparten sich die Antwort und nun schwammen alle drei, jeder in seiner Wolke aus blitzendem Licht, nur eine ganze Zeit still nebeneinander her.

»Malu«, begann Greta dann irgendwann wieder und auch diesmal nicht laut und aufgedreht, sondern ungewohnt ernst und bedeutungsvoll:

»Ich erleb das heute auch zum ersten Mal und wünsch mir das, seit ich denken kann. Du musst nicht glauben, dass jeder Amrumer schon mal Meeresleuchten erlebt hat. Von denen gehen viele den ganzen Sommer nicht an den Strand, schon gar nicht nachts schwimmen. Ich hab mal in einem Buch über Sagen und alte Mythen gelesen, dass die Germanen Meeresleuchten als ein göttliches Zeichen ansahen. Nur Auserwählte erlebten das … also, schätz ich mal, sind wir das wohl, was Sweety! Komisch nur, dass du, Janne Madsen, auch dabei bist?« ergänzte sie noch und begann gleich mit Wasser zu spritzen. Lichtblitze rasten auf Malu und Janne zu, aber deren Antwort kam prompt.

25. Urlaubstag

Abschied

In der Nacht waren sie mit kleinen Pausen fast eine Stunde im Wasser gewesen. Immer, wenn es jemandem gereicht hatte, waren andere erneut rein gegangen – keiner konnte genug kriegen. Und dann war das Blitzen schlagartig vorbei gewesen, genau wie Greta erklärt hatte. Ihre Freunde waren danach noch bis vors Haus mitgekommen und dort hatte sie sich dann schweren Herzens verabschiedet – von Greta mit einer langen Umarmung und bei Janne hatte ihr Mut wenigstens für eine kurze gereicht. Wir sehen uns spätestens in einem Jahr wieder, hatte sie noch gesagt und war dann schnell weggerannt.

Heute morgen waren sie viel zu spät aus dem Bett gekommen und ein gemütliches Frühstück war nicht mehr drin gewesen – nur ein schnelles Müsli. Dann war Opa Kurt aufgetaucht und der hatte wiedermal die Ruhe weg gehabt. Sie hatten noch mal das schöne Fest Revue passieren lassen und beim Thema Meeresleuchten konnte Malu nicht anders, sie musste ihm ganz genau erzählen, wie alles abgelaufen war und was sie dabei empfunden hatte. Danach noch schnell den Rest zusammenpacken und zu guter Letzt hatte Mum doch noch darauf bestanden, einmal durchzusaugen – schon war die Zeit um gewesen.

Kristina rannte mit ihrem vollen Rucksack vorneweg und Malu klapperte mit ihrem Rollkoffer hinterher.

Kurt hatte sie sofort gehört, ließ alles stehen und liegen und beeilte sich aus dem Schuppen zu kommen, wo er sich schon auf die Lauer gelegt hatte.

»Kurt, wir sind total im Stress, in 10 Minuten geht der Bus! Es war wunderschön bei dir, vielen, vielen Dank nochmal, bleib gesund, wir kommen wieder, es reicht nur noch für eine schnelle Umarmung!«, rief Kristina ohne Punkt und Komma und breitete schon im Näherkommen ihre Arme aus.

»Immer sutje piano, dass solltet ihr doch wohl in diesen dreieinhalb Urlaubswochen gelernt haben. Kristina, je schneller du rennst, um so weiter wird der Weg!«, lachte er ihr entgegen.

»Kurt, bitte, verschon mich jetzt mit deinen Lebensweisheiten. Entschuldige, aber wir müssen uns wirklich beeilen! Marie, wo bleibst du denn?«

»Kristina, der Bus fährt heute ohne euch! Da passt ihr wahrscheinlich sowieso nur schlecht rein. Heute ist Abreisetag, ein fürchterliches Gedränge und einen zweiten Bus spart sich die WDR gerne. Du, der Gewinn muss ja auch stimmen!«

»Aber, was soll das bedeuten? Wir müssen mit und die Fähre schaffen. Wir haben Zugbindung, wenn wir erst die nächste nehmen, kommt alles durcheinander. Marie, nun komm doch endlich!«

Malu hatte ihren Koffer einfach stehen gelassen, war ein paar Schritte näher gekommen und verfolgte bereits alles mit einen Grinsen – sie kannte mittlerweile Kurts Gesicht genau und seine kleinen Flunkerfalten auch. Irgendetwas hatte er sich ausgedacht. Offensichtlich wollte er nicht, dass sie den Bus rechtzeitig erreichten.

»Kurt, ich werd noch verrückt! Marie-Luies was ist … ?«, weiter kam Kristina mit ihrem Satz nicht. Das Grinsen ihrer Tochter war nicht mehr zu übersehen und als sie nun Kurt anguckte und der ein recht ähnliches Gesicht machte, klingelte es auch bei ihr:

»Was ist hier los? Ihr habt wieder irgendwas ausgeheckt, von dem ich nichts weiß, oder?«

»Mum, ich schwöre, ich weiß auch nicht, was los ist! Ich bin genauso gespannt wie du. Aber, eins ist klar, wenn Opa Kurt so guckt, dann hat er einen Plan!«

»Genau, genau!«, lachte er. »Endlich kommt ihr darauf! Wir dachten, diese Hektik vor der Abfahrt und das Gedränge im Bus wollten wir Euch heute ersparen. Schließlich verdankt euch die Insel 'ne Menge und da kann man auch mal eine Kleinigkeit zurückgeben. Kristina, du musst gleich stark sein. Ich kenn ja deine Einstellung: Amrum autofrei und so weiter … gleich musst du über deinen Schatten springen, aber was helfen schon die besten Überzeugungen, wenn man nicht den Mumm hat, sie im richtigen Augenblick auch mal über Bord zu werfen.«

»Kurt, du hast ein Taxi bestellt … wow! Was für ein Service für uns. Na ja, heute machen wir mal eine Ausnahme von der Regel«, und nun konnte Kristina auch schon wieder lachen. »Dadurch, dass du uns so lange aufgehalten hast, haben wir eine gute Ausrede!«

In diesem Augenblick fuhr ein Polizeiwagen recht forsch heran und bremste genau vor Kurts Einfahrt.

»Was ist jetzt schon wieder passiert?«, reagierte Kristina sofort nervös und auch Malu guckte besorgt zur Straße. Die zwei jungen Polizisten wirkten angespannt. Die Beifahrertür flog auf, der Beamte sprang heraus und kam gleich auf sie zu.

»Moin, alle zusammen! Wir haben uns etwas verspätet, aber die Fähre schaffen wir auf jeden Fall noch. Ich denke, wir legen das Gepäck hinten rein. Ich kümmere mich darum!«

»Ich glaubs ja nicht! Kurt, du Verrückter!«, jubelte Kristina und drückte in ihrer Überraschung und Überschwang den alten, lachenden Mann an sich.

»Du bist aber auch Einer … im Polizeiwagen zum Fähranleger … du meine Güte! Ist das denn überhaupt legal?«

»Kristina, in unseren Adern fließt Strandräuberblut. Im Friesischen gibt es das Wort legal überhaupt nicht!«

»Na dann, du verrückter, alter Kerl … vielen, vielen Dank Kurt, für alles … es war dieses Jahr aufregend und wunder- wunderschön … halt die Ohren steif, würdest du jetzt sagen«, und dann drückte sie ihn.

Danach ging es mit dem Abschied zwischen Malu und Kurt weiter und Malu flüsterte noch schnell: »Und die Füße warm … ich schreib dir und nächstes Jahr kommen wir wieder! Aber, eigentlich will ich gar nicht weg! Vielleicht bringst du uns noch mit an die Fähre? Das wär doch toll!«

»Nein, nein, mein Deern! Abschiede in Häfen hatte ich genug in meinem Leben. Ich bleib schön hier, das ist leichter für uns alle.«

Aber, Malu, konnte ihn einfach noch nicht loslassen und hielt sich weiter an ihm fest.

»Ich denke, wir sollten jetzt fahren. Es wird Zeit!«, drängelte der Beamte ungeduldig.

»Wenn es schön war, ist beim Abschied immer auch Wehmut dabei, mein Deern und die Insel sitzt im Schlick fest, die kann ja nicht abtreiben. Du weißt, wo du uns finden kannst. Viel schlimmer ist, dass hier ohne dich nicht viel Aufregendes passieren wird. Wie soll ich bloß bis zum nächsten Sommer die ganze Langeweile übersteh'n.«

»Vielleicht baust du bis dahin einfach noch ein paar schöne Häuser für deine Piepmätze«, sie drückte ihm einen Abschiedskuss auf die Wange und rannte los. Die Autotür schlug zu und der Polizeiwagen brauste davon.

»Alles in Ordnung, die Fähre ist noch da … sind noch gar nicht alle Autos verladen!«, beruhigte der junge Beamte, als er den Polizeiwagen aufs Hafengelände steuerte und dann am Taxistand zum Stehen brachte.

»Marie, guck mal! Mensch haben wir ein Glück!«, rief Kristina sofort. »Meine Lieblingsfähre! Die alte Nordfriesland … da freu ich mich richtig! … Na dann, meine Herren, vielen, vielen Dank fürs Herfahren und grüßen sie ihren Chef noch mal ganz herzlich von uns. Das war wirklich eine großartige Idee! Aber, Marie, viel Zeit haben wir nicht mehr, die letzten Fußgänger gehen die Rampe hoch.«

In diesem Augenblick musste Malu schlucken und guckte gleich zweimal hin.

»Mum, sieh mal, wer da steht!«, sagte sie fast erschrocken.

»Hallo, hallo! … Das nenn ich mal Freundschaft! Aber, Schatz, ganz kurze Verabschiedung, nicht dass wir noch die Fähre verpassen. Du rennst rüber und ich versuch irgendwie dein volles Ding hoch zu rollen … und irgendwie kommt mir das bekannt vor!«

Malu bedankte sich noch schnell bei den Polizisten, sprang aus dem Wagen und rannte quer über den Anleger zu der Person, die dort neben dem Fahrrad stand und wieder nervös die Hände in die Hosentaschen steckte.

»Mensch, Janne, Wahnsinn! Ich dachte, wir hätten uns schon heute

Nacht verabschiedet … super toll, dass du noch mal gekommen bist!«, rief sie ihm begeistert zu.

»Hi, Malu, na ja … wie sag ich das … ich hatte einfach Lust zu kommen … und ich hab auch noch etwas für dich.« Er zog ein kleines Päckchen aus der vorderen Hosentasche, eingewickelt in Geschenkpapier, mit einer kleinen roten Schleife drumherum.

»Ehrlich! Das ist für mich?« Malu strahlte übers ganze Gesicht.

»Ja, für dich!«, sagte er etwas verlegen und reichte es ihr hin.

»Die Zeit müsste noch reichen, ich pack es schnell aus«, sagte Malu und fummelte schon an der Schleife rum.

»Nein, mach es gleich in Ruhe auf der Fähre, sonst werd ich richtig nervös. Eins noch! Ich hab es nur zur Hälfte finanziert! Die andere Hälfte kommt von einer anderen Person. Aber, du bist ja Chefermittlerin! Wer dahinter steckt, wirst du schon rauskriegen. Jedenfalls soll ich dir den Namen nicht verraten.«

»Das klingt ja schon wieder nach einem neuen Fall«, lachte sie, »aber, okay! Ich öffne es erst auf der Fähre. Na dann, ich muss jetzt los und wink von oben!«

»Malu, du musst noch wissen, wenn jemand fährt, winken Amrumer höchstens bis zur ersten Fahrwassertonne, AH1… nicht, dass du enttäuscht bist, das ist hier so Brauch.«

»AH1?«, fragte Malu nach.

»Ja, Tonne Amrum Hafen 1! Wie gesagt, die erste Fahrwassertonne, rot mit grünem Band! Dort beginnt die Einfahrt in den Hafen … oder anders herum, dort endet Amrum.«

»Ah ja, gut zu wissen. Janne, es war mein schönster Urlaub bisher. Vielen Dank und dann noch gestern Nacht … machs gut, wir sehn uns wieder!«

»Natürlich tun wir das!«, sagte er nur knapp und lächelte.

Und auch bei diesem Abschied half nur: schnelle Umarmung, ein letzter Blick und rennen!

Kristina hatte sich zwei schöne Plätze auf dem Aussichtsdeck geangelt. Malu winkte nur kurz rüber und ging gleich weiter zur hinteren

Reling. Und da stand er schon ganz am Ende des Anlegers und winkte ihr zu.

Malu hielt das Geschenk in die Luft, löste die kleine Schleife und wickelte das Papier ab. Ein kleiner Schmuckkarton kam zum Vorschein. Gespannt nahm sie den Pappdeckel ab und … fast hätte sie beide Arme vor Freude in die Luft geworfen, aber dann wären die Ohrringe wahrscheinlich in hohem Bogen in die Nordsee geflogen. Also nahm sie besser nur den einen und mit dem winkte sie Janne ausgelassen zu.

Genau die Ohrringe, die sie auf dem Straßenfest kaufen wollte und die nicht mehr da gewesen waren. Sie wusste noch genau, wie sie sich geärgert hatte … aber wie konnte das schon wieder sein? Janne war doch gar nicht dabei gewesen, als sie die am Schmuckstand entdeckt hatte und gleich so begeistert war. Greta war dabei, überlegte sie.

Ach, meine verrückte Freundin natürlich … allerdings waren sie doch gemeinsam zu den Jungs zum Crêpes-Stand rübergegangen und dann alle zusammen wieder zurück … da waren die Ohrringe schon nicht mehr da gewesen … wann sollte Greta die gekauft haben? Das haute nicht hin! Und nun fiel ihr der Richtige ein: Opa Kurt!

Er hatte mitbekommen, wie sehr ihr die Ohrringe gefallen hatten und auch ihr Zögern. Hatte er sie nicht sogar noch bestärkt, noch mal zu überlegen? Er war dann am Stand zurückgeblieben – nur er kam in Frage! Opa Kurt hatte die Sache schon am Schmuckstand eingefädelt! Er war einfach einmalig! Was er sich immer einfallen ließ … und wie sie ihn jetzt schon vermisste!

Malu hielt glücklich die Ohrringe in die Luft und fädelte dann mit ausladenden Gesten die Sticker in ihre Ohrlöcher. Danach schüttelte sie sie mit gerecktem Hals in Jannes Richtung und streckte beide Daumen in die Luft. Janne nickte und lachte und schickte ihr das gleiche Zeichen zurück. In diesem Augenblick brummte die Fahrbahnrampe und die Schiffsmotoren wurden lauter. Schon wenige Sekunden später legte die Fähre ab.

Malu blieb an der Reling stehen, guckte zurück und winkte auch immer wieder. Janne wurde ständig kleiner – wie schnell das ging!

Wenig später konnte sie schon die ganze Insel überblicken: die Dünen der Odde, Norddorf, den Kirchturm von Nebel, die Mole von Steenodde, den Hafen, den rot-weißen Leuchtturm, Wittdün und natürlich den Fähranleger mit ... nein, Janne war nicht mehr da! Und nur einen Augenblick später tauchte etwas seitlich, tanzend in den Heckwellen, diese besondere Fahrwassertonne auf:

... AH1 ... dachte sie ... hier endet Amrum ...

Epilog

In diesem Roman ist Amrum mit seiner fantastischen, vielfältigen Natur, dem riesigen Strand, den Dünen, seinen Inseldörfern, den Wegen, Plätzen und markanten Gebäuden, so beschrieben, wie die Insel wirklich ist und man sie bei einem Besuch tatsächlich entdecken kann.

Auch die vielen verrückten Urlaubsabenteuer, die Malu neben der Schatzgeschichte gemeinsam mit ihren Freunden unternimmt, kann man auf der Insel wirklich erleben und selbst einige Personen der Nebenhandlung könnten einem hier durchaus über den Weg laufen.

Wer noch nie auf Amrum war, für den taugt das Buch auch als eine Art Inselführer, und wer schon Amrum-Liebhaber ist, der hat sich möglicherweise beim Lesen mit einem wohligen Schmunzeln an eigene Urlaubseindrücke und -erlebnisse erinnert und träumt nun vielleicht schon vom nächsten Inselbesuch.

Die vielen Geschichten und Anmerkungen zum alten Amrum, zum harten Inselleben, zur Abgeschiedenheit, zum Friesentum, zu den rasanten Veränderungen durch den aufkommenden Tourismus und selbst die teils humorigen Anekdoten zum „Strandsegen" sind nach bestem Wissen recherchiert – die Informationen zu den Inseldörfern, zur Mühle, zum Öömrang Hüs, zum Leuchtturm und auch die Erklärungen, die Opa Kurt zur St. Clemenskirche in Nebel macht, sind gleichfalls historisch belegt. Jeder aufmerksame Kirchenbesucher wird dort die gebogenen Deckenbalken mit den vielen Nagellöchern, den Chorbogen oder die Besonderheiten an der Apostelgruppe sofort entdecken.

Auch Hark Olufs hat wirklich auf Amrum gelebt! Alle im Roman genannten Daten zu seiner Zeit als Sklave, sein schwerer Stand in der Inselgemeinschaft nach der Rückkehr, bis hin zu seinen Auseinandersetzungen mit der Kirche in Bezug auf seine „Glaubenstreue" basieren auf geschichtlichen Fakten.

Er selbst hat zeitlebens bestritten, in Nord-Afrika unter dem osmanischen Herrscher zum Islam konvertiert zu sein. Allerdings erscheint das den allermeisten, die sich eingehender mit seinem ungewöhnlichen Leben beschäftigt haben, als nicht glaubhaft. So ist kaum vorstellbar, dass ein Christ, schon gar nicht in der damaligen Zeit, zu so hohen Ämtern aufsteigen und sogar an einer Pilgerreise nach Mekka, dem heiligsten Ort der Muslime, teilnehmen konnte.

Die im Prolog abgedruckte Legende, wonach er einen Schatz unter der Schwelle seines Hauses vergraben haben soll und als Wiedergänger erst zur Ruhe fand, nachdem dieser gefunden wurde, ist im Inselgedächnis noch immer lebendig und beflügelt die Phantasie manch Amrumers bis heute – möglicherweise gab und gibt es diesen Schatz wirklich und er wurde einfach nur noch nicht gefunden!

Und das wurde er wirklich nicht! Wer also diesem Buch soviel Wahrheit beimisst, dass er das Museum Öömrang Hüs aufsucht, um sich die ausgestellte Schatzkiste, die Edelsteine, die wertvollen Bücher oder den Dolch anzusehen, der wird enttäuscht werden und dort nichts dergleichen finden; dabei hat Hark Olufs nachweislich wirklich einen osmanischen Dolch besessen und ist damit auf Amrum viele Male herumspaziert.

Allerdings, wo der abgeblieben ist, weiß keiner und somit wartet zumindest dieser Teil des Schatzes noch immer darauf, irgendwo „ausgegraben" zu werden!

Dank

Bei der Entstehung dieses Romans haben mir zahlreiche Menschen zur Seite gestanden, denen ich danken möchte:

Meinen beiden Kindern – sie sind auf Amrum aufgewachsen! Ohne deren Inselabenteuer hätte ich dieses Buch nie schreiben können.

Stephan Schlichting – er ist die Person der ersten Stunde! Gemeinsam ersponnen wir bei einigen Gläsern Rotwein in seinem Garten in Nebel die ersten Ideen zur Handlung und zu den Romanfiguren.

Rüdiger Seiffert – ihm verdanke ich die handgezeichnete Amrum-Inselkarte, die Zeichnung des Halbmondfisches und Anregungen zum Text.

Martin Segschneider – sein Wissen und seine Interpretationen zur Amrumer Kirchengeschichte und zur St. Clemens-Kirche bereichern den Roman an vielen Stellen. Allerdings hat er „geknurrt", als er lesen musste, welche Rolle ich dem Pastor im Buch zugedacht habe.

Georg Quedens – ohne sein Wissen, seine Einordnungen und seine geduldigen Erklärung zum alten Amrum, zu Hark Olufs, zum Strandraub etc. hätte ich mit den geschichtlichen Ausführungen in diesem Buch so manches Mal ziemlich danebengelegen.

Wolfgang Stöck – seine Sachkenntnis im Bereich Nordsee, Betonnung, Leuchtturm etc. war mir eine wesentliche Hilfe.

Jens Quedens – für seine Erklärungen zur friesischen Sprache und Schrift, sowie für die Einwilligung, seine Übersetzung des Gedichts „Min Öömrang Lun" in meinem Buch abzudrucken, bin ich sehr dankbar.

Jens Jessen – für seine Erklärungen in den Bereichen Besiedlung, Sturmfluten, Friesentum und Sprache

Holger Peters – als Initiator der Steinaktion „Min Öömrang Lun" hat er mir aus erster Hand berichtet.

Kinka Tadsen und Maciej Stefanski – für das Cover-Foto

Anna Grütte, Franziska Jannen, Brigitte Schulte-Hofkrüger und Wolfgang Slembeck – haben geduldig und mit viel Sachkenntnis meine Texte überarbeitet. Sie verdienen ohne Einschränkung den Titel „LektorInnen".

Anhang

Strandungsfälle vor Amrum und Sylt

… jeder Punkt ein gestrandetes Schiff!

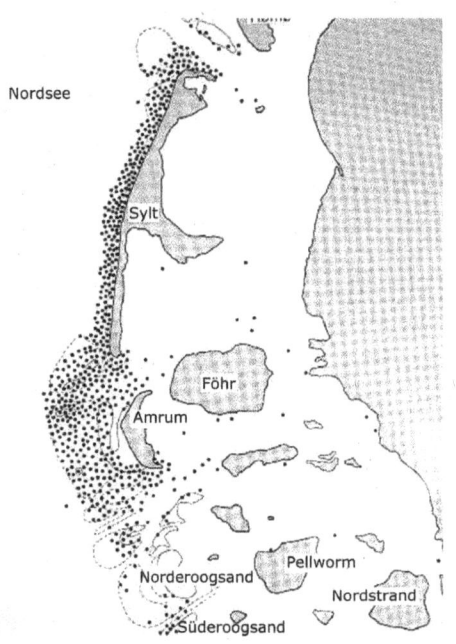

Veröffentlicht in: „Gestrandet bei Uelvesbüll. Wrackarchäologie in Nordfriesland", hrsg. von Hans Joachim Kühn, Husum 1999

Kartiert sind hier die bekannten Strandungsfälle hölzerner Frachtsegler zwischen 1600 – 1900. Nach Aussage des Autors ist die Dunkelziffer der Havarien noch weitaus höher. Allein im November 1850 strandeten auf den Außengründen vor Amrum und Sylt 10 Schiffe.

Min Öömrang Lun (Amrum-Lied) mit Übersetzung

Dü min tüs, min öömrang lun,
huar so huuch a düner stun,
huar bi Knip a braanang bromet,
huar a waastwinj ei ferstomet,
iiwag spelet mä die sun,
leew haa`k di, min öömrang lun.

Mein zu Haus, mein Amrum schön,
wo so hoch die Dünen steh'n,
wo bei Kniep die Brandung brummt,
wo der Westwind nie verstummt,
ewig spielt dort mit dem Sand,
ich lieb` dich, mein Amrum-Land.

Dü min tüs, min öömrang lun,
rikdom as diar ei tu fun,
skraal san ääkerlun an fäänen,
man diar wene dön bekäänden,
diar min hart am naisten stun,
leew haa`k di, min öömrang lun.

Mein zu Haus, mein Amrum-Land,
Reichtum dort noch niemand fand,
arm sind Äcker dort und Fennen,
schön ist, alle dort zu kennen,
die dem Herzen nahe steh'n,
Ich lieb` dich, mein Amrum, schön.

Dü min tüs, min öömrang lun,
iarelk san diar hart an hun,
trauhaid luket ütj ark` wönang,
riker feelst di üs en könang,
arken koon di diar ferstun,
leew haa`k di, min öömrang lun.

Mein zu Haus, mein Amrum-Land,
ehrlich sind dort Herz und Hand,
aus den Fenstern guckt Vertrauen,
darauf kannst du sicher bauen,
jeder kann dich dort versteh'n,
ich lieb´ dich, mein Amrum, schön.

Dü min tüs, min öömrang lun,
leewen mei din aard bestun,
wat a feedern üs ferareft,
lääts dach sä, dat det ei stareft,
jääw wi't ap, det wiar en skun,
leew haa ´k di, min öömrang lun.

Mein zu Haus, mein Amrum, schön,
immer sollst du fortbesteh'n
was die Väter uns vererbt,
lasst uns sehn, daß es nicht stirbt,
aufgegeben wär 'ne Schand`,
Ich lieb` dich, mein Amrum-Land.

Das Gedicht wurde von dem Föhrer Lehrer Lorenz-Conrad Peters (1885 – 1949) geschrieben. Er zählt zu den bedeutendsten Dichtern des nordfriesischen Sprachraums und hat sich über seine Heimatinsel hinaus leidenschaftlich für den Erhalt der friesischen Kultur und Sprache engagiert.

Die Übersetzung ins Deutsche hat Jens Quedens vorgenommen. Um das Versmaß und den Reim zu verbessern, weicht sein Text an manchen Stellen leicht vom Original ab.

Zum Vergleich hier die wörtliche Übersetzung der 4. Strophe:

Dü min tüs, min öömrang lun,	Du mein Zuhause, mein Amrumer Land
leewen mei din aard bestun,	immer mögest Du bestehen,
wat a feedern üs ferareft,	was die Vorfahren uns vererbten,
lääts dach sä, dat det ei stareft,	lasst uns sehen, dass das nicht stirbt,
jääw wi't ap, det wiar en skun,	gäben wir es auf, es wäre eine Schand,
leew haa 'k di, min öömrang lun.	Lieb hab ich dich, mein Amrumer Land.

Hinweise zur friesischen Sprache, Schreibweise und Aussprache
Warum erscheint und mutet einem das Friesische so fremd an?

- Die Öömrang-Friesen schreiben, bis auf die Satzanfänge und Eigennamen, ausnahmslos alles klein!
- Bei langgesprochenen Vokalen (Selbstlauten) wird der entsprechende Buchstabe doppelt geschrieben – selbst bei ä, ü und ö ist das so!
- Eine Verdoppelung des Konsonanten (Mitlaut) gibt es nicht!
- Die Buchstaben – c, q, v, x, y, z und ß kommen im friesischen Alphabet nicht vor!
- Ein gesprochenes „sch" würde im Friesischen „sj" geschrieben!

Die Gezeiten

Mit dem Wasserstand ist es hier an der Nordsee so eine Wissenschaft für sich. In einem sich ständig wiederholendem Zyklus, für den im Wesentlichen die Anziehungskraft des Mondes sorgt, steigt und fällt der Meeresspiegel – das nennt man Tide. Zwischen Niedrigwasser (Ebbe) und Hochwasser (Flut) liegt um Amrum herum ein Höhenunterschied von etwa 2,5 m – aber auch der schwankt stark. Es kann schnell mal 50 cm mehr oder weniger sein. Ausschlaggebend sind dafür die Stellung des Mondes zur Erde und zur Sonne, die Windstärke und die Windrichtung. Hat der Mond auf seiner Umlaufbahn um die Erde eine Stellung eingenommen, dass Sonne und Mond auf einer Linie mit der Erde stehen, so addieren sich die beiden Gravitationskräfte der Himmelskörper. Das Wasser läuft an solchen Tagen besonders hoch auf (Springtide/Springflut). Das passiert mit einer leichten Verzögerung immer bei Vollmond und besonders bei Neumond. Auffällig niedrige Wasserstände stellen sich im Normalfall immer in den Halbmondtagen ein (Nipptide).

Für ganz außergewöhnliche Höhen kann der Wind sorgen. Starker Ostwind drückt das Wasser von der Küste weg. Das führt nicht selten dazu, dass die Fähre bei Ebbe den Anleger gar nicht pünktlich erreichen kann. Das bringt häufig den Fährfahrplan völlig durcheinander und etliche Fahrgäste haben auch schon mal eine halbe Nacht auf dem Schiff verbringen müssen, weil das Schiff im Schlick fest saß.

Bei Wind aus West oder Nord/West ist die Sache genau andersherum. Dann wird das Wasser gegen die Küste gedrückt und das führt hier natürlich zu Höchstständen. Bei Sturm, besonders über mehrere Tage und in Verbindung mit Neumond oder Vollmond, kann das Wasser bedrohliche Höhen erreichen. Als erstes werden die Anleger überflutet und das bedeutet dann natürlich ebenfalls Fährausfall.

Aber die Sache wird noch komplizierter! Im Zusammenspiel von Anziehungskraft des Mondes und Fliehkräften (ausgelöst durch die Erdrotation – in 24 Std. um die eigene Achse) bilden sich zwei Flutberge auf unserem Planeten. Der eine direkt auf der Mondseite, der andere genau gegenüber. Das Ergebis ist: Zweimal Flut und zweimal Ebbe bei einer Erddrehung – also in 24 Std. Und spätestens jetzt sind die Hälfte aller Leser aus diesem Informationswirrwarr ausgestiegen, aber es lohnt sich, dran zu bleiben. Dann hat man die Zusammenhänge annähernd verstanden. Denn eine Frage ist noch nicht beantwortet. Warum verschiebt sich täglich der Eintritt der Gezeiten nach hinten? Der Mond bewegt sich in annähernd 28 Tagen ein Mal um die Erde. Das bedeutet: Er rückt ständig ein kleines Stück vor, er ist einfach nicht mehr da, wo er gestern um die gleiche Zeit noch war! Wir fliegen etwa 50 Minuten später an ihm vorbei – und am Flutberg, wenn man so will! Genau um diese Zeitspanne verschieben sich täglich alle Wasserstände! Jetzt verstanden?

Die Amrumer Mühle als Seezeichen um 1869

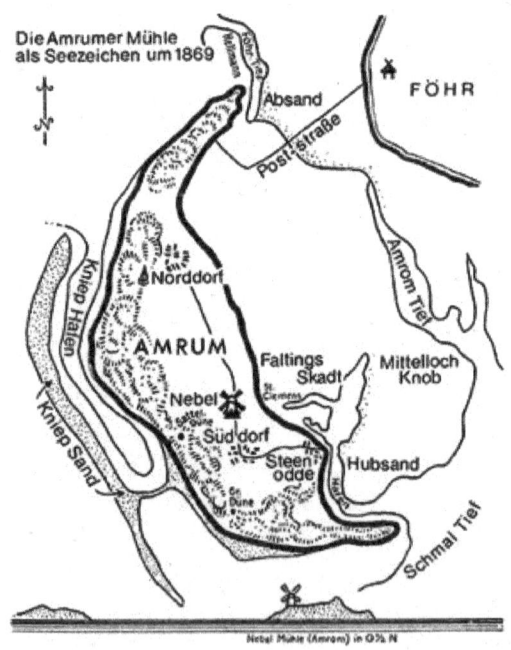

Warum nutzten die Schiffer nicht ein anderes markantes Amrumer Gebäude als Orientierungshilfe – vielleicht die St. -Clemens-Kirche?

Es gab einfach keins auf der Insel, das man von der westlichen Seeseite deutlich sehen konnte! Das Kirchengebäude in Nebel liegt in einer Senke und hatte damals auch noch keinen Glockenturm – der wurde erst 1908 errichtet.

Die St. Clemenskirche in Nebel

Der weiße Turm der St. Clemenskirche in Nebel (links) ist eines der Wahrzeichen der Insel Amrum. Auf dem Friedhof vor der Kirche erzählen die historischen „sprechenden" Grabsteine von Hark Olufs und Hark Nickelsen (Folgeseiten) die Lebensgeschichten der Verstorbenen. Im Inneren des Gotteshauses wacht die Apostelgruppe vor dem Altarraum mit dem Chorbogen (unten).

Der Grabstein von Hark Olufs

Der Grabstein von Hark Nickelsen